BRUNO GMÜNDER

Bruno Gmünder Verlag GmbH
Leuschnerdamm 31, 10999 Berlin

Aus dem Amerikanischen von Hans Elf

Originaltitel: A measure of madness

Covergestaltung: Stefan Adler
Druck: Nørhaven Paperback A/S, Dänemark
ISBN 3 86187 237 4

Gordon Merrick

Kolonie der Liebe

Aus dem Amerikanischen von Hans Elf

BRUNO GMÜNDER

Für Charlie –
Zum Jubiläum

Die großen geschwungenen Messing-Hausnummern waren ihm auf seinem Weg von seinem durchschnittlichen Hotel in der Nähe des Platzes der Verfassung sofort aufgefallen. Vor einer teuren Bar im schicken Teil New Yorks östlich des Broadway hätte man sie sicherlich übersehen, doch in diesem schäbigen Geschäftsviertel wirkten sie etwas unangemessen. Er folgte den eleganten Nummern, nachdem er sich bereits eine einsame Woche lang die Sehenswürdigkeiten dieser seltsam profillosen Stadt, die weder östlich noch westlich geprägt schien, weder reich noch arm war, angesehen hatte. Einem der ältesten Zentren dieser Welt schien weder Charakter noch Persönlichkeit geblieben zu sein, weder Vergangenheit noch Zukunft – diese Stadt erinnerte ihn eher an das Detroit seiner Kindheit: Das Athen von 1975 war schmutzig, laut, staubig und rückständig.

Ein halbes Dutzend Stufen führte ihn von der Straße hinunter bis vor eine auf Hochglanz polierte Holztür, auf der die eleganten Ziffern 2 und 8 prangten. Ein Aufkleber für Kreditkarten von American Express lud den Gast zum Eintreten ein, jedoch gab es keinen Hinweis darauf, was man hier für seine Unterschrift erstehen konnte. Nachdem er den plötzlichen Impuls, doch lieber einen hastigen Rückzug anzutreten, überwunden hatte, trat er ein.

Er stand auf einem Treppenabsatz, von dem aus er einen gemütlichen Londoner Klub überblicken konnte. Ein loderndes Feuer in einem offenen Kamin hieß ihn Willkommen. An den getäfelten Wänden hingen Drucke. Auf dem Steinfußboden standen polierte Holztische mit gemütlichen Stühlen darum, an denen eine Handvoll Leute mit ihren Drinks saß. Fröhliche Musik drang aus dem Hintergrund; Fred Astaire war gerade dabei, seinen Hut aufzusetzen. Zum ersten Mal seit er in Griechenland war, fragte er sich, ob er angemessen gekleidet war – zwar hatte er Baumwollhosen und ein Tweed-Jackett an, jedoch keine Krawatte. Er zuckte mit den Achseln und ging an einem Tisch mit Ausgaben von *Times, Newsweek* und *Herald Tribune* vorbei zur Mahagoni-Theke. Dahinter war eine Vielzahl von Flaschen und Gläsern ausgestellt. Er bestellte einen hiesigen Weinbrand mit Soda und bekam ihn schon Sekunden später vom Barmann vorgesetzt, ohne dass dies sein Gespräch mit mehreren Leuten am anderen Ende der Theke unterbrach.

»Der geht auf mich, Niko«, sagte jemand so laut, dass es anscheinend mitgehört werden sollte. Daraus, wie der Barmann zu ihm hinübersah, schloss er, dass ihn jemand eingeladen hatte.

Wenig später schüttelte er auch schon die Hand eines großen Mannes, der etwas Unverständliches murmelte. »Bin ich eingeladen? Vielen Dank«, sagte er. »Ich heiße Philip Renfield. Phil reicht. Den Namen vorhin habe ich leider nicht verstanden.«

»Johnny Marston. Ihr Amerikaner seid wunderbar. Ihr versucht wirklich, euch Namen zu merken.«

»So viele musste ich mir bislang nicht merken. Du bist der Erste, mit dem ich mich seit einer Woche unterhalten habe. Du bist Engländer?«

»Aber ja. Du siehst gar nicht nach einem Jungen aus, der lange allein bleibt.«

Phil lächelte, nahm einen Schluck von seinem Drink und sah sich seine neue Bekanntschaft unauffällig etwas genauer an. Sie waren etwa gleich groß, und wenn es zwischen ihnen einen Altersunterschied gab, so konnte der nicht sonderlich groß sein. Johnny Marston war noch gut unter 40. Sie beide waren ähnlich informell gekleidet, Johnny trug jedoch eine Krawatte. Schon zuvor war Phil aufgefallen, dass alle anderen hier Anzüge und Krawatten trugen und nach Geschäftsleuten aussahen. Die Frauen sahen selbstbewusster und städtischer aus als alle, denen er bisher auf der Straße begegnet war. Die einzige Sprache, die hier gesprochen wurde, war Englisch. »Was für ein Laden ist das hier eigentlich?«, fragte er und zupfte an seinem offenen Kragen.

»Na ja, man könnte es einen Klub nennen, wenn auch niemand weiß, was man tun muss, um Mitglied zu werden. Die Gemeinschaft der Jungen und Erfolgreichen wird hier verpflegt. Warum ich hier bin, weiß ich nicht. Ich bin Maler – oder Betrüger, je nachdem, wie man's sieht. Was mir hier aber gefällt, ist, dass die Drinks doppelt so groß sind wie überall anderswo in Athen. Man kann hier nicht reinkommen, ohne sich zumindest etwas zu besaufen. Das finde ich ganz vernünftig.«

Phil lachte in sich hinein. Er mochte diesen Mann. Er mochte die selbstverständliche Sicherheit, mit der Johnny zu ihm gekommen und sich seiner angenommen hatte. Völlig in sich ruhend. Er sah sehr intelligent aus, doch seine Gesichtszüge passten nicht so recht zueinander – zu einer starken, knochigen Nase, dem dazu passenden Kinn und einem durchdringenden Blick kam ein unerwartet sensibler, humorvoller Mund. Er war hässlich, sich seines Sexappeals jedoch sicher. Phil fühlte es in der Art, wie er sich benahm, wie er sich zu ihm gesellt hatte ohne eingeladen zu sein, und wie er ihn jetzt offen über den Glasrand hinweg musterte. »Wenn ich noch einen von diesen trinke, werde ich wirklich besoffen sein«, meinte Phil und klapperte mit dem Eis in seinem fast leeren Glas. »Der Nächste geht auf mich.«

»Das ist fair. Bist du schon lange in Athen?«

»Erst seit einer Woche, aber ich habe immer mehr das Gefühl, dass es mir auch schon reicht. Ich hatte mehr erwartet.«

Johnny zuckte mit den Achseln. »In den letzten 2000 Jahren hat sich einiges geändert. Hast du dir die Jungs schon angesehen?«

Phil versuchte sich nichts anmerken zu lassen, obwohl ihn die Frage erregt hatte. »Wenn man's genau nimmt … ja, hab ich.« Es hatte ihn nicht wirklich erstaunt, dass Johnny das Thema so beiläufig angeschnitten hatte – er schien über einfach alles Bescheid zu wissen. Seine kühle Überlegenheit forderte Phil heraus, die eigene Unsicherheit zu überwinden. »Auch die sind nicht das, was ich erwartet hatte. Was ist bloß aus den griechischen Göttern geworden?«

»Oje! Hast du davon noch gar nichts gehört? Sie sind von den muslimischen Türken vertrieben worden und haben sich in Süd-Kalifornien niedergelassen. Ein schmerzlicher Verlust.« Phil lachte und Johnny wechselte ins Griechische, als der Barmann die leeren Gläser einsammelte. »Einen Doppelten in dieses Glas hier, Niko. Ich mache mir große Hoffnungen für heute Nacht. Würdest du dir nicht auch wünschen, ihn in die Finger zu bekommen?«

»Du bist ein schrecklicher Mann, Johnny.« Niko drehte sich mit dem Rücken zu Phil, als er die Drinks eingoss.

Phil musste wieder in sich hineingrinsen und fühlte sich fast etwas hämisch dabei, dass er Griechisch verstand. Er konnte es gegenüber Johnny jetzt nicht mehr zugeben, ohne dessen Spiel zu zerstören. Als der neue Drink vor ihm stand, nickte er Johnny über den Glasrand zu und nahm einen Schluck davon, an dem er sich sicherlich verschluckt hätte, wenn er nicht darauf gefasst gewesen wäre. Ein doppelter Doppelter. »Du scheinst hier sehr gut zurecht zu kommen. Lebst du hier?«

»In Athen? Nur, wenn es sich nicht vermeiden lässt. Ich kann nicht behaupten, dass ich irgendwo wohne – am ehesten vielleicht auf Kreta. Warst du schon dort?«

»Nein, aber ich habe schon daran gedacht, mir die Insel anzusehen. Vielleicht mach ich es noch.«

»Ist es nicht etwas ungewöhnlich, im März Urlaub in Griechenland zu machen? Du siehst nicht so aus, als wärst du geschäftlich hier.«

»Nein, ich mache Urlaub.« Er war nicht dazu bereit, Johnny zu erklären, warum er sich entschlossen hatte, New York für einen Monat oder zwei den Rücken zu kehren – er wollte sich nicht lächerlich machen, oder noch schlimmer, bemitleidenswert erscheinen. Er war hier, um zu vergessen. Das Klischee brachte ihn selbst fast zum Gähnen, aber es stimmte. »Ist das Wetter auf Kreta so wie hier?«

»Wärmer. Ich war gestern noch kurz im Meer schwimmen, bevor ich hergekommen bin.«

»Wie kommt man dahin?«

»Es gibt ein Flugzeug. Ich mag aber die Fähre lieber, auch wenn sie recht häufig sinkt. Ich mag Boote.«

»Ich auch. Ich hab schon öfter von Leuten gehört, die zwischen den griechischen Inseln gesegelt sind. Hast du das auch schon mal gemacht?«

»Aber ja. Millionäre mit Jachten sind meine Lieblingsopfer. Wenn sie mich erst mal an Bord gelassen haben, werden sie mich nicht wieder los. Die Ägäis macht süchtig. Man kommt von ihr nicht mehr los.«

»Vor etwa einem Jahr habe ich mit ein paar Freunden eine Tour entlang der südfranzösischen Küste gemacht. Wenn sie mich gelassen hätten, wäre ich immer weitergesegelt. Leider waren sie aber keine Millionäre und wir mussten zurück zur Arbeit.«

»Ihr Amis nennt das eure Arbeitsmoral, nicht wahr? Schrecklich.« Johnny sah ihn kurz scharf an. »Du weißt, wie man segelt?«

»Mehr oder weniger. Es war das einzige Mal, dass ich Hochsee-Segeln ausprobiert habe, aber ich habe es sehr schnell gelernt. Es war fantastisch.«

»Wir sollten ein Boot klauen und damit abhauen. Wie alt bist du? Ende 20? 30?«

»33.«

»So alt schon? Ich bin nur wenige Jahre älter. Wie wäre es denn, wenn du mich nach Kreta begleiten würdest?«

»Du fährst zurück?«

»Natürlich. Morgen Nachmittag. Man kann wunderbar über Nacht übersetzen.«

»Vielleicht mache ich das.« Ihre Blicke trafen sich kurz. Phil bemerkte erfreut die zarten Bande zwischen ihnen, die vielleicht sogar den Beginn einer Freundschaft bedeuten konnten – etwas Außergewöhnlicheres als nur sexuelle Anziehung. Hätte er den kurzen Austausch auf Griechisch nicht verstanden, wäre er niemals auf die Idee gekommen, dass gerade eine Verführung im Gange war. Johnny war sehr cool dabei.

Sie plauderten entspannt, vor allem über Griechenland. Johnny übte sich in der vornehmen Zurückhaltung der Engländer und gab kaum persönliche Informationen über sich preis, drängte aber auch Phil nicht weiter, sein Privatleben offen zu legen. Je mehr sich Phil an den Streit zwischen Humor und Entschlossenheit in Johnnys Gesichtszügen gewöhnte, umso weniger störte ihn der Rest seines Körpers und seine Berührungen. Sex mit Johnny würde ihm sicherlich keine Probleme bereiten. Die Hälfte seines Lebens, zumindest die letzten 15 Jahre, hatte Phil erfolglos versucht herauszufinden, warum er homosexuell war. Er war stolz auf seinen logisch geschulten Verstand, mit dessen Hilfe er die meisten Probleme des täglichen Lebens, die stets dem gleichen Muster von Ursache und Wirkung folgten, hatte lösen können. Homosexualität hingegen entzog sich aller Logik. Er konnte nicht verstehen, wo sie herkam. Nachdem er erkannt hatte, dass sein Verlangen nach Männern keine vorübergehende Phase war, vermutete er, dass es physiologische Gründe haben müsste – eine genetische Verwirrung, eine Art Ungleichgewicht der Hormone. Also studierte er sein Spiegelbild lange Zeit, um darin irgendwelche femininen Züge zu finden, die seine Theorie stützen würden. Er erblickte jedoch eher einen normal gut aussehenden, durchweg maskulinen Mann mit einer geraden Nase und einem festen Mund, der ihm nicht sehr sexy vorkam. Er versuchte, sich sein schwarzes Haar schulterlang vorzustellen und kam zu dem Schluss, dass er lediglich wie ein Mann mit langen Haaren aussehen würde.

Nachdem er sich erst einmal mit seiner Natur abgefunden hatte, sagte ihm sein Verstand, dass er, sollte er sich in jemanden mit den gleichen Neigungen verlieben, das Gleiche zu erwarten hatte wie jeder andere auch – ebenso viele Forderungen und eine ebenso hohe Belohnung. Wie bei einer Heirat, allerdings von zwei Leuten gleichen Geschlechts. Wie ihm die letzten paar Jahre schmerzlich gezeigt hatten, war alles aber doch nicht so einfach. Jedenfalls rechnete er nicht damit, sich Hals über Kopf in Johnny zu verlieben, auch wenn er bereits jetzt eine Art Freundschaft zwischen ihnen beiden verspürte, was er bei Bar-Bekanntschaften sonst nicht so schnell empfand. Er war sich noch nicht einmal sicher, ob er Johnnys Plänen wirklich folgen wollte.

Phil hatte sich schon nach dem zweiten Drink angenehm angeheitert gefühlt und fing jetzt mit seinem dritten an. »Jetzt weiß ich, was du mit den Drinks vorhin gemeint hast«, sagte er.

»Die haben es in sich, nicht wahr? Hast du heute noch etwas vor?«

»Nein. Wie ich schon sagte, ich habe noch mit niemandem hier gesprochen.«

»Außergewöhnlich. Ein so gut aussehender Mann wie du wandert unbelästigt durch die Straßen von Athen. Da gewinnt man einen ganz anderen Eindruck von der Natur des Menschen. Ich muss einen Typen in der Plaka treffen, das dauert aber nicht lange. Danach könnten wir zusammen einen Happen essen.«

»Was ist die Plaka? War es das, was du gesagt hast?

»Um Himmels willen. Was für ein Tourist bist du eigentlich? Die Plaka ist die Altstadt unterhalb der Akropolis! Nicht sehr alt eigentlich. Nicht antik. Nur ein Jahrhundert alt, oder zwei. Alles hier um uns herum wurde erst vorgestern erbaut. Die Plaka ist das verruchte Viertel.«

»Das hat mir niemand erzählt! Etwas Verruchtheit hätte ich in den letzten Tagen gut gebrauchen können.«

»Es ist nie zu spät. Wir werden uns gemeinsam auf die Suche nach Verruchtem machen.«

Sie leerten ihre Gläser. Der Alkohol beschleunigte das Gefühl der Freundschaft. Phil hatte den Eindruck, als könnten sie so gute Freunde werden, wie er es schon lange nicht mehr erlebt hatte. Ihm wurde bewusst, wie allein er sich nicht nur in der letzten Woche, sondern im ganzen letzten Jahr und davor gefühlt hatte, seit die Versuche, von Alex wegzukommen, sein gesamtes Leben bestimmt hatten. Er war nur mit Mühe entkommen und wartete eigentlich immer noch auf eine Art Erlösung. Dankbar legte er eine Hand auf die Schulter seines neuen Freundes. Sie fühlte sich hager und fest an. »Führ mich zum verruchten Viertel«, sagte er. Als er sich von dem Barhocker auf den Boden gleiten ließ, brauchte er einen Moment, um seine Balance zu finden, während sich die Drinks langsam setzten.

Draußen war es inzwischen Nacht geworden. Die Gegend war hell erleuchtet und die Läden wirkten im Licht der Lampen fast schon elegant. Ein kalter Wind wehte. Der Tag war zwar kühl gewesen, doch strahlender Sonnenschein hatte ihn etwas erwärmt. Jetzt war es Winter. Phil schlug seine Jacke enger um sich und dachte an George. George war seinen Gedanken nie fern, vor allem, wenn er in einer kalten Nacht mit jemandem unterwegs war und Sex in der Luft lag. Er hatte George seit zehn Jahren nicht mehr gesehen, aber sein Aussehen, sein Geruch, die Berührung seiner Hände waren in seiner Erinnerung immer noch lebendig. Sein Körper wurde bei dem Gedanken immer noch ganz warm und willig vor Lust. Verdammter George.

»Etwas Gehen macht dir hoffentlich nichts aus?«, fragte Johnny.

»Nicht im Geringsten.« Sie folgten einer Straße am Platz der Verfassung vorbei, wo protzige Hotels den Eindruck erweckten, als befände man in einer richtigen Metropole. Bald waren sie wieder in engen, schäbigen Gässchen, die Läden waren geschlossen und dunkel. Wenige Querstraßen weiter begannen sie zu steigen. Die Straßen schlängelten sich höher, Bäume, die über Mauern hingen, zeichneten sich gegen den Sternenhimmel ab. Es war ein idyllisches Bild, ganz anders als das laute, geschäftige Athen, das er in den letzten Tagen kennen gelernt hatte.

»Ich hatte keine Ahnung, dass es hier so etwas gibt«, sagte Phil, schwer atmend wegen des Anstiegs. »Es gefällt mir.«

Sie überquerten einen hell erleuchteten Platz, der mit Tischen voll gestellt war, an denen Leute fröhlich aßen und tranken. Von überall drang Musik zu ihnen – schnell und gleichzeitig klagend, unterlegt mit einem harten Rhythmus. Johnny führte ihn auf den sich schlängelnden Straßen mal nach rechts, dann wieder nach links, bis Phil seine Orientierung völlig verloren hatte. Sie kamen zu einer breiteren, geraden Straße, an der helle Lichter und Schilder zahlreiche Bars anpriesen. Musik drang aus allen Türen. Viele Menschen wanderten herum, nicht wenige von ihnen waren ganz offensichtlich Touristen. Junge Männer standen neben den Türen und riefen den Vorübergehenden etwas zu. Johnny winkte und nickte ihnen zu, als kannte er sie.

»Das Verruchte«, sagte er.

»Ich sehe schon, was du meinst«, sagte Phil, der davor gewarnt worden war, dass junge Griechen dafür Geld nehmen würden. Das hatte ausgereicht, um ihn von ihnen fern zu halten – ihm gefiel die Vorstellung nicht, Leute für sein Vergnügen zu kaufen.

Sie kamen zu einer steilen Treppe, die die Straßen, denen sie bislang gefolgt waren, schnitt. Zur Linken stieg sie ins Dunkel weiter an, zur Rechten fiel sie in die Nacht ab. Weit unter ihnen konnte Phil Lichter erkennen. Johnny zeigte nach links. »Das ist der Fuß der Akropolis«, erklärte er.

»Da sind wir also. Ich war mehrere Male oben, mir sind aber keine Häuser im Umkreis aufgefallen.«

»Die Plaka ist hinten versteckt, wo keiner sie sehen kann. Wir sind da.«

Sie hatten die Treppen hinter sich gelassen und waren auch schon durch eine Tür getreten, noch bevor Phil hatte erkennen können, wie dieser Laden hieß. Anscheinend handelte es sich um ein Restaurant, an dessen Ende sich eine kleine Bar befand. Einige Leute saßen an den Tischen, an der Bar war niemand. Johnny klopfte auf den Tresen. Ein Mann in einer weißen Jacke kam aus einer dahinter liegenden Tür.

»Ist Pano hier?«, fragte Johnny.

»Pano«, rief der Barmann über seine Schulter, »der Engländer für dich.« Ein kleiner, stämmiger junger Mann mit einem harten, reizlosen Gesicht tauchte auf. Er trat hinter der Bar hervor und gab Johnny die Hand. Ihre Begrüßung wirkte eher geschäftlich als persönlich. Johnny berührte Phils Arm.

»Das ist mein Freund Philip Renfield«, stellt er vor und bewies, dass auch ein Engländer dazu in der Lage war, sich Namen zu merken. »Er ist Amerikaner.«

Pano gab ihm die Hand. »Wir werden etwas trinken«, sagte er auf Englisch. Ohne zu fragen was sie wünschten, servierte der Barmann ihnen Ouzo. Sie gossen etwas Wasser über den einen Eiswürfel im Glas und setzten sich an einen abseits gelegenen Tisch. Phil hoffte, dass er nicht störte, doch Johnny schien zu erwarten, dass er blieb. Sie setzten sich an den Tisch und führten ein etwas belangloses Gespräch über Amerikaner, die Vereinigten Staaten und die Wunder von Athen. Phil bewunderte die Art, wie Johnny die Situation handhabte. Er war höflich, aber reserviert, und machte keinen Hehl aus seiner Überlegenheit. Ganz offensichtlich hatte er hier das Sagen.

»Wir wollen deine Zeit nicht länger als nötig in Anspruch nehmen«, unterbrach er den Griechen mit kühler Höflichkeit. »Ich wollte nur wissen, ob sich schon etwas getan hat.«

»Es ist alles in Ordnung. Ich nehme an, in einer Woche wirst du Näheres wissen. Unser Freund auf Kreta wird es dir mitteilen.« Der Grieche sah Phil an. »Dein Freund weiß Bescheid?«

»Noch nicht, es kann aber sein, dass er mitmacht. Er könnte nützlich sein. Wenn ich Näheres weiß, werde ich mich entscheiden.«

Phil versuchte dem Gespräch nicht weiter zu folgen, das jetzt zu Details über Ort und Zeit driftete, die ihm nichts sagten. Sein Griechisch schien ihn noch in peinliche Situationen zu bringen. Es war eine seiner ungewöhnlicheren Errungenschaften. Angefangen hatte alles mit Kursen in klassischem Griechisch am College, nachdem George sein Leben in die Hand genommen und es tüchtig durchgewirbelt hatte. Die Sicht der Homosexualität in der klassischen griechischen Literatur hatte sein Interesse angestachelt. Er eignete sich die Sprache mit unerwarteter Leichtigkeit an, auch wenn alle ihn gewarnt hatten, dass sie der absolute Horror sei. Als er später feststellte, dass in seiner Nachbarschaft in New York eine griechische Familie einen Gemüseladen besaß, freundete er sich mit ihnen an. Ihr Sohn verbrachte einen gesamten Winter damit, ihm voller Begeisterung Neugriechisch beizubringen – im Bett.

Er hörte, wie Pano etwas von einem Boot sagte, auch wenn er nicht lauschen wollte. »Es darf aber kein griechisches sein«, schloss Pano.

»Selbstverständlich. Ich habe das schon erledigt. Sag deinen Freunden, dass ich einen Vorschuss erwarte, sobald sie sich entschieden haben.«

»Kein Problem. Du wurdest auch das letzte Mal gut bezahlt.«

Es folgte noch mehr, das Phil jedoch absichtlich überhörte, während er sich um seinen Drink kümmerte. Johnnys Griechisch war flüssiger als seines, er hatte jedoch einen starken englischen Akzent. Phils griechische Familie hatte ihm immer bestätigt, dass er ein gutes Ohr für die richtige Aussprache habe. Wenn er noch mehr mit Johnny zu tun haben würde – ihm vielleicht sogar helfen würde – käme sein Geheimnis zwangsläufig ans Licht. Am besten wäre es wohl, wenn er mit seiner Aufdeckung noch etwas wartete, damit Johnny nicht mehr genau wusste, wie viel er eigentlich mitbekommen hatte. Schließlich hatte er auch keine richtig aufregenden Dinge erfahren. Johnny hoffte, Geld dafür zu bekommen, dass er etwas mit einem Boot machte. Es durfte kein griechisches Boot sein. Das war das einzige Detail, das für eine verdeckte Operation sprach. Schmuggeln vielleicht? Er erinnerte sich an Johnnys plötzliches Interesse, als sie das Thema Segeln angeschnitten hatten. War Johnny der Ansicht, dass er bei der Bedienung eines Bootes von Nutzen sein konnte? Nachdem sein Leben die letzten zehn Jahre abenteuerlos vorangeschlichen war, hatte er nichts gegen eine etwas schärfere Gangart. Er hatte die nächsten Wochen nichts vor. Er mochte die Art von Johnny – diese coole Sorglosigkeit eines Draufgängers.

Phil trank sein Glas aus, während Johnny den Griechen so verabschiedete, als habe er ihn in seinem eigenen Haus empfangen. »Ich habe deine Zeit lange genug in Anspruch genommen«, sagte er. »Die Details haben wir geregelt. Ich werde es dich wissen lassen, sollten in letzter Minute irgendwelche Komplikationen auftreten, ich rechne jedoch nicht damit. Wir werden uns wahrscheinlich erst danach wiedersehen.«

Pano erhob sich, gab ihnen die Hand und verschwand hinter der Bar. Johnny sah Phil an und zuckte mit den Achseln. »Es tut mir Leid, dass ich dich habe warten lassen. Wollen wir gehen?«

»Gern. Wir essen also nicht mit ihm?« Phil wusste eigentlich nicht, warum er diesen kleinen Kniff anwandte, um den Eindruck zu erwecken, als habe er die Unterhaltung nicht verstanden. So wichtig war es nun auch nicht, dass er Griechisch konnte.

Johnny sah ihn mit einem schelmischen Grinsen an. »Aber nein. Mit ihm will ich mich gar nicht so lange aufhalten. Jetzt bin ich bereit, mich nur noch auf dich zu konzentrieren.«

Phil lächelte. »Das ist eine angenehme Überraschung. Athen fängt an mir zu gefallen.«

Wenige Minuten später hatten sie ich wieder im Irrgarten der gewundenen Straßen verloren. Phil fragte sich, ob er den Weg zurück zu Panos Bar wohl finden würde. Ihm fiel zwar kein Grund dafür ein, warum er das wollen könnte, aber er war sich sicher, dass er es schaffen würde. Auch an einem Ort wie der Plaka dürfte es nicht viele Straßen mit Stufen geben. Johnnys Treffen mit Pano hatte seine Vorstellungskraft angestachelt, auch wenn er nicht genau wusste, worum es dabei ging. Sein Job waren Sachbücher und nicht Thriller. Johnny legte ihm eine Hand auf die Schulter und lotste ihn zu einer unauffällig wirkenden Tür. Froh, der Kälte zu entkommen, trat Phil in einen kleinen rustikalen Raum mit niedriger Decke, der mit Tischen gefüllt war, die alle besetzt zu sein schienen. Das Restaurant machte sicherlich ein hervorragendes Geschäft, die Stimmung hingegen wirkte eher ruhig. Süße, metallisch klingende Musik mischte sich mit den Gesprächen der Gäste. Auf den ersten Blick sahen die normal gekleideten Leute wie durchschnittliche Mittelklasse-Athener aus. Johnny leitete ihn zu einem Torbogen, hinter dem sich ein weiterer kleiner, überfüllter

Raum öffnete. Eine Wand bestand aus Glastüren, die wegen der Kälte geschlossen waren. Dahinter war ein erleuchteter Innenhof mit zahlreichen Topfpflanzen sichtbar. An der Glaswand war noch ein Tisch frei. Johnny leitete Phil mit einer Hand auf seinem Arm dahin. Auf dem Weg hatten sie schon zahlreiche Kellner begrüßt.

»Es gefällt mir«, sagte Phil, und sah endlich, wo die Musik herkam. Ein alter Mann mit engelsgleichem Lächeln saß an einem Tisch und zupfte mit flinken Fingern an einer Zither. Die Töne klangen gespenstisch und gleichzeitig seltsam fröhlich.

»Du bist ein kultivierter Mann mit Geschmack«, sagte Johnny mit anerkennendem Lächeln. »Ich hatte schon Angst, du würdest etwas in der Art vom Hilton erwarten.«

»Das Hilton ist nicht sehr griechisch. Ein paar griechische Freunde haben mich in New York in einen Laden wie diesen mitgenommen. Sie meinten aber, das Essen dort sei nicht so gut wie richtiges griechisches Essen.« Nachdem er fallen gelassen hatte, dass er Griechen kannte, würde die Überraschung, dass er auch Griechisch konnte, nicht mehr so groß sein.

»Das hier ist richtig. Vielleicht das beste in Griechenland. Leider sagt das aber nicht so viel aus. Du kommst aus New York?«

»Ich lebe da, bin aber nicht dort geboren. Wie die meisten New Yorker. Viele Möglichkeiten hatte ich nicht. Mein Arbeitsplatz ist dort.«

»Schon wieder Arbeit. Ich frage mich, was für ein Job das ist. Wärst du Engländer, hätte ich es längst erraten. Wir verraten uns durch Kleinigkeiten. Ihr Amis seid mir ein Rätsel. Ich werde nicht eher ruhen, bis ich deines gelöst habe.

Phil lachte. »Warum soll ich es dir nicht einfach verraten?«

»Nein. Ich bin stolz auf meine Intuition. Manchmal ist mir das wichtig. Ein Typ, der seinen Lebensunterhalt mit seinem Gehirnschmalz verdient, sollte es trainieren. Dass du schwul bist, habe ich schon erraten, oder?«

Phil sah sich schnell um. »Ja«, sagte er und lächelte in diese intelligenten Augen. Johnnys Gesicht sah gezeichnet und etwas verbraucht aus, aber es erweckte in ihm auch Vertrauen. Es war schwer zu sagen, was seine Attraktivität ausmachte. Normalerweise machte er sich nichts aus Gelegenheitssex, aber er freute sich schon darauf, mit Johnny ins Bett zu gehen, sollte dieser das immer noch vorhaben. Zum Glück war Johnny nicht so gut aussehend. Seine heftige

Vernarrtheit in ein Gesicht oder einen Körper war etwas, das ihn schon oft in Schwierigkeiten gebracht hatte. Sex mit Johnny wäre eine friedliche Bestätigung ihrer freundschaftlichen Anziehung. Seiner bisherigen Erfahrung nach war das das Beste, was die Homosexualität ihm bieten konnte. Er fühlte sich wunderbar frei von Alex. »Es ist nicht schwer, eine Tunte zu erkennen«, sagte Phil lächelnd.

»Du bist überhaupt nicht leicht zu durchschauen. Ein Blitz göttlicher Inspiration unterstützt von Wunschdenken waren nötig. Um es auf den Punkt zu bringen: Du bist einfach zu schön, um etwas anderes zu sein. So viel männliche Schönheit wäre nur eine Verschwendung an die Frauen.«

»Meine ist es nicht.« Sie brachen in Gelächter aus. Ein Kellner kam und begrüßte Johnny mit Namen. Sie tauschten Höflichkeiten aus.

»Den Rotwein, wie immer?«, fragte er auf Griechisch.

»Ich frage meinen Freund.« Er sah Phil an, als er wieder ins Englische wechselte. »Meiner Meinung nach schmeckt griechischer Weißwein immer harzig, auch wenn sie schwören, dass er es nicht ist. Bist du mit einem Roten einverstanden?«

»Klar. Beim Weißen stimme ich dir zu. Ich dachte schon, mit mir stimmt etwas nicht.«

»Mit dir ist alles in bester Ordnung – solange du mit mir übereinstimmst.« Er bestätigte dem Kellner die Weinbestellung, stand auf und legte eine Hand auf Phils Schulter. »Komm. Sehen wir uns an, was es zu essen gibt.«

»Ansehen? Wo?«, fragte Phil und stand ebenfalls auf.

»In der Küche. Da, wo das Essen herkommt. Du warst wirklich nur im Hilton! In Griechenland sind wir etwas bodenständiger.«

Johnny ließ seine Hand auf Phils Schulter und leitete ihn zur Küche, die Teil des anderen Raumes war, lediglich durch einen Tresen davon abgetrennt. Ein Mann mit einer langen weißen Schürze begrüßte Johnny mit Namen und hob der Reihe nach die Deckel der Töpfe an, die sich auf dem Herd aneinander reihten. Johnny guckte hinein. »Ich nehme immer von allem etwas«, erklärte er. »So als hätte man ein Riesenmahl aus lauter Vorspeisen. Was hältst du davon? Wenn dir etwas davon besonders gut schmeckt, kannst du immer noch mehr davon haben.«

»Klingt gut.«

Johnny bestellte auf Griechisch und sie gingen zurück zu ihrem Tisch, wo sie schon eine Flasche Wein erwartete. Sie gossen sich ein und probierten ihn, während sie sich gegenseitig amüsiert und anerkennend musterten. »Ich bin froh, dass du mich aufgesammelt hast«, sagte Phil. »Es scheint ein schöner Abend zu werden. Hast du dich schon entschieden, was ich beruflich mache?«

»Ich bin kurz davor. Du bist verwegen und einfallsreich. Das passt besser zu einem Gauner als zu einem gewöhnlichen Geschäftsmann. Hast du etwas mit dem Fernsehen zu tun? Mit dem Kino? Du könntest Agent für richtig erfolgreiche Autoren oder Schauspieler sein. Wie war das?«

Phil gluckste. »Sehe ich so theatralisch aus? Ich bin angenehm überrascht. In gewisser Hinsicht bist du nahe dran. Ich bin für die Sachbuchabteilung eines großen Verlages zuständig.«

»Sachbücher! Unglaublich. Solltest du da nicht Pfeife rauchen und eine Hornbrille tragen?«

»Lass mir noch etwas Zeit. Genauer gesagt ist es nicht ganz so, wie es klingt. Vor langer, langer Zeit waren die Sachbücher für den Verlag sehr wichtig – geblieben sind davon nur einige Standardwerke, die kaum das Porto wieder reinbringen. Ich versuche jetzt, das Steuer wieder etwas herumzureißen, während sie sich entscheiden, ob sie die Abteilung nicht lieber gleich dichtmachen wollen. Meiner Meinung nach sollten Sachbücher immer interessant und wenn's geht auch unterhaltsam sein. In aller Bescheidenheit: Bislang hatte ich einigen Erfolg damit.«

»Verwegen und einfallsreich. Ganz wie ich es gesagt habe. Dafür gebe ich mir ganz gute Noten.«

»Hast du jemals Illustrationen gemacht? Ich bin immer auf der Suche nach Künstlern mit guten Ideen.«

»Sind wir gerade auf dem Weg zu einer lebenslangen Beziehung? Vielleicht machst du noch einen ehrlichen Mann aus mir. Und ich mache aus dir einen Gauner. Das wäre ein fairer Tausch.«

Der Kellner tauchte wieder auf und in kürzester Zeit war ihr gesamter Tisch mit kleinen Schälchen bedeckt. Zu den Vorspeisen gehörten frittierter Tintenfisch, gefüllte Auberginen, Weinblätter mit einer matt-gelben Sauce, eine Art Zwiebelrostbraten, der in einem tönernen Gefäß serviert wurde und ein Bohnengericht, in dem Phil frischen Dill ausmachen konnte.

»Das alles ist für uns zwei?«, fragte er. »Damit haben wir ja bis morgen zu tun.«

»Dann lass uns mal zuschlagen, mein Freund.«

Sie aßen und tranken und bestellten eine weitere Flasche Wein. Phil stellte fest, dass das Essen tatsächlich ganz außergewöhnlich gut war – simpel, aber mit einer Raffinesse, die ihm bei griechischem Essen bislang nicht untergekommen war. Johnny flirtete in seiner leicht hochnäsigen, ironischen Art weiter mit ihm.

»Wie sieht es hier gerade politisch aus?«, fragte Phil, nachdem sie schon einige Schneisen in die Essensberge geschlagen hatten.

»Nach dem Terrorregime? Das reine Licht der Demokratie scheint wieder auf dieses Land.«

»Warst du während des Militärregimes hier?«

»Aber ja. Ab und zu. Schließlich sind sie erst seit einem knappen Jahr weg.«

»Wie lange waren sie an der Macht?«

»Hm, es sollte nicht allzu schwer sein, das herauszufinden. Wir haben 1975, nicht wahr? Ich vergesse das immer. Sie kamen siebenundsechzig und wurden letztes Jahr rausgeschmissen. Sieben Jahre, wenn mich meine Rechenkünste nicht verlassen haben.«

»War es sehr schlimm?«

»Das Regime? Nur wenn du politisch aktiv warst. Alle anderen haben es kaum mitbekommen.«

»Es war eine richtige Diktatur, oder?«

»Na ja, Hitler war es nicht. Man kann davon ausgehen, dass die Polizei hier immer sehr brutal vorgeht, selbst unter den besten Voraussetzungen. Die Griechen erwarten das.«

Phil war aufgefallen, dass sich hinter Johnnys aufgesetzter, ironischer Fassade eine bemerkenswerte Fähigkeit zu wachsamer Konzentration verbarg. Auch jetzt war es so. Alles in Johnny sammelte sich in einer kontrollierten, eisernen Entschlossenheit zu observieren, als ob er jede einzelne Nuance eines Wortes oder einer Geste wahrnahm. »Ich denke, das ist nur ein Grund mehr dafür, dass die Macht nicht in die Hände des Militärs fallen sollte.«

»Das denke ich auch«, sagte Johnny. »Erstaunlicherweise war es nicht schlimmer. Schon zu Beginn hatte ich mir vorgenommen, dass ich etwas unternehmen würde, sobald ich den Stiefel des Unterdrückers zu spüren bekäme – wahrscheinlich verschwinden. Bin ich aber nicht, auch wenn alle meine Bekannten, die Grund genug hatten, sich bedroht zu fühlen, das taten. Es gab keine erwähnenswerte Untergrundbewegung – ich meine bewaffneten Widerstand. Das wäre sicher noch gekommen, wenn es länger gedauert hätte.«

»So etwas habe ich noch nicht miterleben müssen. Das ist auch gut so – ich wüsste nicht, wie ich mich verhalten würde.«

»Heldenhaft, nehme ich an. Wie ich.«

Sie neckten sich weiter mit ihrem Lächeln und mit Worten, und Phil bemerkte, dass Johnnys Aufmerksamkeit wieder nachließ und sich auflöste. Der Engländer faszinierte ihn immer mehr. Er führte etwas im Schilde. Natürlich waren da noch die Fetzen privater Konversation, die er belauscht hatte, aber es steckte mehr dahinter. Schon zu Beginn war es ihm aufgefallen und sein erster Eindruck wurde dadurch bestätigt, wie Johnnys Aufmerksamkeit sich auf ihn richtete und wieder verschwand. Es ging nicht nur darum, ihn ins Bett zu bekommen. Johnny wollte mehr von ihm. Und er würde so lange bei ihm bleiben, bis er herausgefunden hatte, was. Er vermutete, dass er es auch wollen würde, auch wenn es etwas noch so Unerwartetes wäre. Ganz sicher war er sich nicht, ob die Bemerkung, dass Johnny aus ihm einen Gauner machen wollte, nur als Witz gemeint war. Johnny erweckte den Eindruck, als verfüge er über eine große Lebenserfahrung. Er konnte von bewaffnetem Widerstand und dem Leben unter der Diktatur erzählen, während sich Phils intensivste Erfahrungen darum drehten, seinem Sexleben einen Sinn zu geben. Alex hatte ihn ausgelaugt. Phil fühlte sich wie ein Abbruchhaus, das renoviert werden musste – und zwar mittels eines kompletten Umbaus.

Sie verputzten das restliche Essen, lehnten sich mit zufriedenem Lächeln zurück und prosteten sich zu. »Gut«, sagte Phil und ließ seinen Blick über Johnnys eher unauffällige Gesichtszüge gleiten. Sein ungezügeltes sandfarbenes Haar war an den Rändern auf eine typisch englische Weise gekräuselt. Er hatte eine helle englische Gesichtsfarbe und glatte Haut. Sein Mund bildete einen Widerspruch: Die hochnäsige, amüsierte Überlegenheit, die um seine Mundwinkel spielte, wirkte einschüchternd. Phil hatte jedoch auch Züge von Zuneigung ausgemacht, wenn er mit den Leuten, die ihn begrüßt hatten, den Kellnern und Barmännern, gesprochen hatte. Da sein Kinn nicht aggressiv war, ging Phil davon aus, dass es nicht schwierig sein würde, hinter Johnnys Schutzwall zu gelangen.

»Viel Obst gibt es nicht um diese Jahreszeit«, sagte Johnny. »Willst du vielleicht noch einen Nachtisch, Kuchen oder irgendetwas?«

»Um Himmels willen, bloß nicht! Ich kriege keinen Bissen mehr runter. Es war fantastisch.«

Johnny freute sich wie ein kleiner Junge. »Ich freue mich wirklich, dass es dir geschmeckt hat. Lass uns einen Kaffee trinken.« Er leerte den letzten Wein in ihre Gläser und bestellte die Rechnung, als der Kaffee kam. Phil versuchte zu zahlen, aber Johnny ließ sich nur nach langem Hin und Her darauf ein, die Rechnung zu teilen. Es waren nur ein paar Dollar. Sie leerten ihre Gläser und standen auf. Als sie wieder auf der Straße waren, blieb Johnny stehen.

»Was nun?«, fragte er. »Eine Kneipentour oder vielleicht noch etwas Verruchtes? Oder willst du mit mir nach Hause kommen? Der Vollständigkeit halber sollte ich vielleicht noch die Begleitung zu deinem Hotel hinzufügen, aber daran will ich lieber gar nicht denken.«

»Von meinem Hotelzimmer habe ich schon genug gesehen.« Sie hielten sich an den Armen und rückten immer näher aneinander heran. »Nimm mich zu dir mit.«

Johnny drückte Phils Arm leicht. »Ein kultivierter Mann mit Geschmack. Ich muss letzte Woche irgendetwas Gutes getan haben. So leicht bekomme ich normalerweise nicht, was ich will.« Um seine Lippen spielte ein ironisches Lächeln. »Hältst du einen weiteren Spaziergang durch?«

»Sicher, aber es ist wirklich kalt.« Phil zog seine Jacke fester um sich. »Lass mich ein Taxi für uns zahlen.«

»Aber gerne. Dein Wunsch ist mir Befehl.« Er winkte eines heran und nannte dem Fahrer die Adresse. Phil war es etwas peinlich, als Johnny sich im Auto gleich auf ihn stürzte, ihn umarmte und küsste. Nachdem er seine Überraschung überwunden hatte, gab er sich jedoch den verführerischen Freuden von Johnnys Mund hin. Johnnys Lippen waren fest und leidenschaftlich. Phil mochte die Art, wie Johnnys Hände ihn überall streichelten. Starke, haarlose Hände. Sie waren ihm zuvor schon aufgefallen. Johnny war genau das, was er sich wünschte – ein selbstsicherer Mann, der wusste, was er wollte, unempfänglich für emotionale Hysterie, erwachsen und ausgeglichen. Sie würden vielleicht verhaftet werden, aber das würde Johnny nicht stören. In seiner nüchternen Art hatte er entschieden, dass es Zeit für sie sei, miteinander ins Bett zu gehen. Phil fühlte sich bei ihm wunderbar sicher und frei.

Johnny lehnte sich zurück und fuhr mit der Hand von Johnnys Brust nach unten, bis er auf seine Erektion stieß. Er ergriff sie und streichelte sie sanft. »Entzückend. Ich warte schon den ganzen Abend darauf, dich mit nach Hause zu nehmen. *Nach Hause* meine ich aber nur symbolisch. Wie ich dir schon gesagt habe, wohne ich nirgendwo richtig. Meine Freunde haben immer ein kleines Fleckchen für mich übrig. Das ist sehr praktisch.« Er sprach, ohne mit dem Streicheln aufzuhören. »Warum sollte man sich mit Miete, Möbeln und all den anderen Dingen das Leben verkomplizieren? Ich habe fast ein ganzes Jahr in den Bergen Kretas verbracht, ohne auch nur einen Heller auszugeben. Ich wurde von Dorf zu Dorf weitergereicht und über Wochen königlich unterhalten. Natürlich habe ich ihnen angeboten zu zahlen, aber die Kreter halten es immer noch für eine Frage der Ehre, Fremden ihre Gastfreundschaft anzubieten. Meine Freunde waren schockiert. Sie dachten, ich würde armen Schluckern ihr letztes Brot wegnehmen. Die Leute aus den Dörfern, bei denen ich war, hielten sich aber keineswegs für arme Schlucker. Alles ist Ansichtssache, abhängig vom Blickwinkel, aus dem du es betrachtest.«

Phil hatte den Eindruck, als würde Johnny mit seiner Aufmerksamkeit, seinen vorsichtigen körperlichen und intellektuellen Bemühungen, seinen Anspruch auf ihn bekräftigen. Er fand es verwirrend und aufregend, wie Johnnys Hände immer sinnlicher über ihn strichen. Phil stöhnte leise und voller Lust. »Lass mich noch nicht kommen«, flüsterte er kaum hörbar.

»Könnte ich?«

»Mein Gott, ja. Jederzeit.«

Johnny lachte leise. »Du bist ein Schatz. Das wollen wir nicht.« Er drückte Phils Schwanz noch einmal und nahm seine Hand weg, während er sich zurücklehnte.

Phil nahm seine Hand und drückte sie neben sich. »Was meintest du vorhin mit dem Blickwinkel? Denkst du, dass es nichts gibt, wovon man sagen könnte, es sei absolut richtig oder falsch?«

»Denkst du, das gibt es?«

»Eigentlich dachte ich das immer, auch wenn mir das nicht gerade geholfen hat. Letztendlich scheint doch immer das Falsche zu siegen.«

»Vielleicht hast du zu viele Sachbücher gelesen. Du kommst mit mir nach Kreta, nicht wahr?«

»Ja.« Phil war erstaunt, dass er ohne zu überlegen geantwortet hatte.

»Gut. Dann werde ich versuchen, alles so einzurichten, dass es dir gefällt. Unabhängig davon, was falsch und was richtig ist.«

Phil bemerkte, dass sie den Platz der Verfassung hinter sich gelassen hatten und gewann langsam eine Vorstellung davon, wo sie hinfuhren. Irgendwo vor ihnen musste der Lycabettos-Hügel sein. Das

Viertel setzte sich aus neuen und alten Häusern zusammen, die Straßen waren gerade, mit Bäumen an den Seiten. Sie waren zurück in der gesichtslosen, geradlinigen Neustadt. Er war etwas enttäuscht, dass Johnny nicht in einer interessanteren Gegend wohnte. Sie fuhren noch um einige Ecken, ohne auf irgendetwas zu stoßen, das den Charme der Plaka gehabt hätte und hielten schließlich neben einem Baum. Ein Weg führte zu einer beleuchteten Eingangstür aus Glas und Metallstreben, die sich in nichts von all den anderen Eingangstüren zu dem schäbigen Wohnblock unterschied. Daneben befand sich ein Schild mit Knöpfen und Namensschildern.

Phil rückte nach vorne und prüfte den Fahrpreis. »Ich hab's«, sagte er. Er zahlte, während Johnny ausstieg, zum Haus ging, einen Schlüssel herausholte und aufschloss. Ein großer, schlanker Fremder, der sich effizient bewegte, ohne viel Aufhebens oder Herumfummeln, dachte er, während der Fahrer das Wechselgeld abzählte. Ein neuer Liebhaber. Was für eine glückliche Fügung.

Johnny wartete auf ihn, hielt ihm die Tür auf und ließ sie hinter ihm zufallen. Ein altertümlicher Fahrstuhl mit Gittern befand sich am Ende eines spärlich erleuchteten Flurs. Klappernd krochen sie immer höher, vorbei an mehreren Stockwerken, eingesperrt auf engem Raum. Sie musterten sich mit der typischen Vorsicht vor dem Liebesakt, wenn man sich zwar anziehend findet, aber noch unsicher ist. Noch konnten sie es sich anders überlegen. Phil hatte keine Bedenken. Johnny schien immer mehr zu wachsen und Substanz anzunehmen – er wollte Phil haben und er würde es auch. Johnny erweckte den Eindruck, als habe er seinen Platz in der Welt gefunden. Ein Mann, der seine Rechte forderte und seine Pflichten akzeptierte, und das ohne Einschränkungen und Hintertürchen, wie er sie von den Bewohnern der schwulen Welt zu Hause kannte. Phil fand sein reizloses Gesicht immer attraktiver, je mehr er sich daran gewöhnte.

Im fünften Stock kamen sie zu einem abrupten Halt und Johnny lotste ihn mit der Hand an Phils Nacken aus dem Käfig. Er führte Phil eine steile Treppe nach oben und hielt eine weitere Tür auf, die hinaus in einen Garten führte. Phil brauchte eine Sekunde, um sich darüber klar zu werden, dass sie auf dem Dach sein mussten. Vor ihnen war ein kleines einstöckiges Haus. Ein Penthouse? Über dem Weg zum Eingang rankte wilder Wein auf einem Spalier. Johnny warf einen Arm um Phils Schulter und sie gingen mit knirschenden Schritten über den Kies durch die Dunkelheit. Er öffnete die Tür und machte das Licht an.

Phil betrat einen einfachen Wohnraum, dessen etwas schäbiger Komfort keinen Anspruch auf einen bestimmten Stil erhob. Es gab mehrere gepolsterte Sessel und ein Sofa, das schon bessere Tage gesehen hatte. Überall stapelten sich Bücher, auf einer Kommode, auf Tischen, auf dem Boden. Am Ende des Raumes rahmte ein großes Fensterbild den erleuchteten Parthenon ein. Phil war völlig überwältigt von dem Anblick. Der Tempel der Athene sah so nah aus, als könne man ihn berühren. Er atmete tief ein, als Johnny von hinten an ihn herantrat.

»Mein Gott, Johnny«, stieß er hervor, »du bist ein Zauberer.«

»Nicht immer gefallen mir die Örtlichkeiten, die meine Freunde für mich aussuchen, aber diese hat etwas für sich.«

»Endlich bin ich in Athen angekommen. Es ist sogar warm. Ich dachte schon, niemand hätte hier Zentralheizung.«

»Hier gibt es auch keine. Tagsüber wird es hier kochend heiß. Jetzt kühlt es langsam ab.« Er nahm Phil die Jacke ab, legte seine eigene daneben, löste seine Krawatte und öffnete den Kragenknopf. Phil bemerkte erfreut, dass keine Haare aus dem Ausschnitt quollen. »Ich könnte noch etwas Wein vertragen, was ist mit dir?«

»Ich sage niemals Nein, wenn es um mein Vergnügen geht.«

»Das ist sehr vernünftig.« Johnny verschwand durch eine Tür an der Seite des Raums. Phil setzte sich auf das Sofa und genoss den unglaublichen Ausblick. Noch vor wenigen Stunden war er bereit gewesen, von hier zu verschwinden. Jetzt liebte er es, hier zu sein. Er kickte seine Mokassins weg, schlüpfte aus den Socken und wackelte genüsslich mit seinen Zehen. Bei Johnny fühlte er sich richtig zu Hause. Er freute sich schon darauf, den großen Schwanz zu sehen, den er im Taxi an seiner Seite gespürt hatte. Er dachte an George. Wie immer. In den drei Jahren ihres Zusammenseins war er sexuell von seinem ersten Geliebten geformt worden, und ein Teil dessen war seine Schwäche für große Schwänze. Nicht, dass sein Verlangen nach Alex, der eher durchschnittlich ausgestattet war, deswegen geringer gewesen wäre.

Johnny kam mit einer geöffneten Flasche und zwei Gläsern wieder. Er füllte sie und reichte Phil mit einem fröhlichen Glitzern in den Augen eines davon. »Hast du schon angefangen dich auszuziehen?«, fragte er.

Phil hob seine Füße hoch. »Ich hoffe es macht dir nichts aus, dass ich barfuß in deinem Wohnzimmer sitze.«

»Meine Verworfenheit kennt keine Grenzen. Ich bin völlig verrückt nach nackten Füßen in meinem Wohnzimmer. Aber warum schon hier aufhören?«

»Ich habe auf etwas Ermunterung gewartet.« Sie sahen sich an und lachten. Der ironische Zug um Johnnys Mund war weg. Er sah aus, als hätte er Spaß, seine Augen leuchteten voller unverhohlener Lust. Phils Schwanz reagierte deutlich auf Johnnys starke, intelligente Attraktivität. Er nahm einen kräftigen Schluck Wein und stellte das Glas hin, während er sich erhob. Er sah an sich herab zu seiner weiten Hose. »Ich glaube, ich habe eine Erektion. Ist dir das verworfen genug?«

»Ich fände es verworfen, wenn du keine hättest.« Johnny trat zurück an den Tisch und stützte sich ab, um sich seine festen Arbeitsschuhe auszuziehen. Als er sie fallen ließ, stand Phil schon nackt vor ihm. Er bemerkte, wie Johnnys Ausdruck seine Distanziertheit verlor und seine Augen sich freudig erhellten. Johnny griff nach seinen eigenen Hosen und befreite seine Erektion. Phils Augen weiteten sich. Nicht ganz Georges Ebenbild – das erreichte niemand – aber ein Angreifer, dem Phil sich sofort ergab. Phil trat nach vorne, wich den Händen aus, die nach ihm griffen, kniete sich hin und nahm Johnnys Schwanz genüsslich in den Mund.

Johnny richtete sich auf, hielt Phils Kopf und stand kurze Zeit bewegungslos da, so, als ob er seine Kapitulation akzeptierte. Seine Finger strichen durch Phils Haar und sein Schwanz wurde fester, bis er ihn schließlich langsam zurückzog. Er beugte sich nach vorne, ergriff Phils Bizeps und zog ihn nach oben. Johnny ließ seine Hand von Phils Schulter den Rücken hinab bis zu seinem Gesäß gleiten, während er ihn durch den Raum leitete. Phils Muskeln zuckten erwartungsvoll. Die beiden Männer schienen sich instinktiv perfekt aufeinander einstellen zu können. Eine solche Natürlichkeit und Harmonie schon vor dem Sex war ihm neu.

Johnny machte das Licht in dem kleinen Raum an, gab Phil einen Klaps auf den Hintern und führte ihn zu dem kleinen Bett hinten an der Wand. Phil schlug die Decken zurück und legte sich auf die Seite hinein. Er war stolz auf seinen Körper und freute sich, dass er ihn ohne Vorbehalte mit einem Mann, der ihn begehrte, teilen konnte. Er war von Anfang an gut gewesen, und Phil hatte von Kindheit an hart daran gearbeitet, um das Beste daraus zu machen. Sein Körper war so wohlgeformt und durchtrainiert, wie er es nur sein konnte, ohne dennoch allzu muskulös zu wirken. Sein Schwanz konnte mit dem von Johnny nicht mithalten, war aber auch nicht schlecht.

Phil hörte, wie Johnny seine letzten Kleidungsstücke auszog und im Raum herumging. Er drehte sich um, damit er ihn sehen konnte.

Endlich war er nackt. Ein schlanker, sehniger Körper, der etwas sorglos zusammengefügt worden war. Seine Haut war gerötet, wo sie der Sonne ausgesetzt war; all seine Kraft schien sich in seinem großen Schwanz zu sammeln, der sich vor ihm voller berauschender Entschlossenheit erhob. Phils Herzschlag beschleunigte sich. Er mochte die beiläufige Selbstsicherheit, mit der Johnny sich darauf vorbereitete, ihn zu nehmen, als habe er von Anfang an gewusst, was Phil wollte.

Phil sah, wie er näher kam, sein Schwanz so stolz und fest vor ihm aufgerichtet, als habe er einen eigenen Willen, der Johnny an sein Ziel führte. Phil entspannte sich, bot sich ihm an und sein Herz beruhigte sich wieder etwas und schlug langsamer. Johnny warf ein Handtuch neben ihn, kniete sich aufs Bett und spreizte seine Beine. Er glitt mit seiner Hand zwischen Phils Hinterbacken und trug das Gleitmittel auf. Dann hob er ihn an den Hüften hoch und schob ihn sich so zurecht, wie er ihn haben wollte. Er behandelte Phil mit einer Selbstverständlichkeit, die zeigte, dass er gewohnt war, Befehle zu geben. Jeder, der einen Schwanz wie Johnny hatte, konnte sich seiner selbst so sicher sein. Phil schob sich ihm willig entgegen.

Johnny führte seinen Schwanz mit erfahrener Leichtigkeit ein. Phil verspürte einen Moment lang Schmerz, dann war es vorbei und Johnny glitt tiefer in ihn hinein, bis er ihn ausfüllte. Phil hieß ihn begeistert willkommen.

»O Gott, es ist herrlich«, stöhnte er.

»Alles scheint tatsächlich sehr gut aufeinander abgestimmt zu sein. Wenn ich nicht aufpasse, könnte ich mich schnell daran gewöhnen.«

Phil verschluckte sich an seinem Lachen, als Johnny anfing, sich in ihm zu bewegen. »O ja. Kämpf nicht dagegen an, Johnny. Nimm mich!«

Genau das tat Johnny und er nahm sich dabei alle Zeit der Welt, um herauszufinden, welche Bedürfnisse ihre Körper hatten, war einfallsreich, aber kontrolliert, und weitete ihr harmonisches Zusammenspiel so weit aus, bis sie gleichzeitig einen berauschenden Höhepunkt erreichten. Nachdem ihre Körper zufrieden gestellt waren, wuschen sie sich unter der Dusche, die anscheinend nachträglich eingebaut worden war. Das Wasser floss durch ein Loch in der Mitte des Badezimmerbodens ab.

»Das war gut«, sagte Phil, während Johnny ihn mit zärtlichen Händen einseifte.

»Ganz meine Meinung. Ich würde sogar so weit gehen, es denkwürdig zu nennen. Ich bin es nicht gewöhnt, mit Göttern zu schlafen. Ihr Amis habt die körperliche Schönheit neu erfunden, komplett mit Gliedmaßen aus Alabaster. Manchmal habe ich mir schon gewünscht, Bildhauer zu sein, aber ich würde wahrscheinlich bei dem Versuch wahnsinnig werden, den Schönheiten der Natur gerecht zu werden.« Er drehte Phil um und zeichnete die Konturen von Phils Hinterbacken mit seinen Fingerspitzen nach. »Ich denke, selbst Donatello hätte bei deinem Hintern klein beigeben müssen – und er hat einige ganz außergewöhnliche zustande bekommen.«

»Dein Schwanz und mein Hintern – sie scheinen füreinander geschaffen zu sein.«

»Du bist wirklich außergewöhnlich. Du bietest deine körperliche Perfektion mit solcher königlicher Großzügigkeit an. Ich hätte niemals zu hoffen gewagt, dass ich einen solchen Preis erhalte. Perlen vor die Säue.«

»Du siehst das zu kritisch. Was bringt es denn, einen perfekten Körper zu haben, wenn niemand mich haben will?«

Johnny drehte Phils Kopf zu sich herum. Sie lächelten sich durch den dünnen Wasserstrom hindurch zufrieden an. »Das ist wahr. Ich nehme an, selbst Göttern gefällt es, wenn sie begehrt werden. Also hab ich dir einen Gefallen getan, mein Freund.«

»Danke schön, Johnny. Wenn du mir noch einen tun willst, spül mich bitte ab.«

»Ich wage zu behaupten, dass du jetzt sauber bist.« Er schöpfte mit beiden Händen Wasser und spritzte es auf Phil. Dann zeichnete er mit den Fingern Phils ausgeprägte Brustmuskeln nach und folgte ihnen abwärts zum Becken. »Einen ausgezeichnet definierten Beckenbereich, pflegten wir das in der Kunstschule zu nennen. Michelangelo war ein Meister darin, aber ich habe solche Perfektion noch nie bei einem lebenden Mann gesehen. Du bist eine Statue, mein Freund.«

Johnnys neugierige Hände erweckten Phils Schwanz wieder zum Leben. Für einen Moment war er sogar größer als der von Johnny. »Ich kann nur hoffen, dass ich nicht auch im Bett wie eine Statue bin.«

»Das kann ich nun wirklich nicht behaupten. Okay. Jetzt können wir dich abtrocknen und dann stecke ich dich ins Bett.« Er drehte das Wasser ab.

»Wo wollen wir schlafen?«

»Es gibt nur dieses eine kleine Bettchen. Ich mach es mir auf dem Sofa bequem.«

»Sei nicht albern. Ich werde dir nicht dein Bett wegnehmen.«

»Natürlich wirst du das. Ich darf mich gar nicht erst an Betten gewöhnen, obwohl ich wirklich gerne ein schönes großes hätte, auf dem ich mit dir herumrollen kann.«

»Dafür gibt es immer noch den Boden. Ich will noch mehr über Kreta hören. Was ist mit dem Wein? Sollten wir den nicht noch austrinken?«

Johnny zog einen blauweiß gestreiften Baumwoll-Schlafanzug an, sie holten Gläser und Wein herüber und machten es sich im Schlafzimmer bequem. Phil streckte sich auf dem Bett aus und war nur spärlich von einem Laken bedeckt. Johnny zog es herunter bis zu seinen Hüften, sodass es gerade noch seinen Schwanz bedeckte. »Statuen werden nicht drapiert. Ich werde dir von Kreta erzählen und mich dabei an deinen stattlichen Vorzügen erfreuen.« Er setzte sich auf den Rand des Bettes, und sie nippten an ihrem Wein. »Habt ihr bei euch im Verlag irgendwelche Literatur über Knossos?«

»In unserem Buch über das vorklassische Griechenland steht eine Menge über die minoische Kultur. Deswegen hatte ich mir auch überlegt, dorthin zu gehen.«

»Die Ruinen sind neben der größten Hafenstadt, Heraklion. Wir müssen noch weiter nach Chania zum westlichen Ende. Kreta ist für griechische Inseln recht groß.«

»Hast du etwas für mich, wo ich übernachten kann oder soll ich in ein Hotel?«

»Ich wohne normalerweise bei einer Familie, die immer ein Zimmer für mich freihält. Für dich werden wir auch etwas finden. Wie würde es dir gefallen, auf einem Boot zu leben?«

»Du machst noch einen Seemann aus mir.« Phil hoffte, weitere Hinweise auf Johnnys vorhin in der Bar besprochen Plan und seine eigene Rolle darin zu erhalten. »Was für ein Boot meinst du?«

»Sie ist eine Schönheit – eine 14 Meter lange Schaluppe, sehr komfortabel. Zu zweit kann man sie problemlos steuern, aber sie wurde für schwere See gemacht.«

»Sie gehört einem Freund?«, fragte Phil und hoffte, dass Johnny die Gelegenheit ergreifen würde, um etwas mehr davon zu erzählen, wie seine Segelkenntnisse dazu eingesetzt werden sollten, um auf abenteuerliche Weise Geld zu verdienen.

»Genau«, sagte Johnny ausweichend. »Ich passe manchmal auf sie auf, wenn er nicht hier ist.«

»Meintest du vorhin, dass wir vielleicht eine längere Fahrt machen könnten?«, insistierte Phil.

Johnny zuckte mit den Achseln und füllte ihre Gläser wieder. »Vielleicht später, wenn du mir nicht wegläufst. Der März kann sehr launisch sein. Ich liebe das Leben auf See, aber die Ägäis benimmt sich nicht immer wie ein Gentleman. Es kann sein, dass wir die *Mistral* angeleint lassen müssen – das soll dich aber nicht davon abhalten, darauf zu leben, wenn du gratis wohnen willst.

Ganz offensichtlich war Johnny nicht dazu bereit, seine Geheimnisse zu teilen. Phil erinnerte sich daran, dass Johnny in der Bar von einem Boot eher als Möglichkeit denn als Gewissheit gesprochen hatte. »Ist sie jetzt da?«

»Aber ja. Der Besitzer wird erst in zwei bis drei Monaten zurück sein.«

Phil war fasziniert: Die Informationen über das Boot schienen sich ganz danach, wie es ihm gerade passte, ändern zu können. »Wer ist der Besitzer? Ich nehme nicht an, dass ein Grieche sein Boot *Mistral* nennen würde.«

»Gut geraten. Bernie ist Amerikaner. Wir werden sehen. Wenn das Wetter gut ist, komme ich vielleicht zu dir auf das Boot. Hast du irgendwelche festen Termine?«

»Eigentlich nicht. Ich hatte schon seit Jahren keinen richtigen Urlaub mehr und habe Bescheid gesagt, dass ich vielleicht länger als einen Monat wegbleiben werde. Ich erhole mich gerade von einem gebrochenen Herzen.«

Sie lächelten sich an, Johnny hob die Lippen leicht ironisch. »Das einzige Heilmittel dagegen ist eine Armee unersättlicher Liebhaber. Vielleicht sollte ich dich doch alleine auf dem Boot lassen, auch wenn das *mir* das Herz bricht. Am Kai wimmelt es nur so von hübschen Jungs.«

»Dann würde ich ja gleich das nächste gebrochene Herz riskieren. Da bleibe ich lieber bei dir, Johnny. Du weißt, wie du mich glücklich machen kannst. Wenn ich verliebt bin, mache ich mich nur lächerlich. Ich verliebe mich immer in die falschen Typen. Herzlose Schönheiten. Nie wieder.«

»Ich denke, das reicht nicht. Trau niemals einem Typen, dessen Verstand über die Gefühle befiehlt. Das sind nicht die Richtigen. Du solltest dankbar sein, dass du dich überhaupt verlieben kannst. Ich versuche das schon mein ganzes Leben lang.« Er sah einen Moment langetwas erstaunt über seine eigenen Worte aus, dann leerte er die Flasche in ihre beiden Gläser. Während er sein Glas an den Mund führte, ließ er seinen Blick langsam über Phils Körper wandern. Er stellte das Glas wieder ab und sein Blick wurde immer entrückter. Er streckte eine Hand aus und führte sie dahin, wo zuvor seine Augen entlang gewandert waren: angefangen von Phils Schulter, über seine Brustmuskulatur, bis hin zu dem, was er vorhin einen »ausgezeichnet definierten Beckenbereich» genannt hatte. Er schüttelte sich und erwachte wie aus einer Trance. »Ich kann mir nicht vorstellen, dass ein geistig gesunder erwachsener Mann sich in einen Körper verlieben kann, bei dir komme ich aber verdammt nahe dran.« Seine Hand wanderte weiter und fiel schließlich auf das Tuch, das Phils Schwanz spärlich bedeckte. Phil knurrte wohlig und fühlte, wie sich seine Energie in der Lendengegend sammelte. Sein Schwanz erhob sich aus seinem Bett, frei von der sittlichen Verhüllung.

»Das war schon immer mein Problem, dass ich mich in Körper verliebt habe«, sagte er. »Oder in hübsche Gesichter. Ich bin eine Schande für meine Freunde.«

»Ein Narr der Liebe, versteckt in einem wunderschönen Körper. Was für eine Kombination!« Johnny streichelte Phils steifen Schwanz, der ihm offen angeboten wurde. »Ich bin mir sicher, dass Manoli dich bekommt, noch ehe viel Zeit vergangen ist.«

»Wer ist Manoli?«

»Unser ortsansässiger Kalenderboy. Er ist wie ein Fuchs im Hühnerstall der Ausländerkolonie – arme Hühner. Seine körperliche Perfektion kommt sehr nahe an deine heran. Beim Gedanken an euch beide zusammen wird mir ganz schwindelig …«

Phil rückte näher und ließ seine Hand unter Johnnys Schlafanzug zu seinem Schwanz gleiten. »Ich habe wirklich meine Zweifel, ob Manoli da mithalten kann. Erzähl mir mehr vom Leben auf See. Ich versuche mir vorzustellen, wie es wäre, ein Boot zu haben. Wahrscheinlich würde ich damit irgendwas machen wollen, irgendwo hinfahren. Hast du denn keine Pläne?«

»Ich versuche, keine Pläne zu machen. Das Leben ist ohne sie einfacher.« Johnny leerte sein Glas, ließ sich nach vorne fallen und nahm Phils Schwanz in den Mund. Die Erinnerung an das Gespräch in der Bar löste sich in Phils Kopf schnell auf, während Johnny seinen Körper einfallsreich wieder in Besitz nahm.

Bevor Phil schließlich in dem kleinen Bett einschlief, machte er sich noch einmal bewusst, was sich alles geändert hatte. Er war nicht länger allein in einem fremden Land. Er hatte einen Freund. Die nächsten Wochen hatten schon leichte Umrisse und einen Sinn bekommen. Das Rätsel, das Johnny umgab, könnte ihn überall hinführen. Zum ersten Mal freute er sich darüber, dass er hergekommen war und freute sich auf den Morgen. Er würde durch die Ägäis segeln; er würde nach Kreta fahren.

Die Welt der Legenden erwartete ihn.

Das bunte Treiben auf dem Dock sah völlig chaotisch aus: Es schien, als ob nur noch Sekunden blieben, eine unvorstellbare Katastrophe zu verhindern. Männer riefen von Schiffen dem Ufer zu, andere riefen zurück, Metall schlug dröhnend an Metall, während Container für die Fahrt über das Meer vorbereitet wurden und Kräne durch die Luft schwebten. Nach Phils Uhr waren es noch 20 Minuten bis zur geplanten Abfahrt. Er stand unten neben einem Landungssteg und konnte nur hoffen, dass er von der anstürmenden Horde nicht niedergetrampelt werden würde. Frauen mit Raubvogel-Blicken, beladen mit Bündeln und Koffern, die mit Schnüren zusammengebunden waren, warfen sich in den Kampf; scheinbar wollte ganz Griechenland noch mit an Bord. Es war schwierig, nach Johnny Ausschau zu halten, während man gleichzeitig versuchen musste, sich vor körperlichem Schaden zu bewahren.

Er hatte sich schon dazu entschlossen, dass er auf jeden Fall nach Kreta fahren würde, auch wenn Johnny nicht auftauchte. Seine Habseligkeiten lagen gepackt zu seinen Füßen. Zumindest kannte er einen Namen auf der Insel: den des unwiderstehlichen Manoli. Bis hierher hatte er Johnnys Instruktionen genau befolgt: Er hatte im Hotel ausgecheckt und war um die Mittagszeit zum Klub mit der Nummer 28 gegangen. Während er wartete, hatte er mehrere Biere getrunken und war, als um ein Uhr immer noch niemand da war, wovor Johnny ihn schon gewarnt hatte, in die Bahn von Omonia nach Piräus gestiegen.

»Sag einfach, *Pu ine tou vapori ya Heraklion*«, hatte Johnny ihm aufgetragen, und Phil war ganz froh, ihm sagen zu können, dass er so weit mit seinem Griechisch schon durchkommen werde.

»Ich habe dir doch gesagt, dass ich einige Griechen in New York kannte«, erklärte er. »Einen von ihnen kannte ich eher besser als schlechter, wenn man's genau nimmt.«

Er hatte das Boot gefunden, sich eine Karte gekauft und in einer *taverna* gleich in der Nähe etwas gegessen. Er dachte an all die Male, die er auf Alex gewartet hatte. Die Reue seines Geliebten war stets ebenso entnervend wie das Warten selbst und seine voraussagbaren Entschuldigungen: Er hatte einen schönen Jungen getroffen und es nicht geschafft, ihn abzuweisen. Da Phil von Anfang an akzeptieren musste, dass Untreue bei Alex dazu gehörte, konnte er niemandem einen Vorwurf machen – nur sich selbst.

Nun stand er inmitten des Abschiedstumults und es war ihm nicht wichtig, ob Johnny auftauchte oder nicht. Er hatte es genossen, mit ihm zusammen zu sein. Johnny hatte ihm das Gefühl gegeben, dass er sein Leben etwas aufregender machen könnte – aber eine der Gefahren beim Reisen bestand eben darin, dass es keine Kontinuität gab. Man musste die Dinge nehmen, wie sie kamen und dann weiter ziehen. Irgendetwas stimmte nicht mit Johnny. Vielleicht konnte er ganz froh sein, nicht mehr von ihm kennen zu lernen. Er mochte es nicht, alleine herumzuhängen und zu warten. Er hatte immer eine etwas prüde Angst davor gehabt, durch die Straßen zu streifen und so auszusehen, als habe er bei seinem Bummeln unlautere Absichten. Er war sich dessen bewusst, dass mehrere junge Männer ihn ansahen und er verbot es sich ganz ausdrücklich, ihre Blicke zu erwidern.

Er reckte den Hals und blickte suchend über die Köpfe hinweg, um klarzumachen, dass er aus einem bestimmten Grund hier wartete. Dabei entdeckte er Johnny, der sich den Weg zum Schiff bahnte. Seine Stimmung besserte sich schlagartig. Er lächelte, als er sich rasch bückte, um seine Tasche aufzuheben. Als er noch einmal über die Köpfe der Leute blickte und losgehen wollte, fühlten sich seine Füße plötzlich an, als seien sie in Beton gegossen. Es war wie ein Schlag in die Magengrube. Er konnte sich nicht bewegen.

Als er wieder etwas zu Verstand gekommen war, sagte er sich, dass er träumte. Es war unmöglich. Es konnte nicht George sein. George war tausende von Meilen entfernt. Er hatte den Schimmer eines attraktiven Jungen gesehen, der aussah wie Mitte zwanzig. George hingegen war inzwischen 35 und sah vielleicht schon wie ein Mann mittleren Alters aus. Er schüttelte leicht den Kopf und bewegte seine Füße, um festzustellen, ob er sie wieder bewegen konnte. Dann stellte er sich auf die Zehenspitzen und entdeckte Johnny, der noch durch hundert durcheinander rufende Leute von ihm getrennt war. Der Mann, mit dem er sich unterhalten hatte, hatte sich inzwischen umgedreht. Die

Schultern dieses Mannes und sein Hinterkopf erinnerten tatsächlich stark an George, aber er hatte glattes schwarzes Haar. Der Gedanke daran, wie es wäre, jemanden zu treffen, der ihn auch nur im Entferntesten an George erinnerte, sandte Schauer über seinen Rücken. Er war im Strom der Reisenden gefangen. Johnny würde sich keine Sorgen machen, wenn er ihn vor dem Schiff nicht träfe, sondern annehmen, Phil hätte sich verlaufen oder seine Meinung geändert. Jedenfalls würde er an seinen Plänen festhalten. Er lebte auf Kreta und würde nach Hause fahren, unabhängig davon, was mit Phil wäre. Sie würden sich auf dem Schiff treffen.

Phil ließ sich mit der Masse die Laufplanke hinauftreiben und brach an ihrem Ende zu einer Seite aus. Er stolperte auf das Deck der Fähre und suchte sich einen ruhigen Platz an der Reling, von dem aus er den Zustrom der Passagiere beobachten konnte. Er ließ seine Tasche fallen und wischte sich mit dem Handrücken den Schweiß aus den Augen, während er auf Johnny wartete. Innerlich versuchte er sich darauf vorzubereiten, den Fremden zu treffen, der für einen kurzen erschreckenden Moment George gewesen war. Der größte Schock war für Phil gewesen, dass ihn selbst nach zehn Jahren die Möglichkeit, George zu treffen, völlig umgeworfen hatte. In den letzten Jahren hatten sie immer wieder am Telefon über ein Treffen diskutiert, aber Phil hatte es immer abgelehnt. Erst vor zwei Jahren hatte George bei ihm angerufen und ihn angefleht, zu ihm zurückzukommen. Er hatte irgendwelchen Ärger mit einem Jungen und brauchte ihn. Phil interessierte sich nicht für Georges Schwierigkeiten. Er hatte zu der Zeit genügend eigenen Ärger mit Alex und war der Ansicht, dass George den seinen verdiente. Seine knallharte Ablehnung der Bitten spukte ihm immer noch im Kopf herum. Was würden sie einander sagen, wenn sie sich trafen? Es könnte jeden Tag, jede Minute passieren. Dass es ausgerechnet hier in Griechenland passierte, war zwar sehr unwahrscheinlich, aber man konnte ja nie wissen.

Die Neuankömmlinge schrien sich weiter an. Sie schienen selbst, wenn sie still standen, noch Hektik zu verbreiten. Johnny sprang schließlich von der Laufplanke aufs Schiff. Phil rief ihn und winkte. Johnny spazierte in seiner gewohnt überlegenen Art zu ihm hin – diesen Mann konnte einfach nichts aus der Ruhe bringen.

»Ein ganz schönes Gedränge«, bemerkte er trocken. Er klopfte Phil auf die Schulter. »Ich wusste, dass ich dich an Bord finden würde. Guter Junge. Ich wurde aufgehalten. Verzeih. Hast du erste Klasse gebucht?«

»Ja. Du sagtest …«

»Genau. Solange auch nur einer von uns das gemacht hat, wird es keine Schwierigkeiten geben. Wir gehen am besten sofort zum Steward, um sicherzugehen, dass wir eine Kabine bekommen.«

Phil nahm seine Tasche und folgte ihm über das Deck. Er sah, dass Johnny lediglich eine abgenutzte Aktentasche dabei hatte. »Ist niemand bei dir?«, fragte er und sein Herz setzte kurz aus.

»Bei mir? Wie meinst du das?«

»Als ich vorhin versuchte, durch das Gedränge zu dir zu gelangen, sah ich, dass jemand bei dir stand.«

»Ach so, ja. Der gut aussehende Junge? Das war der berühmt berüchtigte Manoli. Er ist mit einem kleinen Frachtschiff angekommen und dachte sich schon, dass ich auf dieser Fähre sein würde. Er hatte eine Nachricht für mich. In ein bis zwei Tagen wird er zurück sein.«

Phil atmete erleichtert aus. Ob Manoli nun tatsächlich aussah wie George oder nicht, jedenfalls hatte er etwas Zeit, um sich darauf vorzubereiten. Der Steward begrüßte Johnny mit Namen und regelte das mit der Kabine. Auch der Barmann des Schiffes kannte Johnny und begrüßte ihn fröhlich. Sie bestellten Bier und Johnny fragte ihn, ob er Probleme gehabt habe, das Schiff zu finden.

»Einfacher hätte es nicht sein können. Mein etwas lächerliches Griechisch kehrt schön langsam wieder zurück. Dein Griechisch hat mich dazu ermuntert, es selbst auszuprobieren. In wenigen Tagen werde ich in der Lage sein, mich eloquent über das Wetter zu unterhalten.« Jetzt hatte er sein Gewissen etwas beruhigt. Johnny war nun gewarnt, dass alles, was er in seinem Beisein sagte, verstanden werden konnte.

Johnny lächelte. »Du siehst fantastisch aus. Griechenland bekommt dir gut. Ich habe Manoli angekündigt, dass ich jemanden mitbringe, der unsere verschlafene kleine Gemeinde etwas aufrütteln wird.«

»Verstehe ich das richtig, dass sich Manoli um die Männer kümmert.«

»So einfach ist das nicht. Manoli kümmert sich um jeden, der ihm gefällt. Die Männer kümmern sich um ihn. Sie machen aus ihm eine Hure, aber ich wage zu behaupten, dass so manche Dame das ebenso leicht schaffen kann. Er hat noch nicht bemerkt, was für eine Vielfalt ihm zur Verfügung steht. Manoli ist ein einfacher Inseljunge. Für ihn wäre es viel leichter zu verstehen, wenn ein amerikanischer Millionär oder ein englischer Lord ihn zu seinem Favoriten ernennt, als wenn eine Dame so etwas vorschlagen würde. Nach griechischem Verständnis tun Frauen so etwas einfach nicht. Sie bleiben alle zu Hause und kümmern sich um die Kinder.«

»Das klingt danach, als könnte es mit Manoli Ärger geben.«

»Kann schon sein. Vielleicht kann er von seiner Hurerei aber auch profitieren. Für einen Jungen wie ihn – gut aussehend, schlau, ungebildet und ehrgeizig – gibt es hier nicht so viele Möglichkeiten. Er sieht, wie die Welt an ihm vorbeizieht – der amerikanische Millionär auf seiner schimmernden Jacht, der englische Lord auf einem Esel in den Bergen – und wir (du als amerikanischer Millionär und ich als englischer Lord) bedeuten für ihn alle das Gleiche: die Möglichkeit herauszukommen, wenn er es schafft, unsere Aufmerksamkeit zu erregen. Ich kenne Fälle, in denen das geklappt hat. Einer davon macht gerade Karriere an einem Theater in den Staaten und wird außerdem sehr gut ausgehalten. Ein anderer lebt ein sorgloses Leben voller Luxus in Mayfair. Manoli fragt sich, wie er das auch schaffen kann. Die Hurerei ist die nahe liegende Antwort.«

»Du bist ein unmoralisches Schwein, Johnny. Warum bleiben sie nicht hier und leben ein Leben, das sie verstehen?«

»Weil es nicht länger existiert, mein Freund. Ich habe dabei zugesehen, wie sich Kreta innerhalb von 15 Jahren von einem ländlichen Paradies in eine Touristenfalle verwandelt hat. Manoli und Seinesgleichen sind darin gefangen. Du wirst es sehen. Du kannst mir sagen, was du von ihm hältst, wenn du mit ihm im Bett gewesen bist.«

»Das hast du auch schon organisiert?«

»Es wurde im Himmel geplant – so sicher wie die Sonne morgens auf- und abends untergeht. Es wäre amüsant, wenn er sich in dich verlieben würde. Und ich würde mich freuen zu sehen, wie er um Aufmerksamkeit bettelt, aber das ist wohl zu viel verlangt. Dafür ist er nicht der Typ.«

»Du würdest dich wundern, was für Typen sich schon alles in mich verliebt haben«, sagte Phil mit gespielter Überheblichkeit.

»Keineswegs. Schon als Junge musst du ein kleiner Gott gewesen sein. Das ist leicht zu sehen, denn in bestimmten Momenten siehst du noch aus wie ein kleiner Junge. Dein Körper ist ein Kunstwerk. Ich kann mich nicht beschweren.«

»Ich mich auch nicht. Aber ich habe mich noch nicht gebührend für letzte Nacht bedankt, angefangen damit, dass du mich angesprochen hast. Ich habe mich schon den ganzen Tag auf diese Fahrt gefreut. Ohne dich hätte ich das nie gemacht. Du bist ein Engel.«

Unter ihnen begannen die Motoren zu rattern. Johnny warf einen Blick auf seine Uhr und sah Phil dann voller Zuneigung an, ganz ohne Ironie. »Wir sind Freunde, nicht wahr Kumpel?«

»Ja, Johnny.« Erneut brach vor und hinter ihnen Geschrei aus. Pfeifen ertönten. Glocken wurden geläutet. Seitlich am Rumpf ertönte ein lautes Klopfen. Phil vermutete, dass die Laufplanke eingezogen wurde. Ihre Gläser fingen an, auf der Bar zu tanzen.

»Wir können uns noch ein Bier holen und damit hinausgehen. Dann zeige ich dir die Ägäis«, sagte Johnny.

Die Fähre ächzte und schlingerte leicht beim Ablegen. Dann ertönten wieder Pfeifen und Glocken und sie fuhr los. Die Motoren begannen hämmernd ihre Arbeit. Schließlich waren sie frei und steuerten langsam durch das überfüllte Hafenbecken. Durch den Vorhang des Barfensters sah Phil zahlreiche Schiffe jeder Größe vorbeiziehen.

»Wann kommen wir an?«

»In 18 bis 20 Stunden. Morgen am späten Vormittag, würde ich sagen. Bis zum Mittag sollte wir zu Hause sein. Hast du deinem Hotel in Athen gesagt, wohin du gehst?«

»Nein. Ich habe nur gesagt, dass sie alles für mich aufbewahren sollen, bis ich ihnen Bescheid gebe. Das hattest du doch gemeint, oder?«

Johnny hatte diesen etwas überraschenden Vorschlag am Morgen gemacht. Als Phil das Hotel verließ, hatte er damit alle Verbindungen zu dem, was er zuvor sein Leben genannt hatte, durchtrennt. Er war vollständig in Johnnys Hand. Nachdem er anfangs einige Zweifel gehabt hatte, fühlte es sich inzwischen ganz gut an, für eine Weile zu verschwinden.

Sie leerten ihr Bier und Johnny führte Phil aus der Bar hinaus auf das vordere Deck. Sie traten in eine kristallklare Welt, wo sie eine strahlende Sonne, frische, reine Luft und die glitzernde See empfing. Das Schiff verließ gerade den Hafeneingang. Das Meer vor ihnen war durchsetzt mit Inseln. Zu ihrer Rechten stieg aus einer Ansammlung von Industrieanlagen, die sich auf einer Insel nahe dem Festland befand, Rauch auf. Johnny identifizierte sie als Salamis.

»Wo die Schlacht stattgefunden hat?«, fragte Phil.

»Genau. Wenn die Griechen hier nicht vor mehreren tausend Jahren die Perser geschlagen hätten, würden wir alle jetzt vielleicht Teppiche weben. Man darf gar nicht daran denken.«

Sie standen an der Reling, und Johnny stellte Phil alle möglichen interessanten Orte vor. Das war die Peloponnes. Man konnte es zwar nicht sehen, aber da hinten war Korinth. Die klassische Welt war angenehm überschaubar gewesen. An ihren äußersten Grenzen lag Kreta, eine fremde Zivilisation, jahrhundertelang verloren, nachdem eine mysteriöse Katastrophe sie vernichtet hatte.

Der Wind war kühl; nachdem sie in der Nähe der Tür zur Bar einen geschützten Platz gefunden hatten, setzten sie sich auf unbequeme kleine Plastikstühle und genossen den strahlenden Sonnenschein. Auf der offenen See wurde das Rollen des Schiffes, das Auf und Ab des Bugs, stärker und hatte eine einschläfernde Wirkung. Sie entschlossen sich, ein Nickerchen zu machen und gingen nach unten zu ihrer Kabine. Sie bestand aus einem winzigen Viereck mit Platz für zwei Pritschen, eine über der anderen. Es war heiß und stickig und das Bullauge war so verrostet, dass es sich nicht öffnen ließ.

»Das Leben auf einem Boot hat auch seine Nachteile«, sagte Johnny. »Ich denke, ich werde dich lieber erst mal bei Kyria Vassiliki einquartieren, dann sehen wir weiter. Du wirst ein paar Tage brauchen, um dich einzuleben.«

»Wie lange erwartest du, dass ich bleibe?«

»Mindestens einen Monat, wenn es nach mir geht. Nachdem ich dich jetzt bei mir habe, werde ich noch ernsthafter über eine längere Bootstour mit dir nachdenken. Wir könnten jede Menge Spaß zusammen haben.«

»Da bin ich mir sicher. Aber ich bin es nicht gewohnt herumzureisen.« Er fragte sich, wann Johnny ihm mitteilen würde, worum es bei der Bootstour eigentlich ging. Vielleicht niemals. Vielleicht könnte er diese geheime Mission sogar erledigen, ohne dass Phil es überhaupt mitbekommen würde. »Es ist seltsam, so gar keinen festen Plan zu haben. Ich werde meine ganze Art zu denken ändern müssen.«

»Von Zeit zu Zeit kann das nicht schaden. Zu verschwinden, ohne eine Adresse zu hinterlassen, ist schon ein Schritt in die richtige Richtung. Der Ort, an den dich deine Reise geführt hat, sollte bestimmen, was du tust. Sonst bleibst du einfach nur ein Tourist.«

Sich aus der unbequemen Kleidung zu befreien, wurde zu einem Balanceakt; sie stolperten hin und her und stießen einander wegen der

Enge im Raum immer wieder an. Ein plötzlicher Ruck des Schiffes beförderte sie beide auf die untere Pritsche, wo sie lachend liegen blieben.

»Die Situation erfordert eine wissenschaftlichere Herangehensweise«, sagte Johnny. »So. Du stehst jetzt auf und hältst dich an der oberen Pritsche fest. Genau. Ich kümmere mich um den Rest. Mag sein, dass dies zu einem gewissen Maß an körperlicher Nähe führt. Ich hoffe aber, es macht dir nichts aus.«

»Versuchen wir unser Glück.« Als Phil schließlich nackt war, hatte er eine Erektion und sein Schwanz befand sich in Johnnys Mund.

Phil hielt sich am Rahmen der Pritsche fest und ließ sich mit dem Schaukeln des Schiffes vor und zurück schwingen. »Alles, was ich tue, ist von dem Ort bestimmt, an dem ich bin«, sagte er.

Johnny lachte los, hob seinen Kopf und sah ihn an. Seine Hände strichen über Phils Körper. »Diese Umgebung eignet sich nicht dazu, richtig miteinander zu schlafen, aber das gefällt mir sehr gut. Deinetwegen stellt sich mir die Frage, was Schönheit eigentlich ist. Wie subjektiv ist sie? Will ich dich, weil du einen wunderschönen Körper hast, oder denke ich, dass er wunderschön ist, weil ich ihn will?«

»Ich bin ein philosophisches Rätsel, aber es gefällt mir, was du mit meinem Schwanz machst.«

»Mir auch. Das ist einer der schönsten Schwänze, die mir je begegnet sind.«

»Lass es mich wissen, wenn du meine Dienste benötigst.«

»Ich warte, bis ich an der Reihe bin. Lass dir nur schön viel Zeit mit dem Kommen. Es ist, als würde ich einem Akrobaten mitten in seiner Trapeznummer einen blasen.«

Phil baute diese Fantasie noch weiter aus. Er stellte sich vor, wie es wäre, wenn er an einer Stange mit ausgestreckten Beinen Klimmzüge machen würde und neckte Johnny mit diesem athletischen Schauspiel. Er erinnerte sich an die Dinge, die George und er beim Trainieren in dem Sportstudio zu machen pflegten, das sie in einem Sommer in einer Scheune eingerichtet hatten.

Als die Sonne untergegangen war, wurde das Schiff etwas ruhiger und setzte seinen Kurs Richtung Süden fort. Sie gönnten sich noch einige Drinks und ein grauenhaftes Essen – es sollte »rozbif« sein, mit matschigen Spagetti dazu – aber eine Flasche Wein half, es hinunterzubekommen. Sie gingen hinaus aufs Deck, wo es spürbar wärmer geworden war und saßen noch eine Weile unter dem sternenklaren

Nachthimmel. Lichterflecken in der Ferne deuteten an, dass sich dort Inseln befanden.

»Ich verzeihe der Küche. Jetzt ist alles wieder gut«, sagte Phil. »Ich glaube, so lange war ich noch nie auf einer Fähre. Es gefällt mir.«

»Zumindest weiß man, dass man irgendwo hinkommt. Alles ist besser als Fliegen.«

»Wir sind so altmodisch, Johnny. Wann bist du das erste Mal nach Griechenland gekommen?«

»Vor langer Zeit. Ich glaube es sind bald 20 Jahre, so 16 oder 17. Aber natürlich bin ich nicht die ganze Zeit hier gewesen. Kommen und Gehen. Wann immer ich ein paar Bilder verkaufen kann. Hier ist der richtige Ort für einen Gauner wie mich. Alle Griechen sind Gauner. Gelegenheiten bieten sich immer wieder. Wenn mir Geld in den Schoß fällt, bleibe ich noch ein bisschen länger. Versteh das nicht falsch, ich stehle nicht. Ich bin ein ganz schön ehrlicher Gauner. Wenn man mir Geld gibt, um etwas zu tun, dann tue ich es. Die Einzigen, die ich wirklich hintergehe, sind die Polizisten. Dafür sind sie da.«

»Was meinst du, Johnny?«, frage Phil, der zum ersten Mal das Gefühl hatte, es wäre vielleicht besser, diesem geheimnisvollen Engländer gegenüber etwas vorsichtiger zu sein. »Gib mir ein Beispiel. Geht es um illegale Dinge?«

»Alles ist irgendwo illegal. Als die Offiziere Diktatur spielen wollten, war es illegal, eine Waffe zu besitzen. Man musste sie bei der Polizei abgeben. Auf den Inseln widersprach das völlig den ungeschriebenen Gesetzen, denn hier hatte jeder schon immer eine Waffe gehabt. Also wurde eifrig geschmuggelt.«

»Du warst Waffenschmuggler?«

»In sehr begrenztem Rahmen. Ein Dutzend Gewehre geben eine sehr unangenehme Fracht ab. Bis zu einem gewissen Punkt konnte man sie auch auseinander bauen. Es hat seine Vorteile, Ausländer zu sein. Zum einen trauen die Griechen Fremden eher als ihren eigenen Landsleuten. Zum anderen zieht die Polizei es vor, Ausländer in Ruhe zu lassen, außer sie bestehen unbedingt darauf, verhaftet zu werden. Bei Drogen läuft es genauso.«

»Drogen auch?«

»Die gleiche Art von Botendiensten. Eine Menge davon kommt in Heraklion an. Der Hafen gilt als relativ ungesichert. Das Problem ist nur, jemanden zu finden, der es zu seinem Bestimmungsort in Athen bringt, ohne dass derjenige dann damit selbst verschwindet.

Wir sprechen nicht über gut organisierte Operationen von Gangstern, wie du sie kennst. Hier gibt es immer noch viel Raum für einen Amateur und Gentleman. Eine Nacht auf diesem ruhmreichen Ozeandampfer erlaubt es mir, mich einige Monate länger meiner Kunst zu widmen.«

Phil war beeindruckt und fühlte wieder diesen Hauch von Abenteuer wie letzte Nacht. Johnny redete abgeklärt über diese »reale«, unangenehmere Seite eines Lebens, in dem ernsthaftere Konsequenzen möglich waren, als die unbedeutenden Implikationen, die Phils Partnerwechsel nach sich zogen. Er nahm an, dass er jetzt in etwa wusste, worum es bei Johnnys Unterhaltung in der Plaka-Bar gegangen war; ein Boot wäre natürlich sehr praktisch, wenn man mit Schmuggelware handelte. Für ihn selber war das eher nichts. Johnnys Argumentation war etwas wässrig. Immer mehr Menschen waren der Ansicht, dass es egal war, was man machte, wenn man nur damit durchkam. Dabei blieben aber die Normen auf der Strecke, nach denen er erzogen worden war und die er für erforderlich hielt, um ein anständiges Leben zu führen.

»Wahrscheinlich klingt das etwas prüde«, sagte er daher, »aber mir gefällt es nicht, Gesetze zu brechen. Und das nicht nur, weil es Gesetze sind, sondern weil man dann mit Leuten zu tun bekommt, mit denen ich lieber nichts zu tun haben will.«

»Wir haben immer die Wahl in unserem Leben«, erklärte Johnny in der Dunkelheit. »Wenn du das nicht akzeptierst, stellst du dich gegen das Leben selbst. Du kannst nicht alles im Leben haben, also musst du dich entscheiden, was bei dir an erster Stelle kommt. Meine Wahl fiel auf die Unabhängigkeit. Wie steht's mit dir?«

»Ich weiß es nicht sicher. Wenn man arbeitet – einen festen Arbeitsplatz hat – hat man kaum noch eine Wahl.«

»Eben. Man fängt an, sich gegen das Leben zu stellen. Es wird dir gut tun zu reisen, auch wenn es nur nach Kreta ist. Vielleicht wirfst du sogar noch deinen Job über Bord und schließt dich unserer Armee der verlorenen Seelen an. Wahrscheinlich sind auch schon seltsamere Dinge passiert, auch wenn mir auf Anhieb keines einfällt – du scheinst wirklich eine harte Nuss zu sein.«

»Bin ich das wirklich?«

»Ich denke schon. Mag sein, dass du im Herzen ein heilloser Romantiker bist, aber du hast dich fest unter Kontrolle. Vielleicht zu fest.«

»Ist es nicht genau das, was du vorhin meintest, als du gesagt hast, dass man die Wahl hat?«

»Das sollte man meinen, aber das Leben ist nicht so leicht zu fassen, vor allem nicht an einem Ort wie Kreta, wo nichts so ist wie überall sonst.«

Als Phil am nächsten Vormittag in Heraklion von Bord ging, hatte er den Eindruck, als verstünde er nun, was Johnny gemeint hatte. Es schien ihm, als habe er die ihm bekannte Welt verlassen. Außer den Stunden auf See, die sie benötigt hatten, um hierher zu gelangen, fiel ihm nichts ein, was bei ihm dieses Gefühl der absoluten Isolation hervorgerufen haben könnte. Der Platz vor ihm mit den Cafés hätte eigentlich genauso gut auch in Athen sein können. Dennoch wirkte etwas an ihm so, als sei er ganz einzigartig und könnte auch nur hier sein, ohne dass Phil sagen konnte, was es war. Eine Welt für sich. Einige Männer wirkten in ihren weiten Hosen, die sie in hohe Schuhe gesteckt hatten, und ihren groben Umhängen etwas exotisch – die meisten Leute jedoch hatten ganz normale europäische Kleidung an. Zerklüftete Hügel, die sich in der Ferne im Blau verloren, vermittelten den Eindruck, als sei man auf dem Festland, da eine Insel so weitläufig nicht sein konnte. Alles schien etwas verschoben, räumlich versetzt zu sein. Aber vielleicht war diese Verschiebung auch in ihm selbst. Nachdem er nun an seinem Ziel angekommen war, wurde ihm noch deutlicher bewusst, dass niemand außer Johnny wusste, wo er war.

Sie stiegen in einen überfüllten Bus und waren dankbar, noch zwei freie Sitze zu finden. Während er auf die Abfahrt wartete, sah sich Phil ziellos in der Gegend um. Ihm fiel ein Mann mit einem auffälligen Schnurrbart auf, der um den Bus herum ging und durch die Fenster hereinblickte. Als er auf der Höhe von Phil angekommen war, hielt er an und seine Augen schienen etwas oder jemanden in Phils Nähe erkannt zu haben. Er drehte sich zu Johnny um, doch der war anderweitig beschäftigt. Phil drehte sich wieder um und stellte fest, dass der Mann mit dem Schnauzbart zu einem Entschluss gekommen war. Er ging zur Bustür, stieg ein und setzte sich auf einen freien Platz in der Nähe des Fahrers.

Wenige Minuten später wurde der Motor angelassen und sie fuhren los. Mehr als eine Stunde waren sie unterwegs auf einer Straße, die sich entlang der Küste wand. Die Fahrt ging durch eine zeitlose, verlassene Landschaft, in der es kaum Anzeichen für die touristische

Entwicklung gab, von der Johnny gesprochen hatte. Ab und zu war hinter Mauern flüchtig ein gepflegtes Anwesen zu sehen, die meiste Zeit ging es aber an offenem Ackerland und Olivenhainen vorbei. Phils Gefühl der Isolation und Entfremdung blieb bestehen.

Schließlich kam der Bus in einer modern wirkenden Stadt mit zahlreichen zwei- und dreistöckigen Gebäuden an, wo die meisten Passagiere ausstiegen. Der Mann mit dem Schnauzbart saß immer noch beim Fahrer. Sie fuhren weiter durch die Stadt, bis sie schließlich in der Nähe eines breiten Kais anhielten, hinter dem sich der Blick auf einen großen Hafen öffnete. Der Fahrer ließ keinen Zweifel daran, dass dies die Endstation sei, denn er stand auf und sprang ebenfalls aus dem Bus. Phil und Johnny stiegen mit den verbliebenen Insassen aus, gefolgt von dem Mann mit dem Schnurrbart.

Kaum hatten sie einen Fuß auf die großen Pflastersteine des Kais gesetzt, als Johnny auch schon von einem großen, schlampig aussehenden Mann umarmt wurde. »Du bist zurück, mein Johnny«, sagte er und drückte ihn geistesabwesend an seinen Bauch. Seine zarten, feinen Züge wurden von einem breiten, fleischigen Gesicht überlagert. Alles in allem wirkte er sanft und freundlich. »Lange warst du nicht weg.«

»Ich habe einen Freund mitgebracht.« Da Johnny ihn nicht ansah, fühlte sich Phil nicht dazu verpflichtet, sich vorzustellen und tat so, als habe er nicht zugehört. »Ich habe Pano getroffen«, fügte Johnny hinzu.

»Ja. Geht es ihm gut?«, fragte der große Mann.

Phil erinnerte sich daran, dass der junge Mann, den sie in der Plaka-Bar getroffen hatten, Pano geheißen hatte. »Ich denke schon, Andoni«, sagte Johnny. »Alles schien in Ordnung zu sein.«

»Wie ich sehe, ist dein Boot hier. Ich habe Geld für dich.«

Andonis leise, schmachtende Stimme schien die Verbindungen, die Phil bereits gemacht hatte, weiter zu bestätigen – das Boot, Geld – sowohl hier als auch in der Plaka waren es ganz normale Geprächsthemen. Das Boot, Geld – und Drogen? Johnny und Andoni gaben wirklich nicht das Bild von typischen Drogenschmugglern ab. Der ältere Mann trug weite Baumwollhosen und ein einfaches billiges Polohemd, dessen Kragen flach wie ein Stück Pappe um den Hals herum gepresst war. Er hatte Socken an und zerlumpte Sandalen. Phil ließ seine Augen über die unbekannte Umgebung wandern, während er darauf wartete, dass Johnny ihm mitteilte, was sie nun, da sie angekommen waren, tun sollten. Es kam ihm so vor, als werde er immer tiefer in ein großes unergründliches Rätsel hineingezogen. Er fragte sich auf einmal, ob er wohl je wieder den Weg zurück in die ihm bekannte, geordnete Welt finden würde. Wohin er sich auch immer wandte, es schien ihm, als ob ihn unsichtbare Schranken in dieser fremden Welt einschlossen. Er fühlte sich seltsam unsicher und gleichzeitig aufgeregt, während er unbewusst nach einem Ausweg suchte.

Zur See hin war der Hafen durch zwei lange Molen eingeschlossen, in deren Mitte eine schmale Öffnung freigelassen war. Diese Ausfahrt war durch einen Leuchtturm markiert. Dahinter erstreckte sich das tiefblaue Meer bis zum Horizont. Wie alles hier, schien auch dieser unendliche Ozean sämtliche Dimensionen zu sprengen und war so groß auf keiner Karte zu finden. Phil sah, dass der Hafen auf der rechten Seite noch eine Ausbuchtung hatte; er konnte die Masten von Schiffen durch Lücken zwischen Gebäuden, die sich am Kai entlangzogen, erkennen. Zwischen den Gebäuden befanden sich mehrere Cafés, eine kleine runde Kirche, die ganz für sich allein stand und ein heruntergekommenes zweistöckiges Haus, das sich selbst als Hotel bezeichnete. An allen drei Seiten des Hafens gab es weitere Cafés und vor ihnen waren große Areale mit Stühlen und Tischen voll gestellt, für imaginäre Menschenmassen, die anscheinend erwartet wurden. Darüber zogen sich heruntergekommene, baufällige Häuser in Reihen einen steilen Hügel nach oben. Phil hatte niemals zuvor einen Ort gesehen, der so verlassen ausgesehen hatte.

Er drehte sich wieder zu Johnny um, der sich gerade langsam aus der lethargischen, aber schwer zu lösenden Umarmung von Andoni befreite. »Wir treffen uns am gewohnten Ort«, verabschiedete sich Johnny von dem massigen Griechen und führte Phil vom Ufer fort. »Wollen wir uns ein Dach über dem Kopf suchen?«, fragte er.

»Ich würde auch gerne etwas von diesen Sachen ausziehen«, stimmte Phil zu. »Hier ist ja Sommer.« Auf einen Tag wie diesen hatte er die ganze Zeit gewartet: Die Sonne strahlte aus einem wolkenlosen Himmel und ließ alle Dinge in einem klaren goldenen Licht erleuchten, eine angenehme Brise strich über das Wasser und tupfte weiße Schaumkrönchen auf das Meer außerhalb des Hafenbeckens. Zahlreiche Obstbäume blühten auf dem Hügel und streckten ihre Äste graziös über eingestürzte Mauern und Felsen. Phil entschied, dass es ihm gefiel, so ganz von der Welt abgeschnitten zu sein; die Ruhe hier war unvergleichlich – es kam ihm vor, als gehöre dieser ganze Ort nur ihm. Er sah zu Johnny hinüber, der seinem Blick mit einem kleinen ironischen Lächeln begegnete.

»Das ist schon alles«, sagte er. »Gefällt es dir?«

»Ich denke schon. Es kommt mir aber noch nicht so vor, als sei ich schon richtig angekommen. Wieso sind hier keine Leute?«

»Es ist noch nicht einmal elf. Sie kommen schon noch. Lass uns erst mal eine Bleibe suchen, dann können wir es uns bei einem guten Gläschen gemütlich machen.«

»Wollen wir uns das Boot gar nicht ansehen?«

»Das Boot? Ach so, das Boot. Ja, später. Ich muss erst den Schlüssel holen, es ist abgeschlossen.«

»Wie kann man denn ein Boot abschließen?«

»Die Kajüte ist abgeschlossen. Aber wir können uns auf das Deck stellen und uns die Masten ansehen, wenn du willst.«

»Du kannst mir noch etwas Wasser ins Gesicht spritzen, dann ist es fast so, als würden wir segeln.« Phil freute sich, dass er Johnny zum Lachen gebracht hatte. Er wollte nicht, dass das Boot zu einem zentralen Thema oder einem großen Mysterium wurde. Er freute sich über die einfache, geradlinige Freundschaft, die gerade zwischen ihnen entstand und auch über den einfachen, geradlinigen Sex, der dazugehörte. Dieses eine Mal konnte er keine Komplikationen ausmachen, die aus normalem menschlichen Kontakt entstehen konnten. Es kam ihm so vor, als habe er die ganze Zeit seit George nur damit verbracht, aus ungewollten Verwicklungen oder Gefühlsverirrungen wieder herauszufinden. Oder er hatte sich völlig in die Arbeit an seinen Sachbüchern vergraben und sich zölibatär nur noch den steigenden Auflagenzahlen gewidmet. All das lag jetzt hinter ihm; er konnte mit Johnny sicher und zufrieden sein, solange er sich entspannte und die Dinge so nahm, wie sie kamen, ohne immer gleich über sie urteilen zu müssen. Ein bisschen Drogenschmuggel hatte noch niemandem geschadet. Er war zu allem bereit, was Johnny vorschlagen könnte.

Vor ihnen lag ein Hotel, das etwas besser in Schuss zu sein schien als das neben der kleinen Kirche. Sie umrundeten Café-Tische, ließen das Hotel hinter sich und bogen in eine kleine Seitenstraße ein, die sie vom Hafen fortführte. Die Straße wand sich immer steiler den Hügel hinauf, und die Häuser passten sich der Steigung an.

Nach einem kurzen Anstieg blieb Johnny vor einer ausgebleichten Tür stehen. »Hier wohne ich«, erklärte er. Er öffnete die Tür und steckte den Kopf hinein. »Kyria Katerini!«, rief er. Aus dem Inneren tönte ein antwortender Ruf. Johnny machte die Tür weiter auf. »Komm mit. Ich zeige dir am besten gleich, wo mein Zimmer ist, damit du mich immer finden kannst ohne zu fragen. Bin ich etwas voreilig, wenn ich annehme, dass du mich auch finden *willst*? Wir werden es bald sehen.« Ein Lächeln umspielte seine Lippen, als er Phil in das Haus hineinschob. Vor ihnen fiel eine steile Treppe zu unterirdischen Höhlen ab, die sich in den Hügel zu bohren schienen. Johnny ging nach oben. Oben am Treppenabsatz erschien eine drahtige kleine Frau in Schwarz.

»Du bist zurück, mein Johnny!«, sagte sie knapp, aber voller Zuneigung.

»Ja. Ein kurzer Ausflug. Ich habe einen Freund mitgebracht.« Die Frau ergriff Phils Hand und drückte sie fest, als er ihre Höhe auf der Treppe erreicht hatte. »Ich wollte ihm mein Zimmer zeigen und ihn dann zu Kyria Vassiliki bringen. Hoffentlich kann er bei ihr bleiben.«

»Warum nicht? Sie hat gerade niemanden.«

»Gut. Hat jemand nach mir gefragt?«

»Diesmal nicht. Ich habe ein paar Briefe auf deinen Tisch gelegt.« Johnny war zu Hause; Phil bemerkte es an der Art, wie er sich hier bewegte, wie die Reise von ihm abzufallen schien und er sich entspannte, während er und seine Gastgeberin sich anblickten. Langsam bekam er das Gefühl, dass dieser Ort doch existierte.

»Lass uns hochgehen«, sagte Johnny auf Griechisch. Konnte er jetzt noch so tun, als verstünde er ihn nicht? »Soll ich meine Tasche hier lassen?«, fragte er laut.

Johnny nickte und Phil stellte sie neben der Treppe ab. Nachdem sie weitere Treppen nach oben gegangen waren, kamen sie in einen großen Raum, der das gesamte oberste Stockwerk einzunehmen schien.

Hohe Fenster, die sich auf einen Balkon öffneten, gaben den Blick über Häuserdächer und hinunter zum Hafen frei. Am anderen Ende des Raums stand ein Bett, davor noch einige Möbelstücke, aber sie verloren sich in dem hohen, blank gefegten Raum. Lediglich ein langer Küchentisch vor den Fenstern, auf dem Malutensilien lagen, gab Aufschluss über Johnnys Arbeit. Daneben stand eine Staffelei mit einer leeren Leinwand. Mehrere ungerahmte Bilder lehnten an der Wand, mit dem Rücken zu ihnen. Johnny ließ seine Tasche auf den Boden fallen und sein Blick glitt über die Briefe, die auf dem Tisch lagen. Dann tippte er sie misstrauisch mit einem Finger an und drehte sich mit einem spöttischen Lächeln zu Phil um.

»Mein trautes Heim. Ich hoffe, du findest den ganzen Luxus nicht etwas übertrieben.«

»Wenn es dir so gefällt, akzeptiere ich das. Für mich selbst hoffe ich, etwas Schlichteres zu finden.«

»Dann lass uns auf die Suche gehen.«

»Darf ich mir nicht vorher noch deine Arbeit ansehen?«

»Später, wenn du willst. Du weißt ja jetzt, wo ich wohne.«

Sie stiegen im Haus nach unten, traten auf die kleine Straße hinaus und setzten ihren Anstieg fort. Nach wenigen Minuten hielt Johnny vor einer weiteren Tür an und betätigte diesmal einen Türklopfer. »Wenn sie dir einen guten Preis macht, bekommst du hier meiner Meinung nach das Beste, was diese Stadt zu bieten hat«, sagte er, während sie warteten.

Die Tür wurde von einer fülligen, liebenswürdig aussehenden Frau geöffnet, die Johnny sehr herzlich begrüßte – alle reagierten hier so auf ihn, stellte Phil fest. Er schien sehr beliebt zu sein.

Sie stiegen nach oben, kamen an mehreren Räumen vorbei, in denen Leute zu wohnen schienen und landeten schließlich erneut im obersten Stockwerk. Es bestand aus mehreren Räumen, die offen ineinander übergingen, einer hinter dem anderen. Wie bei Johnny hatte auch hier der erste Raum hohe Fenster, die sich zu einem Balkon öffneten und den Hafen überblickten. Anders als bei ihm standen hier jedoch jede Menge Möbel herum, vor allem Betten. Es gab so viele Betten, dass es Phil schwer fiel, den eigentlichen Zweck der einzelnen Zimmer herauszufinden. Er entdeckte in einem jedoch einen Herd mit zwei Kochplatten und ein Spülbecken, in einem anderen befand sich das Bad.

Er hörte zu, wie sich Johnny und Kyria Vassiliki freundschaftlich über ihn unterhielten – wo er herkam, wie lange er bleiben würde, wie viele Familienmitglieder noch bei ihm waren – und schweiften immer wieder zum neuesten Tratsch ab. Als Kyria Vassiliki schließlich fragte, warum ein einzelner Mann all diese Räume für sich allein brauchte, schlug Phil alle Vorsicht in den Wind und beteiligte sich am Gespräch.

»Ich glaube nicht, dass ich einen Platz wie diesen teilen wollte«, sagte er zu Johnny. »Er ist zu offen. Man hätte gar keine Privatsphäre.«

»Versuch einmal, einem Griechen so etwas wie Privatsphäre zu erklären. Betten sind Betten. Vielleicht kannst du sie damit glücklich machen, dass du für drei oder vier der Räume zahlst.«

Sie einigten sich schließlich einvernehmlich auf einen Preis von 15 Dollar pro Woche. Phil fragte, ob er einen Schlüssel für die Haustür erhalten würde, aber seine Gastgeberin versicherte ihm, dass das Haus immer offen war. Nachdem die Frau die beiden allein gelassen hatte, lächelten sie einander an. Johnny spielte den Vorwurfsvollen. »Wie kam ich eigentlich auf die Idee, dass du kein Griechisch sprichst?«

»Ich glaube nicht, dass ich so etwas gesagt habe. Aber ich habe erwähnt, dass es schön langsam zurückkommt.«

»Es macht nicht den Eindruck, als sei es weit fort gewesen. Zum Glück ist mein Leben wie ein offenes Buch. Ich hoffe, du fandest meine Privatgespräche interessant.«

»Ich habe versucht, nicht zuzuhören. Aber ich weiß, dass du mit dem Typen in der Plaka ein Geschäft machen willst. Ich weiß auch, dass dein Freund Andoni Geld für dich hat. Das ist in etwa alles.«

»Das klingt nicht so interessant, oder? Vielleicht wird es mit der Zeit ja noch etwas spannender. Ich rechne damit, wenn ich ehrlich bin.«

»Das würde mich nicht wundern. Also lehne ich mich zurück und warte einfach ab.« Er öffnete seine Reisetasche auf dem Fußboden. Im ersten Zimmer, in dem seine neue Gastgeberin sie verlassen hatte, befand sich ein altersschwacher Schrank. Er ließ seine Jacke und seinen Sweater dort und drehte sich wieder zu Johnny um. »Mir beim Auspacken zuzusehen, ist wahrscheinlich auch nicht so spannend. Wie wäre es mit einem Bier?«

»Lass uns gehen. Ist alles in Ordnung mit den Zimmern?«

»Wenn ich sie richtig ausnutzen wollte, müsste ich einen ganzen Monat im Bett verbringen. Es ist perfekt. Meine Pyjama-Partys werden mich berühmt machen.« Er zog Schuhe und Socken aus und kramte Sandalen aus seiner Tasche hervor. »Gott segne dich dafür, dass du mich aus Athen herausgeholt hast! Hier gefällt's mir.«

Der Weg die steile Straße hinunter zum Hafen dauerte nur wenige Minuten. Inzwischen gingen mehr Leute die breite Strandpromenade entlang. Die Sonne stand hoch am Himmel und hatte schon so viel Kraft, dass die sanfte Brise ganz angenehm war. Johnny schien die kleine, bucklige Kirche als Ziel auserkoren zu haben. Als sie sich ihr näherten, drehte er sich zur Seite und führte Phil zu einem der

Cafés, vor denen zahlreiche leere Tische auf Kundschaft warteten. Sie setzten sich in die Sonne auf Stühle mit gerader Lehne und geflochtener Sitzfläche. Ein Kellner schlenderte auf sie zu und begrüßte Johnny mit der gleichen Herzlichkeit, die ihm hier von allen entgegengebracht wurde. Als sie Bier bestellten, fiel Phil der Mann mit dem Schnurrbart wieder auf, der gerade an den Tischen vorbei zum Meer ging. Er ging nur wenige Meter von ihnen entfernt, sah sie aber nicht an, sondern schritt einfach weiter. Phil sah Johnny an, um festzustellen, ob er ihn auch wiedererkannt hatte. Der aber unterhielt sich fröhlich mit dem Kellner und achtete gar nicht auf den Passanten. Im nächsten Moment hatte Phil seine kurze Neugier aber auch schon vergessen und genoss einen großen Schluck von seinem kühlen Bier.

»Mein Gott, was will man mehr?«, rief er dankbar aus. »Warst du schon mal im März in New York, Johnny? Regen. Graupelschauer. Ein eisiger Wind pfeift durch den Park.«

»London hat auch Einiges in der Richtung zu bieten.«

Eine Frau mittleren Alters, die gekleidet war, als sei sie auf dem Weg zu einem Einkaufszentrum in einer amerikanischen Vorstadt – Tweedrock, Strickjacke und Perlenkette – lehnte in der Nähe ihres Tisches an der Wand und blätterte in einem dünnen Stapel Briefe. Sie zog einen heraus, ließ sich in einen benachbarten Stuhl fallen und öffnete den Brief. »Morgen, Männer«, sagte sie forsch mit einem amerikanischen Akzent und sah sie kurz an.

»Guten Morgen, Anne«, sagte Johnny mit trockener Zurückhaltung. »Freust du dich gar nicht, mich wiederzusehen?«

»Was?« Die Frau sah kurz etwas verwirrt aus und legte dann ihre Briefe weg. »Aber natürlich. Himmelherrgott, Johnny! Du bist zurück. Höchste Zeit. Ich war etwas schockiert wegen dieses Briefes. Ich dachte schon, meine Tochter käme hier vorbei, um mich zu besuchen. Alles in Ordnung. Sie kommt nicht. Bist du gerade erst angekommen?«

»Ja. Ich habe Phil mitgebracht. Philip Renfield. Anne Mason.«

Phils Hand wurde von der Frau auf der anderen Seite des Tisches fest geschüttelt. Er lächelte sie freundlich an und fand sie auf eine Art überraschend attraktiv. Sie hatte ein ehrliches, offenes Gesicht, das ebenso unauffällig war wie ihre Kleidung, ihre Augen verrieten jedoch eine sehr humorvolle Persönlichkeit. Ihr Haar, das erste Grautöne enthielt, war so sorgfältig gerichtet, als käme sie gerade vom Frisör. Sie schenkte Phil ein anerkennendes Nicken. »Du siehst nicht hysterisch aus, Gott sei Dank. Nachdem du weg warst, ist hier die Hölle losgebrochen, Johnny. Hast du es schon gehört? Manoli ist fort.«

»Ich habe ihn gestern in Piräus getroffen.«

»Ah, gut. Ich hoffe, er ist vernünftig genug, um wegzubleiben.«

»Das denke ich nicht. Er wird in ein bis zwei Tagen zurück sein.«

»Ich geb's auf. Diese Schufte werden einander noch umbringen. Gestern dachte ich schon, es sei so weit. Ich weiß wirklich nicht, warum Manoli ihnen nachgibt.«

»Es gibt so einige Dinge zwischen Himmel und Erde, von denen du besser nichts weißt, Anne.«

»Daran habe ich gar keinen Zweifel, aber dies gehört nicht dazu. Manoli ist ein netter, einfacher griechischer Junge. Er kann diesen Schurken nicht Paroli bieten. Es würde mir ja nichts ausmachen, wenn sie ihn wirklich lieben würden, entweder einer von ihnen oder beide. Aber sie haben ihre Freude daran, ihn zu quälen. Es macht mich krank. Oh, hallo Don. Ich sprach gerade von dir.«

Die letzten Worte sagte sie zu einem kräftigen, abgelebt wirkenden Mann, dessen Haar dünner wurde und der ein rundes, engelhaftes Gesicht hatte. Er zog einen Stuhl zu ihnen heran und machte es sich darauf bequem, noch bevor Anne zu Ende gesprochen hatte.

»Schwärzt du mich mal wieder an, Annie?«, fragte Don mit einem gewinnenden Lächeln.

»Das schaffst du ganz gut alleine«, konterte Anne bisig. Phil bewunderte ihre unverhohlene Feindschaft. Ohne zu wissen worum es eigentlich ging und ohne die beteiligten Personen zu kennen, vermutete Phil doch, dass moralische Entrüstung an einem Ort wie diesem eher selten zu finden war.

Der Neuankömmling wandte sein ungetrübtes Lächeln Phil zu; es besaß eine Art von nichtssagendem Charme. »Ich hoffe, du glaubst ihr kein Wort von dem, was sie über mich sagt. Du siehst fantastisch aus. Sag bitte nicht, dass du zu Johnny gehörst.«

»Wir sind alle eine große glückliche Familie, Don«, sagte Johnny teilnahmslos. »Sein Name ist Phil Renfield. Deiner ist Don Abbot. Ab jetzt seid ihr auf euch allein gestellt.«

Phil schüttelte eine weitere Hand, diese war weich und wollte gar nicht mehr loslassen. Er rutschte missmutig in seinen Stuhl zurück. In gemischter Gesellschaft hasste er jede Art von sexueller Anspielung und wollte außerdem nicht den Eindruck erwecken, als verbünde er sich mit Don gegen Anne. Er schaffte es, seine Hand zurückzuziehen, ohne Don dabei außer Fassung zu bringen. Dieser strahlte.

»Wir werden heute Abend eine Party geben, um diese himmlische Kreatur hier willkommen zu heißen. Um sieben geht's los, sagt allen Bescheid.«

Ein Mädchen trat von hinten an Johnny heran, schlang die Arme um seinen Hals und drückte ihre Wange an die seine. Ihr Gesicht strahlte eine tiefe innere Ruhe und Unschuld aus.

»Hallo, altes Haus«, sagte er und tätschelte ihren Arm.

»Du warst so viele Tage weg«, seufzte das Mädchen. Sie sah an Johnnys Kopf vorbei Phil an. »Ich bin Sally. Du bist neu. Hat Johnny dich mitgebracht? Bleibst du hier?«

»Johnny hat mich hier schon fest installiert.«

»Du musst nett sein, wenn Johnny dich mitgebracht hat.« Sie drückte Johnny, kam herum und setzte sich neben ihn. Sie sah sehr jung aus, hatte ausgeprägte Wangenknochen, Massen brauner Haare, die um ihr Gesicht herumfielen und ein süßes Lächeln, bei dem sie große weiße Zähne zeigte. »Ist Manoli zurück?«, fragte sie Don.

»Er wird zurückkommen. Heute Abend gibt es eine Party für Phil.«

»Eine der legendären Partys? Wird es Whiskey geben?«

»Für Phil wird Whiskey da sein müssen.«

»Das wäre schön. Da ist Cynthia. Cynthia!«, rief sie mit einer klaren Mädchenstimme. »Don schmeißt heute eine Party. Mit Whiskey.«

»Gut, meine Liebe. Das gefällt dir sicher.« Ein großes Mädchen mit dichtem rotbraunem Haar, das sie auf ihrem Kopf hochgetürmt hatte, ließ sich neben ihr in einen Stuhl sinken. Sie schien einen sehr weiblichen Körper zu haben, der in wunderbar exzentrische Kleidung gehüllt war. Ihr Gewand bestand aus bunter Baumwolle, war mit zahlreichen Rüschchen und Stickereien besetzt und reichte bis auf den Boden. Verglichen damit gewannen Sallys weite Hosen und ihr Männerhemd beinahe einen militärisch strengen Charakter. Ein Pärchen? Während Phil sich das noch fragte, lehnten sich die beiden Mädchen aneinander an, so als gehörten sie zusammen. Cynthia sah ihn mit unverhohlener Neugier an. »Hallo«, sagte sie.

»Das ist Phil«, erklärte Sally. »Manoli kommt zurück.«

»Bist du ein Freund von Manoli?«, fragte Cynthia.

»Nein. Ich meine, ich habe ihn noch nicht getroffen.«

»Das wirst du sicher noch. Zur Fastnachtsfeier ist er sicher wieder da. Wir haben eine Abmachung.« Sie zog eine große Segeltuchtasche auf ihre Knie und begann darin zu kramen. Sally beugte sich ebenfalls darüber und beide zogen abwechselnd Stoffe heraus und kommentierten sie. Cynthia zog eine Girlande aus Papierblumen heraus und zeigte sie kurz. Sie unterhielten sich beide ungestört weiter, so wie Kinder, die Erwachsene spielen. Die Gruppe wurde immer größer – hinzu kamen ein recht gut aussehender junger Mann und ein schlankes, intelligent aussehendes Paar, so um die vierzig. Namen wurden genannt, aber Phil bekam sie im allgemeinen Stühlerücken, Taschenabstellen und Getränkebestellen nicht mit. Ihm fiel auf, dass Johnny als eine Art Zentrum für diese Gruppe fungierte, jeder bemühte sich um ihn, auch wenn Don sich große Mühe gab, die Aufmerksamkeit auf sich zu lenken, indem er großzügige Einladungen zu seiner Party aussprach.

»Ein weiteres deiner leidigen Besäufnisse?«, fragte eine dünne, gehässige Stimme rüde. Phil drehte sich um und sah einen schlanken Mann in einen Stuhl neben Anne fallen. Einen Moment sah er sehr jung aus – sein Haar hing strähnig ins Gesicht, wie bei einem Schuljungen, in seinem formlosen Leinenanzug wirkte er sehr ordentlich. Auf den zweiten Blick zeigte sich jedoch, dass diese Jugend eine Illusion gewesen war. Er wirkte etwas verwelkt und die Strähnen waren genau genommen schon sehr licht.

»Leidig? Du meinst, wir können darauf zählen, dass du auch kommst, mein Lieber?«, fragte Don, um Gleiches mit Gleichem zu vergelten.

»Jetzt fangt ihr zwei nicht schon wieder an!«, fuhr Anne dazwischen. »Ich habe Johnny gerade von letzter Nacht erzählt.«

»Du warst keine große Hilfe, du schreckliche Frau.« Der junge-alte Mann zog einen gekünstelten Schmollmund, als sei er der Meinung, dass dieser zu seinem Charme dazugehöre. »Du hast gesagt, ich hätte einen schlechten Einfluss.«

»Das hast du auch. Ist das nicht genau das, was du auch immer haben wolltest?«

Er sah aus, als schmeichle ihm diese Einschätzung. »Tatsächlich scheine ich diese Wirkung auf Menschen zu haben. Aber ernsthaft, meine Liebe. *Manoli.* Es ist mir gelungen, einige der brillantesten Köpfe unserer Tage zu korrumpieren. Manoli überlasse ich da lieber irgendwelchen obskuren kanadischen Kaufleuten. Das ist das beste, worauf er hoffen kann.«

»Und wer könnte das besser beurteilen als einer, der vor dem Krieg der Mittelpunkt der Pariser Unterwelt gewesen ist?« Don strahlte, als dieser Schlagabtausch mit Gelächter von allen Seiten honoriert wurde. Unter dem neckischen Ton, in dem er erfolgte, erkannte Phil jedoch tiefen Hass. Ein kalter Schauer lief ihm über den Rücken, eine Vorahnung, die durch Annes empörten Ausbruch vorhin noch unterstützt wurde. Er war froh, dass er nur Beobachter war und keinen Anteil an diesem Spiel hatte, das hier anscheinend gespielt wurde.

Mehrere Leute waren inzwischen neu angekommen und einige wieder verschwunden. Phil versuchte erst gar nicht mehr, sich alle zu merken, und nahm an, dass er sie früher oder später sicher noch kennen lernen würde, wenn es wirklich wichtig sein sollte. Vereinzelten Kommentaren entnahm er, dass viele von ihnen Schriftsteller oder Maler waren. Den jugendlich-alternden »Vorkriegsmittelpunkt« konnte er schnell als kleine Berühmtheit einordnen, dessen Name ihm seit Jahren ein Begriff war. Der Amerikaner John Robert Finlay war in den dreißiger Jahren in Paris eine Art Kultfigur der Avantgarde gewesen. Er war der Liebhaber von Cocteau gewesen oder von Gide. Phil hatte versucht, einige seiner unverständlichen Machwerke zu lesen und hatte sich seine seltsamen fragmentarischen Zeichnungen angesehen, ohne davon beeindruckt zu sein. Sein Einfluss auf das kulturelle Klima dieser Ära war unbestreitbar, wenn auch begrenzt. Sein Name tauchte in allen Fachbüchern auf, die sich mit dieser Zeit beschäftigten. Wann immer jemand »John Robert« über den Tisch rief, schaute Phil interessiert hoch. Es war sein Markenzeichen, stets beide Namen zu benutzen; auch in der Literatur tauchte er immer als *John Robert* Finlay auf, niemals nur als John oder Robert.

Dieses Relikt einer vergangenen Ära hier zu treffen, verstärkte noch Phils Gefühl der räumlichen und zeitlichen Isolation; er war in einem Zeitstrudel gefangen. Finlay hatte ein seltsames gnomenhaftes Gesicht, mit hervortretenden Augen und leichtem Silberblick. Unter den Spuren, die die Zeit hinterlassen hatte, erkannte Phil jedoch seine elfenhaften androgynen Züge, die eine starke körperliche Anziehungskraft ausübten. Er hatte das selbstsichere Auftreten eines Mannes, der es gewohnt ist, im Mittelpunkt zu stehen und umschwärmt zu werden.

Schön langsam erkannte Phil die Zusammenhänge in dieser festgefügten Gesellschaft, die ihn umgab. Hier drehte sich alles um die Kolonie der Fremden; die ortsansässige Bevölkerung existierte nur als Rahmen. Johnny war die stabilisierende Kraft, der Klebstoff, der alles zusammenhielt. Dieses eine Mal waren die Heterosexuellen die unterdrückte Minderheit. Sehr interessant.

Der Kellner sorgte dafür, dass sie mit Bier und Wein ausreichend versorgt waren. Das Treffen bekam immer mehr den Charakter eines Festes, jedoch hatte Phil nicht den Eindruck, dass dies eine besondere Gelegenheit sei. Die Sonne strahlte über ihren Köpfen, das Meer glitzerte zu ihren Füßen – in einer solchen Umgebung schien es nur angemessen, ohne einen bestimmten Grund zu feiern. Seine Laune besserte sich, er wurde von einem Gefühl der Unbekümmertheit und Euphorie gepackt, das alle um den Tisch einschloss. Seit Jahren hatte er sich nicht mehr so gut gefühlt. Auf dem Tisch standen große Schüsseln mit Bratkartoffeln und Stücken von würzigem Tintenfisch, und alle bedienten sich daraus, während sie tranken. Alle unterhielten sich rund um den Tisch, und immer wieder brach lautstarkes Gelächter aus, wenn wieder jemand einen Witz gemacht hatte.

Phil bemerkte, dass Johnny nicht mehr da war, aber noch bevor er Zeit hatte sich zu fragen, ob er wohl verlassen worden war, kam Johnny wieder zurück. Einige der Leute sammelten ihre Einkaufstüten und Bündel wieder ein und verschwanden in alle möglichen Richtungen, nachdem sie bekräftigt hatten, dass man sich am Abend auf der Party wiedersehe. Schließlich blieben nur noch Phil und Johnny zurück, zusammen mit Bryan und Angela Shackleton, einem verheirateten Paar, das damit also aller Wahrscheinlichkeit nach zu der Minderheit gehörte. Zumindest bei Bryan hatte Phil aber seine Zweifel: Bryans Herzlichkeit grenzte schon an Flirten. Phil fand sie beide attraktiv, lebenslustig, intelligent und körperlich betörend. Bryan hatte einen schlaksigen, lockeren Körperbau, der im Gegensatz zu seinem erwachsenen, ausdrucksstarken Gesicht stand. Phil hatte es zwar längst aufgegeben, auf eine sexuelle Reaktion seines Körpers auf das andere Geschlecht zu warten, aber Angela mochte er und freute sich über das zwanglose, freundliche Gefühl, das sofort zwischen ihnen aufgekommen war.

Bryan zog seinen Stuhl näher an Phil heran und legte ihm eine Hand auf die Schulter, nachdem sie sich dazu entschieden hatten, auf ein Mittagessen zu verzichten. Phil fand die Hand auf seiner Schulter angenehm. Es war eine einfache Möglichkeit, Körperkontakt herzustellen, ohne Heimlichkeiten oder Andeutungen. Er sah Angela an und ihre Blicke trafen sich; sie lächelten sich verstehend an und brachen in Gelächter aus.

»Ihr Männer. Ihr seid nicht die einzigen, die auf Ideen kommen«, sagte sie. Bryan klopfte Phil ein letztes Mal auf die Schulter, als sie aufstanden und ihre Einkaufstaschen einsammelten. Sie passten gut zueinander, beide waren groß, schlank und anmutig gebaut. Als sich Phil umdrehte, um ihnen nachzusehen, entdeckte er wieder den Mann mit dem Schnauzbart, der an einem Tisch in der Nähe saß und einen Rosenkranz um seine Finger geschlungen hatte.

»Hast du eine Ahnung, warum dieser Typ dir folgen könnte?«, fragte er Johnny.

Johnny drehte seinen Kopf zu dem Tisch um. »Der da drüben? Er ist dir aufgefallen? Sehr aufmerksam von dir. Denkst du wirklich, dass er uns folgt?«

»Na ja, zumindest scheint er sich gerne in unserer Nähe aufzuhalten. Er ist schon seit der Busfahrt bei uns.«

»Er hat sich sehr auffällig benommen, nicht wahr? Man könnte den Eindruck bekommen, er will, dass wir ihn bemerken. Wollen wir einen kleinen Spaziergang unternehmen und sehen, was passiert?«

»Klar.« Sie gaben dem Kellner ein Zeichen. »Du bist ein mysteriöser Mann, Johnny. Passiert dir so etwas häufiger?«

»Was meinst du denn, was für ein Leben ich führe? Ich bin noch nie beschattet worden. Ich kann mir auch nicht vorstellen, was jemanden an meinem Leben interessieren könnte. Vielleicht hat ja New Yorks Unterwelt jemanden geschickt, um dich auszuradieren.«

»Das ist eine Möglichkeit. Daran hatte ich noch nicht gedacht. Das einzige Problem ist, dass ich niemanden aus der Unterwelt kenne.«

»Das kann jeder sagen. Aber gut, ich entscheide im Zweifel für den Angeklagten. Vielleicht hat er auch nur einen Blick auf dich geworfen und sich dann dafür entschieden, dir bis ans Ende der Welt zu folgen. Du hast diese Wirkung auf Leute. Schau dir nur die Australier an. Beide wollten dich am liebsten mit nach Hause nehmen.«

»Ich mag sie. Habe ich das richtig verstanden, dass sie sich gegenseitig einige Freiheiten zugestehen?«

»Keineswegs. Sie teilen alles, auch Bryans Männerbekanntschaften.«

»So ist das also. Ich habe bei ihr so etwas gespürt – sie wirkte direkt, fast schon maskulin. Ich war mir nicht sicher, ob es sexuell war.«

»Man könnte sie sexuell aggressiv nennen, auf die angenehmste Art und Weise. Jemandem Lust zu bereiten, macht sie heiß, und ihr Mund ist wirklich ein Wunder, wenn du weißt, was ich meine.«

»Ich kann's mir denken. Diese Kolonie hier ist wirklich außergewöhnlich.«

»Erzähl mir, was du von ihnen allen hältst.« Sie wurden von dem Kellner unterbrochen, der sich an ihren Tisch stellte und alle möglichen Zahlen auf einem Block notierte. Er nannte den Betrag. Phil und Johnny legten Drachmen auf den Tisch, die umgerechnet wenige Dollar wert waren.

»Bist du sicher, dass ich nicht mehr zahlen muss?«, fragte Phil, als sie aufstanden.

»Das ist dein Anteil. Fang gar nicht erst an, für uns alle zu zahlen. Wir würden dich ruinieren.« Sie spazierten zum Rand des Kais, nahe an dem Mann mit dem Schnurrbart vorbei. Dann umrundeten sie die kleine Kirche und gingen weiter in Richtung der äußeren Hafenbegrenzung.

»Was ist mit Anne?«, fragte Phil. »Was tut sie hier? Irgendwie passt sie nicht dazu.«

»Erstaunlicherweise ist sie wirklich eine sehr gute Malerin. Sie mag Mädchen, unternimmt aber nicht allzu viel in diese Richtung. Sie versucht, Manoli zu beschützen. Sie hat auch ihre Wertvorstellungen, genauso wie du.«

»Es hat mir gefallen, wie sie Don abserviert hat, auch wenn ich nicht die leiseste Ahnung habe, worum es eigentlich ging. Im Moment fühle ich mich zu gut, um mich noch um Wertvorstellungen zu kümmern. Alle sind perfekt.«

»So ist es recht! Nicht so viel nachdenken. Entspann dich. Ich erkenne den vorsichtigen Jungen, den ich vorgestern aufgelesen habe, kaum wieder. Langsam bekommst du auch etwas Farbe. Wenn das so weiter geht, siehst du morgen aus, als wärst du 18 und ich verliebe mich vielleicht in dich. Vielleicht passiert mir das auch jetzt schon.«

»Jetzt würde es mir ganz gut passen. Ich bin zu allem bereit.« Sie lachten und schubsten sich spielerisch. Sie hatten das letzte der Cafés erreicht; vor ihnen zu ihrer Rechten öffnete sich der versteckte Arm des Hafens. Er war weiträumig und bot guten Schutz, eingefasst war er in breite Kaimauern. Ein kleiner Küstenfrachter war in der Nähe der Einfahrt befestigt und entlud gerade Sand.

»Wolltest du nicht nachsehen, ob wir verfolgt werden?«, fragte Phil, als sie die Uferpromenade entlanggingen.

»Hab ich schon. Er ist da hinten, lässt sich aber Zeit. Er bummelt hin und her, so als habe er nichts Besonderes vor. Wahrscheinlich weiß er, dass wir hier nirgendwo hingehen können, nur um den Hafen herum und wieder zurück, außer wir schnappen uns ein Boot und segeln weg. Ich habe meine Zweifel, dass ihm das etwas ausmachen würde. Langsam kommen mir einige Vermutungen, warum er hier sein könnte.«

»Vielleicht fände ich es interessanter, wenn ich auch wüsste, was du meinst.«

»Keine Sorge. Ich wollte es dir sowieso erzählen. Lass uns einen Platz finden, wo wir uns hinsetzen können.«

Mehrere Fischerboote, die alle noch ganz fahrtüchtig aussahen, waren am Kai festgezurrt. Der Kai war durch unauffällige Buden und aufgegebene Geschäfte von der Stadt abgetrennt. Anscheinend hatte sich niemand bisher um diesen Teil des Hafens gekümmert, um ihn etwas attraktiver oder wirtschaftlicher zu machen. Er sah wie ein Parkplatz für Boote aus. Hier und da lagen kleine unauffällige Motor- und Segelboote zwischen den Fischerbooten vor Anker. Er versuchte Johnnys Schiff zu erspähen – es musste hier irgendwo sein – und fragte sich, was er wohl erzählen würde. Hoffentlich war es nichts, das ihm seinen Aufenthalt hier verderben würde. Bis jetzt gefiel es ihm ganz gut.

Sie waren schon ziemlich weit am Kai entlanggegangen, bevor er das erste Boot sah, das den Namen Jacht verdiente. Er schätzte, dass es knapp 13 Meter lang sein musste, eine aufgetakelte Schaluppe mit einem schwarzen Rumpf, weißen Aufbauten und jeder Menge Chrom-Armaturen, die in der Sonne glitzerten. Er wusste nicht genug über Boote, um abschätzen zu können, ob er mit gerade diesem umgehen konnte, aber es sah angenehm kompakt und sicher aus. Er verlangsamte sein Tempo und ließ den Blick beeindruckt über die schlanken Linien des Bootes und den Mast gleiten. Er bemerkte, dass auch Johnny hinsah.

»Gefällt sie dir?«, fragte er.

»Sie ist eine Schönheit. So stelle ich mir ein Boot vor.«

»Lass uns an Bord gehen.«

»Das ist es?«

»Das ist es.«

»Du bist ein verdammter Glückspilz, Johnny.«

»Du bist ein Glückspilz, weil du mich kennst.«

Sie standen an der Stelle, wo die Heckleinen am Kai befestigt waren und sahen nach unten auf das Deck aus Teakholz, das eine komfortable Größe zu haben schien. Der herausfordernde Name der Jacht, *Mistral*, war am Heck in großen Messinglettern befestigt, darunter der

Name des Heimathafens, Cannes. Ein Boot nach einem gefährlichen Wind zu nennen, erschien Phil, als ob man das Schicksal herausfordern wollte, aber vielleicht war das von Zeit zu Zeit gar keine so schlechte Idee. »Wie lang ist sie?«, fragte er.

»Etwa 13 Meter, vielleicht etwas mehr.«

»Ist das zu groß, um von zwei Leuten gesteuert zu werden?«

»Bis auf das Setzen und Streichen der Segel ist sie sehr einfach zu bedienen.« Johnny bückte sich und zog das Boot an einer der Leinen heran. »Spring, wenn sie nahe genug ist. Fertig?«

»Noch ein paar Zentimeter. Okay.« Phil sprang über einen guten Meter Wasser auf das Deck. Er ging weiter vor, um Johnny nicht im Weg zu stehen und warf seine Sandalen von sich. Er hatte gehört, dass man das auf See so machte. Johnny kam hinterher gesprungen und das Boot machte einen Ruck und glitt ans Ende der Leinen. Sie inspizierten das Steuerrad, das mittschiffs in einer kleinen gläsernen Kabine vor Wind und Wetter geschützt war. Johnny zeigte Phil die Instrumententafel dahinter mit den Anzeigen für den Motor. Johnny legte eine Hand auf einen wunderschön verzierten Beschlag, der zur Befestigung der Seitenstage diente.

»Die hier sind da, um die Stage zu lockern, wenn wir kreuzen«, erklärte er. »Ein weiterer Beschlag ist dort auf der Steuerbordseite, leicht vom Ruder erreichbar. Sie sehen zwar kompliziert aus, könnten aber kaum einfacher sein. Du drückst nur an diesem Hebel nach vorne und ziehst ihn wieder zurück, um Leine einzuholen. Um das Haupt- und das Vorsegel zu hissen, gibt es am Fuß des Mastes Winschen. Mit den Winden da trimmt man die Segel. Wenn du erst mal 15 Minuten unterwegs warst, wirst du alles problemlos erledigen können, ohne dich mehr als ein paar Schritte von hier wegzubewegen.«

Phil setzte sich hinter dem Steuerrad auf einen Drehstuhl, der am Deck festgeschraubt war. »Okay. Lass uns losfahren.« Sie sahen sich an und lachten fröhlich bei der Vorstellung. »Ernsthaft Johnny, worum geht's? Muss ich Drogen schmuggeln, wenn ich mit dir segeln will?«

»Es kann sein, dass mir da noch etwas Interessanteres einfällt.« Er schloss die Luke auf und öffnete sie. Vor ihm führten Stufen hinunter in die Kabine. »Der gleiche Komfort wie zu Hause. Komm, schau es dir an.«

Phil blieb mit einem Fuß auf der oberste Stufe stehen und sah zurück auf den verlassenen Kai. »Was ist mit unserem Schatten passiert?«

»Er war da, bis wir an Bord kamen. Vielleicht hat er alles gesehen, was er sehen wollte.«

»Und was könnte das sein?«

»Das Boot? Es ist nur eine Vermutung, aber es könnte sein.«

»Wenn du das sagst. Ich will das Boot auch sehen. Zeig es mir.«

Am Fuß der Stufen hielten sie an und Johnny zog einen Vorhang zurück und zeigte Phil eine kleine kompakte Kombüse. Auf der anderen Seite des Raumes, am Bug, befanden sich eine ebenso kompakte Dusche und eine Toilette, seltsam aneinandergedrängt. Der Raum dazwischen war reich mit schönen Stoffen ausgestattet. Rechts und links unter je einem Bullauge befanden sich zwei Bänke, die offensichtlich auch als Kojen dienten. Dazwischen stand ein kleiner Tisch, an den Wänden hingen Regale mit Büchern darin. Alles war sorgfältig auf die Größe eines Schiffes abgestimmt. Die Vorhänge wehten im Wind, der durch die offenen Bullaugen wehte. Es war heiß, aber nicht stickig. Phil ließ sich auf eine der Bänke fallen.

»Es wird immer besser. Ich kauf sie.«

»Vorne gibt es noch zwei Kojen. Es ist ein bisschen eng, aber im Notfall können hier vier schlafen. Schaffen wir noch ein Bier?«

»Aber immer, wenn das deine Zunge löst. Ich will dein Geheimnis wissen. Ich weiß, dass du eines hast.«

»Stimmt, ein ziemlich großes, aber nicht mehr länger vor dir.« Er drehte sich um zur Kombüse und holte eine eiskalte Flasche und zwei Gläser heraus. Er stellte alles auf den Tisch und setzte sich Phil gegenüber. Nachdem sie sich eingeschenkt hatten, grinste Johnny Phil schelmisch an. »Na gut. Bist du bereit, für die Freiheit zu kämpfen?«

»Himmel! Geht es darum?«

»Wenn wir es so wollen. Ich kenne noch nicht alle Details, aber ich kann dir grob sagen, worum es geht. Es gibt da einen Typen auf einer Gefängnisinsel, der abhauen will. Seinen Namen wollen sie mir nicht sagen, aber anscheinend ist es einer von den Guten, der für die Bösen gearbeitet hat, also für die Generäle, um sie zu bespitzeln. Er war ein relativ hohes Tier in der Militärdiktatur, hat aber eine wichtige Rolle bei ihrer Beseitigung gespielt. Die Leute, die über ihn Bescheid wissen, vor allem also die Geheimdienste der Briten und Amerikaner, wollten seine Deckung nicht auffliegen lassen, da sie meinten, dass er noch nützlich sein könne. Also wurde er so behandelt, wie seine Kollegen auch – er wurde festgenommen und wartet nun auf seinen

Prozess. Die Leute, die ich kenne, wollen, dass ich ihn mit dem Boot von dort abhole und ihn zu Freunden bringe, die dann alles Weitere übernehmen.« Johnny lehnte sich mit einem unverbindlichen Lächeln zurück.

In Phils Kopf drehte sich alles. Im ersten Moment dachte er, Johnny würde wieder einen Scherz machen, aber nachdem er kurz nachgedacht hatte, wusste er, dass es genau das war, was er von ihm erwarten konnte – Abenteuer auf Teufel komm raus. Das war viel interessanter als Drogen. Es klang auch nach Spaß. »Du meinst, dass dieser Typ jetzt ein Jahr im Gefängnis gesessen hat, nur um zu beweisen, dass er Militärdiktaturen toll findet?«

»Ja, aber es ist vielleicht nicht ganz so, wie du es dir vorstellst. Er kann es auf dieser Insel so komfortabel haben, wie er will. Die Griechen haben entlegene Inseln schon seit Jahrhunderten als Gefängnisse benutzt. Es ist billig und praktisch. Niemand kann von da weg, weil keine Handelsschifffahrt erlaubt ist und sie müssen kein Geld für Gefängnisse verschwenden. Du kannst dir dort eine Villa am Meer bauen, wenn du willst. Die Gefangenen müssen sich ein paar Mal am Tag melden, ansonsten sind sie auf sich allein gestellt.«

»Und du glaubst, du kannst da einfach so hinsegeln und ihn abholen?«

»Seine Freunde glauben das. Wahrscheinlich werden sie einen sicheren Abhol-Punkt aussuchen, eine verborgene Bucht oder so etwas. Sie werden mir die Instruktionen geben, wenn es so weit ist.« Er zog eine Karte aus dem Regal hinter sich und breitete sie auf dem Tisch aus. »Wir sind hier. Die Peloponnes. Kythera. Dieser winzige Punkt hier.« Er fuhr mit dem Finger über die Karte und strich sie glatt. Vom griechischen Festland, über die gut erkennbare Insel Kythera, bis hin zu einem kleinen namenlosen Fleckchen Land, das auf südlichem Kurs in Richtung Kreta lag. »Die Insel ist nicht groß genug, um in einer Karte verzeichnet zu sein, aber sie heißt Scrofulous oder so ähnlich. Das ist eine gute Tagestour von hier.« Sie steckten ihre Köpfe über der Karte zusammen. Chania, am westlichen Ende der Insel, lag überraschend nah an einem langen Finger des Festlandes. »Sie planen, den Mann in Kythera zu übernehmen. Von dort aus kann ein Schnellboot in Windeseile die griechischen Gewässer hinter sich lassen. Solange wir keine Probleme mit Syphilis oder ähnlichem an Bord bekommen, könnte es also eine angenehme vier- bis fünftägige Segeltour werden. Was sagst du dazu?«

»Klingt gut. Wann geht's los?«

Johnny sah ihn an und kicherte. Er hob eine Hand und streichelte damit Phils Gesicht, hinter seinem Lächeln sahen seine Augen jedoch nachdenklich aus. »Du machst es aufregender, als ich es erwartet habe. Eine Woche oder zwei wirst du dich noch gedulden müssen. Zu allererst wollen sie sicher gehen, dass mit dem Wetter alles hinhaut.«

»Wie passt du eigentlich in das Ganze hinein? Wie bist du da hineingeraten?«

»Purer Zufall. Anscheinend kenne ich einige Freunde des Mannes, wer er auch immer sein mag. Meine Kontaktleute nennen ihn Stavros, also nehme ich an, dass das nicht sein richtiger Name ist. Ich erfülle einige ihrer Wünsche. Sie wollten eine kleine ausländische Jacht. Sie meinten, dass sich die Behörden nicht sonderlich darum kümmern, wenn Ausländer um die Insel herumsegeln. Ein Grieche wäre in ernsthaften Schwierigkeiten, wenn man ihn verdächtigen würde, mit einem politischen Gefangenen Kontakt aufzunehmen. Vielleicht ist es auch alleine zu schaffen, aber das will ich lieber nicht. Ich musste dich einfach finden. Deswegen habe ich auch so aufgehorcht, als du bei unserer Unterhaltung vom Segeln gesprochen hast. Es ist viel zu schön, um wahr zu sein. Und nur um dir zu beweisen, wie sehr du mich aus der Fassung bringst, gebe ich dir die Hälfte dessen, was sich bekomme.«

»Wie viel ist das?«

»Eintausend – Dollar meine ich – wurden erwähnt. Das ist zwar ein Schleuderpreis für eine Charterfahrt, aber es ist eine ehrenhafte Sache.«

»Könnte es gefährlich werden? Ich kann das nicht so richtig einschätzen.«

»Ich leider auch nicht. Es besteht die Gefahr, dass Stavros am Verlassen der Insel gehindert wird, aber das ist sein Problem, nicht unseres. Wenn sie ihn erst bei uns an Bord finden, könnten wir einige unangenehme Stunden in einem Gefängnis verbringen, bis man uns da wieder rausgeholt hat. Um den Schein zu wahren, könnte es sogar sein, dass wir des Landes verwiesen werden, um dann gleich wieder hinein zu dürfen. Soweit ich das beurteilen kann, ist unser Verfolger einer von Stavros Leuten, der sichergehen will. Vielleicht wollen sie sich mit eigenen Augen davon überzeugen, dass das Boot für den Job geeignet ist. Wer könnte sich sonst für mich interessieren? Ich befürchte, unser kleines Abenteuer ist nicht gruselig oder spannend genug, um daraus einen packenden Mantel-und-Degen-Film zu machen.«

Phil erschien das spannend genug. Aus dem Land ausgewiesen? Wie viele Leute aus seiner Bekanntschaft hatten schon einem hochgestellten Politiker zur Flucht aus dem Gefängnis verholfen? Wenn es nicht gefährlich war, so war es zumindest originell. Er wurde von einer erneuten Welle der Euphorie überschwemmt. »Vergiss das Geld. Für etwas, das ich für mein Leben gern machen würde, nehme ich kein Geld. Das wäre so, als würde ich Geld dafür bekommen, mit dir ins Bett zu gehen. Ein solches Vergnügen ist unbezahlbar.«

»Meine Worte. Was für süße Lippen du hast.« Er legte eine Hand an Phils Hals, mit der anderen öffnete er sein Hemd und begann, seine Brust zu streicheln. »Wie wäre es jetzt mit einem solchen Vergnügen?«

»Ich fühle mich jetzt schon so fantastisch, dass es mir beinahe Angst macht, ich könnte mich noch besser fühlen. Mal sehen, was passiert.«

Sie hatten unglaublich viel Spaß miteinander. Sex konnte einfach pures Vergnügen sein; selten hatte er während des Liebesakts so viel gelacht vor lauter Lust. Er freute sich darüber, dass Johnny von Anfang an so viel Wert darauf gelegt hatte, dass sie beide unabhängige Personen blieben. Obwohl er sich hier so glücklich fühlte, machte ihm die Situation auch manchmal Angst. In dieser fremden Umgebung hätte es ihm leicht passieren können, dass er sich mit all seiner Leidenschaft an Johnny band. Getrennte Betten – und zwar gleich mehrere davon – waren ihm im Moment ganz willkommen.

»Ich wünschte, ich hätte dich schon vor einer ganzen Weile getroffen, Johnny«, sagte er, nachdem sie sich in der Nasszelle gewaschen und wieder auf den Bänken niedergelassen hatten. Sie hatten Handtücher nachlässig um sich geworfen und genehmigten sich ein weiteres Bier. »Ich habe dir ja gesagt, dass ich hergekommen bin, um zu vergessen. Das ist schon geschehen – und nach nur zwei Tagen.« Er erzählte ihm von Alex und ertappte sich dabei, dass er nicht von völliger Hingabe sprach, sondern von einer verbohrten Vernarrtheit in einen verwöhnten, eingebildeten, treulosen jungen Mann, dessen einziger Vorzug sein schönes Gesicht war. Es war erstaunlich, dass sich in diesem schönen Gesicht von all seiner Lasterhaftigkeit und Verdorbenheit, die seinen eigentlichen Charakter ausmachten, nichts zeigte. Es hatte über fünf Jahre gedauert, bis Phil erkannt hatte, wie falsch dieser Mann wirklich war, fünf Jahre, in denen er ihn aus fremden Betten hatte zerren müssen, fünf Jahre Bitten und Versprechungen, fünf Jahre Demütigungen. Alex war tief in seinem Innersten ein Sadist, der ein Opfer brauchte, weswegen er immer wieder zu Phil zurückkam.

Phil war machtlos ihm gegenüber. Ihre Sucht nach dem Körper des anderen war die einzige Gemeinsamkeit, die sie hatten. Sie waren schon gleich auf der Party, bei der sie sich zum ersten Mal gesehen hatte, übereinander hergefallen, im Bett ihres Gastgebers, der ihnen angeboten hatte, dort die Nacht zu verbringen. Als der Morgen kam, war Phil verliebt und seine Qualen begannen.

Phil kam sich selbst völlig absurd vor, während er Johnny alles erzählte und hätte vor lauter Scham beinahe damit aufgehört. Er erinnerte sich an das letzte Mal, als er Alex gesehen hatte, vor nicht ganz einem Jahr. Phil hatte ihn an einem Sonntagabend zu Hause erwischt, nachdem er über mehrere Tage zu keiner Verabredung gekommen war und auf Telefonanrufe nicht geantwortet hatte. Zumindest hatte er sich nie zu fragen brauchen, was Alex machte – er hatte einfach ein neues Abenteuer.

»Na endlich, Süßer«, hatte ihn Alex begrüßt und sich in seinem unordentlichen Wohnzimmers auf das Sofa fallen lassen. Er lebte in einem Nest aus teuren, abgelegten Kleidungsstücken. Anzüge, Hosen und Seidenhemden hingen über Stuhllehnen. »Warum hast du so lange gebraucht, um mich von diesem bösen Jungen zu befreien, der mich entführt hat? Du würdest es nicht glauben. Grade erst 18 und schon die Verkörperung der Sünde selbst. Er wollte mich einfach nicht wieder loslassen.«

»Hast du meine Telefonnummer verloren?«

»Ich war unartig.« Alex sah aus großen, strahlenden, unschuldigen Augen zu Phil auf und sein Morgenmantel fiel zur Seite. Phils Blick fiel auf eine Vakuumpumpe.

»Um Himmels willen, nimm das Ding da ab«, protestierte Phil. Es war eine unansehnliche und irgendwie lächerliche Vorrichtung, die Phil noch nie direkt hatte ansehen können.

»Man muss tun, was man kann, um die kleinen Schwächen der Natur auszugleichen«, sage Alex selbstgefällig. »Wir haben leider nicht alle so ein Gehänge wie du. Mit dir zusammen zu sein, lässt es mich niemals vergessen.«

»Mit mir zusammen zu sein!« Phil tobte vor Wut. Obwohl die letzten Tage in ihrem gemeinsamen Leben keine Ausnahme gewesen waren, hoffte Phil, dass seine Geduld diesmal wirklich überstrapaziert worden war und nun zu Ende sei. Vielleicht war der Moment, nach dem er sich schon lange sehnte, endlich gekommen, der Moment, wenn sie sich voneinander trennen konnten, ohne es zu bereuen.

»Wenn wir wirklich zusammen wären, könnten wir uns vielleicht um wichtigere Dinge kümmern, als darum, wer den längeren Schwanz hat.«

»Aber, aber, Süßer, jetzt fang nicht wieder damit an. Wir sind doch viel zu schlau dafür, um uns jetzt in eine dieser typischen schwulen Heirats-Szenen zu verstricken. Kittelschürzen würden uns doch beiden nicht stehen.« Unter seinem Morgenmantel löste er die lächerliche Vorrichtung. Er war völlig nackt, als er den Seidenmorgenmantel zur Seite schlug. Er hatte eine Erektion. »Wir machen einander immer noch an. Wir viele Schwule können das nach fünf Jahren noch sagen? Ich könnte wetten, dass du auch gerade einen Steifen kriegst. Zeig ihn mir.«

Alex hatte Recht, aber Phil war fest entschlossen, diesmal nicht nachzugeben. Immer noch bebend vor Wut sah er hinunter auf den verführerischen Körper, schlank, knabenhaft und haarlos, und musste daran denken, wie sorglos er mit anderen geteilt wurde. »Hör zu, mir reicht's«, sagte er und versuchte, seine Stimme ruhig klingen zu lassen. »Hast du eine Ahnung, was das bedeutet?«

»Also wirklich, Liebling. Nicht schon wieder. Du kannst mich doch nicht *jede* Woche verlassen. Komm her, großer Junge. Komm her, mein großer Liebhaber.« Er lehnte sich zurück und legte seinen Kopf auf die Kissen. Er wusste ganz genau, wie er seinen Körper mit verheerendem Erfolg einsetzen konnte. Auch wenn Phil jede einzelne Bewegung vorhersehen konnte, schaffte es Alex doch, sich näher heranzuschieben und dabei eine Pose lustvoller Provokation einzunehmen. Es fiel Phil leichter, dieser Versuchung zu widerstehen, als wenn Alex sich ganz sanft und hilflos stellte.

Er versteifte sich und bekam sich wieder in den Griff. »Lass uns nicht mehr Spielchen spielen«, sagte er harsch. »Ich nehme an, dass du die letzten drei Tage Spaß hattest, ich hatte es nicht. Was für einen Sinn hat es, wenn wir sagen, dass wir einander lieben, wenn wir mit dem erstbesten schönen Jungen verschwinden?« Er sah, wie Alex' Schwanz sich aufzurichten begann und, ohne es zu wollen, wurde Phil etwas leiser. »Verdammt noch mal, wir haben eine wunderbare Zeit zusammen – *wenn* wir zusammen sind. Wie lange willst du noch dagegen ankämpfen? Warum verlässt du nicht diese Müllhalde und wir ziehen irgendwohin, wo wir *wirklich* zusammen sein können?«

Alex blickte mit einem verführerischen Lächeln hoch und hob sein Kinn etwas, sodass er Phil sein ganzes Gesicht, dieses Wunderwerk der Schöpfung, zeigte – die geschwungenen Brauen, die großen, arglosen

Augen, die perfekt geschwungene Nase, die herrlich geformten Lippen und der lange, verführerische Hals. »Ach, Liebling, wir werden irgendwann den Himmel auf Erden haben. Wenn wir alt sind und uns niemand mehr will, werden wir immer noch einander haben. Ich habe über dich nachgedacht. Es wäre so aufregend gewesen, dich mit Artie zu sehen. Er wäre völlig verrückt gewesen nach deinem großen Schwanz. Ebenso wie ich es bin. Wenn du nur nicht so verklemmt wärst, könnten wir eine wilde Zeit zusammen haben. Ich weiß genau, dass es dir Spaß machen würde, wenn du dich nur etwas gehen lassen könntest. Komm her.«

Alex warf seine Arme vor und zog Phil näher heran, um an seinen großen Schwanz zu gelangen. Phil, der gleichzeitig entwaffnet und abgestoßen war, ließ ihn seine Hose öffnen. Alex wusste genau, wie er ihn knacken und ihm Schuldgefühle machen konnte. Er sah, wie seine Erektion in Alex' verzücktes Gesicht sprang und erinnerte sich, wie es war, als er und George zum ersten Mal zusammengekommen waren: zwei herrliche, ansehnliche, gesunde, junge Athleten – Champions – Vorbilder für die ganze Schule, die diese eine Schwäche verband, die sie zueinander und nicht zu Mädchen geführt hatte, wie das normal gewesen wäre. Ihre Verbindung war etwas Herrliches und gleichzeitig Unerhörtes, weil sie ihren Hunger nach dem Körper des anderen, diese reine Essenz der Lust, außerhalb der Natur fanden. Wo war diese Herrlichkeit nun, in diesem schmutzigen Wohnzimmer, während er seinen Exhibitionismus befriedigte, indem er seinen Schwanz vorzeigte? Was käme als Nächstes? Würde er Alex' Einladungen zu wilden Zeiten nachgeben? Das Wort *Liebe* hätte zwischen ihnen nie fallen dürfen. Es war eine Entweihung. Er musste sich aus der Verzauberung achtloser Schönheit befreien.

»Lass das!«, befahl er rau. Er befreite sich und zog sich wieder an. »Du weißt gar nicht mehr, was der Unterschied ist zwischen jemand lieben und einfach nur Spaß haben mit irgendeiner Person, die einem gerade gefällt.«

»Ach, Süßer. Jetzt bist du mir böse. Bitte sei das nicht.« Alex band den Mantel wieder um sich und spielte seine Sanft-und-hilflos-Karte aus. Wie immer bemerkte Phil, dass er dahinschmolz. »Es ist immer so aufregend, wieder mit dir zusammen zu sein, wenn wir eine Weile getrennt waren. In gewisser Weise sind wir immer noch jung. Wir dürfen nicht zulassen, dass unsere Liebe uns zu kleinen vertrockneten Gnomen macht. Das war doch auch immer deine Meinung. Bitte,

Liebling, zieh dich aus und lass mich deinen göttlichen Körper anhimmeln. Du weißt, dass ich darin ganz gut bin.«

»Mein Gott, hier liegen schon genug Sachen herum, auch ohne dass meine noch dazukommen. Da du deine Sachen sowieso nie lange genug trägst, um sie aufzuhängen, verstehe ich nicht, wieso du ständig Geld für weitere brauchst.«

»Ich bin eine arme, alberne Gans, und du bist viel zu gut für mich. Ich weiß das. Trotzdem, *irgendetwas* funktioniert ganz gut bei uns. Lass uns lieber die schönen Dinge, die wir miteinander haben, zählen. Es wäre wunderschön, wenn du mir etwas davon jetzt geben könntest …«

Alex' Betteln erweckte in Phil wieder die Entschlossenheit, sich nicht auf solche Spielchen einzulassen. »Du bist die letzten drei Tage ganz gut ohne ausgekommen. Lass es uns erst mal dabei belassen.« Er sah sich nach einem Platz zum Sitzen um, aber der einzige freie Platz war auf dem Sofa neben Alex und er wusste, wozu das führen würde.

»Wenn du mich also nur bestrafen willst, mache ich mir jetzt lieber die Nägel«, sagte Alex friedlich. »Sie sind eine Schande. Steh da nicht so rum. Setz dich.«

»Wohin denn, verdammt noch mal!«, schrie Phil. Er nahm einen Armvoll Sachen von einem Stuhl und warf sie durch das Zimmer. Das war wirklich eine äußerst männliche Art, seinen Sonntagnachmittag zu verbringen – herumsitzen und dem Geliebten mit seiner Vakuumpumpe dabei zusehen, wie er seine Nägel pflegte. Dieser Tropfen brachte das Fass zum Überlaufen. »Wir sind nichts als ein paar alberner alter Schwuchteln«, schrie er. »Du magst ja damit zufrieden sein, aber mich macht es krank. Ich gehe! Versuch nicht, mich wiederzusehen, bis du nicht dazu bereit bist, mit mir zusammen zu wohnen und ein gemeinsames Leben mit mir zu führen. Ich erwarte nicht, dass du deine Männergeschichten aufgibst, aber ich kann darauf bestehen, dass sie im Hintergrund unseres Lebens ablaufen und nicht umgekehrt. Ich denke, das war klar genug. Es ist mir ernst.«

Phil erlaubte es seinen Augen, noch kurz an dieser Schönheit hängen zu bleiben – Alex' weit geöffneten Augen, den leicht geöffneten Lippen, dem Ausdruck erstaunten Schreckens auf dem außergewöhnlichen Gesicht. Mit Mühe riss sich Phil los, stürzte zur Tür hinaus und die Treppen hinunter auf die heruntergekommenen Straßen der West Fifties – das war so weit westlich, dass es beinahe schon in den Slums war. Auf die Wut folgte irgendwann die Vernunft, er dachte nach und stellte fest, dass es keinen Ort gab, an den er gehen wollte, niemanden, den er sehen wollte. Er hatte sich schon oft genug von Alex getrennt und war immer wieder zu ihm zurückgekehrt. Wie immer kämpfte er auch diesmal mit einem Gefühl des Bedauerns. Wie viele Fehler Alex auch hatte, zwischendurch hatte es doch immer wieder Augenblicke gegeben, in denen so etwas wie Liebe zwischen ihnen aufgekeimt war. Zumindest hatte es eine Beständigkeit zwischen ihnen gegeben. Das war mehr, als er mit jedem anderen seit George gehabt hatte.

Der Verlust von George hatte ihn gelehrt, dass Liebe wertvoller war als alles andere. Es war dieses Aufblitzen von Liebe in der Beziehung zu Alex, weswegen er all die Frustrationen, die Demütigungen, die Schmerzen erduldet hatte, die sein untreuer Liebhaber ihm angetan hatte. Aus diesem Grund hatte er die Kontrolle verloren. Hatte er sich selbst etwas vorgemacht? Liebe musste von beiden Seiten kommen, um überhaupt etwas wert zu sein. Alex musste nur ein einziges Wort sagen und er käme zurück.

Seine Arbeit rettete ihn. Er war gerade kurz davor, eine ganz neue Serie zu starten, die auch mit aufwändigen Werbeaktionen verbunden war. Das hielt ihn den ganzen folgenden Monat auf Trab und ließ ihm keine Zeit für quälende Gedanken. Danach musste er sich eingestehen, dass Alex wirklich genug Zeit gehabt hatte, den ersten Schritt zu machen. Er hatte eine weitere Lektion gelernt. Er war frei. Er stählte seinen Willen, damit es auch so bliebe. Es hatte geklappt.

Er sah Johnny mit einem traurigen kleinen Lächeln an, als er sich daran erinnerte. »Ich denke, mein Problem war, dass ich noch sehr jung war, als ich mich das erste Mal verliebt habe, kaum 19, und ich war nicht darauf vorbereitet, als es zu Ende war«, sagte er. »Lange Zeit, als ich beim Militär war und danach, als ich versuchte, mich in New York zurechtzufinden, hatte ich immer das Gefühl, das Wertvollste in meinem Leben verloren zu haben, weil ich mich nicht ausreichend darum bemüht hatte. Ich hatte mich dazu entschlossen, wenn mir so etwas jemals wieder passieren würde, alles dafür zu opfern. Als ich mich in Alex verliebte, kam mir nie der Gedanke, dass die Qualität der Liebe variieren könnte. Liebe war Liebe. In Alex verliebt zu sein, musste ebenso erhebend und wertvoll sein, wie die Liebe zu einem Ausbund an Ehre und Tugendhaftigkeit. Ich denke, hätte ich dich in dieser Zeit gekannt, dann hättest du mich einfach so lange ausgelacht, bis ich von meiner Besessenheit geheilt gewesen wäre. Du machst einen sehr vernünftigen und ausgeglichenen Eindruck, Johnny. Man sieht, dass es die Leute hier auch spüren. Sie schätzen dich. Du bist der weise Mann des Ortes.«

»Das aber nur, weil mich nie etwas völlig umwirft. Eigentlich ist das ziemlich langweilig. Ich kann sagen, dass ich ein paar Mal verliebt war, aber das hat nicht lange gedauert und richtig umwerfend war es eigentlich auch nicht. Ich beneide Leute, die ihr Leben intensiv genießen, auch wenn es manchmal Schmerzen bereitet. Sogar John Robert und Don beneide ich, weil die beiden so *intensiv* gemein sind. Irgendetwas in mir verhindert, dass ich mich völlig im Leben verliere, eine Art Absonderung, die aus mir einen Beobachter macht. Vielleicht hat es damit zu tun, dass ich Maler bin, aber manchmal habe ich das Gefühl, dass mir etwas fehlt.«

»Mir kommt es eher so vor, als hättest du etwas zusätzlich, nämlich Weisheit und gesunden Menschenverstand. Meine Besessenheit von Alex war eine Art von Hysterie. Zugegeben, es gab Zeiten, zu denen es die pure Magie war. Manchmal konnte er sich einen ganzen Monat lang benehmen, dann hatte ich fast den Eindruck, als gäbe es da wirklich etwas, das meine Liebe wert war. Es gibt Momente, da frage ich mich, ob Homosexualität nicht eigentlich eine Hysterie ist. Vielleicht sollten wir nicht versuchen, uns einzubilden, wir seien fähig richtig zu lieben.«

»An deiner Stelle würde ich mich nicht in diese Sackgasse locken lassen. Es gelingt nicht vielen Leuten, eine wirklich erfolgreiche, glückliche Liebesbeziehung zu führen, unabhängig von ihren sexuellen Vorlieben. Was wirklich zählt, ist die Liebesfähigkeit. Du darfst nicht versuchen, sie in dir auszulöschen, nur weil du ein paar Mal Pech hattest. Vielleicht hilft dir das, beim nächsten Mal vorsichtiger auszuwählen.«

»Mein Gott. Das nächste Mal. Ich habe ein volles Jahr dafür gebraucht, mich davon zu überzeugen, dass ich Alex nicht wiedersehen will. Endlich habe ich es geschafft. Lass mich ausruhen und es eine Weile genießen. Ich genieße es, bei dir zu sein, Johnny.« Er sah in Johnnys vernünftiges, anziehendes, humorvolles Gesicht und dachte, dass er vielleicht endlich erwachsen geworden sei. Ein wichtiger Teil des Erwachsenwerdens war, zu lernen, dass man auf sich allein gestellt überleben konnte, so wie Johnny. George hatte ihn so in das Leben eingeführt, dass er gedacht hatte, niemals allein zu sein. Er hatte bis jetzt gebraucht, um sich auch alleine wohl zu fühlen. Nun, da er sich von Alex befreit hatte, erkannte er, wie nah er manchmal daran gekommen war, zu George zurückzugehen. Wann immer sie miteinander gesprochen hatten, hatte er gefühlt, dass alles immer noch da war, verdeckt von einer dünnen Haut, die jeden Augenblick aufreißen konnte. Die sofortige Verbindung, die außergewöhnliche Identifikation mit dem anderen, die Befriedigung und das Verstehen, das nur sie einander geben konnten, die Lust. Vielleicht. Möglicherweise. Es war zu viel Zeit vergangen, um ernsthaft darüber nachzudenken.

Johnny rückte nach vorne und legte eine Hand auf sein Knie. »Ich glaube es ist Zeit, dass wir uns für die Party fertig machen«, sagte er.

»Wie spät ist es? Ich habe jedes Zeitgefühl verloren.«

»Fast fünf.«

»Wirklich? Was für eine herrliche Art, den Tag zu verbringen. Wir sind erst seit fünf oder sechs Stunden hier? Unglaublich. Wollten wir nicht segeln gehen? Ich muss lernen, wie man mit dem Boot umgeht.«

»Schon, aber ich habe mir gedacht, dass wir uns erst mal ein paar Tage Zeit lassen sollten, damit du dich richtig eingewöhnen kannst und ich wieder in meine Arbeit hineinfinde.« Sie standen auf, sammelten in der Kabine ihre Kleidungsstücke auf und zogen sich an. »Wir werden ein paar Mal mit ihr rausfahren, damit du dich an alles gewöhnen kannst. Dabei können wir gleich nachsehen, ob alles in Ordnung ist oder vielleicht Reparaturen nötig sind. Außerdem sollten wir die Vorräte aufstocken, damit wir genug für mindestens eine Woche auf See haben. Wenn sie wissen, dass wir bereit sind, werden sie uns kaum lange warten lassen. Die Gefahr, etwas auszuplaudern, ist geringer, wenn wir selbst nur wenige Stunden vor der Abfahrt über alles Bescheid wissen.«

»Du klingst so, als ob du jede Woche Politiker aus dem Gefängnis herausholst, Johnny. Ist dieser Andoni Teil des ganzen Plans?«

»Er ist Panos Onkel – du erinnerst dich an den Typ aus der Plaka-Bar? Sie sind Mittelsmänner desjenigen, der das Ganze leitet.«

»Wenn Andoni hier ist und sich das Boot selbst ansehen kann, warum sollten sie dir einen Beschatter an die Fersen hängen?«

Johnny war eine Weile still und sah Phil nachdenklich an. »Wenn ich's recht überlege, ergibt das nicht viel Sinn, nicht wahr? Ich brauche dich, denn dir fallen solche Dinge auf. Ich nehme mir besser noch einen Drink.«

»Kannst du nicht einfach Andoni fragen, ob er herausfinden kann, ob sie jemanden geschickt haben, um dich zu überprüfen?«

»Ich nehme an, dass ich das könnte«, sagte Johnny unsicher. »Aber will ich das auch? Ich will ihnen erst gar nicht das Gefühl geben, dass ich zu einem Problem werden könnte, zum Beispiel, weil mich feindliche Kräfte observieren. Es ist nicht möglich. Ich habe mit niemandem außer dir darüber gesprochen. Schließlich sind wir auf der Seite von Recht und Gesetz. Jeder, der gegen uns ist, müsste Teil des alten Offiziersklubs sein. Außer natürlich den Leuten, die Stavros eingesperrt haben, weil sie nicht wussten, wer er ist. Aber das ist ja die Regierung, um Himmels willen. Ich scheine in einem ganz schönen Schlamassel zu stecken. Ich weiß nicht, was ich tun soll. Um ehrlich zu sein, habe ich mit dem Geld fest gerechnet.«

»Lass uns einfach abwarten und beobachten, ob noch andere verdächtige Dinge passieren.« Trotz seiner Vorbehalte fühlte sich Phil von diesem Plan stark angezogen. Es war das erste Mal, dass er über etwas entscheiden musste, das ernsthafte Konsequenzen nach sich ziehen konnte. Es könnte sein, dass Johnny diesen Mann, der Stavros genannt wurde, in eine Falle führte. Er ließ seine Gedanken wandern. »Zumindest weißt du, dass es nichts mit dem Boot zu tun hatte, wenn der Typ jetzt immer noch hier herumhängt«, sagte er.

»Und wenn nicht?«

»Dann könnte das einfach bedeuten, dass sie Andonis Urteil über Boote nicht trauen.«

»Ja, das könnte sein, nicht wahr?« Er berührte Phils Schulter, als er zur Leiter vorging. »Ich bin froh, dass wir darüber sprechen können, mein Freund. Sag mir Bescheid, wenn dir irgendetwas Außergewöhnliches auffällt. Wenn wir weiter verfolgt werden, frage ich Andoni. Ich will Stavros keine Probleme machen. Er scheint ein Mann zu sein, dem man gerne helfen will.«

»Genau«, sagte Phil. Johnny dachte nicht nur an Geld. Da Phil es gewesen war, der den Schwachpunkt an Johnnys Theorie entdeckt hatte, fühlt er sich in gewisser Weise dafür verantwortlich, den Job richtig zu machen.

Niemand erwartete sie, als sie an Land sprangen. Sie schlenderten den Kai entlang und sahen, dass die Aktivitäten auf den Fischerbooten in der Zwischenzeit stark zugenommen hatten. Immer wieder sahen sie sich um. Als sie die kleine Kirche erreicht hatten und sich vom Meer abwandten, sahen sie einander an und zuckten mit den Achseln. Sie hatten nichts von dem verdächtigen Schnurrbart gesehen. Sie trennten sich auf der steilen, engen Straße, in der ihre Häuser standen und Phil kehrte zu seinem neuen Zuhause zurück, um auszupacken und sich auf den Abend vorzubereiten.

Er traf Johnny wieder, als es anfing, dunkel zu werden, und sie gingen gemeinsam durch die Abenddämmerung zu Dons Party. Sie hatten beide Pullover über ihre Schultern geworfen; Johnny hatte Phil gewarnt, dass es nachts immer noch kalt wurde. Dons Haus versteckte sich in einem Garten hinter einer Mauer und befand sich in einer größeren Straße, die vom Hafen zu dem geschäftigen Teil der Stadt führte, durch den sie mit dem Bus gefahren waren. Durch die Bäume konnte man das Meer schimmern sehen. Die romantische Atmosphäre wurde durch den Himmel, der sich in der Abenddämmerung rosa färbte, noch unterstrichen. Ihr Gastgeber begrüßte sie mit plumper, geschäftiger Herzlichkeit. Seine Hände flatterten aufgeregt hin und her, bis sie schließlich Phils Hand ergriffen und festhielten.

»So ein hübscher Junge. Ich will alles über dich wissen. Was wollt ihr zwei trinken? Whiskey?«

»Ich bevorzuge Ouzo, Don«, fuhr Johnny dazwischen. »Ich habe England verlassen, um vom Whiskey wegzukommen.«

»Wir alle laufen vor etwas davon.« Don kicherte und drückte Phils Hand. »Wie ist es mit dir, schöner Mann?«

»Ouzo wäre gut«, sagte Phil und zog seine Hand entschlossen, aber so höflich wie möglich zurück. Don tätschelte seinen Hintern, bevor er sich zu einem Tisch umdrehte, auf dem zahlreiche Gläser und Flaschen standen. Phil fühlte wieder einen Ekel vor sich selbst, weil er ein Leben führte, zu dem es gehörte, dass er sich in der Öffentlichkeit von Männern befummeln ließ. Er sah zu Johnny hinüber, dessen kühles, ironisches Lächeln ihn darin bestärkte, Don als zu unwichtig abzutun, um sich darüber noch Gedanken zu machen.

Er drehte sich zu den anderen Gästen um, die vor ihnen angekommen waren. Als er zahlreiche Gesichter von dem Treffen im Café wiedererkannte, fühlte er sich fast schon wie ein Ortsansässiger. Sie saßen in komfortablen Gartenstühlen, die unter alten Olivenbäumen standen. Die angriffslustige Anne war da und Sally und Cynthia, ohne ihr Nähzeug, aber mit dem versprochenen Whiskey. John Robert Finlay war mit einem kleinen Orientalen da, den Phil noch nicht gesehen hatte. Schließlich entdeckte er Bryan und Angela, das attraktive australische Paar. Ohne sich aus ihren Stühlen zu erheben, lächelten sie ihm einladend zu und jeder hob einen Arm mit dem Glas gerade in die Luft und wackelte damit leicht. Es war eine seltsam intime und unwiderstehliche Begrüßung. Phil lachte vor Freude, als Don ihm seinen Drink reichte.

»Hier, mein Herz.« Sein Gastgeber strahlte engelhaft. »Was für ein entzückender Junge. Amüsier dich.« Er drehte sich mit seinem Drink zu Johnny um. »Jetzt erzähl mir alles, was Manoli gesagt hat. Wie ich gehört habe, hast du ihn gestern gesehen. Von Anfang an. Hat er gesagt, warum er gegangen ist?«

Phil wartete nicht auf die Antwort. Es mochte ja sein, dass er einer von Manolis betörten Fans werden würde, wenn er ihn erst mal getroffen hatte, aber bislang fand er ihn noch nicht sonderlich interessant. Er schlenderte zu den Australiern, die ihn erwartungsvoll ansahen, wurde aber von John Robert aufgehalten.

»Ich hatte heute Mittag leider keine Gelegenheit, mich mit dir zu unterhalten«, sagte die Legende, als Phil vorbeiging und erhob sich. »Du bist im Verlagswesen tätig? Wie ich gehört habe bei Denton. Ein gutes Haus. Sie wollten mal meine gesammelten Werke publizieren, aber ich bin lieber selber der Herausgeber. Du musst mich wirklich bald besuchen und mit mir zu Abend essen. Ich will unbedingt den neusten literarischen Klatsch und Tratsch aus New York hören.«

Phil fiel sein seltsamer Akzent diesmal noch mehr auf als zuvor. Diese Mischung aus Französisch, britischem und amerikanischem Englisch. Seine Stimme war hoch und geflüstert, fast wie die einer sehr alten Frau.

»Abendessen wäre sehr nett. Aber ich bin in der Sachbuch-Abteilung. Der Tratsch, den ich erzählen könnte, ist so interessant wie Erdkunde für die dritte Klasse.«

Finlay sah ihn mit einem Affenlächeln an. »Wie zuckersüß! Du kannst mir eine ganz besondere Erdkundestunde geben. Das hier ist Sim, mein Assistent.«

Wobei Sim ihm wohl assistierte? Der kleine Orientale war aufgestanden, hatte sich verbeugt und lächelte. Finlay hakte einen Arm bei ihm ein und benutzte ihn als Stütze. Phil hatte den Eindruck, als sei Finlay es gewohnt, jemanden zum Anlehnen zu haben. »Wollen wir gleich einen Abend festlegen?«, fragte er.

»Wann immer. Sag mir nur, wo du wohnst.«

»Warum nicht morgen? Passt mir morgen, Sim?« Phil nahm diese kleine Aufführung lächelnd zur Kenntnis. Für eine Legende wie ihn war das wohl angemessen. Er nahm nicht an, dass ein Abend mit ihm langweilig werden würde. Finlays Grinsen war voller Bosheit und

Zwietracht. »Ich werde auch Johnny fragen. Wäre dir das recht? Er kann dir dann zeigen, wo mein Haus ist. Es ist sehr nah bei deinem. Morgen Abend um acht. Das ist zur Abwechslung mal eine zivilere Zeit«, fügte er mit einem vernichtenden Blick zu Don hinzu.

»Ich bin sicher, dass man mir zeigen kann, wo es ist, wenn Johnny doch keine Zeit hat.«

»Ihr seid nicht *zusammen*, wie man so sagt?« Er setzte in seiner femininen Art zu sprechen überdeutliche Anführungszeichen um das Wort.

»Wir sind Freunde. Also keine Komplikationen.«

»Ich hoffe, das bedeutet nicht, dass du schon bald wieder abreist. Wirst du zu Fastnacht noch hier sein?«

»Ich weiß es nicht.« Er blickte über Finlays Schulter und sah, dass Bryan ihn abschätzend musterte. Die gegenseitige Anziehung, die schon vom ersten Moment an zwischen ihnen gewesen war, schien eher noch zugenommen zu haben. Er fragte sich, ob sie etwas in diese Richtung unternehmen konnten und sein Blick wanderte zu Angela, deren Kooperation oder Zustimmung offensichtlich notwendig war. Ihre Augen warteten schon auf ihn, amüsiert, lebhaft und voller Neugier. Er sah schnell zurück zu Bryan, während er sich weiter mit Finlay unterhielt. »Ich weiß noch nicht einmal, wann Fastnacht ist.«

»Ich kann mir solche Dinge auch nie merken, aber es muss jetzt bald sein. Soviel ich weiß, hat der März schon angefangen. Die Mädchen werden das wissen. Sie nähen sich ihre Finger blutig, nur um rechtzeitig fertig zu werden. Es kann kopflosen Spaß bereiten. All die harten Männer werfen sich in Fummel. Sie tun so, als beugten sie sich widerwillig den örtlichen Bräuchen, aber in Wirklichkeit sind sie ganz wild darauf, sich mit den Sonntagskleidern ihrer Schwestern herauszuputzen. Es ist ein großer Spaß. Du wirst deine Freude haben.«

Phil plauderte einfach weiter, während seine Augen und seine Gedanken von den Australiern in Beschlag genommen waren. Er sah, dass sie – was ihn anging – zu einer Übereinkunft gekommen waren; sie versprühten eine charmante Art von Komplizenschaft, die ihn mit einschloss. Seine Augen blieben ebenso oft bei Bryan wie bei Angela hängen. Er dachte an Helen. Sie hatte ihn gelehrt, dass er von Frauen nichts zu befürchten hatte, auch wenn er sich nicht in sie verlieben konnte. Er hatte bislang keine Erfahrung mit mehreren Liebhabern gleichzeitig gesammelt, aber er fühlte sich so entspannt und zufrieden, dass der Moment gekommen schien, Experimente einzugehen. Er murmelte John Robert zu, dass er sich auf das Abendessen freuen würde und ging weiter zu dem wartenden Paar.

»Hallo«, sagte Bryan. Er griff nach Phils Hand und zog ihn zu sich in einen übergroßen Sessel hinunter. Sie lächelten ihn beide ermutigend an, so, als erwarteten sie von ihm, dass er ihrem unbekannten Plan zustimmen würde. »Wir haben an diesem Nachmittag viel über dich geredet. Selten sind wir zu so einer völligen Übereinstimmung gekommen. Du bist unser Traummann. Willst du nachher mit uns nach Hause kommen?«

Er verschluckte sich kurz an einem überraschten Lachen. Ganz unerwartet kam der Vorschlag nicht, aber dass er so deutlich damit konfrontiert wurde, zwang ihn dazu, kurz über die praktischen Details nachzudenken. Was genau würden sie wohl tun? Ihm wäre es lieber gewesen, wenn es nach einem fröhlichen Abend, an dem man etwas getrunken hatte, einfach so passiert wäre. Er sah in Angelas strahlende, gefühlvolle, lächelnde Augen.

»Wäre das nicht etwas kompliziert?«, fragte er.

»Nichts ist für zwei Männer jemals kompliziert«, sagte sie leichthin. »Und ich verspreche, die Angelegenheit nur auf die angenehmste Weise komplizierter zu machen.«

Sie brachen alle in Lachen aus. Bryan hatte ihm beim Hinsetzen einen Arm um die Hüfte gelegt und der war immer noch da. Phil bekam davon, wie er an diesen schlaksigen, jungen Körper gedrückt wurde, eine Erektion. Bryans Schwanz zeichnete sich unter seiner dünnen Hose sehr gut ab. Phil konnte der Versuchung kaum widerstehen, seine Hand ein paar Zentimeter zur Seite gleiten zu lassen, um zu überprüfen, ob er wirklich so hart war, wie er aussah. Angela würde das natürlich auf einen Blick erkennen. Er hatte von Helen gelernt, dass Mädchen solche Dinge viel eher wahrnahmen, als ihm beigebracht worden war. Helen war seine Antwort auf die Trennung von George gewesen, und sie hatte es fast geschafft, ihn davon zu überzeugen, dass er doch nicht schwul war. Helen und er hatten sich ein Jahr lang große Mühe gegeben, aber sie konnte nichts daran ändern, dass sie eine Frau war. Das war der einzige Grund gewesen, weswegen er sie nicht geheiratet hatte.

Er sah Angela an und stellte fest, dass sie noch attraktiver als Helen war – cool, direkt und auf eine einfache Art durchaus schön. Sie hatte ausgeprägte Gesichtszüge und einen festen, wohlgeformten Körper. Er vermutete, dass ihre nackten Brüste herrlich sein würden und klein genug, um nicht herunterzuhängen. Er stellte sich vor, wie es wäre, mit den beiden nackt herumzuliegen und freute sich schon darauf. Vielleicht konnte er sich ja in eine Frau verlieben, wenn sie einen Ehemann hatte, der ihn anmachte. Er lehnte sich zurück an Bryan und rieb sich unauffällig an ihm. Bryan antwortete ebenso.

Johnny. Dann dieses Paar, Angela und Bryan Shackleton. Wie es schien, begannen andere Menschen wieder eine Wirkung auf ihn zu haben, nachdem er in den fünf idiotischen Jahren mit Alex völlig blind und abgestumpft geworden war. Kreta weckte ihn auf.

Sie plauderten noch ein paar Minuten, während Phil seinen Ouzo austrank und erfuhr, dass sie versuchten, Schriftsteller zu werden und beide ihre Jobs bei australischen Zeitungen hinter sich gelassen hatten.

»Wir hatten Glück, auf diesen Ort zu stoßen«, sagte Bryan. Sie tranken beide Rotwein und hatten eine Flasche davon neben sich auf den Boden gestellt. Angela füllte ihre Gläser wieder auf, während Bryan kurz ihre momentane Situation darstellte. »Es ist so wunderbar billig. Wir werden länger als erwartet hier bleiben können.«

»Zum Arbeiten ist es hier sicher auch ganz gut, denke ich mir. Viel Ablenkung gibt es nicht.«

»Nur die menschliche Komödie. Das ist besser als Fernsehen. Die Hauptattraktion hast du leider verpasst, aber Johnny meinte, dass er bald zurück sein wird.«

»Manoli?«

»Er ist nicht unser liebster Spielgefährte«, warf Angela ein.

»Er ist sehr ruppig mit Angie umgegangen. Ein richtiger Macho. Er ist uns ein wenig unheimlich, aber er sieht sehr gut aus. Nicht ganz so gut wie du, aber du bist ja auch unser Traumann. Hast du deinen Tipp schon abgegeben?«

»Meinen Tipp?

»Ob Don oder John Robert das Rennen um Manoli machen.«

»Ich weiß nicht, worum es geht.«

»Das weiß niemand, aber John Robert und Don sind bereit, bis zum bitteren Ende zu kämpfen. Einer von ihnen muss gewinnen.«

Okay. Dann setze ich alles auf John Robert, auch wenn ich nicht weiß, wovon ihr sprecht.«

»Damit sind wir wohl in der Mehrzahl«, sagte Angela und sah ihren Mann zufrieden an.

»Ihr werdet schon noch sehen, ihr beide. Ich kenn mich da aus. Mein siebter Sinn.« Er lehnte sich an Phil und sie lachten beide, auch wenn er nicht wusste, warum. Vielleicht einfach, weil er sich gut fühlte und den Australier mochte. Don gesellte sich dazu, lehnte über ihnen und seine Hände flatterten grundlos hin und her. Mit seinem runden, engelhaften Gesicht und den dünner werdenden kleinen Löckchen sah er einfach nur albern aus.

»Haben alle, was sie brauchen? Wie steht's mit Wein? Habt ihr noch welchen? Greift nur zu, wenn ihr noch etwas wollt. Also wirklich, Phil.« Er stieß sein leeres Glas an. »Warum sitzt du hier ganz ohne Drink? Nur eine Sekunde.«

Phil stand auf und stützte sich auf Bryans Schulter ab, um das Gleichgewicht nicht zu verlieren. Er war schon ganz steif davon, auf dem Sessel zu zweit zu sitzen. »Ich bin gleich wieder zurück«, sagte er.

Johnny stand immer noch da, wo Phil ihn zurückgelassen hatte und unterhielt sich mit François, einem gut aussehenden Franzosen, und einem weiteren Mann, den Phil nicht kannte. Don winkte ihn zu dem Getränketisch mit der Ouzoflasche heran. »War der letzte in Ordnung?«, fragte er, während er eingoss. Er reichte Phil das Glas. »Nun, mein lieber Junge, lass mich dir das Haus zeigen. Nicht viele Ausländer haben ein eigenes, aber ich habe mir das hier geleistet. Da Kreta die südlichste griechische Insel ist, zählt das hier als Grenzregion und es gibt jede Menge Auflagen für Grundbesitz. Willst du es sehen?«

Phil drehte sich zu den Shackletons um. Ein Paar, das sich schon zu Mittag mit ihnen unterhalten hatte, zog sich gerade Stühle an ihren Tisch heran. Er nickte Don zu. »Vielen Dank. Ich würde es sehr gerne sehen. Mein erstes Privathaus hier in Griechenland.«

Die Fassade wurde vom flammenden Rot einer Bougainvillea geschmückt, und als Phil drinnen war, stellte er fest, dass es sich um ein altes Bauernhaus handeln musste, das sorgfältig renoviert worden war. Der Fußboden der einzelnen Zimmer im Erdgeschoss war uneinheitlich; um von einem Zimmer in das nächste zu gelangen, gingen sie immer wieder eine Stufe hoch oder hinunter. Farbenfrohe, grobe Teppiche waren auf dem Steinfußboden ausgelegt, ihre Farben und Muster wurden von den Wandbehängen wieder aufgenommen. Wie Don erklärte, waren sie alle von Kretern und handgeknüpft. Die dunklen rustikalen Möbel bestanden aus auf Hochglanz poliertem Holz, die Stühle hatten geflochtene Sitzflächen. Überall war der Glanz von Kupfer auszumachen, Töpfe und Vasen und seltsame Utensilien standen herum. Ein Raum war mit Büchern gefüllt. In einem anderen hing an einer Wand eine Sammlung gefährlich aussehender Waffen, darunter

Dolche, Schwerter und Streitäxte – sie alle wirkten auf Phil orientalisch.

»Die Generäle haben mir deswegen ganz schöne Probleme bereitet«, kommentierte Don. »Wir waren alle verpflichtet, unsere Gewehre abzugeben, aber die Polizei war der Meinung, dass ich auch mit denen hier einigen Schaden anrichten könne. Ich musste sie davon überzeugen, dass ich nicht vorhatte, eine Revolution zu starten. Ich habe sie überall im Osten eingesammelt, in Malaysia, Indonesien. Der da ist aus Indien.«

»Großartig. Aber alles – das Haus ist überwältigend.« Phil musste seine Meinung über seinen Gastgeber noch einmal überdenken. Das war nicht das Haus eines Vollidioten; es war mit Geschmack, Sorgfalt und Liebe eingerichtet worden. Er war beeindruckt.

»Es freut mich sehr, dass es dir gefällt.« Don strahlte ihn an. Phil sagte sich, dass er nicht so dumm sein konnte, wie er aussah. »Du kannst gerne hier wohnen, wenn du das nächste Mal nach Chania kommst.«

»Gott weiß, wann das sein wird, aber ich werde es nicht vergessen.«

»Wollen wir das mit einem Kuss besiegeln?«, schlug Don mit schmierigem Lächeln vor.

Phil zuckte zusammen. Er war immer wieder erstaunt, wie überzeugt manche unattraktiven Männer von ihrer Verführungskunst waren. Er versteifte sich etwas und gab Don einen flüchtigen Kuss, irgendwohin in die Nähe seines Mundes. Dons Griff wurde fester, aber er drehte sich abrupt um und starrte interessiert auf das erstbeste Ding, das ihm in die Augen fiel – die Sammlung barbarischer Waffen an der Wand.

»Ich nehme an, dass du schon von Manoli gehört hast?«, fragte Don und wurde schlagartig sachlich.

»Johnny hat ihn erwähnt. Lebt er hier bei dir?«

»Ganz bestimmt nicht.« Es war nicht zu überhören, dass sein Ton giftiger geworden war. Phil zog sich einige Schritte von ihm zurück und drehte sich wieder um. Die schlichte Güte in seinem Ausdruck hatte einer schmallippigen Boshaftigkeit Platz gemacht, die nach Aussagen von Johnny auf Neid zurückzuführen war. »Ich bin sicher, dass er der Ansicht ist, hier eines Tages einziehen und alles übernehmen zu können. Die Jugend verfällt häufig einem solchen Größenwahn. Er ist eher noch ein Wilder. Ich versuche, ihm Manieren beizubringen, aber alle anderen fördern nur seine schlimmsten Seiten.«

Phil merkte, wie sich sein Gesicht unwillig verzog und drehte sich mit einem Schulterzucken schnell um. Er bekam langsam den Eindruck, als würde er diesen Ort nicht eher verstehen, bis er Manoli nicht kennengelernt hatte.

Er kehrte zum Garten zurück und stellte fest, dass sich hier inzwischen Partystimmung breitgemacht hatte. Menschen liefen hin und her und unterhielten sich. Immer wieder unterbrach Lachen den Redestrom. Phil war offensichtlich der einzige Neuling, aber schon in die Gemeinschaft aufgenommen. Er konnte noch ein paar Leuten Namen zuordnen. Joe und Ray waren zusammen. Ed und Nancy hatten gerade ihre offiziellen Partner auf einer anderen Insel gelassen. Und so weiter. Zwischen den Bäumen waren Lichter angezündet worden. Phil genehmigte sich noch ein paar Drinks und begann sie schon ganz ordentlich zu spüren. Zwei Frauen aus dem Ort brachten Essen – zwar keine richtige Mahlzeit, aber doch Gehaltvolleres als die üblichen Snacks – scharf angebratene Auberginenscheiben, eine Platte mit Schinken, Schmelzkäse, Schrimps, Tintenfischen und Fleischbällchen mit Kräutern. Alle griffen herzhaft zu und brachten, wie Phil vermutete, die ansässigen Restaurants um einen Großteil ihrer allabendlichen Gäste. Die Essenstafel wurde immer wieder aufgefüllt. Johnny teilte ihm mit, dass er sich für das Abendessen bei John Robert entschuldigt hatte.

»Oh, werde ich meine Zusage bereuen?«

»Im Gegenteil. Er ist sehr unterhaltsam, aber er hat mich nur eingeladen, um höflich zu sein. Du bist das Publikum, das er will.«

Phil ging zu Wein über und trank einfach weiter, da er wusste, dass er bei dem Pegel, den er inzwischen erreicht hatte, die ganze Nacht weitertrinken konnte, ohne dass es ihm etwas ausmachen würde. Er war angenehm betrunken und offen für alle neuen Erfahrungen, die noch auf ihn warteten. Mit all diesen interessanten Leuten um sich herum hatte er verstärkt das Gefühl, dass er bislang tatsächlich ein eher behütetes Leben geführt hatte, wie ihm Johnny schon in der ersten Nacht gesagt hatte. In einem Teil seines täglichen Lebens, seinem Arbeitsleben, war er noch nicht einmal ein Schwuler. Seinen Arbeitskollegen spielte er vor, heterosexuell zu sein. Einmal die Woche traf er sich mit ein paar Kollegen aus der Redaktion und ein paar Leuten aus der Buchhaltung zum Poker – alle waren sie verheiratet und bis auf einen hatten sie Kinder. Er spielte seine Rolle als der große freiheitsliebende Charmeur, der jede Nacht eine neue Liebschaft hatte. Lange Zeit war er überaus vorsichtig gewesen, dass ihn niemand an Orten sehen konnte, die ihn verraten würden – nach wie vor fühlte er sich bei privaten Treffen wohler als in Schwulen-Bars. Auch wenn es sehr wahrscheinlich war, dass ihn in solchen Bars auch nur Schwule sehen würden. Es war ein seltsames Gefühl, sich jetzt so gar nicht darum zu kümmern, wer sah, wo er war oder was er tat.

Zum ersten Mal in seinem Leben gehörte er zur Mehrheit, und das nicht in einer begrenzten Umgebung, wie einer Schwulen-Bar, sondern in einer größeren Gesellschaft. Es änderte seine Sicht der Dinge vollständig. Er fühlte sich den Leuten im Garten sehr nahe, auch wenn sie nicht in seinen Alltag, den er sich als lebensnotwendig zurechtgelegt hatte, passten. Sie mussten nicht jeden Morgen in ein Büro gehen. Sie hatten keine festen Arbeitszeiten. Sie mussten sich nicht mit bestimmten Leuten gut stellen, die ihr berufliches Vorankommen fördern konnten. Auch ohne noch weiter ins Detail zu gehen, war diese Art von Leben eine gefährliche Herausforderung für ihn. Es wäre leicht, sich einfach fallen zu lassen, wenn man so viele Freiheiten angeboten bekam.

Während er von Grüppchen zu Grüppchen weiterwanderte, stellte er fest, dass er schon eine gewisse Auswahl getroffen hatte, an wem er wirklich interessiert war und wen er attraktiv fand. Der Rest stellte lediglich noch ein Extra dar, die kleinen Nebenrollen. Auch das war seltsam an diesem Ort: Normalerweise wurden einem nicht auf einen Schlag sämtliche Charaktere vorgestellt, in einer Reihe aufgestellt, sodass man sich seine Lieblinge aussuchen konnte. Normalerweise traf man zunächst eine Person, entschied sich gegen oder für sie, bis man sich schließlich einen kleinen Kreis zusammengestellt hatte. Diese Konfrontation mit einer ganzen Masse führte dazu, dass er auch mit sich selbst konfrontiert wurde, mit der Frage, die er sich schon lange Zeit nicht mehr gestellt hatte: Wer bin ich? Früher einmal, als er mit George zusammen gewesen war, hatte er es gewusst, aber er hatte sich auf seiner Suche nach sich selbst und innerem Frieden so oft hin- und hergewendet, dass er sich selbst fremd geworden war. An diesem Ort, wo alles so neu und anders war, schien es ihm wichtig, zu seinen eigentlichen Wurzeln zurückzufinden.

»Hat Don dir schon das Haus gezeigt?«, fragte ihn Angela, als er wieder in ihrer angenehmen Gesellschaft war.

»Ja. Erstaunlich. So gar nicht, was ich erwartet hatte. Ich meine, ich hatte eher gedacht, dass er der Typ für eine Villa an der Riviera sei.«

»Genau, aber um sich so etwas wie das hier an der Riviera leisten zu können, müsste er stinkreich sein. Ich hatte noch nie Gelegenheit, mir diesen Garten anzusehen. Er sieht ganz nett aus.«

Sie wanderten Hand in Hand herum, ins Licht und wieder ins Dunkel, entdeckten in den Sträuchern kleine Verstecke und Nischen, die zwar in Rufweite zu den anderen Gästen und dennoch vor Blicken verborgen waren. »Das da hinten ist das Meer, oder? Kann man schon darin schwimmen?«, fragte Phil.

»Ja. Wir haben vor ein paar Tagen damit angefangen. Auf der anderen Seite der Stadt gibt es einen herrlichen Strand. Du kannst dort auch nackt baden, wenn du willst. So wie du aussiehst, solltest du eigentlich immer nackt sein.« Ihre Hand wanderte langsam an seiner Brust abwärts, bis hinunter zu seiner Hose, fand seinen Schwanz und legte sich um ihn. Er war schon zuvor von Frauen angefasst worden, aber auch wenn es der Exhibitionist in ihm immer genoss, beleidigte es doch seine zugegebenermaßen etwas veralteten Moralvorstellungen. Er war von seinem eigenen Verhalten gegenüber Alex so angewidert gewesen, dass er sich oft gefragt hatte, ob er vielleicht etwas zu verklemmt und prüde war. Er war an den richtigen Ort gekommen, um das herauszufinden.

Er blieb einfach stehen und kämpfte gegen den Impuls, sich wegzudrehen, sich vor ihr zu verstecken; erleichtert bemerkte er, dass sich etwas in ihm regte und anschwoll und wenige Sekunden später war es offensichtlich, dass er keine Angst haben musste, von seiner Männlichkeit im Stich gelassen zu werden. Nachdem diese Frage beantwortet war, drehte er sich so zurecht, dass er leichter zugänglich war und berührte ihren Arm, um sie weiter zu ermutigen. Sie manövrierte seine Erektion geschickt aus den hinderlichen Kleidungsstücken, bis sie frei war und nach oben zeigte. Sie hielt sie fest in der Hand und streichelte sie in ihrer ganzen Länge mit geübten Fingern. »Wie süß von dir, dass du das für mich einrichten konntest«, sagte sie. »Ich konnte schon den ganzen Abend kein Auge davon lassen. Ich weiß auch nicht, was ihn so unwiderstehlich macht, aber ich bin völlig davon verzaubert. Dreh dich noch ein bisschen. So. Bringen wir etwas Licht in die ganze Angelegenheit. So ist es gut. Er sieht so aus, als könnte er alle Rekorde brechen.«

»So viel Glück habe ich nicht. Er wird nicht mehr viel länger.«

»Aber er ist ganz schön lang, nicht wahr?« Sie schob ihre flache Hand unter den Gummizug, befreite ihn vollständig und streichelte mit ihren Fingern die Spitze seines Schwanzes. »So. Jetzt bist du nackt. Wie herrlich. Es ist so frustrierend, nicht mehr davon sehen zu können.« Er sah über ihre Schulter zurück zum Haus. Schatten wanderten in ihrer Nähe, aber er sah niemanden und hoffte, dass sie niemand stören würde; nachdem es erst mal losgegangen war, teilte er inzwischen ihr Vergnügen. Sie begutachtete seine Länge und war davon angenehm überrascht. »Glücklicher Mann. Bryan hat auch einiges zu bieten, findest du nicht auch? Oder hast du das noch gar nicht herausgefunden?«

Phil lachte. »Nur soweit man das unter der Hose erkennen konnte. Aber ich bin sicher, dass du das ganz gut beurteilen kannst.«

»Das können Frauen meistens. Penisneid, nehme ich an. Ich kann es kaum erwarten, euch beide zusammen zu sehen.«

»Willst du wirklich, dass ich mit euch nach Hause komme?«, fragte er und verstaute alles wieder in seiner Hose, nachdem sie losgelassen hatte.

»Willst du nicht? Wenn wir jemanden finden, der uns gefällt, wollen wir auch das Beste daraus machen. Wir sind nicht der Ansicht, dass die Ehe zu einem Gefängnis werden sollte.«

Etwas in der Art hatte Alex immer gesagt, wenn er versuchte auf seine ärgerliche Art vernünftig zu sein, aber in diesem Zusammenhang schien es mehr Sinn zu ergeben. Er war bereit dazuzulernen. Er legte seine Hände auf ihre Arme und drückte sie. »Ich bin so ein blutiger Anfänger. Ich weiß einfach nicht, wie es funktionieren soll.«

»Ach, das wirst du mit Bryan sicher schnell herausfinden. Er scheint ein paar Ideen zu haben, was euch beiden Spaß machen könnte.«

»Vielleicht hat er die. Männer haben häufig ein Gespür dafür.« Ihre lächelnden Augen trafen sich im Halbdunkel und sie schlangen ihre Arme um die Taille des anderen und wanderten zurück zu der Party.

Bryan hielt schon nach ihnen Ausschau. Mit seiner seltsamen einarmigen Begrüßung hieß er sie aus den Tiefen seines Sessels wieder willkommen und arbeitete sich langsam hervor. Als er auf seinen Beinen stand, legte er einen Arm um Phils Hals und zog ihn zu sich heran. »Gib ihn frei, Frau«, befahl er Angela. Er grinste Phil an. »Komm mit. Don hat mir aufgetragen, eine Kiste Wein von hinten zu holen. Da ich das meiste von der letzten weggetrunken habe, ist das wohl nur fair. Ich brauche Hilfe.«

Sie trafen Don bei der Getränketafel, auf der inzwischen auch das Essen angerichtet war. »Ihr lieben Jungen«, sagte er mit geschäftiger

Dankbarkeit, als sie kurz anhielten, um ihn nach dem Weg zu fragen. »Die Kiste ist gleich hinter der Küchentür. Es reicht, wenn ihr sie ins Esszimmer bringen könntet, wir kommen dann schon zurecht.«

Als sie an der Waffensammlung vorbeigingen, sahen sie sich an und blieben erwartungsvoll stehen. Sie standen sich gegenüber und lächelten einander verstehend an, nachdem sie sich kurz gemustert hatten. Phil hatte den Eindruck, als würde Bryan immer attraktiver werden, je häufiger er ihn ansah. Seine verführerische Jungenhaftigkeit wurde von einer kultivierten Eleganz überlagert. Sein krauses braunes Haar und der große unschuldige Mund gehörten einem Bauernjungen. Er war ein erwachsener, wohlerzogener Huckleberry Finn. Er sah mit dem Voranschreiten des Abends immer unordentlicher aus. Sein Hemd war oben aufgeknöpft und gab den Blick auf eine unregelmäßige Brustbehaarung frei. Das Hemd hing teilweise aus der Hose heraus, die so aussah, als fände sie nur sehr unsicheren Halt an seinen schlanken Hüften. Er hatte sich seiner wie auch immer gearteten Fußbekleidung entledigt und stand nun barfuß vor Phil. Sein schlaksiger Körper ließ Kleidung zu einer nutzlosen Konvention werden.

Sein Lächeln verwandelte sich in ein breites Grinsen, als er sich breitbeinig hinstellte, sein Becken vorschob und Phil zu sich heranzog. Er legte seine Hände flach und fest auf ihn und ließ sie langsam über seinen Körper gleiten. Er verwuschelte Phils Haare und strich sie wieder glatt, dann ließ er seine Hände über die Schultern den Rücken hinab wandern, während sich ihre Schwänze fordernd aneinander drängten. Phil merkte, dass seine stattliche Erektion keine weitere Ermutigung brauchte; es reichte, dass Bryan ihn wollte.

Ihre Hände fuhren damit fort, einander Freude zu bereiten. Bryans Bekleidung hinderte Phil nicht daran herauszufinden, wie sich dieser schlanke Körper anfühlte. Bryan streichelte weiter seinen Rücken und glitt langsam zu seinem Hintern hinunter. Er sah Phil in die Augen. »Gefällt dir das?«, fragte er.

»Ja.«

»Du bist verdammt wundervoll. Lass uns einen Joint rauchen und uns zu Tode ficken.«

»Warum auch nicht?« Sie lachten und ihre Münder hörten auf zu sprechen, um sich völlig einander zu widmen. Bryans Mund war groß und verführerisch; Der von Phil beteiligte sich enthusiastisch. Er hatte fast vergessen, wie aufregend sorgloser Sex sein konnte. Bei Johnny hatte ihn eher das Versprechen einer guten Freundschaft als körperliche Attraktivität angezogen. Bei Bryan hingegen explodierte er vor lauter Verlangen. Es war fantastisch, sich völlig seiner Lust hinzugeben, ihr freien Lauf zu lassen.

Wenige Augenblicke später stand Bryan schon völlig nackt vor ihm. Die einzigen zwei Dinge, die er getragen hatte, seine Hosen und sein Hemd, schienen schon bei der einfachen Berührung durch Phil abzufallen. Völlig sorglos bot Bryan ihm seine bemerkenswerte Erektion dar, die nicht so recht zu dem schlaksigen, jungenhaften Körper passen wollte. Bryan zog ihn in einen Erker, der teilweise durch einen Vorhang vom Rest des Zimmers abgeschirmt war. Phil erschrak kurz, als er plötzlich Augen auf sich spürte, stellte dann aber fest, dass sie nur einem großen orientalischen Standbild gehörten – einem Buddha? – der in einem Glaskasten an der Wand stand. Die Illusion, hier vor fremden Augen zumindest etwas geschützt zu sein, ließ sie alle Zurückhaltung verlieren. Phil hatte sich selbst dafür gehasst, wenn er es zugelassen hatte, dass Alex und er halb öffentlich Sex hatten, aber er war fest entschlossen, ab jetzt auf Alex als Maßstab zu verzichten. Wenn es Bryan egal war, was machte es dann für einen Unterschied, ob sie jemand erwischte oder nicht?

Ein bequemes Sofa erwartete sie. Bryan fiel nach hinten und zog Phil mit sich. Er schob Phils Kopf tiefer, während sich sein Körper vor Vergnügen aufbäumte. Phil, der sich der Tatsache bewusst war, dass er in direkter Konkurrenz zu Angela stand, widmete seinen Mund vollständig Bryans Vergnügen und hatte ihn schon bald so weit, dass er vor Lust stöhnte und aufschrie.

»Himmel, ich komme gleich«, rief er, als Phils Mund ihm seine vielfältigen Einsatzmöglichkeiten demonstrierte. »Du bist absolut göttlich.«

Sein Körper bäumte sich auf und verkrampfte sich in einem dankbaren Orgasmus, während Phil zufrieden in sich hinein lachte. Er behielt Bryans Schwanz in seinem Mund und erweckte ihn mit seinem Einfallsreichtum nach nur kurzer Ruhepause wieder zum Leben. Es gab Augenblicke, in denen er für sein Schwulsein beinahe dankbar war. So ein Schwanz war wirklich ein Wunderding. Es war unbeschreiblich schön, den lebhaften und kräftigen Orgasmus eines Jungen zu genießen. Er war stolz darauf, dass er sich ganz offensichtlich auch bei einem verheirateten Mann als erfolgreicher Partner erwiesen hatte. Es war eine Premiere gewesen, soweit er wusste. Er lachte leise, als sich Bryans Schwanz wieder zu seiner vollständigen Länge erhob.

»Ich bin ein selbstsüchtiges Schwein«, sagte Bryan zufrieden und strich durch Phils Haar. »Ich sollte jetzt etwas für dich tun.«

»Ich will nicht gleich hier zu Tode gefickt werden, ich kann noch etwas warten.«

»Ich konnte es nicht, nachdem du erst mal angefangen hattest. Du machst das so verdammt gut, dass ich dachte, du willst sehen, wie leicht es für dich ist, einem Mann einen Ständer zu verpassen.« Er setzte sich auf und streichelte mit einer Hand Phils Erektion. Seine offene Hose war das einzige Indiz, dass Bryan ein aktives Interesse an dem Körper seines Partners gezeigt hatte. Er gab einen anerkennenden Laut von sich. »Nett. Wie ich meine Angie kenne, war sie sicher angenehm überrascht, während eures kurzen Spaziergangs durch den Garten. Sie ist eine Expertin, aber einen Meister wie dich kann sie nicht schlagen. Okay. Ich hör lieber auf. Ich will nicht, dass Don uns erwischt. Er macht mir etwas Angst.«

»Wieso gibt es hier all dieses fernöstliche Zeugs?« Phil verstaute schon zum zweiten Mal an diesem Abend alles wieder in seiner Hose.

»Das hier ist die freundliche Opiumhöhle von nebenan«, erzählte Bryan und sah zu dem orientalischen Standbild hinüber, das ihn aus dem Halbdunkel heraus unergründlich anlächelte. »Mir reicht aber das gesunde, selbst angebaute Gras, das man bei uns kaufen kann.«

Dons Party löste sich schon kurze Zeit später auf. Die Nacht wurde richtig kühl, als Phil mit den Shackletons durch die stillen Straßen in Richtung des Stadtteils ging, in dem er sich schon langsam auszukennen begann. Er vermutete, dass sie bald beim Hafen herauskommen würden, aber dann schwenkten sie zur Seite und gingen wieder ein kurzes Stück bergauf. Sie schufen eine ungezwungene, fröhliche Atmosphäre, und Phil mochte sie immer mehr – auch wenn er noch etwas unsicher war, wohin ihn das alles führen würde. Er neigte dazu, sich schuldig zu fühlen, und Sex ohne emotionale Befriedigung kam ihm häufig schmutzig vor. Er bemühte sich, beiden gleichviel Aufmerksamkeit zu schenken, damit Angela sich nicht überflüssig vorkam, wurde aber schnell belehrt, dass eine solche Vorsicht nicht notwendig war. Die Shackletons waren ein eingespieltes Team.

Sie traten in einen kleinen, von Mauern umgebenen Hof und überquerten ihn zu einer niedrigen Tür. Sie duckten sich darunter durch und blinzelten sich, nachdem Angela das Licht angeknipst hatte, fröhlich lachend an.

»Jetzt haben wir dich«, eröffnete Angela zufrieden. »Wahrscheinlich kannst du dir schon denken, was wir mit dir vorhaben.«

Bryan legte einen Arm um Phils Schultern. »Sie konnte Geheimnisse noch nie für sich behalten.« Er drückte Phil kurz an sich und ließ ihn dann los, um Angela dabei zu helfen, Gläser und Wein hervorzuholen. Sie waren in einem langgezogenen, geweißten Raum, der nur spärlich mit Küchentischen und mehreren Stühlen möbliert war. Auf zwei der Tische standen Schreibmaschinen, jeweils mit einem Stapel Schreibmaschinenpapier daneben. Auf einem größeren runden Tisch stand eine Schüssel mit Orangen; mehrere Stühle waren um ihn herum gruppiert. An einer Wand stand ein Bett, das ihnen offensichtlich als Sofa diente. Es war ein asketischer Arbeitsraum und Phil bewunderte die Leute, denen er für ihre Bedürfnisse genügte.

»So, los geht's«, sagte Bryan. »Nimm dir ein Glas. Und jetzt wirst du eine Kostprobe unserer Ernte erhalten. Es ist das beste Zeug, das wir jemals angepflanzt haben.«

Sie gingen ein paar Stufen hoch zu einem anderen geweißten Raum, der ziemlich klein war und fast ganz von einem großen Bett ausgefüllt wurde. Schon die Enge des Raums lud dazu ein, einander körperlich näher zu kommen. Sie machten es sich auf dem Bett bequem, berührten sich hier und da und ließen ihre Hände wandern. Nachdem sie sich mehrere Joints geteilt hatten, war von Phils Zurückhaltung nichts mehr geblieben – sie war dank des viel enKicherns und Lachens wie weggeblasen – und sein Kopf ruhte nun zwischen Angelas herrlichen Brüsten. Ihre Bekleidung verschwand im Nu. Phil und Bryan beschäftigten sich mit Angela, während sie die Schwänze der beiden streichelte und das ganze Können ihrer Zunge vorführte.

Etwas später formte sich mit Mühe eine vollständige Frage in Phils benebelten Kopf: Konnte er es zulassen, dass Bryan ihn vor den Augen von Angela nahm? Er saß rittlings auf ihr mit seiner Erektion zwischen ihren Brüsten, als er merkte, wie sich Bryan hinter ihm in Position brachte. Bryan zog seine Brust zurück und stieß seinen steifen Schwanz gegen Phils Hinterbacken. Sein Kopf rebellierte kurz dagegen, wie sich sein Körper auslieferte, aber schnell waren alle Vorbehalte vergessen, als er sich völlig der physischen Lust hingab. Er schrie in Ekstase auf, als Bryan von ihm Besitz ergriff, während Angelas hungriger Mund seinen Orgasmus erwartete.

Kurze Zeit später fand er sich mit Bryan unter der Dusche wieder und innerhalb weniger Minuten waren sie wieder im Bett. Phils Körper war völlig in seinem Element und strahlte regelrecht vor sexueller Begierde. Sein Schwanz war Werkzeug eines mächtigen Eroberers, gegen den Widerstand zwecklos war. Angela hob ihn von ihrem Bauch hoch und rieb ihre Wange daran.

»So schön«, flüsterte sie. »So wie er aussieht, würde er sich in mir wundervoll anfühlen – wenn du es ausprobieren willst.«

»Versuch mich aufzuhalten.« Er lachte zufrieden, befreite sich von Bryan und glitt in sie hinein. Nur noch sein Körper hatte das Sagen und er verschwendete keinen Gedanken darauf, dass Angela erst die zweite Frau war, mit der er Sex hatte. Jeder Körper gehörte ihm. Angelas Augen weiteten sich, als er in ihre feuchten Tiefen vordrang, so, als ob sie in sich hinein sehen würde und völlig fasziniert von dem Anblick wäre.

»O Phil, ja«, murmelte sie. Sie hob ihre Beine und ergriff ihn mit ihren Knien. »Es ist himmlisch. Kein Wunder, dass ich ständig hinschauen musste. Ja. O ja, mein Liebling. Ich komme gleich. So ein wunderschöner Mann.«

Der Himmel wurde schon langsam heller, als Phil am nächsten Morgen seine Wohnung erreichte. Es war eine lange Nacht gewesen. Durch die Kombination von Wein und Gras war sein Kopf immer noch ganz benebelt, aber so unerwartet auch alles gekommen war, es war ein voller Erfolg gewesen.

Er stolperte im Halbdunkel die vertraute Treppe hinauf und versuchte dabei, die Familie seiner Gastgeberin nicht aufzuwecken. Oben fiel er gleich in das erstbeste Bett. In seinem Kopf drehte sich alles, aber schon bald gewann seine Müdigkeit die Oberhand und seine Gedanken verschwammen immer mehr. Er wusste, dass er kurz davor war, sich auf ein Abenteuer einzulassen, dass er auf Erfahrungen, wie er sie nie zuvor gemacht hatte, gefasst sein musste, aber er konnte sich nicht mehr so genau erinnern, worum es dabei eigentlich ging. Hatte es etwas mit Johnny zu tun? Er würde zu ihm gehen, sobald er etwas geschlafen hatte.

Als er das nächste Mal seine Augen öffnete, zeichnete sich ein strahlend blauer Himmel durch sein Zimmerfenster ab. Er lag da, bewegte sich nicht und versuchte sich zu erinnern, wo er eigentlich war. Er war in Griechenland. Kreta, Chania. Die Erinnerung kehrte wieder. Er streckte sich und stellte fest, dass er immer noch vollständig angezogen war. Es war kalt gewesen, als er die Shackletons an diesem Morgen verlassen hatte, er hatte seinen Pullover noch an. Er erinnerte sich an die Zeit mit ihnen und kam zu dem Schluss, dass er wohl ganz schön betrunken, ganz zu schweigen von high, gewesen sein musste. Normalerweise vergaß er seine Hemmungen nicht so schnell. Alkohol und Gras und die Luft von Chania. Irgendetwas gab es hier, etwas, das diesen Ort auszeichnete. Er wusste nicht genau, was es war, aber es war anders als an jedem anderen Ort, an dem er gewesen war. Es war erst kurz nach elf Uhr. Er fühlte sich viel besser als erwartet – nach nur sechs Stunden Schlaf.

Er setzte sich auf, lächelte im Stillen und zog sich den Pullover über den Kopf. Es würde wieder ein wundervoller Tag werden. Als er in den Raum ging, in dem die Toilette war, hörte er Stimmen von unten. Er warf seine Kleidungsstücke auf eines der Bett und beeilte sich bei seiner allmorgendlichen Körperpflege. Er hoffte, Johnny zu erwischen, bevor dieser aus dem Haus ging. Er mochte es, jemanden zu haben, den er morgens als ersten besuchte. Auch das war neu. Er wollte bei dem großen Abenteuer, das ihm bevorstand, immer auf dem neuesten Stand sein.

Pflichtbewusst stellte er sich einen kurzen Augenblick unter den rostigen Duschkopf und ließ kaltes Wasser seinen ausgelaugten Körper wieder beleben. Dann trat er auf den Balkon hinaus und entschied, dass er heute nicht mehr als ein T-Shirt und Shorts tragen musste. Er prüfte, wie viel Geld er noch hatte, bevor er es einsteckte. Seit Piräus hatte er beinahe zehn Dollar ausgegeben. Ein Vermögen! Wo ging es nur immer hin?

Kyria Vassiliki hielt ihn auf der Treppe auf seinem Weg nach draußen auf, fragte ihn, ob er gut geschlafen habe und bot ihm einen Milchkaffee zum Frühstück an. Er gesellte sich zu ihr in die Küche, um ihn zu trinken und sie bot ihm lächelnd an, jeden Tag ein solches »Frühstück« für ihn zu bereiten, wenn Milchkaffee alles war, was er gerne hätte. Er bekam mehr und mehr den Eindruck, dass er sein Leben schon wie ein erfahrener Reisender in den Griff bekam.

Er fand Johnny mit einem Pinsel in der Hand vor einer Leinwand stehend, auf die er beiläufig lange Striche aufbrachte. Er hob den Pinsel und winkte ihm zu.

»Ah, der Mann, der Beziehungen vernichtet«, begrüßte ihn Johnny fröhlich. »Hast du die Ehe der Shackletons in Ruinen zurückgelassen?«

»Pah. Ich glaube nicht, dass jemand das schaffen könnte. Es ist schon erstaunlich. Sie brechen jede Regel, von der ich je gehört habe, und es scheint ausgezeichnet zu klappen.«

»Siehst du? Was habe ich dir gesagt? Richtig und falsch – das alles hängt von deinem Blickwinkel ab.«

»Noch mehr unmoralischer Unsinn. Du bist schrecklich, Johnny. Trotzdem, vielleicht sollte ich ja ein paar Ausnahmeregelungen für persönliche Eigenheiten schaffen. Wenn man nicht gerade von der alles verzehrenden Leidenschaft gepackt wurde, sollten zwei Leute, die sich wirklich mögen, nicht so tun, als seien sie verliebt.«

»Genau. Warum meinst du, sprechen wir in England lieber davon, dass wir einander »gern haben«? Das ist durchaus ausreichend, um mit dem täglichen Leben einfach weiterzumachen. Wenn man will, kann man sich immer noch für kurze Zeit der alles verzehrenden Leidenschaft hingeben, das Tempo beschleunigen, so als würde man Urlaub machen.«

»Vielleicht sollten wir heiraten, Johnny.«

»Du willst doch nur mein Geld. Ist es nicht langsam Zeit für ein Getränk?«

»Ganz meine Meinung. Ich bin jetzt schon eine halbe Stunde auf. Das ist lang genug.«

»Ich war heute schon früh auf den Beinen und habe unseren Freund mit dem Schnurrbart gesehen. Er schien mir aber keine Beachtung zu schenken. Alles sehr seltsam. Ich habe mich also entschieden, Andoni davon zu erzählen. So wie ich es geschildert habe, werden sie mir Bescheid geben, wenn da irgendetwas nicht stimmt.« Er nahm ein paar Schlüssel vom Tisch, kam zu Phil hinüber und drückte sie ihm in die Hand. »Ich habe die hier für dich gemacht. Der hier ist für den Motor. Dieser für die Kabine.«

Phil nahm die Schlüssel zögerlich in die Hand. »Für das Boot? Ich würde ohne dich sowieso nicht ausfahren.«

»Nein, am Anfang bestimmt nicht, aber vielleicht willst du später. Auf jeden Fall ist es gut, Ersatzschlüssel zu haben.«

»Danke. Jetzt zeig mir deine Arbeit und dann können wir zum Geschäft kommen.«

»Da hast du Recht. Das Nette an mir ist, dass ich nicht darauf bestehe, dass du in Begeisterung ausbrichst. Ein höfliches Nicken als Zeichen, dass du hingesehen hast, reicht völlig.«

Johnny ging zu den Leinwänden, die an die Wand gelehnt waren und sah sich mehrere an, bevor er drei davon auswählte, die er Phil zeigte. Er nahm sie mit und stellte sie an unterschiedliche Wände des Zimmers, sodass Phil genügend Abstand zu ihnen hatte und genügend Platz zwischen ihnen war, um sie sich einzeln anzuschauen. Er kehrte an Phils Seite zurück. »Das sind die einzigen drei, die fertiggestellt sind. Ich habe vor etwa einem Monat versucht, hier etwas Ordnung hineinzubringen.«

Schon auf den ersten Blick war Phil von den drei Landschaften, die sich ihm darboten, stärker beeindruckt, als er es erwartet hatte – ein längerer Blick bestätigte diesen Eindruck. Die Landschaften waren das Werk eines talentierten Profis – mutig komponiert, gegenständlich, aber mit einer subtilen, exzentrischen Linienführung ausgeführt, die ihnen Originalität verlieh, dynamisch, mit einer lebendigen Farbgebung. Phil war nicht der Ansicht, dass er auf diesem Gebiet ein Experte war, aber er hatte bei seinem Job eine Menge Bilder gesehen und konnte zwischen solidem Handwerk und echtem Talent unterscheiden. Er spürte auf einmal das etwas seltsame Gefühl von patriotischem Stolz auf Chania in sich aufsteigen. Vielleicht ließen sich die Leute hier nicht einfach nur treiben, sondern waren wirklich gut in dem, was sie machten.

»Mein Gott, du bist ein Maler, Johnny!«, rief er aus, als er seine Runde zu den Bildern beendet hatte.

Johnny lachte in sich hinein. »Ich mag diesen ungläubigen Unterton in deiner Stimme. Vielen Dank, mein Freund. Nachdem du nun deine Pflicht erfüllt hast, hast du dir eine Erfrischung verdient. Lass uns nach draußen gehen und herausfinden, worüber man sich heute so das Maul zerreißt. Über dich, nehme ich an.«

Sie schlenderten zum Hafen hinunter, über ihnen die Sonne, die schon langsam eine sommerliche Intensität erreichte. Johnny stichelte ihn wegen der Shackletons, aber Phil kehrte zur Kunst zurück. »Ich habe nicht gescherzt. Du bist, glaube ich, verdammt gut. Hast du schon mal daran gedacht, Illustrationen zu machen?«

»Gegen Bezahlung? Aber immer. Habe ich dir gegenüber nicht schon unmissverständlich gesagt, dass ich fast alles für Geld machen würde?«

»Wunderbar. Sobald ich zurück bin, sehe ich mich nach einem geeigneten Buch um, und lass es dich wissen. Zeichnungen natürlich. Viel Farbe können wir nicht gebrauchen.« Phil freute sich bei dem Gedanken, über die Arbeit den Kontakt aufrecht zu halten. Es wäre eine Garantie, dass dieser Ort noch existierte. Er hatte dieses Gefühl des Irrealen, das er bei seiner Ankunft gehabt hatte, immer noch nicht überwunden. Manchmal kam es ihm so vor, als könne die ganze Insel in jenem Moment, in dem er sie verließ, einfach verschwinden – ein Traum, ein Wunder, ein Zufall in einem Zeitstrudel.

Johnny hielt an, als sie an einer steilen Straße, die sich über ihnen den Berg hochwand, vorbeikamen. »Wenn wir schon bei dem Thema sind, kann ich dir auch gleich zeigen, wo John Robert wohnt.« Er deutete die Straße entlang. »Dort oben. Das Haus auf der linken Seite, wo der Baum über die Mauer hängt. Dort musst du hin.«

Als sie aus den Nebenstraßen heraustraten und zum Hafen kamen, achtete Phil wieder stärker auf die Leute, denen sie begegneten. Es war nicht mehr los, als am Tag zuvor, wenige Männer und noch weniger Frauen schlenderten hierhin und dorthin, anscheinend ohne irgendwelche dringenden Geschäfte erledigen zu wollen. Er sah keine verdächtigen Schnurrbärte. Das hier war kein Ort, an dem man sich in der Menge verlieren konnte. Als sie sich auf die kleine Kirche zubewegten, sah er, dass sich die Stühle um den Tisch, an dem erst gestern das erste große Treffen stattgefunden hatte, zu füllen begannen. Es sah nach einem weiteren kleinen Fest der Ausländer-Kolonie aus.

»Noch eine Party?«, fragte Phil.

»Das tägliche Ritual. Sie nehmen ihre Post in Empfang und kommen zum Tratschen vorbei. Ich lasse mir meine Post nach Hause bringen, damit ich meine Arbeit nicht unterbrechen muss, wenn sie gut läuft.«

»Du nimmst deine Arbeit richtig ernst, auch wenn es manchmal nicht den Anschein hat, nicht wahr, Johnny?«

»Das ist ein gut gehütetes Geheimnis«, sagte Johnny mit einem sardonischen Lächeln.

Sie ließen sich in Stühle fallen und wurden beiläufig begrüßt. Phil entdeckte die Shackletons und sie hielten wieder die ausgestreckten Arme mit den Gläsern in die Höhe, zu ihrem üblichen Gruß. Phil winkte John Robert am anderen Ende des Tisches zu. Ihm gegenüber saß Anne, wie immer tadellos gekleidet in einem Pullover und mit Perlen um den Hals, ihr ergrauendes Haar sorgfältig zurecht gemacht. Sie hob einen Brief und wedelte damit vor Johnny und ihm herum.

»Ich lese gerade, dass es in London schneit. Nichts macht mich glücklicher, als von anderer Leute Unbehagen zu hören.«

»Es *macht* Spaß, nicht wahr?«, stimmte Johnny ihr zu. »Die dummen Esel. Wie kann man auch freiwillig dort bleiben?«

Phil lächelte ihn an. Seine Freunde. Er stellte fest, dass diese Mittagsparty Teil der täglichen Routine war, etwas, auf das auch er sich ab jetzt jeden Tag freuen würde.

Er fühlte, wie eine Verwandlung in ihm vonstatten ging, wie er vom Touristen, einem einfachen Beobachter, zu einem Einheimischen wurde, der mit Haut und Haaren in ein neues Leben hineingezogen wurde. Zum ersten Mal war er Teil einer engen Gemeinschaft. Jeder kannte ihn und er kannte jeden. Ihre jeweilige Vergangenheit blieb geheimnisvoll, aber von ihren gegenwärtigen Hoffnungen und Feindschaften und Lieben blieb kaum etwas geheim. Mit wenigen Ausnahmen waren sie alle darauf aus, mit möglichst wenig Geld ihren Aufenthalt hier so lange wie möglich auszudehnen. Selbst auferlegte Armut für Lebensqualität. Phil hatte noch nie Leute kennen gelernt, die stolz darauf waren, kein Geld übrig zu haben, Leute, für die Schmarotzen eine Frage der Ehre war. Don war ein natürliches Ziel und entsprechend wurde er auch geschätzt. Phil gewöhnte sich langsam an das Leben hier, aber er wusste auch, dass er ein solches Leben nicht längere Zeit führen konnte. Er machte sich über seine kreative Begabung keine Illusionen; er hatte keine, die ihm ein Leben hier ermöglichen würde, aber ohne eine solche wäre er hier aufgeschmissen. Er beneidete die anderen darum, dass sie ihre ganze Energie darauf verwandten, ihren Marotten zu folgen. Zumindest in Johnnys Fall war das gerechtfertigt.

Er leistete sich noch ein Bier. Er unterhielt sich mit allen. Er aß etwas, ganz ohne darauf zu achten, wie die Zeit verging. Mit Harvey Feldman führte er eine weitläufige Diskussion über Filme. Wie die meisten war Harvey in etwa in Phils Alter und sehr schlau. Er hatte in Hollywood gearbeitet und schrieb gerade an einem Drehbuch, für das er auch einen Vertrag besaß.

Nachdem ihre Unterhaltung beendet war, stellte Phil fest, dass alle seine Freunde verschwunden waren. Don war noch da und sah so aus, als wolle auch er gleich los. Phil verabschiedete sich und schlenderte los, um die Stadt weiter zu erkunden. Hinter dem Hafen entdeckte er einen wundervollen Strand, wahrscheinlich den, von dem die Shacketons erzählt hatten. Er war sehr breit, bis zu 100 Meter, begrenzt von Feldern, auf denen vereinzelte Olivenbäume standen. Vom Strand aus konnte Phil nicht ausmachen, was auf den Feldern wuchs, aber er erkannte zarte hellgrüne Pflänzchen, die das Nahen des Frühlings bestätigten. In der Ferne waren einige Personen zu sehen, wesentlich näher jedoch lag ein einzelner Mann am Strand. Als Phil näher kam, erkannte er, dass es der Franzose, François, war und dass dieser völlig nackt war. Er setzte sich auf, als Phil näher kam, und begrüßte ihn überschwänglich. Er berichtete, dass das Wasser noch sehr kalt sei und er auf einen Jungen warte, der von einem Bauernhof häufig zu ihm kam. Der Franzose lud Phil ein, sich doch zu ihm zu setzen. Sein Körper war sehr nett, aber ohne jeden Sexappeal.

Phil entschuldigte sich und ging weiter. Nach wenigen Minuten sah er etwas vor sich aus dem Sand herausragen; es sah aus wie ein zerbrochener Zaun. Als er es erreichte, stellte er fest, dass es sich um die Reste eines Schuppens handelte, vielleicht für ein Boot. Nur noch ein paar verwitterte Holzpfeiler waren übrig, an die Bretter genagelt waren. Insgesamt war das alles etwa so hoch wie er – eine löchrige Wand, die als Anschlagebrett gedient hatte. An den Planken hingen noch die Reste von Postern, die keine aktuelle Aussage mehr hatten. Praktisch war diese Ruine aber doch, nämlich zum Aufhängen seiner Kleidungsstücke, stellte Phil fest. Er befreite sich von seinem T-Shirt und den Shorts und machte sich nicht die Mühe, seine Badehose anzuziehen, sondern lief in seinen Boxershorts zum Meer und tauchte hinein.

Es war kalt, aber eher erfrischend als schmerzhaft. Er strengte sich an, damit ihm warm wurde. Schon bald war er von einer körperlichen Zufriedenheit erfüllt, die alle seine Gedanken wegwischte, es blieb nur ein warmes Leuchten, eher ein Gefühl als ein Gedanke – die Erinnerung an George, die ihn immer begleitete. Es war ihm unmöglich, ein solches Glück, eine derartige Zufriedenheit und körperliche Balance zu finden, ohne dass die Erinnerung an George aktiviert wurde. So hatte er sich bisher nur mit George gefühlt, oder allein. Jeder andere würde nur alles verderben. Hier allein zu sein und abgeschnitten von allem, was er gekannt hatte, führte dazu, dass er George heftig vermisste.

Verdammter George – George, der strahlende Held seiner Schulzeit, der Vorzeige-Athlet der Schule, der Star. Er war ihm zwei Jahre voraus gewesen und doch so weit entfernt, so bezaubernd schön, dass Phil nicht in der Lage gewesen war, mehr als nur ein paar Worte zu murmeln, wenn er in der Nähe war; vor lauter Schüchternheit und Bewunderung hatte es ihm stets die Sprache verschlagen. Immer wenn er neben ihm nackt unter der Dusche stand, hatten fast seine Knie nachgegeben. George hatte einen unglaublichen Körper gehabt, und seine wunderschönen Gesichtszüge waren außergewöhnlich markant gewesen. Er sah nicht einfach nach einem gesunden Durchschnittsamerikaner aus, sondern hatte feine Züge, große, intelligente Augen und ein umwerfendes Lächeln. Sein Gesicht wurde von ausgeprägten Wangenknochen und einem perfekt geformten, zärtlichen Mund komplettiert. Phil betete ihn aus der Ferne an, noch ohne sich der schrecklichen Abnormität, die sich Homosexualität nannte, wirklich bewusst zu sein.

Nachdem George seinen Abschluss gemacht hatte und auf ein College gegangen war, machte sich Phil daran, die ganzen Schulrekorde, die George aufgestellt hatte, zu brechen. Wenn es um Ehrungen und Preise ging, gelang es ihm auch ganz gut, aber er war sich immer dessen bewusst, wie viele Fehler er selbst als Schulbester noch hatte. Da gab es zum Beispiel das Kellergeschoss. Auch wenn bei ihm nicht viel passiert war – er konnte sich nicht vorstellen, dass George jemals dorthin gegangen war. Alles hatte angefangen, als Phil 16 war, und George die letzten ruhmreichen Monate bis zu seinem Abschluss absolvierte. An einem Nachmittag im Frühling schlug ein Klassenkamerad von Phil vor, ins Kellergeschoss zu gehen. Die geheimnisvolle Art, wie er es sagte, ließ Phil vermuten, dass es hier um etwas ging, über das er eigentlich Bescheid wissen musste. Er konnte also nicht zugeben, keine Ahnung zu haben, und ging mit.

Im Kellergeschoss gab es eine geräumige Abstellkammer, in der Putzutensilien aufbewahrt wurden. Wie er bald herausfinden sollte, war sie niemals abgeschlossen. Sein Freund führte ihn hinein und ließ die Tür einen Spalt offen, damit etwas Licht hereinfiel. Er fühlte, wie der Junge die Hand auf seinen Schwanz legte und folgte dem Beispiel und sie holten sich gegenseitig einen runter. Es war erstaunlich, aber nicht unangenehm. Das war Phils Eintritt in ein geheimes Netzwerk; weitere Einladungen folgten. Den ganzen Frühling über wurde er von Träumen geplagt, wie es wohl mit George im Kellergeschoss wäre.

Auch im Herbst ging es mit dem Kellersport weiter und Phil stellte fest, dass fast die Hälfte seiner Klassenkameraden ihn zum Partner wählten. Da so viele daran teilnahmen, konnte er sich nicht vorstellen, dass es etwas Seltsames oder Verbotenes war. Es war einfach etwas, das Jungen an der Schule taten. Er stellte mit Genugtuung fest, dass sein Schwanz länger als die meisten anderen war, nur ein paar kamen ihm gleich. Einige wenige übertrafen ihn, aber nur einer war deutlich länger. Mehrere Jungs hatten ihm schon von Baldwins Teil erzählt, noch bevor er Gelegenheit hatte, sich davon selbst zu überzeugen. Es war riesig.

Sie alle machten Witze darüber oder protzten mit ihrer Ausstattung, also fand auch Phil nichts daran, dass er sich ganz eindeutig für die Länge interessierte. Diese Beschäftigung war nur etwas für

Männer, Mädchen wurden nicht eingeweiht. Phil verachtete jedes Anzeichen von Weiblichkeit bei seinen Klassenkameraden.

In seinem letzten Jahr – sie alle waren an der Grenze zum Erwachsensein – fing Phil an, Zweifel wegen des Kellers zu haben. Er erwischte sich dabei, wie er sich ausgefeiltere Spiele mit seinen Favoriten vorstellte, ohne hinderliche Bekleidung, und er fragte sich, was er wohl tun würde, wenn einer von ihnen vorschlüge, dass sie auch einen privateren Ort aufsuchen könnten, um mehr Raum zum Experimentieren zu haben. Er war an einem Punkt angelangt, wo er das Thema Homosexualität nicht mehr außer Acht lassen konnte. Plötzlich schien er von allen Seiten mit diesem Wort konfrontiert zu werden, aber er hatte nicht die Absicht, zum Aussätzigen zu werden.

Die meisten Dinge, die er hörte, waren beruhigend. Es gab unterschiedliche Stufen der Perversion. Jungen spielten häufig miteinander herum, ohne davon homosexuell zu werden – dieses Wissen beruhigte seine latenten Schuldgefühle wegen Teddy. Teddy hatte ihn in das Thema Sex eingeführt und sie hatten Dinge miteinander gemacht – sich einen geblasen, einander gefickt – die eigentlich nur richtige Schwule taten. Aber das war jetzt beinahe fünf Jahre her und sie waren praktisch noch Kinder gewesen, die das alles als einen großen Witz ansahen. Was im Keller geschah, war auch nur eine kameradschaftliche Art, sich einen Kick zu verschaffen.

Wie dem auch sei, Phil versuchte seine Gedanken im Zaum zu halten, wenn sie in gefährliche Gefilde abdrifteten und nahm sich fest vor, dass er es ablehnen würde, wenn einer seiner Freunde vorschlüge, ihre Routine auf verlockende Weise auszuweiten. Beinahe wies er auch Ricky Tellerman ab, als dieser überraschend einen Besuch im Keller vorschlug. Es blieben ihm nur noch wenige Monate an der Schule und er dachte, dass er es schon mit jedem, der interessiert gewesen war, ausprobiert hatte. Aber man hatte ihm schon vor Weihnachten gesagt, dass Tellerman ein wirklich großes Ding hatte und so gewann seine Neugier.

Er hatte etwas Angst vor Tellerman. Er war der Klassenintellektuelle, sah unter der Dusche nicht schlecht aus – groß und schlank und auf eine Schuljungenart ganz gut aussehend – aber er trat immer so selbstbewusst auf, als könne er mit solchen Schuljungenspielchen nichts anfangen. Phil war etwas aufgeregt, als sie die Treppen hinuntergingen und fragte sich, warum Tellerman es nicht schon eher vorgeschlagen hatte. Vielleicht war er ja trotz seiner selbstbewussten Art schüchtern. Vielleicht hatte er auch auf eine Einladung gewartet, obwohl Phil noch nie den ersten Schritt gemacht hatte. Er mochte es, wenn er sich sicher sein konnte, dass der andere Junge es wollte.

Und es war ganz offensichtlich, dass Ricky es wollte. Rickys Schwanz haute ihn um. Er konnte zwar nicht mit dem von Baldwin mithalten, aber als Phil seine Hand darauf legte, lief ihm ein Schauer den Rücken hinunter. Phil drehte Ricky etwas zur Seite, sodass das Licht von der Tür auf ihn fiel. Er starrte Rickys Schwanz wie gelähmt an und strich mit der Hand über dieses Wunder an männlicher Kraft. Wie es sich hob und vorstieß, ließ ihm den Atem stocken. Es erschien ihm wie Verschwendung, dass sie sich nur einen runterholen sollten, aber er ließ es nicht zu, an andere Dinge zu denken, die sie tun könnten. Die Erinnerungen an Terry gehörten seiner Kindheit an und hatten mit der Erwachsenenwelt nichts zu tun. Er versuchte, es für Ricky so schön zu machen, dass dieser es nicht vergessen würde und freute sich, als er merkte, dass seine Bemühungen nicht ohne Wirkung blieben. Es schien, als würde eine Verbindung zwischen ihnen entstehen.

Phil war fest entschlossen, nicht die Initiative zu ergreifen, aber auch Ricky schien das Gefühl zu haben, als gäbe es eine Verbindung zwischen ihnen und nach wenigen Tagen schlug er einen zweiten Besuch vor. Als kaum noch ein Monat bis Schulende übrig war, waren ihre Besuche im Keller schon zur Gewohnheit geworden und Phil versicherte sich immer wieder, dass sie sich in nichts von denen mit anderen Jungs unterschieden. Er war von Rickys wundervollem Schwanz völlig verzaubert, aber er war sich sicher, dass es jedem Jungen so gehen musste. So etwas konnte einfach nicht ignoriert werden – es war ganz schön schmeichelhaft, wenn sich all das nur für einen erhob. Sein gesamtes Training war stets mit einer Art Männlichkeitskult verbunden gewesen. Die Betonung sportlicher Meisterschaft, die konstante, systematische Entwicklung seines Körpers, die Ideale eines reinen Junggesellenlebens und eine leichte Ablehnung gegenüber dem femininen Interesse an den Künsten – das alles trug zu einer Trennung der Geschlechter bei und machte ihm seine Männlichkeit deutlich bewusst. Warum sollte er etwas dagegen tun, wenn ihn auffallende, konzentrierte Männlichkeit erregte? Das hatte nichts mit Homosexualität zu tun.

Phil und Ricky wurden nicht auf die übliche Art Freunde, sie trafen sich nicht in den Pausen, machten weder zusammen Unsinn noch hatten sie gemeinsame Interessen, aber bei einem ihrer ersten Besuche im Keller ergriff Ricky Phils Hand, drückte sie sanft und streichelte sie den ganzen Weg bis zur Abstellkammer. Es war der intensivste erotische Moment in Phil bisherigem Leben. Sein Herz raste und er taumelte gegen seinen Partner, um nicht den Halt zu verlieren .

Danach veränderten sie die Art sich zu berühren immer wieder leicht. Zwar waren es nur sehr kleine Veränderungen, aber sie waren so bedeutend, als hätten sie sich gegenseitig die Kleider vom Leib gerissen und sich splitternackt in die Arme genommen. Ricky öffnete Phils Hosen, um ihn vollständig herauszuziehen und beide setzten ihre Hände kunstvoller ein, als es zum Erreichen ihres Ziels unbedingt notwendig war. Sie standen nahe beieinander und berührten sich mit der Stirn. Manchmal streiften Rickys Lippen in leichter Andeutung eines Kusses Phils Wange. Ohne es sich einzugestehen, sehnte sich Phil nach mehr. Er entdeckte ängstlich, doch ohne widerstehen zu können, dass sein Körper ihm den Zugang zu einer bislang ungekannte Gefühlswelt öffnete.

Er hatte sich nie besonders darum geschert, mit wem er in den Keller gegangen war; jetzt verlangte ihn immer stärker nach Ricky. Rickys Berührungen waren Andeutungen einer noch unentdeckten Liebe und Lust. Seine Vorstellungskraft war immer weniger zu bändigen. Er bemühte sich darum, dass die Details nicht deutlich wurden, aber er sehnte sich danach, mit Ricky nackt in einem Bett zu liegen. Trotz all seiner Bemühungen, solche Gedanken zu unterdrücken, entstand in seinem Hinterkopf immer deutlicher das Bild , wie sich ihre Körper vereinigten, wie Ricky in ihn eindrang und von ihm Besitz nahm. Die Erinnerung an das unbeschreibliche Hochgefühl mit Terry kehrte zurück und verfolgte ihn. Er wünschte, es gäbe eine Möglichkeit herauszufinden, ob alle so besitzergreifende Gedanken bei großen Schwänzen hatten. Es wäre albern gewesen, sich deswegen Gedanken zu machen, wenn es völlig normal war. Die Schule war fast vorbei und er würde vielleicht nie wieder an Ricky denken.

Der Sommer kam schnell und befreite ihn von seiner Grübelei. Alle warfen ihre Jacken und Krawatten in die Ecke und trugen Baumwollshorts. Die plötzliche Hitze erfüllte Phils Körper mit einer lustvollen, angenehmen Mattigkeit. Nachdem er nun nicht mehr im Training stand, um überall Champion zu werden, musste er sich ein Mädchen suchen. Er wollte endlich richtig Liebe machen.

Als Ricky sich ihm noch einmal als Ersatz anbot, sagte er bereitwillig zu und hatte schon eine Erektion, bevor er ihm »Gehen wir«, geantwortet hatte. Er nahm an, dass Ricky sofort bemerkte, wie willig er war, denn kaum hatten sie den Raum betreten, kümmerten sich dessen Hände auch schon um Phils spärliche Kleidung. Phil blieb kaum Zeit zu registrieren, dass Ricky ihn auszog und schon bald hingen ihnen Shorts und Unterhosen um die Knien und sie waren fast ganz nackt. Das Verlangen, mit dem Ricky ihn überall streichelte, war elektrisierend; so fühlte es sich an, wenn ein Junge ihn wollte.

Phil folgte seinem Beispiel, gab Ricky zurück, was er bekommen hatte und spürte, wie ein unvergleichliches Gefühl durch ihn strömte. Er hatte endlich die Gelegenheit zu erfahren, wie sich ein Junge wirklich anfühlte und er erkannte schockiert, dass dies seine ersten Versuche in der Erwachsenenliebe waren. Panisch begann sein Herz zu schlagen. Er konnte doch nicht mit einem Jungen Liebe machen! Sie rückten näher aneinander heran und Ricky begann, Phils Hals zu liebkosen. Phil spürte Rickys Zunge. Instinktiv hob er seine Arme und legte sie um seinen Partner. Sie pressten sich aneinander und Phil spürte, wie Rickys steifer Schwanz hart an ihn stieß. Irgendwie fanden sich ihre Münder und öffneten sich, um ihre vordringenden Zungen hereinzulassen. Ihre Körper zitterten vor Verlangen, sich zu vereinigen. Phil stöhnte vor Lust, während er sich gleichzeitig sagte, dass nur Schwule das taten, was sie beide gerade taten. Er musste damit aufhören. Er war kein Schwuler. Es wäre ihm unmöglich weiterzuleben, wenn er schwul wäre. Er musste sich wieder unter Kontrolle bekommen.

Völlig atemlos trennten sie sich und Rickys Mund begann, langsam an Phils Körper abwärts zu wandern. Seine Lippen spielten mit Phils Nippeln, seine Zunge war ein provozierender, fordernder Lustspender. Phil streichelte Rickys Haar und sagte sich, dass er gleich aufhören würde, während lustvolle Laute aus ihm hervorbrachen. Rickys Mund wanderte immer tiefer an Phils Körper hinab und fand Stellen, die ein ungeahntes Lustempfinden bei Phil auslösten, dem er kaum noch widerstehen konnte. Angesichts Ricikys unglaublicher Fähigkeit, ihm Spaß zu bereiten, war Phil machtlos. Seine Muskeln spannten sich und sein Herz hämmerte wild, als Rickys Lippen schließlich seinen Schwanz entlangwanderten. Er hatte den Eindruck, als würden seine Beine unter ihm nachgeben. Er unterdrückte einen Schrei, als sein Schwanz schließlich in die herrliche, weiche, warme Höhle von Rickys Mund vorstieß. Völlig seiner Lust hingegeben schmolz er dahin, während sich in seinem Kopf alles drehte bei dem Versuch zu verstehen, was gerade geschah.

Ungläubigkeit ließ ihn erstarren. Ein Junge lutschte an seinem Schwanz. Er gab sich der verabscheuungswürdigsten Handlung hin, die ein Junge ausüben konnte. Ricky war ein Schwuler. Er wartete darauf, dass Ekel in ihm erwachte und seinen Widerstand erweckte, aber sein Körper war von einer erhabenen Passivität gepackt. Noch nie zuvor war jede Zelle seines Körpers so intensiv sinnlichen Erfahrungen ausgesetzt gewesen. Er erinnerte sich daran, wie einer von den Jungs – war es Samuelson? – damit angegeben hatte, dass er in New York einem Schwulen gestattet hatte, ihm einen zu blasen. Jedermann wusste, dass Samuelson ein Mädchen hatte. Man musste nicht schwul sein, um zuzulassen, dass ein Schwuler einem Spaß bereitete. Es gab unterschiedliche Abstufungen.

Er sah hinunter zu Ricky, der hingebungsvoll vor ihm kniete, den Mund weit geöffnet, um seinen Schwanz aufzunehmen. Im Halbdunkel erkannte Phil Rickys großen Schaft, der sich aus seinen Lenden erhob. Ihr Treiben war verworfen und widerwärtig, aber Phils Brust hob sich im Bewusstsein seiner männlichen Kraft, und er spürte, wie sich ein Orgasmus in ihm aufbaute. Er wusste nicht, ob er Ricky warnen sollte, aber er wollte in seinem Mund kommen. Immer höher und höher stieg die Lust in ihm, bis er den Eindruck hatte, sie würde ihn zerreißen. Als er den Höhepunkt erreicht hatte, schrie er auf, alle Vorsicht vergessend und wurde fast von den Beinen geworfen. Ihm wurde beinahe schwarz vor den Augen. Als er wieder normal sehen konnte, erkannte er, dass Rickys Mund immer noch da war und ihn hungrig bearbeitete, so, als wollte er keinen Tropfen von ihm verschwenden. Wie konnte ein Junge, der völlig in Ordnung zu sein schien, schwul sein?

Schließlich ließ Ricky los und sprang auf. Er warf seine Arme um Phil und drehte ihn so, dass er sich an seinen Rücken pressen konnte. Er schob seinen Schwanz zwischen Phils Oberschenkel, unterhalb seiner Hinterbacken und glitt langsam vor und zurück, sodass Phil seine unglaubliche Länge spüren konnte. Phil spannte seine Muskeln an, um Rickys Schwanz festzuhalten und es für ihn möglichst aufregend zu machen. Sicherlich erwartete sein Partner eine Art Rückzahlung, aber Phil war nicht dazu bereit, das Gleiche zu tun wie er. Phil lehnte sich nach hinten und küsste Rickys Kinn und Hals, während er zu seinen rhythmischen Bewegungen vor- und zurückschwang. Es sollte sich richtigen Eindringen so nahe wie möglich kommen. Das Gefühl war aufregend neu, fast so als würde er sich mit ihm vereinigen, aber ohne irgendetwas Schwules zu tun.

»Dein Körper ist fantastisch«, flüsterte Ricky in sein Ohr. Seine Hände wanderten über Phils Haut, als wolle er sich jeden Quadratzentimeter genau einprägen. »Ich habe noch nie jemanden so sehr begehrt. Wir müssen zusammen ins Bett gehen. Ich hasse es hier unten. Deswegen habe ich es auch nicht eher vorgeschlagen. Wir können uns nicht richtig lieben. Ich will in dir sein. Du willst es auch. Du bist doch auch schon wieder wundervoll hart.«

»Hier können wir es nicht machen«, flüsterte Phil, erstaunt, dass Ricky einfach so davon ausging, sie könnten so etwas tun. Er übte weiter Druck aus, um Ricky dabei zu helfen, seinen Höhepunkt zu bekommen.

»Sobald die Schule vorbei ist, werden wir einen Platz finden. Nur noch vier Tage. Wir sollten nicht mehr hierher kommen. Es würde uns nur verrückt machen. Alle Jungs wollen hier nur abspritzen, aber bei dir wusste ich von Anfang an, dass es wirklich etwas Besonderes sein würde. Oh, Himmel, ich komme gleich. Ja, Liebling, spür meinen Schwanz. Fühl wie hart er ist. Er sollte in dir sein, wo wir beide ihn uns wünschen. Nächstes Mal werde ich dich ficken. Du bist der schönste Junge, den ich je gesehen habe. Du wirst mir gehören.«

Phil war wie vom Donner gerührt. Halbblind stolperte er durch den Rest des Tages und konnte nicht aufhören, an Ricky zu denken. Die lauwarme Luft drückte weiter auf seine Sinne und schien ihn zu verspotten. Es war ein Tag, um Liebe zu machen und nicht um von Schuldgefühlen geplagt zu werden. Welche Schuld? Ricky war ein Schwanzlutscher. Er selbst hingegen war keiner und würde auch nie einer sein. Ein Homosexueller hatte ihn überrumpelt, aber jetzt wusste er ja Bescheid und würde so etwas nie wieder zulassen. Seine Wangen brannten vor Schamesröte. Ein Junge hatte ihn Liebling genannt, als sei er ein Mädchen. Es hatte ihn vor Lust zittern lassen, aber das war bloß, weil er überrascht worden war. Es war ihm nicht bewusst gewesen, dass Homosexuelle aussahen wie alle anderen auch. Er konnte nicht glauben, dass er es so weit hatte kommen lassen. Er sollte von Ricky angewidert sein und sich nicht fragen, ob er beim nächsten Mal die Kraft haben würde zu widerstehen. Aber der riesige Schwanz beflügelte auch weiterhin seine Fantasie.

Phil konnte nicht verstehen, warum Homosexualität existierte. Es interessierte ihn nicht, dass sie falsch war. Sie war sinnlos. Die Welt war angefüllt von Männern und Frauen, die füreinander geschaffen waren. Warum sollte ein Junge einen anderen Jungen wollen? Das war wie ein fehlerhaftes Rädchen in einer Maschinerie – etwas, das repariert werden musste. Er hatte viele Fehler, aber die hatten andere auch und wenn man erst mal erkannt hatte, wo sie lagen, versuchte man sie zu beheben, um seine Schwächen zu überwinden. Wenn Ricky der Meinung war, dass er anders als andere Jungs war, hatte er vielleicht eine Schwäche, von der er gerade erfahren hatte. Phil hatte bislang den Gedanken an Homosexualität immer gemieden, da er ihm zu fremd war, aber darin lag doch eine Versuchung, vor der er sich in Acht nehmen musste. Er wusste, wie man Versuchungen widerstand. Schon sein ganzes Leben war ihm Selbstbeherrschung eingetrichtert worden.

Als er in dieser Nacht zu Bett ging, nachdem er einen Familienabend mit seinen Schwestern verbracht hatte, fühlte er, dass sein Leben wieder den geordneten Bahnen folgte wie zuvor. Am nächsten Tag fand ihn Ricky und teilte ihm mit, dass er lange nachgedacht hatte, es aber nicht riskieren konnte, ihn zu sich nach Hause mitzunehmen; gab es vielleicht die Möglichkeit, sich bei Phil zu treffen? Phil dachte an seine Schwestern und sagte Nein. Er konnte es nicht glauben, dass dieser nett aussehende Junge seinen Schwanz gelutscht hatte. Phil lief rot an, während sie sich unterhielten.

»Ich würde lieber etwas warten, als wieder da hinunter zu gehen. Du nicht auch? Mach dir keine Gedanken, ich lass mir etwas einfallen. Ich ruf dich an«, schloss Ricky und dehnte damit ihre Beziehung auf die Zeit nach der Schule aus.

Nachdem ein paar Wochen vergangen waren, rief er an, um mitzuteilen, dass nun alles geregelt sei, aber inzwischen hatte Phil diese Episode so weit verdrängt, dass er gar nicht mehr verstehen konnte, wieso es ihm je wichtig erschienen war. Er entschuldigte sich, machte sich jedoch die Mühe so zu klingen, als täte es ihm aufrichtig Leid. Er wollte Ricky nicht verletzen.

Er hatte damit begonnen, Mädchen mehr Aufmerksamkeit zu schenken, doch ohne eine zu finden, auf die er sich weiter einlassen wollte. Wenn er sich vorstellte, mit einer von ihnen nackt zu sein, wurde er von Panik ergriffen. Sex war bislang immer so etwas Leichtes und Einfaches gewesen, aber diese Zeit war vorbei. Er kam zu dem Entschluss, dass, wenn es etwas wie die Kellerspiele auch am College gab, er damit nichts zu tun haben wollte. Mädchen schienen Sex zu einer unglaublich komplizierten Angelegenheit werden zu lassen, aber er würde früher oder später eine finden, die ihn dazu bringen würde, das auf sich zu nehmen. Vielleicht würde sie ihm einen blasen. Wenn man Teddy glauben konnte, mochten viele Mädchen das. Er war froh, herausgefunden zu haben, wie sich das anfühlt, aber er würde es nie wieder zulassen, dass ein Junge es ihm machte.

In seinen ersten Monaten als Neuling in Ann Arbor wurde sein Entschluss nicht auf die Probe gestellt und er kam zu Weihnachten nach Hause und fühlte sich richtig tugendhaft. Zum ersten Mal seit vielen Jahren war er fast sechs Monate ohne Sex ausgekommen. Er hatte die kindlichen Laster endlich hinter sich gelassen.

Seine Ferien begannen mit schlechtem Michigan-Wetter und er hielt an der Bar in der Hauptstraße an, um sich auf dem Heimweg einen zu genehmigen. Die erste Person, die er erkannte, war George. Er war ihm nicht mehr begegnet, seit George die Schule verlassen hatte und war sich nicht sicher, ob George sich überhaupt an ihn erinnern würde. Also mied er ihn, setzte sich ans andere Ende der Bar und bestellte sich ein Bier.

Phil konnte seine Augen nicht von ihm lassen. Er war noch unwiderstehlicher als früher und schien allein zu sein. Phil war sich allerdings sicher, dass dies nicht lange so bleiben würde. George konnte gar nicht perfekter aussehen, aber Phil war erstaunt darüber, was für eine Veränderung in ihm selbst in den letzten zwei Jahren vonstatten gegangen war. Er hatte sich im Vergleich zu George immer wie ein kleines Kind gefühlt, aber das war nun nicht mehr so. Sie waren etwa gleich groß und Phils Körper war ebenso gut ausgebildet wie der von George, soweit er das unter dessen Wintermantel einschätzen konnte. Phil wusste aber, dass er nie Georges körperliche Geschmeidigkeit und Üppigkeit erreichen könnte, Eigenschaften, deretwegen er schon in der Schulzeit unter der Dusche immer weiche Knie bekommen hatte.

George war ein reicher Junge und das sah man ihm auch an. Er war das einzige Kind eines großen Milchbauern und hatte sich stets sehr gut gekleidet. Auch jetzt trug er statt einer abgetragenen Windjacke, wie Phil sie hatte, einen kurzen Wintermantel mit einem Pelzkragen, passend dazu maßgeschneiderte Hosen und schicke Stiefel. Er sah aus wie aus der Wintersport-Werbung. Phil fühlte, wie er wieder von seiner früheren Ehrfurcht gepackt wurde.

Es war sehr viel los an der Bar, Phil nahm also nicht an, dass George ihn entdecken würde. Er nippte an seinem Bier und starrte ihn aus sicherer Entfernung an. George drehte sich plötzlich um und erwischte Phil unvorbereitet. Als sich ihre Blicke trafen, fand sofort eine

Art Verständigung zwischen ihnen statt, dann erhellte sich Georges Gesicht, als er Phil erkannte. Phils Herz hämmerte.

»Mein Gott!«, rief George aus, als er um die Bar herum zu ihm kam. »Wenn das nicht Renfield ist! Hallo. Na klar, ich erinnere mich. Du heißt Phil. Erinnerst du dich an mich?«

»Aber sicher.« Ihn spontan in die Arme zu nehmen, wäre die einzige Möglichkeit gewesen, George zu zeigen, wie dankbar er für diese herzliche Begrüßung war. Er rettete sich in eine zurückhaltende Höflichkeit.

»Schön dich wiederzusehen. Lass dich mal ansehen.« George ergriff Phils Hände und trat zurück. »Beeindruckend. Du bist kein Kind mehr, aber du hast immer noch diesen Schlafzimmerblick drauf. Wie Rudolph Valentino. Wie ich gehört habe, hast du in diesem Jahr alle meine Rekorde gebrochen. Ich habe mich schon gefragt, wann ich dir endlich mal begegnen würde. Es war höchste Zeit.«

»Ich hätte nicht erwartet, dass du mich erkennst.« Phil fühlte sich geschmeichelt, war aber etwas verunsichert und hoffte, dass es ihm nicht völlig die Sprache verschlagen würde wie früher. Von Georges Griff hatte er eine Erektion bekommen.

»So weit kommt's noch.« Er ließ ihn los, ging um ihn herum und setzte sich neben ihn an die Bar. Er legte seine Hand auf Phils Rücken, unterhalb seiner Jacke, nur knapp über seinen Hinterbacken. »Ich wollte dich immer näher kennen lernen, aber du weißt ja, wie das ist in der Schule. Man durfte nichts mit Leuten zu tun haben, die in einer niedrigeren Klassenstufe waren. Aber das hat sich jetzt geändert. Du bist in Ann Arbor, nicht wahr? Ich bin in Yale.«

»Davon habe ich gehört.«

»Nun, wir sind frei, weiß und volljährig. Ich nehme an, dass du noch nicht 21 bist, oder?«

»Nein, 19.«

»Ob nun 19 oder 21, das ist kein großer Unterschied. Endlich können wir Freunde sein. Ich hoffe, du freust dich ebenso sehr, mich zu sehen, wie ich mich freue.«

»Natürlich.« Phil wollte ihm eigentlich sagen, dass er in seinem ganzen Leben noch nicht so glücklich gewesen war. Er war völlig überwältigt davon, dass George gesagt hatte, dass sie Freunde sein würden. Er fühlte, wie Georges Hand seinen Rücken leicht streichelte und etwas tiefer rutschte. Phils Erektion blieb. Würde George immer noch sein Freund sein wollen, wenn er es wüsste? Es hatte nichts zu bedeuten; es war nur eine Folge davon, dass er sich gerade so rundum wohl fühlte. Die Welt war ein fantastischer Ort.

»Ich mach dir einen Vorschlag«, sagte George und gab Phil einen leichten Klaps. »Lass uns unser Bier austrinken und zu mir fahren. Da können wir es uns etwas gemütlicher machen und in aller Ruhe reden. Hast du ein Auto? Kein Problem. Ich nehme dich in meinem mit und bring dich wieder zurück, wann immer du willst. Es ist erst fünf. Was sagst du dazu?«

»Ich sage Ja«, stimmte Phil zu und dachte bei sich, dass dies der schönste Vorschlag war, der ihm je gemacht worden war.

»Klasse! Ich zahle.« Sie leerten ihre Gläser und Phil steckte die Hände in die Hosentaschen, damit niemand etwas sehen konnte. George gab dem Barmann einen Dollar, nahm Phils Arm und führte ihn zur Tür. Es herrschte ein großes Kommen und Gehen und sie wurden kurz an der Tür aufgehalten. George nutzte das allgemeine Gedränge, strich mit seiner Hand über Phils Hintern und kniff ihn leicht. »Himmel, was für ein wunderschöner Arsch«, murmelte er in Phils Ohr.

Phils Knie gaben beinahe nach. Er erinnerte sich schnell daran, dass er inzwischen ein Erwachsener war und nicht mehr ein verwirrter Schuljunge. Draußen traf die Kälte sie wie ein Schlag und Phil war dankbar für diese Ablenkung. Sie liefen den Weg zu Georges Auto. Phil stellte fest, dass es ein Thunderbird war und ließ sich in den Ledersitz fallen.

»Mensch, ist das kalt«, rief George aus, als er sich neben ihn setzte. »Da frieren einem ja die Eier ab. In wenigen Sekunden wird es warm sein.«

Sie wurden von Weihnachtseinkäufern aufgehalten, die Newcorners Einkaufsstraße ziemlich verstopften.. Phil musste immer daran denken, was für einen Blick sie ausgetauscht hatten, in der Sekunde, bevor George ihn erkannt hatte. So etwas war ihm noch nie passiert. Er hatte gelernt, dass Blicke häufig mehr sagten als Worte, und er hatte den Eindruck gehabt, dass George ihm mit seinem Blick etwas enthüllt hatte. Er konnte sich aber wirklich nicht denken, was das sein konnte. Seine Fantasie spielte ihm vielleicht einen Streich; anscheinend hatte er sie immer noch nicht unter Kontrolle bekommen. Der Klaps auf seinen Hintern, die Bemerkung über seinen Arsch – das waren einfach normale Bemerkungen, wenn man herumscherzt. Warum sollte er in diesen Blick etwas hineininterpretieren?

Als sie die Stadtgrenze erreichten, beschleunigte George und machte es sich im Autositz gemütlicher. »Jetzt sind wir endlich zusammen. Ich bin so verdammt froh, dass es endlich passiert ist. Ich wusste, dass es passieren würde, aber ich habe mich schon langsam gefragt, wie lange wir noch warten müssen. Ich hatte immer den Eindruck, als gäbe es etwas Besonderes zwischen uns. Weißt du, was ich meine?«

Sie fuhren an Phils Haus vorbei, aber er sah es nicht. »Na ja, klar. Du warst immer mein Held.«

»Ein Held.« George lachte und schnaubte etwas. Er zog seine teuer aussehenden Handschuhe mit Pelzbesatz aus. »Die brauche ich nicht mehr.« Seine Stimme wurde etwas ernster. »Ich nehme an, du hast gemerkt, dass ich dich vorhin erst abchecken musste, bevor ich dich erkannt hatte. So bin ich. Du weißt, was ich meine, nicht wahr?«

Phil wusste es nicht, aber er nahm an, dass es etwas mit dem Blick zu tun hatte, den sie ausgetauscht hatten. Er hatte davon gehört, dass Jungs Mädchen wegen Sex abcheckten, aber George meinte offensichtlich etwas anderes. Was? Er wollte sich alle Türen offen halten, also wählte er seine Worte sorgfältig, um sich so wenig wie möglich festzulegen. »Ich konnte meine Augen nicht von dir lassen und habe mich gefragt, ob du mich wohl sehen würdest.«

»Ich konnte ja gar nicht anders. Du warst der Einzige, den anzusehen sich lohnte. Das habe ich schon immer gedacht, jetzt noch mehr als früher.« Er ließ eine Hand auf Phils Knie fallen und drückte es leicht. »Ist das in Ordnung? Ich meine, denkst du genauso? Wenn ich nur daran denke, wie du mich immer angesehen hast. Ich war verdammt eifersüchtig, als ich von deinen kleinen Besuchen im Keller erfuhr.«

Phil wurde dunkelrot vor Scham. »Oh, na ja, das war nur …«, stammelte er, bevor seine Stimme versagte.

»Sicher. Ich weiß. War bei mir auch so. Oft genug habe ich daran gedacht, wie es wäre, wenn wir zusammen da hinuntergingen. Manchmal sind wir auch hin um unsere Schwanzlänge zu vergleichen – haben einander einen Steifen gemacht und gemessen, wer den längeren hat. Die Bescheidenheit verbietet mir zu sagen, wer immer gewonnen hat.« Er lachte und nahm seine Hand wieder ans Steuer zurück. »Wir haben uns oft über euch Jüngere unterhalten. Alle waren sich einig, dass du den besten Arsch von allen hast, viel besser als von jedem Mädchen. Es war nur ein Kinderspiel, aber lustiger als alles andere an der Schule. Ich habe schon bald herausgefunden, dass es bessere Orte als den Keller für das gab, was ich wollte. Du bestimmt auch, nehme ich an. Hast du ein Mädchen?«

In Phils Kopf drehte sich alles, nachdem George ihm so viele intime Dinge erzählt hatte. Er riss sich zusammen. »Nein, nicht wirklich. Nichts Festes.«

»Da habe ich aber Glück. Vielleicht hast du dann ja etwas Zeit für mich.«

»Natürlich. Wann immer.«

»Wie steht's mit heute Abend?«

»Heute?«

»Du könntest mit mir was essen und die Nacht hier verbringen. Meine Leute sind nicht da. Willst du?«

»Mein Gott, wie könnte ich nicht wollen? Sobald wir bei dir sind, ruf ich bei mir zu Hause an.«

»Wunderbar. In wenigen Minuten werden wir da sein und dann haben wir die ganze Nacht nur für uns. Bin ich froh, dass ich dich getroffen habe!« George legte seine Hand wieder auf Phils Knie und zog ihn näher an sich heran. Dann ließ er seine Finger verführerisch über die Innenseite von Phils Oberschenkel wandern. Einen Moment lang befürchtete Phil, dass er kommen würde, aber dann dachte er an den Anruf bei seiner Mutter und die Erregung ließ wieder nach.

Er wusste, dass seine Mutter ein Willkommensessen zusammen mit seinen Schwestern organisiert hatte, aber das war nun nicht zu ändern. Er brauchte etwas Zeit, um sich daran zu gewöhnen, was für eine Art Freund er für George sein sollte. Sein Verstand war völlig in einem Strudel wirrer Gedanken verloren. George schien ihm Dinge zu erzählen, die er einfach nicht verstehen konnte. Zum Beispiel, was das Aussehen anging. Phil ahnte, dass direkt unter der Oberfläche sexuelle Andeutungen lagen, konnte aber nicht genau sagen, wo. Er sah zu der Hand, die auf seinem Knie lag. Wenn so etwas wie das hier mit einem seiner Kellerkumpel passiert wäre, ständen sie inzwischen längst im Abstellraum und hätten ihre Schwänze in der Hand. George hatte solche Dinge als »Kinderspiele« abgetan, aber das Einzige, worüber Phil Bescheid wusste, waren nun einmal Kinderspiele.

Außer Ricky. Ricky war eine Warnung gewesen. Langsam dachte er, dass auch Teddy eine Warnung gewesen war, aber soweit er wusste, war aus Teddy kein Schwuler geworden. An George war nichts unnormal. Er war das Sinnbild männlicher Tugenden schlechthin, wenn auch vielleicht nicht der Heilige, den Phil in ihn gesehen hatte. Gedanken wirbelten in seinem Kopf durcheinander und in seiner Fantasie tauschte er Teddy gegen George aus. Sein Herz raste. Er stellte sich etwas Unvorstellbares vor.

Er war 14 gewesen, Teddy etwa ein Jahr älter, als sie im Sommer eine Woche auf einer Farm verbracht hatten. Als seine Eltern diesen Besuch vorgeschlagen hatten, hatte Phil protestiert, dass Teddy ihn für zu jung halten würde, aber ihre Eltern waren Freunde und es passte wunderbar in ihre Pläne.

Eigentlich mochte er Teddy. Er war ein lebhafter, wichtigtuerischer Junge mit lausbübischem Gesicht, der immer wieder irgendwelchen Unsinn und wilde Pläne im Kopf hatte. »Frechdachs» hatte die alte Irin, die für sie kochte, ihn genannt. Sie waren beide groß für ihr Alter und machten gerade allerlei Veränderungen durch, wodurch einige ihrer Körperteile nicht mehr so recht zu den anderen passen wollten. Phil entdeckte schon in der ersten Nacht, dass sich Teddy neuerdings völlig für Sex begeisterte.

Er hüpfte zu ihm ins Bett und verwickelte ihn in eine wilde Kitzelschlacht, nach der sie beide atemlos und von ihren Pyjamas kaum noch bedeckt auf dem Bett lagen. Im einen Augenblick bekämpften sie einander noch, im nächsten lagen sie sich in den Armen und hatten an den Bauch des anderen gedrückt einen Orgasmus. Es war das erste Mal, dass Phil mit einem Partner Sex hatte. Nachdem das überwältigende Gefühl vorbei war, schreckte er zurück und bereitete sich auf die göttliche Strafe vor, aber Teddy lachte zufrieden.

»Na, da haben wir aber eine Sauerei angerichtet! Gehen wir uns waschen! Ich will noch mehr Sachen ausprobieren.«

Bis sie sich gründlich gewaschen und abgetrocknet hatten, hatten sie schon wieder einen Ständer. Teddy hatte schon den Schwanz eines Erwachsenen, er war größer als Phils. Soviel Phil wusste, hatten alle Schwänze die gleiche Länge, also würde seiner auch noch wachsen. Teddy brachte ein Gläschen Vaseline mit zum Bett. Er drehte Phil auf die Seite und fing an, ihm Vaseline zwischen die Hinterbacken zu schmieren.

»He, was machst du da?«, protestierte Phil und fing an, sich wegzudrehen. Teddy hielt ihn fest.

»Was ist denn los? Ich will dich ficken. Man muss etwas dafür nehmen. Du kannst mich gleich danach auch haben. Wir wechseln uns ab. Wie ich gehört habe, machen es Jungs einander so.«

Phil hatte noch gar nicht gehört, dass es Jungs einander überhaupt irgendwie machten, aber er war bereit zu lernen. Am Anfang tat es etwas weh, aber es war viel einfacher, als er erwartet hatte. Als Teddy tief in ihm war, auf ihm, heftig in ihn hineinstieß, fühlte er eine Nähe zwischen ihnen, wie er sie noch zu keinem menschlichen Wesen verspürt hatte. Teddy schien eine Verbindung zur Menschheit herzustellen, die ihm zuvor gefehlt hatte. Phil fühlte sich weniger fremd in einer Welt, die jetzt weniger geheimnisvoll erschien.

»Jau, das war wirklich heiß«, sagte Teddy, als die Hin- und Herbewegungen seines Körpers nachgelassen hatten. »Das musst du probieren. Ich wette, dass es der Hammer ist mit einem Mädchen.« Nachdem sie sich wieder gewaschen und die Rollen getauscht hatten, fühlte Phil diese Nähe aber nicht mehr. Im Gegenteil, irgendwie schien Teddy vor seinen Augen geschrumpft zu sein. Phil nahm ihm etwas weg, machte ihn zu einem weniger guten Freund. Es fühlte sich nicht richtig an. In den nächsten Tagen machten sie es noch oft, aber auch ohne darüber gesprochen zu haben, vertauschten sie die Rollen in stillem Einverständnis nicht mehr.

Phil erschien es eher wie eine anatomische Übung als wie Sex. Sie fanden heraus, was ihre Körper tun konnten, übten für das Unausweichliche, die unvorstellbare Konfrontation mit einem Mädchen. Aber wenn Teddy in ihm war, ertappte er sich bei dem Gedanken, es für ihn so gut machen zu wollen, dass er nicht mehr an Mädchen dachte.

Das Wetter war fantastisch und sie schwammen oft in dem Fluss, der das weitläufige Anwesen durchschnitt. Um zu ihm zu gelangen, mussten sie das steile Ufer hinunterklettern. Am Ufer wuchsen Bäume und Sträucher, die sie vor unerwünschten Blicken verbargen, also schwammen sie oft nackt. Oft hatten sie auch Erektionen, was Teddy immer zum Lachen brachte.

»Willst du an meinem Schwanz lutschen?«, fragte er an einem Nachmittag. Phil lag neben ihm am träge dahinfließenden Bach. Nach mehreren Nächten mit anatomischen Studien kannten sie den Körper des anderen inzwischen genau.

»Natürlich nicht. Warum sollte ich? Damit pinkelst du.«

»Ich mache damit noch mehr als das, du Schafskopf. Versuch's mal. Ich habe gehört, dass Mädchen das auch machen. Ich will wissen, wie sich das anfühlt. So. Ich mach das jetzt erst mal für dich.« Er rollte sich hinüber zu Phil und zeigte ihm, was er meinte. Für einen unglaublichen Moment verlor Phil das Gefühl für seinen Körper. Es konnte nicht sein, dass sein Schwanz ihm solche Sinneseindrücke bescherte. Er hatte den Eindruck, als würde er explodieren. Er bekam seinen Körper aber wieder unter Kontrolle, als er plötzlich kurz vor seinem Orgasmus war.

»He! Pass auf«, rief er. »Ich komme gleich.«

Teddy hob den Kopf und lachte erfreut. »Es ist ganz gut, was? Jetzt kannst du es mir zeigen.«

Er lehnte sich zurück und schob Phil an sich hinunter. Phil machte das nach, was sein verrückter Freund zuvor getan hatte. Er wollte das nicht unbedingt tun, aber es machte ihm auch nicht so viel aus, wie er zuerst gedacht hatte. Diesen privaten Teil von Teddy in seinen Mund zu nehmen, fühlte sich ähnlich gut und nahe an, wie wenn er hinten in ihm war. Er hätte nie gedacht, dass er jemals einen Freund haben würde, mit dem er so etwas machen könnte.

»Wow, das fühlt sich wirklich gut an, nicht wahr?«, sagte Teddy zufrieden. »Mach deinen Mund noch etwas weiter auf, damit ich deine Zähne nicht fühlen kann. So ist es gut. Ich nehme an, dass mein Schwanz ganz schön groß für dich ist. Ja, so muss das wahrscheinlich gemacht werden. Ich kann es gar nicht erwarten, bis ein Mädchen das für mich tut. Auf jeden Fall will man dabei so schnell wie möglich kommen.«

Er griff nach Phil, zog ihn hoch und nahm ihn in den Arm. Er sah ihn mit ungewohnt sanften, träumerischen Augen an. »Es ist herrlich, das alles mit dir zusammen herauszufinden. Du hast eine sehr gute Figur und bist schön genug, um einen vergessen zu lassen, dass du kein Mädchen bist. Ich will dich küssen. Was sagst du dazu?«

»Ja, klar. Das ist schon okay.« Phil wusste nicht, was an Küssen so besonders sein sollte. Diese kurze Berührung ihrer Gesichter war bei weitem nicht so erregend, wie es die anderen Dinge gewesen waren, die sie gemacht hatten. Teddy drehte sein Gesicht zu ihm und ihre Münder trafen sich. Phils Lippen waren geschlossen, als er sie wieder zurückzog, aber Teddy hielt ihn fest, teilte sie und drang mit seiner Zunge vor. Wieder hörte sein Körper auf, ihm zu gehören, als eine Vielzahl von Sinneseindrücken ihn überschwemmte, von denen er nicht gewusst hatte, dass sein Körper sie produzieren konnte. Ihre Münder öffneten sich für den anderen und ihre Zungen spielten miteinander herum. Ihre Körper fingen an, sich zu bewegen, aber das war nicht mehr ihr spielerisches Ringen, sondern ein Wettbewerb, bei dem es darum ging, wer den anderen besser erregen konnte. Teddys Mund war überall auf ihm. Phil wurde von einem heftigen Orgasmus zerrissen, der wie ein Vulkanausbruch war. Sein erschöpfter Körper war ganz entspannt und sehnte sich danach, sich hinzugeben. Teddy drang in ihn ein, aber diesmal war es anders als zuvor. An der Art, wie Teddy ihn hielt und sich in ihm bewegte, merkte Phil, dass er geliebt und begehrt wurde wie nie zuvor. Teddy wollte nicht nur einfach kommen, sondern erlebte mit ihm zusammen ein Abenteuer, gemeinsam machten sie neue Entdeckungen. Phil fühlte sich, als würde er immer höher und höher in die Luft steigen. Er wurde aus sich selbst herausgehoben in eine Welt der Ekstase, von der er nichts geahnt hatte. Er war sich sicher, dass das, was sie jetzt taten, »Liebe machen» genannt wurde, aber gleichzeitig wusste er auch, dass es für zwei Jungs unmöglich war, zusammen Liebe zu machen.

Als sie danach in den Fluss sprangen und sich wuschen, war Teddy wieder das Großmaul. »Wow, wir haben wirklich Spaß zusammen, nicht wahr?«, fragte er und grinste Phil frech an.

»Das kann man wohl sagen«, stimmte ihm Phil zu und wandte seine Augen ab. Er war sich sicher, dass es viel mehr als nur das gewesen war, aber er war wegen des Gefühls der Offenbarung, das es in ihm hinterlassen hatte, unsicher.

Während der restlichen Zeit taten sie all die Dinge, die sie zuvor gelernt hatten, verfeinerten sie sogar noch etwas, aber einen solchen Augenblick der Magie und der Offenbarung, wie Phil ihn am Fluss erlebt hatte, kam nicht wieder. Er hielt sich zurück, als er feststellte, dass er es mehr wollte als Teddy. Nach ein paar Tagen kam er zu der Überzeugung, dass er sich das meiste davon nur eingebildet hatte. Jungs begehrten einander einfach nicht auf diese bestimmte Art, wie er Teddy begehrt hatte, und er vermutete, dass er auf ihn nur so heftig reagiert hatte, weil er zu Hause nie echte Wärme und Nähe erfahren hatte. Er hatte keinen Bruder und seine kleinen Schwestern waren einfach nur lästige Dummchen und keine richtigen Freunde. Sein Vater verwöhnte sie und zog sie ihm vor, was auch nicht gerade half.

Nach dem Besuch hatte er immer das Gefühl, dass in ihm etwas Verbotenes schlummerte, etwas, das auf keinen Fall aufgeweckt werden durfte. Die Vorstellung, mit einem Jungen Liebe zu machen, war einfach lächerlich. Das konnte nicht wirkliche Vorzüge bieten; es war lediglich eine Ersatzhandlung, bis er alt genug für ein Mädchen war, genauso wie Teddy gesagt hatte. Wenn es da noch mehr gab, eine dunklere Seite, hielt er sich lieber nicht länger damit auf. Er verbrachte seine Zeit nicht damit, sich selbst zu beobachten. Bald würde er wieder an der Schule sein, wo er beliebt war, gut in Sport und fest entschlossen, alle zu übertrumpfen. Woran sollte er sonst denken? Zu jener Zeit hatte er noch nichts von Homosexualität gehört.

Als er Teddy das nächste Mal traf, hatte sein älterer Freund angefangen, mit Mädchen zu gehen und keiner von ihnen machte eine Andeutung über das, was zwischen ihnen Verbotenes und Dummes vorgefallen war. Als schließlich die Abenteuer im Keller Teil seines Lebens wurden, sah er dabei keine Verbindung zu seiner Vergangenheit. Die meiste Zeit hatte er verdrängt, dass es Teddy jemals gegeben hatte.

Er sah Georges Hand auf seinem Knie und die Erinnerung kehrte so lebhaft zurück, als wäre sie nie verschüttet worden. Der große Unterschied bestand darin, dass George und er Erwachsene waren. Schon die Vorstellung, sie beide könnten miteinander die Dinge tun, die Teddy und er getan hatten, war völlig abwegig. Alle Doppeldeutigkeiten, die ihm bei George aufgefallen waren, mussten in Wirklichkeit in ihm selbst stecken. Er musste das bei sich wieder geradebiegen. Er hatte die Kellerspiele schließlich aufgegeben. Er würde sich nicht wegen einer romantischen Schwärmerei für seinen Helden aus Schulzeiten selbst beschämen. Er wünschte, seine Erektion würde verschwinden.

Zu seiner Erleichterung nahm George seine Hand wieder weg, nachdem er sein Knie noch einmal gedrückt hatte. Phil erkannte, dass sie inzwischen am ordentlichen weißen Zaun, der das weitläufige Areal des Milchbauernhofes der Hudderstones einzäunte, entlangfuhren. Schon tausend Mal war er daran vorbeigefahren und hatte sich gewünscht, einmal hierher eingeladen zu werden.

»Da sind wir«, sagte George. »Du siehst aus, als hättest du dir viele Gedanken gemacht.«

»Nicht so viele. Ich bin nur überrascht, hier mit dir zu sein.«

»Das ist mir schon früher bei dir aufgefallen. Immer wenn ich dich ansprach, hatte ich den Eindruck, du würdest gerade die Rätsel des Universums lösen.«

»Ich bin nur etwas schüchtern.«

»Damit ist es jetzt vorbei. Ich will alles über das Universum hören und alles über dich. Vielleicht kommt das ja aufs Gleiche raus.«

Sie fuhren noch ein paar Minuten weiter, dann steuerte George durch ein Tor. Der Zufahrtsweg wand sich mehrere hundert Meter hinauf zu dem großen, im Kolonialstil erbauten Haus. Hohe alte Bäume rahmten das Gebäude ein; rechts und links davon erkannte man weiter hinten im Halbdunkel weitere Gebäude, die zu dem Hof gehörten. Das alles sah aus, als habe man es aus einem Bildband ausgeschnitten. Sie fuhren am hell erleuchteten Haus vorbei und in eine Garage, die sich an einer Seite des Gebäudes befand. Mehrere Autos standen darin, aber es war noch Platz für weitere. George stellte den Motor ab und lehnte sich zurück.

»Hier sind wir. Dies ist ein ganz besonderer Augenblick.« Er legte einen Arm um Phil und drückte ihn. »Lass uns schnell hineinlaufen. Es ist kalt.«

Sie liefen zum Hauseingang, George schloss auf und führte Phil in die riesige Empfangshalle. Große, luxuriös ausgestattete Räume öffneten sich zu beiden Seiten, Phil hatte den Eindruck, dass die Möbel sehr edel waren. George warf seinen Mantel auf einen Stuhl und Phil seine Windjacke darüber. Dann ergriff George seinen Arm und eilte mit ihm eine geschwungene Treppe nach oben. Sie gingen einen langen Korridor entlang, an dessen Seiten sich zahlreiche Türen öffneten. George blieb vor einer davon stehen und ließ Phil hinein. »Das Gästezimmer«, sagte er.

Phil erkannte darin ein Doppelbett und leuchtende Stoffe. »Nett«, sagte er.

»Ich hoffe, dir gefällt meines besser. Dort will ich dich in meinem Bett haben. Du bist kein Gast. Wir gehören zusammen.«

»Klingt gut«, stammelte Phil mit einiger Mühe.

»Das gefällt mir so an dir. Du sagst zu allem, was ich vorschlage, Ja. Fang gar nicht damit an, je Nein zu sagen.«

»Zu was denn?«

George sah ihm in die Augen und lächelte. »Zu allem.« Er trat an ihn heran, hielt ihn an den Armen und küsste ihn leicht auf den Mund. Phil spürte seine Zunge an seinen Lippen und kämpfte gegen den Impuls an, sie zu öffnen und all das zuzulassen, was er mit Teddy und Ricky gemacht hatte. Aber George war ein erwachsener Mann und George war nicht schwul. Er wollte ihn vielleicht einfach necken. Phil musste klarstellen, dass auch er nicht schwul war. Ein Kampf zwischen Schrecken und Lust tobte in ihm. George ließ ihn lachend los. »Komm mit. Ich zeig dir den Rest unseres Liebesnests.«

Sie gingen in einen großen Raum am Ende des Korridors, der komfortabel wie ein Wohnzimmer eingerichtet war, bis auf das große

Doppelbett. An einer Wand befand sich ein offener Kamin, vor dem zwei große Ledersessel standen. George machte die Tür hinter ihnen zu und Phil hörte, wie sich der Schlüssel im Schloss drehte. »Ich mach mal Feuer an. Willst du zu Hause anrufen? Hier.« Er legte eine Hand auf Phils Rücken und ließ sie zu seinem Hinterteil hinabgleiten, als er ihn zum Kopfende des Bettes leitete. Es war die erste Telefonanlage, die Phil in einem Privathaus je gesehen hatte.

»Du musst auf diesen Knopf drücken und dann einfach die Nummer wählen«, erklärte George. Er überließ es ihm, mit der Enttäuschung seiner Mutter fertig zu werden. Phil drehte sich mit dem Rücken zu ihm und erklärte mit leiser Stimme, aber unüberhörbarem Stolz, dass er bei George Hudderstone war und sie wichtige Dinge zu besprechen hatten, die keinen Aufschub zuließen. Er hörte sich ihre Vorwürfe der Reihe nach an, was den angenehmen Nebeneffekt hatte, dass seine Erektion langsam nachließ. Er stimmte ihr zu, dass auch er tief enttäuscht sei und legte auf.

George kauerte vor dem Kamin. Dann stand er auf, drehte sich um und strahlte Phil an; hinter ihm begannen die Flammen hochzuschlagen. »Das fühlt sich gut an. Wir können ein paar Kleidungsstücke loswerden.« Er zog sich den teuren Kaschmir-Pullover über den Kopf, wodurch seine Haare wie bei einem kleinen Jungen verwuschelt wurden. Es war wundervolles Haar, kastanienbraun und leicht gewellt, sodass sein Kopf fast wie eine Skulptur aussah. »Sich vor einem offenen Kamin zu lieben ist meine Vorstellung vom Paradies«, sagte er. »Kannst du dir etwas Aufregenderes vorstellen?«

»Ich hab's noch nicht ausprobiert.«

»Du weißt gar nicht, was du versäumt hast.« Er hatte sein Hemd aufgeknöpft und es folgte dem Pullover. George stand ganz entspannt da, sein atemberaubender Körper bis zur Hüfte entblößt; er sah genauso umwerfend aus, wie es sich Phil in der Schule, wenn er sich schüchterne Seitenblicke erlaubt hatte, vorgestellt hatte. Nackt war er immer ein Traum gewesen – glatte Haut, glatte Muskeln, seine modellierten, breiten Schultern, die starken Arme und die erotische Form seiner Brust- und Bauchmuskulatur hinunter zu seiner schlanken Taille, auf der sich das Licht des Feuers fing. George legte seine Hände an den Gürtel und hielt inne. »In der Schule hatte ich immer eine höllische Angst, dass ich einen Steifen kriege, wenn du unter der Dusche neben mir warst. Gott sei Dank müssen wir uns deswegen keine Gedanken mehr machen. Mach schon. Zieh dich aus.«

Phil konnte nicht anders als wieder die Zweideutigkeit seiner Worte zu bemerken. Meinte er, dass sie einander nun nicht mehr erregen würden, oder, dass sie ihre Erektionen nicht mehr verstecken müssten? Er bückte sich und folgte der Aufforderung ohne zu zögern, schnürte seine Schuhe auf und fragte sich, wohin das alles noch führen würde. Sie konnten sich doch unmöglich schon fürs Bett fertig machen. Vielleicht war er so von Sex besessen, dass er einfach vergessen hatte, wie viele gute und vernünftige Gründe es dafür gab, sich auszuziehen.

George saß auf einem Kissen mit dem Rücken zu ihm und machte sich an seinen Schuhen zu schaffen. Sie waren gleichzeitig barfuß. Phil stand auf, zog seinen groben Pullover aus und schaffte es, sein Hemd mit zitternden Fingern aufzuknöpfen. Während er noch damit beschäftigt war, sprang George auf und ließ seine letzten Kleidungsstücke mit einer schnellen, anmutigen Bewegung fallen. Er schüttelte seine Hosen von den Füßen ab, drehte sich um und stand in all seiner Pracht vor Phil – nackt von Kopf bis Fuß. Phils Verstand setzte aus.

Sein Traum, George in all seiner Pracht kennen zu lernen, hatte sich erfüllt. Seine Erektion war so gewaltig, dass Phils Augen davor zurückschreckten. George kam mit federnden Schritten näher, sein Schwanz ragte nach oben, hart und unbeweglich. Kein Wunder, dass er alle Wettbewerbe gewonnen hatte. Er war so groß, wie Phil erwartet hatte, einschüchternd groß, aber er konnte ihn nicht mit anderen vergleichen. Es war der Schwanz von George, Teil dieses Gesamtkunstwerks. Er kam zu Phil, legte ihm eine Hand auf den Bauch und ließ sie nach oben gleiten. Dabei streifte er Phils Hemd über seine Schultern und zog es ihm aus.

»Du bist eine lahme Ente. Aber ich bin froh, dass du dir Zeit gelassen hast. Ich habe jahrelang darauf gewartet, dich ausziehen zu können.« Seine Hände kümmerten sich fachmännisch um die Jeans und legten sich um Phils Erektion. »Sieht so aus, als machten wir einander an«, sagte er und lachte leise. »Du hattest schon immer einen unglaublichen Körper, aber inzwischen ist er wirklich wunderschön.«

»Ich war immer der Meinung, dass du der schönste Mann bist, den ich je gesehen habe.« Phil konnte es endlich sagen. Sein Traum, mit ihm in den Keller zu gehen, wurde endlich wahr.

»Höchste Zeit, dass wir zueinander gefunden haben.« George schob seinen Kopf ganz nahe an Phil heran und überdeckte sein

Gesicht mit kleinen, kaum wahrnehmbaren Küssen. Er schob Phils Jeans hinten hinunter und streichelte seine Hinterbacken. »So verdammt sexy«, murmelte er.

Phil ließ seine Hand über Georges vorstehenden Schwanz gleiten. Warum hatte er immer an Mehrdeutigkeiten gedacht? Es war genau das, was George schon die ganze Zeit gewollt hatte und wovon er angenommen hatte, dass Phil es wusste und auch wollte. Seine Reaktion auf das harte Teil in seiner Hand, das sich unter seiner Berührung noch mehr hob, war erschreckend. In seinem Kopf drehte sich alles vor lauter Lust. Er wollte es halten. Er wollte es sich in den Mund stecken und dazu bringen, dass es vor lauter Verlangen nach ihm überfloss. Er wollte, dass es ihn überall berührte, wollte es genießen. Er wollte mit George zusammenkommen, ihn riesig in sich spüren und von ihm vollständig in Besitz genommen werden. Ob sich Frauen so fühlten? Es war Wahnsinn, ein schwerer Verstoß gegen seine Männlichkeit.

George stieg aus seiner Jeans und ließ sie auf den Boden gleiten. Er steckte seine Finger in den Bund von Phils Boxershorts und zog sie ihm langsam über die Hüften hinunter, während er in die Hocke ging. Er küsste Phils Eier, ließ seine Zunge entlang der Unterseite von seinem Schwanz gleiten und schloss seine Lippen schließlich um Phils Schwanzspitze. Er öffnete den Mund weit, legte seine Hände auf Phils Hinterbacken und sog ihn in sich auf. Phil presste ein ekstatisches Schluchzen heraus. George lutschte seinen Schwanz. Sein Held war schwul.

Wenn George schwul war, dann musste alles, was ihm über Homosexualität beigebracht worden war, falsch sein. Es war keineswegs schändlich, sondern dazu da, dass sie einander gehören konnten, sich einander hingeben konnten. Sie waren beide schwul. Das war es, was George versucht hatte, ihm mitzuteilen. Es fühlte sich so an, als würde sein Herz aus seiner Brust hervorbrechen vor Freude über diese einzigartige Verbindung, die George zwischen ihnen herstellte. Seine Beine hielten sein Gewicht nicht länger. Er sank nach unten in die Arme von George.

George streckte ihn auf dem Boden aus und legte seinen Kopf und seine Schultern auf das Kissen. Er ergriff Phils Handgelenke, öffnete seine Arme weit und schob sich über ihn, bis er vollständig auf ihm lag und ihre offenen Münder sich trafen. Phil explodierte. All seine Ängste, seine Vorbehalte, das Verleugnen eines Teils von ihm selbst, drehten sich in seinem Kopf, wurden im Strudel der Gefühle hinabgerissen und verschwanden. Sein Mund sehnte sich nach George. Ihre Zungen trafen sich, umschlangen einander und versuchten, die Essenz des Partners aufzufangen. Er schüttelte Georges Griff an seinen Handgelenken ab und umarmte ihn voller Leidenschaft.

Sie rollten über den Boden, setzten ihre gleichgroßen Kräfte dazu ein, mit dem anderen spielerisch zu ringen, sich mit ihm zu vereinen. Phil fühlte, dass sein Körper endlich seine Bestimmung gefunden hatte. Er tat Dinge, die er immer versucht hatte, sich mit Mädchen vorzustellen. Ihre Münder liebkosten den Körper des anderen überall. Phil wollte George mehr als er je irgendetwas gewollt hatte. Er konnte nichts dagegen tun, dass er seine Bestimmung in einem Mann gefunden hatte.

George befreite sich vorsichtig aus ihrer Umarmung und setzte sich auf das Kissen, sodass sich sein Schwanz majestätisch zwischen ihnen auftürmte. Er hielt Phils Kopf, um ihn zu leiten, aber das war nicht notwendig. Phil wollte alles, was George wollte. Er griff mit beiden Händen danach und kauerte sich auf den Knien vor ihm hin. Er wollte ihn in seinem Mund spüren. In seinem Kopf drehte sich immer noch alles, als er sich das eingestand, aber er konnte nichts dagegen tun: Er wollte Georges Schwanz lutschen.

Er war unnachgiebig hart und dennoch war seine Oberfläche so unglaublich weich wie Satin. Er war zu groß, um Phil viele Möglichkeiten zum Herumexperimentieren zu lassen, aber er lutschte und knabberte daran, fuhr mit seiner Zunge um ihn, bis er dankbare Schnurrlaute der Lust seines Partners vernahm. Es war überwältigend, diesen Teil des Jungen kennen lernen zu dürfen, den er immer aus der Ferne angehimmelt hatte. Er würde lernen, es gut zu machen; er war dazu bereit, den Rest seines Lebens George zu widmen und wie er ihm am meisten Spaß bereiten konnte.

Er hatte Angst, dass Georg schockiert sein könnte, wenn er sein Verlangen nach seinem Schwanz offen zeigen würde, aber offensichtlich erwartete George das. Er ermutigte Phils Bemühungen mit dem Mund, indem er seine Wangen und seine Lippen streichelte. Phil bemerkte, dass George eine seltsame Tube in der Hand hielt und erinnerte sich an Teddys Vaseline. Er hielt ihm seine offene Hand hin und George drückte etwas von der Vaseline hinein. Dann gab George etwas davon auf seine eigene Hand und sie beide trugen die Creme auf seinen Schwanz auf, bis er wie ein glatter, glänzender Speer aufblitzte. Phil beobachtete, wie ihre Hände dieses Wunderwerk gemeinsam entlang strichen – es war der aufregendste Augenblick seines Lebens.

George legte eine Hand auf seine Schulter und Phil drehte sich herum, bis er sich mit den Händen und den Knien am Boden abstützte. George kam von hinten an ihn heran. Phils Herz begann zu hämmern, als er sich darauf vorbereitete, die endgültige Weihe seines Körpers zu erhalten, von dem Jungen, der ihn bereits umgekrempelt hatte. Er fühlte das erste gewaltige Eindringen und unterdrückte einen Schrei. Teddy hatte ihn darauf vorbereitet, dass es anfangs immer etwas unangenehm war; ein Schmerz durchzuckte ihn, dann wurde er von einem Gefühl überwältigt, als verliere er völlig die Kontrolle über seinen Körper. Diese Welle des Glücks, die ihn einen Augenblick später überschwemmte, war anders als alles, was er jemals gefühlt hatte. George war tief in ihm drin, füllte ihn mit seiner Männlichkeit aus, ließ sie einen Teil voneinander werden. Dieses Wunder war in wenigen Sekunden möglich gewesen. Jede Faser seines Körpers gehörte George. Er schrie und sein Körper wurde von einem Verlangen nach völliger Unterwerfung durchzuckt, während jegliches Gefühl der Eigenständigkeit zerbarst.

Er lag bewegungslos und triumphierend da, während George sich von dem Körper, der ihm gehörte, alles nahm, was er wollte. Seine Hände waren immer noch hungrig nach Phil. Sie glitten um ihn herum und fanden Phils ausgewachsene Erektion; George zog Phils Oberkörper zu sich hoch und lehnte ihn gegen sich, während er seinen Schwanz immer schneller massierte.

»Ich will sehen, wie du durch den Raum spritzt«, flüsterte er Phil ins Ohr.

Phil ließ seine Hüften um den mächtigen Schaft in seinem Inneren kreisen. »Mit dir«, bat er.

»O Gott, ja. Jetzt.« Phils Sperma schoss aus ihm heraus quer über den Boden. George warf ihn nach vorne, stieß noch einmal kraftvoll zu und schrie auf.

George lag reglos auf ihm, sein gesamtes Gewicht lastete auf Phil, während sie beide nach Atem rangen. Phil liebte es, das Gewicht von George zu spüren. Als er spürte, wie George in ihm langsam kleiner wurde, schwand auch seine Zuversicht, endlich den Sinn seines Lebens gefunden zu haben. Ein Gefühl der Leere blieb in ihm zurück. Er wollte dieses Gefühl ihrer Einheit für immer spüren. Der Gedanke, dass sie sich früher oder später trennen müssten, machte ihm Angst. Zu viel von sich selbst hatte er gerade gegeben, zu viel investiert in diese Handlungen, die von der Allgemeinheit als verabscheuungswürdig angesehen wurden, um nicht ein Gefühl der Scham zu verspüren, sobald das alles beendet sein würde. Wie würde George reagieren? Er hatte es gewollt, er war voller Lust in ihn eingedrungen, aber jetzt, wenn diese Lust verflogen war, verachtete er Phil vielleicht dafür, dass er ein so williger Komplize gewesen war. Phil wollte ihn für immer halten, aber er wusste, dass solche Gedanken bei zwei Jungs völlig sinnlos waren; er durfte gar nicht daran denken.

Er drehte seinen Kopf herum, sodass sich ihre Münder beinahe trafen und riskierte eine Abfuhr von George, aber dessen Lippen pressten sich sofort zärtlich auf die seinen. Ihre weichen Münder öffneten sich füreinander und ihre Zungen spielten miteinander, als seien sie Teile ein und desselben Körpers. Sie waren erwachsene Männer mit Bärten, die etwas kratzten, Meisterathleten, die trainiert hatten, um gegeneinander anzutreten und nicht, um miteinander Liebe zu machen. Die Welt war auf den Kopf gestellt worden und es war herrlich. Die Hände von George begannen besitzergreifend über seinen Körper zu streichen.

»Es ist fantastisch«, murmelte er in Phils Mund. »Es kommt mir vor, als hätte ich genau *darauf* die ganze Zeit gewartet. Fühlst du das auch, Liebling?«

Tränen schossen Phil in die Augen, als er diese zärtlichen Worte hörte und sein Herz quoll über vor dankbarer Bewunderung. »Ja. Gott, ja. Ich wusste nicht, was es war, aber ich habe die ganze Zeit etwas gewollt: Dich. Das hier. Jetzt weiß ich, was es ist.« Sein Herz setzte einen Schlag aus, als er fühlte, wie George in ihm wieder zum Leben erwachte. Sein Schwanz fing an zu wachsen, drang langsam tiefer in ihn vor, nahm ihn wieder in Besitz. Er spannte Muskeln an, von deren Existenz er erst jetzt etwas erfahren hatte, um George fester zu halten. Seine Zunge drang stürmisch in Georges Mund vor. Er fühlte, wie der Körper von George wieder voller Lust erwachte.

»Himmel, Kleiner«, stöhnte George. »Du bist der geilste Mann der Welt. Spürst du, wie mein Schwanz wieder groß wird?«

»Ja, er ist gewaltig.«

»Für dich. Eine Sekunde. Es ist gleich so weit. Es fühlt sich so verdammt gut an in dir. So. Das ist er in seiner ganzen Pracht. Spürst du das? Du magst es, nicht wahr, mein Liebling? Es ist genauso schön mit dir, wie ich es mir immer in meinen Träumen vorgestellt habe. Wir sind jetzt ein Liebespaar.«

Phil versuchte zu verstehen, was mit ihnen beiden gerade passierte. George sprach so offen und frei, dass es nicht schwierig sein sollte, ihn zu verstehen. Die Kosenamen und Worte der Liebe, die George benutzte, ließen darauf schließen, dass er das nicht als kleines Sex-Abenteuer ansah, sondern ihnen sogar eine Zukunft gab. »Ich versteh nicht viel davon, aber ich weiß, dass ich dich liebe«, sagte er und hoffte dabei, dass George nicht dachte, er würde zu viel daraus machen. Schließlich waren sie zwei Jungs und nicht ein Pärchen, das seine Hochzeit plante.

»O Gott, Liebling. Ich weiß das. Du gehörst mir. Wir gehören zusammen.«

Die Überzeugung, mit der George das sagte, verwirrte Phil noch mehr. Konnte aus ihrem verbotenen Verlangen nacheinander etwa eine Bindung entstehen, die fester war als eine Heirat? Ein Blitz durchzuckte seine Gedanken. Seine ganze Erziehung warnte ihn davor, dass sie gerade ein schändliches Verbrechen gegen die Natur verübten. Da er immer noch kein Gefühl der Scham verspürte, wurde er aus der normalen Moral-Ordnung ausgeschlossen; seine Unfähigkeit, sich selbst unter Kontrolle zu haben, verdammte ihn zu einem Leben in Sittenlosigkeit. Ihm war immer beigebracht worden, dass Selbstkontrolle und Mäßigung sogar noch größeren Wert hatten als normale Tugendhaftigkeit.

Er konnte keine Scham empfinden, wenn er Georges herrlichem Körper Lust spendete und dabei selbst unerwartete Freuden zurückerhielt. Seine Belohnung war die atemberaubende körperliche Harmonie, die sie beide zusammen erreichten. Er ließ zu, dass er sich an seine Perversion gewöhnte, aber mit George konnte es unmöglich eine Perversion sein. Homosexualität hatte nichts damit zu tun. Er war einfach nur das, was George von ihm wollte.

Er gab dem fordernden Druck von Georges Händen nach, bis er schließlich auf dem Rücken lag und die Beine in die Luft streckte. Es war eine Position der völligen Hingabe. Er stöhnte voller Ekstase, als dieser mächtige Schwanz in ihn vorstieß und ihn erneut in Besitz nahm. George kniete mit dem Gesicht zu ihm und hatte Phils Beine über seine Schultern gelegt. Ihre Blicke trafen sich in nackter, schamloser Konfrontation. Das Gesicht von George war vor Lust angespannt, aber seine offenen Augen waren zärtlich und weich vor lauter Liebe; keine Scham war darin zu erkennen. Er akzeptierte ihn. Er nahm ihn. Sie konnten sich offen ansehen. Es gab nichts, das verborgen werden musste. Phil sah in der männlichen Schönheit von George kein Anzeichen von Schwäche, keinen Zug, der für Verderbtheit oder

Korruptheit gesprochen hätte. George blieb der unnahbare Held, der er für ihn immer gewesen war.

Es war Nacht geworden. Der Raum lag im Halbdunkel, nur die Flammen des Feuers erleuchteten flackernd und spielend das Wunder von Georges Oberkörper. Sie waren völlig allein, in einer geheimen Welt, die sie mit ihren Körpern entdeckt hatten.

Phil stockte der Atem, als George sich zu ihm nach unten beugte und seinen Schwanz in den Mund nahm. Phil betete, dass er lang genug war. Seine Brust hob sich voller Stolz, als er die Lippen von George auf sich spürte, sanft und verführerisch, voller Liebe. George war nicht dabei, einen mechanischen Akt zu vollziehen, um einen Orgasmus herbeizuführen, er liebte Phils Schwanz mit dem gleichen Verlangen, das Phil für ihn empfand. Er schrie auf, als er sich dieses Wunders bewusst wurde. Dies war George. George bot seine Liebe entgegen allen Gesetzen der Moral an. Phil war innerhalb von Sekunden kurz vor dem Orgasmus. Er schrie erneut auf und zog warnend an Georges Haar. »Pass auf«, keuchte er. »Ich komme gleich. Ich kann nicht anders.«

George schüttelte Phils Hände ab und verstärkte die Bemühungen seines Mundes noch. Phil verlor völlig die Kontrolle über seinen Körper. Sein Schwanz drang wild in Georges Mund vor und ergoss sich in ihn. Er schrie und seine Hüften zuckten hoch. George hielt ihn fest und saugte weiter gierig an seinem Schwanz, damit kein Tropfen verloren ging. Schließlich hob er seinen Kopf mit einem triumphierenden Lächeln und fuhr mit seiner Inbesitznahme fort.

George wollte alles von ihm. Es war ein Wunder. Er würde lernen, George auf die gleiche Weise zu wollen, auch wenn er es zuerst abscheulich finden sollte. Es gab in der Liebe anscheinend noch einige Dinge, von denen er nicht erwartet hatte, dass sie einen solchen Spaß machen würden. Seine Ablehnung gegenüber den Dingen, die sie machten, schwand immer mehr, während sein Körper sich vor Verlangen hilflos hin- und herwarf.

Sie lösten sich voneinander und standen auf. Nachdem ihre Verbindung der Leidenschaft unterbrochen war, wusste Phil, dass jetzt der entscheidende Moment gekommen war. Jetzt würde er den Konsequenzen seines Tuns in die Augen sehen müssen. Solange sie sich in den Armen gehalten hatte, hatte nur die Wirklichkeit ihrer Körper existiert, aber sie konnten sich ja nicht die ganze Zeit lieben. Er befürchtete immer noch, dass George genug von ihm haben und vorschlagen könnte, ihn heimzufahren. Aber auch wenn er das nicht tat, welche Hoffnung gab es denn für sie beide? Was meinte er damit, dass sie zusammengehörten? Jedermann wusste doch, dass Schwule einander auf der Straße aufgabelten und überall Sex miteinander hatten, sogar auf öffentlichen Toiletten. Das hatte nichts mit ihnen zu tun, aber er hatte noch nie vor zwei Männern gehört, die ihr Leben miteinander verbracht hatten. Er hatte noch nie ein so intensives Gefühl, ein so völliges Glück dabei verspürt, wenn er ein anderes menschliches Wesen nur berührt hatte. Selbst wenn George durch einen unglaublichen Zufall das Gleiche empfand – welche Chance blieb ihnen? Würden sie sich noch ein paar Mal während der Ferien treffen und das wäre dann alles? Er sagte sich, dass das vielleicht schon genug wäre.

In der Hoffnung, dass George ihm irgendein Zeichen gab, länger zu bleiben, folgte er ihm ins Badezimmer. George drehte das Wasser an, stellte sich unter die Dusche und seifte sich mit dem Rücken zu Phil ein. Auf einmal hielt er inne, so, als habe er eben erst gemerkt, dass Phil gar nicht neben ihm stand; er drehte sich um, zog Phil neben sich unter den Wasserstrahl und lächelte ihn schelmisch an.

Phils Herz machte vor Freude einen Satz. Das Lächeln von George stellte die Verbindung zwischen ihnen wieder her. Für eine kurze Zeit war alles wieder in Ordnung. Sie standen nebeneinander und wuschen sich, während ein Gefühl von tiefer Kameradschaft sie umgab. Er und George konnten jetzt nackt zusammen sein und einen Steifen bekommen, sie konnten auch etwas dagegen tun, ganz ohne ein Gefühl der Schuld oder Scham. Vielleicht war es das, was zusammengehören bedeutete, unabhängig davon, was sie trennte. Es war der erstaunlichste Tag seines ganzen Lebens.

George spülte seinen eigenen Schwanz ab, ließ seine Hände darüber gleiten und schwenkte ihn unter dem Wasser hin und her, während er wieder länger wurde und schließlich aufrecht stand. Phil starrte ihn fasziniert an und merkte gar nicht, dass seiner auch wieder steif war. Georges Lächeln wurde breiter und er begann, sich langsam und genießerisch einen herunterzuholen. Er schämte sich nicht, Phil zu zeigen, wie viel Freude ihm sein Schwanz bereitete. Eine herrliche Nähe stellte sich zwischen ihnen ein. Er hatte sich oft vorgestellt, wie es wäre, selbst so vor anderen zu posieren, aber er hatte sich immer dazu gezwungen, dabei an Mädchen zu denken. Phil wollte ihm beweisen, dass er ihm mehr Spaß bereiten konnte, als George sich selbst.

George ließ eine Hand auf seine Hüfte gleiten und drückte sie nach vorne, um das Schauspiel möglichst eindrucksvoll zu gestalten.

»Na, wie ist das? Ist er dir groß genug?«, fragte er lachend.

»Gott ja. Unglaublich.«

»Ich habe gehört, wie viele Bewunderer deiner hatte. Er ist auch eine Schönheit.«

»Deinen Rekord im Weitsprung habe ich gebrochen. Aber in einem Schwanz-Wettbewerb wäre ich noch nicht einmal in deine Nähe gekommen.« Sie lachten und Phil glitt an Georges Brust und Bauch nach unten, streichelte mit seiner Hand über dessen glatte Muskeln und öffnete den Mund weit, um ihn zu empfangen. George fuhr mit seinen Fingern durch Phils Haare und ließ seinen Schwanz in Phils Mund kreisen.

»O Gott, ja, mein Liebling. Lutsch ihn«, drängte er ihn. »Ich will, dass du es bis zum Ende machst. Ich habe schon tausendmal davon geträumt.«

Phil meisterte schnell die Schwierigkeiten wegen der Größe und wurde immer mutiger bei seinen Bemühungen. Er würde alles tun, damit George ihn weiterhin wollte. Es wäre die ultimative Akzeptanz der Perversion, von der er inzwischen wusste, dass er nicht dagegen ankämpfen konnte. Er wollte George und er würde lernen, wie er ihn auf jede nur erdenkliche Weise befriedigen konnte.

Er fühlte, wie Georges Verlangen in ihm aufloderte und sie beide umgab. So vor ihm zu knien, in dieser Haltung der Anbetung, mit seinem Schwanz im Mund, war die völlige Aufgabe von männlichem Stolz. Er brauchte und begehrte George und er wollte es auch zeigen. Er stöhnte vor schamlosem Verlangen und sein Mund bat ihn, in ihm zu kommen. Er hörte Georges triumphierenden Schrei und war erstaunt von der Intensität seines Höhepunktes. Georges Samen wurde in seinen Mund geschleudert und Phil musste schnell schlucken, damit nichts überlief. Er hatte keine Zeit, sich darüber Gedanken zu machen, ob ihn das anwiderte, bis es vorbei war. Doch zurück blieb nur das Verlangen nach mehr. Der scharfe Geschmack war ein wertvolles Geschenk, das George nicht zurücknehmen konnte.

George fiel vor ihm auf die Knie. Sie nahmen sich in die Arme und lehnten ihre Köpfe aneinander. »Mein Gott, du bist sagenhaft, Kleiner«, flüsterte George.

»Und du erst. Ich kann es immer noch nicht glauben. Ich will, dass es genau richtig für dich ist.«

»Mach dir keine Sorgen. Wir sind füreinander geschaffen. Spürst du das nicht?«

»Doch. Mein Gott, doch. Ich könnte das alles nicht mit einem anderen machen.« Phil drückte ihn an sich und spürte, wie eine Glückseligkeit ihn durchdrang, ein Lebenselixier, das er fast schon schmecken konnte, es kroch in seine Knochen und Gelenke. Ja. Er wurde durch den Willen von George neu geschaffen. Er würde sich an den Gedanken gewöhnen müssen, ein Junge zu sein, der einen großen Schwanz lutschen und von ihm gefickt werden wollte. Wie war das passiert? Vielleicht hätte er sich von Anfang an gegen den Keller entscheiden sollen. Aber die Hälfte seiner Klasse war regelmäßig dorthin gegangen und er bezweifelte, dass sie alle schwul waren. Wenn es George passieren konnte, dann konnte es jedem passieren. Sie waren beide das Gleiche. Schwule. Es kam ihm so fremd vor, dass er sich gar nicht vorstellen konnte, wie es sein Leben beeinflussen würde. Er wünschte, sie könnten sich für immer so in den Armen liegen.

Die Zukunft begann, als sie aus dem Bad heraustraten – das tägliche, von kleinen Dingen bestimmte Leben. Das Leben, über das er noch so viel zu lernen hatte, bevor er verstehen konnte, wie der Alltag für einen Schwulen aussah. George schaltete das Licht an und legte noch einen Scheit auf das Feuer. Phil konnte seine Augen nicht von dem beeindruckenden, nackten Körper abwenden. Würde auch er zu seinem zukünftigen Alltag gehören? Würde er ihm nun jederzeit für seinen Spaß und seine Lust zur Verfügung stehen? George öffnete einen Schrank, der vor lauter Kleidungsstücken überzuquellen schien und zog zwei teuer aussehende Morgenmäntel und zwei Paar Hausschuhe heraus. Er ließ die Hausschuhe auf den Boden fallen und reichte Phil den Morgenmantel.

»Wir haben den gleichen Körperbau. Wir können die Sachen des anderen tragen«, sagte er zufrieden. Für Phil klang das wie ein hoffnungslos optimistisches Versprechen eines gemeinsamen Lebens – wie konnten sie die Sachen des anderen anziehen, wenn sie an unterschiedlichen Colleges waren? – aber zumindest klang das nach mehr als einer gemeinsam verbrachten Nacht. George warf sich seinen Morgenmantel um und sprach über das Haustelefon mit jemandem namens Emma. Sie machten Witze, lachten und sprachen über Essen.

»Das reicht«, sagte George. »Ich weiß, wie man ein Steak brät. Wir sind in einer Minute unten. Geh nur fernsehen. Sicher. Lass die Kartoffelecken einfach im Backofen. Ich lass sie schon nicht anbrennen.«

Er legte auf, drehte sich um und seine Augen erhellten sich voller Bewunderung. »Mein Gott, bist du schön! Ich bin ganz verrückt nach dir. Ich glaube, ich kann es einfach nicht zulassen, dass du diesen Mantel lange anhast. Wir sollten uns lieber beeilen, wenn du etwas essen willst.« Er ging zu Phil, gab ihm einen flüchtigen Kuss und legte einen Arm um ihn, als er ihn zur Tür führte.

Das leise Klicken, mit dem sich die Tür hinter ihnen schloss, beendete Phils Traum. Das war die normale Welt. Er und George waren normale Freunde geworden. Das war wunderbar genug. Fast wünschte er, er hätte sich den Rest nur eingebildet. George schien sich dessen nicht bewusst zu sein, dass alles, was sie getan hatten, sie zu Ausgestoßenen machte. Jungs nannten einander nicht »Liebling» oder »mein Kleiner«. Jungs wälzten sich nicht gemeinsam in Ekstase auf dem Boden herum. War George der Ansicht, dass sie es verbergen konnten? Früher oder später würden sich die Leute darüber wundern, warum sie keine Freundinnen hatten und er konnte sich auch nicht vorstellen, mit einem Mädchen etwas zu haben, nach dem, was er gerade mit George gehabt hatte.

Sie sollten von Schuldgefühlen überwältigt Sühne schwören und so etwas nie wieder zulassen, vielleicht sich nie wieder sehen. George war so entspannt und natürlich dabei. Vielleicht hatte ihn die Erfahrung gelehrt, dass die sexuelle Anziehung nie lange andauerte und dass sie in wenigen Tagen gute, platonische Freunde sein würden.

Sie gingen nach unten durch das beeindruckende Haus, vorbei an einem riesigen Esszimmer und traten in eine makellos saubere, moderne Küche. Ein Tisch war für zwei gedeckt worden. George wurde sofort geschäftigt: »Willst du dein Steak wenig durch, Liebling?«, fragte er.

»Ja, genau. Fast noch roh.«

»Das dachte ich mir. Mir geht's genauso. Im Backofen sind noch ein paar Kartoffelecken dazu. Sie meinte, ich soll die grünen Bohnen nur leicht kochen, aber ich hab nicht so genau zugehört. Bohnen sind Bohnen. Ich glaube, ich schaffe das schon. Willst du ein Bier, während wir warten?«

»Klar, wenn du auch eins trinkst.«

George schenkte ihnen ein Bier ein und sie setzten sich einander gegenüber. Ihre Knie berührten sich unter dem kleinen Tisch. »Der Morgenmantel steht dir sehr gut. Behalt ihn. Er ist mein Weihnachtsgeschenk.«

»Meinst du das ernst? Ich könnte dir niemals etwas so Schönes schenken.«

»O doch, das kannst du. Das hast du schon. Dich. Das ist alles, was ich will.«

»Aber George…«

George lehnte sich vor und brachte ihn mit seinem Mund zum Schweigen. Ihr Kuss wurde immer tiefer und leidenschaftlicher, während ihre Knie sich aneinander rieben und ihre Hände unter dem Tisch aktiv wurden. George zog sich mit atemlosem Lachen zurück. »Ich kann wirklich nicht sagen, dass ich ganz ausgehungert nach Sex bin. Aber ich bin ausgehungert nach dir. Ich hatte dir ja schon gesagt, dass wir es hier unten wahrscheinlich nicht lange aushalten werden.« Sie sahen einander an und nahmen einen großen Schluck von dem Bier. »Die Kartoffeln sollten jetzt fertig sein. Um die Steaks werde ich mich persönlich kümmern.« Er stand auf und schlang seinen Morgenmantel fester um sich.

Phil beobachtete ihn völlig hypnotisiert, während George sich am Herd zu schaffen machte. Das war immerhin etwas ganz Normales – zwei Jungs, die sich Steaks brieten. Die Tatsache, dass einer der beiden George Hudderstone war, sollte ebenfalls normal sein. Wenn sie nur lang genug ihre Hände voneinander lassen konnten, würde es sich allmählich vielleicht auch real anfühlen.

George richtete das Essen auf den Tellern an und brachte es zum Tisch herüber. Er stellte zwei Gläser Milch dazu. »Aus eigener Produktion«, sagte er und setzte sich. »Ich hoffe, ich ruiniere damit unser Mahl nicht. Unser gemeinsames Leben fängt gerade an. Bist du glücklich, mein Schatz?«

Phil konnte kaum atmen. In seiner Brust krampfte sich etwas zusammen. Gemeinsames Leben? Erwartete George, dass er hier einzog? Sie mussten reden. Sex machte aus allem einen Traum. »Ich genieße es unwahrscheinlich, mit dir zusammen zu sein«, brachte er heraus.

»Das geht mir ebenso. Du hast wieder diesen Ausdruck in deinen Augen, als seiest du ganz weit weg. Worüber denkst du nach?«

»Nichts besonderes. Ich sag's dir nach dem Essen.«

»Okay. Wir müssen einander immer alles sagen. Vergiss das nicht. Ich will alles über Ann Arbor hören.«

Sie verschlangen das Essen, unterhielten sich über das College und was sie in ihrem Leben danach machen wollten. Aber alle Pläne, die Phil gemacht hatte – das Jurastudium, Heirat, Familie – waren bedeutungslos, bis er nicht den zentralen Punkt seines Lebens geklärt hatte. Er hatte noch nie von einem schwulen Rechtsanwalt gehört. Er fing an zu verstehen, wie George so sorglos sein konnte. Er würde eines Tages das Familienunternehmen übernehmen. Niemand würde sich über einen alleinstehenden Farmer wundern. Er befürchtete, dass er seinen Kampf alleine ausfechten musste, wenn er sich retten wollte; Georg würde ihm kaum helfen.

Sie wischten ihre Teller ab, sahen einander an und lachten. Als ihre Blicke sich begegneten und beide einander begutachteten, schwand das Lächeln. George erhob sich plötzlich und kam um den Tisch herum zu ihm. Er zog Phils Schultern nach hinten an sich und Phil spürte, wie sein großer Schwanz durch den Morgenmantel an seine Wange drückte. Er wurde schnell härter, bis er seine volle Länge erreicht hatte und seitlich über sein Gesicht strich. Georges Hüften regten sich einladend.

»Mein Gott, Liebling«, murmelte er. »Du bist so ein Schatz. Ich werde niemals genug von dir kriegen.«

Phils Erektion erhob sich zwischen seinen Schenkeln. Er hielt still und versuchte, sich unter Kontrolle zu bekommen. Wenn er hoffte, sich auch nur noch einen Hauch von Männlichkeit zu bewahren, musste er damit aufhören, jedes Mal wie eine liebeskranke Jungfrau in Ohnmacht zu fallen, wenn George einen Annäherungsversuch unternahm. Vorhin war alles so unerwartet gewesen und so schnell gegangen, jetzt hatte er Zeit, sich zurückzuhalten.

Finger strichen verführerisch über seinen Hals und seine Wangen. Er fühlte, wie Georges Verlangen sich von hinten an seinen Kopf presste. Er wusste, dass dies eines der größten Wunder war, die ihm das Leben jemals bieten würde. Das Glück sank immer tiefer in ihn und füllte ihn aus. Vielleicht war schon morgen alles vorbei. Sich zurückzuhalten wäre am Morgen einfacher. Er konnte nichts dagegen tun, wenn George meinte, er ginge zu weit. George hatte damit angefangen.

Phil schwang auf dem Stuhl herum und warf seine Arme um George. Er presste sein Gesicht auf dieses erstaunliche Ziel all seiner Wünsche und seines Verlangens. Es erhob sich aus dem Morgenmantel und sprang hoch in Phils erwartungsvollen Mund. Seine Lippen teilten sich und seine Zunge begann, Georges Schwanz auf seiner ganzen Länge zu liebkosen. Seine Anbetung für ihn war Wahnsinn und es schien dafür keine Heilung zu geben.

»Komm schon, Liebling.« Die Stimme von George schnitt durch den Nebel von Phils völliger Hingabe. Sein Lachen war sanft und liebevoll, während seine Hände Phils Haare zerzausten. »Ist es nicht höchste Zeit, dass wir beide wieder ins Bett gehen? Auf dem Fußboden bist du eine Sensation. Ein Bett könnte eine interessante neue Erfahrung sein.«

Er half Phil auf die Beine. Sie standen sich mit offenen Morgenmänteln gegenüber. Sie hielten ihre Arme mit kraftvollem Griff umklammert. Ihre Zungen stießen in ihre Münder vor, wild und voller Forscherdrang. Ihre Körper drängten sich aneinander und wetteiferten um die Vormachtstellung. Phil war völlig hingerissen, als er merkte, dass sie bei einem Kräftemessen ebenbürtig wären. Gleichzeitig rissen sie sich voneinander los, schwer atmend.

»Wahnsinn«, keuchte George. »Wenn das so weitergeht, wird Emma uns noch hier auf dem Küchenboden finden. Lass uns gehen. Sie kümmert sich schon um alles. Viel Unordnung haben wir ja nicht gemacht.« Er nahm Phils Arm und stürzte zur Treppe zurück. Ihre Morgenmäntel standen offen, in der Mitte ragten ihre steifen Schwänze kühn heraus und schwangen auf und ab. Phil versuchte, sich mit dem Morgenmantel sittsam zu bedecken, aber dieser Versuch endete, als George vor einem großen Spiegel in der Eingangshalle anhielt und ihn auszog. Er legte seinen eigenen Morgenmantel ab, warf beide auf einen Stuhl und drehte sich zum Spiegel. »So. Ich wollte uns zusammen sehen.« Er strich mit seinen Händen über Phils Schultern, ließ sie nach unten bis zu seiner Hüfte gleiten. »Diese ganzen Wettbewerbe, die wie in der Schule immer gemacht haben, Größe, Gewicht, Brustumfang und so weiter – ich denke wir sind etwa gleich gebaut. Es kommt mir fast so vor, als sei ich in mich selbst verliebt. Du musst zugeben, dass wir wirklich verdammt schön sind.«

»Wir gleichen uns, das stimmt«, sagte Phil. Er war so daran gewöhnt, von Georges Körper als Sinnbild der Perfektion zu denken, dass er ganz erstaunt war, dass sein eigener daneben dem Vergleich durchaus standhielt. Zu sehen, wie ihre Schwänze nebeneinander ragten, erfüllte ihn mit Stolz. Natürlich war der von George viel größer, aber seiner sah daneben keineswegs lächerlich aus. Ihre Augen trafen sich im Spiegel und sie brachen in Gelächter aus.

»Schön dich zu sehen«, sagte George. »Ist es nicht seltsam? Irgendwie ist es, als ob wir uns von außen ansehen. Du bist Philip Renfield. Du hast einen süßen Arsch. Ich will mit dir ins Bett gehen. Wie wär's?«

»Nichts dagegen, aber du bist ein Junge. Mir wurde gesagt, dass ich nicht mit Jungs ins Bett gehen soll.« Er war schockiert, dass er über seine eigenen spielerischen Worte lachen konnte.

»Das ist eine gute Regel, aber du kannst ja eine Ausnahme für mich machen. Wir sind immerhin zusammen zur Schule gegangen.«

»Gut, dass dir das noch schnell eingefallen ist. Das ist ein schlagendes Argument.« Sie lachten wieder, gaben das Spiel auf und blickten sich jetzt ernsthaft an. »Du siehst in Wirklichkeit viel besser aus als im Spiegel.«

»Du auch.« George trat näher an ihn heran und drückte ihn. Seine Hände glitten über Phils Rücken und waren dabei viel aufmerksamer als zuvor, so als ob er Stellen finden wollte, die er bisher noch nicht entdeckt hatte. »Unsere erste gemeinsame Nacht. Mein Gott, eine ganze Nacht im Bett mit dir! Wettrennen zum Schlafzimmer?«

Sie ließen einander los, George schnappte ihre Morgenmäntel und schon hechteten sie die Treppen hoch ins erste Stockwerk. Noch bevor sich die Zimmertür hinter ihnen schloss, lagen sie sich schon wieder in den Armen und lachten atemlos. Sie stolperten zusammen durch das Zimmer und fielen schließlich ins Bett, während sie sich immer noch küssten. George schob mit einer Hand die Decken beiseite und sie taumelten in einen wilden Haufen aus Kissen und Überdecke, immer noch ineinander verschlungen. Als sie sich wieder etwas voneinander befreit hatten, fingen sie damit an, nach Wegen zu suchen, wie sie dem anderen noch mehr Spaß bereiten konnten. Sie zogen sich etwas zurück, um den Partner zu betrachten. Sie fanden immer mehr Tricks heraus, mit denen sie unerwartete Reaktionen hervorrufen konnten und lachten dabei voller Zufriedenheit und Glück. So hatte Phil sich das nicht vorgestellt. Es machte richtig Spaß. Bei George gab es keine körperliche Zurückhaltung oder Schüchternheit. Er war ganz offensichtlich stolz auf seinen Körper und liebte es, ihn vorzuzeigen, aber Phil konnte keine Eitelkeit darin entdecken. Er vermittelte Phil das Gefühl, dass auch er auf seinen Körper stolz sein konnte. Sein Gefühl, dass er sich im Vergleich zu George verstecken musste, schwand. Mädchen hatten ihm nie das Gefühl gegeben, dass er auf seinen Körper stolz sein konnte, nur Jungs. Immer mehr verstand er, was gerade mit ihm passierte. Er hatte so viel dafür geopfert, um seinen Körper zu perfektionieren und ihn zu einem richtig gestimmten Instrument zu machen. Die Entdeckung, dass ebendieser Körper Lust hervorrufen konnte, Begehren, war eine Offenbarung. Er wollte ihn voll einsetzen und bei seinem Partner diese Lust noch steigern. Er wollte sein eigenes Vergnügen darin finden. Vielleicht war es bei George ebenso gewesen. Sie waren füreinander geschaffen.

George steigerte seine Lust auf Schwänze, seine Fixierung, durch seinen eigenen und zeigte Phil unbewusst, wie viel Spaß ihm seiner bereitete. Auch wenn Phil inzwischen beinahe überzeugt war, dass es keine Schande war, schwul zu sein, wusste er doch, dass er noch einige Hürden nehmen musste, bis er ebenso offen und ungezwungen wie George sein konnte. Er zwang sich, seine Zurückhaltung aufzugeben, während sie einander mit den Mündern gleichzeitig zu einem Orgasmus brachten.

Er lag mit dem Kopf auf Georges Bauch und wünschte sich, er müsse sich niemals mehr bewegen. Durch seine Adern pulsierte reine Freunde. Er hatte das größte Tabu, das es in seiner Jungend gegeben hatte, gebrochen, aber er konnte es nicht verhindern. Er war bereit, sich biblischen Strafen oder der ewigen Verdammnis zu stellen, wenn er dafür nur George bekam. Er wusste jedoch, dass sie all dem einen Sinn geben mussten, wenn es mehr als nur eine wilde Nacht im Bett werden sollte. Wenn sie so weitermachten wie bisher, würden sie schon bald nicht mehr in der Lage sein, sich ernsthaft zu unterhalten. Er wusste nicht, wie er es sagen sollte, ohne alles zu verderben. Nach einem Moment des Schweigens, richtete sich George auf und küsste ihn sanft auf den Mund, bevor er aufsprang und das Feuer anfachte, bis es wieder lebhaft brannte. Als er zurückkam, warf er die Decken über sie beide, legte sich seitlich neben Phil und sah ihn an.

»Sag mir, woran du gedacht hast, Liebling«, drängte er.

»Ich hab nicht wirklich nachgedacht, ehrlich.« Phils Herzschlag beschleunigte sich. Er musste wissen, was dies alles für George bedeutete. Ein Teil von ihm fürchtete immer noch, alles sei ein schreckliches Missverständnis. »Ich weiß nicht, wie ich es sagen soll. Es wird vielleicht etwas dumm klingen. Offensichtlich weißt du besser Bescheid als ich. Als du mich vorhin zu dir nach Hause eingeladen hast, dachtest du da ich sei … na ja ein Homosexueller?«

»Oh.« George verlagerte sein Gewicht etwas und nahm Phils Hand. »Ich habe es natürlich gehofft. Als ich dir sagte, dass ich angefangen hatte, dich abzuchecken, wollte ich sichergehen, dass du es auch wolltest. Du wusstest, worauf ich hinaus wollte.«

»Nein, das wusste ich nicht.«

»Du weißt nicht, was abchecken bedeutet? Es hat damit zu tun, wie du einen Jungen ansiehst, den du mitnehmen willst. Das nennt man abchecken.«

»So was machst du?«

»Manchmal.«

»Ich nie, aber ich weiß, dass ich den Anschein erweckt habe, als wüsste ich Bescheid. Jetzt denkst du bestimmt, ich sei homosexuell.«

»Na ja, klar. *Ich* bin es. Dies alles wäre nicht passiert, wenn wir es nicht wären.«

Es war ein harter Schock für Phil zu hören, dass George dieses Wort akzeptierte, um zu beschreiben, was sie getan hatten. Dadurch schienen sich Türen, Fluchtwege, zu schließen. Phils Hand fühlte sich in der Hand, die sie hielt, ganz taub an. Er konnte nicht leugnen, dass sie alle möglichen unbeschreiblichen Dinge miteinander gemacht hatten, aber irgendwie klammerte er sich immer noch an die Hoffnung, dass George das alles ganz anders erklären konnte. Dadurch, dass er sagte, dass es schon immer etwas Besonderes zwischen ihnen gegeben hatte, erschien alles wie Schicksal. Normale Worte konnten das nicht beschreiben. Das Schicksal hatte sie füreinander bestimmt, aber das bedeutete nicht, dass sie später nicht wie alle anderen auch heiraten konnten. Er hatte noch keine Gelegenheit dazu gehabt herauszufinden, ob Mädchen ihn genauso leidenschaftlich begehren konnten, wie George es tat, oder Ricky und sogar Teddy es getan hatten. Das Sprechen machte ihm Schwierigkeiten und er war froh, dass er George nicht ansehen musste. »Du gibst es also zu?«, fragte er langsam.

»Nicht jedem gegenüber, aber bei dir wäre es wohl sinnlos, sich etwas vorzumachen.«

»Erschreckt dich das nicht?«

George machte ein leises schnaubendes Geräusch. »Nicht wirklich. Ich wusste über mich schon immer Bescheid. Ich nehme an, dass ich daran gewöhnt bin.«

»Was wäre, wenn es deine Familie erführe?« Kaltes Grauen erfüllte ihn bei dem Gedanken an seine eigene.

»Meine Mutter weiß Bescheid.«

»Macht es ihr nichts aus?«

»Sie will nicht, dass mein Vater es erfährt. Sie macht sich Sorgen wegen der Zukunft, wenn ich mich verliebe. Sie hat Angst davor, dass ich mich mit den falschen Typen einlasse.«

»Ist es möglich, dass zwei Jungs sich richtig ineinander verlieben?«

»Warum nicht? Wir sind Menschen. In meinem ersten Jahr in Yale ist es mir fast passiert. Er war ein wunderbarer Mann, aber ich musste einfach immer an dich denken und wusste, dass es mit ihm nicht das Gleiche wäre. Jetzt ist es mir wirklich passiert.«

»Du bist verliebt? Du meinst, du hast vor zu heiraten?«

George drückte seine Hand und lachte schallend. »Ich würde, wenn ich könnte. Nicht in eine Frau, du Dummchen. In dich. Ich bin in dich verliebt. Ich war es schon immer.«

»Meinst du das ernst?«

»Natürlich. Du liebst mich doch auch, oder?«

»O George.« Sie lagen sich in den Armen, ihre Schwänze drängten sich aneinander, sie küssten sich wild und ihr Speichel vermischte sich. Phil kämpfte sich wieder frei, Tränen in den Augen, Tränen der Erleichterung, der Dankbarkeit, der Liebe. Sie stürzten sich Hals über Kopf ins Verderben. George war auf ihn vorbereitet, hatte auf ihn gewartet. Verliebt zu sein, stellte alle Regeln auf den Kopf, und George schuf neue Regeln für sie beide. Er hatte die ernste Selbstsicherheit des geborenen Anführers. Eines Champions. Er konnte gar nicht anders, als von sich als Gewinner zu denken, selbst wenn er seine Perversion akzeptierte. Phil brauchte George, damit dieser ihm den Weg zu seiner wahren Natur zeigte. Er schluckte die Tränen hinunter. »Ich habe versucht, mit dir darüber zu reden. Wie können Jungs wie wir schwul sein? Wenn wir nicht schwul sind, können wir auch nicht ineinander verliebt sein, oder?«

»Na ja, nein. Ich glaube nicht.« Um Georges Lippen spielte ein kleines amüsiertes Lächeln.

»Was bedeutet das? Was werden wir unternehmen?«

»Alles, was möglich ist. Wir müssen Pläne machen, damit wir alles zusammen tun können. Ich befürchte, dass wir den ersten Weihnachtstag größtenteils mit unseren Familien verbringen müssen, aber eine Stunde oder zwei können wir sicherlich für unser privates Weihnachtsfest abzweigen. Die meisten Nächte können wir zusammen schlafen. Es wird so sein, als wären wir verheiratet. Da ich jetzt dich habe, will ich nicht mehr mit anderen Jungs herumspielen. Wir werden nur füreinander da sein, das hatte ich dir schon gesagt. Wir fangen an zusammen zu leben. Das ist es doch, was wir wollen, oder?«

»Wird jeder es erfahren?«

»Sie werden wissen, dass wir Freunde sind. Daran ist ja nichts Schlimmes. Wir sind ja nicht in New York. Dort gibt es so viele Schwule, dass die Leute fast automatisch davon ausgehen, solange man nicht ausdrücklich klarmacht, dass man hinter Mädchen her ist. So denkt hier niemand. Du hast es schon mit jeder Menge Jungs gemacht, nicht wahr? Hat irgendjemand etwas vermutet?«

»Nein«, protestierte Phil ungehalten, stellte aber fest, dass George vielleicht umtriebiger gewesen war. »Ich meine, es gab da nichts zu vermuten. Vom Keller weißt du ja. Das hatte nie etwas zu bedeuten, außer vielleicht *einmal,* als etwas daraus hätte werden können, wenn wir anderswo gewesen wären. Das war's schon. Es gab da noch etwas, vor langer Zeit – vielleicht vor fünf Jahren.« Während er George von Teddy und Ricky erzählte, erinnerte er sich an weitere. Er konnte nun zugeben, dass dieses Verlangen nach Jungs in ihm schon seit Jahren gewachsen war. Er hatte es tief in sich vergraben gehabt, um damit leben zu können. Jetzt war er dazu in der Lage, all das in klaren Worten zu sagen. Steife Schwänze machten ihn an. Er betete den von George an. Er wollte daran lutschen. Er wollte, dass George ihn fickte. Er würde sich daran gewöhnen, ein Homosexueller zu sein. Er fragte sich, ob er es noch mit anderen Jungs machen musste, bevor er sich sicher sein konnte. Wenn er ein Homosexueller... Wenn er ein Homosexueller wäre, würde das alles auf eine erregende Weise Sinn ergeben. Er würde Teil von etwas werden, von dem er nicht gewusst hatte, dass es existierte und – den Rest seines Lebens mit George verbringen.

»Mein Erster war auch älter«, sagte George und streichelte sein Haar. »Es war für uns beide das erste Mal. Ich habe ihn verführt und sofort gewusst, was los war.«

»Du gibst mir das Gefühl, als hätte ich es schon längst wissen müssen, aber es kommt mir immer noch seltsam vor. Wie wird man so?«

»Wer weiß? Meine Mutter hat sich Mühe gegeben, das zu ergründen, als sie dachte, sie müsste etwas für mich tun. Sie glaubt, dass die meisten Jungs von Natur aus so sind; dass sie zumindest bisexuell sind, aber soziale Zwänge führen dann dazu, dass wir hetero werden. Immer klappt das nicht. Einige der größten Männer der Geschichte waren so. Alexander der Große und sein Geliebter sind zusammen durch die ganze Welt gezogen und wurden wie Götter behandelt, aber das weißt du sicher alles. Wenn die alten Griechen von Liebe sprachen, meinten sie die zwischen Männern. Frauen waren dazu da, Kinder zu kriegen und sich um den Haushalt zu kümmern. Damals war natürlich alles anders, aber ich finde es ganz sinnvoll. Jungs können einander so gut verstehen, wie Frauen das niemals könnten.« Er drehte sich zur Seite, und ihre Hände schlossen sich um den Schwanz des anderen. Sie wurden spürbar steifer. »Fühlst du das? Wir sind uns so nahe, mein Liebling. Wir gleichen uns. Endlich sind wir zusammen. Daran gibt es nichts Erschreckendes.«

»Es erschreckt mich nicht, wenn ich mit dir zusammen bin, aber die Ferien dauern nicht ewig. Was machen wir dann?«

»Dann steht Ostern vor der Tür und schließlich haben wir auch den ganzen Sommer für uns. Wir werden einander immer schreiben und wenn wir ganz verzweifelt sind, können wir uns ja für ein Wochenende in New York treffen.«

George hatte schon alles geplant. Ihr Treffen war kein reiner Zufall; George hatte schon darauf gewartet. Er war dabei, ein gemeinsames Leben für sie beide zu organisieren. »Ich habe kein Geld«, sagte Phil wahrheitsgemäß.

»Dein Ticket kann ich bezahlen, alles andere kostet fast nichts. Ich habe Freunde in der Stadt, bei denen wir übernachten können. Ab Mitte des Jahres könnten wir da hin. Es wird also kaum ein Monat vergehen, in dem wir uns nicht sehen.«

»Das klingt fantastisch. Es hilft, mit dir darüber zu reden, aber ein paar Sachen verstehe ich immer noch nicht. Schminken sich Schwule nicht und benehmen sich wie Mädchen?«

»Das sind die Tunten. Ich war in New York schon an Orten, wo die hingehen. Am Anfang ist es etwas eigenartig, aber sie machen sich einen Spaß daraus. Du wirst dich dran gewöhnen. Du wirst schon sehen.«

»Ich bin mir nicht sicher, dass ich so etwas will. Es klingt seltsam. Aber wenn alles so werden kann, wie du es beschrieben hast … Wenn unsere Liebe keine Krankheit ist … Wie hat es deine Mutter herausgefunden?«

»Oh, das.« George sah ihn mit einem schuldbewussten kleinen Lächeln an. Er warf die Decken zur Seite und sprang auf. Sein Schwanz schwang stolz auf und ab, als er durch den Raum schritt. Er ging zu einem Regal neben seinem Schreibtisch und zog einen großen Umschlag unter einem Stapel Bücher hervor. Er kehrte mit ihm zurück zum Bett und legte den Umschlag auf seinen Bauch. »Ich hab diese hier auf meinem Schreibtisch verstreut liegen lassen. Das ist das Dümmste, was ich je getan habe. Meine Mutter hat sie gefunden. Sie hat nicht hinter mir herspioniert oder so was. Sie konnte gar nicht anders.« Er nahm ein Bündel Fotografien aus dem Umschlag und reichte sie Phil.

Es waren normal große Farbfotografien und Phil brauchte eine Weile, bevor ihm klar wurde, was darauf wirklich zu sehen war. Seine Augen weiteten sich, er zog die Augenrauen hoch. Sein Schwanz begann vor Lust zu schmerzen. Er ergriff ihn, um den sich anbahnenden Orgasmus aufzuhalten.

Er sah sich langsam eine Fotografie nach der anderen an, achtete jetzt mehr auf Details. Da war ein jüngerer George und ein schlanker, blonder Adonis, beide splitternackt und mit beeindruckenden Erektionen. Sie posierten in unterschiedlichen erotischen Stellungen, die sehr fachmännisch arrangiert schienen, sodass ihre Genitalien durch Licht und Schatten perfekt in Szene gesetzt waren. Phil war schockiert und hypnotisiert. Er hatte angenommen, dass er den Anblick kopulierender Männer obszön finden, dass er die Augen beschämt und angewidert abwenden würde, aber bei diesen beiden gab es keine Obszönität. Sie strahlten Schönheit und Anmut aus. Er fragte sich, wieso er je an seiner Homosexualität gezweifelt hatte. Er sah sich die beiden wunderschönen Körper an und wollte sie beide. Endlich sollte er ein Sexleben haben. Sein Leben würde sich ändern.

In seinem Kopf drehte sich alles. Erotische Bilder explodierten um ihn herum und er bedauerte, dass sie wegen seiner mangelnden Erfahrung nur dem Reich der Fantasie angehörten. Er stellte sich vor, wie sich ein überfüllter Duschraum in der Schule in den Schauplatz einer Orgie verwandelt. Er dachte an Jungs, mit denen er zusammen im Keller gewesen war und stellte sich vor, wie sie sich auszogen und sich richtig liebten. Er dachte an nackte Jungs und war sich zum ersten Mal der Kraft seiner gerade erwachten, unnatürlichen Lust bewusst. Er empfand sie als Bedrohung – ihm war beigebracht worden, dass jede stärkere Emotion eine Bedrohung darstellte. Und solche Bedrohungen musste man unterdrücken. Er wandte seine Aufmerksamkeit wieder den Bildern zu. Georges heroischer Schwanz drängte seinen Willen fast sichtbar dem weniger beeindruckend gebauten Partner auf. Phils ganzer Körper wurde von einem Verlangen erfasst, dem verzehrenden Verlangen, sich ihm zu unterwerfen. Die Fotografien waren eine Offenbarung. Er würde nicht zulassen, dass ihm jemand George wegnahm.

»Himmel«, murmelte er.

»Bist du schockiert?«

»Ich denke schon, aber sie sind faszinierend. Ich hab noch nie zwei Jungs zusammen gesehen.«

»Das ist Danny. Er ist der Fotograf. Er hat die Bilder mit Selbstauslöser gemacht. Man sieht wahrscheinlich schon, dass wir damals eine wilde Affäre hatten. Meiner Mutter war es jedenfalls sofort klar. Sie war aber wirklich wunderbar, sobald sie sich erst mal an den Gedanken gewöhnt hatte. Wenn du jetzt geschockt bist, kannst du dir vielleicht vorstellen, wie sich meine Mutter gefühlt haben muss.«

»Ich bin vielleicht einfach schockiert, weil ich sie so aufregend finde. Ich komme schon fast. Vergiss nicht, dass du mehr oder weniger der erste Mann bist, mit dem ich geschlafen habe. Ich verstehe noch gar nicht so richtig, was mit mir passiert. Ich weiß aber, dass ich dich nicht gerne mit einem anderen Jungen sehe.«

»Das ist beinahe zwei Jahre her, Liebling. Weißt du, was ich mir überlegt habe? Ich musste vorhin daran denken, als wir gemeinsam vor dem Spiegel standen. Wenn wir uns in New York treffen, müssen wir Danny sagen, dass er von uns Fotos machen soll. Es wäre fantastisch, sie zu haben, wenn wir uns nicht sehen können.«

»Solche? Du meinst, er würde uns dabei zusehen, wie wir uns lieben?«

»Ich glaube nicht, dass wir gute Ergebnisse erzielen würden, wenn wir ihm vorher die Augen verbinden«, sagte George lachend. »Das ist schon in Ordnung. Ich bin ihm nicht neu und ich werde es nicht zulassen, dass er irgendwas mit dir ausprobiert. Er ist ein Profi. Er wird sich auf den Job konzentrieren.«

Phil sagte sich, dass seine Prüderie sicherlich auf seinen Mangel an Erfahrung zurückzuführen war, aber trotzdem stellte sich etwas in ihm quer bei diesem Gedanken. Sein Sinn für Anstand? Es schien ihm, als sei es geschmacklos und verdorben, sich solche schmutzigen Bilder von seinem Geliebten zu wünschen. Ein Blick in Georges schlankes, ausdrucksstarkes Gesicht führte jedoch dazu, dass er sogleich wieder an seinem Urteil zweifelte. Diese aufrichtigen Augen waren klar und direkt und strahlten vor Tugendhaftigkeit. Seine starken, ausgeprägten Wangenknochen, sein Humor, der seine vollen, verführerischen Lippen umspielte – all dies sprach für Sensibilität und Kultiviertheit. Er konnte sich auf George als Führer in einer fremden Welt verlassen.

Er sah Georges Partner an. Volle, weiche Lippen und einladende Augen mit schweren Lidern. Er hoffte, dass Danny nicht wirklich so unwiderstehlich aussah, wie hier auf diesen Bildern; er konnte sich nicht vorstellen, vor ihm einen Steifen zu haben, ohne dass gewisse Dinge passieren würden. Aber George wusste vielleicht, wie man mit solchen Situationen umgehen musste. George und Danny. Seine Finger strichen über das Bild dieses schlanken, wohlgeformten Schwanzes, der sich zum Mund von George hob. Das war vor zwei Jahren. George gehörte jetzt ihm. Phils Schwanz versteifte sich zu einem schmerzenden Schaft der Lust.

Er trat die Decke zurück und kniete sich hin, sein Schwanz ragte hart und fest vor und machte deutlich, was er wollte. »Ich komme gleich«, rief er mit erstickter Stimme.

George rappelte sich sofort auf und hockte sich vor ihn, er ließ seine Zunge an diesem harten Fleisch entlanggleiten, um ihn zum Höhepunkt zu führen.

»Er ist größer als seiner, oder?«, wollte Phil wissen.

»Das kann man wohl sagen. Er ist ein Schmuckstück.«

»Mein Gott. Jetzt«, schrie er. Er sah nur noch verschwommen, wie George seinen Mund weit öffnete, um ihn zu empfangen, und dachte an Danny. Sein Orgasmus brach wie eine Welle über ihn herein. Als er abgeflaut war, löste er sich aus Georges Griff und drehte sich auf den Bauch. »Nimm mich, mein Liebling«, bat er mit verträumter Stimme. »Ich will dich in mir. Fick mich. Ich will dir gehören.« Es konnte tatsächlich zwischen zwei Männern passieren, dachte er, während George langsam in ihn eindrang. Liebe hielt sich nicht an Geschlechtergrenzen. Sie waren so vollständig miteinander vereint wie Mann und Frau, aber er verlor sich selbst dabei nicht. Er musste keine Erektion haben, um die Genugtuung zu verspüren, den Mann zu befriedigen, der ihn so vollendet ausfüllte. Sie liebten sich gegen die Logik oder die Gesetze der Natur. Phil wusste, dass nur George bei ihm dieses Gefühl hervorrufen konnte, aber er fragte sich, ob es George möglich wäre, ihn auch vor der Scham zu schützen, die früher oder später über ihn hereinbrechen würde. Niemand konnte homosexuell sein und sich nicht dafür schämen.

Als der Morgen kam, erwachte Phil zufrieden und keineswegs als schuldbeladenes Opfer seines unnatürlichen Verlangens. Er war in die Arme seines Geliebten gebettet und fühlte sich glücklich und erfüllt; an seine Hinterbacken presste sich die mächtige Erektion von George. In den nächsten Tagen bewahrheitete sich, was George gesagt hatte: Das Leben ging einfach weiter. Sie waren nicht über Nacht zu Ausgestoßenen geworden. Sie waren nach wie vor beliebte, gut aussehende Mitglieder der örtlichen Oberschicht, ihre sportlichen Leistungen gaben Zeugnis davon ab, dass sie Vorbilder an aufrechten, sauber lebenden amerikanischen Jungs waren. Phil hatte sich eigentlich vorgestellt, dass er jetzt sein ganzes Leben darauf umstellen müsste, ein Schwuler zu sein, nach einer Weile fragte er sich jedoch, warum alle so ein Gehabe um Worte machten. Er war einfach in einen Jungen verliebt. Niemand erwartete von ihm, dass er jetzt schon heiratete – was für einen Unterschied machte es also, wenn er zur Zeit kein Mädchen hatte? Niemand wusste, was die Zukunft bringen würde. Die einzige Wandlung fand in ihm selbst statt – er strahlte vor lauter Glück über ihre Liebe.

Sie beide hatten das Gefühl, als wären sie schon immer zusammen und handelten auch so: natürlich und ohne viel darüber nachzudenken. Die einzige Situation, in der sich Phil unsicher gefühlt hatte, war das Treffen mit Georges Mutter. Phil war angespannt und unsicher, da er nicht wusste, ob sie ihr Spiel durchschaute. Aber sie war eine forsche, geschäftige Frau, die ihn einfach mit einschloss, ohne ihm das Gefühl zu geben, dass sie an ihm besonders interessiert war, weil er der Geliebte ihres Sohnes war. Sie war ihm gegenüber ganz normal, behandelte ihn als einen Teil der Familie und überließ sie ansonsten sich selbst.

George führte ein viel aktiveres soziales Leben als Phil, aber George richtete es so ein, dass er in alles integriert wurde. Sie gingen gemeinsam zu Partys, wo Phil der jüngste Gast war, aber das Alter spielte keine große Rolle. Sie hatten einen guten Grund, ihre Nächte zusammen zu verbringen. Es wurde spät, wenn sie ausgingen. George hatte ein Auto. Es war einfach praktischer, Georges Haus als Basis zu benutzen.

Wie Georg schon vermutet hatte, blieb ihnen am Weihnachtstag nicht viel Zeit füreinander. Aber am späten Nachmittag konnten sie eine Stunde erübrigen und liebten sich in Georges Zimmer. Sie tauschten schwere silberne Kettchen aus, die sie füreinander erstanden hatten. Phils sah nicht ganz genauso aus, wie das, welches sie im Laden gesehen hatten; Jahre später fand er heraus, dass es aus Platin war. Sie legten sie einander an und schworen, sie immer zu tragen. Ihre Eheringe sozusagen.

»Unser erstes Weihnachten, aber das letzte, das so sein wird«, sagte George, als ihre Zeit abgelaufen war. Sie versuchten, sich voneinander zu trennen und aus dem Bett zu kommen. Er nahm Phils Kette in die Hand. »Sie steht dir sehr gut. Meine Mutter freut sich auch über uns. Sie sagt, wenn ich genug Verstand habe, ein Jahr mit dir zusammen zu bleiben, wird sie dafür sorgen, dass auch mein Vater uns akzeptiert – vielleicht nicht wirklich als Geliebte, eher als eine Art Brüder. Sie meinte, dass er immer wollte, dass ich noch einen Bruder habe, aber nach mir konnte sie kein Kind mehr bekommen. Egal, jedenfalls will sie ihn wissen lassen, dass wir uns lieben und früher oder später auch zusammen leben werden, bis wir heiraten.« George lachte und strich mit seinen Lippen über Phils Mund. »Diese imaginären Frauen, die sie alle schon für uns ausgesucht haben. Nächstes Jahr wirst du diese ganzen Familienfeiern mit mir zusammen hier erleben.«

»Das wäre wunderbar.« Phil schmiegte sich näher an ihn heran. Ihre gemeinsamen Nächte hatten sich schon auf mindestens ein Jahr ausgeweitet. George war erstaunlich.

»Ich habe mit ihr darüber gesprochen, dass ich nach dem Abschluss allein in der Stadt wohnen will. Das wäre in etwas mehr als einem Jahr. Ich denke, es wird auch deiner Familie ganz sinnvoll erscheinen, dass du dann bei mir wohnst, wenn ich eine eigene Wohnung habe. Jungs wohnen sehr oft zusammen.«

»O Gott, George. Ich liebe dich so.« Er war ganz benebelt vor lauter Liebe. Sie würde niemals auseinander gehen. George dachte einfach an alles. Er organisierte es so, dass sie ein ganzes Leben lang zusammen bleiben konnten. Zwischen ihnen gab es nichts, das nicht gepasst hätte. Sie hatten so viele Gemeinsamkeiten, dass es praktisch so war, als wären sie zusammen aufgewachsen. Ihre Körper waren füreinander geschaffen. George hatte es immer gewusst. Sie gehörten zusammen. Mit niemand anderem konnte es so sein. Er war beschützt und sicher und seine Liebe würde das ganze Leben lang anhalten.

George hatte für zahlreiche Partys Einladungen, darunter auch für eine große Silvesterfeier und sie hatten ausgemacht, dass er sie nicht alle ablehnen sollte, weil das etwas auffällig wäre. George würde jedoch nicht lange bleiben können, da er am Neujahrstag etwa 30 Meilen entfernt eine wichtige Familienfeier hatte. Da er früh aus dem Bett musste, hatten sie sich widerstrebend darauf geeinigt, dass sie diese Nacht nicht miteinander verbringen würden. Die Silvesterparty fand in einem Privathaus einer der reichsten Familien der Gegend statt und George hatte dafür gesorgt, dass auch Phil eine Einladung erhalten hatte. Als Besitzer von Newcorners größter Versicherungsagentur kannte Phils Vater einfach jeden, aber es gab eine reiche Oberschicht, mit denen die Renfields nicht verkehrten. George hatte noch einen zweiten Smoking, den er Phil auslieh. Phil gewöhnte sich immer mehr daran, Georges Sachen zu tragen und ebenso elegant und gepflegt auszusehen, wie George das schon immer getan hatte.

Als es Mitternacht war, bahnten sie sich den Weg durch die Menge zueinander und nahmen unauffällig die Ketten, die sie sich geschenkt hatten, in die Hand. Sie sahen sich tief in die Augen und bestätigten sich so, dass sie einander auch im neuen Jahr gehören würden, während Jubelschreie und Tröten ertönten. Es war beinahe so aufregend wie ein Kuss, den sie gerne ausgetauscht hätten. Die Party wurde immer lauter und fröhlicher, aber George musste sich bereits verabschieden, nachdem er mit Phil verabredet hatte, dass sie sich am nächsten Nachmittag treffen würden.

Phil tanzte, machte von Zeit zu Zeit Pause, um wieder zu Atem zu kommen und trank etwas Champagner, durch den er bald leicht angetrunken war. Während ihres jahrelangen Trainings hatten sowohl er als auch George kaum getrunken, höchstens mal ein gelegentliches Bier. Er hoffte, dass er dank des Champagners tief und fest schlafen könne. Er hatte sich schon daran gewöhnt, neben George zu schlafen und hasste es, allein ins Bett gehen zu müssen. Er stellte fest, dass ein Typ namens Howie, der schon den ganzen Abend über sehr nett gewesen war, immer neben ihm auftauchte, wenn er von der Tanzfläche kam. Howie war attraktiv. Er kam von außerhalb und war bei Freunden von George, den Millers, zu Besuch. Wenn er lachte, was er häufig tat, erschienen verführerische Grübchen auf seinen Wangen. Seine Augen flirteten spielerisch mit Phil und er bemerkte, dass Howie recht häufig einen Vorwand fand, um ihn unauffällig zu berühren. Aufgeregt kam Phil zu der Überzeugung, dass Howie, der schon ziemlich alt war, vielleicht sogar über 25, hinter ihm her war. Das führte dazu, dass Phil jedes Mal eine Erektion bekam, wenn sich Howie näherte. Zum ersten Mal machte sich seine neu gefundene sexuelle Orientierung bei einem Fremden bemerkbar. Er hatte sich schon gefragt, ob wohl auch andere Jungs ihn sexuell erregen würden; Howie hatte auf eine üppige, sinnliche Art eine sehr erotische Ausstrahlung. Hier konnte nichts passieren, aber es war eine neue Erfahrung für Phil, sich Gedanken darüber zu machen, wie es wohl mit einem anderen Jungen im Bett sein würde. Die Party wurde so noch interessanter.

»Wenn ich dich heimfahre, lädst du mich dann noch zu dir ein?«, fragte Howie mit einem etwas betrunkenen Lächeln und zeigte wieder seine Grübchen. Er hatte gerade erfahren, dass Phil noch nicht wusste, wie er heimkommen sollte.

»Das hätte kaum einen Sinn. Da wimmelt es von meinen Familienmitgliedern«, sagte Phil und erkannte die Anziehungskraft zwischen ihnen beiden an.

»Ja. Ich nehme an, wir wissen, was wir beide denken.« Howie lächelte und sah Phil lange in die Augen, damit kein Zweifel mehr blieb. »Na ja, ich kann dich auch nicht zu den Millers mitnehmen. Wie wär's damit: Sollen wir uns mal umsehen, wie die Lage hier so ist?«

»Wie meinst du das?«, fragte Phil und wurde hellhörig.

»Das hier ist ein großes Haus. Ich würde darauf wetten, dass wir da oben ein Schlafzimmer finden könnten, wo wir für eine halbe Stunde unsere Ruhe hätten.«

»Ich weiß nicht.« George und er hatten noch nicht so viel über Treue gesprochen, aber das mussten sie auch nicht. Er wollte ihn und keinen anderen. Er würde nicht einer von diesen Schwulen werden, von denen er gehört hatte, dass jeder sie haben konnte. Er wusste noch nicht einmal, wie schwul er wirklich war, aber Howie war schon eine Versuchung. Das war schon die Antwort auf die eine Frage, aber in Versuchung zu geraten, war nicht das Gleiche, wie es mit jemandem anderen als George zu wollen. Vielleicht sollte er es lieber nicht herausfinden. »Ich denke besser nicht«, sagte er unentschlossen.

»Es wird immer interessanter«, sagte Howie fröhlich. Sie waren von den Tänzern weg zu einer Seite des Raums gegangen und standen vor einer Tür. Howie öffnete sie, führte ihn in eine verlassene Bibliothek und schloss die Tür hinter ihnen. »Du bist schwul, stimmt's?«, fragte er.

»Ich bin mir nicht sicher. Irgendwie schon, glaube ich.«

Howie trat näher heran und griff mit einer Hand zwischen Phils Beine. Er lachte und zeigte wieder seine verführerischen Grübchen. »Du hast einen Steifen. Wartest du darauf, dass dir jemand bei deinem Coming-out hilft?«

George hatte ihm auch erklärt, was damit gemeint war. Er fand Howies Erektion. Sie fühlte sich gut und recht ordentlich an. Er wünschte, er könnte sie sehen und nahm an, dass es mit der Versuchung dann vorbei wäre. Offensichtlich war er schwul genug. Es war nicht nur eine Idee, die George ihm in den Kopf gesetzt hatte. Er hatte eine weitere Antwort erhalten. Sie lächelten sich verführerisch an, während sie die Ausmaße ihrer Schwänze untersuchten. »Ich denke mein Coming-out hatte ich schon«, gab Phil zu.

»Ich würde dir gerne helfen, wenn du noch Zweifel hast. Bist du sicher, dass wir nicht oben etwas suchen sollten?«

»Wir könnten erwischt werden.«

»Schon möglich. Und wir wollen schließlich keinen Skandal hervorrufen. Ich fahr dich trotzdem nach Hause. Ich hoffe, du wohnst nicht allzu nah.« Er legte eine Hand auf Phils Hinterteil, als sie zur Tür zurückgingen. »Es sieht verdammt sexy aus, wie du tanzt.«

Howie kam eine gute Stunde später, als mehrere Gäste schon gegangen waren, wieder zu ihm. »Bist du bereit?«, fragte er.

»Ich bin bereit für dich. Ich wünschte, wir hätten einen Ort, wo wir hingehen können.« Phil war angenehm betrunken und hatte alle Vorsicht über Bord geworfen. Er hatte der Versuchung widerstanden und fühlte sich sehr tugendhaft. Auf dem Heimweg konnte nicht mehr viel passieren, selbst wenn er es wollte. Er war froh darüber, dass er sich selbst in der Öffentlichkeit als Schwuler beweisen konnte. Heute Abend war er fröhlich und zufrieden mit sich selbst, ausgestattet mit einer sexuellen Lust, mit der er sich noch nicht richtig auskannte.

Sie wünschten den Gastgebern eine gute Nacht, sammelten ihre Jacken ein und gingen zum Wagen. Es war kalt, wurde aber bereits heller. Phil nannte Howie die Richtung für die kurze Fahrt und sie fuhren schweigend los, während sie die Heizung langsam wärmte. Die Wärme ließ auch die Anziehungskraft, die sie aufeinander ausübten, wieder aufleben. Ihre Schenkel bewegten sich. Phil Schwanz wurde spürbar steifer und er ließ seinen Arm über den Autositz zu Howies Schulter gleiten.

»Es ist verdammt anständig von dir, für mich einen Umweg zu machen«, sagte er. »Die Millers wohnen in der entgegengesetzten Richtung.«

»Ich habe dir die letzte Stunde beim Tanzen zugesehen. Was für ein Körper! Ich würde fast überall hinfahren, um diesen Hintern in meine Finger zu kriegen.«

»Das hast du schon.«

Sie lachten beide. »Ich habe damit nicht gemeint, ihm einen Klaps zu geben. Sagtest du, die nächste links?«

»Ja. Wir sind fast da.«

»Oje, schlechte Nachrichten. Ich könnte reingehen und deine Familie liquidieren, wenn du willst.«

»Das haben sie nun davon, dass sie einen Sohn mit einem sexy Hintern haben.« Phil war selbst ganz erstaunt, dass er mit seiner neuen Identität so gut zurecht kam. Er konnte lachen und seinen Spaß haben. Er machte sich keine Sorgen mehr darüber, dass er einen attraktiven Mann erregend fand.

Howie lachte mit ihm und bog ab. Die Straßen im Wohnviertel waren verlassen. »Hast du einen Steifen?«, fragte er.

»Wie hast du das denn erraten?«

»Ich war nur neugierig. Zeig ihn mir.«

Phil gehorchte und fühlte sich dabei nur ein wenig schuldig. Das war nichts als ein Kellerspiel. Kinderkram. Vollständig angezogen in einem Auto zu sitzen, auch wenn sein Schwanz entblößt war, konnte nicht als Untreue gelten. Er wurde sehr hart, als er ihn aus seinen Sachen befreite, und fühlte sich wunderbar an, als er endlich völlig frei war. Er wusste nicht, was er tun würde, wenn er George jemals in einer solchen Situation erwischen würde, aber George würde sich nicht erwischen lassen. Jetzt kamen auch Fürsorge und die Vernunft mit ins Spiel. George hatte seinen Schwanz schon einer Menge Jungs gezeigt und würde es aller Wahrscheinlichkeit nach auch weiterhin tun. Es konnte ihn nicht verletzen, wenn er nichts davon wusste. Er war sich sicher, dass sie beide in diesem Punkt niemals unvorsichtig sein würden.

Howie ließ seine Hand an ihm auf und ab gleiten. »Nett«, sagte er. »Höchste Zeit, dass wir eine Pause für Erfrischungen machen.« Er fuhr an den Straßenrand und hielt an. Er machte die Lichter und den Motor aus. Dann drehte er sich hinter dem Steuer um, ließ sich auf Phils Schwanz gleiten und nahm ihn in den Mund. Phil stieß einen überraschten kleinen Schrei aus. Er musste sich wieder daran erinnern, dass er jetzt ein Schwuler war. Das war etwas, das Schwule miteinander machten. Howie machte es sehr gut. Phil näherte sich rasend schnell seinem Höhepunkt.

»Ich komme gleich«, warnte er. Howie fuhr mit seinen betörenden Spielen fort. Phil verkrampfte seine Finger in Howies Haaren, stöhnte und schluckte und entließ seinen Orgasmus in Howies Mund. Der fuhr fort, eifrig an ihm zu lutschen. Er und George waren also nicht die einzigen, die es runterschluckten.

Howie setzte sich auf. »Das war den Umweg wert«, sagte er mit fröhlicher Genugtuung. Er schob seine Jacke beiseite. »Alles deins.« Phil sah, dass Howies Hose offen war und sein Schwanz sich daraus erhob. Es war noch nicht sehr hell, aber Phil erkannte, dass Howie sich keineswegs für seine Ausstattung schämen musste. Er streckte eine Hand danach aus, um sich davon zu überzeugen, dass er sich nicht getäuscht hatte. Er konnte nicht mehr verhindern, was jetzt von ihm erwartet wurde, nach dem, was Howie für ihn getan hatte. Er hätte nicht mit etwas anfangen sollen, das er nicht auch zu Ende bringen wollte. Schuldgefühle überrollten ihn, während er sich in Position brachte und seinen Mund weit öffnete, um diesen mächtigen Schwanz aufzunehmen. Doch diese wurden sofort weggespült von einer Woge der Lust. Er ließ seine Zunge spielen und öffnete seinen Mund weiter, bis seine Lippen die Schamhaare streiften. Es fühlte sich so gut an, dass es ihm vorkam, als würde er bereitwillig daran ersticken, wenn Howie ihn darum bitten würde. Er hatte gedacht, dass er seine Abneigung dagegen nur überwunden hatte, weil es um George gegangen war, weil George es wollte, aber jetzt konnte er sich nicht länger etwas vormachen. Sein Mund verlangte nach Schwänzen, vor allem nach dem von George, aber auch nach dem von Howie, Ricky und all den anderen, denen er im Keller einen heruntergeholt hatte, bis hin zu Teddy. Es war zu einer Sucht geworden, seit dem ersten Mal mit George – einen so intimen Kontakt zu der lebensspendenden Quelle männlicher Kraft zu spüren, zu wissen, dass er den Hunger dieses mysteriösen, festen Körperteils, das sich von seinen Lippen und seiner Zunge Erlösung erhoffte, stillen konnte. Er war der geborene Schwanzlutscher. Heute Nacht wurden eine Menge Fragen beantwortet.

Er zerrte an Howies Kleidungsstücken, bis ihm die Hosen um die Knie hingen und das Hemd bis zur Brust hochgeschoben war. Nun konnte er auch seine Eier in die Hand nehmen und sämtlichen Körperteilen huldigen, die einen Mann zum Mann machten. Howie lachte und prustete und stöhnte voller Lust, überwältigt von Phils unerwartetem Einfallsreichtum. Phil hatte wieder einen Steifen, als sich der warme Strom in seinen Mund ergoss. Howie streichelte ihn, als er sich aufsetzte.

»Du bist süß«, sagte er. »Ich denke, es gibt kaum einen Zweifel, dass du dein Coming-out schon hattest. Auf jeden Fall gibt es nichts, das du noch darüber lernen könntest, was man mit einem Schwanz alles machen kann. Du bist ein Meister. Soll ich dir noch einen blasen? Ich habe gerade noch ein paar Dinge von dir gelernt.«

»Es wird kalt. Ich geh lieber.«

»Ich werde mal sehen, ob sich eine Gelegenheit für uns beide in einem gemütlichen Bett ergibt. Wirst du gerne gefickt?«

»Vielleicht.«

»Ich könnte wetten, dass es dir bei mir gefallen würde.«

Phil kicherte und dachte daran, dass Howie sich ganz schön anstrengen müsste, um ihm das Gefühl der absoluten Lust zu geben, das

George in ihm erweckte. »Sei vorsichtig. Ich will nicht, dass jemand etwas merkt.«

»Natürlich. Ich werde nicht mehr tun, als dich anzusehen. Die Tür wird abgeschlossen sein. Vielen Dank, dass du den Abend so wunderbar zu Ende gebracht hast. Du musst unglaublich sein, wenn du nichts anhast.«

Sie zogen sich wieder an und keine fünf Minuten später war Phil bei sich zu Hause. Er ließ den Abend noch einmal Revue passieren, während er sich auf ein einsames Bett vorbereitete. Es war nicht richtige Untreue gewesen, aber es hätte leicht dazu kommen können, wenn die Umstände anders gewesen wären. Er hatte gelernt, dass er leichter als erwartet in Versuchung geführt werden konnte. Er konnte sich selbst nicht vorwerfen, dass er herausfinden wollte, was genau mit ihm los war, aber er wollte in Zukunft vorsichtiger sein. Mit Howie würde er sich auf nichts mehr einlassen. Die Umstände mussten nicht allzu günstig sein, um sein Verlangen nach Schwänzen zu wecken. Ein paar Minuten mit einem Jungen allein an einem geschützten Ort, in einem Auto, waren schon genug. Es gab wahrscheinlich jede Menge Jungs, sogar Heteros, die nichts dagegen hätten, wenn jemand ihnen einen blies.

Er wünschte, er könnte George davon erzählen und herausfinden, wie wichtig ihm Treue war, aber er wusste nicht, wie er sich ausdrücken sollte, ohne dass der Eindruck entstand, er wolle herumspielen. Das wollte er nicht. Er hatte etwas über sich herausgefunden, von dem er lernen musste, es zu kontrollieren. Er konnte sich sagen, dass es widerlich sei, aber das half nicht viel, wenn er es so sehr wollte. Am meisten aber hatte er davor Angst, sich femininer zu verhalten, auch anderen Leuten gegenüber. Ihm war beigebracht worden, Tunten zu verachten, aber es musste etwas Neues an ihm geben, weswegen Howie ihn angesprochen hatte. Das war nie zuvor passiert. Er nahm an, dass seine Blicke ihn verrieten. Er musste besser darauf aufpassen, wie er Jungs ansah. Die Probleme mit dem Schwulsein fingen gerade erst an.

Am Nachmittag, nachdem George sich von der Familienfeier hatte loseisen können, unterhielten sie sich über die Party. »Hattest du noch Spaß, nachdem ich weg war?«, fragte George.

»Ich habe viel getanzt. Es war schöner, als du da warst. Ich habe mich in gewisser Weise mit einem Typen namens Howie angefreundet, diesem Freund der Millers. Er ist schwul.«

»Das habe ich mir schon gedacht. War er hinter dir her? Ich könnte ihm das nicht zum Vorwurf machen. Er ist sehr attraktiv.«

»Ich hab früher nie so an Jungs gedacht.« Er wollte sich schön langsam und unauffällig an das Thema, das ihn beschäftigte, heranarbeiten. »Ich denke, das wird sich jetzt ändern. Es würde dir nichts ausmachen, wenn ich ihn anziehend fände, oder?«

»Mein Liebling, wir werden andere Jungs attraktiv finden und sie uns. Das ist nur natürlich. Wir sollten darum nicht viel Aufhebens machen. Hat er dir ein Angebot gemacht?«

»Er hat mich auf der Party gefragt, ob ich schwul sei. Ich hab so was gemurmelt, dass ich mir nicht sicher sei. Er hat mir angeboten, mich nach Hause zu fahren.«

»Hast du angenommen? Hat er dir im Auto ein Angebot gemacht? Du musst es mir nicht sagen, wenn du nicht willst.«

»Ich will aber. Du hast gesagt, du willst, dass ich dir alles erzähle. Er hat mich gefragt, ob ich ihn einladen würde und ich habe geantwortet, dass es nicht ginge – natürlich. Er meinte, dass er mich nicht zu den Millers mitnehmen könne und das war's dann. Ich habe mir etwas Sorgen gemacht, wie man einen Jungen abweist. Was hättest du getan?«

»Bei Howie oder generell? Wir sind noch ziemlich neu füreinander, deswegen denke ich nicht, dass ich interessiert gewesen wäre. Ich will ehrlich zu dir sein. Bevor ich dich getroffen habe, hätte ich die Chance sofort ergriffen. Ich mag Sex, wie du sicher schon gemerkt hast. Du auch. Solange wir einander so sehr begehren, wer braucht da noch etwas Anderes?«

»Du meinst, du wirst mir treu sein?«

»Nur weil ich es will, Liebling. Ich hoffe, ich kann es bei dir auch erreichen, dass du mir treu sein willst. Am Besten wäre es, wenn wir noch nicht einmal darüber nachdenken müssen.«

»Du hast natürlich Recht. Alles ist so neu für mich. Es hilft mir, wenn du mir sagst, wie wir uns verhalten sollten. Ich hab auch früher daran gedacht, mit Jungs im Keller Sex zu haben, aber es ging immer darum, dass sie mich nahmen. Na ja, so wie Teddy und was beinahe mit Ricky passiert wäre. Ich hätte mir nie träumen lassen … du weißt schon. Ich wusste nicht, dass ich … dass ich deinen Schwanz jemals so lutschen würde, wie ich es inzwischen tue.«

»Zum Glück machst du es so! Jungs geben mir häufig das Gefühl, als sei es eine Höllenarbeit. Vielleicht ist das der Grund, weswegen es mir fast mehr ausmachen würde, wenn ich herausfände, dass du einem Jungen einen geblasen hast, als wenn dich einer gefickt hat. Ich glaube nicht, dass wir uns deswegen Gedanken machen müssen. Wir gleichen uns. Wir wissen uns zu benehmen. Ich werde versuchen, keine Eifersuchtsanfälle zu bekommen, wenn ein Junge dich ansieht. Man sagt, es sei einfacher, einen Geliebten zu finden, als ihn zu halten. Ich werde lernen, wie ich dich behalten kann.«

»Du wirst nicht viel lernen müssen. Ich will, dass du mich behältst. Ich will dich behalten. Für immer.«

Phil nahm an, dass sie das Thema Treue jetzt ausreichend besprochen hatten. Es konnte kein Problem sein, weil sie niemals zulassen würden, dass es ein Problem gäbe. Er hoffte, dass es genauso einfach auch sein würde. Zumindest wusste er jetzt, dass seine Untreue letzte Nacht schlimmer war, als er gedacht hatte. Er wusste andererseits aber auch nicht, wie George jemals davon erfahren sollte. Nachdem er jetzt wusste, wie viel er George bedeutete, würde er dafür sorgen, dass ihm das nie wieder passieren würde. Er musste sich der Liebe von George würdig erweisen. Es war erstaunlich. Sie waren wirklich so ineinander verliebt, dass ihr ganzes Leben dadurch beeinflusst wurde. Er hatte etwas gefunden, das seine gesamte Hingabe verlangte.

»Ich hoffe, du wirst dich auch noch, wenn wir in New York sind, daran erinnern, dass du mich behalten willst«, neckte ihn George.

»Warum nicht?«

»Ach Liebling, dort ist alles so anders. Alles ist möglich. Hier muss jeder vorsichtig sein. Unter Umständen kennen wir hier Jungs, die schwul sind, wissen aber nichts davon. Na ja, so wie das mit Howie, zum Beispiel. Er wohnt nicht hier, also kann er Risiken eingehen, aber ihr hattet keinen Ort, an den ihr gehen konntet, selbst wenn du es gewollt hättest. In New York wäre das kein Problem.«

»Was für einen Unterschied würde das denn machen? Kannst du dir vorstellen, dass ich dir Gute Nacht sage und mit einem Jungen losziehe? Willst du immer noch diesen Freund von dir fragen, ob er Bilder von uns machen kann?«

George lachte. »Danny macht dich an, was? Ich hab's mir überlegt, wir bleiben besser fern von ihm. Warum Ärger herausfordern?«

»Soll ich dir die Wahrheit sagen? Ich war etwas schockiert, dass du es überhaupt vorgeschlagen hast. Es schien mir etwas billig, während es doch so viel mehr gibt in der Liebe als das, was wir mit unseren Körpern machen.«

George wurde ernst und seine Augen strahlten vor Zärtlichkeit. »Du bist so wundervoll, mein kleiner, süßer Liebling. Du hast Recht. Das ist mir in der ersten Nacht so rausgerutscht, bevor ich Zeit hatte zu erkennen, was mit uns passierte. Niemand könnte auf einem Foto festhalten, was es uns bedeutet, einander in den Armen zu halten.«

Phil hatte einen Kloß im Hals vor lauter Bewunderung und Hingabe. »Ich bin froh, dass du das verstehst. Ich wusste es. Wir sind immer einer Meinung. Wir müssen nie wieder über Untreue nachdenken. Wegen der Bilder dachte ich schon, Treue zu mir wäre das Letzte, was du willst.« Schon bald jedoch sollte Phil allen Grund haben, sich über das Problem Untreue noch viel mehr Gedanken zu machen.

Phil drängte es aus dem Meer heraus zurück ans Festland, und er versuchte, George aus seinen Gedanken zu verbannen. Er ließ seinen Blick den Strand entlangschweifen. Am einen Ende waren weit entfernt immer noch Gestalten auszumachen, in der anderen Richtung sah er lediglich einen kleinen Punkt, bei dem es sich vermutlich um den Franzosen handelte. Er hatte also seinen Privatstrand gefunden und konnte auf seine Shorts gut verzichten. Er zog sie aus und hängte sie an den Zaun. Es machte nichts, dass die Sonne, die jetzt seinen ganzen Körper wärmen konnte, und die Gedanken an George ihm gerade eine Erektion bescherten. Durch seinen Zaun hatte er zusätzlichen Schutz. Die Vorstellung, hier in diesem Paradies zusammen mit George zu sein, wäre wirklich die Erfüllung gewesen.

Wenn die Gründe für ihre Trennung erst ein bis zwei Jahre später eingetreten wären, hätte Phil sich und ihm vielleicht noch eine Chance gegeben, alles wieder zu kitten. Auf lange Sicht hätte es womöglich aber gar keinen Unterschied gemacht. Seine Gedanken kreisten um das alte Thema. Er war für eine homosexuelle Heirat nicht geschaffen. Es bedeutete ihm zu viel, was die Leute über ihn dachten: Er hasste es, wie ein Außenseiter oder ein Sonderling behandelt zu werden und war sich der kleinen Betrügereien, die ihnen abverlangt wurden, ständig bewusst. Homosexuelle Partnerschaften funktionierten sowieso so gut wie nie. Vergiss es. Hör auf damit, wie ein kleines Kind von Romantik zu träumen. Seine älteren Kollegen schienen in der Arbeit ihre Erfüllung zu finden. Er war sich sicher, dass es bei ihm auch klappen würde. Weiter konnte er nicht denken. Irgendwie konnte er sich heute nicht so gut selbst überzeugen.

Er benutzte sein T-Shirt als Kissen und streckte sich ebenso nackt wie der Franzose aus. Die Sonne streichelte ihn mit hundert Händen und aus seiner beginnenden Erektion wurde ein massiver Ständer. Er versuchte, auf andere Gedanken zu kommen: die Freuden des Single-Lebens. Seine Erektion sagte ihm, dass es sehr nett wäre, jetzt einen Partner zu haben. Und da er schon mal beim Thema war, konnte er auch gleich zugeben, wen er am liebsten als Partner hätte. Nachdem er sich von Alex befreit hatte, war er wieder ganz zum Anfang zurückgekehrt.

Er döste ein und erwachte mit einem Ruck. War dies sein erster Morgen, als er bei Sonnenaufgang nach Hause gekommen war? Für den ersten Tag hatte er sicher genug Sonne. Ein Nickerchen in einem richtigen Bett wäre vielleicht auch nicht schlecht, wenn er heute Abend seine gewohnte Hochform erreichen wollte.

Er verschlief seine Verabredung mit John Robert beinahe und als er das Haus schließlich fand, waren die Frauen, Sally und Cynthia, bereits da. Sie saßen auf dem Boden im Wohnzimmer im ersten Stock mit ihren seltsamen Nähereien. John Robert geleitete ihn zu einem riesigen altertümlichen Sessel mit jeder Menge Kissen. Es gab im Raum noch weitere solcher Sessel, mehrere klobige Sofas und einige Tische, auf denen sich Bücher und Zeitschriften stapelten. An den Wänden hingen überall Bilder, einige von ihnen gerahmt, andere einfach wild irgendwo hingehängt. Der Raum erweckte den Eindruck von intellektueller und künstlerischer Aktivität, die keine Zeit ließ, sich um Stil oder Bequemlichkeit zu kümmern.

»Sie stellen ein Kostüm für mich her«, erklärte John Robert. »Nicht für mich zum Tragen. Freunde von mir in New York wollen ein Stück von Sim aufführen und ich bin für die Kostüme zuständig. Das Stück ist brillant. Kennst du das *Acorn Theater?*«

»Nein, ich glaube nicht.«

»Es ist natürlich ein kleines Off-Theater, nicht am Broadway.« Er reichte Phil ein Kostüm, während Sim ihm den Ouzo gab, der ihm beim Ankommen angeboten worden war. Das Kostüm war die bisher einzige Probe von John Roberts Können, mit der Phil etwas anfangen konnte, zumindest teilweise. Es war ein auffälliges Kleidungsstück, fast schon ein Kleid, allerdings gehörten Hosen dazu, die an den Knöcheln zusammengeschnürt waren. Als Kopfschmuck komplettierte ein aufwändig gestaltetes Krönchen den Gesamteindruck. Phil musste an den Oberon einer Inszenierung des *Sommernachtstraums* denken, die er mal gesehen hatte.

»Musst du nicht nach New York, wenn du die Kostüme machst?«, fragte er.

»Wir werden im Herbst hinfahren. Ich schicke ihnen dies hier, um ihnen einen Eindruck von dem zu verschaffen, was ich vorhabe. Es passt Manoli, wir haben also schon unser Model. Oder willst du auch Model sein?« Er drehte sich zu Sally um, die offensichtlich Leiterin des Schneiderteams war. »Was meinst du, passt es ihm?«

Sie sah Phil lange an, ihre Augen strichen über seinen Körper und schätzten ihn sachlich, ganz ohne Koketterie ab. »Er hat eine Figur wie Manoli«, entschied sie. »Ich habe einige seiner Maße genommen, um anfangen zu können. Männer haben eine ganz andere Figur als Frauen.«

»Das bedeutet also ein Ja«, bemerkte John Robert kichernd. Er hob sein Glas. »Es wäre zauberhaft von dir, wenn du es anprobieren könntest. Es wird morgen oder übermorgen fertig sein.«

Phil sah auf den Riesenstapel dünner Gaze, die Blumen und Girlanden und dachte, dass er damit sicherlich ziemlich albern aussehen würde. Sallys Augen verweilten noch kurz bei ihm, dann schüttelte sie leicht den Kopf. »Es bringt Pech, nicht auf Manoli zu warten, außer du gehst davon aus, dass er gar nicht zurückkommt. Denkst du das?«, fragte sie traurig und wirkte fast wie ein verlorenes kleines Kind.

»Wenn nicht, haben wir das nur Don zu verdanken«, schnappte John Robert. »Ich werde dem Ganzen ein Ende bereiten, wenn er zurückkommt. Dazu habe ich mich durchgerungen.« Seine Stimme klang regelrecht giftig. Er kam Phil auf eine etwas absurde Art richtig Furcht einflößend vor; er wollte ihn nicht zum Feind.

»Irgendjemand sollte etwas unternehmen, nur was?«, wollte Cynthia wissen.

»Ich mach das schon. Mit diesem alternden kanadischen Clown werde ich schon fertig.«

Phil hatte keine Ahnung, worum es eigentlich ging und überlegte sich gerade, wie er unauffällig eine Frage stellen konnte, ohne allzu neugierig zu erscheinen, als Sim ihn um sein Glas bat und fragte, ob er noch etwas zu trinken haben wolle. Als sich Sim wieder umdrehte, hörte er noch, wie John Robert einen Satz beendete.

«... nachdem das erledigt ist, werden wir wohl nicht mehr viel von ihm hören.« John Robert setzte sich bösartig lächelnd zurück und genoss sichtlich das schockierte Lachen der Frauen. Er sah Phil an und wurde wieder ernst. »Ich werde hier viel zu stark in das Leben anderer Leute hineingezogen. Erzähl mir von den Büchern, die du machst.«

Phil schob seine Neugier erst mal beiseite, in der Hoffnung, dass es später noch mehr Klatsch und Tratsch geben würde. »Die Bücher, die mich interessieren, müsste ich dir zeigen, damit du es verstehst. Wenn du nach New York kommst, holen wir das nach. Erzähl mir mehr über das Theaterstück. Ich habe nicht gewusst, dass du so etwas … na ja … Bodenständiges wie Kostümdesign machst.«

»Tja, aber ich hoffe, das Stück wird nicht allzuz bodenständig. Cocteau und ich pflegten die göttlichsten Garderoben für die Abendveranstaltungen von Winnie de Polignac zu erträumen. Ich weiß natürlich, was du meinst. Ein Großteil der Poesie kann verloren gehen, wenn man ein Bild in ein Ding verwandeln will. Cocteau und ich diskutierten oft darüber, aber er war ganz offensichtlich noch mehr Schauspieler als Poet.«

Schnell war Phil in John Roberts Erinnerungen an das Paris vor dem Krieg eingetaucht und die Neugier war vorerst vergessen. Eigentlich interessierte er sich nicht wirklich für Don und seine Machenschaften mit einem ortsansässigen Jungen. Sally und Cynthia beugten sich über ihre Nähsachen und unterhielten sich mit leisem Flüstern. Phil entlockte John Robert durch geschicktes Fragen immer mehr. Sim kam und ging und füllte ihre Gläser immer wieder auf – ein unauffälliger, diskreter Hausdiener. Schließlich informierte er John Robert, dass das Essen fertig war, wann immer er es wollte.

Es war nach elf Uhr, als Phil mit den beiden Frauen ging. Er hatte den Abend genossen, auch Sims reich gewürztes Essen, und hatte sich letztlich eingestehen müssen, dass John Robert ihn doch beeindruckte, obwohl er mit seiner Arbeit nicht viel anfangen konnte. Die drei hatten erst wenige Schritte auf dem Weg zum Hafen zurückgelegt, als Phil beinahe mit dem schnurrbärtigen Mann zusammenstieß. Er war so erstaunt, dass er schon anfing mit ihm zu reden, doch der Mann drängte sich vorbei und verschwand. Hatte er direkt vor John Roberts Tür gewartet? Was auch immer er vorhatte, offensichtlich machte es ihm nichts aus, gesehen zu werden. Da er keinen Grund finden konnte, warum der Mann hier gewesen sein könnte, fragte er sich, ob es vielleicht einfach Zufall gewesen war. Die Möglichkeit war so gut wie jede andere. Vielleicht hatte Johnny eine Idee.

Er begleitete die Frauen noch bis vor ihre Haustür, verabschiedete sich herzlich von ihnen und ging weiter zum Hafen in der Hoffnung, dort Johnny zu finden. Er erinnerte sich nicht mehr daran, wann Johnny den Mann das letzte Mal erwähnt hatte. Gestern? Vielleicht lag es an seinem Nickerchen am Nachmittag, dass er sein Zeitgefühl verloren hatte. Er musste eine Weile nachdenken, um sich bestätigen zu können, dass er tatsächlich heute schwimmen gewesen war. Es schien ihm schon Tage zurückzuliegen. Es war das erste Mal, dass er abends am Hafen war.

Die Cafés waren hell erleuchtet, aber es war zu kalt, um draußen zu sitzen. Er hörte Musik, die schnelle, rhythmische Musik, die er mit griechischen Tänzen verband, und folgte ihr zu einem Café neben demjenigen, in das sie mittags immer gingen. Er betrat einen großen Raum, der voller junger Männer war, an mehreren Tischen saßen auch etwas ältere. Die meisten von ihnen hatten Metallkaraffen mit Wein vor sich stehen. Die Musikanten waren am anderen Ende des Raums, und vor ihnen tanzten in einer Reihe fünf bis sechs junge Männer, die sich an ihren Taschentüchern hielten. Es war die Art von Tanz, kompliziert und mit viel Füßestampfen, wie sie ihm sein griechischer Bekannter in New York gezeigt hatte. In Athen hatte er davon nichts gesehen. Dort hatte man sich mehr am Westen orientiert.

Er sah die Shackletons zusammen mit Anne und Harvey und einem sehr großen jungen Schwarzen am anderen Ende des Raums sitzen. Phil hatte den Schwarzen schon gesehen, bisher aber noch nicht mit ihm gesprochen. Während er in ihre Richtung ging, suchte er weiter nach Johnny. Er bemerkte eine laute Gruppe junger Griechen an einem Tisch, die ihm wild gestikulierend zuriefen und winkten. Als er an ihnen vorbeiging, griff einer von ihnen nach ihm und zog ihn auf einen Stuhl neben sich. Die anderen lachten und freuten sich. Sie waren alle gleich gekleidet, in dunklen Pullovern mit hohem Kragen und dicken, dunklen Hosen – es sah entfernt nach einer Marineuniform aus. Sein Nachbar, der ihn zu sich gezogen hatte, war relativ gut aussehend; die anderen wirkten eher ungehobelt und unauffällig, aber ihre Jugend und ihre gute Laune waren entwaffnend. Der Mann neben ihm stellte sich als Pavlo vor, legte seinen Arm um Phil und umarmte ihn fest, fast wie einen Geliebten. Phils Schwanz reagierte voller Freude. Die anderen sahen ihn lachend und anerkennend an und ließen deftige Kommentare fallen, bei denen es sich um eindeutige Angebote handelte. Er nahm einen tiefen Schluck von dem Retsina, der ihm gereicht wurde.

Andreas, sein New Yorker Freund, hatte ihm gesagt, dass es nicht ungewöhnlich für junge Griechen war, in Rudeln nach Jungs zu jagen, die die passive Rolle bei einer Art Gruppensex einnehmen würden.

Diese Vorstellung gefiel ihm keineswegs und er wusste nicht, ob es überhaupt eine gute Idee war, hier zu sitzen. Leute aus der Menge könnten es sehen. Er wollte nichts tun, das Johnny kompromittieren würde; ein Typ mit fragwürdigen sexuellen Leidenschaften könnte sich bei der Durchführung ihrer Operation als Belastung erweisen. Er begann, sich von ihnen zu lösen, aber der Grieche hielt ihn fest, als wollte er ihn für immer behalten.

»Du bist sehr schön«, sagte Pavlo. »Ich liebe dich.« Auf Griechisch kam diese Eröffnung nicht so überraschend, wie sie auf Englisch gewesen wäre. Phil wusste, dass dieses Wort dafür benutzt wurde, sowohl das Verhältnis zwischen Bekannten, als auch zwischen Liebenden zu beschreiben. Pavlo schien zu beidem bereit. Er nahm Phils Hand und legte sie zwischen seine Schenkel. Phil ließ seine Finger über den groben Stoff gleiten und fühlte den harten Kern in der Mitte. Der Stoff war zu dick, um sich ein gutes Bild machen zu können, aber es schien hier eine Menge zu warten. Befummeln schien zur Zeit sehr angesagt zu sein.

»Gefällt dir das?«, fragte Pavlo selbstsicher.

»Sehr sogar«, antwortete Phil höflich.

»Noch besser wird dir gefallen, was ich damit mache. Du kommst mit uns mit. Wir werden Spaß haben. Weißt du einen Ort, wo wir hingehen können?«

»Nein.« Die Musik schwirrte um ihn herum. Stimmen lärmten in seinen Ohren. Die anderen sahen ihn mit einem erwartungsfrohen Glitzern in den Augen an. Er nahm an, dass sie planten, ihn alle zu ficken. Sie waren zu viert, mit Pavlo fünf. Je mehr, umso besser. Wenn er daran interessiert wäre, mal gründlich durchgefickt zu werden, sodass er danach nie wieder Lust dazu hätte, dann war das jetzt die Gelegenheit. Er übte etwas Druck auf das bemerkenswerte Objekt in seiner Hand aus und spürte, wie es unter dem groben Stoff immer härter wurde. Pavlo lächelte wohlwollend. »Wir nehmen dich zu den Baracken mit. Ein Freund von uns hat ein Taxi. Er wird uns fahren. Ein wunderschöner Junge; jeder wird dich haben wollen.«

Wunderschön war auch so ein Wort, das hier für alles gebraucht wurde, was das Auge nicht völlig beleidigte. Wie sich herausstellte, waren mit »jeder« die Kadetten des Marinestützpunkts von Soudha Bay gemeint, zu denen auch seine jetzigen Gefährten zählten. Er hatte schon von Soudha Bay gehört, hatte aber nicht gewusst, dass es nur wenige Kilometer entfernt war. Sie wollten ihn in den Baracken aussetzen. Er hatte jahrelang versucht, Alex dazu zu überreden, ihn zu ficken – und jetzt wurde ihm die gesamte griechische Marine angeboten.

Andreas hatte ihm eine Menge über die Einstellung der Griechen zur Homosexualität erzählt. Auch wenn es völlig selbstverständlich war, dass Jungs miteinander Sex hatten, gab es doch zahlreiche Tabus, die nicht gebrochen werden durften. Sie küssten sich niemals. Sie betrachteten Schwanzlutscher mit Verachtung. Für sie war es eine Frage der Ehre, die aktive Rolle zu spielen, auch wenn es in der Natur der Dinge lag, dass es ein Geben und ein Nehmen geben musste.

Pavlos Lächeln war selbstgefällig, mit einem Schuss Verachtung darin. »Bist du ein *pousti*?«, fragte er.

Phil erkannte die abschätzige Bezeichnung für »verwunschener Prinz» oder »Schwuler«. Dieses eine Mal hatte er keine Lust zu lügen. Er sah ihm in die Augen und zuckte mit den Schultern. »Ja«, sagte er mit fester Stimme.

Die Griechen sahen sich über den Tisch hinweg an und Pavlo nickte. Er goss Phil noch etwas Wein ein und spreizte seine Schenkel noch etwas weiter, damit Phils Hand mehr Bewegungsfreiheit hatte. »Spürst du, wie groß er ist?«, fragte er.

»Ein großer Kerl«, stimmte ihm Phil zu. Er trank etwas von dem Wein und streckte sich, um zu sehen, was die Shackletons, zu denen er vielleicht noch fliehen musste, machten. Sie waren weg, und mit ihnen die anderen Ausländer auch. Die schnelle, zu Kopf steigende Musik passte zu seinem Gefühl der völligen Losgelöstheit und Freiheit. Er hatte gerade festgestellt, dass er einfach zugeben konnte, schwul zu sein und alle dummen Bemerkungen oder mitleidigen Blicke damit zum Teufel schickte. Es gab ihm ein Gefühl stolzer Selbstachtung und er dachte sich, dass er auch bessere Dinge anfangen konnte, als einen relativ attraktiven jungen Mann zu befummeln, unabhängig davon, wie groß sein Schwanz war.

»Kommst du mit mir?«, fragte Phil, mehr um herauszufinden, ob Andreas ein verlässlicher Informant gewesen war, als aus ernsthaftem Interesse. »Ich habe einen Platz für uns zwei. Keine anderen.«

»Du und ich? Nur zwei ist nicht gut. Ich will, dass wir bei meinen Freunden bleiben. Vielleicht ist das bei einem *pousti* anders.«

»So ist es.« Er fragte sich, warum er es immer verschwiegen hatte, schwul zu sein. Es wirkte stimulierend auf Pavlo. Er wurde immer liebevoller und ging sogar so weit, Phils schlafenden Schwanz zu berühren.

Sie bestellten mehr Wein und Phil wurde niedergeschrien, als er zahlen wollte. Durch den Retsina drehte sich schon alles in seinem Kopf. Die Tänzer verließen die Tanzfläche und Phils Gefährten standen auf. Pavlo richtete in seinem Schritt wieder alles zurecht, stand auf und zog Phil mit sich.

Sie bahnten sich einen Weg bis vor die Musikanten, stellten sich in einer Reihe auf und ergriffen ihre Taschentücher. Sie fingen an, sich zu der Musik zu bewegen, aber Phil stellte fest, dass der Rhythmus doch schwieriger war, als er gedacht hatte. Es gab da einen verborgenen Taktschlag, den Phil nicht bemerkt hatte und den er immer wieder verpasste, sodass er häufig in kritischen Momenten auf dem falschen Fuß erwischt wurde. Es konnte auch sein, dass der Retsina etwas damit zu tun hatte. Nach weiteren Fehlversuchen ließ er das Taschentuch los und zog sich unter Grölen und Gelächter zurück.

Er sah dabei zu, wie sich die Reihe vor und zurück bewegte, wobei sich die Tänzer im Einklang miteinander bewegten, hochsprangen, landeten, mit den Füßen aufstampften – sie waren Experten, die sich nicht anstrengen mussten. Es war eine eindrucksvolle Vorführung, fast so eindrucksvoll, dass Phil kein Problem damit haben würde, sich von ihnen allen ficken zu lassen.

Er ließ sich immer weiter zurückfallen, bis er schließlich wieder bei ihrem Tisch angekommen war. Er stellte sich daneben, nahm einen Schluck von dem Wein und beobachtete die Tänzer. Niemand achtete mehr auf ihn. Er stellte das Glas ab, drehte sich um und schlüpfte schnell nach draußen.

Er marschierte eilig um den Hafen herum und sah sich dabei nach dem Mann um, der sie anscheinend beobachtete. Er war zufrieden mit sich, dass er nichts getan hatte, was Johnny kompromittieren konnte.

Er bog in sein enges Gässchen ein und sah schon bald an Johnnys Haus hoch, bereit hineinzugehen. Da jedoch keine Lichter an waren, ging er weiter nach Hause. Allein, wie üblich. Etwas Ausschweifung mochte ja gut für ihn sein, aber es war nicht seine eigentliche Natur. Er war so frei wie ein Vogel, frei alles zu tun, wozu er Lust hatte, aber diese Freiheit beinhaltete auch das Recht, Nein zu sagen. Er hatte sich nie für die Schattenseite des Sex interessiert – den Straßenstrich, Spiel und Spaß in Bädern, nicht einmal für die beliebten Orgien mancher seiner Freunde, die als gesellschaftliche Treffen getarnt waren. Vielleicht war er prüde, aber das war eines der Dinge, die ihn ausmachten.

Zumindest hatte er sich endlich dazu durchgerungen, in der Öffentlichkeit zuzugeben, dass er schwul war. Das hatte sich gut angefühlt.

Kyria Vassiliki hatte seine heiße Milch mit Kaffee schon fertig, als er am Morgen aufstand, und nachdem er sie schnell heruntergestürzt hatte, eilte er auch schon zurück zu Johnnys Haus. Diesmal ging er gleich hoch, hatte aber keinen Erfolg. Kyria Katerini sagte auf seine Frage, sie habe ihn seit gestern nicht mehr gesehen. Sie war sich nicht sicher, ob er die Nacht hier verbracht habe, aber wenn, dann war er sehr früh wieder gegangen.

»Herr Johnny, bei ihm weißt du nie«, sagte sie verschmitzt lächelnd. »Er hat seine Geheimnisse. Er erzählt mir nicht alles.«

Phil bedankte sich bei ihr und ging. Er war sich sicher, dass Johnny nirgendwohin für länger gehen würde, ohne ihm vorher Bescheid zu sagen, also nahm er an, ihn beim heiligen Mittagstreffen wiederzusehen. Da die Sonne auf ihn niederbrannte, entschied er sich, vor dem Bier schwimmen zu gehen. Er kehrte zu seinem Privatstrand zurück, ohne eine Menschenseele zu treffen. Er war erstaunt, dass dieser wunderbare Sand und das Meer nicht Massen von Leuten anlockten; überall sonst würde man sich seinen Weg durch Fleischberge suchen müssen.

Er ging am Ufer entlang und entledigte sich beim Gehen seiner Sachen, zuerst seines T-Shirts, dann seiner Sandalen und Shorts. Es kam ihm übertrieben vorsichtig vor, noch etwas anzubehalten, aber auf die geringe Gefahr hin, dass sich doch jemand aus dem Sand vor ihm materialisieren könnte, ließ er seine Boxershorts an und rollte sie nur bis zu seinen Schamhaaren auf. Er wollte den weißen Fleck in seiner Mitte loswerden. Er wurde schnell braun und der Rest seines Körpers war schon zufriedenstellend kupferfarben.

Als er die Reste des hölzernen Schuppens erreicht hatte, hängte er seine Kleidungsstücke an den praktischen Latten auf. Er legte sich auf den Sand, streckte seine Beine von sich und rollte seine Boxershorts so tief, dass nur noch sein Schwanz halbwegs bedeckt wurde. Wenn er das nächste Mal kam, musste er daran denken, ein Handtuch mitzunehmen, damit er sich im Notfall schnell bedecken konnte, ohne etwas anzuziehen.

Er atmete zufrieden aus. Sein Strand. Seine Sonne. Sein Meer. Er war sich seiner Freiheit sehr bewusst. Nichts bei sich als das Wissen um seine Identität – so sollte man durch das Leben reisen. Mehr brauchte er nicht. Das Einzige, von dem er sich vorstellen konnte, dass er es noch gerne machen würde, wäre ein Ausflug mit Johnnys Boot. Es interessierte ihn nicht, wie viele Tage er schon hier war, aber sicherlich reichte die Zeit für Johnny aus, um sich hier wieder eingerichtet zu haben. Vielleicht war er heute unterwegs, um das Boot vorzubereiten. Wenn sie einander nicht vorher trafen, würde er später nach ihm sehen gehen. Er drehte seine Arme so in die Sonne, dass auch ihre Unterseite gebräunt wurde.

Die Kolonie war schon dabei, sich im Café mit der Post einzufinden, als Phil zu ihnen stieß. Die Shackletons begrüßten ihn wie gewohnt auf ihre lustige einarmige Art. Er hielt hinter John Robert an und dankte ihm für das Abendessen. Johnny war nicht da. Die Shackletons sahen ihn erwartungsvoll an und er ging um den Tisch herum zu ihnen. Sie zogen einen Stuhl zwischen sich heran und Phil setzte sich.

»Du musst zwischen uns sitzen, damit keiner eifersüchtig wird«, sagte Bryan. »Beeindruckend. Du wirst so schwarz wie ein Einheimischer. Na ja, wenn es hier schwarze Einheimische gäbe.« Er fuhr mit liebevoller Zärtlichkeit mit der Hand über Phils Rücken und seine Schultern. »Ach, ich schmelze dahin. Dein Körper hat uns beide umgeworfen. Er ist ein lebendes, atmendes Kunstwerk. Angie will sich um ihn und seine Fütterung kümmern. Lässt du sie morgen dein Abendessen kochen? Wir können uns einen Joint drehen und uns rundum daneben benehmen. Unserer Theorie nach kann man von guten Dingen nie genug bekommen.«

»Klingt vernünftig.« Phil zeigte auf des Café nebenan. Ich habe euch gestern beim Tanz dort drüben gesehen. Bei euch war noch ein schwarzer Junge.«

»Das war Lester, Harveys Freund. Warum bist du nicht zu uns gekommen?«, fragte Angela vorwurfsvoll.

»Ich war gerade dabei, aber dann wurde ich von einer Horde fröhlicher Seeleute überfallen.«

»Haben sie dich entführt und sich dann der Reihe nach bedient?«, fragte Bryan so, als sei das ganz normal hier.

»Nein, aber sie schlugen es vor. Ich war nur an einem etwas interessiert.«

»Damit wirst du hier keinen Erfolg haben. Die armen Süßen sind völlig panisch, wenn sie nicht mindestens ein halbes Dutzend ihrer Kumpel zum Zusehen haben.«

»Davon habe ich gehört. Sehr seltsam. Apropos, warum geht eigentlich niemand an den Strand?«

»Zu welchem bist du gegangen?«

»Dem da hinten, hinter den Häusern, ich dachte, du hattest von dem gesprochen.«

»Ja, zu dem gehen wir, aber früh am Morgen, bevor wir mit dem Arbeiten anfangen. Die Allgemeinheit geht dahinten schwimmen, zwischen den Felsen dort und dem anderen Ende des Hafeneingangs. Da gibt es immer irgendwelche Grüppchen, aber es auch noch sehr früh im Jahr dafür.«

»Was mir ganz gelegen kommt. Ich habe so das Gefühl, als gehöre mir der Strand ganz alleine. Aber ihr dürft ihn auch benutzen.«

»Wir haben nie etwas an. Du müsstest natürlich auch nackt sein, aber wir wollen ja nicht die Pferde scheu machen.«

»Pferde habe ich hier noch gar keine gesehen.« Phils wie aus der Pistole geschossene Antwort brachte sie zum Lachen. »Johnny habe ich auch nicht gesehen. Weiß jemand, wo er abgeblieben ist?«

»Er ist hier. Wir haben ihn erste heute Morgen gesehen, nicht wahr, mein Engel?« Bryan sah seine Frau fragend an.

»Heute Morgen? Das war doch gestern, oder?«, antwortete sie unsicher.

»Vielleicht.«

Phil war nicht der Einzige, der mit den Tagen durcheinander kam. Bevor sie sich einigen konnten, tauchte Don auf und setzte sich mit einem Stapel Briefe Phil gegenüber an den Tisch. »Seid gegrüßt.« Er strahlte sie plump an.

»Wie ich gehört habe, ist Manoli zurück?«, sagte Bryan.

»Noch nicht, aber er kann jetzt jeden Tag zurück sein.«

»Jemand meinte, ihn gesehen zu haben«, sagte Bryan träge. Phil erkannte an einem versteckten Grinsen in seinen Augen, dass er den Kanadier necken wollte.

»Unsinn«, knurrt Don verärgert. »Er würde sofort zu mir kommen, wenn er zurück wäre. Wer hat dir das erzählt?«

»Es muss Sally gewesen sein.«

Don beugte sich vor und rief über den Tisch. »Sally, hast du Manoli gesehen?«

»Ich bin mir nicht sicher. Ich dachte, ich hätte ihn gesehen, als ich gerade um eine Ecke kam auf dem Weg zur Post. Aber es kann sein, dass ich mich geirrt habe.«

Johnny war immer noch nicht aufgetaucht, als sich die Versammlung wieder aufzulösen begann. Phil bot den Shackletons an, sie zum Mittagessen und einer Flasche Wein einzuladen. Eine umfangreichere Einladung schien hier nicht angemessen zu sein. Er unterhielt sich mit ihnen über ihre Arbeit und über New Yorker Agenten und Verlage, und ein warmes Gefühl der Freundschaft entstand wieder zwischen ihnen, einladend gewürzt von Sex. Sie trennten sich, nachdem sie eine Kleinigkeit gegessen hatten, das Paar, um nach Hause zu gehen, Phil, weil er zum Boot wollte. Er stellte fest, dass die Lage unverändert war und ging ebenfalls nach Hause, um ein kleines Nickerchen zu machen. Er hoffte, dass sich Johnny nicht als ebenso unauffindbar erweisen würde wie Manoli.

Er bereitete sich auf einen Nachmittagsbesuch am Strand vor, indem er seine knappe Badehose anzog und die Sonnenmilch in ein großes Badetuch einwickelte. Er ging gerade an den letzten Gebäuden, die an den Strand grenzten, vorbei, als ein Mann vor ihm um die Ecke bog und in seine Richtung ging. Phils Herz setzte einen Schlag aus und sein Magen krampfte sich zusammen, als er an George denken musste. Der Anfall ging schnell vorbei. Als sie aneinander vorbei gingen, bestätigte Phil ein Seitenblick, dass dieser Eindruck nur hatte entstehen können, weil ihn die von vorne kommende Sonne geblendet hatte – immerhin hatte der Fremde in etwa die Kopf- und Schulterform von George. Wieder Manoli? Er hatte ihn in Piräus nicht genau erkennen können, aber auch da war es die Kopfform gewesen, die ihn an George hatte denken lassen. Vielleicht hatte Sally Recht. Vielleicht war Manoli zurückgekehrt und es niemandem gesagt. Oder vielleicht war er direkt zu Johnny gegangen und die beiden hatten etwas zusammen gemacht. Der Mann, der gerade an ihm vorbeigegangen war, schien nicht so jung, wie er Manoli geschätzt hatte. Näher an 30 als an 20, aber sehr gut aussehnend und das passte. Er musste sich etwas Mühe geben, um sich nicht nach ihm umzudrehen.

Er sah sich nicht um, bis er die Reste der Hütte erreicht hatte, wo er sein T-Shirt über die gewohnte Zaunlatte hängte. Bevor er mehr auszog, blickte er sich in beide Richtungen um. Wie schon zuvor sah er nur am anderen Ende Leute, die sich gemeinsam bewegten. War das eine Art Spiel? In der anderen Richtung, dem Hafen zu, saß jetzt jemand, wo zuvor, als er vorbeigegangen war, noch niemand gewesen war. Jemand war ihm gefolgt, aber es war nicht der Junge, der wahrscheinlich Manoli war. Es genügte, wenn ihn *ein* Mann an George erinnerte – sonst wurde er womöglich noch verrückt.

Er lächelte in sich hinein und zog Shorts und Badehose aus, sodass die Sonne jeden Zentimeter seines Körpers streicheln konnte. Das reinste Glück. Er spreizte seine Beine und streckte sich zum Himmel, wobei sein Schwanz sich in einer leichten Erektion aufrichtete. Er war frei und nackt, und die Freude über seinen Körper machte sich in der Mitte seiner Lenden bemerkbar.

Er senkte seine Arme und streichelte seinen Körper und seinen Bauch, während sich sein Schwanz weiter verhärtete und vorragte, bis er ganz aufrecht stand. Er legte seine Hände an die Hüften, stieß sein Becken vor und betrachtete sich selbst. Nicht schlecht.

So draußen zu sein, nackt und mit einem Steifen, lockte in ihm die Kehrseite seiner Prüderie hervor. Wenn ihn jetzt fünf Seeleute haben wollten, konnten sie ihn haben. Seine Hände glitten zu seinem harten Schaft und erfreuten sich daran, wie er sich anfühlte. Die Versuchung zu masturbieren war größer denn je, aber er dachte an das Gefühl der Einsamkeit danach und widerstand. Es fühlt sich zu gut an, so wie es jetzt war – erregt und voller Möglichkeiten, Spaß zu haben. Er sah sich noch einmal um. Niemand war näher gekommen. Sein Schwanz hätte noch wesentlich größer sein müssen, damit jemand erkennen konnte, was er tat. Er konnte schnell zum Handtuch zurückkehren, wenn es der Anstand überraschend erforderlich machte. Er nahm für den Notfall seine Shorts mit und wanderte zum Rand des Wassers; vor ihm wippte sein Schwanz in hohem Bogen auf und ab. Seine Art, Aufmerksamkeit auf sich zu ziehen und sich in den Mittelpunkt zu stellen, brachte Phil zum Lächeln.

Er stellte sich ans Ufer, blieb aber auf dem Trockenen, um seine unzüchtige Nacktheit noch einen Moment zu genießen. Wie er wusste, würde die Kälte des Wassers seine Spielchen zu einem abrupten Ende führen. Er spielte mit sich und reizte sich und genoss dieses Gefühl der Einheit seines Körpers mit der Natur. Als er seine Selbstbeherrschung bis fast zum Zerreißen herausgefordert hatte, atmete er tief ein, warf seine Shorts hinter sich und sprang ins Wasser. Es war ein berauschendes Gefühl, eine andere Art der physischen Harmonie, und als er spritzend aus dem Wasser lief, war seine Männlichkeit bis auf einen traurigen Rest zusammengeschrumpft. Er schnappte sich seine Shorts und trottete zu dem Handtuch, jetzt weitaus mehr darauf bedacht, sich zu verstecken, als vorhin, als er sich so exhibitionistisch gezeigt hatte.

Er rieb sich kräftig ab, um sein Blut wieder zirkulieren zu lassen, und als er schließlich auch seinen Lendenbereich sorgfältig abgetrocknet hatte, musste er sich nicht mehr wie ein Eunuch fühlen. Er breitete sein Handtuch aus, legte sich auf den Rücken und rückte seine knappe Badehose über seinem Schwanz zurecht, weniger aus Anstandsgründen als vielmehr, um hier keinen Sonnenbrand zu bekommen. Die Sonne stand immer noch hoch und brannte mit unverminderter Intensität auf ihn nieder. Noch ein paar Tage wie heute und er wäre in der Lage, durchaus eine Woche auf dem Boot zu verbringen, ohne mit negativen Auswirkungen rechnen zu müssen. Er musste Johnny wirklich mal etwas drängen, dass sie endlich einen Ausflug mit dem Boot machten.

Seine Gedanken verschwammen und gingen ineinander über. Würde er mit George irgendwohin segeln? Nein, das war Michigan gewesen. Sie waren dort auf dem See etwas gesegelt. Vielleicht würde es George gefallen, mit ihm segeln zu gehen, wenn … Er schlief ein.

Er regte sich, rieb seine Nase und stellte fest, dass er wieder einen Steifen hatte. Er lächelte und ließ seine Hand an sich hinabgleiten zu der Badehose. Der knappe Stofffetzen war immer noch da, erfüllte den Zweck, seinen Schwanz zu bedecken, allerdings nicht mehr sehr effizient. Er war zur Seite gerutscht und sein Schwanz lag nackt auf seinem Bauch. Sein Lächeln wurde breiter, als er seine Hand darüber gleiten ließ. Hart wie Stein. Er schob seine Hand darunter und richtete ihn auf. Es fühlte sich so an, als griffe er nach dem Himmel, die ersten Anzeichen eines Höhepunktes durchzuckten ihn. Er öffnete seine Augen, um nachzusehen, ob er noch eindrucksvoller als sonst aussah. Ein Schrei brach aus ihm hervor und er richtete sich schlagartig auf und bedeckte sich mit klopfendem Herzen.

Manoli stand vor ihm, nackt bis auf die unscheinbare Badehose, die seine Erektion kaum verbergen konnte. Er lehnte an dem Zaun und sah auf ihn hinunter. Ihre Blicke trafen sich und Phil atmete tief ein. Er zweifelte keine Sekunde, dass dies Manoli war. Er spürte die Unausweichlichkeit ihrer Begegnung. Er konnte im finsteren Blick des anderen Gefahr erkennen, das Feuer unterdrückter Gewalttätigkeit. Er fühlte sich bedroht, hypnotisiert. Manolis hübsches Gesicht war kalt und ausdruckslos. Seine Hände glitten zu seiner Badehose und sein Schwanz schnellte hervor und erhob sich über Phil. Seine Badehose rutschte ihm bis zu den Fußknöcheln herunter und er schob sie beiseite. Er trat einen Schritt vor.

Phil bewegte sich, als sei alles ein Traum, als hätten sie alles einstudiert. Er hob die Flasche Sonnenmilch und ihre Hände berührten sich kurz, als er sie Manoli reichte. Phil rollte sich auf den Bauch und stützte sich mit Händen und Knien ab, sein Kopf war gesenkt, er unterwarf sich. Manoli ließ sich hinter ihm fallen. Er fühlte, wie etwas über seine Hinterbacken strich und dann ergriff Manoli mit öligen Händen seine Hüften und drang beherrschend in ihn ein. Phil hieß ihn mit einem Stöhnen leidenschaftlich willkommen. Zwischen ihnen gab es keine intime Wärme, als sich ihre Körper vereinigten. Phil wurde genommen und erbarmungslos benutzt. Er kam sich vor wie das Opfer einer unglaublichen Demütigung. Er wurde voller Verachtung gefickt. Empörung stieg in ihm auf, aber er war machtlos, unfähig sie auf irgendeine Weise auszudrücken. Manoli hielt ihn im eisernen Griff seiner Begierde.

Phil hatte noch nie bei jemandem eine solche sexuelle Energie gespürt; sie fuhr vollständig durch ihn. Er wurde so genommen, wie er es immer gewollt hatte, mit einem antreibenden Willen, der seine Scham und alle Barrieren, die im Weg stehen könnten, zerschmetterte. Er wurde reduziert auf ein dankbares Instrument männlicher Befriedigung. Er hatte Manolis Schwanz gesehen, ohne von der Größe beeindruckt gewesen zu sein, aber seine Kraft war verheerend. Er wurde davon zum Sklaven gemacht.

Phil löste sich in der steigenden Flut seines Höhepunktes auf. Er drückte seine Badehose an seine schmerzende Erektion und stöhnte im Takt zu Manolis kalter, triumphierender Inbesitznahme: Er schrie auf, als sein Orgasmus über ihn hereinbrach, und sein Körper zitterte und bäumte sich lustvoll auf, als die Wellen über ihm zusammenschlugen. Manoli warf sein Gewicht nach vorne und stützte sich fest auf Phils Schultern ab, während er seine Hüften hart an ihn stieß. Phil schrie auch aus eigenem, etwas bitterem Triumph auf, als er sich dem Ansturm vollständig öffnete und sich Manolis extravaganten Forderungen hingab. Er hatte den Eroberer um seinen Sieg betrogen; stattdessen waren sie kurz in ihrem Geben und Nehmen eins geworden. Von Manoli kam ein seltsam verzweifelter Laut, und er ergoss sich mit einem Keuchen der Anstrengung in Phil. Kurz blieben die beiden bewegungslos – sie hatten alles gegeben – dann zog sich Manoli grob zurück und sprang auf. Er ergriff seine Badehose, lief hinunter zum Strand und sprang ins Wasser. Phil fragte sich, ob er noch Buch führte. Eine weitere ausländische Schwuchtel auf seiner Liste. Phil fühlte sich nach der Begegnung wie zerstört. Etwas Unersetzliches war ihm genommen worden.

Er rappelte sich langsam auf und folgte Manoli mit seiner zu einem Ball zusammengerollten, feuchten Badehose zum Wasser. Er ging nackt unter der brennenden Sonne und wurde sicherst jetzt bewusst, was für eine Dummheit sie begangen hatten – aber es hatte sich niemand genähert. Er nahm an, dass Leute überall auf der Welt am Strand fickten und damit durchkamen, aber er war erstaunt, dass seine Überempfindlichkeit, wie er es nannte, nicht wenigstens kurz empört eingeschritten war. Ganz im Gegenteil, er hatte sich so verhalten, als habe er nur darauf gewartet.

Nach Alex' weicher, unaufrichtiger Passivität hatte die absolute Selbstsicherheit des Griechen etwas Erfrischendes. Selbst seine Verachtung rief in Phil, wenn auch gegen seinen Willen, Bewunderung hervor und forderte ihn heraus, sich zu beweisen. Gegen Ende war etwas passiert, was das Gleichgewicht zwischen ihnen wieder hergestellt hatte. Er verstand es nicht und nahm an, dass auch Manoli es nicht verstanden hatte, aber auch er musste es gefühlt haben. Er vermutete, dass der Grieche von der Kraft seiner eigenen Leidenschaft überrascht worden war.

Er wollte jetzt bei ihm sein um zu sehen, ob aus ihrer kaltblütigen Begegnung etwas entstanden war, aber Manoli schwamm ziemlich weit draußen und Phil würde niemals hinter ihm herjagen. Er ging durch die kleinen Wellenbrecher und hielt an, als ihm das Wasser bis zur Hüfte kam. Er rollte seine Badehose aus und wusch und spülte sie sorgfältig, um alle Spuren dessen, wozu er sie verwendet hatte, zu beseitigen.

Manoli kehrte um und Phils Herzschlag beschleunigte sich. Er achtete darauf, ob er ein Zeichen der Anerkennung bekommen würde. Als er fast bei ihm war, richtete sich Phil auf und sah, dass Manoli seine Badehose angezogen hatte. Ihre Blicke trafen sich. Manoli sah ihn sehr wachsam an, und tief in seinen Augen sah Phil so etwas wie Ungläubigkeit, so, als habe er jemand anders erwartet. Der Kopf des Griechen war wunderschön geformt, mit hohen, flachen Wangenknochen und einer gerade Nase, die Phil an Georges klassisches Profil erinnerte. Phil wollte die Hand ausstrecken und ihn in die Arme nehmen. Der ganze Unsinn, dass sein Körper ein Kunstwerk sei, traf ebenso auf Manoli zu. Er schien einen Hauch kleiner als Phil zu sein, aber seine Schultern waren breiter. Sein muskulöser Oberkörper war beinahe haarlos und nahtlos honigbraun getönt. Eine Statue. Ein Körper, den er anbeten könnte, wenn er es zuließe. Trotz der lähmenden Kälte des Wassers sprang sein Schwanz vorwärts, vom Meer umspült und dadurch vergrößert. Manolis Blick fiel nicht darauf. Er nickte leicht.

»Ich bin Manoli. Wir sehen uns später«, sagte er mit neutraler Stimme. Er drehte sich um und lief spritzend aus dem Wasser, an dem Zaun vorbei und verschwand schließlich auf dem bebauten Land dahinter. Phil sah dem verschwindenden Rücken hinterher, völlig gefesselt vom Spiel der Muskeln, den breiten Schultern und den festen Hinterbacken, die sich unter der engen Badehose abzeichneten. Die Poesie der Kraft. Manoli musste auf einen Pfad zugegangen sein, denn als er das Ackerland erreichte, bog er zur Seite ab und verschwand schnell. Phil spürte einen scharfen Schmerz des Verlustes.

Als er geduscht und sich für den Abend umgezogen hatte, wusste er, dass er wieder auf dem besten Wege war, sich zum Narren zu machen. Die ganze Zeit, die er noch am Strand geblieben war, hatten ihn Erinnerungen an die Berührungen von Manoli verfolgt, an seine gefährlichen Augen, das Gefühl dieses Körpers an seinem. Er hatte sich danach gesehnt, dass dieser Körper wieder in ihn eindrang. Während des gesamten Heimwegs hatte er nach Manoli Ausschau gehalten, ihn auch ein gutes Dutzend Mal gesehen und beinahe nach ihm gerufen. Er durchlebte noch einmal jeden Augenblick, den sie zusammen gehabt hatten. Sein Herz begann zu rasen, als er daran dachte, wie Manolis Hände über ihn gestrichen waren, bis zu seiner Badehose und seinen Schwanz befreit hatten. *Ich bin Manoli. Wir sehen uns später.* Die einzigen Worte, die er gesprochen hatte. Phil hatte die Ausruckslosigkeit in seiner Stimme gehört, aber er war sich sicher, dass eine bestimmte Botschaft darin verborgen war, ein Versprechen, die Bekräftigung eines Paktes, der zwischen ihnen geschlossen worden war. Sie würden einander gehören. Später. Er würde einen Weg finden, später bei ihm zu sein.

Phil schüttelte den Kopf. Er war wieder dabei, sich zum Narren zu machen. Er konnte es nicht zulassen, schon wieder einem Schwein zu verfallen. So etwas hatte er gerade erst hinter sich. Johnny hatte ihm relativ deutlich gesagt, dass Manoli ein Flittchen war, und selbst wenn er keines war, hatte er sich gegenüber Don so benommen und gegenüber John Robert vielleicht auch. Don hatte es ganz gut heraus, alles madig zu machen, aber er wäre nicht dazu in der Lage gewesen, wenn Manoli ihm keinerlei Anlass dazu gegeben hätte. Was war bloß los mit dem Gehirn, das ihm, wie anzunehmen war, bei seiner Geburt mitgegeben worden war? Ein Grieche hatte einen mehr oder weniger vorzeigbaren nackten Jungen am Strand gesehen und ihn gefickt, weil er gerade nichts anderes zu tun hatte. Kein Material für eine wirklich romantische Geschichte. Nichts, woraus etwas entstehen konnte. Einen Augenblick kam es Phil so vor, als habe er seinen Verstand wiedergewonnen. Bleib bei den Fakten. Er hatte Lust zum Ficken gehabt, und Manoli auch. Das war alles, was an diesem Nachmittag passiert war. Phil rief sich das immer wieder ins Gedächtnis zurück und hoffte, dass er bis zum Morgen alles vergessen haben würde. Er schnappte sich etwas Geld und zog los. Zumindest musste er keine Zeit damit verschwenden, Pläne zu schmieden. Dieser Ort war wie ein Klub. Es gab immer jemanden, mit dem man einen Drink nehmen konnte. Oder mit dem man ficken konnte, wenn's einem darum ging. Zuerst wollte er versuchen, Johnny ausfindig zu machen.

Er war die Treppe gerade zur Hälfte hinuntergegangen, als sich seine Schritte verlangsamten. Manoli konnte hierher kommen und nach ihm suchen. Er wollte nicht riskieren, ihn zu verpassen. Er ging zögerlich ein paar Stufen weiter und blieb erneut stehen. Hatte er etwa vor, den Rest seines Lebens hier zu bleiben und zu warten? Hatte er sich nicht eben erst beschlossen, dass es ihm egal war, ob er Manoli jemals wiedersähe? Auch wenn er seine Meinung ändern sollte, so wusste er doch, dass die Treffen hier immer am Hafen stattfanden. Man ging nicht ohne Einladung zu jemandem nach Hause. Verdammt, der Wahnsinn war wieder dabei, von ihm Besitz zu ergreifen. Er kannte das Gefühl viel zu gut. Er hatte genug Stunden neben einem Telefon verbracht, das nie läutete. Er war ein verfluchter Idiot. Geh schon, sagte er sich verärgert.

Er zwang sich, die Treppen hinunterzugehen und trat auf die Straße. Die kurze Entfernung zu Johnnys Haus legte er fast rennend zurück, als befürchte er, jemand könne ihn aufhalten und zurückzerren. Die Tür war wie immer nicht abgeschlossen und er nahm zwei Treppen auf einmal. Er wollte sich nur kurz mit Johnny treffen und schnell weiter zum Hafen gehen. Manoli konnte ihn dort leicht finden. Er rief, als er vor der Tür stand und hörte eine Antwort von innen. Johnny blickte von seiner Arbeit auf, als Phil atemlos eintrat.

»Wie steht's, Fremder?«, fragte er in bestem Hollywood-Amerikanisch.

»Wie steht's selbst? Du bist verschwunden. Wo warst du?«

»Gestern am späten Nachmittag tauchte Harry Whitelaw mit seiner Jacht hier auf und ich bin mit ihm nach Heraklion mitgefahren. So hatte ich die Gelegenheit, stilvoll zu reisen und einige Geschäfte zu erledigen. Ich bin gerade erst mit dem Bus zurückgekehrt.«

»Wer ist Harry Whitelaw?« Sie standen nebeneinander und begrüßten sich mit freundschaftlichem Schulterklopfen. Johnny kniff Phils Hinterbacken anerkennend.

»Harry? Ich dachte du kennst ihn vielleicht. Soviel ich weiß, war sein Vater in den Zwanzigern in einen großen politischen Skandal in den Vereinigten Staaten verwickelt. Es hatte etwas mit Öl zu tun, glaube ich, aber auch etwas mit Teekannen. Die amerikanische Politik ist wirklich erstaunlich. Weniger erstaunlich ist, dass er das Land mit Riesensummen verließ, die nicht ihm gehörten. Tja, und jetzt gehört ihm alles, dem Guten.«

Phil lachte und legte einen Arm um Johnnys Schultern. Johnny spielte weiter und immer ausgiebiger mit seinen Hinterbacken. Es war schön, Johnny wiederzuhaben. »Es gab so etwas, das der *Teapot Dome Scandal* genannt wurde. Vielleicht war es das. Viel weiß ich darüber nicht. Etwas wie Watergate, aber eher ein großer Finanzschwindel. Du hast Geschäfte mit Harry gemacht?«

»Aber nein! Wirklich nicht. Wart's ab, bis du ihn triffst. Er kommt morgen irgendwann zurück. Wir sind für morgen Abend zu ihm auf die Jacht eingeladen.«

»Morgen Abend? Ich glaube da bin ich schon bei den Shackletons eingeladen.«

»Keine Sorge. Es gibt hier eine Tradition, die besagt, dass alle anderen Verabredungen über Bord gehen, wenn eine Jacht einläuft. Die Shackletons wissen das. Manoli wird vielleicht zu uns stoßen. Er ist zurück. Er fuhr im Taxi mit Hilda an mir vorbei, als ich gerade aus dem Bus stieg. Ich habe ihm gesagt, dass Harry Don eine Einladung geschickt hat, die auch für ihn gilt. Harry hat Manoli noch nicht getroffen. Du ja auch nicht, wenn ich's recht bedenke. Das könnte ein interessanter Abend werden.«

»Manoli? *Der* Manoli?«, brachte Phil heraus, in seinem Kopf drehte sich alles.

»Gott sei Dank gibt es nur einen«, sagte Johnny trocken.

»Wann war das? Wann bist du angekommen?«

»Eben erst. Vor einer halben Stunde.«

»Aha.« Er riss sich von Johnny los, ging ein paar Schritte um den Tisch herum und atmete tief durch, um sich zu beruhigen. Sein Herz klopfte, als wolle es gleich seine Brust sprengen. Was geschah mit ihm? Machte es ihm zu schaffen, dass Manoli aus seiner Rückkehr ein Geheimnis machte, weil ihr Treffen so scheinbar ungeschehen gemacht wurde? War er verärgert über Johnny, weil der den Griechen zu einem reichen Amerikaner auf dessen Jacht eingeladen hatte? War er über jede Erwähnung Manolis verärgert, weil es hier um seinen Besitz ging? Sein Wahnsinn war eher noch schlimmer geworden. Er zwang sich dazu, Johnny wieder zuzuhören, der etwas von seiner Erwachsenenwelt erzählte.

»... in Heraklion. Ich glaube ich weiß jetzt alles, was ich wissen wollte. Ich habe mir überlegt, dass wir morgen mit dem Boot ausfahren können.«

»Ich wollte dich schon fragen, ob es nicht langsam Zeit ist. Ich bin ein paar Mal daran vorbeigekommen. Außerdem wollte ich dir erzählen, dass ich unseren Schatten vor John Roberts Haus wartend getroffen habe, in der Nacht... letzte Nacht, glaube ich, nachdem ich dort Abendessen war.«

»Genau das habe ich auch versucht zu erklären. Wir müssen uns seinetwegen keine Sorgen machen. Er steht auf unserer Seite. Er gehört zur Geheimpolizei. Sehr geheim. Man könnte sagen, dass er auf uns aufpasst, auf mich vor allem, aber sie wissen natürlich längst, dass du mit drinsteckst. Sie wollen sichergehen, dass sich niemand plötzlich zu sehr für uns interessiert. Wir können ihn einfach vergessen und seinen Job machen lassen. Es kann sein, dass er in der Nähe bleibt, bis wir lossegeln.«

Phil merkte, wie sein Verstand zu ihm zurückkehrte. Hier war etwas, worüber er sachlich nachdenken konnte, anders als bei seinem Quickie mit Manoli. Er drehte sich zu Johnny um und sah in dieses angenehme, bekannte Gesicht, das Ironie und Humor ausstrahlte. Johnny war der Grund dafür, warum er hier war. Sie waren Partner in einem ernsten Geschäft. »Haben sie etwas zum Termin gesagt?«, fragte er, um sich selbst davon zu überzeugen, dass es ihm wirklich wichtig war.

»Für die große Fahrt? Nein, aber ich habe das Gefühl, dass es recht bald sein wird. Die Tanks sind voll. Den Wasservorrat werde ich in den nächsten Tagen auffrischen. Den Proviant können wir auch in aller

Ruhe aufstocken. Ich will alles so weit vorbereitet haben, dass wir wenige Stunden, nachdem wir Bescheid bekommen haben, lossegeln können. Mehr werden sie uns kaum geben. Sie werden auch die Wettervorhersagen verfolgen. Ich glaube schon, dass wir noch eine Woche haben. Dann kann es aber jede Minute losgehen.«

Phils Gedanken bekamen ein Ziel. Genau das brauchte er – etwas zu tun, etwas, das seinen Verstand beschäftigte. Mit Johnny eine Woche auf dem Boot unterwegs zu sein, würde verdammt aufregend werden, inclusive dem Spaß im Bett. Er hatte gelernt, dass zwangloser Sex nicht als Mittel gegen Vernarrtheit wirkungslos war, aber mit Johnny wäre es eine richtige Erholung. Er war ein Freund, der ihm sowohl Zuneigung anbot, als auch die Freuden eines attraktiven und einfallsreichen Körpers.

»Ich kann es gar nicht erwarten, endlich zu lernen, wie man mit einem Boot umgeht«, sagte er. »Bei Dunkelheit kannst du nicht weiterarbeiten. Komm, lass uns einen Trinken gehen.«

Die Sonne stand schon sehr tief, als sie die Straße hinunter zum Hafen gingen. Phils Herz schlug so unregelmäßig, dass er immer wieder Schwierigkeiten mit dem Atmen hatte, als er versuchte, Johnny zu folgen. Er musste Manoli sehen. Selbst, wenn keine Möglichkeit bestand, sich richtig zu unterhalten. Ihn zu sehen, ihm in die Augen zu sehen, würde ihm sagen, wie er mit ihm umgehen musste. Es konnte sein, dass er sofort merkte, dass er ihn sich aus dem Kopf schlagen konnte. Es konnte sein, dass es einfach ein sexueller Schock gewesen war, der keine Spätfolgen haben würde. Schlimmstenfalls würde er sich zusammenreißen, um seiner Anziehungskraft zu widerstehen. Er würde nicht zulassen, dass ein griechisches Flittchen sein Leben durcheinander brachte.

»Du meintest, Manoli sei mit Hilda gekommen«, erinnerte er Johnny. »Wer ist sie? Hat er eine Freundin?«

»Wenn er eine hat, ist es definitiv nicht Hilda. Sie ist niemandes Freundin. Sie ist eine der bedeutendsten *Femmes fatales* der Welt. Du wirst sicher von ihr fasziniert sein. Ich bin es auch.«

»Lebt sie hier?«

»Ebenso wie ich. Sie bleibt, so lange sie kann und kehrt immer wieder zu grüneren Auen zurück, um ihre Vorräte aufzustocken. Sie hat Ehemänner.«

»Plural? *Männer*?«

»Ich glaube, sie ist bei Scheidungen etwas nachlässig. Es gibt so einige, die sie dafür bezahlen, dass sie wieder geht, nachdem sie einen

Monat oder zwei mit ihnen zusammen war. Sie vergessen, was für ein Aas sie sein kann, wenn sie sie eine Weile nicht mehr gesehen haben. Das erzählt sie zumindest. Ich vermute eher, dass sie sich wieder Hals über Kopf in sie verlieben und ihr alles geben, was sie haben will. Diesmal war sie vier oder fünf Monate weg. Wer weiß, wo sie Manoli aufgegabelt hat.«

Genau hier, dachte Phil, wo er sich seit heute Mittag oder noch länger aufhält und darauf wartet, irgendwann so zu tun, als sei er gerade angekommen. Er wusste, dass es unsinnig von ihm war, es als persönlichen Affront zu empfinden. »Klingt nach einer interessanten Dame«, sagte er und war sich nicht ganz sicher, ob das eine passende Erwiderung auf Johnnys Worte war. Seine Konzentrationsspanne war auf wenige Sekunden zusammengeschrumpft.

»Du wirst schon sehen. Die Leute liefen vorhin, als ich sie zurückließ, von allen Seiten zusammen, um sie gebührend willkommen zu heißen.«

Als sie sich dem Café näherten, erkannte Phil sämtliche bekannten Gesichter, diesmal jedoch nicht zusammen am großen Tisch, sondern auf mehrere kleine verteilt. Sein schweifender Blick kam schließlich auf einer Gruppe von fünf Personen zur Ruhe, die links vorne in einer Ecke saßen. Don. John Robert und Sim. Eine auffällig aussehende Frau. Von der fünften Person sah er nur den Hinterkopf, der ihn an George erinnerte. Manoli. Phil bemerkte, wie seine Knie ganz weich wurden. Es fühlte sich an, als sei ein großes Gewicht von ihm genommen worden. Das Hämmern seines Herzens ließ nach und normalisierte sich. Seine Atmung funktionierte wieder. Alles in ihm arbeitete normal, seine Sinne funktionierten wieder – er konnte nicht sagen, woran es gelegen hatte.

Don sah sie kommen und winkte sie mit einer fleischigen Hand heran. »Kommt zu uns«, rief er. »Auf euch zwei haben wir gewartet.«

Sie gingen an den Tisch und begrüßten die Anwesenden der Reihe nach. Phil und Hilda wurden einander vorgestellt, und sie reichte ihm elegant ihre Hand, drückte die seine fest und lächelte zärtlich und charmant, ein sehr weibliches Lächeln. Jetzt war Manoli an der Reihe. Er knurrte kurz etwas und sah Phil kalt und warnend an. Ihr Handschlag war so eilig, dass der Eindruck entstehen konnte, sie fänden sich körperlich abstoßend. Stühle wurden herangezogen und sie setzten sich – Phil zwischen Hilda und Johnny, gegenüber von Manoli. Phil war nicht in Versuchung, sich neben ihn zu setzen oder ihn körperlich oder mit Blicken zu berühren. *Wir sehen uns später.* Dieses Treffen war nicht wichtig. *Später* war nicht jetzt, mehr würde folgen. Er wandte sich Hilda zu.

»Alle haben mir schon von Johnnys aufregendem neuen Freund erzählt«, sagte sie. »Ich wusste, dass es höchste Zeit war, meine ganzen Kinderchen wiederzusehen. Es ist sehr bewegend, zurück zu sein.« Sie sprach Englisch mit einem schweren mitteleuropäischen Akzent, jedoch fließend und fast fehlerfrei, nur manchmal blieb sie bei dem einen oder anderen Wort hängen. Phil war sofort in ihren Bann geschlagen. Ihr Kopf glich dem einer Königin auf einer alten byzantinischen Münze, mit einer geraden klassischen Nase und vollen sinnlichen Lippen. Ihre riesigen grünen Augen sahen ihn mit einer Mischung aus Wärme und Interesse an.

»Wie ich hörte, seid ihr drei zur gleichen Zeit angekommen«, sagte Don zu Johnny.

»Praktisch Hand in Hand.«

Phil sah zu Manoli hinüber und fing erneut einen warnenden Blick auf. Wovor hatte er Angst? Befürchtete er, dass Phil erwähnen würde, wie schön es gewesen war, von ihm am Nachmittag am Strand gefickt zu werden? Ihr Geheimnis schien bei ihm relativ gut aufgehoben zu sein. Ein Kellner, den er nie zuvor gesehen hatte, blieb an ihrem Tisch stehen und Phil lehnte sich vor. »Bestellt ruhig. Diese Runde geht auf mich. Höchste Zeit, dass ich mich mal für eure Gastfreundschaft revanchierte.«

»Nein, nein«, protestierte Hilda. »Das ist meine Party. Schon seit Monaten habe ich davon geträumt. Jeden Tag, wenn ich durch das verschneite Paris gestapft bin, habe ich von diesem Abend geträumt. Alles ist hier so billig. Heute Nacht bin ich Millionärin.«

Ihre tiefe, heiser klingende Stimme rief seltsame Assoziationen wach; wenn sie von Paris erzählte, musste Phil unwillkürlich an die russische Steppe denken. Sie lachte sehr viel und zog damit alle in ihren Bann, auch wenn ihre Zähne nicht ganz perfekt waren. Phil war eine Zahnlücke auf einer Seite aufgefallen, die immer wieder zu sehen war. Ihr volles kastanienbraunes Haar war mit grauen Strähnen durchzogen. Sie trug kein Make-up und Phil sah keine Falten, aber sie musste weit in den Vierzigern sein. Sie war einfach gekleidet, hatte Hosen und einen Strickpullover an, aber trotzdem wirkte sie richtig bezaubernd. Allein ihre inspirierende Gegenwart ließ alle zur Höchstform auflaufen. Es schien, als habe sich die Luft verändert, sie strahlte eine Fröhlichkeit aus, die über ihren Tisch hinaus alle um sie herum zu erfassen schien. Er stellte fest, dass die ganze Aufmerksamkeit auf ihren Tisch gerichtet war, alle sahen sie an. Selbst Manoli schien weniger in sich selbst zu ruhen und verletzlicher. Er erhaschte einen Blick von beinahe jugendlicher Bewunderung, mit dem Manoli Hilda ansah.

Während sie alle bestellten, durcheinander redeten, ihre Bestellungen wiederholten und den Kellner immer mehr verwirrten, bemerkte Phil einen Esel mit einem Strohhut, der an einem Pfosten hinter Hilda festgebunden war. Am hölzernen Sattel waren zahlreiche gewebte Taschen befestigt, die aussahen, als kämen sie von hier aus der Gegend und die in den buntesten Farben leuchteten. »Ein Freund von dir?«, fragte Phil und zeigte auf das Tier.

Sie sah hinter sich und lachte ihr charmantes Lachen. »Natürlich. Das ist *Animal*. Er gehört mir. Ich nenne ihn immer Annie. Eigentlich ist er männlich, aber es macht ihm nichts aus. Für einen Esel ist er sehr kultiviert, aber das muss er auch sein, um an einem Ort wie diesem zu leben. Wie sollte ich sonst meine Tonnen an Garderobe nach Hause transportieren?« Sie lachte wieder, legte eine Hand auf Phils Arm und sah ihn an, als sei er die einzige Person auf der ganzen Welt, die sie ansehen wollte. »Du hast den schönsten Teint, den ich je gesehen habe.«

Ihre Blicke und ihre Hand lagen auf ihm, als gehöre er zu ihrem engsten Freundeskreis. »Ich war nackt Sonnenbaden«, erklärte er.

»Du musst uns verraten, wo. Wir kommen alle zusehen. Ich bin mir sicher, dass es ein wunderschöner Anblick ist.«

Ein Knie presste sich an seines, aber nach der Richtung zu urteilen konnte es nicht Hildas sein. Er sah sich schnell am Tisch um. Es konnte nur Manolis sein. Ihre Augen trafen sich kurz. Das Knie wanderte an seinem Bein hoch und wieder hinunter, wurde dann weggezogen und ließ Phil mit einer Erektion zurück. Er war verblüfft. Ein solches zärtlich erotisches Spiel war das Letzte, was er von einem machohaften Griechen erwartet hätte. Es erregte ihn, aber gleichzeitig war er auch etwas enttäuscht. Er hatte wieder diesen Ausdruck in seinen Augen gesehen, den er zuvor als Ungläubigkeit interpretiert hatte, diesmal war es eher wie Verwirrung gewesen, so, als ob Manoli nicht wusste, was er von ihm halten sollte, oder von seiner eigenen Reaktion auf ihn. Es passte nicht in das Bild eines sexuellen Rowdys, das Phil sich inzwischen von Manoli gemacht hatte. Es war eher ein Ausdruck, den er von einem albernen, verwirrten Schwulen, wie er einer war, erwartet hätte.

Sollte sich Manoli als verunsicherter *pousti* herausstellen, konnte Phil seinerseits etwas gesunde Verachtung für ihn entwickeln und sein Wahnsinn wäre vorüber, noch bevor er richtig begonnen hatte.

Hilda war das beste Gegenmittel, das er sich wünschen konnte. Sie hätte es sogar geschafft, ihn bei Laune und fröhlich zu halten, wenn er gerade im Krankenhaus operiert worden wäre. Sie erzählte von Paris und ihren diversen Ehemännern und lachte oft ihr bezauberndes Lachen. Sogar sexuell ließ sie ihn nicht kalt. Wenn sie einen Mann wollte, würde sie ihm das Gefühl geben, als sei er der bewundernswerteste, begehrenswerteste und am meisten angebetete Mann auf der ganzen Welt, dessen war sich Phil sicher. Sollte sie jemals Interesse an ihm zeigen, zweifelte Phil daran, dass er widerstehen konnte herauszufinden, wo das alles hinführte. Er bemerkte gar nicht, dass ihre Drinks nicht gebracht wurden, bis Don auf seinem Stuhl unruhig auf und ab rutschte, mit den Armen wedelte und mit den Fingern schnippte. »Also wirklich, bei diesem Service hier wundere ich mich manchmal doch, warum sie überhaupt noch aufmachen«, beschwerte er sich mürrisch.

»Ohne Zweifel steht in Kanada immer eine ganze Armee von Sklaven bereit, um deine Wünsche zu erfüllen«, sagte John Robert mit seiner dünnen femininen Stimme. »Leider wissen die Griechen nicht, was für einen überaus bedeutenden Mann sie hier in ihrer Mitte haben.«

»Zumindest kann ich meine Rechnung bezahlen, wenn ich eine Runde ausgebe.«

»Oh, wir wissen doch, dass du uns alle kaufen könntest, wenn du es wolltest, aber du bist vorsichtig und willst es dazu vorerst lieber nicht kommen lassen, nicht wahr?«

Don kochte. Phil konnte beinahe hören, wie der Ärger in ihm aufwallte. Plötzlich war es zu dieser unschönen Konfrontation gekommen, obwohl die Worte, die gewechselt worden waren, eher neckend gewesen waren. »Hilda war so freundlich, eine Runde für uns auszugeben«, sagte Don berechnend. »Ich denke, es ist schlicht eine Frage der Höflichkeit, dafür zu sorgen, dass ihr Wunsch auch erfüllt wird.«

»Ich bin mir sicher, dass Hilda jeder ihrer Wünsche erfüllt wird, ohne dass du dich da einmischen musst.«

»Also worauf warten wir dann?«, fauchte Don. »Manoli, geh und sieh nach, wo unsere Getränke bleiben.«

»Warum sollte er?«, fragte John Robert grob. »Er ist doch kein Kellner.« Phil stimmte ihm in Gedanken zu.

»Er kennt die ganzen Leute«, insistierte Don. »Er kann die Getränke auch selbst holen. Manoli, du hast gehört was ich gesagt habe.«

Der Kommando-Ton war schockierend. Phil verbündete sich augenblicklich mit Manoli. Er sah hinüber zu ihm und erkannte, dass der Grieche seine Hände zu Fäusten geballt hatte. Seine Knöchel waren weiß. Der Kopf war leicht darüber gebeugt. Phil hielt den Atem an. Er hatte die potenzielle Gewalt in den Augen des Griechen gesehen. Mit unendlicher Zärtlichkeit lehnte sich Hilda über den Tisch und strich Manoli über die Wange. Es entsprach so genau dem, was Phil am liebsten gemacht hätte, dass er Gänsehaut bekam. Manoli hob seinen Kopf und sah sie voll rührender Dankbarkeit an. Sie murmelte etwas, das Phil nicht verstehen konnte, ihre Lippen bewegten sich kaum. Er sah, wie sich die wortlose Kommunikation ihrer Augen vertiefte und alle Anzeichen der Anspannung langsam aus Manolis Gesicht wichen. Phil erkannte zum ersten Mal, dass dieser Mund auch Zärtlichkeit ausdrücken konnte. Er sah, wie die beiden ein kurzes Nicken austauschten, dann sprang Manoli auf und stürzte vom Tisch weg. Jeder am Tisch schien tief durchzuatmen, als die Anspannung nachließ, außer Don, der weiterhin mürrisch blickte, wenn auch mit einer gewissen Selbstzufriedenheit.

»Sei nicht ungezogen, mein Kleiner«, sagte Hilda zu ihm. »Denk daran, dich bei ihm zu bedanken.«

Phil konnte wirklich nicht verstehen, worum es bei dieser Szene gegangen war, auch wenn er vermutete, dass er darauf kommen müsste, wenn er länger über den Zwischenfall und über Hildas Verhalten nachdenken würde. Offensichtlich besaß Don irgendeine Macht über Manoli und war bereit, ihn in aller Öffentlichkeit bloßzustellen, um das zu beweisen. Es schien eher eine dumme Idee zu sein. Der Stolz des Griechen war deutlich sichtbar. Don schien nur darauf zu warten, dass ihm sein schwammiges Gesicht poliert wurde. Vielleicht war es wirklich so einfach. John Robert würde auf seine stänkernde Art jeden Konflikt, den er mitbekam, nur weiter verstärken. Durch den Schlagabtausch war Phil nervös und unsicher. Er wartete darauf, dass Hilda die Partystimmung wiederherstellte.

Wenige Minuten später kehrte Manoli zurück und ließ sich in seinen Stuhl fallen. Phil fiel auf, dass er nicht die Kleidung der Ortsansässigen trug, eher amerikanische Freizeitkleidung, die durchaus ihren Preis hatte – gut geschnittene Hosen, ein sportliches Hemd, das ihm ausgezeichnet stand und eine modische Jacke darüber. Er hatte einen guten Geschmack. Hinter ihm kam ein Kellner, der ihnen geschäftig ihre Drinks servierte.

»Seht ihr. Was habe ich gesagt«, erklärte Don und sah John Robert an. »Manoli weiß am besten, wie er mit seinen Leuten umgehen muss. Hätten wir dir das überlassen, säßen wir den ganzen Abend ohne Getränke da.«

Hilda hob ihr Glas und prostete Manoli zu. »Danke dir, mein Schatz«, sagte sie mit einem Unterton, der implizierte, dass sie ihm für mehr als nur die Drinks dankbar war. Phil vermied es, ihn anzusehen, weil er annahm, dass dem Griechen sein Nachgeben unangenehm war. Er hatte nicht erwartet, Manoli als Unterlegenen zu sehen; er wurde dadurch noch empfänglicher für dessen Reize. Er wollte irgendetwas tun oder sagen, um ihm zu zeigen, dass er ihn dafür bewunderte, wie er Dons Benehmen ertragen hatte. Es würde nicht leicht für Phil sein, vor sich selbst zu rechtfertigen, wieso er einen Jungen wollte, der so viel Ärger herausforderte.

Hildas Fröhlichkeit behielt die Oberhand. Die Kraft ihrer Ausstrahlung riss sie alle mit. Hilda war die Dirigentin, die übrigen das Orchester. Ihre Musik war insgesamt sehr schön, trotz der Dissonanzen, die von Don und John Robert eingeworfen wurden. Sie war weg gewesen. Nun war sie zurück und erwartete von ihnen, dass sie ihr Grund gaben, sich über ihr Kommen zu freuen.

Obwohl er zurückhaltend blieb, war Manoli doch eine bessere Gesellschaft, als Phil erwartet hatte. Er hatte seinen Charm, auch wenn er teilweise eher störrischer Natur war. Immer wenn er sah, dass Manolis Aufmerksamkeit jemand anderem galt, meistens Hilda oder Johnny, sah Phil sich seinen Mund genauer an. Er war sehr fest, aber weder hart noch grausam, wie es Phil sich nach dem Strandabenteuer vorgestellt hatte, bei dem er nicht richtig hatte hinsehen können. Er war schön geformt, mit verführerischen roten Lippen. Er fragte sich, ob dieser Mann bei der Liebe immer nur nahm oder auch mal gab. Vielleicht manchmal bei Frauen. Vielleicht bei Hilda. Der Gedanke machte ihn eifersüchtig auf beide. Manoli fing seinen Blick ein paar Mal auf und lächelte schwach, kein sonderlich freundliches Lächeln, aber auch kein überhebliches.

Hilda nötigte ihnen weitere Drinks auf, und dieses Mal merkte sich Manoli, was sie alle wollten und ging bestellen, ohne auf einen Befehl zu warten. Phil war gewissermaßen stellvertretend etwas verärgert. Warum ließ Manoli sich wie ein Diener behandeln? Er musste sie alle verabscheuen. Er war in arger Versuchung, Manoli zu folgen und ihm zu helfen, aber er war sich nicht sicher, ob diese Geste gut ankommen würde. Zu seiner Überraschung stand John Robert auf und ging in das Café. Er kam mit einem einzelnen Drink wieder, den er mit einer höflichen Verbeugung vor Hilda hinstellte. Die anderen brachen in Gelächter aus und gratulierten ihm. Don sah aus, als ob er John Robert liebend gerne eins auf die Nase hauen wollte. Eine friedliche kleine Gemeinschaft. Mit Hildas Hilfe hatte Manoli diese Situation gut gemeistert, aber Phil zweifelte daran, dass Don genug Sensibilität besaß, um so etwas in Zukunft zu vermeiden.

Manoli schien fast gut gelaunt, als er seinen Platz wieder einnahm, aber er stellte keinen Kontakt zu Phil mehr her. Sie waren einfach nur zwei Männer, die mehrere gemeinsame Freunde hatten, und es bestand kein Grund, warum sie einander mehr Aufmerksamkeit schenken sollten. Phil war es egal. In Manolis Gegenwart versuchte er erst gar nicht, die Verwirrung in seinem Inneren zu enträtseln, er begnügte sich damit, ihn anzusehen und suchte in seinem Äußeren nach Fehlern, die verhindern würden, dass er Manoli verfiele. Unbeholfene oder plumpe Hände mit Wurstfingern stießen ihn ab, Manolis nervösen, schlanken Hände aber keineswegs. Er hatte schon herausgefunden, dass auch die anderen Körperteile des Griechen keine Makel aufwiesen. Wenn er sich bewegte, tat er dies mit einer flinken männlichen Anmut, die für Phil der Inbegriff natürlicher Schönheit war. Er wartete darauf, dass Manoli etwas Anstößiges tat (warum erwartete er das nur?), damit er ihn als hoffnungslosen Fall ablehnen konnte. Allerdings hatte auch das häufig anstößige Verhalten von Alex nichts bewirkt.

Weitere Drinks erreichten sie ohne dramatisches Zwischenspiel und alle waren bald ziemlich angeheitert. Phil war von Hildas Lachen ganz verzaubert und freute sich darüber, wenn er es hervorgerufen hatte. Er hörte, wie Manoli sagte, «… die erste Nacht, sie zurück.« Er sprach Englisch mit Fehlern, ohne sich deswegen Gedanken zu machen.

»Und *deine* erste Nacht, mein liebster Junge?«, raunte Don ihm zu. »Du warst …«

Phil hörte auf zu lauschen, um sich weiter mit Hilda weiter zu amüsieren. Don und Manoli lieferten das Hintergrund-Duett. Er merkte, wie das Duett immer unharmonischer wurde und sich zu einem Streit entwickelte. Dann riss er abrupt ab.

»Ich werde das nicht weiter diskutieren.« Dons Stimme war hart und gebieterisch, sie duldete keinen Widerspruch – die Stimme der Autorität, die einen Untergebenen zum Schweigen brachte. Und in diesem Fall brachte sie ebenso die ganze Konversation am Tisch zum Schweigen. Alle spielten mit ihren Gläsern herum und rutschten auf ihren Stühlen hin und her. Phil sagte sich, dass es besser sei, sich herauszuhalten. Das hatte nichts mit ihm zu tun. Er sah Manoli an. Seine Augen waren geschlossen, so als zählte er innerlich bis zehn. Die Knöchel an seinen zu Fäusten geballten Händen traten wieder weiß hervor. Warum ließ er sich das gefallen? Weil er ein Flittchen war? Phil hieß die Verachtung, die dieses Wort in ihm wachrief, willkommen. Er wäre verflucht, wenn er sich seinetwegen aufregen würde.

»Gute Nacht euch allen«, sagte Don unvermittelt, dann sah er Manoli triumphierend an. Als er ihn wieder ansprach, war es im Ton eines Befehlshabers. »Komm. Bedank dich bei Hilda für die Drinks. Trink das aus. Ich will gehen. Los.« Er klopfte mit der flachen Hand auf den Tisch und erhob sich. Manoli sprang auf und ging am Kai entlang. Als Don feststellte, dass er verlassen worden war, trieb er seinen schwerfälligen Körper zu ungewohnter Aktivität an und folgte.

»Er ist verrückt«, erklärte John Robert und sah ihm nach. »Das ist doch Selbstmord! Wie kommt er bloß auf die Idee, dass er damit durchkommen kann?«

»Ich denke, er macht das nur, um dir zu beweisen, dass er es kann«, sagte Johnny. »Wenn ihr beide dieses Spiel noch weiter treiben wollt, werden wir bald einen sehr gefährlichen jungen Griechen in unserer Mitte haben.«

»Ich weiß wirklich nicht, wie du auf die Idee kommst, *ich* könnte etwas damit zu tun haben«, protestierte John Robert unschuldig. »Was mache *ich* denn?«

»Du weißt sehr gut, was du tust. Du bist ein verschlagener Teufel. Ich glaube, ich verstehe kaum die Hälfte davon, aber das reicht mir auch schon.«

John Robert strahlte zufrieden. »Das Einzige, was ich tue, ist, ihn darin zu unterstützen, diesem überheblichen Kanadier die Stirn zu zeigen. Was ist daran falsch?«

»Das ist nicht *wirklich* alles, mein Liebling«, warf Hilda ein. »Zumindest war das am Anfang noch nicht so. Du warst sehr wohl auch ein neidischer Bock … sagt man das so, Liebling?« Sie lehnte sich Hilfe suchend zu Johnny hinüber.

»Neidhammel, meine Liebe, wenn ich auch nicht weiß, was das eine mit dem anderen zu tun hat.«

»Das spielt keine Rolle. Ich weiß, was ich meine.« Sie wandte sich mit sanfter mütterlicher Zurechtweisung zurück zu John Robert. »Mag sein, dass du ihn nicht nur für dich wolltest, aber du wolltest definitiv nicht, dass Don ihn bekommt.«

»Aber das ist nur ganz normale Menschlichkeit«, protestierte John Robert, der es genoss, als unverbesserliches Kind dargestellt zu werden. »Niemand würde Don seinem ärgsten Feind wünschen.«

Phil lehnte sich zurück und atmete erleichtert auf, so als sei eine Katastrophe im letzten Moment abgewendet worden. Er wurde auf seine alten Tage etwas neurotisch. Die unterdrückte Feindseligkeit am Tisch hatte ihn mit einer irrationalen dunklen Vorahnung erfüllt. Die Menschen hier waren nicht den gleichen Gesetzen unterworfen wie die arbeitende Bevölkerung. Sie ließen ihre Schutzmauern so leicht fallen wie er am Strand seine Kleidungsstücke. Alles war möglich. Er sah die zusammengeballten Fäuste vor seinem inneren Auge und versuchte, das Bild aus seinen Gedanken zu verdrängen. Warum musste er alles nur so überdramatisieren? Was würde es schon ausmachen, wenn eine Faust in Dons dummem Gesicht landete? Das täte ihm mal ganz gut. Er verwarf die Frage, ob er sich immer noch auf *später* freuen konnte, da Harvey und sein Freund Lester an den Tisch herantraten und sie begrüßten.

»Kommt, setzt euch zu uns und trinkt einen mit«, begrüßte Hilda die Neuankömmlinge und lotste sie zu den frei gewordenen Stühlen. Der Kellner tauchte sofort neben ihr auf und sie bestellte weitere Getränke. »Ihr musstet mir einen Abschiedsdrink ausgeben, als ich verschwand. Den ganzen Winter über war ich bei meinem ägyptischen Ehemann und habe sein Geld gespart, damit ich euch einen ausgeben kann, wenn ich zurück bin. Ich habe gehofft, dass ihr auf mich wartet.«

»Auf eine so schöne Frau warte ich immer«, sagte Lester und ließ seine weißen Zähne blitzen. »Ich bin auch erst wieder seit ein, zwei Tage da. Einige Freunde aus den Staaten haben mich auf eine Sightseeingtour mitgenommen ... Knossos und so weiter. Ich habe mir etwas Kultur angeeignet.«

»Das ist nie verkehrt«, kommentierte Harvey.

»Dass ich noch nie Verkehr hatte, geht niemanden etwas an, Feldman«, entgegnete Lester gespielt beleidigt wie ein Schuljunge. Die anderen freuten sich über den freundlichen Schlagabtausch, und die Wolke, die Dons mürrischer Ausbruch hinterlassen hatte, löste sich langsam auf. Phil war besonders dankbar, dass noch ein paar freundliche Leute zu ihnen gestoßen waren. Er hatte von der ganzen unterschwelligen Leidenschaft genug, sowohl von seiner eigenen, als auch von der anderer. Er hatte sich schon zu oft gefragt, wieso aus seiner Leidenschaft eigentlich immer nur Schmerz entstand. Dieses Mal hoffte er, ihn vermeiden zu können. Er streckte seine Hand über den Tisch aus. »Ich habe euch schon ein paar mal gesehen, aber wir haben uns noch nicht wirklich getroffen«, sagte er zu Lester. »Ich bin Phil.«

»Natürlich. Ich habe schon von dir gehört. *Viel*.«

»Dann erzählst du mir am besten *viel* von dir. Das Einzige, was ich von dir weiß, ist, dass du die größten Hände hast, die ich je gesehen habe.«

»Ja, außerdem bin ich ein Schwarzer. Ich nehme an, das war dir noch nicht aufgefallen.«

»Jetzt, wo du es erwähnst… ich habe mich schon gewundert, wie jemand zu dieser Jahreszeit schon so einen Teint haben kann.« Sie lachten beide und freuten sich darüber, eine neue Verbindung geknüpft zu haben. Aus irgendeinem Grund hatte Phil nie schwarze Freunde gehabt und er war froh darüber, dass seine kurze Befangenheit schnell verflogen war. Lester war sehr groß; selbst im Sitzen überragte er sie alle. Er war schlank gebaut und sein trotz der Abendkälte bis zur Taille offenes Hemd gab den Blick auf einen breiten braunen Brustkorb frei. Phil ertappte sich bei dem Gedanken, dass Lester nicht allzu negroid aussah. Er hatte verführerische volle Lippen, die jedoch nicht wulstig waren, er hatte auch keine flache Nase. Phil kam schnell zu dem Schluss, dass das alles rassistischer Unsinn war und er Lester attraktiv fand.

Nach seiner Beschäftigung gefragt antwortete Lester, dass er Tänzer hatte werden wollen, dieser Traum aber wegen seiner Größe sich nicht erfüllt habe.

»Für einen Tänzer bin ich zu groß, außer bei ganz unkonventionellen Stücken, für den Profi-Basketball aber zu klein. Aber was könnte ein armer Schwarzer sonst machen? Also bin ich eben Millionär geworden.« Er erzählte Phil von den Lester Langley Tanzstudios an der Westküste der USA. »Man raubt mir noch das letzte Hemd, während ich hier bin, aber das ist mir egal. Es gefällt mir hier. Anscheinend kennt hier keiner einen Unterschied zwischen einem Nigger und normalen Leuten.«

»Nigger haben die schönere Hautfarbe. Ich versuch auch gerade, einer zu werden.« Phil legte seinen Arm neben den von Lester. Viel Unterschied gab es da nicht.

»Ja, nicht schlecht.« Er drückte Phils Unterarm mit seiner riesigen Hand. »Hier werden ganz ordentliche Leute herangezüchtet. Es wird mir schwer fallen wegzugehen.«

»Du gehst weg?«

»Der gute alte Harvey kann nicht länger bleiben. Er ist kein Millionär, wird es aber werden. Er ist ein heißblütiger Amerikaner, wie wir anderen auch. Er ist natürlich Jude, aber wir müssen in dieser Welt versuchen, tolerant zu sein. So schlimm ist er gar nicht.«

»Wie ich sehe, bist du ein sehr großzügiger Mensch. Ich werde versuchen, nett zu ihm zu sein.«

»Das wäre schön.« Ihre Lippen zuckten und sie lachten prustend los. Hildas Willkommens-Party entwickelte sich endlich doch noch wie vorgesehen.

Sie genehmigten sich weitere Drinks, die der Kellner auch augenblicklich servierte, bis John Robert schließlich schwankend aufstand. »Wir müssen gehen, bevor Sim noch einen Anfall bekommt. Ihr würdet kaum glauben, wie besitzergreifend er ist. Ich zittere wie Espenlaub. So ein Unterdrücker.« Er umarmte Hilda und verschwand trippelnd und hüpfend in Richtung Kai, gefolgt von dem gelehrten Orientalen.

Die vier zurückgelassenen Männer drängten sich enger um Hilda und badeten in ihrem unwiderstehlichen Charme. Sie brachte sie schon dadurch zum Lachen, dass sie sich über sich selbst amüsierte. Überall am Hafen gingen die Lichter an. Hilda bestellte Essen im Überfluss und sie gingen zu Wein über. Die Zeit flog nur so dahin. Das Essen kam – gegrillter Hummer an Ei-Zitronen-Sauce, eine Platte mit delikatem geröstetem Weißbrot, eine weitere mit gebratenen Kartoffeln und ein großer gemischter Salat mit schwarzen Oliven und weißem Feta-Käse. Sie teilten sich das Festmahl, indem alle direkt von den Platten aßen.

»In Paris hielten mich alle für verrückt, wenn ich meinte, dass ich das Essen von hier vermisst habe, aber wo sonst könnte man schon Hummer essen, der erst eine Stunde vorher aus dem Meer gezogen wurde? Es ist alles so *gut*. Lasst uns noch mehr davon bestellen, damit wir dick und rund werden. Meine Babys müssen gefüttert werden.«

Klubmitglieder von den anderen Tischen gingen und blieben bei Hilda stehen, um zu betonen, wie froh sie waren, dass sie zurück war.

Gedankenverloren ließen sie sich in die frei gewordenen Stühle sinken, bedienten sich von dem nachgefüllten Essen und gingen wieder, begleitet von Hildas huldvollem Lachen. Aus dem Café nebenan ertönte Musik. Sie stieg in den sternenklaren Himmel hinauf, tänzelte fröhlich um sie herum und erzählte von der Sonne und der Melancholie des Meeres. Phil hatte das Gefühl, als würde jeden Augenblick etwas in ihm nachgeben, ein Damm brechen, wenn sich dieses wunderbare Gefühl noch steigerte.

»Wann geht es morgen los?«, fragte er Johnny.

»Nicht zu spät. Wie wäre es, wenn du mich morgen um zehn abholst? Wir packen etwas zu essen und haufenweise Bier ein und bleiben den ganzen Nachmittag draußen.«

»Fantastisch. Ich freue mich wirklich darauf.«

Johnny sah ihn einen Moment an und lächelte dann etwas verwirrt. »Du wirst mit jedem Tag jünger. Du solltest dir überlegen, ob du nicht für immer hier bleiben willst. Du würdest wahrscheinlich 200 werden.«

»Es würde mir nichts ausmachen, wenn es mir immer so gut wie jetzt ginge. Ich liebe hier alle, besonders dich und Lester und Harvey. Bei Hilda ist das etwas anderes – sie verehre ich.« Er wollte nicht zu genau bei sich nachforschen, aber er hatte den Eindruck, als würde doch nicht die Verzweiflung über ihn hereinbrechen, wenn er Manoli heute nicht mehr wiedersah.

Johnnys Lächeln wurde voller Zustimmung und Freundschaft breiter. »So ist es recht. Trink noch etwas Wein.« Er leerte noch eine Flasche in ihre Gläser und sie wurde schnell durch eine neue ersetzt.

Ihre gute Stimmung verflog nicht. Nachdem sie das ganze Essen verschlungen und Hilda daran gehindert hatten, noch mehr zu bestellen, sprachen sie umso ausgelassener dem Wein zu. Sie lachten immer mehr, aber sonst bemerkten sie keine Auswirkungen. Es war beinahe Mitternacht, als Hilda zufrieden seufzte und die Party beendete.

»Es ist so wunderschön, wieder hier bei meinen Babys zu sein, aber Annies Schlafenszeit ist längst vorbei. Das arme Tier schläft schon seit Stunden tief und fest. Wir müssen gehen.«

»Ich muss mich etwas bewegen«, sagte Johnny. »Ich bringe dich nach Hause.«

»Wir bringen dich alle nach Hause«, schlug Harvey vor.

»Das ist hinreißend.« Hilda nahm die Idee auf und stellte es so dar, als sei das die einzige Möglichkeit, wie man einen solchen Abend beenden könne. »Ich habe etwas Wein. Annie bekommt ganz besonders gutes Heu. Es wird meine Einzugsparty und Phils Willkommensparty sein. Kommt schon. Ein kurzer Spaziergang ist jetzt genau das Richtige, um uns wieder durstig zu machen.« Sie gab dem Kellner ein Zeichen, erhob sich und machte den Esel los. Phil konnte nun erkennen, dass sie etwas größer als der Durchschnitt war, robuste Knochen und ein breites frauliches Becken hatte. Ihr Körper passte zu dem Bild von weiblicher Wärme und Großzügigkeit, mit natürlicher Eleganz, die einstudierte städtische Künstlichkeit nicht nötig hatte. Sie hob die Schnur über den Hals des Tieres und es trottete mit kleinen, sicheren Schritten los. Sie alle folgten auf etwas unsicheren Beinen.

Als sie die engen Straßen erreichten, fielen Phil und Lester etwas zurück. Sie gingen Seite an Seite und Phil kam sich wie ein Zwerg neben ihm vor. »Wahnsinn, bist du groß!«, sagte er und sah an ihm hoch. »Wie groß muss man denn sein, um Profi-Basketballer zu werden?«

»Ich bin etwa einzweiundneunzig. Das ist noch gar nichts. Die Burschen sind einsachtundneunzig oder zwei Meter. Abgesehen von diesen Burschen finde ich Basketball aber langweilig. Ich bin nicht so wild darauf, in flagranti in einem von diesen kleinen Stofffetzen, die sie am Leib tragen, erwischt zu werden. Da trage ich lieber Leggings. Damit sieht man richtig geschmeidig und sexy aus.« Er lachte, lege einen Arm um Phils Schultern und drückte ihn. Ein angenehmer Schauer lief Phil den Rücken hinunter und seine Lendengegend erwachte wieder zum Leben. Er fragte sich, ob sie auf dem besten Weg waren, heute Nacht zusammen im Bett zu landen. Es war hier nicht möglich, *nicht* an Sex zu denken. Er hoffte nur, dass er in seinem Inneren keine Hemmschwelle entdecken würde, die ihm bislang noch nicht bewusst gewesen war. Er mochte Lester und fand ihn körperlich anziehend. Dass er außerdem ein Schwarzer war, kam ihm nicht wichtig vor.

Sie ließen die engen Straßen hinter sich und folgten einem Weg den Berg hinauf, der bis auf wenige Baumgrüppchen unbewachsen und felsig war. Kleine geweißte Häuser klebten hier und da an seiner Flanke, in allen war es bereits dunkel. Tief am westlichen Horizont war ein Teil des Mondes zu sehen, doch überall am klaren Nachthimmel schimmerten Tausende von Sternen. Phil hatte noch nie so viele Sterne gesehen, die alle blinkten und pulsierten, als ob sie an eine fehlerhafte Stromleitung angeschlossen waren. Vom Hafen drang Musik an ihre Ohren. Johnny begann in leichtem, süßem Bariton ein griechisches Lied zu singen. Hilda fiel mit ein, teilweise summend, wenn ihr die Worte nicht einfielen, dann umso lauter, wenn sie sie kannte. Der klare Sternenhimmel, der kleine Esel mit seinem Strohhut, der Mann und die Frau, die zu seinen Flanken gingen und sangen – das alles verlieh der Nacht eine eigene, teilweise etwas komische Magie.

Ihr Anstieg wurde steiler und Annie etwas langsamer. Die anderen passten sich mit ihrem Schritttempo an. Johnny brach seinen Gesang ab, als er merkte, dass ihm die Puste ausging. Das Meer kam in ihr Blickfeld, wie es sich von Horizont zu Horizont erstreckte, dunkel und reglos unter den Sternen.

»Hast du die hiesigen Tänze mal ausprobiert?«, fragte Phil Lester.

»Klar, ich liebe sie. Sie sind toll.«

»Ich hab's gestern probiert und mich völlig zum Deppen gemacht. Warst du noch da?«

»Wir waren gerade im Gehen begriffen. Kurz habe ich mir überlegt dazuzukommen. Ich hab's aber lieber gelassen, man weiß ja nie bei unseren Landsleuten.«

»O je«, murmelte Phil.

»Tja, das ist eben etwas, worüber ich nachdenken muss. Es gefällt mir hier viel zu gut, als dass ich von diesem Mist eingeholt werden wollte.«

»Na, jetzt weißt du's ja.«

»Ja, jetzt weiß ich's.« Er berührte Phils Schulter und sandte einen weiteren Schauer seinen Rücken hinunter. Sie kletterten noch einige Minuten höher, dann näherten sie sich einem kleinen geweißten Haus, das aussah wie alle anderen. Umgeben war es von einer kleinen, ebenfalls geweißten Mauer und neben der Tür stand ein großer Feigenbaum. Hilda öffnete die Tür und machte Licht an, bevor sie sich wieder ihrem Gepäck zuwandte. Sie versammelten sich alle rund um den Esel und nahmen ihm die vielen bunten Taschen ab, die an dem hölzernen Sattel befestigt waren.

»So, du armes treues Tier«, sagte Hilda zu ihm. »Geh zu deinem Haus und iss etwas Heu.« Sie gab ihm einen Klaps auf die Flanke und das Tier trottete zufrieden davon, als habe es genau verstanden, was Hilda gesagt hatte und dass sein Dienst nun beendet sei. Hilda führte sie zur Tür.

Sie betraten eine Küche, die das gesamte Erdgeschoss einzunehmen schien. Der Arbeitsbereich mit Herd, Waschbecken und den

Kochutensilien befand sich am einen Ende des Raumes, die übrige Küche war sehr einladend und bunt eingerichtet. Überall hingen bunte Teppiche, standen Tonvasen auf Regalen, Knoblauchzöpfe hingen von der Decke und in der Mitte des Raumes stand ein großer hölzerner Tisch, um den herum Bänke und gemütliche Sessel mit Kissen gruppiert waren. Handgewebte Teppiche lagen auf dem polierten Steinfußboden. Der Raum war malerisch rustikal eingerichtet, jedoch ohne überladen zu wirken, genau das Richtige für heiße Tage oder kalte Nächte.

Sie stapelten Hildas Sachen an einem Ende des Tisches, während sie Gläser und einen großen Krug brachte. »Du weißt ja, wie man damit umgeht, mein Schatz«, sagte sie zu Johnny und stellte alles vor ihm ab. Johnny klemmte sich den großen Krug gekonnt unter einen Arm und füllte die Gläser schwungvoll bis zum Rand mit Rotwein. Sie nahmen sich alle ein Glas und prosteten ihrer Gastgeberin zu, bevor sie sich hinsetzten. Hilda saß an einem Ende, Phil und Lester an der Seite der Tafel und Johnny und Harvey ihnen gegenüber. Da er neben Lester saß, hatte Phil die Gelegenheit, ihm zu beweisen, dass er keineswegs den Kontakt mit ihm mied. Er war schockiert gewesen, als er gehört hatte, dass Lester sich nicht getraut hatte, sich auf der Tanzfläche zu ihm zu gesellen. Er verachtete Rassenvorurteile und hätte nie gedacht, dass ihm jemand so etwas zutrauen könnte. Dass er niemals mit einem Schwarzen im Bett gewesen war, war Zufall; die Gelegenheit hatte sich einfach nie ergeben. Auch jetzt würde sie sich wohl nicht ergeben: Es sah so aus, als seien Lester und Harvey sehr glücklich miteinander und Phil hatte immer seine Skrupel gehabt, in fremden Jagdgründen zu wildern. Er wollte sich gegenüber Lester einfach genauso verhalten, wie er es bei jedem anderen attraktiven Jungen getan hätte.

Wenn sich ihre Arme oder Beine zufällig streiften, zog sich Phil nicht zurück. Wenn es die Situation natürlich erscheinen ließ, legte er seine Hand auf Lesters Arm. Sie stellten ihre eigene private Verbindung her, während sie doch Teil der Gruppe blieben. Nachdem er sein Können mit dem großen Krug mehrere Male unter Beweis gestellt hatte, stellte Johnny sein leeres Glas schließlich ab.

»Ich muss morgen früh raus, da ich noch etwas arbeiten will, bevor wir lossegeln. Lass uns gegen neun starten«, sagte er zu Phil. »Hält mich jemand für einen Spielverderber, wenn ich mich für heute verabschiede?«

»Die Stimme der Vernunft«, sagte Harvey. »Du weißt über alles bestens Bescheid – außer über Film. Ich verstehe einfach nicht, warum ein Maler nicht erkennen kann, dass ...«

»Hört, hört!«, rief Johnny. Er lachte, stand auf und verwuschelte Harveys Haare. »Wenn du schon wieder damit anfängst, kommen wir nie los. Komm schon. Sag der Dame Gute Nacht und wir besprechen das auf dem Weg den Berg hinunter.« Er öffnete die Arme für Hilda, während sie alle aufstanden. »Es ist schön, dass wir dich da wiederhaben, wo du hingehörst«, sagte er und umarmte Hilda liebevoll. Sie küssten sich leicht auf den Mund. »Vielen Dank für eine fröhliche und wunderbare Party.«

Harvey folgte ihm, verabschiedete sich von Hilda und hatte die Diskussion bereits wieder aufgenommen, bevor sie noch die Tür erreicht hatten. Phil hörte ihre gut gelaunten Stimmen in der Nacht, während Hilda ihre beiden letzten zwei Gäste an der Tür zurückhielt.

»Ihr müsst mir noch etwas sagen«, sagte sie und hielt sie an den Armen fest. »Wollen sich alle zur Fastnacht verkleiden?«

»Ich weiß es nicht«, antwortete Phil. »Ich habe etwas davon gehört, aber ich weiß nicht mal, wann es ist.«

»Heute ist Freitag? Egal. Nächsten Dienstag.«

»Wie ich gehört habe, muss man an dem Tag die ganze Zeit essen«, sagte Lester. »Stimmt das?«

»Aber ja. Der Tag heißt Fastnacht, weil am nächsten Tag die Fastenzeit beginnt. Verkleiden muss man sich auch. Die Leute erwarten, dass wir sie zum Lachen bringen.«

»Das tue ich gerne, wenn du mir sagst, was ich tragen soll«, versprach Phil.

»Ich lass mir etwas einfallen, etwas Atemberaubendes eher als etwas Lustiges. Mal sehn. Keine Frau. Du bist zu hübsch für eine Frau.«

»Ein Glück, dass ich keine Frau sein muss. Du sagst die nettesten Sachen. Kein Wunder, dass ich verrückt nach dir bin.«

Sie umarmten und küssten sie, sahen ihr zu, wie sie zurück ins Haus ging, drehten sich dann um und gingen los. Vor sich hörten sie Stimmen, relativ klar, aber zu undeutlich, um zu verstehen, was gesprochen wurde. Den Berg in der Nacht hinunterzugehen, war nicht einfach. Sie stolperten immer wieder über lose Steine und mussten sich häufig aneinander festhalten.

»Du hälst mich doch hoffentlich nicht für betrunken?«, fragte Phil.

»Niemals! Wir haben schließlich kaum vier bis fünf Stunden lang getrunken. Wie könntest du da betrunken sein?«

»Eben. Du hast einen klaren logischen Verstand, Lester.«

Sie gingen weiter und nur wenige Minuten später wären sie beinahe beide hingefallen. Sie warfen sich zur Seite in die Arme des anderen, um die Balance wiederzufinden. Phil ergriff Lesters Bizeps und spürte, wie seine Hand an seiner Taille hinabfuhr. Die Hände, die über seinen Körper strichen, verursachten bei ihm eine Erektion. Er hoffte, dass Lester dies als Zeichen seines Interesses an ihm auffassen würde. Er drückte Lesters Bizeps und wurde sich auf einmal der Stille bewusst. »Hörst du sie noch?«, fragte er.

»Nein, aber sie müssten knapp vor uns sein. Sie hatten nur eine Minute Vorsprung und hier gibt es keine Klippen, die sie hinabstürzen könnten.« Er gab Phil einen Klaps und sie stiegen weiter den tückischen Berg hinab. Sie kamen zu einer Weggabelung und Lester hielt an und rief: »He, Harv! Johnny!« Niemand antwortete. Lester zeigte nach links. »Hier entlang ist es kürzer zu dir. Wollen wir?«

»Okay. Du weißt, wo ich wohne?«

»Du bist da, wo es die vielen Betten gibt, nicht wahr? Ein Freund von mir hat da über Weihnachten gewohnt. Lass uns gehen.« Er legte eine Hand auf Phils Schulter und leitete ihn nach links. Phil blieb nahe bei ihm, um den Kontakt nicht zu unterbrechen. Nach mehreren Minuten tauchten wieder Häuser neben ihnen auf, aber die beiden anderen waren nirgends zu sehen. »Hast du schon erkannt, wo wir hier sind?«, fragte Lester.

»Nein, sollte ich?«

»Wir sind fast da. Dein Haus ist gleich da vorne.«

»Ach ja?« Phil spähte geradeaus. »Oh, klar. Jetzt sehe ich es. Ich habe die Richtung verwechselt. Bisher war ich noch nie oberhalb des Hauses.« Sie näherten sich ihm von oben und hielten davor an. »Willst du unten noch einen kleinen Schlaftrunk mit mir einnehmen?« Phil musste seine Füße zurückhalten, die einfach weitergehen wollten. Manoli konnte unten sein. Er konnte sich nicht vorstellen, dass er und Don den ganzen Abend miteinander aushielten.

»Gute Idee«, sagte Lester mit einem wissenden Lächeln und machte keine Anstalten weiterzugehen. Die Straße war ausreichend ausgeleuchtet, sodass sie sich mit Blicken verständigen konnten. Phil war es nicht gleichgültig, was er in Lesters Augen erkannte. »Aber ich muss gestehen, dass ich im Moment gar nicht so sehr an Drinks denke.

Bryan hat gesagt, dass du den schönsten Körper hast, den er je gesehen hat.«

»Du solltest nicht alles glauben, was du hörst.«

»Nein. Da hast du Recht. Von manchen Dingen überzeuge ich mich lieber selbst. Harvey und ich erlauben einander ein gewisses Maß an Freiheiten, falls du dich das gefragt haben solltest.«

»Na ja, man muss das schon in Betracht ziehen, wenn man sich keinen Ärger einhandeln will.« Sie sahen sich an und fingen beide an zu lachen. Warum sollte er am Hafen herumwandern und hoffen, dass ihm ein arroganter Grieche einen Gefallen täte? Kein Stolz hinderte Lester daran, ihm zu sagen, dass er ihn wollte. Und wenn Phil ihn jetzt abwies, würde er sich immer fragen, ob es wegen Lesters Hautfarbe gewesen war. »Ich wollte nicht derjenige sein, der damit anfängt«, sagte er.

»Wir sind uns also einig?«

»Du hast mich überredet.« Sie lehnten sich aneinander, lachten und fassten sich an den Oberarmen an. »Du bist so ein verdammt großer Kerl. Ich will dich auf eine Höhe mit mir bringen. Komm schon.«

Sie stiegen leise die Treppen hinauf. Lester blieb einen Schritt hinter ihm und legte ihm eine Hand auf die Hinterbacken, streichelte sie und verfolgte ihre Bewegungen beim Aufstieg. Seine Berührung war verspielt, aber mit erotischem Unterton. Phil hatte sofort einen Steifen. Immerhin hatte er genug Verstand gehabt, sich mit einem Mann einzulassen, den er richtig gern mochte, statt sich am Hafen zum Deppen zu machen. Dank Lester ging die Manoli-Krise vorüber. Der Drang, zum Hafen zu gehen, war kaum noch spürbar.

Als sie auf der vorletzten Ebene der Treppen waren, legte Lester seine Hand auf Phils Erektion und massierte sie gekonnt. »Oho, nicht schlecht. Du bist ganz gut ausgestattet«, murmelte er anerkennend in Phils Ohr.

Phil ließ eine Hand an Lesters Körper hinabgleiten und landete mit den Fingern an seinem Schwanz. Er war ebenso steif wie sein eigener und fühlte sich doppelt so lang an. »Du noch besser«, sagte er. Als sie gemeinsam am obersten Treppenabsatz ankamen, lachten sie leise.

Phil zog an einer Schnur und knipste eine Glühbirne in der Mitte des ersten Raumes an. Nach der fröhlichen Einleitung auf der Treppe ging alles sehr gut weiter. Lester drückte seine weichen vollen Lippen auf Phils und ihre Zungen verschränkten sich ineinander. Lester zog ihn mit viel Lachen und Scherzen aus und nahm sich die Zeit, sich immer wieder intensiv mit einem bestimmten Körperteil zu beschäftigen. Seine großen Hände waren wunderbar sanft. Als er Phils Schwanz in seinen warmen seidigen Mund nahm, hätte Phil ihn am liebsten für immer darin gelassen. Es war ein ganz besonderes Gefühl, dass Lester sich so viel Zeit für ihn nahm und Phil fühlte sich großartig, als er schließlich ganz nackt war. Der große schwarze Körper, der sich um ihn legte, war inzwischen ebenfalls geschickt entblößt worden.

»Alle Achtung«, sagte Lester und lachte in sich hinein. »Ich kann Bryan nur beipflichten. *Das* ist ein Körper!«

Lesters Schwanz kam zum ersten Mal ins Blickfeld. Phil starrte ihn einen Moment schockiert an, bevor er zurückschreckte. Er verfluchte sich. Was hatte er denn erwartet, was für eine Farbe der Schwanz eines Schwarzen haben würde? Eine irrationale Abscheu erfasste ihn kurz, aber er war fest entschlossen, sie zu überwinden. Es war ein Kampf gewesen zuzugeben, dass er eine Schwuchtel war, aber er würde sich nie vergeben, eine rassistische Schwuchtel zu sein.

Er warf sich nach vorne und zog Lester mit auf das Bett. Er spielte mit seinen Nippeln und bemühte sich, sich selbst zu beweisen, dass er es wert war, von einem Schwarzen begehrt zu werden. Seine Hände prüften den großen schwarzen Schwanz, den er nicht ansehen konnte. Er überzeugte sich davon, dass er ihn in sich wollte. Er glitt zu ihm hinunter, hielt ihn aufrecht vor seinen Augen und zwang sich, ihn von oben bis unten schön langsam anzusehen. Endlich hatte er doch einen gefunden, der Georges in den Schatten stellte. Und das wollte er feiern. Im Dämmerlicht konnte er Farbnuancen sowieso nicht ausmachen. Es spielte sich alles in seinem Kopf ab.

Er schloss die Augen und führte die Lippen an ihn heran, von einer seltsamen Angst gepackt, so, als überschreite er ein uranfängliches Naturgesetz, irrational und schrecklich. Er spürte, wie seine Erektion nachließ und befahl seinen Lippen und seiner Zunge, ihre üblichen Dienste zu verrichten. Er konnte sich nicht länger dazu zwingen, einen Steifen zu haben, aber er konnte seine Liebesdienste anbieten. Er verachtete sich für den Widerstand in seinem Inneren.

Sein Mund frohlockte schon allein wegen der Größe von Lesters Schwanz. Phil hatte beinahe das Gefühl, mit George zusammen und seine Erektion nahm wieder passaable Ausmaße an. Lesters Hände streichelten ihn am ganzen Körper und drängten seine Ängste in den Hintergrund. Phils Mund war sehr einfallsreich darin, sein

Verlangen auszudrücken. Er fragte sich, ob auch Lester sich bemühen musste, sich auf einen Weißen einzustellen und war froh, dass sie durch seine Bräune fast die gleiche Hautfarbe hatten. Sie näherten sich immer mehr dem Höhepunkt und Phil rollte sich auf seinen Bauch.

»Hast du was da, Liebling?«, fragte Lester.

»Ja, ich hol's.«

»Beweg dich nicht. Sag mir wo.«

»Im nächsten Raum, einer Art Badezimmer. Du siehst es gleich auf dem Tisch.« Phils Herz begann zu hämmern. Er stählte seinen Willen gegen den Knoten, der immer noch in seinem Inneren war. Er hörte, wie der Tänzer sich in dem benachbarten Raum bewegte. Nach wenigen Sekunden war er wieder am Bett. Er ließ sich hinter Phil nieder und spreizte ihm die Beine. Phils Atem ging stoßweise. Ein seltsames, flehendes Wimmern entfuhr ihm. Große Hände schoben ihn so zurecht, wie sie ihn wollten und glitten zu seinen Hinterbacken. Sein ganzer Körper begann, angesichts der bevorstehenden Übertretung seiner inneren Schranken zu zittern. Eingefettete Finger drangen in ihn ein, bereiteten ihn vor und er stöhnte.

»Du willst, dass ich dich ficke«, sagte Lester besänftigend.

»Ja!«, rief Phil trotz des Tabus, das einen schwarzen Mann unberührbar machte.

»Gut, hättest du Nein gesagt, hätte ich dich wohl trotzdem nehmen müssen.« Er zog Phils Hüften zu sich heran und nahm sich, was ihm angeboten wurde, glitt in ihn und nahm ihn mit all seiner Macht in Besitz.

Phil schrie und versuchte, sich loszumachen. »Nein. O Gott. Ich kann nicht ...«

»Ganz ruhig, mein Schatz. Alles in Ordnung.« Lester ergriff Phils Hüften und führte seinen unerbittlichen Vormarsch fort. »O Gott, ich weiß nicht, ob ich jemanden schon so gewollt habe. Jetzt hab ich dich, mein Liebling. Verdammt, ich hab dich endlich. Spürst du das? Ich bin in dir. Immer mehr, Baby. Sanft und süß. Gott, bist du süß. In dir fühlt sich mein Schwanz an wie der allmächtige Gott.«

»Ja, Gott, ja. Les ... Er ist so groß.« Er versuchte, sich vor dem Bild zu verschließen, wie sich dieses große schwarze Organ den Weg in ihn erzwang. Er hatte diesen Akt immer als Unterwerfung empfunden, als Selbstaufgabe, niemals aber als Versklavung und Erniedrigung. Es war verrückt. Seine Vernunft musste doch zu etwas gut sein. Er wurde genau so genommen, wie er es am liebsten wollte; die Hautfarbe des Partners änderte doch nichts am körperlichen Akt.

Langsam merkte er, wie sein Körper sich Lesters Rhythmus anglich. Es stimmte alles zwischen ihnen. Lesters Präsenz in ihm machte sich immer stärker bemerkbar, diese intensive männliche Kraft tief in ihm. Er glitt sanft vor und zurück und zeigte dabei deutlich, dass ihm Phils Vergnügen ebenfalls sehr wichtig war. Er nahm ihn zärtlich in die Arme und seine Hände zeigten Phil, an wie vielen Stellen seines Körpers seine Erregung noch verstärkt werden konnte. In einem harmonischen Zusammenspiel ihrer Körper wiederholte Lester sein sanftes, triumphierendes Eindringen in Phil noch einmal.

Phil schrie in Ekstase auf, als er spürte, wie sein Orgasmus immer näher kam, und er bemerkte, wie sich ein Wandel in ihm vollzog. Er wollte sich nicht länger selbst etwas beweisen; er gab sich einfach einem Jungen hin, den er wollte. Er drehte seinen Kopf und sah das dunkle, angespannte Gesicht an und seine Augen machten den afrikanischen Einschlag dieser attraktiven Gesichtszüge aus. Das war kein Experiment über das Verhältnis von Rassen. Es war ein einfacher menschlicher Austausch. Er hatte das Tabu überwunden.

Er stöhnte, als sein Orgasmus kurz bevorstand. »Ich komme gleich«, murmelte er.

»Ja, Baby. Komm.« Lester reichte ihm das Handtuch, das er zum Bett mitgebracht hatte. »Ich will dir dabei zusehen, wie du wieder hart wirst, während mein Schwanz weiter für dich da ist. Wir werden später noch zusammen kommen.«

Nachdem sie beide auf ihre Kosten gekommen waren, lagen sie sich in den Armen und erholten sich langsam. Nachdem Lester aus ihm herausgeglitten war, zeigte ihm Phil den Weg zur Dusche und legte sich aufs Bett zurück, triumphierend, dass er einen Sieg über sich selbst errungen hatte. Ein Schwarzer hatte ihn genommen. Er konnte auf seinen Willen zählen. Er hatte sich gezwungen, auf George zu verzichten. Bei Alex war es ein harter Kampf gewesen, aber am Ende hatte er doch die Oberhand behalten. Er dachte an Manoli. Der Grieche hatte ihm einen Schrecken eingejagt, aber jetzt hatte er alles unter Kontrolle. *Kontrolle.* Er war mit den Karten nie wirklich zufrieden gewesen, die das Leben ihm zugespielt hatte, aber zumindest hatte er gelernt, sie zu kontrollieren. Es war ihm nicht bewusst gewesen, dass eine davon ein Rassenvorurteil war, aber er hatte sich ihrer Gott sei Dank entledigt.

Er rollte sich vom Bett und ging zu dem Tänzer im Nebenraum. Unter der viel zu kleinen Dusche sah er nur eine skurrile Masse von Körperteilen, die in einem seltsamen Winkel zueinander standen. Er konnte nichts erkennen, was er nicht gerne ansah. Er bedauerte, bislang so ein isoliertes Leben geführt zu haben. Er drängelte sich mit unter die Dusche und wurde von einem blitzenden weißen Lächeln empfangen. »Das war gut, Baby. Ich hoffe du bist mit mir einer Meinung.« Les legte einen Arm um ihn und zog ihn zu sich.

»Das kann man wohl sagen. Es war fantastisch.« Phil ließ eine Hand zu Lesters Schwanz hinuntergleiten und war fasziniert davon, welche Kraft er da erweckt hatte. Er schwoll sofort an, wurde immer länger und härter, bis er beinahe seine maximalen Dimensionen erreicht hatte

Les kicherte. »Danke, Liebling. Du verstehst es, ihn bei Laune schön zu halten. Ich hätte nichts gegen eine Zugabe, aber das ist gegen die Regeln. Harv und ich haben uns darauf geeinigt, dass wir uns zurückhalten, wenn etwas zu einem Problem werden könnte. Wenn ich jemals in eine Situation geschlittert bin, die zu einem Problem werden könnte, dann jetzt mit dir. Ich glaube nicht, dass ich übertreibe, wenn ich sage, dass das mit dir einer meiner fantastischsten Ficks überhaupt war. Ich darf nicht daran denken, dass es mehr als das gewesen sein könnte.«

»Alles klar. Und danke, dass du gesagt hast, dass ich gut bin. Du glaubst gar nicht, wie viel mir das bedeutet. Ich meine, gerade von dir. Das mit dir werde ich nicht so schnell vergessen.«

»Dein erster Nigger?«

»Wie hast du das erraten? Aber nicht der letzte, hoffe ich.«

Sie sahen sich in die Augen und prusteten wieder los. Sie rieben ihre Körper sanft und verspielt aneinander, dann drehten sie sich um und spülten einander die Seife ab.

Nachdem er sich abgetrocknet hatte, schlang sich Phil ein Handtuch um die Hüfte, und sie gingen zurück ins Schlafzimmer. Les hob seine Sachen auf und zog sich schnell, aber entspannt, an. »Ich muss weg von dir, solange ich noch vernünftig denken kann«, sagte er mit verträumtem Lächeln. »Du wärst so ein wunderschönes Problem.« Er zog Phil an sich heran.

Phil schlang seine Arme um Lesters Hals und zog seinen Kopf zu sich herunter. Er fühlte sich so wunderbar entspannt, als seien sie schon immer Geliebte. »Ich hoffe, du wirst meinetwegen nicht ganz um deinen Schlaf kommen.«

Das bezaubernde Lächeln wurde noch breiter. »Bis morgen, Kleiner.« Lester drückte Phil zum Abschied kurz den Schwanz, als Phil ihm die Tür öffnete. »Ich wollte nicht gehen, ohne dir etwas zur Erinnerung zurückzulassen.« Sie grinsten sich an und Lester stieg leichtfüßig die Treppen hinunter. Phil schloss die Tür und lächelte immer noch, als er sich umdrehte. Sein Körper erstarrte, seine Füße blieben wie angewurzelt stehen und sein Herz setzte kurz aus, als er feststellte, dass er nicht allein im Raum war. In der Tür zum nächsten Zimmer stand Manoli, nackt und breitbeinig, das Becken nach vorne gestreckt und die Hände in die Hüften gestemmt. Phil riss sich das Handtuch herunter, als er von einer Welle der Freude überspült wurde. Er war sich nicht bewusst gewesen, wie sehr er ihn hatte sehen wollen. Er lief zu dem Eindringling und warf ihm die Arme um den Hals. »Du bist hier!«, rief er ungläubig aus. Er beugte sich zu einem Kuss vor, aber Manoli zog seinen Kopf zurück und ergriff seine Arme, um ihn auf Abstand zu halten. Um sich selbst etwas zu beruhigen, erinnerte sich Phil daran, dass Griechen nie küssen wollten. Da Manoli ihn so sehr wollte, dass er sich für diesen unkonventionellen Besuch entschieden hatte, konnte das Küssen ruhig noch etwas warten. Er fing gerade erst an, die ganze Situation zu verstehen. Manoli war hier. Er hielt ihn in den Armen. Sein Schwanz berührte ihn. Er war nackt und wollte ihn. »Wie bist du hereingekommen?«, fragte er, als er sich wieder etwas in der Gewalt hatte.

»Es war kein Problem.« Die Augen des Griechen waren kalt, sein Ausdruck ernst. »Warum hast du zugelassen, dass er dich nimmt?«

Phils gedankenlose Freude verwandelte sich in Empörung, als er daran dachte, was Manoli gesehen haben könnte. Manoli war eingebrochen, hatte seine Privatsphäre verletzt, seine Kleidung einfach überall verstreut, als gehöre er hierher. Er hielt es wohl für selbstverständlich, dass er Phil jederzeit haben konnte. Es war unerhört! Er versuchte, Manolis Hände abzuschütteln, aber der Griff war zu fest. »Wie lange bist du schon hier?«, fragte er anklagend.

»Lange genug. Du hast zugelassen, dass er dich nimmt. Warum?«

»Hast du seinen Schwanz gesehen?« Phil klang höhnisch. »Ich wollte ihn.«

»Du willst mich. Du liebst mich.«

»Wieso denkst du das?« Phil war fest entschlossen, keinen Millimeter zurückzuweichen, aber er wollte ihn auch nicht vertreiben.

»Ich habe es heute Abend gesehen. Du bist nicht der erste Mann, der sich in mich verliebt hat. Ich erkenne das.«

»Liebst du mich?«

»Ich verliebe mich nicht in Männer.«

»Du willst mich.«

»Ja. Ich bin so schnell zu dir gekommen, wie es nur ging. Du wusstest das. Ich habe den Schwanz eines Mannes. Er ist so groß wie deiner.« Manoli führte ihn zu Phils Lenden. Phil ballte seine Hände zu Fäusten, um nicht danach zu greifen.

»Meiner ist nichts Besonderes«, sagte er. Er verfiel wieder der unwiderstehlichen körperlichen Anziehungskraft, die Manoli vom ersten Augenblick an auf ihn ausgeübt hatte. Er hatte den Eindruck, als würden sich seine Augen in ihn bohren; er konnte sie nicht von ihm nehmen. Er gab es auf, seine Hände kontrollieren zu wollen. Er hob sie, ließ sie über Manolis Körper gleiten und vergaß seine Empörung völlig. *Du wusstest das.* Könnte Manoli damit meinen, dass er diese außergewöhnliche Anziehung zwischen ihnen beiden wahrgenommen und akzeptiert hatte?

Er setzte seine Hände so geschickt ein, wie er nur konnte und unterstützte sie durch seine Fingernägel, wann immer eine besonders sensible Stelle fand. Er spürte, wie Manoli unter seinen Liebkosungen dahinschmolz. Der Druck seiner Hände ließ nach und er rückte näher heran. Sein Blick wurde sanfter und die Härte verschwand aus seinem Ausdruck. Phil spürte, wie Manolis Hände unerwartet zärtlich seinen Rücken streichelten, während er langsam immer tiefer an seiner Brust hinabglitt und diesen wunderschönen Körper mit seinen Lippen und seiner Zunge liebkoste. Manoli zu wollen, musste nicht Wahnsinn bedeuten; Phil konnte sich etwas zurückhalten und sich einfach eine schöne Zeit mit ihm machen. Manoli hatte gesagt, dass er so schnell zu ihm gekommen war wie nur möglich. Auch er musste gespürt haben, dass zwischen ihnen eine ganz besondere Verbindung entstanden war, die über schnellen, beiläufigen Sex hinausging.

Phil öffnete seinen Mund für den Schwanz, an den er heute lieber nicht hatte denken wollen. Er ließ seine Zunge entlang dieser steifen Speerspitze gleiten und zitterte vor Lust. Manolis Ständer ließ ihn an schnelle, tödliche Dinge denken. An einen Pfeil im Flug, einen Geier beim Sturz auf die Beute. Er wollte, dass er in ihn eindrang und sich in ihn ergoss. Er drückte seine Wange dagegen und spürte den unnachgiebigen Willen darin. Er vergrub sein Gesicht in Manolis Schamhaaren und nahm den Ansatz des Schaftes vorsichtig zwischen seine Zähne. Er spürte Manolis Begierde und wollte sich ihm zur Erlösung anbieten.

»Ist er dir groß genug?«, fragte Manoli über ihm.

»Wie sollte ich mich beschweren, wenn er so groß wie meiner ist?«, sagte er ironisch, bereute es aber sofort wieder. Sich über ihn lustig machen, war das Letzte, was er wollte.

»Das ist er, nicht wahr?«

»Ja, sie sind etwa gleich groß.« Er berührte ihn beim Sprechen und war ganz gerührt von dieser Bitte um Bestätigung seiner Männlichkeit. Ohne darüber nachgedacht zu haben, sprach er mit Manoli eine Mischung aus Englisch und Griechisch, mit der sie beide gut zurecht kamen.

»Deiner ist groß. Du und ich, ich glaube wir sind größer als die meisten Männer.«

»Ein bisschen vielleicht.« Er öffnete seinen Mund, um das Objekt von Manolis Besorgnis in sich aufzunehmen. Er wollte ihm zeigen, wie viel Freude es ihm bereitete und dass er so stolz darauf sein konnte, als wäre es der größte Schwanz der Welt. Er setzte seine ganze Erfahrung und seine Fähigkeiten ein, dann zog er sich langsam zurück und umkreiste Manolis Eier mit der Zunge. Er spürte, wie die Leidenschaft in dem Körper, den er so verwöhnte, zunahm, ohne noch den Höhepunkt zu erreichen.

»Gefalle ich dir?«, fragte Manoli fast schüchtern.

»Ja, und ich will dir gefallen.« Er lehnte sich etwas zurück, sodass Manolis Schwanz zurück in seinen Mund fiel. Er erwartete nicht, dass sich Manoli wehren würde, aber zu Phils Erstaunen schien er auch gar nicht darüber schockiert zu sein. Ganz im Gegenteil, er spornte Phil noch an, indem er sein Gesicht zärtlich streichelte und ihn so zurechtschob, wie es am besten für ihn war. Er ließ nicht zu, dass der Liebesakt eine einseitige Dienstleistung von Phil wurde.

Auf Phils Aufforderung hin bewegte Manoli seine Hüften vor und zurück, als Imitation eines Eindringens. Phil spürte, wie Manolis Erregung weiter zunahm und sehnte sich danach, dass er in seinem Mund den Höhepunkt erreichte. Würde Manoli sich betrogen fühlen, wenn er ihn nicht auf die übliche Art haben konnte? Er hatte Angst davor, diesen Jungen zu beleidigen, der der Meinung war, dass er sich nicht in einen Mann verlieben konnte.

Sie gingen zur Dusche, wuschen sich und trockneten sich ab, doch ihre Blicke blieben am Körper des anderen kleben. Eines wusste Phil ganz sicher – er war völlig verzaubert von Manoli. Als sie trocken waren, zog er ihn so nahe an sich heran, dass er seinen Atem im Gesicht spüren konnte. Sie sahen sich an und Phil befeuchtete seine Lippen. Sich ohne küssen zu lieben, war unmenschlich. Es würde ihn verrückt machen. Er legte seine Hände um Manolis Hals und sah, wie der seine Schultern straffte und wie sein Blick wachsamer wurde. Phil schüttelte leicht den Kopf. »Alles in Ordnung. Ich werde nichts machen, was du nicht willst. Was wolltest du mir vorhin erzählen?«

»Dir erzählen?«

»Du hast gesagt, dass du mir alles erzählen wolltest. Warum lässt du dich von Don wie ein Diener behandeln?«

»Warum tun Diener das, was man ihnen sagt? Natürlich weil sie Geld dafür bekommen.«

Phil kannte sich mit Selbstverachtung aus und erkannte sofort, wie Manoli damit kämpfte, als er die Worte ausspuckte. Das war die Quelle der Gewalt, die er von Anfang an in ihm gespürt hatte. Phil bekam Mitleid. Er strich mit seinen Händen zärtlich über Manolis Schultern. »Diener verkaufen normalerweise nicht ihren Körper«, sagte er leise. »Bist du ein Flittchen?«

»Nein!«, protestierte Manoli heftig. In seinen Augen loderte es und er schüttelte Phils Hände ab. »Du verstehst nicht. Du weißt nicht, wie es hier ist. Dies ist ein schlechter Ort. Du solltest hier nicht bleiben. Du musst weg von hier und mich mitnehmen.«

Phils Mund klappte erstaunt auf. Es hatte ihm die Sprache verschlagen. Er unterdrückte das wilde Lachen, das in ihm aufsteigen wollte. Manoli war verrückt. Er legte ihm den Arm um die Hüfte und sie gingen zurück zum Bett, Schulter an Schulter. Nach Les fühlte es sich gut an, wieder mit jemandem zusammen zu sein, der seine Größe hatte. »Wohin soll ich dich mitnehmen?«, fragte er.

»Zu dir nach Hause. Nach New York? John Robert will mich nach New York mitnehmen, aber erst in sechs Monaten, wenn er selbst geht.«

»Was sollte ich in New York mit dir machen?«

»Ich wäre bei dir.«

Sie erreichten das Bett und streckten sich darauf aus. Es war groß genug für sie beide, wenn sie sich nicht allzu weit voneinander trennten, was Phil nicht vorhatte. Manoli stützte sich auf einen Ellenbogen auf, streichelte Phils Bauch und sah auf ihn hinunter. »Du liebst mich, mein Philip«, sagte er so, als wolle er Phil noch einmal an diese Tatsache erinnern.

Phil war völlig vor den Kopf gestoßen, als Manoli diesen Kosenamen für ihn verwendete. Er hatte es so unendlich zärtlich gesagt. Manoli hatte eine noch intensivere, intimere Verbindung zwischen ihnen hergestellt, und Phil nahm Manolis Hand in seine eigene – auch das passte genau. Ihre Gesichter waren so nahe beieinander, dass es fast unausweichlich schien, dass sie sich küssten. Wie konnte man da widerstehen? Er zeichnete Manolis Gesichtszüge mit dem Zeigefinger nach – seine geschwungenen Brauen, die gerade Nase, die festen, aber zärtlichen Lippen, die er so gerne auf seinem Körper spüren wollte. »Auch wenn ich in dich verliebt bin, was würde uns das nützen?«, fragte er. »Warum sollte ich jemanden wollen, der mich nicht lieben kann?«

»Du bist ein *pousti*. Ich verstehe das. Ich bin ein Mann, der für Frauen geschaffen ist, aber ich kann dir Freude bereiten. Du willst mich bei dir haben.«

»Glaubst du, ich bin völlig ausgehungert nach Sex? Warum denkst du, dass ich dich ohne Liebe bei mir haben will?«

»Don will mich, und ihn will ich wirklich nicht.«

Phil ließ seine Hände sinken und drehte seinen Kopf weg. Mit Don verglichen zu werden, brachte sogar ihn wieder zur Besinnung. »Vielleicht leidet er gerne«, sagte er. »Ich nicht. Ich will für deinen Körper nicht bezahlen. Ich hoffe, dass er dir viel gibt.«

»Kaum etwas außer Worten. Damals vor einem Jahr, als die Generäle weg waren und ich aus den Bergen zurückkommen konnte, hat er mir sehr viel versprochen. Aber er findet immer wieder einen Grund, um es noch weiter hinauszuschieben. Er will, dass ich bettele. Er wartet darauf, dass ich vor ihm auf dem Boden krieche.«

Phil musste ihn unweigerlich wieder ansehen und er nahm ihn wieder in die Arme. »Wie viel?«, fragte er.

»10.000 Dollar. Damit wäre meine Mutter reich. Meine Schwestern hätten eine ordentliche Mitgift, sodass sie gute Ehemänner finden könnten. Ich könnte weggehen und mir einen Job suchen. Er will es mir geben, wenn ich alles tue, was er will. Aber ich gehe lieber für nichts mit dir weg.«

»Oder mit John Robert?«

»Ja, aber dann habe ich nichts für meine Mutter und meine Schwestern. Meine Ehre gebietet mir, alles für sie zu tun, was ich nur kann.«

»Ich habe kein Geld. Ich kann nichts für sie tun.«

»Ich denke, zusammen könnten wir einen Weg finden. Du willst mir sicher helfen. John Robert will mich nur dazu benutzen, sein Spielchen mit Don zu spielen. Er will kaum etwas von mir. Er malt Nacktbilder von mir. Er mag es, wenn ich vor ihm – wie ist das Wort? – abspritze. Er gibt mir Geschenke, aber ich denke in New York hätte er keine Verwendung mehr für mich.«

Phil schloss seine Augen, um den Anblick dieses von inneren Schmerzen verzerrten Gesichtes nicht mehr ertragen zu müssen. Manoli war wunderschön in seinem Schmerz. Phil bekam mehr, als er erwartet hatte. Manoli schockierte und rührte ihn gleichzeitig. Er war ganz offensichtlich verwöhnt, fehlgeleitet, konnte leicht korrumpiert werden und hatte wahrscheinlich noch eine Menge anderer Eigenschaften, die alles andere als bewundernswert waren. Dennoch hatte Phil den Eindruck, als wäre tief in ihm drin ein Kern voller Kraft und Anstand, der davon unberührt geblieben war. Er konnte sich nicht vorstellen, dass Manoli etwas Gemeines tat. Er warf seine Arme um ihn und zog ihn an sich heran. Manoli legte seinen Kopf auf Phils Schulter. Phil atmete stoßweise und es klang fast wie ein Schluchzen. Er ließ zu, dass eine männliche griechische Hure über den Haufen warf, was er sich fest vorgenommen hatte. Fakten waren Fakten. Er konnte nicht behaupten, dass Manoli ihn verführt hatte. Er streichelte den Körper in seinen Armen – den Körper, den er wollte – und zwang sich, völlig emotionslos zu sprechen. »Wie kannst du behaupten, dich nicht wie ein Flittchen zu verhalten? Ich meine nicht die Bilder, sondern die sexuellen Wünsche, die du ihm erfüllst. So bist du kein Model mehr, sondern ein Flittchen.«

Manoli kämpfte sich aus Phils Armen frei und lehnte wieder über ihm. Voller Ärger brach die Rechtfertigung aus ihm heraus. »Bin ich nur dann eine Hure, wenn Männer mich bezahlen? Ich hatte einen Freund. Er hatte schöne Kleider. Er traf reiche Frauen in den Hotels von Athen. Eine von ihnen hat ihn zu einem Ort namens Denver mitgenommen und ihn geheiratet. Viele Männer heiraten, um Geld zu bekommen. Sind sie alle Huren? Reiche Frauen kommen nicht hierher, zumindest nicht diejenigen, die heiraten wollen. Vielleicht ist das in New York anders.«

»Willst du deswegen mit mir kommen? Es gibt viele schöne junge Männer in New York. Du kannst eine reiche Frau finden, aber die wird wahrscheinlich viel älter sein als du, und noch dazu unansehnlich.«

»Die Frau meines Freundes ist alt, aber das ist ihm egal. Er hat alle schönen Mädchen, die er haben will.«

»Findest du, das klingt nett?«

»Nett? Was ist nett?« Er zitterte vor Wut, sein ganzes Gesicht war auf wundersame Weise davon beherrscht und sah trotzdem noch wunderschön aus. »Du weißt gar nichts. Ich wurde nach dem Krieg geboren, also habe ich davon nichts gesehen, aber als ich ein kleines Kind war, hatten wir immer noch so etwas wie Krieg hier. Alle haben das gesagt. Nicht genug zu essen. Ein Bürgerkrieg. Menschen wurden getötet, andere verschleppt. Ich erinnere mich nicht mehr an meinen Vater. Ich konnte nicht mehr zur Schule gehen, nachdem ich elf war. Meine Mutter brauchte meine Hilfe. Ich habe alles getan, um ein paar Drachmen zu verdienen. Als ich älter war, habe ich auf Schiffen gearbeitet. Dafür braucht man keine Ausbildung. Ich wurde von Männern gefickt, die größer waren als ich, und ich habe all mein Geld nach Hause zu meinen Schwestern geschickt, damit sie nicht verhungern. Don gibt mir die Hoffnung auf ein besseres Leben. Ich nehme, was ich bekommen kann.«

Phil war von Manuels Schicksal gerührt. Der Fehler in seinem Gedankengang war offensichtlich, aber er schämte sich dafür, dass er so oberflächlich über ihn geurteilt hatte. Er fuhr mit seiner Hand durch das dichte schwarze Haar und war sich dessen bewusst, dass er Manolis Schwäche ausnutzte. Er hatte nicht das Recht dazu, sich diese Zärtlichkeit herauszunehmen. Er ließ seine Hand wieder sinken und sprach zögerlich, weil er befürchtete, dass alles, was er sagen konnte, entweder für Manoli oder für ihn das Falsche sein würde. »Es ist wahr, dass ich von einem Leben in Not nichts weiß, dass ich von deinem Leben nichts weiß, aber was ist mit all den anderen, denen es ebenso geht? Sie werden deswegen nicht alle zu Huren. Man hat kein besseres Leben als Hure. Du würdest dich hassen. Die Not, in der du warst, hat nicht verhindern können, dass aus dir ein wunderschöner Mann geworden ist. Was wäre denn, wenn du hässlich und deformiert wärst? Auch dann müsstest du versuchen, irgendwie zu überleben. Und zwar ohne Männer, die dir 10.000 Dollar dafür anbieten, dass du vor ihnen kriechst.«

»Ich werde nicht kriechen«, versicherte er. »Aber wenn ich hässlich und deformiert wäre, wüsste ich, dass es keine Hoffnung gibt. Ich hätte dich nicht.«

Phil ergriff Manolis Arme. Aus seinen Worten war so viel Dankbarkeit herauszuhören, dass Phil bereit war, ihm alles zu geben, aber er war immer noch in einem Irrgarten der Widersprüche verloren. Vielleicht hatte er es hier mit einer so fremden Kultur zu tun, dass gar keine Hoffnung für ihn bestand, sie jemals zu verstehen. Seine sprachliche Unsicherheit machte die Situation nicht besser. Wie konnten Männer, die mit anderen Männern schliefen, ihre Homosexualität leugnen? Wann war eine Hure nicht mehr eine Hure? »Von mir kannst du dir nichts erhoffen«, sagte er und schob seine protestierenden Gefühle beiseite. »Wie hast du mich heute Nachmittag gefunden? Bist du mir gefolgt?«

»Das Haus meiner Mutter ist dort in der Nähe. Ich habe dich beobachtet. Ich sah dich nackt mit erhobenem Schwanz stehen. Ich nahm an, dass du nur ein weiterer Tourist auf der Suche nach griechischen Jungs bist, aber einer mit einem sehr schönen Körper. Als ich dich genommen habe, spürte ich, dass du anders bist, und als wir heute Abend mit den anderen zusammen waren, bemerkte ich, warum. Du bist ein guter Mann, wie Johnny, aber der kümmert sich um niemanden. Er beobachtet. Er ruht in sich selbst, wenn das bedeutet, was ich meine. Du gibst dich, verschenkst dich. Du hast dich mir geschenkt.« Er verschob seinen Ellenbogen etwas, legte eine Hand auf Phils Haar und spielte damit und mit seinem Ohr. Ihre Blicke begegneten sich zärtlich und fragend. Manolis Hand glitt sanft über Phils Körper, während sein Blick gleichzeitig fragte, was er da eigentlich machte. Phil rang um Atem, als die Hand immer tiefer und tiefer glitt, und seine Schenkel öffneten sich voller Erwartung. Sein Schwanz schoss vor seinem Körper in die Höhe, um Manolis Fingern entgegenzukommen. Die Hand schloss sich um ihn. Phil schob sie weg.

»Nicht«, rief er verzweifelt, obwohl er nichts lieber wollte. »Warum tust du das? Du bist kein *pousti*. Huren haben ihre Tricks. Wie soll ich wissen, warum du etwas tust?«

Manoli erstarrte. Phil schreckte vor dem Ausdruck von Schmerz in seinem Gesicht zurück. »Es ist nicht richtig, so etwas zu sagen«, wies ihn Manoli leise zurecht. »So etwas darfst du nie sagen. Ich will nichts von dir, was du nicht willst. Ich bin kein *pousti*, aber du gibst dich mir hin. Dein Körper gehört jetzt mir. Ich werde mit dir gehen. Selbst wenn ich heirate, wirst du immer mein Freund bleiben. Wir werden zusammen sein.«

»Aber hör doch ...« Phil brach besiegt ab. Er hatte es mit einem irrationalen Kind zu tun. Manoli sprach, als glaube er unerschütterlich an diese Fantasievorstellung. Phil bemerkte, wie wenig praktisch sein

Gegenüber dachte, so als sei er es gewohnt, dass andere seine Probleme für ihn lösten. Die Mentalität eines Flittchens? Selbst wenn Phil sich dazu überwinden könnte, den Bann, in den der Grieche ihn geschlagen hatte, zu brechen, wusste er nicht, wie er ihm erklären sollte, dass er nicht die Verantwortung für ihn übernehmen konnte. Phil griff nach Manolis Hand und führte sie zurück zu seinem Schwanz. Er richtete sich bei der Berührung voll auf. Er sah sich Manolis Gesicht an, um darauf Anzeichen von Widerwillen zu erkennen, aber davon war nichts zu sehen. Manoli streichelte ihn ununterbrochen, so als gewöhne er sich langsam an das Gefühl.

»Siehst du? Ich kann ihn sehr schnell hart machen«, sagte er, während seine Hände immer mutiger wurden. »Ich weiß, wie ich dich glücklich machen kann. Du willst mich bei dir haben.«

»Aber verstehst du denn nicht? Selbst wenn du mir sagen würdest, dass du mich liebst, wüsste ich nicht, was wir machen sollen. Ich habe wirklich nicht viel Geld, aber das ist noch nicht alles. Es ist sehr schwierig in die USA einzureisen. Bei deinem Freund ist das etwas anderes. Er hat geheiratet. Für dich ist es sehr schwer. Du darfst nicht arbeiten. Es dauert sehr lange, alles zu regeln.«

»Du wirst mir alles erklären. Ich kenne auch andere Wege. Seeleute kennen andere Wege. Ich schleiche mich heimlich auf ein Schiff und arbeite dort und verdiene mir die Überfahrt. Dann bin ich schnell da.« Er streichelte Phils Schwanz langsam und besitzergreifend und grinste ihn wie einen Komplizen an. »Ich denke, du wirst mich schnell dort haben wollen. Don hat mir heute Nacht wieder versprochen, dass er das Geld bald haben wird. Wenn ich es habe, behalte ich so viel, dass es reicht, um mit dir wegzugehen. Wenn wir dann dort sind, kümmerst du dich erst mal um mich. Wenn du mir Geld gibst, gibst du es keiner Hure, sondern weil du mich liebst. Du willst nicht, dass ich eine Hure bin. Ich bin keine Hure.« Er hielt inne – die Muskeln in seinem Gesicht arbeiteten – dann sprach er unter Anstrengung weiter. »Ich muss weg. Jetzt, wo ich dich habe, können wir …« Seine Stimme brach plötzlich und sein Gesicht wurde von Schmerz und Verzweiflung verzerrt. Tränen sammelten sich in seinen Augen.

Phil rollte zu ihm hinüber und nahm ihn von Liebe und Leidenschaft überwältigt in die Arme. Er drückte ihn auf das Kissen zurück, küsste seine Augen und schmeckte das Salz seiner Tränen. Manolis Lippen waren leicht geöffnet und Phil ließ seine Zunge dazwischen gleiten. Manoli öffnete seinen Mund weiter und er nahm ihn sich; ihre Zähne prallten aneinander, die Zungen erforschten das Neuland, das ihnen freudig angeboten wurde. Ihr Kuss wurde immer intensiver, bis es schien, als gehörten ihre Münder zusammen. Sie klammerten sich aneinander, ihre steifen Schwänze drängten an den anderen, ihre Beine umschlangen sich wild und sie verloren sich beide in ihrer Leidenschaft. Wenn Manoli die Tricks einer Hure anwandte, dann war er verdammt gut darin.

Ihr Liebesspiel weitete sich aus – sie lernten sich immer besser kennen. Nachdem Manoli ihm völlig bedingungslos seinen Mund ausgeliefert hatte, stieg in Phil die Hoffnung auf, dass er ihn irgendwann einmal auch in anderen Bereichen als vollständigen Liebhaber akzeptieren konnte, ihm nichts mehr verwehren würde. Er drehte sich um zu Manolis Schwanz, sodass sein eigener frei zu dem Griechen hochschwang – vielleicht wollte Manoli ja noch mehr ausprobieren. Schamlos demonstrierte er seine Fähigkeiten als Schwanzlutscher. Manoli imitierte ihn zwar nicht, seine Hand war aber ein willkommener Ersatz. Er spürte, wie Manolis Orgasmus sich näherte und wusste, dass er seinen eigenen auch kaum noch zurückhalten konnte. Er wollte bis zur Erfüllung mit seinem Mund weitermachen, dachte dann aber an das atemberaubende Gefühl, wenn Manoli ihn nahm und änderte seinen Rhythmus leicht, auf ein Zeichen seines Partners wartend.

»Hör nicht auf«, murmelte Manoli.

Phils Herz machte vor Freude einen Satz, als er diesen weiteren Triumph errang, und er setzte all sein Können ein, als sie sich gemeinsam ihrem Höhepunkt näherten. Manoli schrie auf, als Phils Mund von seiner scharfen Essenz überflutet wurde. Phil schluckte sie, ohne seine Befriedigung zu verbergen und riskierte damit seinen Zorn, während er spürte, wie der Grieche seinen Orgasmus auf seine Brust richtete. Inzwischen kam es ihm weniger unglaublich vor, dass Manoli ihn eines Tages in seinen Mund nehmen würde.

Er lutschte weiter an Manolis schrumpfenden Schwanz und bemerkte, wie Manoli sich mit dem Handtuch abwischte. Schließlich ließ er ihn los, drehte sich um und legte sich neben ihn. Er streichelte sein Haar und küsste ihn zärtlich auf den Mund. Seine Lippen waren weich und willig.

»Ich habe noch nie jemanden das tun lassen«, sagte er und sah Phil in die Augen. »Es ist sehr schön, von dir geliebt zu werden. Mit dir bin ich fast wie ein *pousti*. Es ist sehr seltsam, von einem Mann geküsst zu werden. Deinen Bart mag ich nicht, aber dein Mund ist wirklich aufregend.«

»Deiner auch. Warum hast du geweint?«

»Weil ich dich will. Ich will so sehr, dass du mich liebst. Ich habe Angst davor, dass etwas Schlimmes passieren könnte. Dies ist ein schlimmer Ort. Wir müssen weggehen. Ich habe noch nie einen Mann wie dich kennen gelernt. Ich brauche dich. Ich habe immer einen Freund gebraucht, der mir hilft.«

»Das geht uns allen so.«

»Dir auch? Du weißt viele Dinge, die ich nicht weiß, aber du weißt nicht, wie es ist, allein zu sein. Ich bin immer allein. Wie könnte ich dir helfen?«

»Ich weiß es nicht. Auch ich bin immer allein. Vielleicht, wenn du dich mit der Zeit mir gegenüber immer mehr wie ein *pousti* benimmst, kannst du mir auch helfen. Wir lernen uns gerade erst kennen.«

»Das kommt mir nicht so vor. Ich muss gehen.«

»Wohin, zu Don?«

Manolis Ausdruck verhärtete sich. »Ich schlafe nicht mit Don. Ich gehe zum Haus meiner Mutter.« Er schob Phil weg, stieg aus dem Bett und ging zum Waschbecken.

Phil setzte sich auf und ließ seine Beine über die Bettkante gleiten – er war etwas überrascht von dem plötzlichen Stimmungswandel. Er stand auf und näherte sich ihm, sah ihm dabei zu, wie er sich Wasser auf seine Brust und in die Lendengegend spritzte.

Manoli sah ihn mit einem süßen, flüchtigen Lächeln an. »Du bist immer noch auf mir. Du hast mich geschluckt?«

»Natürlich. Das bist du. Ich will es.«

»Ich kann das niemals tun. Wir machen das hier nicht, nur schlechte Frauen manchmal.«

»Du verhältst dich nicht so, als fändest du es schlecht, dass ich es getan habe.«

»Nein, du bist ein Ausländer. Alle Ausländer machen das. Es ist seltsam, aber du bereitest mir viel Freude.«

»Das freut mich. Mir bereitet es auch Freude.« Er stockte, weil er ihn nicht wieder verärgern wollte. »Hast du Angst vor Don?«

Manolis Lächeln verschwand, aber er sah ihn mit ernster Besorgnis an und nicht verärgert. »Ich habe Angst davor, was er mit uns machen kann. Er darf nicht erfahren, dass du mein Geliebter bist. Er wird erfahren, dass ich dich hatte. Jeder weiß hier alles. Ich weiß nicht, wieso. Das macht nichts, aber er darf nicht erfahren, dass es etwas bedeutet.«

»Wird er es erfahren, wenn du bleibst? Ich will, dass du mit mir schläfst.«

Sein Lächeln kehrte wieder, zusammen mit einem kleinen, wissenden Schimmer von Spott in seinen Augen. »Ja, du willst mich bei dir haben. Auch ich will mir dir schlafen.« Manoli lehnte sich leicht vor und küsste ihm auf die Lippen, ganz ohne dass Phil es herausgefordert hätte. Er drückte seine Hand, als er ihn losließ. »Ich gehe zur Toilette.« Er ging durch die Tür, die zu den hinteren Zimmern führte.

Phil kam es so vertraut vor, hier mit Manoli zusammen zu sein, dass es ihm gar nicht komisch erschien, dass Manoli genau wusste, wo er hingehen musste. Es hatte ihn auch nicht wirklich gekümmert, wie Manoli hereingekommen war. Das war egal. Manoli war jemand, der kein großes Aufhebens machte und für den es einfach keine physischen Hindernisse gab. Er wollte hereinkommen – er kam herein. Phil lächelte in sich hinein.

Während er seine Zähne putzte, fragte er sich, wo das alles noch hinführen würde. Noch schien er die Situation ganz gut im Griff zu haben. Er hatte nicht den Eindruck, als müsse er seinen Willen gegen sein Verlangen einsetzen. Es zeigte sich, dass Manoli ein lernfähiger Liebhaber war, bereit, sich an eine neue Art von Sex zu gewöhnen. Phil war sich sicher, ausreichend darauf hingewiesen zu haben, dass er alles schön langsam angehen wollte, bevor er sich auf etwas Ernstes einließ. Es war so unwahrscheinlich, dass Manoli nach New York gelangen konnte, dass er noch gar nicht ernsthaft daran denken wollte. Wenn er sich erst einmal die nächsten Wochen hier mit ihm gut verstanden, konnten sie sich immer noch überlegen, ob sie das woanders fortsetzen wollten. Er dachte an seine Verabredung mit Johnny am Morgen. Ihre geheime Mission würde ihm eine Entschuldigung dafür geben, für ein paar Tage von Manoli wegzukommen und sich über seine Gefühle klar zu werden. Er wollte sich nicht von seinen Gefühlen fortreißen lassen.

Manoli kehrte zurück, stellte sich hinter ihn und sah ihn im Spiegel an, während Phil sich die Zähne putzte. »Du bist sehr attraktiv, Philipp«, sagte er. Er ließ seine Fingerspitzen über Phils Hinterbacken gleiten. Ein Zittern durchfuhr Phils Schwanz. »Es ist schön mit dir. Ich glaube, ich werde mit dir mehr Sex haben als mit jedem anderen

Mann.« Er stellte sich neben ihn und griff nach der Zahnbürste. »Die brauche ich auch.«

Phil hatte irgendwann mal gehört, dass man sich sicher sein konnte, in jemanden verliebt zu sein, wenn man dieselbe Zahnbürste benutzen konnte. Ohne zu zögern reichte er sie Manoli und wunderte sich gleichzeitig über die unerwartete Nähe zwischen ihnen.

Nachdem sie ihre Bettvorbereitungen abgeschlossen hatten, machte Phil das Licht aus und schlüpfte ins Bett. Manoli wartete schon auf ihn, streckte seine Hände nach ihm aus und zog ihn an sich heran. Er rückte Phil so zurecht, dass er mit dem Rücken zu ihm lag, und umarmte ihn dann. Er küsste sein Ohr und spielte mit seiner Zunge daran. Phil kicherte und sein Schwanz begann freudig zu reagieren. Als Manoli ihn schließlich fand und seine Hand darum legte, war er so groß, wie er nur werden konnte.

»Das ist ein feiner Schwanz, den du da hast, mein Philip. Er ist immer steif.«

Phil kam sich sehr mutig dabei vor, als er seine Hand zu der von Manoli führte und ihm zeigte, wie er gehalten werden wollte. Er spürte keinen Widerstand gegen seine Anleitung. Manoli schien langsam Freude daran zu finden, einen Schwanz zu streicheln. »Deiner auch. Beide sind groß. Wir werden schlafen und uns die ganze Nacht begehren.«

»Und am Morgen werde ich dich ausgiebig ficken. Du musst jetzt schlafen, mein Philip. Morgen früh gehst du mit Johnny segeln.«

Hier wussten alle über alles Bescheid. »Ja.«

»Fährst du bald mit Johnny weg?«

Phil fragte sich, wie geheim Johnnys Pläne noch waren. »Nein. Vielleicht irgendwann für einen Tag oder zwei um die Insel.«

»Kann ich mit dir kommen?«

»Mir würde das gefallen, aber ich muss Johnny fragen. Ich glaube, er will noch Freunde mitnehmen.«

»Du wirst mich mit dir nehmen«, seufzte er zufrieden.

Zu seiner Erleichterung bemerkte Phil, dass Manoli schon ganz schläfrig sprach. Er musste mit Johnny absprechen, was sie in einem solchen Fall sagen sollten. Geheimnisvoll zu klingen, wäre da ebenso schlecht wie das Falsche zu sagen. Es tat ihm fast Leid, dass er Johnny fest zugesagt hatte. Was er gestern noch für ein wunderbares Abenteuer gehalten hatte, schien im Vergleich zu dem Abenteuer mit Manoli etwas lahm. Er kuschelte sich an ihn und spürte, wie der Schlaf ihn langsam übermannte. Er konnte kaum glauben, dass all dies wirklich geschah. Aus ihrer schamlosen öffentlichen Vereinigung am Strand war eine süße zarte Verbindung ihrer Körper entstanden. Das alles kam ihm doch sehr unwahrscheinlich vor. Er träumte bloß. Er merkte, wie Manolis Atem an seinem Ohr tief und regelmäßig wurde. Ein weiterer Träumer.

Am nächsten Morgen würde der Traum weitergehen und sie würden träumen, in den Armen des anderen aufzuwachen. Er hatte sich nicht mehr so zufrieden und ausgeglichen gefühlt, seit er das letzte Mal mit George geschlafen hatte. So lange her. So viele Verluste seither. Die Ähnlichkeiten zwischen Manoli und George waren verschwunden, seit er den Griechen genauer kannte. Statt körperlicher Ähnlichkeit blieb eher ein Gefühl, ein Gefühl der Sicherheit, eine Konstante. George hatte tiefe Spuren bei ihm hinterlassen, als sie sich kennen gelernt hatten. Mit Manoli wäre es eine etwas oberflächlichere Nachbildung dessen, was er mit George erlebt hatte, aber es war das erste Mal, dass er wieder so fühlte. Es war schon seltsam. Manoli war hetero, was auch immer das bei ihm bedeuten mochte. Er veränderte sich. Sie konnten noch nicht richtig gut miteinander sprechen, auch wenn das allmählich immer besser wurde. In ihrer privaten Sprache wurde Phils Griechisch immer wieder durch Manolis Englisch unterstützt. Das Sprachproblem konnte gelöst werden, aber es wäre Unsinn, an etwas Dauerhaftes mit dem Griechen zu glauben, wenn er sich in Erinnerung rief, was er mit George gehabt hatte. George hatte ihm, nachdem sie sich kaum eine Stunde kannten, seine Liebe erklärt, und er wollte Phil Geld geben, nicht ihm welches wegnehmen. Wenn aber alles so schön mit George gewesen war, warum waren sie dann nicht immer noch zusammen? Das war die Frage.

George hatte wie versprochen arrangiert, dass sie sich schon kurz nach Neujahr bei Charlie, einem seiner Ex-Geliebten, in New York treffen konnten. Im Rückblick erschien es Phil, als sei bereits zu diesem Zeitpunkt der erste Missklang in ihre Beziehung gekommen. In der Wiedersehenseuphorie, nachdem er und George sich fast einen Monat nicht gesehen und diesem Augenblick entgegengefiebert hatten, bemerkte Phil ihren Gastgeber kaum. Charlie ließ sie an ihrem ersten Abend taktvoll allein, nachdem sie sich höflich begrüßt hatten.

Als er spät in der Nacht wiederkam, erwischte er sie gerade bei einer kurzen Ruhepause, zwischen mehreren stürmischen Begrüßungen im Bett. Phil hörte ihn an der Tür und sprang eilig von dem Sofa auf, wo sie es sich, spärlich mit Schlafanzügen bekleidet, gemütlich gemacht hatten. Phil war immer noch sehr schüchtern, wenn es darum ging, die körperliche Verbindung zwischen ihnen zu zeigen, selbst vor Leuten, die genügend Verständnis aufbrachten. Charlie wehte herein wie ein Windzug und brachte sie die nächste halbe Stunde mit Erzählungen von seinen lustigen Aktivitäten in der Stadt zum Lachen – Phil hatte gelernt, dass man diese Art sich zu geben affektiert nannte. Von Freunden mit Namen wie Al oder Herbie sprach er in der weiblichen Form »sie tat dies» »sie tat jenes«, sich selbst bezeichnete er als »Mutter«. Phil fühlte sich damit etwas unwohl, nahm aber an, dass er sich daran gewöhnen würde. Vor allem passte es nicht zu Charlie, der eigentlich das Aussehen eines nachdenklichen Poeten hatte. Er hatte große Augen mit hängenden Augenlidern und einen provozierend sinnlichen Mund. Wenn er nicht affektiert war, war er richtig hübsch und erinnerte Phil an Montgomery Clift.

»Höchste Zeit für Mutter, ihren Schönheitsschlaf zu machen«, erklärte er schließlich. »Ich beeil mich im Bad und überlass es dann ganz euch Frischvermählten.« Er gab George einen Gute-Nacht-Kuss, was Phil ziemlich störte. »Ich muss die Braut küssen«, sagte er und drehte sich zu Phil. »George hat schon immer gewusst, wo er die Besten findet. Sieh mich an.« Er beugte sich vor und küsste ihn. Es war nur ein flüchtiger Kuss und Phil nahm an, dass er ganz harmlos aussah, aber er hatte kurz Charlies Zunge zwischen den Zähnen gespürt. Phils Herz hatte zu flattern begonnen und die ersten Anzeichen einer Erektion zeigten sich. Er wusste, dass Charlie ihn sich noch nehmen würde. Er hatte noch nicht gelernt, wann es besser war, Nein zu sagen.

Es passierte am nächsten Morgen, als hätten sie alles extra dafür arrangiert. George hatte die Wohnung früh verlassen, weil er etwas für seinen Vater erledigen musste. Phil schlief lange und ließ sich Zeit, sich für das Treffen mit ihm fertig zu machen. Charlie kam unerwartet früh von der Arbeit. Phil hörte, wie jemand die Haustür zuwarf, als er gerade fertig geduscht hatte. »George?«, rief er.

»Dein charmanter Gastgeber«, rief Charlie zurück.

Phil war gerade dabei, sich abzutrocknen, als Charlie von vor der Badezimmertüre erneut rief. »Kann ich dazukommen?«

Phil versuchte sich einzureden, dass es nichts Besonderes war, wenn er nackt im Badezimmer eines Jungen stand und hielt keusch ein Handtuch vor sich. »Klar. Komm rein«, rief er.

Charlie kam grinsend herein und trug nichts außer einem spärlichen Morgenmantel, der viel Haut frei ließ. Er blieb dramatisch auf der Türschwelle stehen und schüttelte voller Bedauern den Kopf. »Verdammt. Ich hab's verpasst. Ich wollte sehen, wie das Wasser glitzernd deinen Körper umspült.« Er kam näher und ließ dabei seine Hände in den Taschen des Morgenmantels, um ihn vorne zusammenzuhalten. Vor Phil blieb er stehen und sah ihn einladend an. »Du bist die geilste Versuchung, die mir seit Langem begegnet ist, selbst mit diesem Handtuch vor deiner Hauptattraktion. Kommt George zurück, um dich abzuholen?«

Phil versuchte, sich weiter abzutrocknen und gleichzeitig zu verbergen, was gerade mit seinem Schwanz passierte. »Nein, ich soll ihn um halb eins irgendwo auf der 57. Straße treffen.«

Charlies Grinsen wurde breiter. »Mehr als eine Stunde? Wie dumm von George, dich in meiner Gewalt zurückzulassen. Natürlich konnten wir nicht vorhersehen, dass ich heute Morgen etwas Freizeit haben würde und du schon nackt auf mich wartest, wir können es auch Schicksal nennen und nicht grobe Fahrlässigkeit. Gott, was für ein Körper. Du und George, ihr seid wirklich unglaublich. Es wäre nicht fair mir gegenüber, wenn ich euch nicht beide haben dürfte.« Charlie zog ihn in seine Arme und setzte den Kuss fort, den er letzte Nacht begonnen hatte – es war nur ein kleiner Vorgeschmack auf die Wunder seines Mundes gewesen. Handtuch und Morgenmantel fielen hinunter. Die Lust, mit der Phil Charlies Körper spüren wollte, machte das Ganze zu wirklicher Untreue. Einen Sekundenbruchteil war er sich bewusst, wie sehr er sich innerhalb der letzten zwei Monate verändert hatte. Er konnte nun nicht mehr nackt mit einem Freund zusammen sein und denken, das alles sei vollkommen harmlos. Er hatte sich immer noch nicht an die Veränderung in sich gewöhnt – den Übergang von einem Jungen, der im Schulkeller seinen Spaß gehabt hatte, zu einem Mann, der seinen ganzen Körper in einem erregenden Liebesakt einsetzte. Er und Charlie waren nackt und ihre Schwänze ragten voller Verlangen nach dem Körper des anderen vor ihnen auf.

Sie trennten sich schwer atmend voneinander und Charlie strich mit der Hand über Phils Schwanz. »Groß, aber nicht übertrieben, Gott sei Dank«, sagte er anerkennend. »Der von George kann ein Mädchen wirklich verschleißen. Bei dir fühle ich mich nicht wie ein Zwerg.«

»Dafür gäbe es auch keinen Grund«, sagte Phil. Charlies Schwanz war fast ebenso groß wie sein eigener, also wollte er nichts davon hören, dass er zwergenhaft sein könnte. Charlies Körper wäre in jedem Fitnessstudio, das etwas auf sich hielt, eine Schande gewesen. Phil konnte sich keinen Reim darauf machen. Er hatte eine nette Figur, war aber ungelenk und untrainiert, haarlos wie ein Junge, gleichzeitig aber erstaunlich begehrenswert. Phil spürte tief in sich ein Beben, als sich sein Körper darauf vorbereitete, sich dem Willen dieses Mannes zu unterwerfen. Es war erstaunlich, dass ein so durchschnittlicher Körper trotzdem eine solche männliche Ausstrahlung haben und so auf ihn wirken konnte.

»Lass uns lieber im Bett mehr darüber herausfinden«, sagte Charlie. »Du wärst nicht mit George zusammen, wenn du es nicht mögen würdest, gefickt zu werden. Ich mags auch, aber ich bin sehr vielseitig. Darf ich dich also nehmen?«

»Na ja, ich …«

»Natürlich darf ich das.« Er schob ihn in sein Schlafzimmer, wo sie ineinander verschlungen auf das Bett fielen. Phil gab sich völlig der Lust hin, während er innerlich nach einer Rechtfertigung für sich suchte. George hatte Charlie gewollt. Es war nur natürlich, dass er Charlie auch wollte. Es war einfach so, als ob er noch mehr von George bekommen würde. Kurz durchzuckte es seine Gedanken, dass Charlie erst der zweite Mann war, mit dem er richtig ins Bett gegangen war – Teddy zählte nicht richtig – es war also ganz sinnvoll, wenn er etwas mehr Erfahrung sammelte. George hatte jede Menge. Für Phil war seine Homosexualität noch so ungewohnt, dass es ihn immer noch erstaunte, wenn ein Mann ihn begehrte. Es konnte nicht mit George vollkommen richtig und in Ordnung sein, wenn es das nicht auch mit anderen Jungs wäre. Er lutschte Charlies Schwanz mit der leidenschaftlichen Hingabe, von der er gelernt hatte, dass sie ein Teil von ihm war. Aber er hatte nicht gewusst, dass sein unwiderstehlicher Drang, sich einem Mann hinzugeben, ebenso ein Teil von ihm war – etwas, das er früher oder später auch ohne George herausgefunden hätte – bis Charlie ihn nahm.

Es geschah ohne den erhabenen Schock, den Georges Eindringen immer bei ihm hervorrief, aber er stellte fest, dass sein Verlangen, das von George oder vielleicht sogar von Teddy erweckt worden war, auch von Charlie durchaus gestillt wurde. Ein Junge wollte ihn und nahm ihn sich auch. Der Schwanz dieses Jungen war in ihm und fand seine Freude an Phils Hingabe. Irgendetwas in ihm zwang Phil dazu, diese Unterwerfung zu akzeptieren. Er huldigte dieser phallischen Kraft.

Der Mann, den er attraktiv fand, machte ein Mädchen aus ihm. Er konnte es nicht verstehen, aber es stimmte. Er hielt den Atem an, als Charlies Stöße heftiger und entschlossener wurden und stöhnte einwilligend.

»Du magst es, meinen Schwanz in dir zu spüren, nicht wahr, mein Liebling?«, murmelte Charlie. »Du bist himmlisch. Bist du bald so weit? Wenn wir schnell kommen, haben wir noch Zeit für ein zweites Mal.«

Als sie zurück unter der Dusche waren, sah Charlie Phil mit einem verschwörerischen Lächeln an. »Für Mutter ist das alles noch etwas neu, aber ich habe den Eindruck, dass du eine Sensation bist. Nach dem, was du von George gewohnt bist, hatte ich schon Angst, du würdest dich angewidert von mir abwenden.«

»Weil sein Schwanz so lang ist? Deswegen habe ich mich nicht in ihn verliebt. Ich habe mich fast in dich verliebt, als du in mir drin warst. Ich glaube nicht, dass ich auch *vielseitig* werden will.«

»Du bist mein süßer Engel. Es ist wirklich hässlich, auch nur daran zu denken, aber ich bin sieben oder acht Jahre älter als du. Es kann eine Menge passieren, bis du ein so alter Mann wie ich bist. Könntest du dir vorstellen, ein Wochenende mit mir allein zu verbringen?«

»Wie könnte ich? Das kann ich mir nicht leisten.«

»Was gibt es da zu leisten? Das Flugzeugticket kann ich spendieren. Alles andere sind Kinkerlitzchen.«

»Würde George es nicht herausfinden?«

»Warum sollte er? Ich habe nicht vor, dich nach draußen zu lassen. Wenn du dir aber wegen des Betrugs Gedanken machst, keine Sorge – Treue ist nicht eine seiner Stärken.«

»Nicht?«

»Einen Moment. Versteh mich nicht falsch. Vielleicht hat er sich je wirklich gewandlet. Wir haben es das letzte Mal gemacht, als er auf dem Heimweg vom College war, vor etwa einem Monat, aber er hat mir alles von dir erzählt. Er sagte, dass du der Einzige für ihn seist. Keine Spielchen mehr.«

»Aber ihr wart nach den Weihnachtsferien zusammen im Bett?«

»Na ja, vielleicht war das nur Gewohnheit. Wir haben das schon gemacht, seit er aufs College ging, aber ich war einer unter Tausenden. Sein Schwanz ist ganz schön berühmt. Ich war mal auf einem Gang-Bang mit ihm und da hatte er sechs Jungs in Folge und davor und danach noch ein paar. Nachdem ich dich jetzt kennen gelernt habe, kann ich es gut verstehen, wenn er sagt, dass er keinen anderen mehr ansehen will, aber sei ihm nicht böse, wenn ihn seine früheren Gewohnheiten ab und zu wieder einholen. Treue ist nicht alles.«

Wegen der Bilder, die Charlie in ihm heraufbeschworen hatte, hatte Phil erneut einen Steifen. Georges Verflossene interessierten ihn nicht, er beneidete ein paar davon (allerdings nicht die beim schockierenden Gruppensex), und es machte ihm noch nicht einmal etwas aus, dass George, seit sie zusammen waren, noch jemanden gehabt hatte, vor allem, zumal es Charlie war, der sein Vorgänger war – aber er musste sich über etwas klar werden, was er für ein wichtiges Problem hielt. Wenn George die Regeln nicht festsetzen konnte oder wollte, musste er das selbst herausfinden. Er konnte davon ausgehen, dass Charlie keine große Hilfe dabei wäre.

Er stellte fest, dass ihre beiden Schwänze offensichtlich einen ähnlichen Rhythmus hatten und gerade dabei waren, sich erneut aufzurichten. Charlie drehte Phil um, schob ihn aus dem Wasserstrahl heraus und rückte an ihn heran. Sein steifer Schwanz stieß an Phils Hinterbacken. Phils Schwanz hatte seine volle Länge erreicht, als Charlies Hände ihn berührten.

»Hallöchen, hätte nie gedacht, dass deine Mutter so eine potente Lady ist.« Charlies Stimmte bebte vor Lachen. »Wenn du nicht mit dem Anziehen trödelst, können wir noch einen Versuch wagen. Wollen wir?«

»Ich bin in null Komma nichts angezogen. Steck ihn rein.«

Charlie tat es und sie sanken so verbunden auf die Knie. Ihre Körper bewegten sich rhythmisch vor und zurück. »Werden wir also unser gemeinsames Wochenende bekommen, mein süßer Engel?« In Charlies Stimme schwang sein Triumph mit, als er weiter eindrang.

»Verdammt, ich will dich so sehr. Ich kann es gar nicht fassen. O Gott, ja, genau so. Dein Schwanz ist fantastisch. Er fühlt sich so groß an wie der von George.«

»Er ist fast so groß wie deiner. Das ist nicht schlecht.«

»Ich habe nicht gewusst, dass ich von irgendjemandem außer George so genommen werden wollte. Ich will ihn nicht betrügen. Du bist der einzige Seitensprung.«

»Keine Angst. Es bleibt alles in der Familie. Wir werden dich teilen. Bin ich der Zweite?«

»Ja, außer einmal, als ich noch ein Kind war.«

»O Liebling, du bist so süß. Nächstes Mal verbringen wir die ganzen drei Tage im Bett.«

»Du meinst es ernst, dass du mir das Ticket zahlst?«

»Natürlich. Du bist mein süßer Engel. Sag Bescheid, wenn du mehr brauchst.«

Es war erstaunlich, dass Jungs bereit waren Geld dafür zu zahlen, dass er bei ihnen war. Die Großzügigkeit von George hatte Phil schon vorbereitet, auch dieses Angebot anzunehmen. Er hoffte nur, dass das keine Hure aus ihm machte. »Ich komme gleich«, rief er in Ekstase aus.

»Ich auch. Du wirst nicht zu spät zu ihm kommen.«

Es war etwas anstrengend, mit zwei Jungs, die er so sehr wollte, zusammen zu sein, aber zum Glück war Charlie häufig weg. Phil hatte unmögliche Visionen von ihnen dreien zusammen im Bett, davon, wie sie ihn beide nahmen. Als er am Sonntagmorgen früh aufwachte, nachdem er die Nacht über ruhelos an Charlie im Nebenzimmer gedacht hatte, schlief George noch tief und fest. Phils Herz begann angesichts dieser Versuchung laut zu hämmern. Er hörte kurz Georges tiefen Atemzügen zu, die immer wieder von leichtem Schnarchen durchsetzt waren und stahl sich schließlich leise aus dem Bett. Wenn er sich nur regte, würde Phil sofort zurückeilen – tat er aber nicht. Er schlich sich auf Zehenspitzen ins Bad. Er betätigte die Toilettenspülung und plätscherte unnötig laut mit dem Wasser, als er sich die Zähne putzte, weil er hoffte, dass Charlie ihn hören würde. Als keine Antwort auf seine Signale kam, wurde er unwiderstehlich zu Charlies Tür gezogen. Er stand davor und lauschte, seine Hand schwebte über dem Knauf. Sollte er es riskieren? Die Tür öffnete sich. Sie sahen sich einen Augenblick erstaunt an, dann ergriff Charlie ihn und zog ihn in sein Zimmer. Ihre Körper schmiegten sich auf dem Bett aneinander.

»Mein Gott, du bist wirklich gut, Liebling«, flüsterte Charlie, als er in ihn eindrang. »Besser wir beeilen uns. Er bringt uns um, wenn wir nicht aufpassen.«

»Ja, schnell. Es ist Wahnsinn, aber ich konnte nicht anders. Ich will dich. Dich und George. Ich will euch beide. O Gott. Dein Schwanz, Charlie.«

Er schlüpfte zurück zu George und war erleichtert, ihn immer noch tief schlafend vorzufinden. Eine Welle von Schuldgefühlen überwältigte ihn. Er hatte alles, was ihm wirklich teuer war, leichtsinnig riskiert. Es war schlimm genug, dass er George betrog, aber er musste es wenigstens nicht so direkt vor seiner Nase tun. Ihm war regelrecht schlecht vor lauter Schuldgefühlen. Es mochte ja sein, dass er immer noch Zweifel an seiner Homosexualität gehabt hatte, aber diese Entschuldigung zog ab jetzt wirklich nicht mehr. Jetzt konnte er sich ganz sicher sein. Auch die Ausrede, dass er so schockiert gewesen war zu hören, dass George so umtriebig gewesen war, wirkte nicht – George hatte nie ein Geheimnis daraus gemacht. Wenn er auch weiterhin etwas mit Charlie haben wollte, musste er einen Weg finden, die Zusammenkünfte so zu organisieren, dass sein Leben mit George davon nicht berührt wurde.

Er und Charlie verbrachten ihr gemeinsames Wochenende und Phil stimmte weiteren Treffen nach den bevorstehenden Osterferien zu. Das Glück, volle zwei Wochen mit George verbringen zu können, ließ ihn Charlie beinahe vergessen, aber als das College sie danach wieder trennte, nahm Phil die Einladung zu einem weiteren heimlichen Wochenende an. Ein drittes und ein viertes folgten. Charlie wurde zu einer Gewohnheit, mit der Phil nur ungern brechen wollte.

Phil war vorsichtig, nicht in der Stadt gesehen zu werden, sodass es unwahrscheinlich war, dass George von diesen Wochenenden zufällig erfuhr. Die ganze Angeberei und der Tratsch von Charlie über die sexuellen Vorlieben irgendwelcher Leute, die er kannte, machten Phil bewusst, was für ein abgeschottetes Leben er und George führten. Einige der Freunde von George waren schon verheiratet. Wenn ihre Ausbildung abgeschlossen war, bliebe George als auffälliger Junggeselle mit einem verdächtig anhänglichen Freund zurück. Es würde anstrengend werden, sich ständig verstellen und Leuten etwas vorspielen zu müssen. Zum ersten Mal wurde sich Phil der Gefahren bewusst, die sie in den nächsten Jahren immer mehr bedrohen würden. Sie durften nicht nachlässig werden und alles als selbstverständlich betrachten; sie mussten ständig nach Möglichkeiten suchen, wie sie ihre Beziehung noch stärken und glücklicher gestalten konnten.

Er dachte lange über Treue nach. Er wünschte sich, George hätte einen deutlichen Standpunkt formuliert, welchen auch immer, damit er sich daran hätte orientieren können. Seine Versuche, ihn zu einer festen Aussage zu bringen, hatten zu nichts geführt. Offensichtlich sah George darin kein Problem. Er war es gewohnt, dass das Leben eine Abfolge von Triumphen war. Da er in allem, was er tat, der Star war, meinte er, sich keine Sorgen machen zu müssen, dass etwas schief gehen könnte. Phil gehörte ihm. Sie waren zusammen. Er würde dafür sorgen, dass sie zusammen blieben. Das schien alles zu sein, was sich George zu dem Thema dachte. Phil war sich noch nicht einmal sicher, ob es ihm etwas ausmachen würde, wenn er wüsste, was los war.

Er war immer mehr der Ansicht, dass es George etwas ausmachen *sollte*, und wenn das nicht der Fall war, dann sollte sich vielleicht Phil für ihn darum kümmern. Er wusste, was mit ihm geschah, auch wenn sich George dessen noch nicht bewusst war. Er schuf einen Graben zwischen ihnen. Da ihre Liebe und ihr Vertrauen durch nichts geschützt waren, hatte Phil nicht gezögert, ihn zu hintergehen. Es würde alles kaputt machen, wenn er herausfände, dass George es genauso machte. Er lernte, dass niemand sich zwei Leuten gleichermaßen hingeben konnte. Jedes Mal, wenn er mit Charlie zusammen war, betrog er den Menschen, der ihm das Wichtigste auf der Welt war. Er betrog George um etwas, das ihm gehörte. Es war keine Frage der Loyalität. Seine Loyalität gegenüber George war ungebrochen, nur wenn es darum ging, auch danach zu handeln, schien er seine Loyalität immer so zu modifizieren, wie das meiste Vergnügen für ihn heraussprang. Es spielte keine Rolle, ob George es jemals herausfand. Er lebte mit einer Lüge und würde dafür zahlen. Er lernte, dass es einen guten Grund für Treue gab.

Die langen Sommerferien standen bevor und Phil wusste, dass er mit Charlie Schluss machen musste. Er konnte sich nicht vorstellen, ihm zu sagen, dass er ihn nie wiedersehen wollte, aber er konnte es sich noch weniger vorstellen, einen ganzen Sommer mit George zu verbringen, wenn der Schatten von Charlie zwischen sie fiel. Als sich das fünfte Wochenende mit Charlie näherte, schrieb er ihm einen Brief und sagte ab. Er erklärte, dass es George gegenüber nicht fair sei weiterzumachen. Er hatte etwas Angst davor, zu viele Details ihres Verhältnisses im Brief zu erwähnen, aber er war sich sicher, dass Charlie ihn niemandem zeigen würde.

Seine Entscheidung nahm ihm ein großes Gewicht von den Schultern. Er beschloss, dass er nie wieder untreu sein würde, egal wie stark die Versuchung wäre. Er war fast 20, also alt genug um zu wissen, was er wollte und entsprechend zu handeln.

Er vermisste Charlie und war erstaunt darüber, wie viel es ihm ausmachte, sich nicht mehr auf Wochenenden mit ihm freuen zu können. Es war ein konstanter Schmerz, der ihn aber nur darin bestärkte, dass er richtig gehandelt hatte. Als der Sommer endlich kam und er wieder mit George zusammen war, bemerkte er, wie nah dran er gewesen war, alles kaputtzumachen. Ein Teil seiner Gedanken oder seiner selbst war von Charlie ausgefüllt gewesen – dieser Teil war jetzt frei, ein Vakuum in ihm. Er hatte es zugelassen, dass ein wichtiger Teil von ihm vor George verborgen geblieben war und er gab sich nun alle Mühe, ihn demjenigen zurückzugeben, dem er gehörte. Hätte er sich noch mehr Zeit damit gelassen, wäre ihm das vielleicht gar nicht mehr möglich gewesen. Dabei war die Untreue seines Körpers noch das geringste Problem. Viel wichtiger war, wie Phil sein Verhältnis zu Charlie immer mehr ausgeweitet und verlängert hatte; ihr erster Sex hatte für sich genommen nicht allzu viel bedeutet, höchstens insofern, als sexuelle Lässigkeit die moralische Standhaftigkeit untergrub.

Er lernte, was es bedeutete, für seine Liebe Opfer zu bringen; sie wurde dadurch noch wertvoller. Er fand aber auch heraus, wie es sich anfühlt eifersüchtig zu sein. Den ganzen Sommer über suchte er bei George nach Anzeichen dafür, ob er zu seinen früheren Gewohnheiten zurückfand. Phil war außer sich vor Zorn und tief verletzt, wann immer er auch nur das geringste Interesse an anderen Jungs zeigte. Er hatte sich das Verhältnis mit Charlie verboten, und wenn er nun George in einer ähnlichen Situation anträfe, würde er ihn töten und sich gleich gleich mit. Es gäbe nichts mehr, wofür es sich lohnte zu leben. George war alles, was er im Leben wollte und alles, was er sich erlauben würde.

Als aber nichts passierte, was ihre Harmonie hätte stören können, kam Phil der Gedanke, dass George vielleicht von Anfang an so gedacht hatte und deswegen nicht über das Problem der Untreue hatte sprechen wollen. Warum sich Sorgen machen, wenn sie füreinander geschaffen waren?

Zumindest hatten die heimlichen Wochenenden dazu geführt, dass Phil eingesehen hatte, dass sein Leben jetzt und in Zukunft von seiner Perversion bestimmt werden würde. Sein Laster? Für Phil gehörte zu einem Laster Schwäche und Genusssucht, aber seine Homosexualität hatte keine Züge der Genusssucht. Es gab Zeiten, da hasste er sich dafür, aber sie gehörte ebenso zu ihm wie seine Sehfähigkeit oder sein Gehör. Seine einzige Alternative war, vollständig auf Sex zu verzichten; wenn er darauf beschränkt gewesen wäre, bei Frauen Befriedigung zu finden, wäre er wahrscheinlich eine Jungfrau geblieben – zum Glück hatte George ihn vor diesem Schicksal bewahrt. Nachdem er gelernt hatte, diese Grundprinzipien seiner Person zu akzeptieren, konnte er sich jetzt Gedanken über seine Zukunft machen.

Die Juristerei schien für einen Homosexuellen nicht der richtige Beruf zu sein. Alle Rechtsanwälte, die er kannte, hatten Frauen, die für ihr Vorankommen nützlich waren; bei Uni-Professoren sah die Sache hingegen anders aus. Viele seiner Professoren waren homosexuell.

Er nahm sich in den Sommerferien die Zeit, das Problem seiner Zukunft mit George durchzudiskutieren, und der war seiner Meinung. Die Zukunft von George war durch das Unternehmen seiner Familie vorbestimmt. Sollte Phil einen Job in der Nähe, idealerweise in Ann Arbor, finden, könnten sie ihre Wochenenden miteinander verbringen und die Ferien sowieso. Er war an Literatur und Theater interessiert und entschloss sich, in den Lehrberuf zu gehen. Seine Eltern waren darüber erstaunt, vielleicht auch etwas enttäuscht, aber sie machten ihm keine Vorwürfe. Er wünschte sich, ihnen von seinem neugefundenen Glück erzählen zu können; wenn George ein Mädchen wäre, wären sie völlig aus dem Häuschen gewesen, wenn sie erfahren hätten, dass er die Liebe seines Lebens gefunden hatte.

Nachdem George seinen Abschluss gemacht hatte, bekam er von seinem Vater das Häuschen in der Stadt, und er und Phil konnten das Leben führen, das sie sich erträumt hatten. Phils Stundenplan konzentrierte sich auf Englisch und Kunstgeschichte. Er hatte gute Noten und war bei seinen Lehrern sehr beliebt. In seinem letzten Jahr wurde ihm für den Herbst ein Lehrauftrag an seiner Fakultät angeboten. Es schien alles genau so zu laufen, wie sie es sich vorgestellt hatten; früher oder später würde er College-Lehrer sein, während George das Familiengeschäft übernehmen würde. In Vietnam war irgendetwas los, das bedenklich war, aber das war so weit weg, dass es ihnen keine Sorgen bereitete. Das einzige größere Problem, das Phil gehabt hatte, lag in der Vergangenheit und war abgeschlossen. Sie lebten ein herrliches Leben. Phil hatte gelernt, der Versuchung zu widerstehen, und er nahm an, dass es Georg ebenso ging, wenn es für ihn überhaupt je ein Problem gewesen war. Vielleicht hatten die Jahre der Zügellosigkeit ihm dabei geholfen zu lernen, was seine Prioritäten waren. Da sie füreinander bestimmt waren, waren sie natürlich monogam.

Kurz vor seinem Abschluss schrieb George ihm einen Brief, der Phil mehr verwunderte als verärgerte. Nun, da Phil das richtige Leben bevorstand, schrieb George, müsse er sich langsam auch über Heirat und Kinder und diese Aspekte des Erwachsenenlebens Gedanken machen. George gab zu, dass es sehr selbstsüchtig von ihm gewesen war, Phil wegen einer Schuljungenromanze um wichtige Lebenserfahrung zu bringen.

Wenn er im Sommer heimkäme, wäre es nicht gut, wenn Phil wieder zu ihm käme – die Leute fänden es sicher seltsam, wenn zwei erwachsene Männer, die beide Geld verdienten, zusammen wohnten.

Phil sollte sich etwas mehr um die normalen Aktivitäten von Leuten ihres Alters kümmern. Es würde sich nichts zwischen ihnen ändern, schrieb er, alles würde nur ins rechte Licht gerückt werden.

Der Brief stand so sehr im Widerspruch zu allem, worüber sie gesprochen hatten, dass Phil ihn nicht ernst nehmen konnte. George musste ihn in einem etwas uncharakteristischen Anfall von Schuldgefühlen geschrieben haben. Es war etwas, was schon nach wenigen Minuten Gespräch und einer Stunde im Bett geklärt werden konnte, es wäre jedoch am besten, es möglichst *bald* zu klären, damit George sich nicht darauf versteifte.

Er verkaufte einige Bücher, lieh sich etwas Geld von einem Freund und nahm den ersten Bus nach Newcorners. Wie sich herausstellte, war der Grund dafür, dass George ihn nicht um das Geburtsrecht eines Heterosexuellen bringen wollte, ein blonder Junge namens Ron. Phil kam spät beim Haus an und öffnete die Tür mit seinem eigenen Schlüssel. Er fand George im Bett mit Ron.

Phils Zorn übertraf bei weitem das, was er selbst für möglich gehalten hatte. Ron floh und überließ das Schlachtfeld seinem tobenden Rivalen. Sobald der große Blonde aus dem Weg war, beruhigte Phil sich etwas. Als er darauf gewartet hatte, dass Ron in seine Sachen schlüpfte, fiel ihm ein, dass vor drei Jahren eine ähnliche Situation mit vertauschten Rollen durchaus möglich gewesen wäre. Er hatte sich in seiner Eifersucht oft das Schlimmste vorgestellt. Als er George jetzt mit einem anderen Junge im Bett sah, traf ihn das nicht völlig unvorbereitet – aber die Tiefe des Schmerzes traf ihn.

Sie standen sich gegenüber und konnten sich doch nicht ansehen. George hatte im Eifer des Gefechts einen Morgenmantel gefunden. Die angespannte Stille zwischen ihnen war unerträglich. Schließlich brach George sie.

»Du hättest das nicht tun sollen.« Er klang so ruhig und vernünftig wie immer. »Ich habe ihn gefragt, ob er hier schlafen will.«

»Das war zu sehen.«

»Hast du meinen Brief bekommen?«

»Warum denkst du, bin ich hier? Ich hab selten so einen Blödsinn gelesen.« Phil war erstaunt festzustellen, dass er ebenso ruhig sprechen konnte. »Du hast von Anfang an gesagt, dass wir für immer zusammen sein könnten. Wir leben zusammen. So ist das.«

»Natürlich, Liebling. Aber wir sind jetzt Erwachsene. Wir können uns nicht weiter wie Kinder benehmen. Den Leuten fallen jetzt Dinge bei uns auf, die ihnen nicht aufgefallen sind, als wir noch Schulkinder waren. Ich habe das ernst gemeint, was ich gesagt habe. Wenn du dir nur selbst die Chance dazu geben würdest, könntest du feststellen, dass eigentlich auch du heiraten willst.«

»Und wie ist das mit dir? Bereitest du dich so auf deine Hochzeit vor, dass du mit irgendwelchen Jungs schläfst?«

»Von Ron hatte ich dir erzählt.«

»Hast du das?« Phil wurde bewusst, dass George Recht hatte. Nachdem er langsam den ersten Schock überwunden hatte und klarer denken konnte, erinnerte er sich, wer Ron war. Er war ihm aufgefallen, als Phil zu Ostern hier gewesen war. Er war ein Hilfsarbeiter, den George als Assistent anlernte, nachdem sein Vater sich jetzt immer mehr aus dem Geschäft zurückzog. Er erinnerte sich daran, dass George gesagt hatte, er sei eine Klasse unter Phil gewesen. »Okay, du hast ihn erwähnt. Du hast mir nicht erzählt, dass du ihn fickst.«

»Wieso denkst du, dass ich das tue? Männer können auch ohne so etwas im gleichen Bett übernachten.«

»O Mann«, brach es aus Phil heraus und er sah George geradeheraus an. »Die meisten Männer können das vielleicht. Wir aber nicht.«

»Vielleicht weißt du darüber ja mehr als ich.«

»Was soll das jetzt wieder bedeuten?«

»So wie du redest, scheint es dir völlig unmöglich zu sein, mit einem Jungen im gleichen Bett zu liegen und nicht mit ihm zu schlafen. Das geht mir nicht so.«

»Jetzt hör mal zu. Es ist mir ernst.« Er nahm an, dass er nicht von George erwarten konnte, eine ganz gewöhnliche menschliche Schwäche zuzugeben. Er sah ihn an und musste seinen ganzen Mut zusammennehmen, um so etwas auch nur anzudeuten. George konnte gar nicht so etwas Würdeloses tun, wie mit einem Hilfsarbeiter ins Bett zu gehen. Er war so unglaublich männlich, ein strahlendes Vorbild an Tugendhaftigkeit und sauberem Leben. Sexuelle Ausfälle konnte er gar nicht haben. Sie waren zusammen. Es gab nichts, weswegen er sich Gedanken machen musste. »Lass und bitte ehrlich zueinander sein«, bat er. »Ich bin heimgekommen und habe dich im Bett mit Ron gefunden. Ihr wart beide nackt und umeinander geschlungen, falls du das nicht bemerkt haben solltest. Ich habe deinen Schwanz gesehen, als ich die Decken weggerissen habe. Er ist einfach zu auffällig, um ihn zu übersehen. Fakten sind eben Fakten.«

»Ich hatte also einen Ständer, als ich dich verärgert gesehen habe. Ich glaube nicht, dass ich dich schon einmal verärgert gesehen habe. Irgendwie fand ich das erregend.«

»O Scheiße.« Phil hätte am liebsten geschrien. Er wollte ihm seine Faust ins Gesicht schlagen. Er wollte ihm seinen Morgenmantel herunterreißen, ihn in die Arme nehmen und seinen verdammten großen Schwanz in den Mund nehmen. Er trat zögerlich einen Schritt auf ihn zu und wollte immer noch vernünftig mit George reden. »Ich gebe zu, dass es *mir* nicht immer leicht fällt so zu leben, wie wir es tun, weil wir so oft getrennt sind. Manchmal gerate ich in Versuchung. Vor langer Zeit, als wir gerade zusammen waren, ist es mir einmal passiert, dass ich etwas mit einem Jungen angefangen habe. Als ich gemerkt habe, dass es sich zwischen uns drängen konnte, habe ich es wieder beendet. Es wäre mir alles vielleicht leichter gefallen, wenn ich mit dir darüber hätte reden können. Warum willst du nicht darüber reden? Wenn du mir sagen würdest, dass du dich hast hinreißen lassen und dass es dir nicht wichtig ist, würde ich das verstehen. Wir lieben einander. Du bist alles für mich. Ich könnte es vielleicht hinnehmen, wenn du manchmal … Dinge tust, die mich verletzen. Ich habe mich immer darauf verlassen, dass du die Regeln aufstellst. Das ist ganz normal für Paare – einer ist eben der Chef.«

»Warum achtest du dann nicht auf die Dinge, die ich dir geschrieben habe? Ich denke an dich. Schließlich wusste ich von Anfang an, worauf wir uns einlassen, du nicht. Ich bin verantwortlich. Wir hängen zu sehr aneinander. So wirst du nie herausfinden, ob du etwas mit einem Mädchen anfangen willst.«

»Das weiß ich schon. Und du auch. Willst du mir gerade sagen, dass du nicht willst, dass wir zusammen bleiben?«

»Natürlich nicht. Wir können immer zusammen sein, wenn wir es wollen. Ich will nur nicht, dass du es als selbstverständlich ansiehst, dass wir immer alles zusammen machen. Das ist nicht gesund. Wir können meinen Vorschlag zumindest diesen Sommer ausprobieren, dann wird es dir auch nicht so schwer fallen, allein zu sein, wenn du im Herbst mit deinem Lehrjob anfängst. Aufs College gehen und einen eigenen Job zu haben, sind zwei paar Schuhe. Du wirst schon sehen. Du wirst dich auf deinen neuen Job konzentrieren und dich nicht ständig um mich kümmern wollen.«

»Das glaube ich nicht, aber ich werde es früh genug herausfinden. Du hast mir immer noch nichts über Ron erzählt.«

»Was soll mit ihm sein? Er ist ein verdammt netter Kerl. Ich mag ihn ganz gern. Wie du, fühle auch ich mich manchmal einsam. Ich habe ihm gesagt, dass er bleiben könne. Ich trage nie einen Pyjama, wie du weißt. Er hatte keinen dabei. Na ja, da wir eben nackt waren, haben wir wohl angefangen, ein bisschen herumzuspielen. Was weiß ich denn? Du bist brüllend hier hereingebrochen und ich wusste gar nicht, was los war. Vielleicht habe ich reflexartig meine Arme um ihn geworfen, aus einer instinktiven Schutzreaktion heraus.«

»Mein Gott«, murmelte Phil. Die ausweichende Art von George brachte ihn fast um den Verstand. Am liebsten hätte er sich auf den Boden gekauert und losgeheult. In seinem Inneren ging alles in die Brüche. Er konnte nicht mehr klar denken. Er war hin und her gerissen zwischen Ärger und Verzweiflung und hoffte, dass der Ärger die Oberhand gewinnen würde. Damit konnte er besser umgehen. Warum konnte George nicht einfach sagen, dass er mit dem Jungen ins Bett hatte gehen wollen, damit sie die Geschichte hinter sich lassen konnten? War es vielleicht nicht so einfach? Wollte er das Ganze vielleicht gar nicht hinter sich lassen? George kam näher und legte ihm eine Hand auf die Schulter. Phils ganzer Körper spannte sich an. Er sehnte sich danach, von George in die Arme genommen zu werden. Wenn George ihn wollte, würde er sich nicht wehren. Sie würden sich lieben und alles wäre wieder beim Alten. »Da du schon mal da bist, kannst du auch gleich ins Bett kommen«, sagte George.

Es klang widerwillig. Phil machte sich von der Hand los und ging auf die andere Seite des Zimmers. Er musste etwas tun, aber er wusste nicht, was. Wenn er mehr über die Hintergründe wüsste, könnte er vielleicht eine Entscheidung treffen. George wäre keine Hilfe – aber vielleicht Ron? Kaum hatte er die Idee, wollte er auch gleich los. Er musste schnell etwas tun, bevor er abgelenkt werden konnte. Es war der einzige Weg aus der Sackgasse, in die sie geraten waren. Er ging zu dem Büro, in dem George immer seine Autoschlüssel ließ. Sie waren da. »Ich halte nicht viel davon, Rons Platz im Bett einzunehmen. Offensichtlich willst du nicht reden. Vielleicht brauchst du ja etwas Zeit zum Nachdenken. Ich nehme das Auto. Morgen früh bin ich zurück.« Er steckte die Schlüssel ein. Er war es so sehr gewohnt, Georges Auto als sein eigenes anzusehen, dass ihm nicht einmal der Gedanke kam, ihn um Erlaubnis zu bitten. Er ging zur Tür.

»Warte doch. Wenn ...«, rief George ihm hinterher.

Phil konnte ihn nicht ansehen. »Alles in Ordnung«, unterbrach er ihn, als er hinausging. »Wir sehen uns morgen früh.« Er rannte die Stufen hinunter und schloss vorsichtig die Tür hinter sich, ohne sie zuzuschlagen. Es war ein altertümliches Haus mit einer separaten Garage. Das Auto stand an seinem Platz. Er stieg ein und brauste den bekannten Weg zu der Farm, ohne sich die Zeit dafür zu geben, auf andere Gedanken zu kommen. Was Ron anging, hatte er sich an Einiges erinnert. Er hatte sich daran erinnert, dass er in der Schule gedacht hatte, dass Ron ein viel versprechender Kandidat für den Keller wäre, aber das hatte er von ziemlich vielen Jungs gedacht. Er erinnerte sich daran, dass George ihm gesagt hatte, Ron sei in das Quartier des Farmmanagers eingezogen. Es kam ihm vor, als hänge sein Leben davon ab, dass er wirklich dort wohnte.

Im Haupthaus brannte Licht, aber er fuhr daran vorbei und weiter zu den Gebäuden, in denen die Milch verarbeitet wurde. Das Managerquartier war in einem einstöckigen Gebäudekomplex, in dem sich auch mehrere Büros befanden, etwas abseits von den Ställen. Es brannte kein Licht, aber er kannte den Weg so gut, als wäre er hier geboren worden. Er parkte das Auto, ging um einige Blumenbeete herum und blieb vor einem offenen Fenster stehen. Der Raum dahinter lag im Dunkeln. Er klopfte leise an den Fensterrahmen. Eine Sekunde blieb es still.

»Was?«, ertönte eine erstaunte Stimme von drinnen und gleichzeitig ging das Licht an. Die Lampe stand neben einem Bett. Rons verwuschelter Kopf schaute sich im Zimmer um, er blinzelte verschlafen.

Phil kletterte durch das Fenster herein. »Ich bin's«, sagte er.

Ron setzte sich abrupt auf, wobei die Decke an seinem nackten Oberkörper bis zur Hüfte herabrutschte. Er hob eine Hand, als wolle er Phil abwehren. »Halt, warten Sie bitte einen Moment, Sir. Machen Sie keinen Unsinn. Es ist offensichtlich, dass ich mit Ihnen fertig werden kann, aber ich will keinen Ärger.«

Phil fand Rons Höflichkeit regelrecht entwaffnend. Ron war ein nett aussehender Junge, nicht besonders schön, aber attraktiv, mit breitem, offenem Gesicht und anziehenden blauen Augen. Sein dichtes goldblondes Haar war wunderschön. Sein Körper war für Phils Geschmack etwas zu stämmig, aber auf seine Art war es ein ganz guter Körper. Er hätte Gewichtheber sein können, zumindest hatte er die nötigen Muskeln. Phil war erleichtert, dass alles für ihn bisher so gut gelaufen war, und das laute Pochen seines Herzens ließ auch wieder nach und normalisierte sich. Er ging zum Bett und lächelte Ron beruhigend an. Er sah, dass er Pyjamahosen trug. »Ich werde dir keinen Ärger machen«, sagte er.

»Du bist mir nicht böse?«, fragte er Phil und entspannte sich sichtlich.

Phil wusste, dass Ron mindestens 21 sein musste, aber er benahm sich, als sei er wesentlich jünger, eher wie ein Teenager. »Warum sollte ich?«, fragte er.

Ron setzte sich auf und schob sich ein Kissen in den Rücken. Er erholte sich langsam von dem Schock. »Na ja, ich weiß natürlich von dir und George. Ich meine, also, wahrscheinlich weiß einfach jeder Bescheid. Er hat viel von dir erzählt. Er hat gesagt, dass er das klären wird, damit wir auch, wenn du im Sommer herkommst, zusammenbleiben können. Ich bin mit allem zufrieden, was er will. Bei einem Jungen wie George erwarte ich keine Exklusivrechte.«

Phil schluckte angestrengt, um herauszufinden, ob er noch sprechen konnte. Genau deswegen war er hergekommen. Er zog es vor, alles so deutlich zu erfahren, anstatt sich Georges Ausflüchte anzuhören. Er konnte seinem Ärger Luft machen, ohne ständig gegen die Verzweiflung ankämpfen zu müssen. »Seit wann schläfst du schon mit ihm?«, brachte er nach einer Weile heraus.

»Seit ich im letzten Herbst angefangen habe, hier zu arbeiten. Ich war mir sicher, dass du Bescheid weißt. Wir haben uns angesehen und poff – das Nächste, was ich wusste, war, dass ich in Stall B gefickt wurde, neben den Melkmaschinen. George verschwendet keine Zeit. Wahrscheinlich weißt du über die anderen ebenso gut Bescheid wie ich, aber er ist immer noch verrückt nach mir. Es ist das Tollste, was mir je passiert ist. Ich bin natürlich ganz verrückt nach ihm. Er gibt mir alles. Ich bin mir fast sicher, dass es keinen anderen seit Weihnachten gegeben hat – außer dir natürlich. Ich kann gerne mit dir teilen. Das ist nur gerecht, schließlich warst du als Erster da.«

Phil ließ sich auf einer Ecke des Bettes nieder; er war sich nicht sicher, ob ihn seine Beine länger tragen würden. Selbst sein Ärger war verraucht, hatte ihn im Stich gelassen. Sein Leben war zu Ende. Er musste einen Weg finden, wie es weitergehen konnte. Ein Weg war, Rache zu nehmen. Er zog Ron zum zweiten Mal an diesem Tag die Decke hinunter.

»He«, sagte Ron, hinderte ihn aber nicht daran. Phil sah in seine klaren blauen Augen, als er seine Pyjamahose öffnete. Sein Schwanz sprang gerade hoch in seine Hand. Ron lächelte ihn ermutigend an. Ein prüfender Blick auf das, was er da in seiner Hand hielt, ließ Phil dankbar erkennen, dass er kleiner als seiner war. Er stand auf und fing an sich auszuziehen, während er auf Ron hinuntersah. Ron zog seine Beine an, streifte seine Pyjamahose ab, legte sich auf den Rücken und sah Phil gespannt an. Zum ersten Mal in seinem Leben wollte Phil einen Jungen ficken. Er musste es einfach tun, um weitermachen zu können. Er würde Ron so nehmen, wie George ihn nahm. Aus seinem Ärger war männliche Aggression geworden. Ron würde ihm gehören, bevor er ihn wegwarf und alle, die ihn haben wollten, ihn haben konnten. Als er nackt war, stand er kurz da, sein Schwanz ragte vor ihm auf und schien länger und mächtiger zu sein, als er es je gewesen war.

»Himmel, ihr zwei habt ganz schön was zwischen den Beinen«, rief Ron aus; in seinen Augen mischten sich Ehrfurcht und Bewunderung, als er Phil ansah. »Der von George ist der größte, den ich je gesehen habe, aber du kommst schon bald danach. Große machen mich ganz schön an. Willst du mich ficken?«

»So war das geplant.«

»Gut. Ich hab was da.« Er rollte sich herum und zeigte Phil seine fleischigen, muskulösen Hinterbacken, während er aus einer Schublade eines Bettschränkchens eine Tube herausholte. Er rollte sich zurück und warf sie auf das Bett. »Wirst du George davon erzählen?«

»Ich weiß noch nicht.«

»Vielleicht wäre es besser, du tätest es nicht. Er ist da etwas eigen. Er vergibt keine Exklusivrechte, aber er erwartet sie von den Jungs, die er will. So etwas kann sich nur ein Junge wie George leisten.«

Phil lehnte sich zu ihm herüber, ergriff seine schönen Haare und zog ihn zu sich heran. Er folgte willig. Phil hielt sein Gesicht nur wenige Zentimeter von seinem steifen Schwanz entfernt. Er drehte seine Hüften leicht, sodass er über seine Wange und seine geöffneten Lippen streifte. Er würde dieses Riesenbaby darum betteln lassen. Er war erstaunt, was für eine Macht er in sich verspürte. »Lutschst du seinen Schwanz?«, drängte er.

»Na ja, klar, aber du weißt ja, er ist zu groß für mich, um viel damit anfangen zu können.«

»Ich hatte damit nie Probleme. Willst du meinen probieren?«

»Himmel ja, er ist perfekt. Der ist wie für mich geschaffen.«

»Na los.« Er ließ sich auf Knien ins Bett fallen. Ron drehte sich zurecht und öffnete seinen Mund weit, damit Phil ihn hineinstoßen konnte. Phil sah dabei zu, wie Ron sich Mühe gab, wie er seinen ganzen Mund, seine Lippen, seine Zunge und schließlich auch seine Hände begeistert einsetzte, um Phil Spaß zu bereiten. Er wusste, wie er damit umzugehen hatte. Georges Privatbesitz. Liebe und Sex waren nur eine Farce, gerade gut genug, um einem Spaß zu bereiten oder einen zum Lachen zu bringen. Wie hatte er nur denken können, dass man das ganze Leben nur einer einzigen Leidenschaft widmen könne? Er dachte an seinen Kampf gegen die Versuchung und hätte am liebsten vor Wut aufgeschrien. Warum hatte er sich nicht alle Rons genommen, die aufgetaucht waren? Ein Blick und poff. Ron erweckte einige sehr schöne Gefühle in ihm. Er war für ihn bereit. Sein Herz begann, vor Aufregung zu hämmern.

Er legte seine Hände auf die kräftigen Schultern und drückte sie zurück. »Du hast mich bald so weit«, warnte er. »Nimm etwas von dem Zeug und bereite uns vor.« Ron tat es und ließ Phils Schwanz nicht aus den Augen. »Gut. Bleib so«, befahl Phil.

»Auf dem Rücken?«

»Genau.«

Ron hob seine kräftigen Beine willig hoch und legte sie auf Phils Schultern. Phil stieß hart in ihn vor. Einen Augenblick lang dachte er, er würde kommen, aber sein Orgasmus wurde von seinen vorstoßenden Hüften aufgehalten. Er nahm endlich einen Jungen. Er nahm diesen muskulösen Körper in Besitz; er gehörte ihm, er hatte ihn erobert. Er gehörte ihm so lange, wie er seinen Schwanz drinlassen wollte. Warum hatte er ihn nie so benutzt, wie er benutzt werden sollte? Er war ein herrliches Instrument, mit dem er alles, was in seine Nähe kam, ficken konnte. Er dachte an Mädchen – Mädchen, die sich danach sehnten, Mädchen, die unter ihm stöhnten. Vielleicht hatte George Recht. Vielleicht kannte er sich selbst nicht. Er würde die Zeit haben, es herauszufinden.

»O Gott, dein Schwanz ist so gut«, stöhnte Ron. »Ich liebe ihn. Ich hab's schon immer gewusst. Ihr beide. Als ich ein Schuljunge war, habe ich mir immer gewünscht, ihr würdet mich ficken, ihr beide. Himmel, jetzt hast du mich, Phil. Mach weiter. Fick mich, bis ich explodiere.«

Phil zögerte nicht, seine neu gefundene Macht auszuüben. Es war eine herrliche Kraft in ihm, von der er nichts gewusst hatte. Er wurde zu einem Gott, einem Instrument göttlicher Vergeltung, einem Herrscher, statt einem Diener. Wenn er sich immer so fühlen könnte, würde es ihm nichts ausmachen, George nie wieder zu sehen. Vielleicht hatte George ihm einen Gefallen getan. Vielleicht hatte er wirklich eine natürliche Entwicklung in sich blockiert. Er stieß in Ron vor wie ein Eroberer und sah dabei herunter in die dankbaren blauen Augen seines Opfers. Rons schneller Orgasmus schien ein Tribut an seine neu gewonnene Macht zu sein. Sein eigener folgte, und danach zeigte Ron ihm den Weg zur Dusche. Nachdem er geduscht hatte, ließ er sich von Georges Liebhaber dazu überreden, zum Bett zurückzukommen.

»Ich bin ein Glückspilz. Wie kommt es, dass du nicht bei George bist?«, fragte Ron.

»Na ja, als ich vorhin schon etwas von dir sah, dachte ich mir, dass ich eigentlich mehr will.« Er bemerkte, wie seine Stimme brechen wollte und wandte hastig die Augen ab. Er bot seinen ganzen Körper freizügig Rons Mund an, damit dieser ihn genauestens erkunden konnte. Sie küssten sich lange, aber das alles waren nur Zwischenspiele, dann ergriff Phils Schwanz wieder Besitz von Ron.

»Du bist fantastisch«, sagte ihm Ron. »Wie dein Schwanz die ganze Zeit in mir hart bleibt, ist unglaublich. Wenn du im Sommer kommst, hoffe ich, dass wir uns oft treffen können.«

Phil war sich nicht, was er machen würde, aber er war sich sicher, dass er im Sommer nicht hierher käme. Er wollte nicht genauer darüber nachdenken, was Ron ihm alles gesagt hatte, aber er wusste, worauf es hinauslief. George hatte ihn betrogen, vielleicht von Anfang an, zumindest aber die letzten ein bis zwei Jahre. Man konnte sich bei Affären leicht verzetteln, und sicherlich war auch das Vergeben ein Teil der Liebe, aber er hatte auch auf die harte Tour gelernt, dass einem die Liebe sagen konnte, wann es Zeit war, einen Schlussstrich zu ziehen. Es war zu schockierend für Phil, darüber nachzudenken, wie sich George das vorgestellt hatte, als er Ron erzählt hatte, sie könnten sich ja alles teilen und er würde das schon regeln. Inzwischen hatte er sich schon fast davon überzeugt, dass es besser war, dass alles herausgekommen war.

»Du bleibst über Nacht, nicht wahr?«, fragte Ron.

»Klar.« Er wusste nicht, wo er sonst hingehen sollte. Er wollte seine Familie nicht mitten in der Nacht aufwecken. Sein Leben war ein Scherbenhaufen. Er hatte keine Hoffnung, es je wieder in den Griff zu bekommen. Er war sich ziemlich sicher, was er am Morgen tun würde, aber er wusste wirklich nicht, wie er die Kraft dafür finden sollte. Er schlief ein, während sein Schwanz in Rons Mund wieder steif wurde.

Er legte die Haus- und die Autoschlüssel im Flur auf einen Tisch und verließ das Haus kurz nach Sonnenaufgang, ohne George gesehen zu haben. Er war sich nicht sicher, ob er ein Treffen mit ihm überstehen würde. Er kehrte zurück nach Ann Arbor. Sein gesamtes Erwachsenenleben war er zusammen mit George gewwesen und überzeugt von der Unerschütterlichkeit ihrer Liebe – nachdem er dieser Illusion beraubt war, fühlte er sich jetzt, als fehle ein Teil seiner selbst, als sei er blind oder habe ein Bein verloren. Eines der ersten positiven Dinge, die er in Ann Arbor tat, war, das Englische Seminar davon zu informieren, dass er den Job im Herbst nicht annehmen würde. Er wusste, dass dies unter Umständen dazu führte, dass er gleich nach seinem Abschluss eingezogen werden konnte, aber das war ihm egal. Er wusste nicht, ob ihm jemals wieder etwas wichtig sein würde.

George schrieb. Er meinte, dass Ron ihm gesagt hatte, was geschehen war, und er akzeptierte und verstand es. Phil sei jedoch, was Ron angigin, im Unrecht. Es war nichts passiert, was die Zerstörung ihres gemeinsamen Lebens rechtfertigte. Sie würden ihr Leben natürlich so weiterführen wie zuvor, wenn Phil der Ansicht sei, dass er nicht mehr Freiraum für sich brauche. Er würde darauf warten, dass Phil zurückkehrte und seinen Hausschlüssel wieder an sich nahm.

Der Brief reparierte den Schaden, den Phil erlitten hatte, nicht. Hätte George geschrieben, dass ihm das mit Ron Leid tat, er die Affäre beendet habe und eine Chance wolle, um noch mal von vorne anzufangen, wäre Phil sofort zu ihm zurückgekehrt. Zu sagen, dass nichts passiert war, brachte sie nirgendwo hin. George und seine Exklusivrechte. Er bereute, seinen Ärger an Ron ausgelassen zu haben und schämte sich für alles, was seit dem ersten schicksalsträchtigen Nachmittag mit George geschehen war. Seine Scham wurde immer größer, gestärkt durch Selbstvorwürfe. Er sagte sich, dass Schwule mit ihren schmutzigen Sex-Fantasien abstoßend, dass ihre Vorstellungen von Liebe verwerflich seien – kurz: dass Schwule verkommene Subjekte seien, die sich gegenseitig mit Frauennamen und in der »sie«-Form ansprachen. Ron hatte ihm gesagt, dass jeder über sie Bescheid wusste und George hatte ihn gewarnt, dass die Leute bald Verdacht schöpfen könnten. Phil ertrug den Gedanken nicht, in der Öffentlichkeit als Schwuler bekannt zu sein. Es war höchste Zeit für einen Bruch. Er wollte nichts mehr mit Jungs zu tun haben. So schwer war das auch gar nicht, er durfte sie nur nicht mehr ansehen. Ron hatte ihm eine Seite seiner Sexualität gezeigt, deren Existenz er nicht einmal geahnt hatte. Er würde es mit einem Mädchen ausprobieren oder für immer sein lassen. Das war es, was George wollte.

Er lernte einige Mädchen kennen, die er attraktiv fand, aber jedes Mal wenn ein bestimmter Punkt erreicht war, konnte er sich nicht dazu zwingen weiterzugehen. Anscheinend war seine aggressive Männlichkeit nur ein kurzfristiges Phänomen gewesen. Nur Ron hatte sie anscheinend hervorlocken können. Es hatte geklappt, weil er George den Jungen hatte wegnehmen wollen.

Jeder neue Tag war für ihn ein Test in Selbstdisziplin und Selbstkontrolle. Er stählte sich gegen seine Gefühle. Es erstaunte ihn, dass es so gut klappte. George und seine Eltern kamen zu seiner Abschlussfeier. Phil erkannte, dass die älteren Hudderstones gekommen waren, um sich die Verlegenheit einer öffentlichen Anerkennung der gescheiterten Liebesbeziehung zu ersparen. Er lächelte und war höflich, bemerkte jedoch mehrmals den offenen Blick von George auf sich, der ihn anzuflehen schien. Er brach beinahe zusammen, aber auch diese Krise überwand er.

Das war der letzte schlimme Moment mit George. Natürlich war auch Phils Familie zu seiner Abschlussfeier gekommen und er hatte zugestimmt, sie auf ihrer Heimfahrt zu begleiten und mit ihnen noch einen Besuch bei Verwandten zu machen. Als er ein paar Tage später in Newcorners eintraf, wartete schon seine Einberufung auf ihn. Innerhalb einer Woche steckte er in einer Uniform und kurze Zeit später wurde er in ein Ausbildungslager für Offiziere geschickt. Das streng geregelte Leben in der Armee kam ihm wie ein Segen vor. Es gab nichts mehr, worüber er nachdenken musste. Selbst als die Briefe von George begannen, seinen Widerstand langsam zu untergraben, gab es kaum etwas, was er hätte tun können. George wollte ihn zurück. Selbst wenn er dafür zwei Jahre lang zölibatär leben musste, wollte er so lange auf Phil warten. Endlich gab er zu, in der Vergangenheit zu nachlässig gewesen zu sein und gelobte, keinen einzigen Jungen mehr anzurühren, wenn Phil nur versprach, nach der Entlassung zu ihm zurückzukehren. Phil sollte ihm dabei helfen, dass alles zwischen ihnen wieder so würde wie zuvor.

Hätte Phil mehr Privatsphäre gehabt, dann hätte er diese ersten Büßerbriefe sicher nicht ertragen ohne zusammenzubrechen, aber er musste sich schon sehr kontrollieren, sie in aller Öffentlichkeit zu lesen und so wurde ihre Wirkung etwas abgemildert. Auch die Antwort musste unter den Augen aller geschrieben werden. Er versuchte, unverbindlich zu klingen, vermied jedoch einen endgültigen Bruch. Schon die Tatsache, dass er überhaupt antwortete, zeigte, dass er die Verbindung aufrecht erhalten wollte. Er schrieb, ihre Zukunft sei zu unsicher, als dass Keuschheitsschwüre irgendeine Bedeutung haben könnten. Wenn sie einander wollten, und zwar *nur* einander, dann wären auch solche Schwüre nicht notwendig. Er wusste nicht, wo sein Weg ihn noch hinführen würde. Vielleicht hatte George ja doch Recht und eine Hochzeit war genau das, was er wirklich wollte. Das würde sich erst mit der Zeit zeigen.

Nach den ersten paar Briefen schwenkte George zu einem rein freundschaftlichen Ton um, er erzählte Neuigkeiten von zu Hause, von seiner Familie und gemeinsamen Freunden und Phil war sich sicher, dass er seine Gefühle endlich unter Kontrolle hatte. Ein Lebensabschnitt war zu Ende. Als seiner Beförderung zum Leutnant die Versetzung an die Westküste folgte, fühlte er sich noch sicherer.

Sein Schwanz war in eine Art Winterschlaf gefallen, wie er sich erhofft hatte. Die Atmosphäre um ihn herum war rau und männlich, ohne dass ihm Raum für seine früheren Versuchungen gelassen wurde. An Liebesbeziehungen dachte er nicht. Er musste einen langweiligen Job ausführen und tat das ebenso wie jeder andere auch; an den Wochenenden hing er mit seinen Offizierskollegen in Schlampenbars herum. Für seinen letzten Monate in Uniform wurde er quer durchs Land nach New Jersey verlegt, und er verbrachte seine Zeit oft in New York. Einige seiner Offizierskollegen kannten sich hier aus, und sie nahmen ihn zu gemischten Partys mit vielen Drinks und Flirts mit.

Er traf Helen und sie verstanden sich auf Anhieb. Sie hatte eine leitende Position in einem Verlagshaus inne und wusste allerlei interessante Dinge von ihrer Arbeit zu erzählen. Sie war eher ein dunkler Typ, forsch und klug, und Phil fand ihr intelligentes Gesicht sehr attraktiv. Er nahm an, dass sie wohl miteinander flirteten, wenngleich er selbst eher daran dachte, eine Freundschaft zu schließen. Als der Abend zu Ende ging, gab sie ihm ihre Telefonnummer und er fragte sie, ob sie mit ihm Essen gehen wolle, wenn er das nächste Mal in der Stadt war.

Er führte sie in ein kleines Restaurant, und sie wurden zu einem Tisch in einer dunklen Ecke geführt, wo sie nebeneinander auf einer Bank Platz nahmen. Sie bestellten Getränke und Essen und unterhielten sich weiter über die Verlagsbranche, diesmal jedoch eher darüber, ob Phil hier einen Job finden könne. Der Kellner servierte dezent den ersten Gang

Helen begann, ihren Krabbencocktail zu essen und legte eine Hand zwischen Phils Beine. Er wäre vor Schreck beinahe aufgesprungen, aber sie streichelte ihn unbeeindruckt weiter, bis er eine stattliche Erektion hatte.

»Es ist wirklich sehr vernünftig, dass von Männern heutzutage nicht mehr erwartet wird, den ersten Schritt zu tun. Das sollte einfach den Frauen überlassen werden. Wir können so leicht herausfinden, ob sich das alles lohnt. Es ist schrecklich langweilig, sich den ganzen Abend über zu fragen, ob irgendetwas dabei herauskommt.« Sie öffnete seine Hose und holte seinen Schwanz heraus, sodass er aufrecht unter der Tischkante hervorragte. Sie ließ ihre Hand prüfend darüber gleiten. »Er gefällt mir ganz ausgesprochen. So genau habe ich ihn zwar noch nicht untersuchen können, aber er fühlt sich sehr groß und zielstrebig an. Sind alle Männer so eindrucksvoll ausgestattet?«

»Woher soll *ich* das wissen?« Phil zwang sich zu einem Lachen, von dem er hoffte, dass es nicht allzu schuldig klang.

»Ich weiß nicht, aber heutzutage sind so viele Männer schwul, dass es mich nie wundert, wenn sie mehr darüber wissen als ich.« Ihre Hand wanderte an seinem Schwanz auf und ab, streichelte und kitzelte ihn, bis er es kaum noch aushielt. Ihre Finger umkreisten die Spitze seines Schwanzes so gekonnt, dass es ihn erneut beinahe aus seinem Sitz gehoben hätte.

»Wir sollten lieber etwas vorsichtiger sein, sonst haben wir noch einen bedauernswerten Unfall«, sagte er mit belegter Stimme.

»Wirklich? Fantastisch. Darum würde ich mich liebend gerne kümmern, aber ich will kein Aufsehen erregen. Sieht jemand her?«

Er ließ einen schnellen Blick durch den Raum schweifen. »Ich glaube nicht.«

»Bist du wirklich kurz davor zu kommen?«

»Ich tue alles, um es zu verhindern.«

»Schnell, ich habe meine Serviette fallen lassen.« Sie lehnte sich über ihn und er spürte, wie ihre Zunge ihn berührte. Ein Schauer durchlief ihn und ein ganzer Schwall unterdrückter Höhepunkte der letzten Monate ergoss sich in ihren Mund. Sie leckte und saugte noch einige pikante Sekunden länger an seinem Schwanz, dann erhob sie sich mit einem zufriedenen Lächeln. »Das war viel besser als der Krabbencocktail.« Ihre Hand blieb auf seinem Schwanz, der sich zwar etwas gesenkt hatte, aber weiterhin ziemlich aufrecht stand. »Hat jemand etwas bemerkt?«, fragte sie und streichelte ihn weiter.

»Ich war nicht wirklich in der Verfassung, etwas zu bemerken.« Er versuchte immer noch zu verarbeiten, dass ein Mädchen ihm gerade einen geblasen hatte.

Sie kicherte. »In New York bemerkt niemand etwas, aber es war sehr umsichtig von dir, diese dunkle Ecke für uns auszusuchen.« Ihre Hand schloss sich fest um ihn. »Jetzt ist er so schön und weich, wie Seide. Ich glaube, dass er größer als die meisten anderen ist. Eine Sekunde befürchtete ich schon, ihn nicht in den Mund nehmen zu können. Ich wollte dir noch sagen, dass du der aufregendste Mann bist, der mir je begegnet ist, so wie gerade benehme ich mich normalerweise nicht. Bist du nicht vielleicht doch ein kleines bisschen schwul?«

»Doch ja. Vielleicht sogar mehr als nur ein bisschen. Ich bin mir nicht sicher.« Als er das aussprach, fühlte er sich, als füllten sich seine Lungen zum ersten Mal seit seiner Kindheit wieder mit Sauerstoff. Er holte tief Luft. Er konnte atmen. Er war frei. Helen war nicht irgendein Kumpel, dem er alles erzählen konnte; sie vertrat die Gesellschaft, vor der er sich seit Jahren versteckt hatte. Mit jedem Atemzug strömte mehr befreiende Energie in seinen Körper und sein Schwanz machte einen freudigen Satz nach oben und wurde wieder fester.

»Das dachte ich mir«, sagte sie mit dem typischen Tonfall einer Führungskraft. »Die meisten Männer, die ich mag, sind es. Aber wenn es mir gelingt, dich so schnell zum Kommen zu bringen, kannst du eigentlich nicht vollkommen schwul sein.«

»Das habe ich auch gerade gedacht.« Er dachte aber auch daran, dass er bereits seit über einem Jahr keinen Sex mehr gehabt hatte und hoffte, dass dies nicht die einzige Erklärung war. Ihre Hand begann wieder, über ihn zu gleiten und er spürte, wie er unter ihren Liebkosungen steifer wurde. Er wollte, dass er für sie wieder groß wurde. Er wollte, dass sie ihm bewies, dass er sich für die Wahrheit nicht schämen musste.

Ihre Augen erforschten ihn intensiv, so als warte sie auf etwas Bestimmtes – dann blitzte es in ihnen auf, als ihre Hand feststellte, wie lang er wieder geworden war. »Bilde ich mir das nur ein oder wird er wieder steif?«

»Wenn du noch etwas länger so weitermachst, wirst du keine Zweifel mehr haben.«

»Oh.«, hauchte sie erstaunt, als ihre Hand wieder die empfindliche Stelle an ihm fand, die sein Glied auf seine volle Länge brachte. Ihre Lippen teilten sich und ihre Brust hob sich, als sie tief einatmete. »Er *ist* groß. Er muss fantastisch anzusehen sein. Wir werden noch das schöne Abendessen zu uns nehmen müssen, das du für uns bestellt hast, aber es erscheint mir wie eine Sünde, auch nur eine Minute hiervon zu vertrödeln. Darf ich ihn mir später noch genauer ansehen?«

»Ich habe so eine Vorahnung, dass er heute Nacht noch öfter im Rampenlicht stehen wird.«

Das war der Beginn eines neuen Lebens. Nachdem sein Sexhunger nach der langen Durststrecke gestillt war, war sein Verlangen nach ihr niemals wirklich groß, aber sie wollte ihn so sehr, dass seine Zurückhaltung außer Kraft gesetzt wurde. Der einfache Liebesakt war für Phil kein Problem, aber wenn es darum ging, Helens Genitalbereich zu erkunden, war seine Selbstdisziplin stark gefordert. Er konnte sich einfach nicht überwinden, Dinge zu tun, von denen er wusste, dass sie von einem Mann erwartet wurden. Er konnte sich nicht daran gewöhnen, bei ihr keinen Schwanz zu finden, wo einfach ein Schwanz hingehörte. Ein bestimmter Geruch, der Männer eigentlich anmachen sollte, war eine weitere Sache, an die er sich mühsam gewöhnen musste. Ihre Brüste hingegen waren zu seiner Überraschung wirklich wunderschön, und Helen schien über die Aufmerksamkeit, die er ihnen schenkte, erfreut zu sein.

Sie lebte in einem schicken kleinen Apartment in der Stadtmitte, und sie hatten sich darauf verständigt, dass er alle seine freien Wochenenden bei ihr verbringen würde. Schon bald redeten sie vom Heiraten, aber sie waren sich darin einig, erst einmal eine Weile zusammenwohnen zu wollen, bevor sie sich zu diesem Schritt entschlossen. Sie wusste, dass sie die erste Frau war, mit der er geschlafen hatte.

»Wenn du hauptsächlich schwul gewesen bist, wirst du sicherlich auch mit Männern schlafen wollen. Wir werden sehen, wie sich das entwickelt.« Sie klang sehr sachlich und tolerant, als sie das sagte, aber wann immer sie sich mit anderen Männern trafen, beobachtete sie sehr scharf, ob er irgendein Interesse zeigte. »Willst du ihn?«, fragte sie häufig. »Sollte es so sein, kannst du es mir einfach sagen, das weißt du. Ich will wissen, wie sich das für mich anfühlt. Ich rechne nicht damit, dass es mir auch nur das Geringste ausmacht, aber selbst wenn, kann ich es sicherlich ertragen.«

Sie war eine unschätzbare Hilfe und unterstützte ihn begeistert, als er sich schließlich dazu entschloss, in ihrer Branche nach einem Job zu suchen. Seine Entlassung aus der Armee rückte immer näher, es waren nur noch wenige Monate. Sie führte ihn durch den Irrgarten der Verlagswelt, arrangierte Treffen mit den Leuten, die man getroffen haben musste, und sagte ihm, wie er sich ihnen am besten präsentieren sollte. Er bekam die Erlaubnis, sich für Bewerbungen auch schon freitags von der Truppe entfernen zu dürfen und hatte schon bald einen Job als kleiner Angestellter mit praktisch gar keinem Gehalt. Helen versicherte ihm, dass das ein hervorragender Start war und sie feierten ihn mit Champagner.

George schrieb immer noch seine Briefe, in denen er davon ausging, dass Phil gleich nach seiner Entlassung heimkehren würde, also schrieb ihm Phil von dem neuen Job und von Helen. Er erklärte, dass sie alles über seine Vergangenheit wusste und dass sie ihretwegen den Kontakt auf Weihnachtsgrüße und gelegentliche Postkarten reduzieren sollten, damit sie nicht den Verdacht bekäme, dass zwischen ihnen noch etwas lief. Er schickte ihm weder Adresse noch Telefonnummer, wies jedoch darauf hin, dass George ihn jederzeit über seine Eltern erreichen könne.

Anfang Sommer zog er zu Helen ins Apartment und fing mit seinem Job an. Auch wenn sie nicht verheiratet waren, wurden sie doch von allen wie ein verheiratetes Paar behandelt, also fühlte sich Phil wie ein Familienvater. Er genoss es, ein geregeltes Leben zu führen und einen anerkannten Platz im sozialen Gefüge zu haben. Seine Arbeit war zu unwichtig, um wirklich interessant zu sein, aber er war sehr an der Arbeit interessiert, die ihn erwartete, wenn er erst lang genug dabei wäre, um befördert zu werden. Dank der Armee, dank Helen und ungewollt auch dank George, führte er nun ein vernünftiges, überschaubares Leben. Er traf interessante Leute. New York war neu und faszinierend und er freute sich darauf, es zu erkunden. Er lernte das geregelte Leben zusammen mit Helen kennen und sah diesen Lernprozess als Teil seines Erwachsenwerdens an.

Es machte ihm häufig zu schaffen, dass sie eine Frau war, denn er vermisste die tiefe, enge Freundschaft, die er bei seinen männlichen Liebhabern immer gefunden hatte – für einen seltsamen Moment sogar bei Ron. Sie war ganz verrückt nach seinem Schwanz, worüber er sich zwar freute, aber insgesamt schienen sie beide sich nicht völlig auf die Beziehung einzulassen. Die Beziehung zwischen Mann und Frau erschien ihm wie ein Ringkampf. Sie verdiente wesentlich mehr Geld als er, was ihm bei einem männlichen Freund egal gewesen wäre, aber bei Helen hatte er immer ein Problem damit, wenn sie zusammen ausgingen. Es gab eine Menge Dinge, die sie einfach nicht tun konnten, wenn nicht sie zahlte.

Als der Winter kam, stritten sie sich über allerlei unsinnige Dinge etwa, ob sie ein Taxi nehmen sollten oder nicht. Er sagte ihr, dass sie Angelegeneheiten, die mit Geldausgeben verbunden waren, ohne ihn ausführen sollte, und sie tat das auch immer öfter. Völlig zufällig lernte er bei einer Weihnachtsfeier (seiner ersten von vielen) einen umwerfend schönen jungen Mann namens Danny Brazillan kennen. Er war Fotograf, hatte einen Auftrag für Phils Job erledigt und erinnerte ihn an irgendjemanden. Als das Gespräch zufällig auf Newcorners kam, fiel es ihm wieder ein; Danny war mit George zusammen gewesen und hatte die Bilder gemacht, die Phil vor fünf oder sechs Jahren so schockiert hatten. Dannys Gesicht war noch genauso außergewöhnlich schön, wie er es in Erinnerung hatte. Er zog ihn in Gedanken aus und durchlebte so die erotischen Fantasien, die er in den letzten Jahren immer wieder gehabt hatte. Es war sofort deutlich, dass sie aneinander interessiert waren.

Trotz seiner Entschlossenheit, seine Homosexualität zu unterdrücken, entdeckte Phil noch in der gleichen Nacht, dass Dannys Körper nach wie vor überaus geschmeidig und verführerisch war, ganz so, wie er ihn sich nach den Bildern vorgestellt hatte. Sein Schwanz war wie erwartet eher bescheiden, aber Danny besaß zartere Züge, die durch allzu männliche Charakteristika zerstört worden wären. Seine unglaubliche Schönheit war eher weiblicher Natur. Sein Haar war silberblonde Seide und seine Haut makellos und zart. Er war erstaunt, dass Danny einige Jahre älter als George war. Die Küsse dieses engelsgleichen Mundes raubten Phil den Atem.

Ohne es aussprechen zu müssen, waren sie sich darüber einig, ihr Liebesspiel nur auf Befriedigung mit Mund und Zunge zu beschränken, sodass sich Phil nicht einen völligen Rückfall eingestehen musste. Er hatte den erst kürzlich erworbenen Status als Mann noch nicht wieder aufgegeben. Sie wussten beide, wie sie zu einer vollkommenen körperlichen Vereinigung gelangen konnten, ohne dass sich der eine dem anderen ganz hingeben musste. Als Phil spät nachts nach Hause kam, erzählte er Helen, er habe zu viel getrunken und die Party sei bei jemandem zu Hause weitergegangen – er war sich aber ganz sicher, dass Danny und er sich wieder treffen würden.

Ihnen kam zugute, dass Helen häufig Dinge allein unternahm. Indem er ihre Treffen immer wieder um etwas ergänzte – Spiegel,

Beleuchtung, Posen – insenierte Danny daraus richtige Produktionen. Er schoss auch Fotos. Phil musste zugeben, dass sie gut waren, wenn auch obszön. Er war sehr zufrieden, dass sein Schwanz so groß aussah, hätte seinen Hintern aber gar nicht erkannt. Er dachte, dass er das Geilste war, was er je gesehen hatte, bis er erkannte, dass es sein eigener war. Danny zeigte ihm Beispiele aus seiner Sammlung. Der Fotograf war nicht auf vielen davon zu sehen. Von den meisten seiner Modelle hielt Phil nicht sehr viel, aber einer fiel ihm sofort auf. Danny schlug vor, ihn anzurufen und einen halbe Stunde später war er da. Er und Phil posierten für Danny, der von ihnen Fotos schoss, bevor sie einen Dreier machten. Phil wusste, dass seine Perversion wieder die Oberhand gewann.

Die Trennung von Helen folgte zu Beginn des nächsten Sommers, als sie einen trivialen Streit wegen eines Urlaubsziels hatten. Er machte klar, dass er sich keine Reise leisten könne, die weiter als bis nach Coney Island ging. Obwohl er eine geringe Gehaltserhöhung bekommen hatte, war es ihm nicht möglich, etwas zu sparen. Sie bestand darauf, dass er sie nach Neuengland begleitete und wollte alle zusätzlichen Kosten für ihn übernehmen. Beide blieben hart. Er hatte sowieso schon daran gedacht, dass ihm etwas Zeit allein in New York ganz gut tun würde und ging davon aus, dass sie bereits gemerkt hatte, dass er sich in letzter Zeit immer weiter von ihr entfernt hatte, auch wenn er ihr nichts von Danny erzählt hatte. Außerdem hatte Danny ihm angeboten, ihn als Model mit nach London zu nehmen, wo er einen Auftrag erhalten hatte, aber Danny wollte mindestens eine Woche länger bleiben, als es Phil möglich gewesen wäre. Helen beendete den Streit, indem sie ihm vorschlug, dass er am besten während ihrer Abwesenheit auszöge. Die Trennung verlief nicht dramatisch. Es bestand gar kein Zweifel daran, dass sie einander prinzipiell gern mochten. Phil wusste nicht, ob sich auch Helen darüber vollkommen im Klaren war, dass sein Versuch zu einem komplett heterosexuellen Mann zu werden, gescheitert war. Für ihn verlor das angenehme neue Gefühl, ein akzeptierter Teil der Gesellschaft zu sein, allmählich seinen Reiz. Er fand es sehr angenehm und hätte sich auch dafür entschieden, wenn er die Wahl gehabt hätte. Aber wenn er dafür etwas aus sich machen musste, das er nicht war, war es ihm das nicht wert.

Er suchte sich ein sauberes möbliertes Zimmer und befürchtete, dass er George jetzt erst richtig vermissen würde, nachdem ihm weder die Strapazen der Militärroutine noch der Schein des Ehelebens geblieben war. Er hatte ihn bereits seit drei Jahren nicht mehr gesehen, das entsprach in etwa der Zeit, die sein Leben vollständig ihm gewidmet gewesen war. Er bereute seine Entscheidung vor drei Jahren nicht, aber er bedauerte seinen Verlust. Inzwischen hatte er die Hoffnung aufgegeben, für sich so klare Ziele formulieren zu können, wie George sie für sie beide gesteckt hatte. Er schrieb ihm also, gab diesmal seine Adresse, Telefonnummer und das Verlagshaus an, für das er arbeitete und lud ihn damit indirekt ein, den Kontakt wieder aufzunehmen. Sehr zu seiner Erleichterung kam ein herzlicher Brief zurück, ganz ohne Vorwürfe oder Sticheleien, wie er zunächst befürchtet hatte. George erzählte ihm all die Dinge, die in der Zwischenzeit geschehen waren, wobei es besonders interessant war zu hören, dass Ron wegen eines neuen Jobs weggegangen war. Die Geschichte mit Helen tat ihm Leid, aber er war sich sicher, dass sie für Phils weitere Entwicklung eine wichtige Rolle gespielt haben mussten. In gewisser Weise war das eine Rechtfertigung dafür, dass George vor vielen Jahren jenen Brief geschrieben hatte, der so viel Leid nach sich gezogen hatte. Er schloss mit den Worten, dass er hoffte, dass sie eines Tages wieder zusammen sein würden, zeigte sich aber bereit noch zu warten, bis sich eine gemeinsame Zukunft für sie abzeichnete. Sie waren immer noch keine 30 und hatten noch den Großteil ihres Lebens vor sich. Zwischen den Zeilen las Phil, dass George wahrscheinlich mit einem Ersatz für Ron beschäftigt war.

Er unternahm einige vorsichtige Schritte, um das Schwulenleben New Yorks kennen zu lernen, von dem er zwar viel gehört hatte, aber nichts wusste. Zwar ging er nicht in die einschlägigen Bars – so etwas mochte er nicht – aber er nahm am sozialen Leben teil, das sich hinter geschlossenen Türen abspielte. Danny war ein erfahrener Führer und gewöhnte den zögerlichen Phil langsam an das neue Leben. Er fand sich inmitten der Elite der Stadt wieder – Bühnen- und Kinostars, berühmte Schriftsteller und Musiker, die Besten aller möglichen Professionen nahmen das neue Gesicht freudig in ihren Reihen auf. Er hielt sich streng zurück und gab sich lediglich einigen Wenigen hin. Es war ein erregendes Gefühl, von einen Schwanz genommen zu werden, von dem Millionen Frauen auf der ganzen Welt nur träumen konnten. Es wäre ein ziemlicher Schock für sie gewesen zu erfahren, dass einer ihrer Helden ganz wild nach Philip Renfield war.

Er wurde befördert und schaffte den Aufstieg aus seinem bescheidenen Zimmer in ein kleines Apartment, das er sich selbst mit Sachen, die er in der ganzen Stadt erstand, einrichtete. Er begann damit, sich etwas bewusster zu kleiden – ganz wie George. Er war nicht mehr der Tölpel aus der Kleinstadt, sondern ein angesehener Teil der Szene der Stadt. So eine tolle Errungenschaft war das nicht, aber es war etwas womit er sich beschäftigen konnte, um nicht an George zu denken. Er kam nicht davon los, dass er alles, was ihm passierte, damit verglich, was er gemeinsam mit George hätte haben können.

Alles in allem war er der Meinung, dass er so besser dran war. Sie schrieben sich regelmäßig und George rief einige Male an. Phil bat ihn jedoch, das nicht häufiger zu tun. Seine Stimme zu hören, sich aber nicht richtig und ausgiebig mit ihm unterhalten zu können, führte immer dazu, dass sich Phil nach einem solchen Gespräch frustriert und wie ein Außenseiter fühlte. Er stählte immer noch seinen Willen gegen seine Gefühle. Sein Leben ging einfach weiter, ohne freudige Hochs oder niederschmetternde Tiefs.

Der Winter kam, in dem eine kleine Affäre zu seiner Bekanntschaft mit Griechenland und dem Griechischen führte. Er war völlig fasziniert von der Geschichte und der Literatur der Griechen und nicht zuletzt von ihrer Einstellung zur Homosexualität. Dies war nicht immer ein verbotenes Thema gewesen. Er fügte die Reise nach Griechenland der Liste mit Dingen ninzu, die er tun wollte, wenn er das nötige Geld dafür hätte.

Dann kam der Frühling, in dem George Ärger bekam. Seine Probleme schienen ernst zu sein, denn sowohl seine Eltern als auch die Polizei waren darin verstrickt. Es ging um einen Teenager, den George an dem See, wo auch sie immer schwimmen gewesen waren, aufgelesen hatte. George rief völlig panisch an. Es war zweifellos das erste Mal, dass er nicht wie ein Gott oder Held behandelt worden war. Er zählte darauf, dass Phil sofort zu ihm kam.

»Wie könnte ich? Ich habe einen Job. Ich lebe hier.«

»Ich meine nur fürs Wochenende. Ich zahl's auch. Wir müssen über alles reden. Wir können es nicht länger aufschieben. Wir müssen einfach zusammen sein. Ohne dich macht das Leben keinen Sinn.«

Phil schlug vor, dass George nach New York kommen sollte, hatte aber gleichzeitig große Angst davor. Aber George wies ganz richtig darauf hin, dass es wie Flucht aussähe, wenn er jetzt die Stadt verlassen würde. Außerdem sei es auch wegen der Kühe nicht möglich – er war an die Farm gebunden.

Phil hatte seine Gefühle so lange unterdrückt und inzwischen so gut unter Kontrolle, dass es ihn wenig schmerzte, George abzuweisen.

Das waren nicht die Umstände, unter denen er zurückkehren wollte. George war der Ansicht, dass er mit allem davonkommen konnte. Phil reimte sich die Geschichte so zusammen, dass der Junge George erst verführt und ihm dann, als alles herauskam, die ganze Schuld gegeben hatte. Das war eine typische Geschichte. Phil nahm an, dass er es genauso gemacht hätte, wenn er damals am Flussufer mit Teddy erwischt worden wäre. Teenager waren einfach solche Schweine. Wie Phil sich schon gedacht hatte, wurde der Skandal schnell mit einem kleinen Scheck der Hudderstones bereinigt.

Es folgte Phils temporäre Umnachtung mit Alex. Während der Hochs und Tiefs dieser stürmischen Affäre telefonierten George und Phil oft. Wenn es ihm schlecht ging, war Phil so nahe daran, zu George zurückzukehren, wie er es nach all den Jahren nie für möglich gehalten hätte. George wollte ihn. Sie würden schon eine Arbeitsstelle für Phil finden. Zum Beispiel brauchte Newcorners dringend einen guten Buchladen. George konnte ihn dabei unterstützen. Mittlerweile musste doch beiden klar geworden sein, dass sie einander brauchten.

Danny war in dieser Zeit sehr hilfreich und zügelte ihn. Irgendwie stand er immer zwischen mehreren Affären und war folglich verfügbar. Außerdem kannte er sowohl George als auch Alex aus erster Hand. Er stand Phil sowohl mit vernünftigen Ratschlägen, als auch in sexueller Hinsicht zur Seite; Liebesaffären sollten niemals mit den ernsten Dingen des Lebens durcheinander gebracht werden. Man sollte sie einfach als angenehme Abwechslung genießen. Zwei Jungs, die versuchten, das Eheleben nachzumachen, waren so gut wie immer zum Scheitern verurteilt. Männer waren von Natur aus Wanderer, besonders solche wie George und Alex.

Wenn es ihm aber gut ging, wollte Phil keine Sekunde seines Lebens mit etwas oder jemand anderem als Alex verbringen, auch wenn es mit dem Sex nicht so toll klappte. Sie wollten beide genommen werden und Alex hatte Vorbehalte, Phil einen zu blasen: er beschwerte sich immer, Phils Schwanz sei zu groß für ihn. Auf dieses Kompliment hätte Phil gerne verzichtet. Also fügte er sich wie sonst auch dem Willen von Alex, aber es war für ihn keine so große Genugtuung wie damals, als er Georges Liebhaber genommen hatte. Deswegen wollte er Alex nicht weniger. Nachdem er seinen Wahnsinn endlich überwunden hatte, war er emotional so ausgelaugt, dass er nicht glaubte, jemals wieder jemanden attraktiv zu finden. Er war völlig verbraucht.

Das Licht der Morgendämmerung war noch ganz schwach, als sich Phils Augen öffneten. Er erwachte aus einem Traum von George, in dem dieser ihm seine Kleider nicht wiedergeben wollte – das war zumindest ein Teil seines Traums. Langsam fand er sich wieder in der Realität zurecht und stellte fest, dass Manoli gerade sein Versprechen vom Vorabend wahrmachte. Er war auf Phil, in ihm, nahm ihn langsam und selbstsicher, so wie ein Geliebter, der sich seiner Besitzansprüche sicher sein konnte. Sein fester Körper passte genau zu dem von Phil, als wäre dieses Wunderwerk extra dafür hergestellt worden, ihm vollkommenen Spaß zu bereiten. Er genoss ein absolutes körperliches Wohlgefühl, wie er es schon seit Jahren nicht mehr erfahren hatte. Er tat so, als würde er immer noch schlafen, um passiv bleiben zu können und damit Manoli sich nehmen konnte, was er wollte. Manoli sollte sehen, wie gut sie zueinander passten. Der Grieche drehte ihn etwas um, sodass er seinen Schwanz ergreifen konnte. Phil hatte den Eindruck, als mache es ihm Spaß.

Phil murmelte etwas, stöhnte ein paar Mal und tat so, als würde er gerade erst erwachen, während sich ihre Körper harmonisch im Einklang zu bewegen begannen. Letzte Nacht war sich Phil nicht sicher gewesen, ob Manolis Verlangen echt gewesen war – heute Morgen gab es daran gar keinen Zweifel. So wie er seinen Körper einsetzte, musste es Liebe sein, die ihn dazu antrieb. Manoli wollte ihn. Er wollte ihn, *weil* er männlich war und nicht trotzdem. Seine Überzeugung, dass er ein Mann für Frauen war, war vergessen. Phil hatte schon mit gestandenen Homosexuellen geschlafen, deren Verlangen besser versteckt gewesen war. Er und Manoli teilten etwas, das Phil nur mit Männern teilen konnte: Gemeinsam näherten sie sich ihrem Orgasmus und genossen ihre Ekstase in einer freudigen Feier ihrer Männlichkeit.

Es war fast ganz hell, als sie gemeinsam zur Dusche gingen und die aufgehende Sonne erleuchtete Manolis dunkelhäutigen Körper – seine muskulösen breiten Schultern, seinen wunderschönen Oberkörper, der sich zur schlanken Hüfte hin verjüngte, seine kräftigen Beine. Als sie unter der Dusche standen und das Wasser wohltuend an ihnen herablief, sah sich Phil dieses dunkle Gesicht genauer an – die Form der ausdrucksstarken, sanften Augen, seine gerade Nase, die Grübchen unter den ausgeprägten Wangenknochen, das starke, selbstbewusste Kinn, das etwas im Gegensatz zu der jugendlichen Verletzlichkeit seines weichen Halses stand. Ein griechischer Modellathlet. War es ihm immer noch möglich, sich zu verlieben? Warum sich Sorgen machen? Er würde sich dieser Versuchung für einen, zwei Tage hingeben und dann seine Kräfte sammeln und wieder die Kontrolle übernehmen. Er zog ihn unter der Dusche hervor und küsste Manolis feste Lippen. Er spürte keine Zurückhaltung, aber er wollte sie auch nicht herausfordern. Ihre Zungen berührten sich und Phil zog sich zurück. Manolis Hände strichen wieder über ihn.

»Du gehörst mir, Philip«, sagte er.

»Ja.« Trotz der zärtlichen Berührungen fügte er hinzu, »Jetzt. Wenn ich weggehe, ändert sich das.«

»Ich werde mit dir gehen. Du wirst sehen. Dein Körper fühlt sich gut an. Er gefällt mir.« Seine Hände wanderten weiter über Phils Körper. Phil hielt den Atem an und entließ ihn stoßweise wieder, als Manolis Finger seinen Schwanz erreichten. »Der hier gefällt mir auch.«

»Das freut mich.«

»Wir treffen uns heute Abend auf der Jacht. Danach werden wir wieder die Nacht zusammen verbringen. Jetzt gehe ich.«

»Ich glaube es ist noch sehr früh.«

»Eine gute Zeit. Ich will nicht, dass mich jemand sieht.« Er ließ Phils Schwanz los, der inzwischen wieder fast ganz hart war.

Phil stellte das Wasser ab und sie trockneten sich ab, wobei Manoli weiter Phils Schwanz ansah. Phil fragte sich, ob Manoli auch weiterhin behaupten würde, er sei heterosexuell. Jungs waren da ja etwas eigen. Er war mit ein paar jungen Männern im Bett gewesen, die steif und fest behauptet hatten, dass er der Einzige war, mit dem sie sich so etwas vorstellen konnten. Manolis Schwanz sah so aus, als müsse man ihn nur leicht berühren, um ihn zum Leben zu erwecken. Phil wollte unbedingt seinen Widerstand brechen und gab sich deswegen ganz besonders viel Mühe. Sollte Manoli sich je gehen lassen, wäre es möglich, dass Phil völlig das Interesse an ihm verlor.

Manoli führte ihn in einen hinteren Raum, in dem seine Kleidungsstücke ordentlich gefaltet auf ihn warteten. Er streifte sie über, die teuer aussehenden Sachen aus den USA, die er in der vergangenen Nacht getragen hatte. Phil blieb in seiner Nähe und stellte fest, dass Manoli tatsächlich keine Schwierigkeiten damit hatte, seine Erektion zu ihrer vollen Länge zu bringen. Manolis Hände streichelten ihn ebenso gierig, wie die früherer Liebhaber, die ihn gewollt hatten.

»So«, sagte er und streichelte Phils Schwanz der Länge nach bis zur Wurzel. »So habe ich ihn zum ersten Mal gesehen. Es gefällt mir, dich so zu sehen. Du bist ein schöner Mann.« Er berührte seine Wange, drehte sich weg und sah in seinen knappen Shorts unverschämt sexy aus. Phil sah ihm verwirrt nach, als er zu den großen französischen Fenstern ging und sie öffnete. Davor befand sich ein winziger Balkon. Er trat nach draußen, legte ein Bein über die Brüstung und ließ sich auf einmal fallen. Phil stürzte vor, um zu sehen, was aus ihm geworden war, erinnerte sich aber gerade noch daran, dass er ja nackt war und griff schnell nach einem Kissen von einem Bett, um sich zu bedecken. Er näherte sich vorsichtig dem Fenster und sah hinaus. Knapp zwei Meter unter ihm war ein schmales Blechdach, wenige Meter dahinter stieg der Berg steil an. Manoli war nirgendwo zu sehen. Er nahm an, dass es hier und da praktische Vorsprünge zum Klettern gab, aber das Kissen war wirklich nicht sehr geeignet, um ihn zu bedecken. Es war kühl. Er ging mit seiner Erektion zurück ins Zimmer und besah sich lächelnd seinen Ständer. Er war glücklich. Es war ein grandioser Anfang, aber wovon genau konnte er nicht sagen. Noch nicht einmal er, der bei seiner letzten Beziehung so viele seiner Träume gelebt hatte, konnte sich bei Manoli auf das »Was wäre, wenn ...«-Spiel einlassen. Was wäre, wenn Manoli Amerikaner wäre, einen Job und Geld hätte? Wäre alles anders? Aber ohne irgendwelche Fakten, auf die er seine Träume stützen konnte, war es Phil nicht möglich, dieses Spiel zu spielen. Manoli war ein Traumtänzer. Er war ein Grieche, der schon genug Schwierigkeiten haben würde, auch nur ein Besuchervisum für die Vereinigten Staaten zu bekommen, geschweige denn eine Arbeitserlaubnis. Phil konnte sich mit der Vorstellung einen Jungen auszuhalten, nicht anfreunden. Wo würde so etwas denn hinführen?

Er ging in das erste Zimmer und war einen Augenblick erstaunt über die Unordnung, die er hier vorfand. Er hatte völlig vergessen, dass in der letzten Nacht auch Les ihn gehabt hatte. Er machte die Betten und brachte alles soweit in Ordnung, dass nicht mehr zu erkennen war, was für anrüchigen Handlungen er sich in der vergangenen Nacht hingegeben hatte; von unten drangen schon Geräusche an sein Ohr. Er ging auf den Flur und rief nach dem Frühstück. Bald schon würde er mit Johnny zusammen sein. Johnny und das Boot waren wirklich Geschenke Gottes. Durch sie hätte er die Gelegenheit, einmal gründlich nachzudenken.

Johnny begrüßte ihn mit einem Witz darüber, dass Phil ihm gestern offensichtlich wegen Lester den Laufpass gegeben hatte. »Ich hatte ja erwartet, euch am Hafen zu treffen, aber Harvey wusste es besser.«

»Es war eine bemerkenswerte Nacht.«

»Dabei siehst du gar nicht so zerknittert und ausgelaugt aus. Obwohl, wenn ich dich genau ansehe… du hast so ein überirdisches Leuchten um dich herum. Sehr betörend.«

Sie machten sich auf den Weg zum Hafen, wobei Phil noch einen kleinen Umweg machte, um den Shackletons Bescheid zu sagen, dass die Ankunft der Jacht ihre Pläne für den Abend durchkreuzen würde. Sie sagten ihm, dass er am Hafen nach ihnen Ausschau halten solle, falls er nicht so lange auf der Jacht blieb.

Das Morgenlicht war klar und hell und gab allen Dingen einen kristallenen Glanz, eine Aura, die fast aussah, als könne man sie berühren. Der Tag würde warm werden. Phil stellte erfreut fest, dass die Brise aus dem Westen nur schwach war. Er wollte lernen, mit dem Boot umzugehen, bevor das Wetter unangenehmer wurde. Er spürte, wie sich seine Muskeln vor Aufregung leicht anspannten.

»Ich wollte dich schon die ganze Zeit fragen«, begann er, als sie an den bekannten Cafés vorbeikamen, »was wir den Leuten wegen unseres kleinen Abenteuers sagen sollen, wenn wir losfahren.«

»Müssen wir ihnen denn überhaupt etwas sagen? Ich hatte mir das so vorgestellt, dass wir eines Morgens aufs Boot gehen und einfach wegsegeln.«

»Würden sie sich nicht wundern?«

»Ich glaube kaum, du etwa? Niemand bemerkt es, wenn ich für ein paar Tage verschwinde.«

»Ich bin mir nicht sicher, ob das bei mir genauso wäre. Es kann sein, dass von mir erwartet wird, darüber Rechenschaft abzulegen.«

»Du hast die Leute hier wirklich ganz schön durcheinander gewirbelt, aber ist es schon so schlimm? Sicherlich nicht Lester?«

Phil sah ihn an. Johnny blickte verwundert zurück. »Nein.«

»Oje. Ist es passiert?«

»Ja.«

»Du kannst nicht behaupten, dass ich dich nicht gewarnt hätte.«

»Nein, aber es ist wirklich nicht so, wie ich gedacht hatte.«

»Alles zerschmetternde Akkorde und himmlische Chöre?«

»Etwas in der Art. Vielleicht nicht so viele himmlische Chöre dafür aber umso mehr zerschmetternde Akkorde.«

»Na, alle Achtun!. Du weißt ja sicher, dass du völlig verrückt bist?«

»Ja. Er scheint zu denken, dass er mich erobert hat.«

»Wenn das sein Plan ist, dann wird es ihm zweifellos gelingen.

Willst du mich bei meinem Abenteuer vielleicht gar nicht mehr begleiten?«

»Doch, natürlich. Du verlässt dich auf mich, nicht wahr?«

»So sehr, wie man sich auf irgendetwas in dieser unsicheren Welt verlassen kann.«

»Er hat gefragt, ob ich vorhabe, irgendwohin mit dir wegzusegeln. Ich habe ihm gesagt, dass wir vielleicht später mal um die Insel segeln wollen. Nach dem, was er mir erzählt hat, wart ihr zwei schon öfter segeln. Er will mit uns kommen.«

»Das wäre sicherlich lustig, aber ich fürcht, das wird nicht gehen. Bei dieser Tour sollen keine Griechen dabei sein, so Leid es mir auch tut, einer jungen Liebe eine solche Prüfung aufzuerlegen.«

»Albern, nicht wahr? Hatte er irgendwelchen Ärger mit den Generälen?«

»Lass mich nachdenken. Es gab da etwas. War ich da gerade weg? Etwas Politisches kann es nicht gewesen sein, das wäre nicht sein Stil. Wahrscheinlich hat er sich in die Berge abgesetzt, als die Generäle mal wieder eine ihrer beliebten Mobilmachungen durchgeführt haben.«

»Dafür kann man ihm keinen Vorwurf machen. Er gibt viele Dinge zu, bestreitet aber, eine Hure zu sein.«

»Ja? Na ja, wenn man's genau nimmt, ist er vielleicht auch gar keine. Ich weiß nur, dass er schon eine Menge Jungs gevögelt und darauf bestanden hat, dass er ihnen damit einen außergewöhnlichen Gefallen getan hat.«

»Ja, das sieht ihm ähnlich«, gab Phil zögerlich zu. Johnny würde ihm dabei helfen, wieder zur Besinnung zu kommen, aber er brauchte sich gar nicht erst einzubilden, dass es Spaß machen würde. Er freute sich, als er das Boot vor ihnen sah, das zwischen den anderen wie ein Schwan zwischen hässlichen Entlein hervorstach. Der Tag würde schön werden; eine scharfe Brise, das Meer und ein schnelles Boot würden ihn auf andere Gedanken bringen und seine Seele reinigen.

Er war so aufgeregt wie ein Kind zu Weihnachten, während Johnny alles für ihre Abfahrt organisierte und Phil zeigte, wie man die Leinen losmachte, mit der Ankerwinde umging und den Motor startete. Er machte die Heckleinen los, während Phil nach hinten eilte und sie einholte. Er hatte keine Schwierigkeiten mit dem Anker und der Motor fing an gleichmäßig zu tuckern, als sie an den kleineren Booten vorbei in Richtung Hafenausgang fuhren. Phil machte den Anker auf dem Deck fest, ging zurück zum Heck und ließ sich neben Johnny ins Cockpit fallen. Er legte einen Arm um ihn und drückte ihn an sich.

»Das ist toll, alter Freund«, strahlte er glücklich.

»Überwältigend, nicht wah?. Hier, nimm das Steuer.« Er trat zur Seite und überließ Phil seinen Platz. »Wir sind draußen. Jetzt können wir auch etwas mehr Gas geben.« Er legte den Hebel nach vorne und sie wurden schneller. Dann zeigte er auf den Geschwindigkeitsmesser. »Jetzt fahren wir eine angenehme Geschwindigkeit. Pass auf, dass der Zeiger immer etwa so steht. Wir wollen sie nicht zu sehr antreiben. Sieben Knoten sind ganz angenehm. Wenn wir aus der Bucht sind, kannst du sie in den Wind bringen und wir setzen die Segel.«

Phil ergriff das Steuerrad und zitterte leicht vor Aufregung. Wie er feststellte, reagierte das Boot auf die kleinste seiner Vorgaben. Er hielt sich in der Mitte zwischen den beiden Leuchttürmen, die auf den felsigen Landspitzen auf beiden Seiten der Bucht standen. Langsam wurde er ruhiger. Er sah Johnny an und grinste. »Wie mache ich mich, Kapitän?«

»Ganz ausgezeichnet. Das ist schon alles, was du über das Schiff wissen musst, wenn der Motor läuft. Bei der Hafeneinfahrt wird es etwas schwieriger, aber das können wir ja ausprobieren, wenn wir zurückkommen. Einen besseren Tag für eine Probefahrt hätten wir kaum erwischen können.«

Die Sonne glitzerte auf den Wellen draußen vor der Bucht. In wenigen Minuten waren sie auf offener See und spürten, wie das Meerwasser gegen die Bordwand schlug. Phil strahlte Johnny an, als habe er eine besondere Navigationsleistung vollbracht. Und jetzt segeln wir?«, fragte er.

»Jo-ho. Ich übernehme mal, damit du dir ansehen kannst, wie das mit den Segeln funktioniert. Zuerst das Hauptsegel.«

Johnny stellte sich wieder hinter das Steuer und Phil rannte vor zum Mast, wobei er wegen der ungewohnten Bewegung etwas schwankte. Er prüfte die Winsche, sah am Mast hoch um sich zu vergewissern, dass es der richtige war und begann mit dem Kränken. Johnny steuerte das Boot in den Wind und drosselte den Motor, bis er nur noch leise schnurrte. Das Segel stieg leicht und schneller als erwartet hoch und dann brach die Hölle los. Das Segel krachte und donnerte. Leinen wickelten sich um seine Beine. Der Baum schwang von einer Seite auf die andere, als das Boot vom Wellengang hochgehoben wurde, der Phil zuvor gar nicht aufgefallen war. Um nicht über Bord zu gehen, klammerte er sich an den Mast. Er sicherte das Hauptsegel und zog den Klüver hoch, der ihm gegen den Rücken schlug. Johnny nahm das Boot wieder aus dem Wind. Die Segel füllten sich. Der Bug hob sich und pflügte sauber durch das Meer. Das Boot wurde ruhiger und legte sich etwas auf die Seite. Der Motor war aus. Sie wurden von plötzlicher Ruhe umfangen, die Ruhe einer wiederhergestellten Ordnung, dem perfekten Gleichgewicht von Segeln, Wind und Wasser.

Er schwankte nach achtern und ließ sich lachend ins Cockpit fallen. Sein Mund war von der kurzen Aufregung ganz trocken. »Alles klar, Kapitän?«

»Du verstehst deinen Job. Ich brauch dir wohl nicht zu sagen, dass die Segel immer voll sein sollen, das Boot immer so nah am Wind wie möglich und den ganzen Kram?«

»Nein, ich kenne die Grundlagen.«

»Du solltest noch etwas üben und alles ein paar Mal durchspielen, bis du weißt wie's geht, dann kannst du über den Atlantik segeln. Das Boot gehört dir.« Er trat vom Steuer zurück und Phil nahm seinen Platz ein.

Er bemühte sich, ein Gefühl für das Steuer zu bekommen und war ganz berauscht von der Vorstellung, die Elemente zu kontrollieren. Das Boot reagierte ganz wunderbar auf seine Anweisungen, während sie auf die offene See hinausfuhren. »Okay, wollen wir loslegen?«, fragte er nach ein paar Minuten.

»Warum nicht? Beim ersten Mal werde ich dir helfen, dann kannst du es allein probieren.«

Anfangs kam es ihm erschreckend kompliziert vor – er musste die Reihenfolge genau einhalten. Auf der einen Seite wurde ein Stag mit Hilfe der Winschen etwas gelockert, bevor eines auf der anderen Seite so schnell wie möglich angezogen wurde, sodass das Klüver von einer Stampe zur anderen wechselte. Nachdem er es jedoch ein paar Mal gemacht hatte, stellte er fest, dass alles eine Frage schneller Bewegungen und präzisen Timings war. Er bemerkte, dass Chania inzwischen weit zurückgefallen war und sich in die Inselwelt um sie herum eingefügt hatte. Er drehte noch einmal und ließ das Boot über Steuerbord lavieren, sodass sie wieder auf die See hinaus schossen.

»Gute Leistung«, lobte ihn Johnny. »So können wir es jetzt lassen, bis wir weit genug draußen sind, um nach Soudha Bay zurückzukehren.«

»Wie wäre es mit einem Bier?«

»Ausgezeichnet. Dich nehme ich wieder mit zum Segeln.«

Johnny ging nach unten. Phil streifte seine Sachen ab und ließ nur seine Boxershorts an, die er so weit herunterrollte, dass sein Schwanz davon kaum noch verdeckt wurde. Er wollte keinen weißen Fleck an seinem Hinterteil haben, war sich aber nicht sicher, ob Johnny damit einverstanden war, wenn er sich ganz auszöge. Die Sonne brannte auf seiner Haut. So gut hatte er sich noch nie im Leben gefühlt. Johnny kehrte mit zwei Biergläsern wieder zurück und stellte Phils in eine Halterung neben ihm. »Alle Achtung. Ein angenehmer Schauer läuft mir den Rücken hinunter, wenn ich daran denke, dass ich deinen Körper gar nicht so schlecht kenne«, kommentierte er. »Ich wage zu behaupten, dass selbst Manoli daran zweifeln dürfte für das andere Geschlecht geschaffen zu sein, wenn er dich so sieht.«

Phil stellte fest, dass er mindestens eine halbe Stunde nicht mehr an Manoli gedacht hatte. Er lachte. »Er ist auf dem besten Wege dahin.«

»Du kannst das Ding da gerne ausziehen, wenn du willst. Ich werde dich schon nicht belästigen.«

»Das ginge auch gar nicht, wenn du willst, dass das Boot in die richtige Richtung fährt. Ich werde mir einreden, dass es der einzige Grund ist, weswegen du dich zurückhältst.«

»Das ist auch richtig.«

Phil schob seine Shorts hinunter, ließ sie auf das Deck fallen und schob sie mit dem Fuß beiseite. Es wurde immer besser. Sonne und Luft berührten ihn überall und erweckten in ihm das Gefühl, als würde er von Manoli gestreichelt. Nachdem er einmal damit angefangen hatte, konnte er die Gedanken nicht mehr unterdrücken. Wenn er heute nicht völligen Unsinn machte, würde Johnny ihnen sicher morgen das Boot geben. Manoli würde das gefallen. Manoli wollte ihn benutzen, aber ob er nun eine Hure war oder nicht, es bestand kein Zweifel, dass er Phils Körper wollte. Sein Geld wollte er auch, aber so benebelt war Phil noch nicht, dass er nicht mehr klar denken konnte. Er hatte seine Lektion mit Alex gelernt. Das Schwein hatte sowohl sein Bankkonto als auch sein Gefühlsleben völlig verwüstet. Kein Geld. Kein Geld, wo Sex im Spiel war.

Er fragte sich, was Manoli wohl tat. Wie er mitbekommen hatte, verbrachte er eine Menge Zeit mit seiner Familie. War er irgendwo unweit des Hauses und wünschte sich, Phil wäre am Strand in der Nähe? Er konnte den Gedanken nicht ertragen, nicht verfügbar zu sein, wenn Manoli ihn wollte. Vielleicht fand er ja ein anderes Touristen-Flittchen, mit dem er sich vergnügen konnte. Doch warum sollte er? Er betonnte ja ständig, dass er nicht auf Männer stand. Es war nicht wahrscheinlich, dass er nur einen Tag später einen anderen fand, der ihn ebenso erregte. Vielleicht könnten sie den morgigen Tag miteinander verbringen und mit dem Boot ausfahren, damit Don nichts davon mitbekommen würde. Seine Gedanken kreisten immer weiter um diese wundervolle Idee. Johnny sorgte dafür, dass es mit dem Biernachschub klappte.

»Wir müssen uns das merken, damit ich dir das Geld dafür geben kann«, sagte Phil.

»Du kannst ja etwas für uns nachkaufen, wenn du magst«, stimmte ihm Johnny zu. »Ich habe den Wasservorrat aufgefrischt und wir haben jede Menge Dosen und Trockenrationen, um uns im Falle eines Schiffbruchs am Leben zu erhalten. Frische Lebensmittel werde ich kurz vor der Abfahrt besorgen.«

»Hast du eine Ahnung, wann das sein wird?«

»Letzte Nacht habe ich etwas gehört. Ich denke, es könnte Ende nächster Woche losgehen, davor auf keinen Fall. Passt dir das?«

Es passte Phil sehr gut. Eine Woche, um sich an Manoli zu gewöhnen. Eine Woche, in der seine Leidenschaft sich etwas abkühlen konnte. In einer Woche wäre er vielleicht in der Lage, ihn für ein paar Tage zu verlassen, ohne gleich von der Sehnsucht überwältigt zu werden. »Wie steht's damit, dass ich Manoli einen Tag mitnehmen könnte?«, fragte er. »Morgen vielleicht?«

»Kein Problem. Wenn wir wieder einlaufen, zeige ich dir, wie man anlegt. Wenn du damit fertig wirst, händige ich dir dein Kapitänszertifikat aus, dann bist du dein eigener Herr. Er ist ein guter Segler.«

»Fantastisch.«

Johnny sah ihn mit leicht spöttisch hochgezogenen Augenbrauen an. »Wenn du mit dieser Geschichte so weitermachst, kann ich nur hoffen, dass du nicht versuchst, dabei vernünftig zu bleiben.«

»Wie meinst du das?«

»Wir haben ja schon ein bisschen darüber gesprochen und du hast immer den Eindruck erweckt, als seist du genauso langweilig vernünftig wie ich. Aber eigentlich glaube ich, dass du ganz anders veranlagt bist, wenn du einem Jungen wie Manoli verfallen kannst. Bist du ihm verfallen?«

»Mit Haut und Haaren, aber ich mache mir keine Illusionen. Ich weiß, dass mir diese Geschichte nicht richtig wichtig werden darf.«

»Eine Schande. Es wäre vielleicht das Beste, was dir je passieren könnte. Ich fände es verdammt schön, wenn so was mal mir passieren könnte. Vergiss deine ganze Vorsicht. Leb für die Liebe. Gib ihm all dein Geld. Sei unvernünftig. Wir leben nur einmal und so weiter und so weiter.«

»Mein Gott, Johnny. Es ist schon schlimm genug, auch ohne noch angestachelt zu werden. Was den Sex angeht, kann ich dir versichern, dass er so sensationell ist wie seit meinem ersten Mal nicht mehr.«

»Ich weiß wirklich nicht, wie du das in dieser kurzen Zeit hinbekommen hast, wenn man bedenkt, was du so alles getan hast und dass er bis gestern weggewesen ist. Aber eines weiß ich ganz sicher: Wenn du nicht dazu bereit bist, alle Vernunft in den Wind zu streuen, solltest du dir lieber ernsthaft überlegen, ihn nie wiederzusehen. Vielleicht solltest du sogar ans Abreisen denken.«

»Daran denkt er auch. Und er will, dass ich ihn mitnehme.«

»Was für eine umwerfende Idee. Dann könnten wir alle wieder freier atmen. Wohin?«

»Das ist eine gute Frage. Wenn du dazu bereit bist, uns das Boot zu leihen, können wir einfach immer weiter segeln, bis wir am Rand des Ozeans herunterfallen. Eine bessere Idee ist mir bisher noch nicht gekommen. Es gibt keinen Ort, an dem ich die Vernunft besser fahren lassen könnte als hier – aber dafür habe ich keine Zeit.«

»Normalerweise stelle ich ja keine indiskreten Fragen, aber willst du andeuten, dass er dir gesagt hat, dass er dich liebt?«

Die Frage fuhr Phil direkt in den Schwanz. Er spürte, wie er sich regte und seine Dimensionen sich veränderten. Er drehte sich etwas von Johnny weg und lehnte sich weiter vor zum Steuer. »Er hat es umgekehrt ausgedrückt. Er sagt, dass ich ihn liebe. Außerdem sei ich der erste Mann, den er wirklich will, so was eben.« Sein Schwanz machte noch einen Satz nach oben.

»Es gibt für alles ein erstes Mal. Ich hatte dir ja schon gesagt, dass es unausweichlich ist. Bis zum Abend wird er so weit sein, dass er dir seine Liebe erklärt und auch im Bett vor nichts mehr zurückschreckt. Wie schön für dich.«

Phils Schwanz wurde immer schwerer. »Wie schön, dass du das alles lustig findest. Aber wie wäre es, wenn du mir von deinem vernünftigen Standpunkt aus erzählst, was ich tun soll?«

»Tu, was ich dir sage. Gib ihm all dein Geld. Auf lange Sicht ist das die einfachste Lösung. Nach unserem kleinen Ausflug wirst du genug

Geld haben, um wieder nach Hause zu kommen. Mach nur deutlich, dass du ihm wirklich alles gegeben hast, damit er dich nicht völlig aufreibt bei dem Versuch, noch mehr aus dir herauszukitzeln.«

»Wenn du willst, kannst du ein ganz schönes Aas sein, Johnny«, lachte Phil, obwohl er sicher war, dass der Scherz auf seine Kosten ging.

Johnny sah ihn mit einem trockenen ironischen Lächeln an. »Das hatte ich dir ja schon gesagt. Für junge Liebende tue ich einfach alles.« Er nahm Phils Glas und ging nach unten.

Phil sah auf seinen Schwanz herunter. Er war eindeutig nicht mehr in seinem Ruhezustand, aber solange Johnny nicht genau auf ihn achtete, würde er es vielleicht nicht erkennen. Viel machte es auch nicht aus, aber er wollte nicht damit geneckt werden. Warum nur war die absurde Vorstellung, dass Manoli in ihn verliebt sein könnte, so erregend für ihn? Wohin würde ihn das führen? Es war erstaunlich, dass ihre Körper so gut zusammenpassten. Wenn ihn Manoli je spüren lassen würde, dass er in ihn verliebt war, wäre er verloren. Noch war es ihm möglich, dagegen anzukämpfen und er würde auch diesmal seine Vernunft bewahren. Wenn Manoli in der Lage war, innerhalb einer Nacht zum perfekten Liebhaber zu werden, dann konnte er sich auf einige fantastische Wochen freuen. Das reichte auch. Sein Schwanz machte noch einen Satz, dann begann er sich wieder zurückzuziehen. Als Johnny mit mehr Bier zurückkam, benahm er sich wieder ganz ordentlich.

Sie segelten ein bis zwei Stunden weiter und wurden sich der unglaublichen Isolation, der sie auf der weiten See ausgesetzt waren, bewusst. Kreta war nur noch ein verschwommener hügeliger Buckel hinter ihnen. Phil versuchte, sich diesen Buckel genauer einzuprägen, als ihm bewusst wurde, wie leicht er sich hier verlieren konnte. Sie waren seit dem Start mehr oder weniger in eine Richtung gesegelt. Wenn sie dem Kompass genau in entgegengesetzter Richtung folgten, müssten sie wieder nach Chania gelangen. Navigation leicht gemacht. Als er letztes Mal vor Südfrankreich gesegelt war, hatte er sich nicht sonderlich um die Navigation gekümmert, da sie immer in Landnähe geblieben waren und die Jungs, mit denen er unterwegs war, sich auskannten.

Schließlich machte Johnny ihnen riesige Sandwichs mit Salami und Tomate, und sie gingen von Bier zu Wein über. Phil aß und trank richtig gierig. Sich so gut zu fühlen, war fast schon eine Sünde. Als die Sonne anfing, sich am westlichen Horizont zu senken, drehten sie um. Johnny zeigte ihm, wo der Eingang zur Bucht von Soudha Bay war. Der Kurs, den Phil für die Rückfahrt bestimmt hatte, brachte sie ziemlich nahe an ihr Ziel. Seine Zuversicht, sich in dieser fremden Welt zurechtfinden zu können, wuchs. Als er seine Kleidung wieder anzog und den Motor anwarf, um in den Hafen von Chania einzufahren, fühlte er sich, als wären sie Tage auf See gewesen und hätten neue Welten entdeckt. Die Segel fielen rasch und klappernd. Chania war sein Zuhause.

Er steuerte das Boot durch den schmalen Hafen, und Johnny leitete ihn zu der Position, wo das Boot verankert werden sollte. Phil steuerte bei seinen ersten Versuchen wild hin und her und brachte das Boot zum Schwanken.

»Nur keine Hektik«, beruhigte Johnny ihn. »Pass nur auf den Anker auf. Wir wollen doch nicht, dass die Ankerkette in die Schiffsschraube kommt.«

Phil erschien das wie eine richtige Katastrophe, aber Johnny blieb bei der Vorstellung ganz ruhig. Seine Stimme beruhigte Phil. Er versuchte es noch einmal und es gelang ihm, den Bug so nah an den Kai zu bringen, dass Johnny mit einer Leine an Land springen konnte. Phil warf ihm eine weitere zu. Nachdem er sie befestigt hatte, beruhigte sich auch das Boot. Phil stellte den Motor ab und hoffte, dass er bei der Prüfung nicht durchgefallen war. »Das war nicht gerade keine Meisterleistung«, sagte er, als Johnny wieder an Bord sprang.

»Trotzdem, nicht schlecht. Du hast den Bogen raus. Niemand kriegt es jedes Mal perfekt hin. Wenn der Wind tückisch ist, scheitere auch ich manchmal.«

»Du bist ein sehr verständiger Lehrer, Johnny. Ist die Jacht deines Freundes schon hier?«

»Nein, aber bald. Harry ist verlässlich wie ein Uhrwerk. Er hat 18 Uhr gesagt, ihm bleibt also noch eine Stunde. Eine halbe Stunde später gibt es Drinks. Uns bleibt also noch jede Menge Zeit, hier aufzuräumen.«

Sie verließen das Boot ebenso schön verpackt und sauber, wie es am Morgen gewesen war und gingen zu ihren jeweiligen Wohnungen, um sich auf den Abend vorzubereiten. Phils Herz begann bei der Vorstellung, Manoli wiederzutreffen, ganz unregelmäßig zu schlagen. Das alles hatte er schon mal durchgemacht. Es raste. Es verlangsamte sich friedlich. Es setzte einen Schlag aus und schlug dann wieder Alarm, auch wenn ihm nicht ganz klar war, weswegen es alarmiert sein sollte.

Es war nicht so wie bei Alex, als er sich ständig Sorgen machen musste, versetzt zu werden. Es gab gar keinen Zweifel, dass Manoli dort sein würde; ein reicher Mann mit einer Jacht wäre genau der richtige Appetithappen für ihn, wenn er wirklich das Flittchen war, für das Johnny ihn hielt.

Etwa gegen sechs sah er aus seinem Fenster und bemerkte eine beeindruckende schwarze Jacht, die in den Hafen einfuhr. Es ging los. Er gab sich mit seinem Äußeren besonders viel Mühe. Es war das erste gesellschaftliche Ereignis, bei dem er mit Manoli sein würde und er wollte ihn beeindrucken. Er legte die schwere Goldkette um, die ein Filmstar ihm gegeben hatte. Die Platinkette von George hatte er immer bei sich, trug sie jedoch nicht. Er wählte sein liebstes Hemd aus farbenfroher indischer Seide aus und knüpfte lediglich die untersten Knöpfe zu, sodass seine Brust zu sehen war. Dann ging er zu dem einzigen Spiegel der Wohnung, der so groß war, dass er auch seine Brust und die Schultern sehen konnte und begutachtete sich von oben bis unten. Sein Teint war erstaunlich; allein am heutigen Tag war er mehrere Nuancen dunkler geworden. Für einen alternden Verlagsangestellten sah er nicht schlecht aus.

Als Johnny und er wieder am Hafen ankamen, war die schwarze Jacht am Kai vertäut und die Laufplanke heruntergelassen. Sie stiegen hinauf und fanden sich auf dem geräumigen Achterdeck wieder, das mit seinen bequemen Sitzgelegenheiten einladend wirkte. Bei ihrer Ankunft standen mehrere Männer auf. Ein schlanker, jung aussehender Mann kam auf Johnny zu und küsste ihn auf beide Wangen. Er drehte sich zu Phil um.

»Das ist Phil Renfield«, stellte Johnny ihn vor. »Harry Whitelaw.«

Phil schüttelte Harrys Hand und sah ihn an, aber er hatte kein Gesicht. Er sah Augen, eine Nase und einen Mund, aber sie fügten sich zu keinem Ganzen zusammen. Er hatte eine Glatze und seine Augenbrauen waren hell und dünn, wodurch seine nichtssagendes Aussehen noch verstärkt wurde.

»Schön, dich kennen zu lernen«, sagte Harry mit schüchterner, tonloser Stimme und amerikanischem Akzent. Phil sah hinter seiner Schulter Manoli und sein Herz machte vor Glück einen großen Satz. Er wollte zu ihm laufen und ihn in die Arme nehmen, aber er war sich dessen bewusst, dass Don in der Nähe stand und ihn scharf ansah; er durfte Manoli nicht verraten. In dem strahlend weißen Hemd und seinen Hosen sah er unwiderstehlich aus. Ihre Blicke trafen sich nicht.

Er ging mit Johnny weiter. Leute wurden ihnen vorgestellt und sie drehten artig ihre Runde und schüttelten viele Hände. Phil hatte es trainiert, sich Namen zu merken, aber ihnen wurden nur die Vornamen genannt – Bob, Bill, Ed, Sam – er musste sich also nicht allzu sehr anstrengen. Diese vier waren alle Männer mittleren Alters, die sich relativ gut gehalten hatten, sie trugen bequeme, aber teuer aussehende Sommersachen und hatten Sweatshirts um ihre Schultern geworfen. Ihre Mienen erhellten sich sichtlich auf, als Phil mit ihnen sprach. Die Mühe, die er sich mit seinem Äußeren gegeben hatte, machte sich offensichtlich bezahlt. Er achtete darauf, Don ganz besonders fröhlich zu begrüßen und stand schließlich vor Manoli.

»Hallo«, sagte er mit leiser Stimme und versuchte, so viel Gefühl wie nur möglich, in dieses eine Wort zu legen.

»*Ya sou*«, antwortete Manoli brummig. Das war die Minimalbegrüßung, mit der Dorfbewohner, die sich täglich auf der Straße trafen, einander bedachten. Ihre Blicke trafen sich. Manolis war wachsam und ohne Liebe. Phil bemerkte darin wieder die unterdrückte Gewaltbereitschaft, die ihm schon vorher aufgefallen war. Vielleicht hasste Manoli es, hier zu sein und als Dons Diener vor ausgemergelten Männern posieren zu müssen.

Phil wollte ihn nicht auch noch in Verlegenheit bringen, drehte sich um und sprach die erstbeste Person an, die ihm im Weg stand. Es war Sam. Ein Diener brachte von einem Tisch, der an Steuerbord stand, Getränke. (Phil übte sich im Seemannsjargon.) Sam und er tauschten die üblichen Höflichkeiten aus, erkundigten sich, aus welchem Teil der Vereinigten Staaten der andere stammte, wie lange sie schon in Griechenland waren und was sie schon gesehen hatten. Sam flirtete etwas mit Phil, wurde aber nicht aufdringlich. Phil stellte sich auf einen nicht ungewohnten, langweiligen Abend ein. Er wollte Manoli unbedingt beweisen, dass er ihm keine Schwierigkeiten bereiten würde; er würde sich ihm nicht wieder nähern. Sie waren zusammen. Er konnte immer wieder einen Blick auf ihn werfen, so würde dieser Abend keine völlige Pleite werden. Auch Manoli sah nicht so aus, als hätte er Spaß. Er saß neben Harry, schien aber angesichts seines gesichtslosen Gastgebers völlig sprachlos zu sein. Seine ganze süße, lebensfrohe Art, die Phil lieben gelernt hatte, schien verloren gegangen zu sein; er sah angespannt und verärgert aus.

Eine Stunde später geleitete Harry sie durch einen geschmackvoll eingerichteten größeren Raum, der in einem Haus an Land einem

Wohnzimmer entsprochen hätte, zu dem kleineren Esszimmer. In dem allgemeinen Gedränge, als sie durch die Tür ins Esszimmer strömten, gelang es Phil, hinter Manoli zu gleiten, den Arm um ihn zu legen und ihn kurz zu drücken. Manoli versteifte sich etwas und schüttelte ihn ab, worauf Phil seinen Arm gleich fallen ließ. Genau das war es, was er sich vorgenommen hatte, nicht zu tun, aber für eine Sekunde hatte er Manolis Körper an seinem gespürt. Es war unglaublich, aber er hatte sich das Recht erstritten, ihn in den Arm zu nehmen. Er dachte daran, dass sie bald nackt nebeneinander im Bett liegen würden und der Abend erstrahlte in einem ganz neuen Glanz.

Harry saß am Kopfende einer langen niedrigen Tafel und Manoli rechts neben ihm. Phil wurde ein Platz zwischen Sam und Ed zugewiesen. Er aß das ausgezeichnete Essen, trank den ausgezeichneten Wein und stellte fest, dass es ihm immer schwerer fiel, Manoli nicht anzustarren. Es erschien ihm so offensichtlich, dass sie beide füreinander geschaffen waren, dass er sich fragte, wieso die anderen es nicht auch merkten. Sie waren der gleiche Typ. Sie hatten die gleiche Figur. Sie gehörten einer anderen Gattung an. Johnny erhaschte seinen Blick von der anderen Seite des Tisches und zwinkerte ihm zu. Er wusste es.

Phil gewann allmählich wieder die Kontrolle über seine Augen und war schließlich so erfolgreich darin, dass sie schon Nachspeise und Kaffee hinter sich hatten und im Wohnzimmer einen Brandy tranken, als er merkte, dass Manoli fehlte. Er war sich sicher, dass er es gespürt hätte, wenn Manoli schon länger weg gewesen wäre. Ein Besuch am Bug, vermutete er seemännisch. Er nahm das Gespräch mit einem der Gäste wieder auf, konnte sich aber nicht davon abhalten, wenige Minuten später wieder seinen Blick durch den Raum gleiten zu lassen. Don strahlte ihn einfältig an. Manoli fehlte immer noch. Erst da bemerkte Phil, dass auch Harry fehlte. Warum auch nicht? Wahrscheinlich zeigte er Manoli seine Jacht, oder seine Briefmarkenalben. Viel mehr würde er sicherlich nicht wagen, nachdem Don hier saß und Manoli wirklich in keiner guten Stimmung gewesen war. Er wäre wahrscheinlich in Lebensgefahr, wenn er auch nur einen zu mutigen Blick auf Manoli riskieren würde.

Phil lehnte sich zurück und gab sich alle Mühe, den Eindruck zu erwecken, als habe er Spaß, aber in seiner Brust krampfte sich etwas zusammen, das er mit viel Brandy beruhigen musste. Er versuchte, nicht darauf zu achten, wie viel Zeit verstrich. Er fragte sich, warum Don so zufrieden aussah, nachdem Manoli doch der Ansicht war, dass sie auf ihn aufpassen mussten. Natürlich konnte niemand Harry für eine sexuelle Bedrohung halten. Er sah zu Johnny hinüber, aber der erweckte den Eindruck, als sei alles in Ordnung. Dennoch war es eine seltsame Situation, auf dieser Jacht zu sein und einen Drink nach dem anderen zu leeren, wenn der Besitzer nicht da war und mit ihm der attraktivste der Gäste. Es verwirrte Phil und er fragte sich, wieso keiner sonst es zu bemerken schien. Er war bei Partys gewesen, wo so etwas vorgekommen war, aber das waren eindeutige Sex-Partys gewesen, wo immer wieder Pärchen in den Schlafzimmern verschwanden und man die Partner häufig wechselte. Vielleicht hatte Harry ein gesundheitliches Problem, weswegen er sich nach dem Essen zurückziehen musste, und alle anderen wussten davon. Vielleicht war es Manoli zu viel geworden und er war einfach gegangen. Vielleicht wartete er schon zu Hause auf ihn. Schon die Möglichkeit ließ Phil unruhig werden; er wollte aufspringen und nach ihm sehen. Er beobachtete Johnny in der Hoffnung, eine Zeichen von ihm zu bekommen.

Schließlich stand Don auf und ging voller Würde hinaus. Phil spannte sich an und wartete darauf, dass der Ärger gleich losging. Don blieb nicht lange weg, doch als er zurückkehrte, schien er zufriedener denn je. Phil konnte es kaum noch ertragen. Mehr Brandy vertrug er nicht. Er sah Johnny bittend an. Der kam zu ihm und setzte sich neben ihn auf die Stuhllehne.

»Wollen wir nicht gehen?«, fragte Johnny leise.

»Doch, klar, aber sollten wir uns nicht von Harry verabschieden?«

»Ich erklär dir das später. Lass uns gehen.«

»Aber … ist Manoli gegangen?«

»Egal, ich erzähls dir an Land.«

»Was ist denn …«

»Lass uns gehen«, sagte Johnny entschieden.

Sie verabschiedeten sich von den anderen, wobei sich Phil bemühte, seine Verwirrung zu verbergen. Etwas stimmte nicht. Johnny hatte sich so verhalten, als steckte Manoli in Schwierigkeiten.

Sobald sie draußen waren, packte Phil ihn am Arm und zog ihn den Landungssteg hinunter. »Also. Was ist los, um Himmels willen?«, platzte es aus ihm heraus, als sie den Kai erreicht hatten.

Johnny sah ihn voller Sympathie und Zuneigung an. Er seufzte und schüttelte seinen Kopf. »Armes Ding. Du bist der typische betrogene Ehemann, merkst alles als Letzter. Was denkst du denn, ist eben passiert?«

»Nichts. Ich weiß nicht. *Ist* denn etwas los? Hat Manoli es geschafft, unseren Gastgeber zu beleidigen und wurde rausgeworfen? Hat Harry einen Nervenzusammenbruch?«

»Verdammt unwahrscheinlich. Es war alles arrangiert. Anscheinend war es schon seit langem geplant. Der Typ namens Bob hat es mir erzählt. Er hielt es für sehr lustig.«

»Lustig? Was ist daran lustig? Ich weiß nicht wovon du sprichst.«

»Ich dachte, es sei ganz klar. Du hast doch gesehen, dass beide fehlen. Don hat Manoli für eine Nacht Harry gegeben.«

»Manoli weggegeben ...?« Phil konnte nicht fassen, was Johnny ihm gerade gesagt hatte. Er fühlte, wie sich etwas in seinem Inneren aufstaute und musste seine ganze Kraft zusammennehmen, um nicht aufzuschluchzen. Er atmete zitternd aus. »Wo sind sie?«, fragte er, als ob es darauf ankäme.

»An Bord. Wahrscheinlich in einer Koje im Bug aneinandergekuschelt. Wahrscheinlich hat Don sie noch zugedeckt.«

»Ich kann's nicht glauben«, stammelte Phil, als er sich vorstellte, wie Manolis wunderschöner Körper in den Armen dieses gesichtslosen Mannes lag.

Johnny ergriff seine Schulter und sagte mit ernster Stimme. »Du solltest es aber lieber glauben, mein Junge. Sicher hast du schon bemerkt, was für ein Vergnügen es Don bereitet, Manoli wie sein Eigentum zu behandeln. Wie könnte er seine Macht über ihn besser zur Schau stellen, als dadurch, dass er Manoli jemandem zum Geschenk macht? Die ultimative Demonstration seines Besitzrechtes, findest du nicht auch? Nach dem, was mir Manoli erzählt hat, soll das Ganze mit einer großen Zahlung enden, auf die er schon länger wartet.«

Phil schwankte leicht hin und her, als habe er einen Schlag auf den Kopf bekommen. Seine überschäumende Wut hatte sich in schreckliches Mitleid verwandelt. Er wollte Manoli trösten, der solchen Demütigungen ausgesetzt war und seinen Stolz wiederherstellen. Er fühlte sich, als sei jemand, der ihm viel bedeutete, gestorben. Manoli hatte in ihm eine Freude wiedererweckt, wie er sie seit seiner Zeit mit George nicht mehr gekannt hatte, aber die Zeit war zu kurz gewesen, um große Hoffnungen daran zu knüpfen. Das alles war ein kurzer schöner Traum gewesen. Es spielte keine Rolle, wie überzeugend er sich verteidigte: Manoli war eine Hure. Sein Bedauern galt eher dem Griechen als ihm selbst, der um sein Vergnügen gebracht worden war. Er war schockiert, wie er in so eine schmutzige Geschichte hatte hineingeraten können. »Irgendjemand sollte das Schwein von seinen Leiden erlösen«, krächzte er mit erstickter Stimme.

»Wenn du damit Don meinst, stimme ich dir gerne zu. Mir gefällt die Geschichte auch nicht. Manchmal denke ich, dass wir in diesem verdammten Paradies zu weit gehen. Komm schon, mein Freund.« Er legte beide Hände auf Phils Schultern und schüttelte ihn leicht. »Wollen wir unsere Sorgen im Hafen hinunterspülen?«

»Klar. Du täuscht dich bestimmt nicht? Er wollte mit mir heimkommen. Sollte ich nicht nachsehen, ob er schon da ist?«

»Heute Nacht würde ich das lieber sein lassen. Du kannst morgen wieder unvernünftig werden, wenn du das immer noch willst.«

Phil ging neben ihm her. Er war sich sicher, dass es nicht so schlimm werden würde wie mit Alex. Er fühlte sich wieder wie tot, so wie er sich schon seit langem fühlte. Als sie um eine Ecke herum zum Haupthafen kamen, stellten sie fest, dass die Tische in den Cafés immer noch gut besetzt waren. Er erinnerte sich an die Shackletons, aber auch das konnte seine Stimmung nicht heben. Er wollte sie nicht sehen, aber er wollte sie auch nicht *nicht* sehen. Er wollte gar nichts mehr als hochgehoben und in sein Bett gelegt werden.

»Wenn wir die Shackletons sehen, lasse ich dich vielleicht in ihrer Obhut«, sagte Johnny. »Ihr hattet doch ausgemacht, euch zu treffen, oder? Ich will morgen mit meiner Arbeit weiterkommen.«

»Alles klar. Vielen Dank für die Segeltour. Ich liebe das Boot. Ich hoffe, dass sich unsere geheime Mission nicht verzögert. Ich muss bald anfangen, mir über meine Rückkehr nach New York Gedanken zu machen.«

»Ich verstehe.« Johnny nahm ihn in die Arme und drückte ihn kurz. »Morgen früh sieht alles wieder besser aus.«

»Das klappt nicht bei allen Leuten.« Er sah Lester und Harvey an einem der Tische und sie winkten sich zu. An einem anderen erkannte er die Shackletons, die ihn mit ihrem üblichen einarmigen Gruß heranwinkten. Neben ihnen saß ein Seemann. Johnny und Phil sahen sich kurz in die Augen und nickten, dann drückte Johnny seine Hand und ging. Phil drehte sich zum Tisch der Shackletons. Der Seemann hob seine Arme und zog Phil neben sich auf einen freien Platz. Es war Pavlo, der Junge, der ihm letzte Nacht das Tanzen hatte beibringen wollen.

»Wir haben auf dich gehofft«, sagte Bryan. »Dies ist der Junge, den du erwähntest, nicht wahr? Irgendwie haben wir es geschafft, ihn von seinen ganzen Kumpeln loszueisen. Unser Charme kennt keine

Grenzen. Wir haben uns überlegt, dass wir es ja mal mit einem Quartett probieren könnten. Bist du dabei?«

»Mal schauen. Ich war heute den ganzen Tag mit Johnny auf See. Es war herrlich, aber viel Arbeit. Außerdem bin ich auch ein bisschen betrunken.«

Angela schenkte ihm aus einem Kupferkrug ein Glas Retsina ein. »Wie war das Dinner auf der Jacht?«

»Na ja, es war okay. Aber ich bin mir sicher, dass es bei euch netter gewesen wäre.« Er leerte sein Glas und verzog das Gesicht, während Angela es wieder füllte. Pavlo kümmerte sich wieder um ihn, wie schon das letzte Mal. Er nahm Phils Hand und führte sie zu seinem Schwanz. Er war hart. Phils wurde dadurch auch steif. Phil erinnerte sich daran, dass er Pavlo für attraktiv gehalten hatte. Wahrscheinlich würde er ihn wieder begehren, wenn er betrunken genug war.

Sie plauderten und Pavlo warf immer wieder etwas auf Griechisch ein. Phil trank mehrere Gläser Retsina und bestellte eine weitere Karaffe für sie. Pavlo gab sich alle Mühe, Phil zu einer richtigen Erektion zu verhelfen, sodass er etwas auf dem Stuhl herumrutschen und mit einer Hand in der Hosentasche nachhelfen musste, damit sein Schwanz aufrecht stehen konnte. Er konnte immer noch einen Steifen bekommen. Wenn Pavlo so weitermachte, würde er vielleicht bald kommen. Aber das konnte er auch alleine. Warum sollte man solche Spielchen überhaupt spielen, wenn man haben konnte, was er gehabt hatte? Er ertappte sich dabei, wie er schon in der Vergangenheitsform an Manoli dachte und spürte eine große Leere in sich. Er musste etwas finden, das ihm wieder dieses Gefühl der Ausgefülltheit gab. Aber so einfach, wie er es sich vorgestellt hatte, würde es nicht sein. Warum hatte er nur zugelassen, für Manoli alle seine Schutzmauern fallen zu lassen? Noch vor ein bis zwei Tagen hätte es ausgereicht, mit den Shackletons und einem Seemann nach Hause zu gehen, um ihm die Illusion von Leben zu geben. Jetzt würde es ihm nicht helfen. Er stand wieder der Wüste in seinem Inneren gegenüber. Alles würde wieder von vorne losgehen, er musste hart sein und die Gefühle in seinem Inneren unterdrücken – die Liebe war gescheitert. Er war es leid, immer weiter ein Leben zu suchen das lebenswert war, obwohl er von der Natur mit etwas bedacht worden war, von dem er nicht wusste, ob es ein Geschenk oder eine Strafe war.

Sie sprachen dem Wein weiter zu, bis Phil irgendwann den Eindruck hatte, als könne ihn jetzt wirklich nichts mehr wach halten. »Ich bin völlig erledigt«, sagte er und meinte damit seinen Alkoholspiegel. »Ich geh besser.«

»Der Wein scheint alle zu sein. Zu Hause wartet noch mehr und andere Dinge auch«, fiel Bryan ein. »Unser kleiner Seemann wird dich noch hier am Tisch ausziehen, wenn wir nicht bald gehen. Worauf warten wir noch.«

Einen Teil ihres Heimweges konnten sie gemeinsam durch die engen Straßen gehen. Pavlo hielt sich die ganze Zeit neben Phil und hatte einen Arm um ihn gelegt. Als sie die Abzweigung zu den Shackletons erreichten, hielt Phil an. »Mit mir ist heute Nacht nicht mehr viel los«, sagte er und schob Pavlo beiseite. »Ich schlafe schon ein, wenn ich ein Bett nur sehe. Lass es uns auf ein anderes Mal verschieben.« Er hörte ihren Protesten gar nicht mehr zu, als er eilig davontorkelte.

Als er oben auf seinem Treppenabsatz anlangte, stellte er fest, dass er das Licht angelassen hatte. Die Tür war halb geöffnet. Er trat ein und schloss sie hinter sich. Er sah zu dem Bett hinüber und wünschte sich, ohne einen weiteren Muskel zu bewegen einfach nur hineinfallen zu können. Er fühlte sich, als ob sein Körper aufgehört hatte zu funktionieren. Manoli kam aus dem Badezimmer und am Bett vorbei auf ihn zu. In einem ersten Impuls wollte Phil ihn freudig begrüßen, dann fielen ihm die ganzen Ereignisse des Abends wieder ein und bauten sich wie eine Mauer zwischen ihnen auf. Er kontrollierte seine Gesichtszüge wieder und sah ihn mit reserviertem Desinteresse an. Manoli war bis zur Hüfte nackt und trug nur seine Hosen. Sein Blick war hart wie Stahl. »Wo warst du?«, fragte er.

»Meinst du, du hast das Recht zu fragen? Jedermann weiß, wo *du* warst.«

»Ich tue, was ich tun muss. Warum hast du nicht auf mich gewartet? Warst du bei Lester?«

»Rate ruhig weiter. Ich muss das ja nicht, bei dir. Niemand muss sich nach heute Abend mehr fragen, was du bist.«

»Ich bin ein Mann. Daran kann niemand zweifeln.«

»Und ich bin dein *pousti*, der darauf wartet, dir zu dienen?«

»Das ist wahr. Ich tue, was ich tun muss, um mit dir zusammen zu sein. Zu meinem Vergnügen mache ich das nicht. Don hat es gewünscht. Er stand in der Kabinentür und hat mich ausgelacht, während ich mich ausgezogen habe. Das war's jetzt. Wenn er mir jetzt das Geld nicht gibt, töte ich ihn.«

Phil lief ein Schauer über den Rücken. Manoli sah so aus, als meinte er es ernst. Er fühlte sich, als würde er zwischen Mitleid und Abscheu zerquetscht werden. Sein Abscheu galt den Männern, die Manoli korrumpiert hatten, nicht ihrem Opfer. Er schüttelte langsam den Kopf und suchte nach Worten. Er wollte ihm die Arme entgegenstrecken, schaffte es aber nicht, sie zu heben. »Es ist falsch«, murmelte er.

»Es ist das Leben. Und du? Du denkst nur an dein Vergnügen. Ich weiß immer noch nicht, wo du warst.«

Phil versuchte, sich aus seinem Zauber zu befreien. Warum konnte er ihn nicht verachten? Wenn er versuchen würde, ihn zu retten, wäre er nicht länger in der Lage, sich selbst vor ihm zu schützen. Manoli war der Letzte, dem gegenüber er Rechenschaft ablegen musste. Er hob herausfordernd den Kopf. »Ich war bei den Shackletons. Du weißt ja, was das bedeutet. Bei uns war noch ein griechischer Seemann. Sein Schwanz war fast so groß wie deiner.« Ihm blieb nur eine Sekunde, seine Worte zu bedauern, dann landete schon Manolis Faust an seinem Kinn. Er prallte an die Wand und sackte auf dem Boden zusammen. Sein Blick trübte sich. Fast wäre er bewusstlos geworden, dann brach eine Woge des Schmerzes über ihm zusammen und sein Blick klärte sich wieder.

Manoli war über ihm, kniete auf ihm mit offener Hose, sein Schwanz ragte vor. Er riss Phils Hosen bis zu den Schenkeln herunter und drehte ihn auf den Bauch um. Phil versuchte sich aufzurichten. Er sah, wie Manoli in seine Hand spuckte und den Speichel auf seinem Schwanz verteilte. Phils Herz schlug heftig, als er versuchte, sich von ihm zu befreien. Manoli verpasste ihm mit der einen Hand eine schallende Ohrfeige. Dann hob er seine andere Hand und schlug hart auf die andere Seite. In Phils Kopf drehte sich alles. Manoli bohrte seine Fingernägel in seine Hüften und war in ihm, vergewaltigte ihn, zerriss ihn. Phil schrie vor Schmerz auf.

»Sei still. Willst du, dass die Familie nachsehen kommt?«, zischte Manoli.

Phil gab nach, sein Atmen klang wie ein Schluchzen, als er sich jauchzend Manolis entfesselter Wut unterwarf. Manoli wollte ihn so sehr, dass er ihn mit Gewalt nahm. Was ihm gehörte, konnte ihm nicht verweigert werden. Phil gehörte ihm. Phils Orgasmus vollendete Manolis brutale Unterwerfung. Er stöhnte und wimmerte, als Manoli ihn roh benutzte, um sich Befriedigung zu verschaffen. Als er mit ihm fertig war, zog er sich grob zurück und sprang auf.

Phil hörte, wie im Nebenraum das Wasser aufgedreht wurde. Er lag ganz still da und wagte kaum sich zu bewegen, aus Angst, dass er ernsthafte Verletzungen davongetragen hatte. Von der Gewalt des Angriffs war er ganz benommen. Er hatte nicht gewusst, dass die Leidenschaft eines Mannes so aussehen konnte. Manoli war vielleicht der einzige wirklich männliche Mann, den er je kennen gelernt hatte. All die anderen gehörten, wie er auch, in eine andere Welt, waren sanft, weich und neurotisch sensibel, um nur ja niemanden zu beleidigen. Trotz seines pulsierenden Kopfes und der Schmerzen am ganzen Körper fühlte er sich irgendwie belebt und gestärkt. Manolis Wille, ihn zu beherrschen, war Ausdruck seines Verlangens nach ihm. Er war herrlich.

Phil regte sich vorsichtig, probierte seine Körperfunktionen aus und setzte sich langsam auf. Nicht schlecht. Er war schmutzig. Sein Sperma, mit dem Staub vom Boden vermischt, klebte an seinem schönen Hemd. Es hatte mehrere kleine Risse, wo die Knöpfe gewesen waren. Seine Hosen hingen ihm um die Knie und der Reißverschluss war abgerissen. Eine seiner Sandalen lag neben ihm, der Verschluss war kaputt. Er war vergewaltigt worden und sah auch danach aus.

Er hörte das Rauschen des Wassers und spürte die Nähe Manolis. Er war gleich nach Beendigung seiner schmutzigen Arbeit zu ihm gekommen. Er hatte mit Phil zusammen sein wollen. Phil konnte Manolis Einstellung zum Sex nicht verstehen, aber er konnte sich Mühe geben. Nachdem er als Kind auf dem Frachter von den ganzen Matrosen gefickt worden war, konnte er wohl kaum noch irgendwelche Illusionen über Sex haben. Es mochte vielleicht ein besonderer Kick für ihn sein, wenn er jetzt zur Abwechslung Phil vergewaltigte. Manoli machte Dons Lachen mehr aus, als die Hände und der Mund des gesichtslosen Typen auf seinem Körper. Es war ein Geniestreich von Don.

Er fühlt, den stechenden Schmerz der Liebe in sich – irgendwo in seiner Brust und in seinen Lenden, weniger in seinem Herzen. Er liebte ihn trotz allem und fühlte sich damit besser als mit der wilden Vernarrtheit von gestern. Zumindest konnte er jetzt akzeptieren, dass nichts daraus werden würde, wenn er sich nicht nach Manolis Vorstellungen richtete, die nicht die seinen waren. Manoli war ein Mann. Seine Unterscheidung zwischen sich und einem *pousti* schien weit hergeholt, aber für ihn war sie real. Wenn das soziale oder moralische Klima entsprechend war, nahm er an, dass heterosexuelle Männer sich lieben konnten, ohne dass es etwas mit Homosexualität zu tun hatte. Das war etwas, das ein braver, heißblütiger Amerikaner einfach nicht verstehen konnte. Selbst er und George hätten diesen Unterschied machen können, hätten sie die Chance dazu gehabt.

Er hörte, wie das Wasser abgestellt wurde und richtete sich unter Schmerzen auf. Er zog sein Hemd aus, knüllte es zusammen und wischte seinen Bauch damit ab. Er warf es in eine Ecke, zog die zweite Sandale aus und schlüpfte aus der Hose. Seine Shorts waren fast völlig zerrissen. Er war vergewaltigt worden und wollte mit dem Vergewaltiger zusammen sein. Vielleicht war das gar nicht so außergewöhnlich. Er schleppte sich ins Badezimmer und fand die Situation für sie beide peinlich – er wusste nicht, was jetzt von ihm erwartet wurde. Manoli hörte auf sich abzutrocknen und sah ihn zufrieden an, er schien entspannt zu sein und sich wohl zu fühlen. Er streckte ihm eine Hand hin und Phil ging zu ihm. Manoli hielt ihn an den Händen, lehnte sich vor und küsste ihn lange und mit offenem Mund. Phils Kiefer tat weh, aber er wollte Manolis Mund. Manoli zog sich zurück, hielt ihn aber weiter fest.

»Ich will dich nicht schlagen«, sagte er. Sein Blick war sanft und liebevoll. »Aber ich bin dein Mann. Wenn du nicht das tust, was ich will, muss ich dich bestrafen.«

»Ich verstehe.«

»Der heutige Abend war schlimm. Don ist ein schlimmer Mann. Harry wollte, dass ich die ganze Nacht bleibe. Er gab mir ein … wie heißt das noch? … ein Trinkgeld und meinte, er würde mir noch mehr geben, wenn ich bliebe. Ich kam zu dir. Ich will nicht, dass du mir von den Schwänzen irgendwelcher Seeleute erzählst.«

»Es hat nicht gestimmt. Ich habe es nur gesagt, weil ich verärgert war. Ich bin nicht mitgegangen.«

»Das ist gut. Dann hätte ich dich nicht schlagen müssen. Ich muss das Geld von Don haben und dann können wir gehen.«

»Bekommst du es bald?«

»In ein paar Tagen vielleicht. Das hat er mir wieder versprochen, als er mir erklärt hat, was ich tun sollte.«

»Ich habe Johnny etwas versprochen. Ich muss ihm mit dem Boot helfen, wenn er sich für zwei bis drei Tage mit Freunden trifft. Das hatte ich ja schon gesagt.«

Manoli lächelte zuversichtlich. Wenn ich gehe, gehst du auch. Du liebst mich.«

»Vielleicht.« Phil hatte aufgegeben, herausfinden zu wollen, wie Manolis Gehirn funktionierte. Er nahm offenbar alles als selbstverständlich hin, dass er ihn niederschlagen und danach mit ihm schlafen konnte, dass er mit Phil nach New York ging, auch wenn er ihm gesagt hatte, dass es nicht ginge. Johnny hatte Recht. Er musste seine Vernunft aufgeben, wenn er mit Manoli weitermachen wollte. »Du liebst mich, nicht wahr?«, fragte er. Manoli antwortete etwas, das er nicht verstand. »Was meinst du?«

»Ich habe gesagt, dass ich dich liebe, aber nicht so, wie ich eine Frau liebe. Fast so, glaube ich. Du wirst schon sehen. Geh jetzt und wasch dich.«

»Kommst du morgen mit mir segeln?«

»Mit Johnny?«

»Nein. Nur du und ich.«

Manolis Lächeln erhellte sein Gesicht so wunderschön, wie er es nie zuvor gesehen hatte. »Ja. Das machen wir. Den ganzen Tag. Morgen Abend bin ich bei Don. Geh dich waschen.«

Als er unter der Dusche stand und sah, wie Manoli wieder seine Zahnbürste benutzte, wurde Phil erneut von einer Woge der Liebe zu ihm erfasst. Wenn er also in ihn verliebt war, dann sollte es eben so sein. Sein Kopf tat ihm weh, aber sonst schien er in Ordnung zu sein. Er konnte von dem Jungen, den er liebte, vergewaltigt werden und keine schlimmeren Schäden davontragen. Er konnte sich gehen lassen, denn Zurückhaltung war nur für Leute wichtig, die eine geordnete Zukunft planten. Bei Manoli konnte er das Ergebnis nicht beeinflussen, aber zumindest war diese tödliche Einsamkeit, die er vor einer Stunde wieder gefühlt hatte, jetzt weg.

Manoli streckte sich auf dem Bett aus, zog das Laken bis zu seiner Hüfte und sah ihm beim Abtrocknen zu. Phil nahm sich die Zahnbürste – er liebte es, sie mit ihm zu teilen und damit ihre Nähe zu bekräftigen. Als er sich dem Bett näherte, griff Manoli nach ihm und zog ihn an sich. Er stützte sich auf einen Ellenbogen auf, sah auf ihn herunter und streichelte seine Wange leicht.

»Ich bin müde. Sehr müde.«, seufzte Phil voller Zufriedenheit und Glück, endlich neben Manoli zur Ruhe zu kommen.

»Es tut mir Leid, dass ich dich geschlagen habe«, sagte Manoli mit herzzerreißender Zärtlichkeit. »Alles in Ordnung mit dir?«

»Natürlich. Es macht mir nichts aus.«

»Nein. Manchmal ist es notwendig.« Er drehte seine Hüften und ließ ihn seinen harten Schwanz spüren. »Siehst du? Ich bekomme schon einen Steifen, wenn ich dich ansehe, manchmal stärker als bei einer Frau. Aber jetzt werde ich dich nicht ficken. Schlaf mit dem Gedanken ein, dass ich an dich denke.«

»Du kannst mich ficken, wenn du willst.«

»Nein. Wir werden morgen zusammen sein. Jetzt schlafen wir. Es gefällt mir, bei dir zu schlafen.« Er senkte seinen Kopf und bedeckte Phils Gesicht mit zärtlichen, heilenden Küssen, seine Augen, seine Wangen, seine Nase, das schmerzende Kinn. Er führte seine geöffneten Lippen an Phils Mund und ihre Zungen berührten sich, sie atmeten den Atem des anderen. Manolis Hände wanderten langsam und liebevoll über ihn und machten bei keinem Körperteil Halt. Sie erreichten seinen steifen Schwanz und blieben schließlich auf seinen Eiern liegen. »Siehst du? Wir wollen einander. Es ist wundervoll. Du gehörst mir, mein Philip.«

»Ja. Ich liebe dich.« Es fühlte sich an, als würde Phils Brust vor lauter Glück bersten, während ihn der Schlaf langsam einholte.

»Wir haben das Licht vergessen«, flüsterte Manoli mit den Lippen an seinem Ohr.

»Geh nicht.« Er spürte, wie Manoli sich vorsichtig erhob und öffnete seine schweren Augenlider, um ihm dabei zuzusehen, wie er den Raum durchquerte. Dieser wunderschöne Körper gehörte wieder ihm. Das Licht ging aus und Manoli war wieder bei ihm. Sie nahmen sich in die Arme, kuschelten sich an den Körper des anderen und Phil gab sich völlig den Zärtlichkeiten seines Liebhabers hin. Dann schlief er.

Früh am nächsten Morgen waren sie wach und angezogen und freuten sich auf ihren Tag auf See. Manoli gab ihm 20 Minuten, um ihn beim Boot zu treffen, dann ließ er sich wieder vom kleinen Balkon herunter und war verschwunden, um nicht von den Leuten im Haus gesehen zu werden. Phil nahm sein schnelles Frühstück ein und machte sich gleich auf den Weg. Das Leben sah im Augenblick verdammt schön aus, wenn er nur nicht darüber nachdachte, wie alles enden sollte. So lange es ging, würde er Optimist bleiben.

Er kaufte Bier und Brot ein und besorgte in einem anderen Laden noch Tomaten, Orangen und Käse. Außerdem leistete er sich noch unverschämt teures, importiertes Dosenfleisch. Es war das erste Mal, seit er hier war, dass er sich über Geld Gedanken machte. Ein Leben ohne gelegentliche Gedanken daran, was Dinge kosteten, erschien irgendwie unheimlich und unwirklich.

Die Morgensonne, die gerade über die Dächer kam, strahlte hell und klar. Gestern hatte er ein neues Verhältnis zur Natur bekommen. Er sah zum Himmel hoch und überprüfte die Brise. Sie kam wieder aus dem Westen, leicht bis mäßig, wie sie es auch im Wetterbericht angekündigt hatten. So wie es aussah, würde es wieder ein wundervoller Tag werden.

Als er in das Hafengebiet einbog, stellte er fest, dass die schwarze Jacht fort war. Manoli war schon da, als er mit dem Proviant ankam und entfernte die Segelhüllen. Er trug eine von Phils Jacken und sah sehr attraktiv und männlich aus. Ihn in etwas zu sehen, was ihm gehörte, verstärkte bei Phil das Gefühl ihrer Zusammengehörigkeit. Sie waren zusammen.

»Dies ist ein wundervolles Boot«, begrüßte Manoli ihn freudig, ohne mit der Arbeit aufzuhören. Offensichtlich wusste er, was er tat. Phil ging zum Cockpit und sah ihn über das Kabinendach an.

»Du machst das gut. Ich helfe dir gleich.«

»Nicht nötig. Ich bin fast fertig.«

»Du weißt, wie man mit den Segeln und allem umgeht?«

»Sicher. Ich bin mal mit Johnny rausgefahren. Ein wundervolles Boot.«

»Ich liebe es.« Er schloss die Kabinentüre auf, nahm den Proviant mit nach unten und verstaute ihn in der Kombüse. Dabei achtete er darauf, dass nichts herumrutschen oder fallen könnte, falls sie noch Probleme bekommen sollten. Johnny hatte ihm eingeschärft, dass es immer besser war, auf raue See vorbereitet zu sein, egal wie gut das Wetter aussah. Als er an Deck zurückkehrte, hatte Manoli die Segel ausgepackt, sie gelockert und alles fürs Segelsetzen vorbereitet. Er war gerade am Bug und sah nach dem Anker. Er war in seinem Element. Phil lief ein freudiger Schauer über den Körper, als er daran dachte, dass er in sein Leben getreten war, es teilte, daran teilnahm. Manoli wäre ein wunderbarer Mensch, wenn er bei ein paar Kleinigkeiten noch an sich arbeitete. Vorsicht mit den »Wenns«, warnte er sich. Es half nicht, sich auf das »Wenn«-Spiel einzulassen; er musste sich völlig in die Fantasiewelt stürzen: Er besaß eine Jacht und würde den Rest seines Lebens hier mit Manoli verbringen, es gab also keinen Grund zur Besorgnis.

Manoli kam zu ihm zurück und bewegte sich auf dem schmalen schwankenden Deck so sicher und leichtfüßig wie eine Katze. Phil stockte der Atem, als er seine körperliche Grazie und Kontrolle sah, und er sah ihn wie hypnotisiert an. Manoli sprang zu ihm ins Cockpit.

»Alles bereit, um die Leinen loszumachen?«, fragte er.

»Ja.« Phil machte den Motor an und brachte ihn zu einem gleichmäßigen Schnurren. Manoli lief zum Heck, zog das Boot heran und sprang auf den Kai. Er machte die Leinen los, nahm sie zusammen und machte einen atemberaubenden Satz auf das Heck. Dann lief er vor zum Bug und begann damit, den Anker einzuholen. Phil unterstützte ihn dabei, indem er immer wieder etwas vorwärts fuhr. Er war sich voller Freude des Bandes bewusst, das durch die gemeinsame Arbeit zwischen ihnen beiden geknüpft wurde. Als der Anker oben war, gab Manoli ein Zeichen, Phil legte den Vorwärtsgang ein und sie fuhren langsam in das Hafenbecken und auf den Hafenausgang zu. Manoli sprang zurück ins Cockpit, stellte sich neben ihn und legte ihm den Arm um die Taille. Seine Augen glänzten.

»Wir sind ein gutes Team, mein Philip«, sagte er.

»Das ist wahr«, stimmte er zu, wieder völlig in seinen Bann geschlagen. »Ich muss das Segelsetzen noch üben. Kannst du das Steuer übernehmen?«

»Klar. Wollen wir nach Soudha Bay segeln? Ich kenne gute Ankerplätze. Sehr einsam.« Sein Lächeln versprach unwiderstehliche Möglichkeiten.

Phil lachte in sich hinein und sah ihm in die Augen. »Du kennst mich ja. Ich mag es draußen in der Sonne.«

Sie verließen den Hafen und er machte Platz für Manoli, der sie in den Wind brachte. Phil berührte seine Schulter und ging nach vorne zum Mast, er bewegte sich vorsichtiger, als Manoli es getan hatte. Er setzte die Segel, wobei sich das anfängliche Chaos aus krachendem Segeltuch, spannenden Leinen und herumschlagendem Baum schnell in Ordnung verwandelte. Manoli steuerte sie gekonnt vorwärts und schaltete den Motor aus, als Phil zu ihm zurückkam.

Sie zogen sich bis zur Taille aus. Phil war damit zufrieden, an dieser Stelle aufzuhören, selbst wenn er so eine ungleichmäßige Bräune riskierte. Er war sich nicht sicher, ob es Manoli gut fände, wenn sein steifer Schwanz vor seiner Nase auf und ab schwang. Der leichte Wind erlaubte ihnen, relativ nah an der Küste zu bleiben. Mehrere kleine Boote fuhren an ihnen vorbei. Dies war nicht der rechte Augenblick, um nackt zu sein.

Phil ging nach unten und kam mit Bier wieder. Sie tranken gierig. Manoli sah zu ihm herüber und lächelte mit strahlend weißen Zähnen. »Du bist so männlich auf dem Boot«, sagte er anerkennend. »Ein guter Mann, mein Philip. Du machst mich stolz. Weißt du, was das bedeutet? Ich bin stolz darauf, dass du mein Freund bist. Ich liebe dich.«

Phil lehnte seine Stirn kurz an Manolis Kopf. Er hatte einen ganz unmännlichen Frosch im Hals. »Das ist gut«, sagte er nach einer Weile und streifte mit seinen Lippen flüchtig Manolis Ohr. Er richtete sich wieder auf, sie prosteten sich zu und leerten ihre Gläser. Phil ging nach unten, um Nachschub zu holen. Er bediente seinen Mann. Er fühlte sich ganz schwindlig vor lauter gefährlichem Glück.

Sie segelten in die riesige Bucht von Soudha Bay ein. Weit vor ihnen konnte Phil mehrere Gebäude und Hallen erkennen, die wahrscheinlich zu dem Marinestützpunkt gehörten. Sie schlängelten sich auf ihrem Weg zwischen kleinen Inselchen hindurch und Phil bekam beinahe den Eindruck, sich auf einem Binnengewässer zu befinden. Als sie zwischen den Inseln waren, ließ der Wind nach, bis er nur noch ein leises Flüstern war, doch das Boot sprach weiterhin so gut darauf an, als sei es ein Rennboot. Manoli hielt sie nahe an der westlichen Küste und beobachtete die Landformationen vor ihnen sehr genau.

»Mit Segel, denke ich«, sagte er leise, als spreche er mit sich selbst. Er holte das Hauptsegel dicht. »Das kleine«, befahl er. Phil holte den Klüver eilig ein und sie fuhren geradewegs auf die Küste zu, hart am Wind, aber immer noch sanft durch das Wasser gleitend. »Halte den Anker bereit«, sagte Manoli. »Hol das Segel schnell ein, wenn ich es dir sage. Der Anker kommt danach dran.«

Phil ging nach vorne zum Mast und bereitete die Winschen darauf vor, gelöst zu werden und freute sich erneut darüber, wie gut ihre Zusammenarbeit funktionierte. Er sah zitternd dabei zu, wie Manoli das Boot fast zum Stranden brachte. Das Land war zu nah, um sich wohl zu fühlen. Plötzlich teilte es sich wie von Zauberhand vor ihnen und sie segelten in eine kleine Bucht, deren Arme sie von beiden Seiten umfingen. Das Meer zischte am Rumpf.

»Jetzt die Segel«, rief Manoli ruhig. Phil holte die Segel mit schnellem Rattern ein. Sie hatten immer noch ein beachtliches Tempo und die Felsen vor ihnen kamen immer näher. »Jetzt den Anker«, rief Manoli. Phil ließ ihn fallen und die Kette sank rasselnd nach unten. Er spürte einen kleinen Ruck, als der Anker Grund fasste und sie zum Stehen brachte. Wenig später drifteten sie langsam wieder zurück, weg von den Felsen. Manoli blieb am Steuer stehen und sah sich das Ufer zu beiden Seiten genau an. Da er so konzentriert blieb, hielt sich auch

Phil weiter am Bug bereit. Er sah, wie sich die Ankerkette aus dem Wasser hob und festzog. Er stand auf und sah Manoli an, der kurz darauf ebenfalls seine Konzentration lockerte. Phil war von dieser Zurschaustellung seemännischen Könnens so beeindruckt, wie nie zuvor in seinem Leben.

»Das war's«, rief Manoli.

Phil lief zu ihm und warf sich in seine Arme. Manoli begrüßte ihn mit einem zufriedenen Lächeln. »Sehr gut, mein Philip«, sagte er.

»*Du* warst sehr gut«, sagte Phil.

»Wir machen alles zusammen.«

Sie hielten sich in den Armen und sahen sich nach allen Seiten um. Völlige Stille umgab sie, als wären sie die einzigen Menschen im ganzen Universum. Oberhalb der Felsen konnte man einen Olivenhain erkennen. Das Wasser war so klar, dass es aussah, als hätte das Boot aufgesetzt. »Es ist wunderschön«, murmelte Phil und strich mit seiner Hand über Manolis glatte braune Haut.

»Sehr einsam.« Sie sahen sich an und Manoli lächelte wissend. »Ich denke, es wird dir gefallen. Lass uns hier bleiben. Wir können essen und trinken und uns lieben. Das Leben ist schön, wenn wir zusammen sind. Komm.« Er machte sich los und fing an, das Segel zusammenzulegen. Phil kam ihm schnell zu Hilfe und sie machten es nachlässig fest.

»Das reicht«, entschied Manoli mit der Autorität eines Fachmanns. »Heute wollen wir nicht arbeiten, sondern Spaß haben. Man kann hier gut schwimmen, vor allem nackt.«

Sie zogen sich aus und begutachteten einander genau. Als sie nackt waren, blieben ihre Blicke am attraktiven, gebräunten Körper des Partners hängen. Phil freute sich, als habe er einen Sieg errungen, als er sah, dass sich Manolis Schwanz ebenso zu heben begann wie sein eigener. Sie sahen sich in die Augen und lachten los. Dann lief Manoli zum Achterdeck und sprang ins Wasser. Phil lief nach unten und holte ein paar Handtücher. Ihm war beigebracht worden, dass tropfendes Salzwasser auf einem Boot eine absolute Unart sei. Er ließ sie auf das Achterdeck fallen und sprang Manoli hinterher. Das Wasser war kalt und anregend, und sie schwammen kraftvoll zum Eingang ihrer kleinen Bucht hinaus. Das Boot sah vor dem felsigen Ufer mit dem Olivenhain dahinter richtig klein aus. Sie drehten um und wurden etwas langsamer. Manoli schwamm wie ein Delfin um Phil herum, tauchte unter und wieder auf und strich mit seinem samtenen Körper an ihm entlang. Es war eine Explosion für seine Sinne und Phil reagierte trotz des kalten Wassers entsprechend. Als sie das Boot wieder erreicht hatten, schwamm Manoli hinter ihn, legte seine Arme um ihn und nahm seinen steifen Schwanz in die Hand. Sein eigener Schwanz stieß von hinten an Phil. Sie lachten und tauchten unter. Manoli ließ ihn los und sie hievten sich aus dem Meer und landeten lachend, Arme und Beine umeinander geschlungen, auf dem Deck. Manoli drehte Phil auf den Rücken, glitt über ihn und nahm seinen Schwanz in den Mund.

»Jetzt gleich«, keuchte er warnend, falls sich Manoli doch noch in allerletzter Minute zurückziehen wollte. Doch der hungrige Mund des Griechen kümmerte sich weiter hingebungsvoll um seinen Schwanz, bis sich Phils Körper in einer heftigen Reaktion aufbäumte. Er schrie und sein Körper wurde hin und her geworfen, als ihn ein gewaltiger Höhepunkt durchzuckte. Manoli blieb bei ihm und lutschte weiter gierig an seinem Schwanz. Plötzlich stemmte er sich auf die Knie und zog Phil mit sich hoch. Phil konnte gerade noch seinen Mund öffnen, um Manolis Samenerguss zu empfangen. Dass sie beinahe zur gleichen Zeit gekommen waren, war ein Zeichen ihres gegenseitigen Verlangens; Manoli wollte seinen Geliebten ebenso sehr, wie er von ihm begehrt wurde.

Er fiel nach vorne auf ihn und überließ Phil seinen ganzen Körper. Phil streichelte ihn, küsste seinen Hals und leckte das Salz von seiner Haut ab. »Ist es in Ordnung?«, fragte er. »Magst du es so?«

»Ja. Es ist ein Teil von dir. Das gefällt mir.« Er hob seinen Kopf und runzelte verwirrt die Stirn. »Ich könnte mir vorstellen, mich in dich zu verlieben, wenn du weiter so sehr verliebt in mich bist. Es gefällt mir, dass du mich liebst. Wir werden sehen.«

Phils Herz setzte einen Schlag aus. Er fühlte sich so wunderbar, aber er konnte sich nicht vorstellen, dass es einen Unterschied machte. Auf jeden Fall würde Manoli sich als Mann in den Ersatz für eine Frau verlieben, nicht wie sich George in ihn verliebt hatte, als Mann in einen Mann. Er legte seine Arme um ihn und spürte wieder, wie gut sie zueinander passten. »Du wirst heute in mich verliebt sein. Über morgen denken wir nicht nach.«

»Ich tue das. Du auch. Du willst mich bei dir haben. Wir sollten uns noch ein Bier genehmigen.«

Phil lachte und sie ließen sich los. Phil ging nach unten, froh über die Gelegenheit, seinen Mann bedienen zu können. Er liebe diese

Balance, die zwischen ihnen beiden entstand. Er bewunderte Manoli für seine Entschlossenheit und dachte, dass er dadurch älter wirkte, als er in Wirklichkeit war. Manoli war Ende des Krieges zur Welt gekommen, er in der Mitte. Ihr Altersunterschied musste mehrere Jahre betragen, aber Manoli war härter, unabhängiger und selbstsicherer. Sie passten zusammen. Manoli war der Boss, aber eine gleich große Leidenschaft verband sie. Sie besaßen alle Voraussetzungen für eine gemeinsame Zukunft, nur konnte sie niemals eintreffen. Das würde Phil niemals vergessen.

Er kehrte mit dem Bier und der Sonnenmilch, die er am Vortag an Bord gelassen hatte, zurück. Manoli hatte die langen Kissen von den Sitzen auf dem Achterdeck ausgelegt und sie streckten sich darauf aus und sahen sich an. Sie tranken, unterhielten sich oder schauten einander einfach lange nur an. Phil cremte Manolis Nase, Stirn und seine Wangen ein.

»Ich brauche das nicht«, sagte Manoli.

»Nein. Ich auch nicht mehr, aber man bekommt eine schönere Farbe.« Phil schmierte sich etwas ins Gesicht. Er stellte fest, dass sie sich immer öfter auf Griechisch unterhielten und dass es ihm immer leichter fiel. Sein Satzbau war noch etwas gewagt, aber seine Wortkenntnis wurde immer besser.

»Wir werden viel Sonne tanken und danach essen wir im Schatten eines Olivenbaumes. Das wird gut«, eröffnete Manoli.

Sie leerten ihr Bier und Phil ging nach unten um neues zu holen. Als er mit vollen Gläsern zurückkehrte, hatte Manoli sich aufgesetzt und die Arme um die Knie geschlungen. Phil setzte sich neben ihn, ließ seine Beine ins Cockpit baumeln und reichte ihm sein Glas. »Du bist ein netter Mann, mein Philip«, sagte Manoli. »Einen Freund wie dich hatte ich noch nie.« Er zog ihn nach hinten und küsste ihn. Phil öffnete seinen Mund widerstandslos für Manolis fordernde Zunge – er wollte immer noch nicht zu viel von ihm fordern. Sein Schwanz begann anzuwachsen, als der Kuss immer länger wurde und Manolis Zunge in seinen Mund vorstieß und ihn sich zum Eigentum machte. Es gab kaum noch einen Zweifel. Manoli wollte ihn. Phil stellte sein Glas blind ab, nahm seinen Kopf in die Hände und ließ seine Zunge ebenso mutig vorstoßen. Manolis Arme legten sich um ihn und zogen ihn heran. Er verlagerte seine Hüften und schlang seine Beine so um ihn, dass ihre Körper fest miteinander verbunden waren. Ihre Brust hob und senkte sich, während sie mit ihren Zungen den Mund des anderen füllten. Völlig atemlos fielen sie auseinander. Phil streichelte Manolis Brust, den Bauch und schließlich seinen steifen Schwanz. Manolis Augen leuchteten. Er lachte, als er Phils Erektion fand.

»Dein Schwanz ist größer als meiner«, sagte er mit unerwarteter Genugtuung.

»Nein. Nur ein bisschen.« Es war erstaunlich, dass ihm der kleine Unterschied aufgefallen war und Phil wollte nicht zu viel daraus machen. Alex war so oft völlig frustriert darüber gewesen, dass seiner kleiner war, dass er zu nichts mehr zu gebrauchen gewesen war. Phil wollte aus diesem Kuss noch mehr machen.

»Er ist sehr gut. Seinetwegen will ich dich ficken um dir zu zeigen, dass meiner auch gut ist«, sagte Manoli.

»Ich will, dass du es mir sehr oft zeigst.« Phil griff nach dem Öl und trug es auf ihn auf.

»Auf dem Rücken?«

»Ja.« Phil warf seine Beine hoch aufs Deck und legte sich vor ihm auf den Rücken. Manoli kniete sich hin; sein Schwanz glitzerte in der Sonne. Phil hob seine Beine und Manoli hielt seine Hüfte hoch, als er langsam in ihn hineinglitt. Er zog Phil an sich heran, als er in ihm war und bewegte sich nicht, um Phil zu erlauben, sich ihrer Vereinigung völlig hinzugeben.

»Dir gefällt mein Schwanz, auch wenn er klein ist.« Manoli lächelte zufrieden auf ihn hinunter.

»Ja. Er ist sehr klein, wie meiner, aber in mir drin ist er fantastisch. Fick mich richtig lange. Ich liebe es, wenn du in mir bist.«

»So bist du meine Frau.« Manoli zog sich zurück, bis nur noch die Spitze seines Schwanzes in ihm drin war. Er machte schnelle Bewegungen mit seinen Hüften und quälte ihn, indem er immer wieder in ihn eindrang und sich dann wieder herauszog. Innerhalb kürzester Zeit hatte er Phil so weit, dass er vor Lust hätte schreien können. Phil wand sich, warf seine Arme um ihn und schnappte nach Luft.

»Himmel«, schnappte er. »Nimm mich. Ich will alles.«

Manoli reizte ihn weiter und lächelte hämisch auf ihn herunter, bis Phils Hände durch die Luft wirbelten, sein Kopf zurückflog, sein Mund sich öffnete und er abwechselnd erstickt lachte und stöhnte vor Lust, während sein Körper sich in Ekstase aufbäumte. Er dachte an die Vergewaltigung. Diese Bestrafung war raffinierter und brachte ihn durch ihre Unvollkommenheit fast um den Verstand. Manoli führte vor, wie sehr Phil ihn wollte, indem er ihn an der Grenze zum Orgasmus hielt.

Manoli lachte darüber, wie überlegen er die Kontrolle behielt und stieß hart in ihn vor. Als sein Wunsch so plötzlich erfüllt wurde, schrie Phil dankbar mitten in seinem Orgasmus. Manoli setzte seinen Schwanz meisterlich ein und gab ihm die Befriedigung, die er ihm triumphierend vorenthalten hatte. Er verrieb sein Sperma auf der Haut und ließ nicht zu, dass Phils Orgasmus ein einsames Vergnügen wurde. Voller Ekstase sah er Phil in die Augen, während der Höhepunkt ihn durchzuckte.

Sie sprangen wieder ins Meer. Nachdem sie zurück an Bord geklettert waren, gingen sie unter Deck. Phil packte ihr Essen ein, stahl von den Bootsvorräten eine Flasche Wein und nahm sich vor, sie so schnell wie möglich zu ersetzen. Manoli ging zum Bug. Phil überlegte, ob er ihn wegen des Wassers warnen sollte, entschied aber, dass der Grieche darüber sicher besser Bescheid wusste als er selbst. Er war der sauberste Junge, den er je gekannt hatte; selbst seine Zehennägel waren gepflegt und glänzten. Er trat hinter Phil in die Kombüse und roch nach Sauberkeit. Phil drehte sich zu ihm um.

»Sollen wir das alles auf unseren Köpfen tragen?«, fragte er.

»Einen Moment. Ich hol mal eine Decke, auf der wir sitzen können und wickle alles darin ein. Am Bug können wir vermutlich stehen, dann reichst du mir das Bündel herunter und wir gehen an Land.«

Manoli entschied, dass es besser sei, wenn sie ihre Shorts trugen und sie zogen sie sich an. Sie waren so knapp wie Badehosen, verhüllten aber weniger. Phil nahm an, dass Manoli nicht mit einem Begrüßungskomitee rechnete. Sie führten Manolis Plan am Bug aus und erreichten das Ufer ohne Schwierigkeiten. Sie kletterten über die Felsen und betraten den Olivenhain; Phils nackte Füße schmerzten auf dem harten, steinigen Boden. Manoli hingegen ging weiter, als befände er sich auf weichem Rasen. Als er Phils Problem bemerkte, blieb er im Schatten eines der ersten Bäume stehen.

»Weiter müssen wir nicht gehen«, sagte er freundlich. »Ich hatte vergessen, dass ihr Stadtmenschen immer Schuhe tragt.« Er entfaltete die Decke und breitete sie aus. Sie setzten sich nebeneinander und Phil übernahm die Verpflegung. Er packte Tomaten, Orangen und Käse aus und öffnete das teure Dosenfleisch. Eine leichte Brise flüsterte in den Bäumen. Das einzige andere Geräusch war das Zirpen der Zikaden, das rhythmisch bis zu einem Höhepunkt anschwoll, um dann wieder für Sekunden ganz zu verstummen. Das Meer glitzerte indigofarben unter ihnen. Nach den Stunden in der Sonne war es herrlich, im Schatten der Olivenbäume zu sitzen. Ihre gebräunten Körper passten sich perfekt in die Landschaft ein. Phil stellte Gläser und die geöffnete Flasche Wein zwischen sie.

»Essen wir«, sagte er.

»Ich bin hungrig.«

Sie brachen das knusprige Brot mit ihren Händen auf und legten Scheiben von dem weichen, fettigen Rindfleisch darauf. Die Tomaten aßen sie ganz, als wären es Früchte. Sie schmeckten einfach fantastisch und erinnerten Phil an diejenigen, die er mit Teddy auf der Farm frisch gepflückt hatte, ganz süß und warm von der Sonne. Ihr Saft lief ihnen am Kinn herunter. Sie lachten über die Sauerei, die sie machten und leckten den Saft aus dem Gesicht des Partners. Der Wein kam aus der Gegend, war sehr kräftig und passte hervorragend zu dem würzigen Geschmack des Käses. Als sie die Flasche geleert hatten, war Phil so unglaublich glücklich, dass es ihm vorkam, als sei ihr Glück nicht von dieser Welt. Es war einfach unnatürlich, sich auf dieser Welt so wohl zu fühlen. Er nahm an, dass er dem Himmel gerade so nahe war, wie es einem Menschen nur möglich war.

Manoli schmiegte sich an ihn, legte einen Arm um ihn und ließ seinen Kopf an den von Phil sinken. Er strich mit seiner flachen Hand an Phil abwärts, über seine Brust, seinen Bauch, seinen Schwanz bis hin zu seinen Schenkeln und den Knien. »Dein Körper gefällt mir sehr, mein Philip. Du gefällst mir in jeder Hinsicht.«

»Ich spreche nicht so gut«, versuchte sich Phil in brüchigem Griechisch. Er wollte lachen, als sich der Zauber, mit dem Manoli ihn belegt hatte, um sie schloss. Vielleicht verliebte sich Manoli endlich doch in ihn. Die Idee erfüllte ihn mit Panik, die gleichzeitig Teil seiner Euphorie war. Was sollte er tun? Es wäre herrlich und schrecklich zugleich.

»Du wirst es lernen«, versicherte Manoli ihm zärtlich. »Ich werde keinen anderen Mann wollen. Ich werde Frauen wollen, aber das ist etwas anderes.« Seine Hand wanderte zurück zu Phils steif werdendem Schwanz, befreite ihn und sah ihm dabei zu, wie er seine Entwicklung vollendete. Sein eigener Schwanz hatte sich aus dem Fetzen befreit und ragte vor seinen Lenden hoch. Sie ließen sich nach hinten fallen und schälten sich aus ihren Shorts. Sie rollten zueinander hin und grinsten.

Sie nahmen ihre Zungen und kitzelten mit der Spitze einander. Manoli erhob sich und Phil zog ihn auf sich, damit ihre Münder sich wieder leidenschaftlich vereinen konnten. Ihre Lippen teilten sich weiter, um ihren Zungen zu ermöglichen, in bislang unerforschtes Gelände vorzudringen. Sie rollten übereinander und streckten ihre Beine aus. Ihre offenen Münder wanderten über ihre Körper, leckten, küssten und saugten an allem, was ihnen begegnete, ihren Achselhöhlen, ihren Brustmuskeln, ihren Nippeln, und Bauchnabeln. Manolis Mund war ebenso leidenschaftlich wie Phils. Er wollte alles von Phil. Er wollte seine Eier, seine Zehen und seine Hinterbacken. Ihre Hände massierten und kneteten festes Fleisch. Sie hielten ihre Schwänze und streichelten ihr Gesicht mit ihnen. Schließlich gaben sich ihre Münder einer langen und langsamen Anbetung ihrer Männlichkeit hin. Phil war nicht länger Manolis Frau. Manoli liebte ganz ohne Hemmungen einen Mann. Sie spürten, wie sie ihren Orgasmus nicht länger zurückhalten konnten und ihre Münder empfingen ihn mit gleicher Gier.

Sie setzten sich auf und lächelten sich an, ihre Blicke waren vor erfüllter Leidenschaft weich. »Ficken ist bei einem Platz wie diesem nicht so gut«, sagte Manoli. »So ist es hier besser.«

»Ja. Jemand muss das für Picknicks erfunden haben«, sagte Phil.

Manoli lachte und verwuschelte Phils Haar. »Du bist mein *pousti*, aber du bist auch ein Mann. Bei dir bin ich auch ein *pousti*. Wir sind gleich. Ich wollte noch nie so sehr mit einem Mann schlafen wie mit dir.«

»Es ist wunderschön, wie du es machst.«

»Wir werden es noch sehr oft so machen, nicht nur bei Picknicks. Es gefällt mir deinen Schwanz im Mund zu haben. Was herauskommt schmeckt gut. Wenn du willst, darfst du mich später ficken.«

Phil legte einen Arm um ihn und war den Tränen nahe. Er wollte ihn ebenso wenig auf diese Art, wie er George gewollt hatte, aber er wusste, was dieses Angebot für Manoli bedeutete. Es war eine Anerkennung, das sie beide zusammen waren. Die Zeit der Ungewissheit war vorbei. Manoli bot ihm alles an, was er sich von einem Geliebten erhoffen konnte. Er atmete tief ein. »Nein. Ich will dich so sehr in mir …«

»Ich verstehe. Du bist ein *pousti*.«

»Warum verwendest du immer dieses Wort?«

»*Pousti*? Es ist das Wort dafür, was wir mit dem Mund machen.«

»In meiner Sprache sagen wir Schwanzlutscher dazu. Ich bin ein Schwanzlutscher, aber meine Freunde würden mich so nicht nennen.«

»Ich habe das Wort schon gehört. Schwanzlutscher. Wir sind beide Schwanzlutscher. Mit dir macht mir das nichts aus.«

»Mir mit dir auch nicht.«

»Ich habe darüber nachgedacht, was wir tun sollen. Wir müssen hier weg, selbst wenn Don mir das Geld nicht gibt. Du magst es nicht, dass ich Sachen für Geld mache. Seit wir zusammen sind, mag ich das auch nicht mehr. Wir werden zusammen sein. Wenn du mich verärgerst, werde ich mir eine Frau nehmen. Du wirst mir helfen. Du wirst mir etwas Geld geben, das ich meiner Mutter von Zeit zu Zeit schicken kann, bis ich selbst viel Geld verdiene.«

Wenn er eine Hure war, dann war er dabei wenigstens nicht unaufrichtig. Seine Bedingungen waren klar und einfach. Phil zwang sich dazu, der Möglichkeit ins Auge zu sehen, dass ein sehr talentiertes männliches Flittchen ihn auf die höchsten Spitzen der Ekstase geführt hatte. Er beglückwünschte sich dazu, dass ihm immer noch genug Vernunft geblieben war, um sich zu fragen, ob Manoli all die Dinge, die er getan hatte, wirklich wollte. Gleichzeitig war er sich sicher, dass man ein solches Begehren, wie er es bei ihm gespürt hatte, nicht spielen konnte. Huren verliebten sich wie jeder andere auch. Er musste sich nur immer daran erinnern, dass er es nicht zulassen durfte, sich in eine Hure zu verlieben. »Wo könnte all dies in Erfüllung gehen?«, frage er.

»In New York. Hab keine Angst. Ich werde dort bei dir sein. Versprich mir nur, alles zu tun, damit Don nichts erfährt. Ich habe Angst vor ihm.«

»Wo vermutet er dich im Moment?«

»Bevor ich zum Boot kam, habe ich Johnny gesagt, er solle ihm mitteilen, dass er mich gebeten hat, dir das Segeln beizubringen. Er wird sagen, dass ich die Nacht bei ihm verbracht habe.«

»Aber denkt er nicht, dass du sofort verschwindest, wenn er dir das Geld gegeben hat?«

»Nein. Er denkt, ich würde alles tun, was er mir sagt. Habe ich ja bisher auch. Deswegen muss er mich auch ausbezahlen. Er weiß, dass ich das Geld für meine Mutter will und denkt, ich würde für immer hier bleiben. Nur du weißt, dass ich gehen werde.«

»Was wäre gewesen, wenn ich nicht hergekommen wäre?«

»Ich wäre gegangen. Ich habe nur auf das Geld gewartet, aber jetzt muss ich nicht mehr länger warten. Du *bist* hier. Dieser Ort ist schlecht für uns. Du weißt das. Was letzte Nacht passiert ist, wäre anderswo nie passiert. Nicht mit dir. Ich habe 50 Dollar von Harry. Du wirst mir 100 geben, vielleicht 150. Mehr brauche ich nicht. Vielleicht muss ich eine Weile in Athen auf ein Schiff warten, wenn es stimmt, was du sagst. Wenn ich mich auf ein Schiff schmuggele, ohne die Bezahlung von Don zu haben, brauche ich etwas Geld, um zu dir zu gelangen. Etwas muss ich aber auch meiner Mutter lassen. Wenn ich bei dir bin, gibst du mir, was ich brauche, bis ich arbeiten kann. Das aber nur, wenn Don weiter Entschuldigungen vorschiebt.«

Phil hörte zu und kämpfte innerlich, um zu widerstehen. Das Vertrauen, das Manoli in ihn setzte, war rührend und absurd. Er hatte Phil auserwählt. Er vertraute ihm. Das reichte, damit alles klappte. Manoli sah ihn mit klarem, ehrlichem und unbekümmertem Blick an. Auch Alex hatte es verstanden, ihn so anzusehen. Warum sollte man Erfahrungen sammeln, wenn man nichts daraus lernte, sich nicht von ihnen leiten ließ? »Ich kaufe dich nicht«, sagte er entschlossen, aber es klang weniger überzeugend, als er es gewollt hatte.

»Nein. Ich will nur, was du willst. Mit dir sein. Du liebst mich. Ich glaube, ich liebe dich auch. Zwischen uns geht es nicht um Geld. Wir setzen das, was wir haben, für uns ein. Das ist wahr.«

»Das ist wahr. Aber ich habe mehr als du. Das ist schlecht. Es ist sehr schlecht für einen Mann, der Frauen will. Er ist es gewohnt Befehle zu geben. Wenn du Geld annimmst, bist zu erst über dich selbst verärgert und dann über mich. Ich will nicht, dass du alles tust was ich dir sage. Wir beide müssen alles tun, was wir können, nicht nur einer von uns. Wenn du tun kannst, was du planst, kümmere ich mich um dich; du kannst mit mir leben, aber ich werde dir kein Geld geben.«

»Mach dir keine Sorgen. Ich weiß, dass es dir nicht immer leicht fällt, mir zu erklären, was du meinst, aber ich verstehe, dass du mich nicht zu deiner Frau machen willst. Das ist gut. Ich will kein Geld. Ich werde nur so viel nehmen, wie ich wirklich brauche. Ich weiß, dass du mir so viel geben willst.« Er lehnte sich vor und küsste Phils Mund. Seine Lippen waren weich und zärtlich. Phil klammerte sich von seiner Liebe überwältigt an ihn, sein Widerstand ließ nach. Wie konnte er widerstehen, wenn er sich so wunderbar fühlte? Er merkte durchaus, dass es offensichtlich war, wie Manoli ihn bearbeitete, wie er seinen Widerspruch mit einem Kuss erstickte, aber bislang hatte er noch nichts aus ihm herausbekommen. Er würde es nicht zulassen, dass er ihn um den kleinen Finger wickelte, wie er es anscheinend mit Don getan hatte. Er hatte Don für ein hinterhältiges Genie gehalten, inzwischen war er sich nicht mehr so sicher; Manoli musste viel für ihn getan haben, um dem stämmigen Kanadier das Versprechen von 10.000 Dollar zu entlocken. Er trennte sich mit einem Seufzer von Manolis Mund.

»Wir müssen gegen den Wind heimsegeln. Bald müssen wir los«, sagte Manoli und ignorierte Phils kleinen Rückzug.

»Ich weiß nicht, wie spät es ist.«

Manoli sah zwischen den Bäumen zum Himmel auf. »Noch früh. Vielleicht zwei Uhr. Genug Zeit für noch etwas Wein an Bord.« Er sammelte ihren Müll auf, die Dose, die Flasche und Brotreste und leerte ihn in die Papiertüte, in der die Tomaten gewesen waren. Sie standen auf, zogen ihre Shorts an und wickelten die Gläser und die Orangen für die Heimfahrt erneut in die Decke.

Das Boot lag genau richtig, sodass es Phil gelang, das Bündel aufs Deck zu hieven, ohne dass es nass wurde. Sie kletterten am Heck aus dem Wasser, ließen ihre nassen Shorts fallen und trockneten sich mit den Handtüchern, die sie auf den Kissen gelassen hatten, ab. Phil lief nach vorne, um das Bündel zu holen und sie trugen alles nach unten.

»Noch etwas Wein?«, fragte Manoli, der neben Phil in der Kombüse stand.

»Klar. Er gibt uns Kraft.«

Manoli sah ihn an und lachte. »Die brauchen wir auch.«

Phil stahl eine weitere Flasche und Manoli trug sie in die kleine Kabine und entkorkte sie. Sie setzten sich nebeneinander auf eine Bank und tranken. »Hier kann man gut leben«, sagte Manoli glücklich. »Hast du viel Platz in New York?«

»Nein. Drei Zimmer. Für New York nicht schlecht. Alles ist dort sehr teuer.«

»Drei Zimmer. Das ist gut. Es wird uns reichen.«

Er hielt tatsächlich an seinen Träumen fest. Phil nahm an, dass es nur ganz natürlich war zu denken, dass man überall hinkonnte, ohne dass es einem schlechter ging, wenn man nichts hatte. Warum nicht New York? Leuten ohne Gepäck gehörte die ganze Welt. Manoli hatte sich ihn als notwendigen Zwischenschritt ausgesucht, um dahin zu gelangen, wo er hinwollte – wahrscheinlich zu einer reichen Frau. Wahrscheinlich erschien es einem sogar vernünftig, wenn man das Leben als so einfach ansehen konnte, wie Manoli es tat. »Hast du keine Angst davor, illegal in New York zu sein?«

»Nein. Meine Freunde sagen, es sei kein Problem.«

Phil versuchte, sich daran zu erinnern, wofür man Papiere brauchte. Außer dem wichtigen Bereich der Arbeit, fiel ihm nichts ein. In New York konnte man leicht verloren gehen. Vielleicht konnte sein griechischer Ex-Freundihn in seinem Laden arbeiten lassen, ohne sich darüber Gedanken zu machen, ob er ein illegaler Einwanderer war. In den Vereinigten Staaten gab es davon genug. Manolis schlichtes Vertrauen steckte ihn an. Er blickte in dieses starke, attraktive Gesicht. Warum sollte er ihm nicht etwas Geld geben? Er konnte sich eine Familie leisten. Warum sollte es nicht Manoli sein? Er konnte später noch genauer darüber nachdenken. Er ließ seine Hand über dieses dunkle, kraftvolle Haar gleiten und erneut erfüllte ihn seine Liebe. Manoli drehte sich um und sah ihn liebevoll an. »Wir werden zusammen sein, mein Philip. Keine Angst.«

Sein Vertrauen war unerschütterlich. Phil war tief bewegt von ihm. Er wollte ihn. Er wollte ihn in den Armen halten und ihm sagen, dass er mit ihm zusammen vor nichts Angst zu haben brauche. Es wäre aufregend, Manoli bei sich zu haben, wenn er dabei gleichzeitig einen Fuß auf der Bremse behielt. Das sollte eigentlich kein so großes Problem sein mit einem Jungen, der ihm nicht vormachte, ihm mehr zu bieten als körperlichen Spaß, bei dem er die Regeln bestimmte. Ein Tag wie der heutige würde sich vielleicht niemals wiederholen, wenn der Grieche bekam, was er wollte. Was Manoli auch immer mit »sich verlieben« meinte, es war nicht das, was Phil darunter verstand. Er streichelte Manolis Haar. »Ich werde dir helfen, bei mir zu sein, wenn ich kann«, sagte er einfach.

Manoli füllte ihre Gläser wieder und sie tranken. Das Boot lag beinahe reglos in der kleinen Bucht. Manchmal klatschte eine Welle gegen die Bordwand und der Wind brachte die Takelage immer wieder leicht zum Singen. Phil wurde von einer tiefen Zufriedenheit erfüllt. Sein Körper fühlte sich seltsam leicht und voller Leben an. Seine Hand streichelte Manolis Hals und Schultern, während sie sich intensiver über die amerikanische Botschaft unterhielten, über Touristenvisa und wie viel ein Flug nach New York kostete.

»Ich werde heute Abend, wenn wir zurück sind, zu Don gehen. Dann muss ich zu meiner Mutter. Wir werden versuchen, morgen zusammen zu sein. Wenn ich das Geld bekomme, werde ich immer bei dir sein.« Er füllte wieder ihre Gläser.

»Das ist viel Geld. Hat er dir gesagt, wie du es bekommst?«

»In der Bank mit meinem Namen. Ich weiß nichts über Banken. Sag du mir, was ich tun muss? Bei dir lerne ich viele Dinge.« Er sah Phil an und ihre Blicke trafen sich. Manolis flackerte voller Verheißung. »Ich denke, der Wein hat dich wieder stark gemacht«, sagte er. »Mich auch. Wir müssen los, sonst lieben wir uns noch die ganze Zeit. Ich muss zu Don. Ich bereite alles vor.« Als er aufstand, schoss sein Schwanz aus dem Handtuch hervor. Phil wollte schon danach greifen, hielt sich aber zurück. Durch Sex konnte er noch seinen Verstand verlieren. Er sah ihm nach, wie er an Deck stieg und hatte dabei das Gefühl einer so intensiven körperlichen Nähe, als wäre Manoli immer noch in ihm, ein Teil von ihm. Manoli brachte es fertig, dass sie einander gehörten, und es fühlte sich ebenso gut und richtig an, wie bei George, unabhängig von den Konsequenzen. Nichts konnte Phils Glücksgefühle schmälern, noch nicht einmal sein Verdacht, dass Manolis Enthusiasmus, ihn zu küssen und ihm einen zu blasen, gerade sehr gelegen kamen. Vielleicht hatte sich Manoli zu Beginn ganz sachlich überlegt, wie er einem *pousti* am besten gefallen konnte; Huren passten sich schnell dem Geschmack ihrer Kunden an. Aber einen steifen Schwanz konnte niemand vorspielen.

Der Heimweg war harte Arbeit. Manoli warnte, dass der Wind stärker aus dem Westen kommen könnte, wenn sie zu weit hinausführen, außerdem würde es zu lange dauern. Also kreuzten sie hart am Wind und lernten, wie sie mit den Segeln am effektivsten umgehen mussten. Phil freute sich jedes Mal, wenn sie drehten und ihre Körper in perfektem Zusammenspiel in Aktion traten. Sie arbeiteten gut zusammen.

Nachdem sie angelegt und aufgeräumt hatten, gingen sie nach unten, um sich anständig anzuziehen. Manoli trug Phils Shorts. »Kann ich die bis morgen haben?«

»Natürlich. Für immer, wenn du willst.«

»Jetzt tragen wir die Sachen des anderen. Trag du heute Abend mein Hemd. Es ist sauber. So sind wir zusammen. Don wird nicht bemerken, dass meines neu ist, aber ich werde es wissen und ihn auslachen.« Manolis Augen verengten sich. Er zog Phil an sich, küsste ihn verlangend und presste sich an ihn. »Wird er hart?«, fragte er.

»Ja.«

»Denk daran. Ich bin dein Mann. Du darfst heute Nacht nicht mit jemand anderem zusammen sein.«

»Ich weiß. Ich will keinen anderen.«

Phil schloss die Kabine ab und sie sprangen an Land. Als Phil sich auf dem Kai hochrappelte, war Manoli schon verschwunden. Er sah sich um, zucke mit den Achseln und ging heimwärts. Er hatte keine Abschiedszeremonie erwartet. Manoli war ein Mann, kein sentimentaler *pousti*. Phil war froh, eine Weile allein zu sein, um die ganzen Entscheidungen des Tages und die Entwicklung ihrer Beziehung verarbeiten zu können.

Als er wieder zu Hause war, zog er sich aus und pflegte seinen Körper, um mit seinem makellosen Mann mithalten zu können. Er stutzte sich sogar die Schamhaare oberhalb der Schwanzwurzel, damit er größer aussähe, da seine Zurückhaltung bei Manoli inzwischen nicht mehr notwendig war.

Er war immer sehr darauf bedacht, ob erste Anzeichen moralischer Schwäche bei ihm sichtbar wären, suchte lange nach Weichheit oder Verderbtheit bei sich, die auf seine Perversion hindeutete. Warum war nicht jedermann schwul, wenn es so normal war, wie es sich bei ihm anfühlte? Welche Schwächen er auch immer hatte, er hatte es sich niemals erlaubt, für Sex zu bezahlen. Sein Ego und sein Stolz hatten damit eine Menge zu tun. Seine Selbstachtung forderte von ihm, dass er sich für ausreichend attraktiv hielt, um gratis zu bekommen, was er wollte; aber es war noch mehr. Sich dafür herzugeben, ein anderes menschliches Wesen zu korrumpieren, war ihm zuwider.

Wie Manoli wusste, war es nur natürlich, jemandem zu helfen, der einem etwas bedeutete, aber nach dem heutigen Tag konnte er sich nicht mehr sicher sein, dass sein Impuls, ihm Geld zu geben, rein karitative Gründe hatte. Er wollte ihn. Er wollte ihn behalten. Er war verdammt nahe daran ihn kaufen zu wollen. Seine Erfahrung und sein ausgezeichnetes Allgemeinwissen sagten ihm, dass Manolis Pläne, nach New York zu kommen, naiv waren, aber ein paar hundert Dollar konnten ihn dazu bringen, es zu versuchen. Ihm das Geld zu geben hieße, Gott zu spielen und Manolis Leben von Grund auf zu verändern – und das nur zu seiner körperlichen Befriedigung. Nachdem er Manoli auf dem Boot gesehen hatte, war seine Überzeugung nur noch stärker geworden, dass es für den Griechen besser war, hier in der ihm bekannten Umgebung zu bleiben.

Er hatte eine Kraft und Reinheit in ihm entdeckt, die ihn zu mehr machten, als Phil es erwartet hatte. Er dachte daran, wie Manoli mit den Segeln gearbeitet hatte, wie er über Deck gelaufen war und sie gekonnt in die gefährliche Bucht gebracht hatte. Trotz seiner schmutzigen Abmachungen mit Don wusste Phil, dass er Manoli glauben und sich auf ihn verlassen konnte. Das hatte er nicht erwartet, als er sich auf diese Urlaubsromanze eingelassen hatte. Er wurde in die Beziehung zu einem Mann hineingezogen, der sich ungewollt seinen Respekt verdient hatte, in eine Beziehung, die ins Nichts führen konnte.

Wenn nur … Was wäre, wenn …? Das funktionierte nicht. Er hatte ihm gesagt, dass er ihm helfen würde, wenn sie zusammen wären. Genau so weit konnte er gehen. Er würde sich an sein Versprechen halten, auch wenn das Leben und die Kleidung eines Städters Manoli etwas von seiner aufregenden Exotik nehmen würden. Er sagte sich, dass Manoli ihm schnell lästig werden konnte, wenn er immer nach Geld fragte. Geld machte alles kaputt – warum also damit anfangen? Er hatte sich entschieden. Kein Geld.

Die Frage war überdies kaum von praktischem Belang, da er sowieso nicht große Mengen davon hatte. Er dachte an George. Phil war es gut gelungen, seine Gefühle für ihn wegzuschließen; mit Manoli war er weiter gegangen, als er es für möglich gehalten hatte. Johnny hatte einen schlechten Einfluss auf ihn. Wenn er Manoli bei sich in New York hätte, würde dies seinem Leben wieder einen ähnlichen Sinn geben, wie damals mit George, ein Ziel, etwas, wodurch sein Leben wieder etwas aufregender wäre. Wenn er ihn nicht kaufte, würden sie vielleicht sogar herausfinden, dass sie richtig verliebt ineinander waren. Er war bereit, den nächsten Schritt zu tun, wohin er ihn auch immer führen würde.

Er zog Manolis Hemd an; es roch sauber, wie sein Besitzer. Sein Schwanz regte sich, als es über seine Haut strich und er sich daran erinnerte, dass Manoli gesagt hatte, dass sie die Kleidung des anderen tragen würden. Er legte sich dadurch fest. Er freute sich auf einen weiteren Abend im Klub, aber er war nicht auf weitere Abenteuer aus. Es machte ihm nichts aus. Es war schön zu wissen, dass er einen Abend allein verbringen konnte und daran zu denken, dass er den morgigen Tag mit Manoli verbringen würde. Er war sich sicher, dass er das Vertrauen, das Manoli in ihn setzte, nicht enttäuschen würde.

Die Cafés sahen sehr belebt aus. Er nickte bekannten Gesichtern zu und Hilda winkte ihn heran. Sie saß neben John Robert und seinem orientalischen Freund. Er setzte sich zu ihnen. Hilda nahm seine Hand, als er sich neben sie setzte und küsste ihn auf die Wange.

»Mit jedem Tag wirst du schöner. Dein Teint, mein Liebling. Er passt perfekt zu dem Kostüm, das ich für dich ausgesucht habe. Eine meiner ägyptischen Roben. Du wirst ein umwerfender Scheich sein.«

»Werden wir uns wirklich alle verkleiden?«

»Natürlich. Es ist Fastnacht, Liebling! Wir müssen die Einheimischen unterhalten.«

»Wann findet das statt?«, fragte Phil.

»Dienstag natürlich. Fastnachtsdienstag, nennt Lester ihn.«

»Welchen Tag haben wir heute?«

Sie einigten sich darauf, dass es wahrscheinlich Sonntag war.

»Hast du Manoli gesehen?«, fragte John Robert.

»Er hat mir heute beigebracht, wie man segelt. Wo er jetzt ist, weiß ich nicht.«

»Wahrscheinlich wieder bei dem Monster, der arme Junge, wenn sie nicht hier sind.« John Robert machte einen langen Hals und sah sich um. Phil auch. Sie waren nicht da. »Er muss morgen sein Kostüm anprobieren. Die Mädchen werden auch da sein. Selbst Don kann nichts dagegen haben.«

»Machst du ihm etwas ganz Formidables?«, fragte Hilda und sprach das letzte Wort mit französischem Akzent aus.

»*Tout à fait. Il va être sensationnel.* Ich glaube es wird ganz lustig werden, wenn er es in aller Öffentlichkeit trägt. Er hat versprochen, es zu tun. Drumherum haben wir ein charmantes kleines Spektakel geplant. Wir brauchen deine Hilfe. Ich werde dir später ein Geheimnis anvertrauen.«

Phil fragte sich, ob Don davon wusste. Er hatte die Befürchtung, dass es ihm nicht gefallen würde. Sicherlich wollte John Robert damit im Kampf um Manolis Aufmerksamkeit einen Punkt machen. Es war höchste Zeit, dass Manoli die Sache mit dem Kanadier beendete und diese Dissonanz aus der fröhlichen Blödelei der Gemeinschaft entfernte.

»Ich muss los, um Annie ihr Abendessen zu geben«, kündigte Hilda an. Sie küsste erneut Phils Wange und umarmte ihn mütterlich. »Du musst mich unbedingt bald zum Abendessen besuchen. Ich bin die größte Köchin der Welt, wenn ich einen guten Tag habe.«

John Robert und Sim gingen ebenfalls zum Abendessen. Phil wanderte weiter zu Lester und Harvey und den Shackletons und genehmigte sich mit ihnen noch ein paar Ouzos. Johnny tauchte auf und Phil verließ die anderen, um mit ihm etwas zu Abend zu essen. Er fragte ihn, wie der Tag auf See gewesen war.

»Ein kleines Stück vom Himmel«, versicherte ihm Phil. »Manoli kann mit dem Boot wirklich umgehen. Es hat dir nichts ausgemacht, dass wir segeln waren, oder?«

»Natürlich nicht. Das hatte ich dir doch gesagt. Ich nehme an, die Sache läuft richtig gut?«

Phils Gesicht hellte sich auf. »Ja.«

»Du hast die letzte Nacht gut verdaut?«

»Fast wäre es zu Blutvergießen gekommen, aber er hat gewonnen.

»Das tut er immer. Du bist also verrückt geworden. Gut so. Genieß es.«

»Ich bin verrückt, aber noch nicht völlig. Ich habe ihm noch nicht mein ganzes Geld gegeben.«

»Das wirst du noch. Warum länger warten? Geld ist nicht alles.«

»Es kann dazu kommen, aber ich werde es nicht zulassen. Ich versuche, hart zu sein.« Er vermied es vorsichtig, irgendetwas von New York zu erwähnen. Er blickte in Johnnys liebevolle Augen und lachte leise. »Was kann man denn tun, wenn er so direkt ist? Er hat mir gesagt, dass du letzte Nacht Recht hattest. Er wartet auf die große Auszahlung.«

»Und dann geht ihr zusammen fort?«

»Na ja.« Phil zuckte verteidigend mit den Achseln. »Vielleicht ist das nur Gerede. Ihm gefällt die Vorstellung wegzugehen und jemanden in New York zu haben, der sich um ihn kümmert, aber wenn er herausfindet, wie unmöglich das ist, wird er es vielleicht wieder vergessen. Erzähl davon nichts weiter.«

»Selbstredend. Ich würde irgendwann ganz gerne mal Mäuschen spielen, wenn ihr beide euch trefft. Ihr seid bestimmt ein sehr aufregender Anblick.«

»Wir sind unglaublich.« Phil grinste glücklich. »Sagt jeder, dass er sensationell im Bett ist?«

»Einige Typen haben sich darüber beschwert, dass er im Bett doch ein etwas eingeschränktes Repertoire besitzt. Wie die meisten griechischen Männer hat er, wenn es um Sex geht, etwas eingleisige Vorstellungen.«

»Wie steht's mit Frauen? Hat er viele?«

»Ja, allerdings. Noch ist es früh im Jahr, aber wenn die Saison näher rückt, umschwärmen sie ihn regelrecht. Er behält keine länger als einen Tag, höchstens zwei. Ich weiß aber nicht, ob es ihm so lieber ist oder ob sich die Ladies langweilen. Sicherlich wirst du die Antworten auf diese brennenden Fragen selbst bald erhalten.«

»Keine Beschwerden bisher.«

»Ich wage zu behaupten, dass auch er keine hat. Du bist wirklich ein Prachtexemplar.«

Johnny verabschiedete sich und Phil unterhielt sich noch mit Anne über US-amerikanische Kunst, bevor auch er sich nach Hause aufmachte. Er ließ vorsichtshalber das hintere Fenster auf und legte sich in das Bett, das er als Manolis ansah. Er schlief, noch bevor er richtig lag. Ein Tag auf See war das beste Schlafmittel, das er kannte.

Er wachte davon auf, dass Manoli neben ihm ins Bett glitt. Sie streckten die Arme nach einander aus. »Himmel«, flüsterte Phil. »Du bist's!«

»Ja. Ich bin zu meiner Mutter gegangen, aber zum Schlafen wollte ich wieder bei dir sein, mein Philip.«

»Ist alles in Ordnung?«

»Ich denke schon. Er sagt, das Geld sei in zwei bis drei Tagen da.«

»Mach das Licht an.«

»Nein.«

»Warum nicht?«

»Ich glaube er lässt mich beobachten. Ich will nicht, dass sie dein Licht sehen. Dein Körper fühlt sich auch im Dunkeln gut an.«

»Deiner auch. Ich hatte gehofft, dass du kommst.«

»Ich bin hier.«

Sie lagen reglos in der Stille, ihre Herzen schlugen friedlich nebeneinander, ihre Schwänze streckten sich ganz ohne Eile aus. Sie hatte so viel Spaß miteinander gehabt, dass es eine Weile brauchte, hier und da etwas Streicheln und Berühren, bis sie wieder in voller Größe emporragten. Eine Wolke der Ekstase hüllte sie ein. Phil hatte den Eindruck, als werde er von ihr zurück in ein Stadium der Unschuld getragen, wo alles bewusst und klar war, wo es Angst und Böses nicht gab und alle Hoffnungen erfüllt wurden. Er war wieder bei George. Es war schon so lange her, dass er das letzte Mal dieses Gefühl gehabt hatte, umsorgt und beschützt zu werden, frei von Bedrohungen und Unsicherheiten zu sein, dass es sich anfühlte, als zerspringe sein Herz gleich vor Dankbarkeit. Tränen traten ihm in die Augen. Dies musste der Wahnsinn sein, von dem Johnny gesprochen hatte, sich einem skrupellosen Flittchen zu öffnen, dessen Zärtlichkeiten ihn dazu brachten, alle Vorsicht zu vergessen. Er weinte leise und wusste, dass sie einander niemals wissentlich wehtun würden.

»Bist du traurig, mein Philip?«, fragte Manoli und küsste sein Gesicht zärtlich.

»Ich bin glücklich«, antwortete Phil und lachte unter Tränen.

»Ich weiß. Manchmal will ich auch weinen, wenn ich bei dir bin und fühle, wie einsam ich ohne dich bin. Jetzt sind wir zusammen. Du willst mich sehr.«

»Ja. Wirst du mich ficken?«

»Ich will, dass mein Schwanz in dir ist, wo wir beide ihn wollen, und dann können wir beide schlafen und ich bleibe so. Jetzt kann ich dich in den Armen halten und bin auch müde. So. Du gehörst mir, mein Philip. Ich liebe dich!«

Sie wachten früh auf und ließen sich alle Zeit der Welt, um miteinander zu schlafen. Ein weiterer Tag, den sie einander widmen konnten. »Hat John Robert dich letzte Nacht noch gefunden?«, fragte Phil, während sie sich wuschen. »Er meinte, er wolle dich sehen.«

»Ich treffe ihn später.«

»Wirst du die Sachen tragen, die er für dich macht?«

»An *Apokréas*? Ja.« Das griechische Wort bedeutete wörtlich »vom Fleisch» und bedeutete den Beginn der Fastenzeit. Phils griechischer Familie in New York war das Fasten sehr wichtig gewesen.

»Hast du nicht Angst, Don könnte sich ärgern?«

Manolis Augen glitzerten zufrieden. »Er ist verärgert. Er sagt, ich würde mich lächerlich machen. Er will nicht, dass ich irgendetwas mit John Robert mache. Ich werde ihm beweisen, dass ich mache, wozu ich Lust habe, wenn er sich nicht an seine Versprechungen hält. Du musst mir heute das Geld geben, mein Philip.«

Phil hörte auf sich abzutrocknen und sah ihn an, während er versuchte, seine Gedanken zu ordnen. *Das* Geld? Wahrscheinlich meinte er die 150 Dollar, die er ihm hatte geben wollen, wenn Don ihn verriet, aber das war noch nicht geschehen. Eigentlich sollte er jetzt noch nicht nach Geld fragen. »Nein«, sagte er und hielt an seiner Entscheidung fest. Es kostete ihn eine Menge Kraft, diese einfache Verneinung auszusprechen und es klang in seinen Ohren verdrossen und unfreundlich. Vielleicht hatte er es nicht ganz verstanden. »Wartest du nicht immer noch darauf, dass Don sein Versprechen hält?«, fügte er hinzu.

»Doch, aber ich werde jetzt nichts mehr dafür tun. Harry war genug. Du willst doch auch nicht, dass ich mehr tue. Das werde ich auch nicht. Ich will mit dir zusammen sein. Du musst mir das Geld geben, damit ich von hier weg kann, wann immer ich will.«

»Wir haben noch Zeit«, sagte er vernünftig und versuchte seine Einwände nur wie einen Aufschub klingen zu lassen. »Wir wissen nicht, was am besten ist. Vielleicht gehen wir zusammen. Ich muss außerdem darauf warten, mit Johnny zu segeln.«

Manoli drehte sich von ihm weg und begann sich anzuziehen. Phil trocknete sich noch etwas ab und wartete darauf, wie er seine Zurückhaltung aufnahm. Vielleicht war es besser, ihm das Geld zu geben, damit er sehen konnte, ob das alles war, was er von ihm wollte. »Ich will nicht, dass du mit Johnny auf das Boot gehst«, sagte Manoli und zog das Hemd an, das Phil letzte Nacht getragen hatte.

Phil ließ seine Arme langsam sinken. Das war mehr, als er erwartet hatte. Er konnte stark bleiben, wenn es um Geld ging, aber ihn zurückzulassen, ohne ihm erklären zu können, wie wichtig es war, musste Manoli wie Gleichgültigkeit erscheinen. Er spürte das Hemd auf seiner Haut und wollte sich ihm wieder so nah fühlen wie damals, als er es angezogen hatte. Er wollte sich ihm nicht an zwei Fronten entgegenstellen. »Ich muss mit ihm gehen«, sagte er. »Ich habe es versprochen. Er braucht meine Hilfe.«

»Auch ich brauche deine Hilfe. Wir müssen zusammen bleiben. Es gibt Dinge, die wir gemeinsam entscheiden müssen. Ich will nicht, dass du weggehst.«

»Wir entscheiden nicht jetzt, was du tun musst. Wir können uns entscheiden, wenn du über Don Bescheid weißt.« Phil hängte das Handtuch auf, zog seinen Morgenmantel an und ging zu ihm. Er war angezogen, und sie standen voreinander und sahen sich an. Ihre Hände ruhten leicht auf Schultern und Hüften des anderen. Phil spürte keinen Unmut bei ihm, weil er ihm nicht nachgegeben hatte. Er war nicht das skrupellose Flittchen, als das Phil ihn manchmal sehen wollte. Seine Zärtlichkeit war echt. »Verstehst du? Ich habe ihm das Versprechen gegeben, bevor ich dich kennen gelernt habe.«

»Ja, aber jetzt ist alles anders. Wir müssen nahe beieinander bleiben. Wenn ich herausfinde, dass Don mich betrogen hat, muss ich weggehen. Wenn ich bleibe, werde ich ihn umbringen. Wenn du mit Johnny gehst, musst du mir das Geld geben, damit ich mich entscheiden kann. Ich nehme es nur, damit wir zusammen sein können.«

»Ich werde nicht gehen, bevor du Bescheid weißt. Wir entscheiden zusammen.«

»Du musst mir vertrauen, mein Philip. Wir sind Freunde. Du bist mein Bruder. Du musst mir das Geld geben, wenn ich es dir sage.«

»Nein. Wenn ich weiß, dass du es brauchst. So ist es besser für uns beide.«

Manoli lächelte listig und ließ seine Hände unter Phils Morgenmantel gleiten. Er strich über seine Brust bis hinunter zu seinem Schwanz. Phil zitterte vor Vergnügen, als er sich erhob. »Siehst du? Wir lieben uns häufig, aber du wirst immer noch hart, wenn ich es will. Geh zu dem Strand, an dem ich dich gefunden habe, wenn du fertig bist. Ich versuche, auch zu kommen.« Er drückte Phils wachsenden Schwanz liebevoll, drehte sich um und ging in das hintere Zimmer. Bis Phil ihm zur Tür gefolgt war, war er schon weg.

Er sah auf seine halbe Erektion hinunter, mit der er zurückgelassen worden war. Es war schon erstaunlich, einen heterosexuellen Liebhaber zu haben, der ihn so sehr begehrte, wie er nur begehrt werden wollte, und er gratulierte sich dazu, standhaft geblieben zu sein. Er konnte seine Meinung immer noch ändern, wenn sich die Dinge so entwickelten, dass er seine Entscheidung revidieren wollte. Er war ebenso bereit, Manoli sein Geld zu geben, wie Johnny es von ihm gefordert hatte, aber auf lange Sicht hin würde er es sicherlich bereuen. Wenn es auch nur eine geringe Chance gab, dass etwas Dauerhaftes hieraus entstand, dann konnte es nur funktionieren, wenn sie beide gleichwertige und unabhängige Partner waren.

Nachdem sich sein Schwanz beruhigt hatte, bestellte er sein Frühstück. Er nahm sich Zeit, aber es war immer noch früh, als er die Reste der Hütte am Strand erreichte. Wie immer hatte er den gesamten Strand für sich. Die wenigen Leute, die er in der Entfernung sah, störten seine Privatsphäre nicht. Er zog sich aus, legte sich auf das Handtuch und wickelte die Badehose um seinen Schwanz. Nackt draußen zu sein, machte ihn an. Er wünschte sich, daraus eine Gewohnheit werden zu lassen. Er beneidete Johnny, für immer hier bleiben zu können. Er dachte an New York und zuckte zusammen. Die eisigen Winde im März. Himmel, warum wollte irgendjemand nach New York, wenn ihn dort so etwas erwartete? Er sollte lieber mit Manoli hier bleiben, dann gäbe es auch keinen Streit ums Geld. Er dachte an ihn und schlief ein.

Als er wieder aufwachte, hatte er einen Steifen und der Schweiß lief an ihm herunter. Dieser Ort wirkte wie ein Aphrodisiakum, mit der Luft atmete man reine Euphorie ein. Warum anderswo leben? Er hielt seine Badehose vor sich, ging zum Wasser und tauchte unter. Das kalte Wasser traf ihn mit einem Schock und er schrie auf vor Glück. Es strömte durch seinen ganzen Körper. Er hatte sich noch nie so lebendig gefühlt. Er kehrte zum Handtuch zurück und hoffte, dass Manoli bald auftauchen würde, aber er fühlte sich zu gut, um unglücklich zu sein.

Er nahm an, dass etwa zwei Stunden vergangen waren, als ihm erstmals der Gedanke kam, dass Manoli nicht kommen könnte. Er hatte nicht ganz klar gesagt, dass er kommen würde. Bestrafte er ihn für seine Sturheit? Phil schüttelte sich ungeduldig und war unzufrieden mit sich. Warum sollte er diese Harmonie durch unliebsame Geldangelegenheiten stören? Damit war es entschieden. Er würde Traveller Checks im Wert von ein paar hundert Dollar einwechseln und sie bereithalten, bis Manoli das nächste Mal von Geld sprach. Er musste sowieso noch ein paar Geschenke für Kollegen in New York besorgen, es wäre also auch kein Problem, wenn die Drachmen doch nicht gebraucht würden. Was konnte einfacher sein? Kein Wunder, dass Manoli der Ansicht war, er mache wegen nichts Probleme.

Er sah zum Himmel. Selbst er konnte erkennen, dass es inzwischen etwa Mittag war. Er wartete noch etwas, dann ging er erst zu seinem Zimmer zurück und dann zur Bank, um seinen Plan in die Tat umzusetzen. Er ging zum alltäglichen Mittagstreffen des Klubs und fragte sich, ob er die Tatsache, dass Manoli nicht aufgetaucht war, so deuten musste, dass er ihm jetzt erneut unterkühlt und unfreundlich begegnen würde. Er glaubte es nicht. Er hatte ihn heute Morgen mit einer Bestätigung ihres gegenseitigen Verlangens zurückgelassen. Er berührte das Geld in seiner Hosentasche und entschied sich, dass er es ihm auch gleich geben konnte, ohne dass er danach fragen musste.

Manoli war nicht da, aber eigentlich hatte Phil ihn auch gar nicht erwartet. Langsam kannte er seinen Mann. Manoli rechnete damit, ihn im Bett vorzufinden, wann immer er ihn wollte, aber er war nicht dazu bereit, ihm seinen ganzen Tag zu widmen. Manoli hatte Interessen und Beschäftigungen, die allein seine Sache waren. Gleich und unabhängig. So stellte sich Manoli eine Beziehung zwischen Männern vor, davon ausgeschlossen waren lediglich Sonderrechte wie das Recht auf Frauen. Seltsamerweise machte das Phil nicht viel aus. Andere Dinge waren da wichtiger. Mit jeder weiteren Nacht, die sie zusammen verbrachten, öffneten sie sich weiter füreinander, festigten und akzeptierten ihre besondere Verbindung, wurden füreinander Personen, nicht nur Körper. Phil fing sogar schon an, daran zu glauben, dass sie in New York zusammen sein könnten, selbst wenn er die enormen Probleme, die ihnen im Weg standen, niemals aus den Augen verlor.

Auch wenn er verliebt war, konnte er immer noch nüchterner damit umgehen, als er erwartet hatte.

Hilda wartete am langen Mittagstisch mit einem Päckchen auf ihn. »Dein Kostüm, Schätzchen. Die Kappe, die ich dazugelegt habe, ist eher jüdisch als arabisch, aber du musst etwas auf den Kopf tun, wenn du dich verkleidest und ich habe kein Fez oder eines dieser lustigen Geschirrtücher, die sie tragen. Du kannst ein jüdischer Scheich sein.«

Don war auch da und sah gerade einen kleinen Stapel Briefe durch. Wenn Manoli bei seiner Familie in der Nähe des Strandes gewesen war, wäre er sicher dazugekommen. Sicherlich hatte er andere Geschäfte zu erledigen. Johnny tauchte auf und setzte sich neben ihn auf einen Stuhl.

»Wie fühlst du dich, Sportsfreund?«

»Wie ein Fisch im Wasser.«

»Wollen wir einen Happen essen und dann für ein halbes Stündchen aufs Boot gehen, oder hast du schon etwas anderes vor? Es gibt da noch ein paar Dinge, die ich dir über den Motor erzählen wollte, falls du noch einmal ohne mich ausfahren solltest. Manoli weiß das alles, aber ich bevorzuge es, meine Weisheit so weit wie möglich verbreiten.«

»Klingt gut, Johnny. Lass uns einen Happen essen und dann kannst du Weisheiten verbreiten.«

Nachdem Phil alles mögliche über Ölwannen und unterschiedliche Druckmesser gelernt hatte, verließ er Johnny und machte sich auf den Weg zum Strand. Vielleicht hatte Manoli ja gedacht, dass er den ganzen Tag dort verbringen wollte. Er zog sich aus und verstaute das Geld sorgfältig in seiner Hose, bevor er sie am Zaun befestigte. Er hatte die Sonnenmilch vom Boot mitgebracht und cremte sich damit ein. Er würde den unglaublichsten Teint in der Geschichte der Menschheit haben. Er streckte sich aus, seine Badehose lag auf ihm und sein Schwanz war noch aufsässiger als am Morgen. Er wünschte, Manoli käme, um ihn zu finden.

Zum ersten Mal seit er hier war, wurde er sich seiner Untätigkeit bewusst. Sich zu Bräunen war keine wirkliche Vollzeitbeschäftigung. Er war erst zwei Wochen unterwegs und hatte ursprünglich einen ganzen Monat eingeplant. Wahrscheinlich waren ein paar Wochen ohne Beschäftigung für jemanden, der es gewohnt war zu arbeiten, eine sehr lange Zeit. Eine Menge Arbeit würde auf ihn warten, wenn er wieder zurück im Büro war. Die geheime Mission mit Johnny war etwas Aufregendes, auf das er sich freuen konnte, außerdem musste er hier bleiben, um Manoli zu helfen, wobei auch immer – danach hätte er keinen praktischen Nutzen mehr und wäre nur noch Tourist. Dies konnte ein wichtiger Monat, vielleicht sogar ein weiterer Wendepunkt in seinem Leben werden.

Er döste und rückte seine Badehose zurecht, als er wieder erwacht war, um wenigstens den Anschein von Sittlichkeit zu wahren. Erneut döste er ein, wachte auf und blickte in die Augen eines Jungen, der neben ihm kniete. Er setzte sich mit einem Ruck auf und schob die Badehose hektisch in Position, um sich zu bedecken.

»*Ya sou*«, sagte der Junge.

»*Ya sou.*« Phil bezweifelte, dass er älter als 12 war. Er war klein und dunkelhäutig und hatte riesige Augen. Lange Augenbrauen strichen über seine Wangen, als er hinunter auf Phils fummelnde Hände sah.

»Du hast einen großen Schwanz«, sagte er ruhig auf Englisch mit leichtem Akzent.

»Nicht besonders. Deiner wird auch bald so groß sein. Du sprichst Englisch?«

»Mein Großvater hat in Sarasota, in Florida, gelebt. Ich glaube, es ist der größte Schwanz, den ich je gesehen habe. Ist er ganz steif?«

»War er. Ich habe geträumt. Du weißt sicher, wie das ist. Wie heißt du?«

»Dino. Wenn er bei Männern so ist, wollen sie es normalerweise mit mir tun. Du auch?«

»Ich glaube nicht.«

»Warum nicht?«

»Na ja, du bist zu jung.«

»Ich bin 15. Fast, genau gesagt. Ich weiß, wie man es macht. Ich hab vor drei Jahren damit angefangen. Es gefällt mir.«

»Das überrascht mich nicht.« Phil lachte. Der Junge sprach sehr sachlich darüber; offensichtlich handelte es sich um sein Lieblingsthema. Es war kaum zu glauben, dass er auch etwa in dem Alter gewesen war, als Teddy ihm die ganzen verbotenen Spiele beigebracht hatte. Dino war ein hübscher Bursche in einem abgenutzten, kurzärmligen Hemd und sackartigen Shorts. Er rutschte auf den Knien etwas näher, ließ sich nach vorne auf seine Ellenbogen fallen und stützte sein Kinn in die Hände. Er war mit dem Gesicht jetzt sehr nahe an Phils Schwanz, aber Phil hatte nicht den Wunsch, zum Kinderschänder zu werden.

»Darf ich ihn mir ansehen?«, fragte Dino höflich.

»Das hast du doch schon, oder?«

»Er war etwas verdeckt durch die Badehose.«

»Ich nehme an, es ist nichts Schlimmes dabei, wenn sich zwei Männer ansehen.« Er legte die Badehose weg und stützte sich mit den Armen nach hinten ab. Er hatte keine Erektion mehr, aber sein Schwanz war immer noch vergrößert und lag zwischen seinen Schenkeln. Dinos Augen wurden immer größer, als er ihn ansah.

»Der ist wirklich groß. Bist du Manolis Freund?«

»Ja«, sagte Phil. Hier wusste jeder alles.

»Ich habe ihn vor Kurzem gesehen. Er wollte nach Heraklion – an einen Ort in der Nähe. Mit ihm habe ich es auch schon gemacht. Seiner ist auch groß. Es macht mir Spaß, ihn steif zu machen. Darf ich deinen anfassen?«

»Nein. Ganz bestimmt nicht«, sagte Phil eher amüsiert als schockiert. Für Griechen war Moral ein Witz.

»Warum nicht?«

»Na ja, erstens, weil du ihn gar nicht steif machen könntest.«

»Wetten, dass ich es kann, wenn du mich nur lässt?«

»Selbst wenn du es kannst, solltest du es nicht wollen.«

»Warum nicht, wenn es uns beiden gefällt? Denkst du, dass ich deswegen ein *pousti* werde? Ich will kein *pousti* sein, aber ich glaube auch nicht, dass ich einer werde. Ein Freund hat gesagt, dass ich es nicht mehr mit Männern machen will, sobald ich eine Frau habe, aber das wird noch eine ganze Weile dauern. So ist es normalerweise immer, also muss ich mir keine Sorgen machen.«

»Dein Großvater kann dir sicherlich erklären, dass es in den USA anders ist. Männer machen es dort aus irgendwelchen Gründen nicht miteinander in aller Öffentlichkeit. Vielleicht ist das der Grund, weswegen ich es auch nicht will. Es hat ganz bestimmt nichts mit dir zu tun.«

»Warum willst du es nicht öffentlich tun, wenn das hier alle machen? Ich habe schon einen Menge Jungs gesehen, die es hier gemacht haben.«

»Die Dinge sind in anderen Ländern eben anders. Mach dir deswegen keine Gedanken.« Er wollte dem Jungen nicht irgendwelche Komplexe einreden. Griechenland war ein wunderbares Land. Man konnte schwul sein, ohne dass es jemandem auffiel, genauso wie Lester hier ein Schwarzer sein konnte, ohne dass es jemand bemerkte.

»Dein Schwanz ist jetzt kleiner als vorhin«, sagte Dino beleidigt. »Wahrscheinlich hast du gerade keine Lust darauf. Denkst du, Manoli wird von hier weggehen?«

»Ich weiß es nicht. Hat er so etwas erwähnt?«

»Er hat sich mit Opa über die Vereinigten Staaten unterhalten, wie man da Arbeit bekommt und so was. Opa meinte, es sei wichtig einen Amerikaner zu kennen, der für einen – ich erinnere mich nicht an das Wort, aber du weißt bestimmt, was ich meine. Man willigt ein, sich um jemanden zu kümmern, damit er nicht auf der Straße landet.«

»Du meinst so etwas wie für jemanden bürgen?«

»Ja, ich glaube das war's. Du bist Philip, nicht wahr? Wirst du das nicht für Manoli tun?«

»Wir haben nicht darüber gesprochen, aber ich könnte das schon.« Das ergab Sinn. Phil wunderte sich, dass er darauf nicht selbst gekommen war, anstatt sich darüber Gedanken zu machen, ob er ihm Geld geben wolle. Manoli erwies sich als überraschend praktisch veranlagt. Er würde noch wirklich nach New York gelangen.

»Er hat gesagt, dass du den besten Körper hast, den er je gesehen hat«, sagte Dino und kehrte zu seinem Lieblingsthema zurück. »Auch wenn du es nicht mit mir machen willst, würde ich deinen Schwanz gerne richtig groß sehen..

»Von Wünschen bekommt man keinen Steifen.«

»Oh, das kann ich schon einrichten.«

»Einrichten?«

»Ja, so.« Bevor Phil es verhindern konnte, hatte Dino sich schon über ihn gebeugt und seinen Schwanz in den Mund genommen. Er verfuhr damit sehr fachmännisch und erfahren und hatte das gewünschte Resultat schon bald erreicht. Phil konnte nichts dagegen tun, dass es ihm gefiel. Nackt in der Sonne liegend war er kein ernstzunehmender Gegner. Als sein Schwanz so groß war, wie er nur werden konnte, hob Dino seinen Kopf und sah ihn eine Weile an, während er mit den Händen darüber strich. »Er ist wirklich groß und sieht wunderbar aus, so hart. Willst du es jetzt tun? Ich meine natürlich mich ficken. Manoli macht das auch; nicht oft, aber er hat schon. Nur eine Sekunde.« Er sprang auf, schälte sich aus seinen Sachen und warf sie auf den Zaun. Ohne seine Kleidung sah er viel männlicher aus. Sein gebräunter Körper war schlank und gut gebaut. Er hatte Schamhaare und eine ganz ordentliche Erektion. Phil wollte ihn immer noch nicht, aber der Gedanke, ihn zu nehmen, erschien ihm inzwischen weniger absurd als zuvor. Er stand auf, um eine weitere Entwicklung der Dinge zu verhindern.

Sie standen nahe genug beieinander, dass sich ihre Schwänze berühren konnten. »Ich glaube nicht, dass dies ein guter Ort zum Ficken ist«, sagte Phil.

»Na ja, man wird schon ziemlich sandig. Ich hatte gehofft, dass ich dich so sehen könnte. Ich hab ihn ganz schön hart gemacht, nicht wahr? So machen es *poustis* immer miteinander, nur machen sie es weiter, bis zum Ende. Wusstest du das? Das hab ich noch nie gemacht.« Er ließ seine Hände in langsamen rhythmischen Bewegungen über Phils Schwanz gleiten. Wenn das seinem jungen Freund reichte, konnte Phil gerne damit dienen. Er hob eine Hand und fing an Dino zu verwöhnen. Der Schwanz des Jungen fühlte sich genauso an, wie die vieler Mitschüler, mit denen er es gemacht hatte. Er war zurück im Keller der Schule. Das war besser als masturbieren.

»Jetzt?«, fragte Dino nach einer Weile.

»Wann immer.« Sie drehten sich etwas, sodass ihre Schwänze nicht mehr aufeinander zeigten und hatten ihren Orgasmus innerhalb weniger Sekunden nacheinander. »Lass uns schwimmen«, schlug Phil vor.

Sie schwammen und legten sich auf Phils Handtuch zum Trocknen. Phil führte die Unterhaltung und erfuhr eine Menge über Manolis direkte Nachbarschaft. Es gefiel ihm, dass sein Name bei ihnen überall bekannt war. Manoli hatte also von ihm erzählt. Es war eine weitere Bestätigung, dass sie zusammen waren. Nach dem, was Dino erzählte, hatte Manoli bekannt gegeben, dass Phil sein amerikanischer Bürge wäre. Phil nahm an, dass Manoli eben erst herausgefunden hatte, dass er einen bräuchte und noch keine Zeit gehabt hatte, es ihm zu erzählen. Manoli zögerte nicht, nach etwas zu fragen, das er wollte.

Dino erzählte nichts Schlechtes über Manoli. Ganz im Gegenteil, offensichtlich war Manoli der Star im Ort, bewundert und respektiert als Einzelgänger, der noch große Dinge vollbringen würde, wie zum Beispiel, in den USA ein Vermögen zu machen.

Als Dino sich schließlich herzlich verabschiedete, sah Phil schon viel optimistischer in die Zukunft. Die Griechen waren beeindruckt von Manoli. Das hatte Einiges zu bedeuten. Phil unterlag also keiner Geschmacksverirrung. Er hatte einen Jungen gefunden, der Einiges hermachte und der es Wert war, dass man ihm half. Er bereute immer mehr, ihm nicht gesagt zu haben, dass er ihm das Geld geben würde.

Es hätte einen Einfluss auf die Pläne, die Manoli gerade schmiedete. Wenn er ihm das Geld gab, das er in Drachmen eingewechselt hatte, wollte er auch gleich dazusagen, dass er noch ein paar hundert haben konnte. Phil wollte Manoli bei sich haben. Alles was er entbehren konnte, konnte Manoli haben.

Er betete darum, dass Manoli noch heute Nacht aus Heraklion zurückkehren würde. Bis er da war, gab es für Phil nichts weiter zu tun, als das Päckchen von Hilda wieder abzuholen, das er beim Kellner im Café hinterlegt hatte. Wichtige Dinge im Leben eines *pousti.* Er musste heimgehen, sich waschen und für den Abend im Klub umziehen. Und beten.

Als er den Hafen erreichte, war die erste Person, die er traf, Manoli. Er saß im Café vor einem Hotel, in das keiner der Ausländer jemals ging und der einzige Grund weswegen Phil ihn gesehen hatte, war ein Mann mit Schnauzbart gewesen, der seine Aufmerksamkeit erregt hatte, als er aus dem Hotel gekommen war. Es war nicht *der* Schnauzbart, aber es war definitiv *sein* Manoli, der mit einer Frau vor dem Hotel saß. Sein Herz machte einen Freudensprung und er eilte auf ihn zu. Die Frau war nicht mehr jung, war aber sehr gut und teuer gekleidet. Als Phil den Tisch erreichte, sah Manoli hoch. Sein Blick bedeutete Phil, ihn allein zu lassen.

»Wir sehen uns später«, sagte er schroff auf Englisch mit schrecklichem Akzent.

»Sicher«, stimmte Phil zu, dem hilflosen Versuch, das Beste daraus zu machen. Er nickte der Frau unbeholfen zu und entfernte sich eilig. Die Frau näherte sich den mittleren Jahren, hatte eine gute Figur und ihre hellen Haare waren vom ersten Grau durchzogen. Er versuchte, nicht allzu verloren auszusehen, als er diesen Teil des Hafens hinter sich ließ und auf die Seite zusteuerte, wo er hingehörte. Er hatte gewusst, dass Manoli Frauen haben würde. Wollte er ihn gerade bestrafen? Verdammtes Geld! Mit der Natur konnte er sich nicht messen, auch wenn die Natur für einen Griechen weniger festgelegt war als für alle anderen.

Als er wieder vertrautes Terrain erreicht hatte, sah er, dass sich der Klub in voller Stärke versammelt hatte. Er ging von Tisch zu Tisch, ließ sich zu Ouzo einladen und bestellte selber welchen. Viele der Gespräche drehten sich um Fastnacht und was jeder tragen würde. Jemand wollte wissen, ob sie an dem Umzug teilnehmen würden, aber alle waren sich einig, dass das nur etwas für die Einheimischen war.

»Vor allem für die Kinder«, sagte Hilda. »Und genau genommen ist es auch kein Umzug. Die Griechen organisieren so etwas nicht. Die Musik spielt und sie laufen überall am Hafen herum. Alle sind sehr fröhlich und unorganisiert.«

Phil konnte sich nicht sonderlich dafür begeistern. Er achtete darauf, nicht zum Hotel hinüberzusehen. Er wollte gegenüber Manoli nicht den Eindruck erwecken, dass er ihn beobachtete, außerdem war es sowieso zu weit entfernt, als dass er genau hätte erkennen können, was der Grieche tat. Wahrscheinlich spielte er gerade seinen ganzen griechischen Macho-Charme aus und den Anblick wollte sich Phil lieber ersparen. Obwohl hier jeder über jeden tratschte, war es schon erstaunlich, dass nur Johnny von der Romanze, die sich vor aller Augen abspielte, wusste. Er war froh, dass ihn nicht ständig neugierige Augen beobachtete, um herauszufinden, wie er den neuesten Zug in dem Spiel aufnahm. Seit Johnny ihn aus dem Athener Hotel herausgeholt hatte, ohne eine Adresse zu hinterlassen, hatte er sich fast wie unsichtbar gefühlt, ein Außenseiter, trotz all der Affären, die er gehabt hatte. Er führte ein intensives Leben und das in aller Öffentlichkeit. Theoretisch konnte heute jeder in ihm den verlassenen Liebhaber erkennen, der seinen Mann an eine Frau verloren hatte. Alle würde zu erkennen versuchen, ob er ihn zurückgewinnen konnte. Das würde er. Er war sich dessen sicher, aber das machte den heutigen Abend auch nicht besser – er wusste, dass er jetzt mit Manoli hätte zusammen sein können, wenn er wegen des Geldes nicht so stur gewesen wäre. Das war es wohl. Es wäre sehr hilfreich, wenn er nur ein paar Minuten mit Manoli allein hätte, um sich zu vergewissern, dass alles in Ordnung war. Manoli aber war ein Mann und niemandem Rechenschaft schuldig, am wenigsten seinem *pousti*.

Er aß mit Johnny und dem Hollywood-Paar. Als Lester und Harvey hineingingen, um einen Blick auf die Speisekarte zu werfen, legte ihm Johnny einen Arm um die Schulter. »Hast du ihn gesehen?«, fragte er leise.

»Ja. Ich nehme an, die Saison hat begonnen.«

»Allerdings. Zumindest ist es keine Überraschung für dich.«

»Ich glaube, ich bin verliebt, Johnny. Das ist Überraschung genug. Ich habe mich etwas gefragt: Als du mir in Athen sagtest, ich solle keine Adresse zurücklassen, hast du da schon an unser geheimes Abenteuer gedacht?«

»Ein bisschen vielleicht. Ich bin es gewohnt, keine Spuren zu hinterlassen. Es war vielleicht Instinkt, dass ich auch deine beseitigen wollte. Andererseits hatte ich aber das Gefühl, dass du einen völligen Bruch brauchtest und ich wollte sehen, wie du dich mal gehen lässt. Bei unserer ersten Nacht schienst du noch eine Menge zurückzuhalten. Du hattest dich eingeschlossen und den Schlüssel weggeworfen. Jetzt bist du wirklich nicht mehr der gleiche Mensch.«

»Habe ich mich so sehr verändert?«

»Himmel Herrgott! Wenn du zurückgehst, werden sie dich wahrscheinlich gar nicht mehr in dein Büro lassen. Sie werden denken, du seist ein Hochstapler.«

Phil lachte. »Wenn ich jemals zurückkehre, werde ich mir wahrscheinlich selber so vorkommen. O je, ich wünschte so sehr, ich könnte bleiben.«

»Sei ein Gauner wie ich. So wie du aussiehst, kannst du jeden um alles betrügen. Es steht dir gut, verliebt zu sein, aber ich habe die Veränderung in dir schon vorher bemerkt. Auf dem Boot, denke ich. Da wurde selbst ich fast von Amors Pfeil getroffen. Ich werde dich in unserer Luxuskabine nie vergessen. Schon dein Körper könnte starke Männer zum Weinen bringen, aber du hast ja auch noch Köpfchen, was man wirklich nicht erwarten kann. Hat er schon dein ganzes Geld?«

»Er ist auf dem besten Weg. Ich bin verloren, Johnny. Was fange ich nur mit einem Kerl an, der auf Frauen steht? Darüber steht nichts in meinen Büchern. Ich bin dazu bereit, alles für ihn zu tun, nur ihn aufgeben will ich nicht. Worauf er es auch immer abgesehen hat, er will mich. Was für ein Flittchen er auch immer sein mag, unsere Körper können einander nicht belügen. Du kannst dir nicht vorstellen, wie es ist. Es ist wild.«

»Ich habe noch nie gehört, dass jemand so über ihn gesprochen hat, es kann also sein, dass er die ganze Zeit auf dich gewartet hat. Wenn dem so ist, kann dein Verstand kaum nützlich sein. Lass dich mit ihm fallen, das ist mein Rat. Leb die Liebe. Vielleicht wird ja diese Frau noch etwas mehr Licht in die Angelegenheit bringen.«

»Sind sie immer noch da?«

»Jetzt wo du es erwähnst, nein.«

Harvey und Lester kehrten zurück und sie bestellten. Wenn er irgendwelche Spannungen zwischen den beiden ausgelöst haben sollte, dann war inzwischen keine Spur mehr davon übrig. Lester behandelte ihn mit der offenen, freundlichen Art eines Mannes, der ihn gehabt hatte. Alle drei neckten ihn damit, dass er so gut aussehend wie ein Filmstar war und machte ihm wegen seiner unglaublichen Bräune Komplimente.

»Er ist einfach nur ein Weißer, der Leuten was vormachen will«, sagte Lester. »Du kräuselst besser noch deine Haare, Mann, wenn du damit durchkommen willst.«

Johnny bemerkte vielleicht, wie viel Mühe er sich geben musste, sich zu amüsieren, aber als sie gegessen und mehrere Flaschen Wein getrunken hatten, war Phil wieder auf dem besten Weg, zum früheren Hochgefühl zurückzufinden. Eine Busuki-Band spielte im Café nebenan. Der Himmel war voller Sterne und die Luft lau. Er war bereit, ein Gauner zu werden.

Es war nach ihrer Zeitrechung immer noch recht früh, als er sein Päckchen abholte und sich auf den Weg nach Hause machte. Er ging die Stufen hinauf und sah Licht aus der leicht geöffneten Tür fallen. Er eilte weiter in der Hoffnung, Manoli dabei zu ertappen, wie er, am besten nackt, aus dem Badezimmer trat. Der Raum war leer. Das Licht kam irgendwo von hinten. Er stand verunsichert da und wartete. Er hörte gedämpfte Stimmen, einen Mann, eine Frau, Satzfetzen, lautes Lachen, eindeutig Geräusche der Liebe. Er stellte das Päckchen ab und ging zum Badezimmer, wobei er sich keine Mühe gab, möglichst leise zu sein. Um sein Erscheinen zusätzlich deutlich zu machen, ließ er das Wasser kurz laufen.

»Philip«, rief Manoli. »Hier.«

Phil ging in den Raum, der Manoli immer als Eingang diente. Sie lagen im Bett, bedeckt, aber offensichtlich nackt. Die Frau rutschte etwas von Manoli weg, als er eintrat, aber konnte erkennen, dass ihre Hand immer noch in seiner Lendengegend war.

»Mein Philip. Da bist du ja«, begrüßte Manoli ihn überschwänglich auf Englisch. »Das hier ist Vera, eine feine Frau. Philip, mein Freund. Ist eine große Schwuchtel. Guter Freund.« Sein schlimmer Akzent war durch den Alkohol etwas abgemildert.

Phil fiel nichts Besseres ein, was er tun konnte, als so zu tun, als sei er es gewöhnt, nackte Frauen bei sich zu finden, die gerade mit Manoli schliefen. Er ging zum Ende des Bettes, lächelte und nickte ihr zu. Sie erwiderte sein Lächeln, sah jedoch verständlicherweise etwas verwirrt aus. Er erwartete nicht, dass sie ihm die Hand schütteln wollte – schließlich hatte sie etwas Interessanteres in ihren Fingern. Manoli warf das Laken zurück. Phil erhaschte einen Blick auf ihren schlanken, gut erhaltenen Körper, mit Brüsten die erst leicht herabhingen, bis Manoli seine Hand hinter ihren Kopf legte und ihn vor zu seinem Schwanz schob. Sie nahm ihn in den Mund. Sie drehte sich etwas, damit sie beide Hände zu Hilfe nehmen konnte und hockte vor seinen Hüften, während ihr Mund sich um seinen Schwanz kümmerte. Manoli blickte auf sie herunter, dann hoch zu Johnny.

»Siehst du. Sie sagt er ist genug groß. Sie macht es gut, wie du.«

»Wie du auch«, sagte Phil leise.

»Sicher. Ich manchmal auch.« Er kicherte vergnügt. »Sie ist eine gute Frau. Willst du sie nach mir? Ich wette sie mag das.«

Die Frau unterbrach ihr Vergnügen, um ihren Kopf zu heben und ihn anzusehen. Ihr Blick wanderte über ihn und traf schließlich voller Zustimmung seinen. Phil verspürte den unwiderstehlichen Impuls, sich auszuziehen. Es wäre sicherlich aufregend, mit Manoli zusammen anzugeben. Seine Hände wanderten zu seinem Hemd, aber er hielt sich zurück. Die Shackletons hatten eine angenehme selbstironische Herangehensweise an Dreier, aber bei der Laune, in der Manoli gerade war, konnte es leicht schmutzig werden. Er wollte nicht wie ein kleiner schwuler Seitensprung von Manoli behandelt werden. »Ich will nichts unterbrechen«, sagte er entschuldigend zu Vera. Er sah Manoli an. »Ich komme später wieder.« Er drehte sich schnell um, bevor er es sich anders überlegen konnte und eilte zur Tür. Er sehnte sich danach, Manolis Umarmung zu spüren, selbst unter diesen dubiosen Umständen. Dennoch zögerte er an der Tür kurz und drehte sich um. Manoli kniete neben ihr. Sie küssten sich und ihre Zungenspitzen spielten miteinander. Sie hielt seinen Schwanz und führte ihn zu sich hin. Aus den kurzen, schnellen Bewegungen von Manolis Hüften schloss Phil, dass sein Schwanz in sie hinein und wieder heraus schoss. Phil kannte das alles. Vielleicht fand sie es sogar noch aufregender als er; sie hatte da Dinge, die er nicht hatte.

Er stürzte die Treppen hinunter und wandte sich wieder dem Hafen zu. Wohin konnte er gehen? Dieser Ort war ideal, wenn man Anschluss suchte, aber es gab keine dunklen, stillen Plätze, an denen man einfach seinen Kummer hinunterspülen und sich selbst bemitleiden konnte. Fremde, Seemänner, Leute, die am Hafen entlang schlenderten, es gab immer jemanden, der sich gerne mit einem einsamen Amerikaner unterhielt. Sie alle schienen sich zusammengeschlossen zu haben, um gegen die Einsamkeit vorzugehen. Er hätte die Bootschlüssel mitnehmen sollen. Dort würde ihn niemand belästigen.

Er ließ sich in einem kleinen Café gleich hinter dem Hotel nieder, fernab von den ausgetretenen Touristenwegen und bestellte sich eine Flasche Wein. Er hatte eigentlich schon mehr als genug getrunken, aber er konnte ja nicht ein Glas Wasser bestellen. Von seinem Platz aus würde er sehen können, wenn Manoli Vera zurückbrächte, vorausgesetzt sie war im Hotel abgestiegen und vorausgesetzt Manoli wollte sie nicht die ganze Nacht bei sich behalten. Er mochte es, dass Manoli seine Räume einfach benutzte, als wären es seine und er zwang sich dazu, den Vorfall nicht zu bedauern. Es anzusehen zwang ihn dazu, sich damit auseinander zu setzen und nun wusste er auch, wie weh das tat. Der Schmerz war größer, als er hinzunehmen gewillt war.

Wollte er so ein Leben bei sich zu Hause auch – durch die Straßen zu wandern und darauf zu warten, dass sein Apartment wieder frei war? Sicherlich war das nicht so wahrscheinlich, aber wenn er nicht an eine Zukunft mit ihm dachte, woran dachte er dann? Eine Urlaubsaffäre? Der Sex war fantastisch, aber wenn Manoli ihn mit jedem wiederholen konnte, dann war Phil nichts Besonderes für ihn. Nur ein weiterer Körper, den er sich nehmen konnte. Er musste alles noch einmal durchdenken.

Zumindest hatte er keine Gelegenheit gehabt, ihm das Geld zu geben. Er war sich ziemlich sicher, dass Manoli Vera ferngeblieben wäre, wenn er ihm das Geld vorher gegeben hätte – deswegen konnte er es ihm jetzt auch nicht mehr geben. Er hatte sich fest vorgenommen, ihn nicht zu kaufen. Es hatte keinen Sinn, sich etwas vorzumachen; er war bereit gewesen, ihn zu kaufen, seit dem Augenblick, als er bei der Bank gewesen war. Ihn von Don loszukaufen mochte entschuldbar sein, ihn aber von dem loszukaufen, was ihnvon Natur aus anzog, war völlig falsch. Das war ihm klar geworden, als er ihn vorhin gesehen hatte. Ein Schritt in die richtige Richtung.

Er trank langsam, damit der Wein so lange wie möglich vorhielt. In seinem Kopf drehte sich alles. Es gab nichts mehr, worüber er nachdenken musste. Er war verrückt nach Manoli, also waren alle seine Entscheidungen von den Launen seines Liebhabers abhängig. Er konnte nichts tun, nur abwarten und sehen, was mit ihnen beiden passierte. Er hatte kein Recht dazu, die Waage durch Geld in die eine oder die andere Richtung zu beeinflussen. Dazu war er zu unsicher. Er schätzte, dass mindestens eine Stunde, vielleicht mehr, vergangen war, als er wieder die Stufen zu seiner Wohnung hinaufstieg.

Die Tür war geschlossen und er trat in völlige Dunkelheit ein. Er machte das Licht an und wartete. Keine Stimmen. Er ging zu dem Tisch, wo er das Geld gelassen hatte und versteckte es noch besser in der Mappe, wo er auch seine Papiere aufbewahrte. Er ging ins

Badezimmer und blieb dort abrupt stehen. Manoli schlief von einem Laken bedeckt in ihrem Bett. Er schlich etwas näher, um sicherzugehen, dass er allein war. Während er im Halbdunkel stand und auf ihn hinunterblickte, ließ die Spannung in seinem Inneren nach und der Knoten löste sich langsam. Sie waren wieder zusammen. Im Augenblick hatte er alles, was er wollte.

Er schlüpfte aus seinen Sandalen und fing an, sich auszuziehen. Er hörte, wie Manoli sich regte. »Mein Philip. Du bist hier«, sagte er verschlafen. Phil gefiel es besser, wenn er Griechisch sprach.

»Ja.«

»Mach das Licht an.«

Phil tat es. Er hatte sich bis zur Taille ausgezogen und machte sich gerade an seine Hosen heran. Ihre Blicke trafen sich. Der von Manoli war zärtlich und weich. »Ja. Zieh dich aus und komm zu mir. Ich wollte dich hier.«

Phil zog sich weiter aus. Er stellte fest, dass er nicht mehr alles im Kopf Wort für Wort übersetzte, was Manoli sagte. Er wurde von Manolis Erscheinung verzaubert. Als er seine Hosen fallen ließ, reagierte sein Schwanz augenblicklich. »Hattest du für heute genug Sex?«, fragte er mit großzügigem Lächeln.

»Nicht, wenn du hier bist.« Manoli rollte sich auf den Rücken und warf das Laken zurück. Seine Erektion lag auf seinem Bauch. »Ich will dich sehr.« Er war nicht mehr betrunken.

Bis Phil ihn erreicht hatte, war sein eigener Schwanz steif. Manoli ergriff seine Arme, als er sich neben ihn auf das Bett fallen ließ und hielt ihn so, dass er vor ihm kniete. »Du bist ein schöner Mann, mein Philip. Ich musste eine Frau haben, um zu merken, wie sehr ich dich will.« Manoli setzte sich auf, lehnte sich vor und küsste Phils Schwanz in seiner gesamten Länge. Mit seiner Zunge umkreiste er seine Eier. Phils Atem kam stoßweise. Manolis Mund kehrte zu seinem Schwanz zurück und er nahm ihn sanft zwischen seine Zähne. Er hielt ihn mit den Fingerspitzen und nahm ihn weiter in den Mund. Manoli machte sich weder über ihn lustig, noch probierte er exotische Fertigkeiten aus – sein Verlangen nach Phils Körper war echt.

Manoli ließ Phils Schwanz los, hielt ihn aber immer noch mit einer Hand und ließ seine Lippen daran, während er sprach. Dabei setzte er seine Zunge ein, um das Gesagte zu unterstreichen. »Er ist sehr stark, dein Schwanz. Ich liebe dich, mein Philip. Es ist wahr. Du bist ein Mann. Du wirst mein Mann sein. Du musst mich jetzt ficken.

Schon seit dem Boot will ich dich so haben. Ich konnte es auch nicht glauben.« Er ließ sich zurückfallen, hielt seinen Schwanz aber weiter und sah Phil mit einem spitzbübischen Lächeln an. »Ich habe noch nie darum gebeten, gefickt zu werden.«

Phil sah auf ihn herunter, schwankte leicht hin und her, sein Herz hämmerte. Er hatte die Sprache nicht wieder verlernt. Er hatte alles verstanden. Er versuchte zu antworten, fand aber keine Worte. »Willst du es wirklich?«, fragte er schließlich.

»Ja, wirklich. Ich glaube, wir wollen einander sehr.«

Sie sahen sich lange an. Phil versuchte in Manolis Augen einen Anflug von Arglist zu erkennen. Sein Blick war offen und ganz weich vor Verlangen. Phil war zu sehr erstaunt, um sich zu bewegen. War es erst gestern oder vorgestern gewesen, dass er sich darum bemüht hatte, auf Manolis Heterosexualität Rücksicht zu nehmen? Viel war davon nicht mehr übrig, Manoli war entwaffnet worden. Sie konnten als gleichberechtigte Männer zusammen sein.

Einen Moment lang dachte er schon, sein Schwanz würde ihm einen Strich durch die Rechnung machen, aber er versteifte sich schon wieder voller Verlangen, als Phil in Manolis Augen eine Bekräftigung seines Angebotes erkannte. Phil wollte ihn nehmen. Er wollte ihn zu seinem Eigentum machen. Er wollte lernen, mit diesem Rollentausch umzugehen.

Er lehnte sich vor und zog Manoli an den Schultern hoch, um sich selbst zu beweisen, dass er das Kommando hatte und um das Wunder, dass er auf diese neue Art von jemandem begehrt wurde, noch hinauszuzögern. Manoli hielt seinen Schwanz weiter fest und schreckte auch nicht zurück, als Phil ihn an seine leicht geöffneten Lippen führte. Manoli wollte ihn in sich.

Phil hielt Manolis Kopf noch kurz an sich und genoss es, dass der Grieche sein Verlangen nach dem steifen Geschlechtsteil eines Mannes ohne Einschränkung anerkannte. Er spornte Manoli weiter an, sich mit Lippen und Zunge seinem Schwanz zu widmen, dann schob er ihn sanft zurück, ließ sich fallen und legte sich auf diesen vollkommenen Körper. Manoli hob die Arme, um ihn willkommen zu heißen und ihre Münder trafen aufeinander. Sie schlossen sich fest in die Arme, ihre Zähne prallten aneinander und ihre Körper drängten sich aneinander, bis sie beide nach Atem rangen. Sie trennten sich keuchend.

»Hast du dein Öl?«, fragte Manoli, als er wieder sprechen konnte.

»Oder das andere.«

»Nein. Ich will, dass es genauso ist wie das erste Mal, als ich dich gefickt habe.«

»Ich hol's.« Phil erhob sich und ging in den ersten Raum. Als er zurückkehrte, lag Manoli auf dem Bauch. Phil brachte ihm ein Handtuch und kniete sich hinter ihm auf das Bett. Er trug das Öl auf seinen Schwanz auf und ließ seine Finger zwischen Manolis Hinterbacken gleiten. Manoli gehörte ihm; er zog seine Knie an und wartete auf ihn. Phil sah auf seinen Schwanz hinunter. Er hielt Manolis Hüften und stieß in ihn hinein, ebenso wie Manoli es bei ihm sonst tat.

»Oh, mein Philip«, rief Manoli aus, akzeptierte seine Unterwerfung und gab sich ihm hin.

Phil war verblüfft von dem Wandel, der in ihm vorzugehen schien. Er war an der Reihe, der Gebieter seines Geliebten zu sein. Manoli gehörte ihm, wie er sich gewünscht hatte, Manoli zu gehören. Er besaß die Macht. Der Gedanke, dies auch mit George zu tun, schoss ihm durch den Kopf. Es war undenkbar, aber er wünschte, es wäre geschehen. Es änderte alles. Er fühlte, wie seine Macht über Manoli wuchs. Phil konnte nicht länger wie sein *pousti* behandelt werden, der bei allen seinen willkürlichen Wünschen zur Stelle war. Er war nicht länger der Sklave seines Geliebten und bekam die Macht, ihre Liebe nach seinen Vorstellungen zu formen. Manoli hatte sich ihm hingegeben. Er hatte vor, mit ihm nach seinen eigenen Vorstellungen zusammen zu bleiben. Manoli brauchte ihn. Er würde sich um ihn kümmern.

»Mein Manoli«, verkündete er siegreich. »Mein Freund.«

»Ja. Du bist mein Mann. Wir sind jetzt zusammen.«

Phil begann, sich in ihm zu bewegen, zuerst probeweise, da er immer noch nicht glauben konnte, dass der Grieche ihn als ebenbürtig akzeptierte. Seine Selbstsicherheit wuchs, als er seine Meisterschaft demonstrierte und spürte, wie sich Manoli seinem Willen völlig unterwarf, ihn wollte, ihm alles anbot, was ihm Freude bereiten konnte. Phil war erstaunt über die Kraft, die er in sich fand, das Verlangen eines anderen in sich aufzunehmen und es nach seinem Willen zu formen. Es gab noch so viel in ihm, das er noch nicht kannte; es kam ihm vor, als würde er immer mehr wachsen, um Raum für all seine neuen Errungenschaften zu schaffen. Er triumphierte bei Manolis Orgasmus, schaffte es aber, seinen eigenen so lange zurückzuhalten, bis sein Geliebter vor Verlangen wimmerte und seine Erektion wiederhergestellt war. Phils Besitznahme wurde zu einem gemeinschaftlichen Triumph.

Sie sprachen nicht mehr, bis sie unter der Dusche standen. Das Gefühl, sich verändert zu haben, blieb bei Phil bestehen. Er fühlte sich älter und größer als Manoli. Er war tatsächlich ein bis zwei Zentimeter größer als er, ein Unterschied der kaum zählte, heute Abend aber schien es mehr zu sein. Er seifte ihn überall ein und war erstaunt darüber, wie jung und verletzlich er erschien, fast wie Dino. Er fühlte sich wunderbar in seiner Rolle als Beschützer und Besitzer. Er wünschte sich mehr als je zuvor, besser Griechisch sprechen zu können. Es gab so viel, das er ihm sagen und erklären wollte.

»Es hat mir sehr gefallen, was dein Schwanz gemacht hat«, sagte Manoli und ließ es zu, dass er wie ein Kind zwischen den Hinerbacken eingeseift wurde. »Es ist sehr schön. Du hättest Vera mit mir zusammen nehmen sollen.«

»Ich hätte heute Nachmittag am Strand einen Jungen namens Dino nehmen können, wenn ich es gewollt hätte«, sagte Phil leicht herausfordernd. Er nahm an, dass Manoli es sowieso herausfinden würde, wenn er es nicht schon wusste. Dino redete gerne.

»Hast du?« Er brach überraschend in Lachen aus. »Ich wusste bis eben gar nicht, dass du das willst.«

»Normalerweise nicht. Mit dir nicht, bis vorhin. Er – ich weiß nicht, wie ich es sagen soll – er hat versucht, mich zu überreden, es zu tun.«

»Er hat es vorgeschlagen? Ja, er mag es sehr, gefickt zu werden. Es macht nichts, aber ab jetzt darfst du es nur noch mit mir machen. Wir werden es auf jede mögliche Art machen, wann immer wir wollen.«

»Und du?«

»Genauso. Ich spreche natürlich nur von Jungs und Männern. Bei Frauen ist das etwas anderes. Wir werden sie zusammen haben, so wie wir Vera hätten haben können, wenn du geblieben wärst. Du bist ein Mann. Ich glaube du wirst Frauen mögen, wenn ich dabei bin.«

»Vielleicht.«

»Sie hat mir ein Geschenk gegeben. Ich habe nicht danach gefragt, aber damit gerechnet. Sie ist reich. Sie hat ein großes Haus in Atlanta, Georgia. Ist das weit weg von New York?«

»Weiter als von hier nach Athen, aber nicht weit in den Vereinigten Staaten.«

»Sie will, dass ich bei ihr wohne, wenn ich hinkomme. Nach heute Nacht will sie mich sehr. Ihr gefällt mein Schwanz.«

»Kein Ehemann?«

Manoli lächelte verschmitzt. »Eine Witwe. Die sind am besten. Sie will, dass ich sie übermorgen in Heraklion besuche. Sie hat mit ein weiteres Geschenk versprochen. Du willst nicht, dass ich dein Geld nehme. Ich muss nehmen, was mir angeboten wird. Ich glaube, dass sie mich bald heiraten will, um meinen Schwanz auch weiterhin zu haben. Sie ist 38. Das ist nicht sehr alt.«

Vera war eine Lügnerin und Manoli kein sehr geschickter Erpresser. Wenn Phil ihm kein Geld gab, würde er sich an Vera verkaufen. Vielleicht hatte er damit gerechnet, dass es Phils Widerstand untergraben würde, wenn er sich ihm hingab, aber er hatte sich geirrt. Phil hatte sich nie stärker und selbstsicherer gefühlt. Wenn jemand Manolis Schwanz behalten würde, dann er, und er würde ihm dafür keine Geschenke geben. Manoli hatte sich weiter hineingeritten, als er gedacht hatte. Manoli gehörte ihm. Er merkte es an der Art, wie er ihn berührte, wie er sich an ihn schmiegte und mit seinem Körper immer so nahe bei Phil blieb, dass sie sich leicht berührten, wie er ihn zärtlich und verspielt küsste, wann immer sich die Gelegenheit dazu bot. Manoli liebte einen Mann, ob er es nun wollte oder nicht.

»Warst du heute in Heraklion?«, fragte er.

»In der Nähe. Ich habe einen Freund, der in den Vereinigten Staaten gewesen ist. Ich wollte herausfinden, wie es für mich sein wird. Er sagte, dass es Wege gäbe, an eine Sozialversicherungskarte zu kommen. Sie ist sehr wichtig, um einen Job zu bekommen. Er meinte, dass alles viel einfacher sei, wenn ich mich auf ein Boot stehle und nicht erst hier auf Papiere warte. Ich habe auch John Roberts Kostüm probiert und er hat meinen Schwanz häufig berührt, als er es zurechtgerückt hat. Dann sah ich Vera allein dasitzen, und sie sah mich so an, wie Touristinnen das tun, sehr offen, und ich habe sie angesprochen. Ich wusste, dass auch sie meinen Schwanz berühren wollte.«

»Wollen wir das nicht alle?«, sagte Phil auf Englisch und lächelte in sich hinein. »Was wirst du jetzt mit ihr anfangen?«

»Sie wohnt mit einer Freundin zusammen in einem Nobelhotel in der Neustadt. Sie ist reich.«

»Hast du sie zum Fenster hinausgelassen?«

»Nein. Es macht mir nichts aus, wenn mich die Familie mit einer Frau sieht. Ich will nicht, dass die Leute weitererzählen, dass ich dich besuchen komme. Don würde es erfahren.«

Nachdem sie sich abgespült hatten, machte Phil das Wasser aus und hielt ihn in den Armen. Er ließ seine Hände über diesen wunderbar geformten nassen Körper gleiten, küsste ihn leicht auf den Mund und war sich des eigentlich geringen Größenunterschiedes zwischen ihnen sehr bewusst, der ihn dazu zwang, sich leicht zu bücken. Es war ebenfalls eindeutig, dass sein Schwanz länger als der von Manoli war. Mit etwas Ermutigung wäre er bald wieder dazu bereit, ihn zu nehmen und sie würden sich erneut abwaschen. Seinen Jungen zum ersten Mal zu ficken war für die erste Nacht genug. »Komm. Lass uns unsere Zahnbürste benutzen und ins Bett gehen.«

»Ich sehe in John Roberts Kostüm wirklich lächerlich aus«, sagte Manoli, als sie sich abtrockneten. »Ich will es nicht tragen. Es wird Don ärgern und ich will nicht noch mehr Ärger mit ihm bekommen. Weil wir zusammen sind, will ich ihn nicht wieder sehen. Ich glaube, morgen ist die Bank geschlossen, aber übermorgen werde ich dorthin gehen und veranlassen, dass das ganze Geld, an das ich herankomme, an meine Mutter weitergeleitet wird. Ich glaube, das geht. Am nächsten Tag werde ich mich mit Vera in Heraklion treffen. Ich glaube sie will, dass ich mit ihr nach Athen komme. Sie wird es natürlich bezahlen. Ich werde dort auf dich warten.«

»Nein«, sagte Phil um seine neue Autorität auszuprobieren. »Ich will nicht, dass du mit ihr gehst. Du weißt, dass ich warten muss, um die Bootstour mit Johnny zu machen. Dann gehe ich mit dir.«

»Wenn du mir nur 100 Dollar gibst, warte ich. Das reicht, falls Don sehr sauer ist und ich gehen muss. Ich werde bei dir bleiben und Vera nicht sehen, vorausgesetzt du kommst mit mir. Das will auch ich.«

»Warum willst du gehen, wenn Don sauer ist? Dies ist dein Zuhause.«

»Das habe ich dir gesagt. Wenn wir die ganze Zeit zusammen sind, so wie jetzt, wird er es herausfinden. Davor habe ich Angst. Ich will nicht, dass er uns trennt. Er könnte der Polizei Unwahrheiten über mich erzählen. Es ist sehr leicht für einen reichen Fremden, einem armen Mann von hier Probleme zu machen. Vielleicht muss ich schnell weg.«

»Wenn du nach Athen gehst, wie finde ich dich?«

»Hat dich Johnny zu Panos Bar mitgenommen?«

»In der Plaka? Ja.«

»Das dachte ich mir. Sie haben mir gesagt, dass Johnny mit einem sehr attraktiven Amerikaner da war. Die Leute dort werden wissen, wo ich bin.«

»Gut. Dann entscheiden wir uns in Athen. Ich habe heute über dich nachgedacht. Ich werde dir Geld geben, vielleicht 500 Dollar, aber nur wenn wir wissen, dass du es brauchst. Das ist kein Versprechen. Wie schon gesagt: Ich kaufe dich nicht.« Er hielt an und wartete darauf, dass ihm wieder mit Vera gedroht wurde, aber er konnte keine Anzeichen von Verärgerung erkennen. Sollte er sich Gedanken machen, weil Manoli so schnell zustimmte? Bereitete er eine Überraschung für ihn vor? Hastig fügte er hinzu: »In New York, wenn du nicht in Atlanta, Georgia, bist, werde ich dir alles geben, was du brauchst, bis du Arbeit gefunden hast. Das verspreche ich dir.«

»Natürlich. Zwischen uns beiden geht es nicht ums Kaufen. Wir lieben uns und wollen uns sehr. Was wir haben, gehört uns beiden, damit wir zusammen sein und uns häufig ficken können. Das ist natürlich.«

»Wenn wir wirklich ineinander verliebt sind, wird es einen großen Unterschied machen. Du bist es zum ersten Mal, nicht wahr?«

»Ja. Du nicht?«

»Nein. Ich war es schon einmal früher. Und ein andermal vielleicht ein bisschen. Das war aber nicht wie mit dir. Das erste Mal und jetzt du. Putz dir die Zähne.« Phil nahm ihre Handtücher und hing sie auf. Es machte ihm Spaß, kleine Dienste für Manoli zu verrichten, aber er tat es nicht mehr, um zu gefallen. Er stand neben ihm am Waschbecken und streichelte Manolis Hintern, während der sich die Zähne putzte. Phil war froh darüber, dass er erneut hart geblieben war und war nun noch mehr davon überzeugt, dass es der richtige Entschluss war. Sie kamen voran. Wenn Manoli wirklich das Wunder vollbringen würde und New York erreichte, konnte es mit ihnen beiden klappen, vorausgesetzt Phil blieb sein willensstarker Führer, bis Manoli herausfand, was es bedeutete, verliebt zu sein. Vielleicht würde er den romantischen, sentimentalen Zug daran nie verstehen. Er war immer noch sehr männlich, auch wenn er mit Phil all die Dinge tat, von denen Phil gedacht hatte, dass nur Schwule sie machten. Manoli war, wie viele hier, so erzogen worden, dass viele dieser Dinge ganz normal waren. Er fragte sich, warum das Thema, einen Bürgen zu finden, nicht angeschnitten worden war, aber wenn Manoli es sowieso ohne Papiere probieren wollte, war es auch nicht nötig.

»Kann ich das Licht im Nebenraum anlassen?«, fragte Phil, als er an der Reihe war, sich die Zähne zu putzen. »Es gefällt mir, dich anzusehen.«

»Ja, mir auch. Ich mag es, dein Gesicht und deinen wunderschönen Körper anzusehen.«

Phil ließ es an und legte sich im Halbdunkel neben ihn. Er hielt Manolis Kinn und küsste seine Augenlider. Manoli legte seinen Arm um ihn und rutschte näher an ihn heran. Sie hatten die Gesichter einander zugewandt und hielten sich in den Armen, akzeptierten ihr Verlangen füreinander und waren damit zufrieden – nur ihre Schwänze streckten sich einander zu. Es war so wunderschön, dass Phil erneut Tränen in die Augen schossen und sein Atem stockte. Sie waren enger zusammen, als er es mit George je der Fall gewesen war. Er konnte sich nicht vorstellen, dass George ihn so wollte, wie Manoli ihn gewollt hatte. Es hatte ihnen beiden früher nie gefehlt, aber jetzt fragte er sich doch, ob das so richtig gewesen war. Wären sie vielleicht noch zusammen, wenn sie ihre Verbindung noch weiter ausgebaut hätten? In seiner jetzigen Beziehung war alles genau umgekehrt, sodass es ihm fast schien, als sei alles Schicksal. Diesmal war er der Ältere. Er hatte das Geld. Er war der geoutete Homosexuelle, dem Manoli nachgab. Aus ihm war George geworden.

Langsam wurde er vom Schlaf übermannt, während ihre Schwänze immer fester wurden, bis sie schließlich ganz steif aneinander stießen. Sie bestätigten es sich, indem sie sich kurz fest umarmten.

»Er ist groß und hart, mein Philip«, murmelte Manoli verträumt. »Ich will ihn halten, während ich einschlafe. Wer als erster aufwacht, darf den anderen nehmen.« Sie streichelten sich und schliefen ein.

Manoli wachte als erster auf. Phil wurde davon wach, dass er in ihn eindrang. Sein ganzer Körper drängte sich sofort zu ihm hin und hieß ihn willkommen. Er gehörte Manoli. Genau so musste ein Tag beginnen.

Nachdem sie sich gewaschen hatten, öffneten sie Hildas Päckchen und Phil und er holten ein langes dunkelblaues Gewand heraus, das aus schwerer Baumwolle oder Leinen gefertigt war, mit silbernen Stickereien, weiten Ärmeln und einem tiefen V-Ausschnitt. Phil stülpte es sich über den Kopf und zog es hinunter, bis es den Boden berührte. Es lag etwas eng an seiner Brust an, war aber wundervoll geschnitten – soweit er es erkennen konnte, betonte es seine Figur noch zusätzlich. Das Käppchen sah aus wie das eines Juden, hatte jedoch seltsame kleine Flügelchen darauf. Phil fand es wirklich reizend.

»Du wirst sehr attraktiv aussehen und ich sehr lächerlich«, entschied Manoli und sah ihn mit einem anerkennenden Lächeln von oben bis unten an. Fast schien er seine Befürchtung, dass es wegen seines Kostüms zum Streit mit Don kommen könnte, vergessen zu haben. »Ich muss jetzt gehen. Ich muss zu meiner Mutter. Wenn du zum Strand gehst, werde ich nach dir Ausschau halten, wenn ich in der Nähe bin. Ich werde heute Nacht zu dir kommen, wenn wir unsere Kostüme getragen haben.«

»Können wir morgen mit dem Boot hinausfahren?«

Sein Gesicht erhellte sich. »Ja. Das wird sehr schön.« Wenn Manoli in der richtigen Stimmung war, konnte er sich freuen wie ein kleines Kind. »Du musst mit mir kommen, wenn ich morgen zu Vera gehe. Wir werden sie gemeinsam haben. Dafür wird sie mir ein großes Geschenk machen.«

»Wir werden sehen.« Phil wollte jetzt nicht darüber reden. Morgen auf dem Boot wäre ein guter Zeitpunkt, um noch ein paar Dinge klarzustellen. Sie waren zurück ins hintere Zimmer gegangen, wo das Bett sehr ordentlich gemacht war. Es würde angenehm sein, mit Manoli eine Wohnung zu teilen, wenn er im Haushalt ebenso viel Wert auf Sauberkeit legte wie bei sich selbst. Sie gingen zusammen zum Fenster, Manoli ließ sich auf das Dach fallen und verschwand. Phil stand im Morgenmantel am Fenster und sah ihm nach. Er konnte erkennen, dass es wirklich sehr leicht war, zu seinem kleinen Balkon hochzuklettern. Romeo und Julia. Er hoffte, dass es für sie ein schöneres Ende geben würde.

Als Kyria Vassiliki ihm sein Frühstück brachte, wünschte sie ihm »viele weitere Jahre«, das wünschte man sich in Griechenland immer an besonderen Feiertagen. Er saß noch etwas länger über seinem Milchkaffee und ging die Bücher durch, die er sich mitgebracht hatte, um zu sehen, ob etwas davon eilig war. Es konnte alles warten. Er fragte sich, ob es eine Möglichkeit gab, Don auszuschalten. Manolis Angst vor ihm wirkte ansteckend. Es wäre wahrscheinlich wirklich einfach, einem armen Griechen wie Manoli etwas anzuhängen, sei es nun Diebstahl, oder dass er sich ihm unzüchtig genähert habe und Manoli so für Wochen ins Gefängnis zu stecken. Phil wagte nicht selbst einzugreifen, aber er nahm sich vor, Johnny um Rat zu fragen. John Roberts Kostüm schien ein Wendepunkt zu sein. Phil hoffte, dabei behilflich sein zu können, Dons schändliche Herrschaft zu einem Ende zu bringen.

Als die Sonne bereits am Himmel stand, war er bereit auszugehen und zu sehen, wie die Stimmung heute war. Würde es festlich, fröhlich, anstrengend oder einfach wie immer werden? Den Strand hob er sich für den Nachmittag auf. Als er draußen war, stellte er fest, dass es wohl wie ein großes Familienfest werden würde. Er hatte noch nie so viele Einheimische am Hafen gesehen. Frauen und Kinder spazierten herum, Männer saßen in den überfüllten Cafés. Für das alltägliche Post-Treffen war es noch etwas früh, aber es würde heute vielleicht sowieso keine Post geben. Er wanderte ziellos auf und ab und genoss das Kommen und Gehen. Er stellte fest, dass die Griechen, wenn sie so gehäuft auftraten, erstaunlich würdevoll und achtbar aussahen, wenn man bedachte, was für einen lockeren Umgang sie pflegten.

Johnny fand ihn in der Menge. »Komm mit«, sagte er und legte eine Hand auf seine Schulter. »Du willst sicher ebenso sehr ein Bier wie ich.« Er führte Phil zu einem winzigen Café auf der anderen Seite der geduckten Kirche, vor dem lediglich drei Tische standen. Hier waren keine Gäste, das Bier war kalt und sie tranken es gut gelaunt. »Auf eine fröhliche Fastnacht«, sagte Johnny und hob das Glas. »Hast du Hildas Kostüm schon ausprobiert?«

Phil lächelte. »Ein Bewunderer hat mir gesagt, dass ich darin sehr attraktiv aussehe.«

»Daran zweifle ich nicht. Kannst du deinen Bewunderer nicht dazu überreden, John Roberts Kostüm nicht anzuziehen?«

»Johnny, ich weiß überhaupt nicht, worum es hier geht«, beschwerte sich Phil, dem Johnnys ernster Tonfall Sorgen machte. »Wen kümmert es denn, was Manoli trägt?«

»Die beiden kümmert es. Du kennst die Hintergründe nicht. Sie haben um Manolis Gunst gekämpft und Don hat ganz offensichtlich die Oberhand gewonnen. Wenn Manoli nun John Roberts Kostüm trägt, wäre das ein schlimmer Rückschlag für ihn. Es ist lächerlich, aber wenn du hier erst eine gewisse Zeit gelebt hättest, könntest du besser verstehen, wie Kleinigkeiten auf einmal zu einem Kampf auf Leben und Tod werden.«

»Ich weiß nur, dass es ihm letzte Nacht Leid tat, dass er sich bereit erklärt hatte, das verdammte Kostüm zu tragen. Heute Morgen schien er von der Idee ganz angetan.«

»Verbringt er seine Nächte bei dir?«

»Das ist ein tiefes, dunkles Geheimnis. Ja.«

»Alle Achtung. Davon habe ich noch nie etwas gehört. Frauen haben sich darüber beschwert, dass er nie über Nacht bleibt. Langsam muss ich dich doch ernst nehmen.«

»Ich wünschte, du könntest mir dabei helfen, Don loszuwerden. Wir könnten ihm einen Felsbrocken ans Bein binden und ihn vom Boot schubsen.«

»Das würde mir Spaß machen, vor allem seine kläglichen Hilfeschreie, während er versinkt. Na ja, wir werden uns die Mühe wohl nicht machen, also bleibt er ein Ärgernis. Es interessiert mich nicht sonderlich, was er mit John Robert anstellt, aber ich kann nur hoffen, dass er deinen Mann nicht falsch einschätzt. Don ist in der Harry-Sache viel zu weit gegangen. Die Leute hier sehen recht phlegmatisch und gesetzestreu aus, aber tief in ihrem Inneren sind sie Wilde, vor allem die Kreter. Ich habe mal Dimitri beobachtet – du weißt schon, den Kellner in unserem Café – wie er sich an einen Marineoffizier, der zu einem seiner Kinder grob gewesen ist, herangeschlichen und ihm mit einem Stuhl eins übergezogen hat. Der Marinetyp war geschlagene 15 Minuten bewusstlos. Dimitri verschwand ein paar Tage, bis geklärt war, ob der Offizier sterben würde. Es gibt in solchen Fällen eine Zeitspanne, während der die Polizei den Verdächtigen fassen muss. Das kannst du dir ja merken, falls du mit jemandem Ärger bekommst. Ich wage zu behaupten, dass es hier auf Kreta mehr Mörder gibt als irgendwo sonst auf der Welt.«

»Ich liebe deine Inselweisheiten, Johnny. Wenn wir alle diese Nacht überleben, können Manoli und ich dann morgen das Boot wieder haben?«

»Natürlich. Du passt doch auf das Wasser auf, nicht wahr? In ein paar Tagen werde ich dich wahrscheinlich darum bitten müssen, das Boot auch mal im Hafen zu lassen, damit wir kurzfristig loskönnen, wenn's soweit ist.«

»Ich hoffe es geht bald los. Manoli droht schon damit, zu verschwinden. Auch er hat Angst vor Don. Ich musste ihm gegenüber sehr streng werden, als ich ihm erklärte, dass ich noch warten werde, bis wir unser Projekt durchgeführt haben, aber tief im Herzen bin ich ein kleiner Feigling. Sobald wir wieder zurück sind, werde ich mit ihm nach Athen gehen und dort so lange bei ihm sein, bis er herausgefunden hat, wie er am besten in die Vereinigten Staaten gelangen kann. Seine Idee ist völlig verrückt, aber so selbstverständlich, wie er an die Sache herangeht, gelingt es ihm vielleicht sogar. Länger als eine Woche werde ich nicht auf ihn warten können, da mein Urlaub dann bald vorbei sein wird.«

»Meine Güte, du hast wirklich Fortschritte gemacht. Don hat immer noch keine Ahnung? So ein Spaß. Eine richtige Liebesgeschichte. Ich hoffe du erzählst mir, wie sie ausgeht.«

»Keine Angst, wir bleiben in Verbindung. Ich versuche immer noch, dich für eines unserer Bücher zu gewinnen.«

»Du wirst noch bei uns allen deine Spuren hinterlassen. Dein Erscheinen hier wird in die Geschichte der Insel eingehen. Ich bewundere dich dafür, dass du an unseren Plänen festhältst, aber übertreib es nicht. Liebe geht immer vor. Ich denke, ich schaff's auch so. Bryan würde sich die Gelegenheit sicher nicht entgehen lassen. So beruhigt wie bei dir wäre ich nicht, aber ich glaube, er ist vertrauenswürdiger als er aussieht.«

»Keine Angst, ich gehe mit dir. Ich habe gelernt, dass ich auf den Feigling in mir nicht hören darf.«

Nachdem sie eine Weile herumspaziert waren, gegessen und alle begrüßt hatten, machte Phil sich allein zum Strand auf. Er absolvierte seine übliche Routine, zog sich aus, ölte sich ein und legte sich auf das Handtuch, aber er blieb nervös. Wegen des ganzen Geredes über das Kostüm machte er sich Sorgen. Er wünschte sich, Manoli würde ihn finden; es wäre keine schlechte Idee, ihren neu entdeckten Rollentausch jetzt noch mal zu bekräftigen. Es kam ihm vor, als sei er körperlich gewachsen und habe an Autorität hinzugewonnen. Manoli hatte schon so viel wegen Don mitgemacht, dass er es jetzt nicht riskieren würde, ihn vom Haken zu lassen. Es war also unwahrscheinlich, dass es wegen eines albernen Kostüms zum Bruch zwischen den beiden kam.

In wenigen Tagen wäre alles geregelt und sie würden zusammen gehen. Phil fragte sich, ob ihn etwas dazu bringen könnte, den Ausweg zu wählen, den Johnny ihm angeboten hatte. Eindeutig nicht. Er würde sein Wort gegenüber Johnny auf jeden Fall halten. Manoli musste das akzeptieren. Genau deswegen war Autorität da.

Dennoch hatte er eine ungute Vorahnung. Vielleicht hätte er Manoli doch dazu überreden sollen, das Kostüm nicht anzuziehen. Vielleicht sollte er Johnny doch enttäuschen, auf Manolis Instinkt hören und mit ihm verschwinden. Sie hatten letzte Nacht eine solche Harmonie erlebt, dass er diese Perfektion nicht gefährden wollte . Er hatte das Gefühl, als sei es sogar gefährlich zu atmen; er wollte, dass sie eingefroren würden und für alle Zeit so bleiben konnten.

Er ging ins Wasser, blieb länger darin, als je zuvor und trainierte seinen Körper ausgiebig. Obwohl er in den letzten Tagen kräftig getrunken hatte, fühlte er sich so fit, wie seit Jahren nicht mehr. Er war bereit zu gehen. Er konnte sich nicht mehr darüber beschweren, zu wenig Sex zu haben, aber es konnte auch noch mehr sein. Er wünschte sich, er wäre Don los und könnte seine Tage wie auch seine Nächte mit Manoli verbringen. Sie waren zusammen. Er wollte, dass sie bald ihr gemeinsames Leben aufnahmen. Er hatte nun lange genug gewartet undgegrübelt.

Er würde sich nie wieder vormachen, er könne auch alleine glücklich sein. Menschen brauchten einander. Die Heirat war nicht nur erfunden worden, damit Babys geboren werden konnten. Es gab sie, weil Menschen Partner brauchten. Vielleicht konnten zwei Männer nicht richtig heiraten, aber sie konnten zumindest alles tun, um diesem Zustand so nahe wie möglich zu kommen. Die Vorstellung, dass Manoli bald wieder bei ihm sein würde, entweder hier oder im Bett, führte dazu, dass er die Einsamkeit der letzten zehn Jahre noch stärker spürte als je zuvor. Er würde alles tun, was er nur konnte, um ihm nach New York zu verhelfen. Er hatte eine ziemlich genaue Vorstellung von den Risiken, aber mit ihm zusammen zu sein war Einiges Wert. Sie wollten sich so sehr, dass es einfach klappen musste.

Als er nach einer Stunde noch nicht aufgetaucht war, merkte Phil, dass er ein Nickerchen fast ebenso sehr herbeisehnte wie Manolis Ankunft. Er hatte in letzter Zeit nicht viel Schlaf abbekommen. Also ging er nach Hause, fiel in eines der Betten und schlief sofort ein.

Als er aufwachte, tauchte der Sonnenuntergang den Himmel bereits in Pastelltöne. Seine negativen Vorahnungen mussten seinem Mangel an Schlaf entsprungen sein. Er sprang aus dem Bett und freute sich darauf, sich in die Menge zu stürzen. Als er Hildas Kostüm anhatte und die Kappe auf dem Kopf, fragte er sich, warum er sich von Johnny diese grundlosen Bedenken hatte einreden lassen. Der Abend würde einfach nur etwas turbulenter werden, mehr nicht.

Es wurde bereits dunkel, als er den Hafen erreichte. Es war immer noch so wie zur Mittagszeit – überall waren Einheimische. Wenn sie den ganzen Nachmittag in den Cafés gewesen waren, mussten sie bald ziemlich betrunken sein. Musik schwebte durch die Luft. Von allen Seiten hörte er die Klänge von Panflöte, Geige und den eigentümlichen Busuki-Bands. Ein paar Kinder mit bemalten Gesichtern, in Sachen, die aussahen, als entstammten sie den Kleiderschränken ihrer Mütter, sprangen vorbei. Einer von ihnen blieb kurz stehen, um Phils Robe hochzuheben. Phil ging weiter und wurde zunehmend von der ausgelassenen Stimmung erfasst, auch wenn er sich als jüdischer Scheich etwas auffällig vorkam. Es gab alles umsonst. Überall kochten und brieten die Leute, Schafe und Schweine wurden über offenem Feuer gedreht. Auf zahlreichen Tischen lagen die Reste ausgiebiger Mahlzeiten. Gesichter glänzen vor Bratenfett. Alle sahen so aus, als müssten sie sich ein letztes Mal den Bauch richtig voll schlagen, vor den 40 Fastentagen. Rund um den Hafen gingen die Lichter an.

Als Phil im heimischen Territorium angekommen war, traf er als Erstes einen Mann mit einem Vogelkäfig auf dem Kopf. Augenbrauen, Oberlippen- und Kinnbart waren aus Stahlwolle gebildet, an seinem Körper hing ein zerschlissenes Laken, auf das eilig kubistische Formen gepinselt worden waren. Als er zu sprechen anfing, stellte sich heraus, dass es sich um Johnny handelte. Phil brach in Lachen aus.

»Du hattest doch gesagt, du wolltest dich nicht verkleiden«, sagte er prustend.

»Nun, das habe ich auch nicht. Dies ist mein übliches Gewand für formelle Anlässe. Wir haben dir einen Platz freigehalten.«

Sie trafen die anderen. Hilda sah in ihrem vielfarbigen Sari hinreißend aus. Von oben bis unten war sie behangen mit falschen Juwelen, Ringen und Kettchen, trug riesige Ohrringe und beeindruckende, schwere Armreifen. Einige der Schmuckstücke sahen auch echt aus.

»Überaus attraktiv«, begrüßte sie Phil, als er sie auf die Wange küsste.

»Du siehst atemberaubend aus«, bestätigte er ihr. Er fühlte sich schon etwas auffällig, weil er so normal gekleidet war. Harvey und Lester mussten ihre gut ausgerüstete Küche geplündert haben und hatten sich mit der Beute behängt. Töpfe, Pfannen und weitere Küchenutensilien bildeten eine Art Rüstung, die bei jedem ihrer Schritte schepperte. John Robert hatte sich in ein Monster verwandelt, das am ehesten noch einer Schrecken erregenden Katze ähnelte. Er trug keine Maske, sondern hatte sein Gesicht mit zahlreichen unterschiedlichen Materialien beklebt, die sich zu einem überraschend gelungenen Ganzen fügten. Anne hatte sich mit Ranken der Pflanze behängt, die auf der ganzen Insel wucherte und sah aus wie ein wandernder Busch. Die Shackletons hatten sich dazu entschieden, ihre Kleidung zu vertauschen. Da Angelas Garderobe nicht sehr feminin war, war der Tausch nicht sehr auffällig, bis auf den feinen Oberlippenbart, den sie sich aufgezeichnet hatte. Don, der am Nebentisch saß, war über jede Verkleidung erhaben und hatte seine üblichen schicken Sportsachen an.

Phil fragte sich, wann Manoli auftauchen würde. Er verstand, wieso er Bedenken wegen John Roberts Kostüm gehabt hatte – es war für diesen Anlass zu kunstvoll. Immer wieder tauchten wie von Zauberhand neue Getränke auf, später wurden große Platten mit geröstetem Lammfleisch aufgetragen, das außen knusprig war, innen jedoch zart und saftig. Es war das Beste, was Phil je gegessen hatte. Als er die Aufmerksamkeit des Kellners gewinnen konnte, sagte er ihm, dass er die gesamte Rechnung des Abends für ihn zurückhalten sollte, auch wenn er sich bewusst war, dass ihn diese großzügige Geste an die 20 Dollar kosten konnte.

Schon bald lachten sie lauthals und waren von der guten Stimmung um sie herum völlig eingenommen. Alles was sie sahen, veranlasste sie zu neuen Heiterkeitsausbrüchen. Eine Gruppe Kinder kam vorbei, gekleidet in traditionelle Gewänder. Die Mädchen hatten hochgeschlossene Mieder an und lange Röcke, die Jungs trugen kürzere Röcke aus festem weißen Leinen und rote Westen. Sie hielten kurz an, um einen traditionellen Tanz aufzuführen, begleitet von Trommeln und Panflöten. Die zeremonielle Förmlichkeit, mit der die Kinder ihren Tanz aufführten, gehörte zu den lustigsten Dingen, die sie je gesehen hatten.

Weitere Flaschen Wein erschienen vor ihnen. Sie riefen sich über den Tisch zu. Die Menge, die am Hafenrand entlangspazierte, wurde immer größer. Phil entschied, dass er Kreta niemals verlassen würde; Johnny sollte ihm beibringen, wie man zu einem Gauner wurde. Die Menge teilte sich, um ein paar Leute mit Stiermasken durchzulassen (Disney oder Minotaurus?), die einander zum rhythmischen Spiel einer Geige umkreisten. Einer von ihnen sprang einen anderen mit einem gewagten Satz an und umklammerte seine Taille mit den Beinen. Er ließ sich in die Horizontale hinunter und der andere drehte ihn rhythmisch zur Musik im Kreis. Es war eine beeindruckende Vorstellung, die ihren Ursprung sicherlich im sexuellen Bereich hatte, aber die gesamte Stimmung war zu heiter, als dass es obszön gewirkt hätte. Es schien alles sehr spontan zu sein, so als könnte jeder, der etwas darbieten wollte, eine kleine Einlage präsentieren.

Der horizontale Stier löste sich mit einem akrobatischen Salto von seinem Partner und landete geschickt auf den Füßen. Er stürmte mit gesenkten Hörnern durch die Menge und ergriff Lesters Hand. Der große Tänzer ließ sich davonführen auf und lief unter lautem Scheppern seiner Küchengeräte-Rüstung zum Kai. Die Bullen scharrten mit den Hufen,fingierten Attacken und griffen mit gesenkten Hörnern an, denen Lester, einen Flamenco-Tanz parodierend, geschickt auswich. Sein langer Körper strahlte Überlegenheit aus, seine Füße trommelten und seine Rüstung klapperte drohend den zurückweichenden Stieren entgegen. So ging es durch den ganzen Hafen, bis die Stiere sich schmählich geschlagen geben mussten und flohen. Lesters zurückgelassene Gefährten jubelten und fielen vor Lachen fast von den Stühlen.

Platten mit geröstetem Schweinefleisch und Bratkartoffeln wurden aufgetragen, über die sie sich gierig mit den Fingern hermachten. Lester kehrte schnaufend zu ihnen zurück und wurde mit Schulterklopfen und Glückwünschen empfangen. In der Nähe des Hotels wurde Lärm laut und alle reckten die Hälse, um herauszufinden, was der Anlass war. Sie hörten Rufe und Applaus und sahen, dass ein paar wild umherspringende Leute auf sie zukamen.

Die Menge teilte sich erneut, diesmal um einen Trommler in ihre Mitte zu lassen, der einen synkopierten Rhythmus vorgab. Ihm folgte eine Schar herumspringender Jugendlicher, die behelfsmäßig verkleidet waren. Einige von ihnen trugen unter ihren Kleidern Hosen, mehrere hatten hochhackige Schuhe an, andere grobe Sandalen – sie alle waren so hergerichtet, dass sie wie Ausländer aussahen. Sie stoben durch die Menge, warfen sich den Leuten, die um die Tische herum saßen, auf den Schoß und begannen Männer wie Frauen zu streicheln und zu küssen. Alle lachten und jubelten. Ein einfacher Junge ließ sich auf Phils Schoß nieder und warf die Arme um seinen Hals.

»*Orea. Poli orea afto.*«, rief er seinen Gefährten zu und strich mit einer rauen Hand über Phils Wange.

»Schaut mal! Da kommt Annie«, rief Hilda an seiner Seite und ihr bezauberndes tiefes Lachen sprudelte aus ihr hervor.

Der sehr betrunkene Transvestit auf Phils Schoß nahm ihm die Sicht, aber er wollte ihm auch nicht den Spaß verderben und ihn wegstoßen. Der Junge schielte ihn aus seinem stark geschminkten Gesicht ganz schrecklich an, schnitt Fratzen und wackelte mit der Zunge, bevor er schließlich aufsprang, um sein Glück bei einem anderen Opfer zu versuchen.

Als Phil wieder sehen konnte, erkannte er durch die Menge Annie, den Strohhut auf dem Kopf und eine Girlande aus Plastikblumen um ihren Hals. Rechts und links neben ihr gingen John Roberts Schneiderinnen, die sich Tücher umgeworfen hatten, die an Botticelli erinnerten. Phil streckte sich weiter, um besser sehen zu können. Vor dem Esel ging ein nackter dünner Dämon mit Affenkopf und langen Reißzähnen. Er stürzte auf die Menge zu, hielt plötzlich an und legte den Kopf in gespielter Bösartigkeit auf die Seite. Lediglich ein schmaler Tanga sorgte dafür, dass die Sittsamkeit gewahrt wurde. Phil erkannte Sim. Die Frauen auf beiden Seiten von Annie kamen näher und streuten Blumen aus Körben, die sie trugen, in die Menge. Die Menge fiel zurück und gab den Blick auf einen con Girlanden umrankten Wagen frei, den der Esel zog. Auf dem Wagen stand Manoli. Voller freudigem Erstaunen machte Phils Herz einen Satz.

John Robert war ein Zauberer. Manoli sah aus, als sei er einer Traumwelt entsprungen. Der raffinierte Schnitt seines Kostüms beraubte ihn seines Geschlechts. Er war ein Prinz, eine Prinzessin, aus einem Zauberreich, bedroht durch den Kontakt zur Menschenwelt. Er trug eine raffiniert geschlungene Kopfbedeckung, die an einen Turban erinnerte und von der hinten ein Stück Tuch herunterhing. Er stand da und hielt sich mit einer Hand an einem der von Girlanden umwundenen Stäbe fest. Das Gazekostüm schien um seinen Körper zu fließen. Darunter sah er nackt aus, in sich ruhend und unberührbar.

Der Karren kam langsam heran, wobei die Frauen weiter Blumen warfen und der Dämon immer wieder nach vorne schoss, dann wieder zurückfiel, langsam kroch, vorwärts glitt und seine Hüften in orientalischer Manier schwang, dann wieder abrupt stehen blieb, die Menge bösartig anstarrte und mit dem Kopf wackelte. Manoli war das Zentrum einer wunderlichen Fantasie, die vollständig John Roberts Kopf entsprungen war. Die gesamte Szene strahlte einen ans Herz gehenden pastoralen Charme aus. Phil bemerkte, wie alles um ihn herum den Atem anhielt, als sich der Wagen näherte, hie und da murmelten Zuschauer anerkennende Worte. Als der Wagen beinahe die Fremdenkolonie erreicht hatte, drehte sich Phil zu Don um. Der hatte ein selbstzufriedenes Lächeln auf den wulstigen Lippen. Die monströse Katze gegenüber von Phil strahlte ebenfalls vor freudiger Boshaftigkeit. John Robert hatte diese Runde gewonnen. Phil drehte sich wieder um und sein Arm schoss begrüßend nach oben, um die Zusammengehörigkeit mit Manoli zu bezeugen, obwohl er das eigentlich hatte vermeiden wollen.

»*POUSTI*«, rief eine Stimme plötzlich hinter ihm.

»*MALAKA*«, tönte es aus einer anderen Ecke.

Pfeilschnell schoss ein Objekt an Phil vorbei und ein Ei detonierte am Wagen. Ein Aufschrei ging durch die Menge. Ein weiteres Ei flog an ihm vorbei und traf Annie. Ein weiteres traf eine der Frauen und schließlich fand ein Ei auch sein Ziel auf Manolis Schulter. Sein Gesicht wurde von Wut verzerrt, sein Körper schien sich zu versteifen und es sah aus, als würde sich sein angespannter Körper jeden Moment in einer Explosion der Gewalt entladen. Er katapultierte sich von dem Wagen und stürzte durch die Menge davon. Sein Turban war weg. Sein Kostüm flatterte hinter ihm her, als er von den Menschenmassen verschlungen wurde.

Phil sprang auf. Das Herz schlug ihm bis zum Hals. Er musste zu ihm gelangen, um zu verhindern, dass er an der ganzen Stadt Rache nahm, aber er hatte nicht erkennen können, in welche Richtung Manoli verschwunden war. Er erhaschte einen Blick von Don, der ihn anstrahlte, als wüsste er alles über sie. Phil fiel zurück in seinen Stuhl und lehnte sich über den Tisch zu John Robert hinüber.

»Hat er sich bei dir umgezogen?«, stammelte er.

»Nein. Bei dir auch nicht? Bei Don vielleicht?« John Roberts Stimme klang gehässig.

Es war so schnell geschehen, dass es ihm erschien, als sei es gar nicht passiert. Es war nur ein Ausschnitt aus einem Albtraum gewesen, der für kurze Zeit zum Leben erwacht war. Phil fühlte sich zutiefst verletzt. Das heftige Klopfen seines Herzens machte ihm das Atmen schwer, aber er musste etwas tun. Manoli brauchte ihn. Er konnte ihn jetzt davon überzeugen, mit ihm wegzugehen, indem er ihm versprach, mit ihm zu gehen, aber er befürchtete, dass Manoli sich handfesten Ärger einhandeln würde, noch bevor er ihn fand. Manoli hatte den Mann vielleicht gesehen, der ihn gedemütigt hatte.

Er erhob sich langsam wieder. Johnny ergriff seinen Arm. »Lass ihn gehen«, flüsterte er ihm ins Ohr. »Das Öl ist schon im Feuer. Er wird uns heute Nacht alle hassen, weil wir ihn so gesehen haben.«

Phil ließ sich zurückfallen; er war ganz betäubt vor Angst. Er bemerkte, dass er schon ziemlich betrunken war. Er konnte nicht mehr klar denken. Was sollte er tun? Manoli musste irgendwo sein Kostüm loswerden. Er wusste, dass das sein erster Gedanken sein würde. Wenn Manoli noch klar denken konnte, würde er zu Phils Wohnung gehen und dort warten oder sich etwas zum Anziehen ausleihen. Aber nach dem, was geschehen war, konnte Phil nicht damit rechnen. Nur er konnte verstehen, was dieser Vorfall bei ihm angerichtet haben musste. Er würde vor Wut ganz außer sich sein. Solange Don hier war, war er sicher. Phil konnte sich gut vorstellen, dass Manoli gerade sein Haus zerlegte, aber das würde Don kaum großen Schaden zufügen verdientaber hätte er es allemal. Er stellte fest, dass er sich eigentlich sicher war, dass Don dieses hässliche Zwischenspiel organisiert hatte, wenn er auch nicht wusste, wieso er auf die Idee gekommen war. John Roberts kleine Produktion war vielleicht unangemessen gewesen, aber keine Provokation. Manoli war sich dessen sicher auch bewusst.

Er konnte immer noch die Boshaftigkeit in den Stimmen der Rufer hören. »*Malaka*« war ein Wort, dessen Bedeutung er nie so genau verstanden hatte, aber er wusste, das es etwas mit Masturbation zu tun hatte und ebenso schlimm war wie das andere. Er sah, dass Hilda neben Annie stand, ihm das Ei abwischte und sich mit den Frauen unterhielt. Die Menge setzte ihren Umzug fort. Der Vorfall hatte die Feierlichkeiten nur kurz unterbrochen.

Hilda kehrte zurück und nahm ihren Platz neben ihm wieder ein. »Armer Annie«, sagte sie dramatisch. »Er ist nie zuvor in seinem Leben so gedemütigt worden.« Alle lachten. Phil wollte ihr eine herunterhauen. Sie alle waren so verdammt frivol. Sie lachten über die Demütigung eines Mannes.

Er drehte sich um, um sich davon zu überzeugen, dass sich Don immer noch in ihrer Nähe und damit in Sicherheit befand. Doch er war nicht mehr da. Phils ganzer Körper spannte sich voller Vorahnung an. Er wünschte, er könnte sich davon überzeugen, dass er alles zu wichtig nahm, aber er kannte Manolis Stolz und das Gewaltpotenzial, das in ihm schlummerte. Es gab nichts mehr, was er tun konnte, außer sich dorthin zu begeben, wo Manoli ihn finden konnte, wenn er es wollte. Er wusste, dass er nicht zum Hafen kommen würde, um vor aller Augen nach ihm zu suchen. Er beugte sich zu Johnny hinüber. »Ich muss gehen«, sagte er.

»Ja. Versuch aber nicht zwischen die Fronten zu geraten. Vielleicht ist es ja ganz gut, wenn es zu einem Entscheidungskampf der beiden kommt. Eine kleine Abreibung könnte Don vielleicht zur Besinnung bringen, ich zweifle allerdings daran.«

»Du stimmst mir also zu? Don hat alles arrangiert, nicht wahr?«

»Daran besteht nicht der geringste Zweifel.«

Phil sammelte sich wieder etwas und stand lächelnd auf. Er nickte und winkte allen zu, zwang seine Füße, sich vorwärts zu bewegen und stürmte durch die Menge davon. Wussten sie es alle? Hier war alles möglich, trotz Manolis Vorsichtsmaßnahmen. Ihr gemeinsamer Tag auf dem Boot konnte die Fantasie der tratschenden Leute beflügelt haben. Das spielte keine Rolle mehr. Manoli hatte jetzt sicherlich genug von Don. Vielleicht versuchte er noch einmal an das Geld zu kommen, aber er würde nichts mehr dafür tun. Sie waren frei, alles zusammen zu tun, was sie wollten.

Er ging schneller, damit sich der Knoten in seiner Brust löste und betete darum, ihn bei sich wartend vorzufinden. Doch er war nicht da und auch keine Spur von ihm. Er machte das Licht an, um nachzuschauen, ob er vielleicht in einem der hinteren Zimmer schlief, alleine oder mit einer Frau. Heute Nacht hätte sich Phil sogar darüber gefreut, wenn eine Frau da gewesen wäre; sie hätte ihn aus der Gefahr herausgehalten. Er schätzte, dass weniger als eine halbe Stunde vergangen war, seit Manoli öffentlich gedemütigt worden war.

Er kehrte zum ersten Raum zurück, streifte Hildas Kostüm ab und legte seinen Morgenmantel an. Er setzte sich an den Tisch, stützte seinen Kopf in die Hände und versuchte, seine Gedanken zu sammeln. Wenn Manoli bei Don war, konnte er sich nicht vorstellen, dass sie mehr als eine halbe Stunde miteinander verbrachten – Zeit sich umzuziehen und sich zu sagen, was sie sich zu sagen hatten. Er würde vielleicht bald da sein. Manoli musste wissen, dass er auf ihn wartete.

Sein rasender Puls verlangsamte sich etwas. Er musste daran denken, wie Don Manoli wie einen Diener behandelt hatte. Manoli hatte damit umgehen können, ohne die Kontrolle zu verlieren. Phil hatte vor dem Wilden in Manoli weniger Angst als vor Dons launenhaftem und pervertiertem Geltungsbedürfnis. Manoli kannte Don gut genug, um zu wissen, was er sagte, wenn er steif und fest behauptete, dass der Kanadier alles tun würde, um ihre Beziehung zu zerstören, wenn er davon erfahren würde. Nun wusste er Bescheid. Phil war sich dessen sicher. Wenn er wirklich so verschlagen war, wie Manoli meinte, war es so gut wie vorbei mit allem, was sich Phil und Manoli gemeinsam erträumt hatten.

Die Zeit verstrich langsam, während er sich vorzustellen versuchte, was Manoli gerade tat. Würde er vielleicht doch wieder seine Verführungskünste hervorholen, um an das Geld heranzukommen? Vielleicht war er gerade mit Don im Bett und ließ ihn mit seinem Körper anstellen, was er wollte. Sicherlich wäre es nicht das erste Mal, auch wenn er sich nicht vorstellen konnte, welche sexuellen Fantasien Don haben könnte. Die Tatsache, dass Manoli ihn sich so lange warmgehalten hatte, ließ darauf schließen, dass es eher beim Necken und Scharfmachern geblieben war, ohne dass es zum Äußersten kam, aber das mochte durchaus Phils Wunschdenken sein. Man konnte nie wissen, was Leute wollten.

Er wanderte noch einmal durch alle Räume, um sich zu vergewissern, dass das hintere Fenster offen stand. Er wünschte, er hätte ein Radio. Die Stille lastete schwer auf ihm. Er ging seine Dokumente durch, die er in einer Aktenmappe aufbewahrte. Es gab da ein paar Verträge, die er durchsehen musste, aber er konnte sich jetzt nicht konzentrieren. Da waren sein Rückflugticket, sein Pass, seine Reiseschecks, das Geld für Manoli. Viel Ablenkung konnte er hier nicht finden.

Nachdem er etwa eine Stunde gewartet hatte, hielt er es nicht mehr aus. Er musste herausfinden, was los war. Wenn Manoli die Nacht mit seinem Peiniger verbrachte, würde er sich später noch Gedanken darüber machen, wie viel ihm das ausmachte. Im Augenblick wollte er nur Bescheid wissen. Er dachte daran, was Johnny gesagt hatte. Damals war Phil sich sicher gewesen, dass sich Manolis Hass auf die Angehörigen der Ausländerkolonie nicht auch auf ihn beziehen würde, aber langsam begann er, daran zu zweifeln. Warum sollte Manoli nicht auch ihn hassen? Schließlich hatte er ihm nicht dabei geholfen, die Insel zu verlassen, wie er es von Anfang an vorgehabt hatte. *Du musst gehen und mich mitnehmen.* Das hatte Manoli ihm gleich zu Beginn ihrer Bekanntschaft gesagt.

Er ließ sich beim Anziehen Zeit, da er die Vorstellung, ihn zu verpassen, schrecklich fand, aber als er schließlich fertig war, wäre er am liebsten so schnell wie möglich auf die Straße gelaufen, um ihn zu finden. Er zwang sich dazu, noch einen Augenblick ruhig zu bleiben und eine Nachricht zu hinterlassen. Griechisch konnte er nicht schreiben und er wusste nicht, ob Manoli Englisch lesen konnte, also schrieb er in großen Lettern WARTE auf ein Blatt Papier und ließ es in der Mitte des Tisches liegen, wo Manoli es nicht übersehen konnte.

Er hielt sich an Nebenstraßen und mied den Hafen. Er war sich sicher, dass Manoli dort heute nicht wieder auftauchen würde. So gelangte er zu der Straße, die den Hafen mit der Neustadt verband und stellte fest, dass seine Erinnerung nicht getrogen hatte. Die Mauer von Dons Garten war vor ihm. Es schien Ewigkeiten her zu sein, dass er hier gewesen war. Er wurde langsamer. Eine genaue Vorstellung davon, was er jetzt tun würde, hatte er nicht, aber er musste irgendwie herausfinden, ob Manoli hier war, ohne dass Don ihn sah.

Er ging leise durch das offene Tor und blieb zunächst im Garten stehen, um durch die Bäume hindurch zum Haus hinüberzusehen. In mehreren Fenstern war Licht zu erkennen; es sah nicht nach einem Haus aus, in dem schon alles schlief. Er war sich nicht sicher, ob er das gut oder schlecht finden sollte. Er schlich vorsichtig näher, um nicht über etwas zu stolpern.

Unter den Olivenbäumen erkannte er die Konturen der Gartenmöbel. Durch die leicht geöffnete Eingangstür drang Licht nach draußen. Er erinnerte sich daran, dass diese Tür direkt ins Wohnzimmer führte. Da er nicht Don in die Arme laufen wollte, änderte er seine Richtung und beschloss, dass es wohl am besten sei, erst einmal durch ein Fenster hineinzusehen. Inzwischen war er nah genug, um zu Musik zu hören – dem Rauschen und Knacken nach zu urteilen, kam sie aus einem Radio. Sie war nicht laut, aber laut genug, um beispielsweise leise Stimmen zu überdecken. Zwar war ein friedliches Plaudern bei einem Glas Wein das Letzte, was Phil von Manoli und Don erwarten würde, aber man konnte ja nie wissen. Vielleicht hatte Manoli Don völlig übertrieben geschildert, um zu verhindern, dass Phil sich einmischte. Aber nein, Johnny hatte das meiste davon bestätigt und noch einige beunruhigende Details hinzugefügt.

Er blieb kurz unentschlossen bei einem Fenster in der Nähe der Eingangstür stehen. Sein Herz schlug schnell, aber seine Sinne schienen normal zu funktionieren. Mutig trat er an das Fenster heran. Er hatte nicht bedacht, dass das Licht aus dem Raum so direkt auf ihn fallen würde. Es war, als hätte jemand einen Scheinwerfer auf ihn gerichtet; Phil trat eilig zurück. Immerhin hatte er erkennen können, dass der Raum aller Wahrscheinlichkeit nach leer war. Er würde riskieren hineinzugehen. Immerhin hatte er gar kein so schlechtes Verhältnis zu Don. Er konnte nicht ewig um sein Haus herumschleichen. Wenn er ihm begegnete, würde er einfach sagen, dass er mit Manoli die morgige Bootstour besprechen wollte.

Er drehte sich um und näherte sich der Tür, diesmal ohne übertriebene Vorsicht. Er tippte den offenen Türflügel leicht mit dem Knöchel an, um sagen zu können, dass er angeklopft habe, dann schlüpfte er hinein. Er erinnerte sich daran, wie beeindruckt er von der Einrichtung gewesen war. Bis auf die leise Musik war es beunruhigend still. Er würde von hier aus hören können, ob in den Nachbarräumen jemand sprach. Das Haus kam ihm verlassen vor. Wie er sich erinnerte, gab es mehrere miteinander verbundene kleine Räume, die zur Küche führten. Er ging zu einer offenen Tür und sah hinein. Es war ein kleines Studienzimmer, in dem mehrere Regale mit Büchern standen. Er ging hindurch und gab sich nun keine Mühe mehr, leise zu sein. Er war sich fast sicher, dass niemand hier war und fing bereits an sich zu fragen, wohin Manoli sonst hätte gehen können. Er wusste nicht viel von seinen Angewohnheiten. Griechen schienen sich hauptsächlich draußen aufzuhalten und wie Nomaden hin und her zu ziehen; sie waren in den Cafés mehr zu Hause als in ihren Heimen. Er konnte zum Strand gehen und vom Zaun aus landeinwärts und dann fragen, wo das Haus von Manolis Mutter war, aber heute Nacht waren ja alle Leute am Hafen.

Wie er sich erinnerte, führte einer dieser Räume überraschend in die Küche. Wenn er durch den Hinterausgang hinausging, konnte er vermeiden, das ganze Haus noch einmal durchqueren zu müssen. Nachdem er gesehen hatte, was er sehen wollte, musste er es jetzt vermeiden, doch noch beobachtet zu werden. Er näherte sich einer weiteren Türöffnung und erkannte, dass dahinter der Raum mit der Waffensammlung und dem orientalischen Schrein lag, in dem er und Bryan sich daneben benommen hatten. Es war wirklich seltsam, dass überall so viel Licht brannte.

Er trat ein und blieb abrupt stehen. Mehrere der Waffen lagen auf dem Boden, darunter zwei Dolche und ein paar gefährlich aussehende Streitäxte. Alles zusammen sah nach einem Stillleben der Gewalt aus. Aus irgendeinem Grund machte es den Eindruck, als sei alles eben erst so hingefallen. Fast konnte er noch das Klirren hören, mit dem die Gegenstände auf den Boden gefallen waren. Er wirbelte herum, denn er hatte den Eindruck, beobachtet zu werden. Doch niemand war da.

Nach ein paar weiteren Schritten war er bei dem Erker mit der Statue. Er war sich nicht bewusst gewesen, dass Bryan und er so gut versteckt gewesen waren. Er sah hinein und schreckte entsetzt zurück. In seinen Adern gefror das Blut. Die Haare standen ihm zu Berge. Seine Augen weigerten sich zu erkennen, was vor ihnen lag. Der Körper auf dem Boden war eigenartig verdreht und sah unnatürlich aus. Es gab jede Menge Blut. Mit dem Kopf schien etwas nicht zu stimmen; er schien nicht zu dem Körper zu gehören. Phils Augen sahen mit einem Mal scharf und ihm bot sich ein Bild des Grauens: Der Hals war beinahe vollständig durchtrennt.

Er wirbelte zurück, hielt sich den Magen und kämpfte gegen eine Welle von Übelkeit an. Ein Schrei wollte aus ihm herausbrechen, blieb jedoch stecken. Ihm stockte der Atem. Er hörte, dass er eigenartig animalische Laute von sich gab. Er taumelte zurück zur Tür, hielt sich am Türrahmen fest und wartete darauf, dass sich sein Magen wieder beruhigte. Völlig vom Horror überwältigt schleppte er sich weiter. Eine Sekunde lang hatten ihn Dons hervorquellende Augen angestarrt.

Irgendwie fand er den Weg durch den Garten. Als er erst einmal auf der Straße war, rannte er von Panik erfasst so schnell er konnte. Er atmete stoßweise und schluchzend. Sein Orientierungssinn hatte ihn verlassen. Er nahm wahr, dass die Feiergeräusche näher kamen und bog in eine Nebenstraße ein, um nicht zum Hafen zu gelangen. Hier fühlte er sich sicherer und verlangsamte seine Schritte.

Es war geschehen. Die Brutalität war schrecklich und schockierend gewesen, aber wirklich überrascht hatte es ihn nicht. Schon den ganzen Tag hatte er so etwas befürchtet. Seit er am ersten Abend am Hafen Manolis Gewaltpotenzial gesehen hatte, hatte er so etwas befürchtet. Manoli war verhöhnt und gequält worden, bis er sich schließlich mit den primitiven Instinkten des Dschungels gewehrt hatte. Das hatte Dons Leben gekostet, aber es war dem Kanadier gelungen, ihn von Manoli zu trennen.

Als Phils Verstand wieder klarer arbeitete, wurden seine Schuldgefühle unerträglich. Er hätte es verhindern können. Wenn er seine gut geschulte Kontrolle aufgegeben hätte, wenn er getan hätte, was Johnny ihm geraten hatte und Manoli das Geld gleich gegeben hätte, wäre das alles nicht passiert. Was Don geschehen war, bedauerte er kaum – auch er selbst hatte Manolis Leben zerstört.

Phil atmete schwer, als er oben auf dem Treppenabsatz zu seiner Wohnung stand. Er hielt kurz inne, um wieder zu Atem zu kommen. Er musste sich hinsetzen und darüber nachdenken, was nun zu tun war. Das Naheliegendste war der Gang zur Polizei, aber er wusste, dass er das nicht tun würde. Er trat ein und sah sofort, dass das Blatt Papier nicht mehr auf dem Tisch lag. Er sah sich auf dem Boden um; vielleicht hatte der Wind es ja heruntergeweht. Er drehte sich um. Manoli stand in der Badezimmertür. Phil schreckte vor ihm zurück. Manoli war wie ein Matrose aus Soudha Bay gekleidet, hatte einen hochgeschlossenen Pullover an und Hosen aus einem dicken dunklen Stoff. Sie waren ihm zu klein. Er sah erschöpft und abgezehrt aus. Phil Herz krampfte sich zusammen, als er erkannte, wie traurig und niedergeschlagen er aussah. Von ihm ging keine Gefahr mehr aus.

»Du hast es getan?« Seine Stimme war kaum mehr als ein Flüstern.

Manoli nickte kaum merklich mit dem Kopf. »Du weißt davon?«

»Ja. Weiß es noch jemand?«

»Noch nicht«, antwortete Manoli mit matter Stimme. Er kam langsam auf ihn zu, blieb neben Phil stehen und sah zu Boden. »Es ist passiert. Er hat sich damit gebrüstet, diese Leute bezahlt zu haben, damit sie mich beleidigten. Er hat mich ausgelacht. Er sagte, er hätte morgen die Hälfte des Geldes. Die andere Hälfte – er wollte, dass ich bestimmte Dinge tue – ich kann es dir nicht sagen. Ich war nackt und wollte mich gerade anziehen. Ich habe ihn gestoßen. Er fiel gegen dieses Ding mit den ganzen Waffen, das an der Wand hing. Einige der Waffen fielen herunter. Er griff nach einem Messer. Er sah verrückt aus. Ich griff nach etwas, das wie eine Axt aussah und schlug zu. Es ist einfach passiert. Ich wusste nicht, was ich tat. Ich konnte es nicht verhindern. Ich habe Angst.«

»Was sollen wir tun?«

»Ich weiß nicht. Es wird Fingerabdrücke geben, nicht wahr?«

»Ich bin mir nicht sicher. Manche Dinge eignen sich nicht für Fingerabdrücke. Sie müssen glatt sein.«

»Im Griff der Axt gab es irgendwelche Gravuren. Ich weiß noch genau, wie er sich in meiner Hand anfühlte.«

»Vielleicht gibt es also doch keine Fingerabdrücke.«

»Es spielt keine Rolle. Diese Frau, die für ihn arbeitet, weiß, dass ich mich dort umgezogen habe. Der Nachbar sah mich herauskommen, nachdem es passiert war. Er kennt mich. Die Frau fängt morgens um halb sieben an zu arbeiten. Sie wird ihn finden. Bald danach wird die Polizei schon nach mir suchen. Morgen früh fährt kein Schiff nach Athen. Auf Flugzeuge werden sie auch achten.«

Phils Verstand begann langsam wieder zu arbeiten. Wie half man einem Mörder zu entkommen? Er konnte ihm kein Alibi geben, wenn die Familie unter ihm womöglich schwören würde, dass er die ganze Zeit alleine gewesen war. »Wo ist das Kostüm?«, fragte er.

»Ich habe es vor John Roberts Tür gelassen. Ein Freund hat mir diese Sachen geliehen. Er wird meine Sachen für mich aufbewahren. Nach einem Matrosen werden sie nicht Ausschau halten.«

»Du warst nackt? Es gibt kein Blut?«

»Nein. Ich habe mich sorgfältig gewaschen. Es war ... Ich hätte weggehen sollen. Ich hab's dir gesagt. Ich hätte mit dir weggehen sollen.«

»Ich weiß.« Er strich über Manolis Hand, der ihn verzweifelt festhielt. »Ich habe an später gedacht und versucht, alles richtig zu machen. Das war falsch. Wir haben das Boot. Gibt es einen Ort in der Nähe, von dem aus du gut nach Athen gelangen kannst?«

»Das würdest du für mich tun?«

»Aber sicher.« Der Griff ihrer Hände wurde fester. Manoli sank plötzlich in sich zusammen, ließ sich auf einen Stuhl fallen und verbarg sein Gesicht in den Händen. Seine Schultern wurden von Schluchzern geschüttelt. Phil stand neben ihm, legte beruhigend eine Hand auf ihn und wartete darauf, dass der Anfall vorbeiging. Vor lauter Bedauern und Sehnsucht war ihm ganz schlecht. Die Welt war wieder irreal geworden. Er war zusammen mit einem Mörder in einem Zimmer auf Kreta. So etwas konnte ihm doch nicht passieren. Er machte Sachbücher in New York. Und ihre kurze leidenschaftliche Liaison war ebenso irreal wie der ganze Rest. Er hoffte nur, Manolis angeborene Schläue erwecken zu können; das war auch für ihn die einzige Chance auf Rettung.

»Wenn es keine Fingerabdrücke gibt, dann gibt es keinen Beweis«, sagte er. Manoli hob den Kopf. Seine Augen waren wieder trocken, blickten aber verzweifelt. Er hatte sich von ihm entfernt, einzig sein Wille zu überleben beschäftigte ihn.

»Sie werden mich dennoch festnehmen, wenn sie mich finden«, sagte er. »Wer hätte es sonst tun können? Ich habe große Angst.«

»Wir müssen entscheiden, was wir tun wollen.«

»Wir können nach Andikythera fahren. Es ist nicht weit, weniger als 50 Meilen. Wir könnten in zehn Stunden, vielleicht sogar in acht, dort sein. Dort gibt es nicht viel. Niemand kommt dorthin, aber ich kann da sicher eine Barke finden, die mich nach Athen bringt. In der Stadt kann ich dann leicht untertauchen.«

»Gibt es nicht ein Gesetz, dass die Polizei nur eine bestimmte Zeit hat um dich zu fassen?«

»Nur bei kleineren Delikten, hier nicht. Sie können sich Zeit lassen.«

»Wenn wir uns beeilen und gegen ein Uhr losfahren, können wir morgen um die Mittagszeit dort sein?«

»Vielleicht sogar schneller, um elf oder sogar zehn Uhr.«

»Das ist gut. Vielleicht fängt die Polizei früh an, aber es dauert seine Zeit zu überlegen, was zu tun ist. Wenn dieser Ort klein ist, denken sie vielleicht nicht daran, dort zu suchen. Wenn du schnell eine Barke organisieren kannst, wird es klappen.« Er holte seine Aktenmappe, nahm den Umschlag mit den Banknoten heraus und reichte ihn Manoli. »Ich habe es seit gestern für dich.«

Manoli blickte auf den Umschlag in seiner Hand und testete mit dem Daumen die Dicke. »Hätte ich das gewusst… Du bist ein guter Freund, mein Philip«, sagte er im verzweifelten Bemühen, die frühere Nähe zwischen ihnen wieder herzustellen.

»Hast du deine Papiere und alles was du brauchst?«

»Es ist besser, wenn ich keine habe. Ich muss meinen Namen nicht nennen.«

Phil glaubte sich zu erinnern, dass er auf der Karte von Kythera, die Johnny ihm gezeigt hatte, auch Andikythera gesehen hatte. »Du weißt, wie wir zu der Insel gelangen?«, fragte er, um ganz sicher zu gehen.

»Keine Angst. Ich bin oft dorthin gefahren, als ich auf einer Barke arbeitete.«

»Dann können wir los?« Er war sich nicht sicher, ob Manoli ihn gehört hatte. Der Grieche saß zusammengesunken da und starrte auf den Tisch. Phil konnte erkennen, welche Mühe es ihn kostete, sich auf die Gefahr, in der er steckte, zu konzentrieren.

»Ich glaube wir müssen«, sagte er, als er sich aufrappelte. Es sah aus, als müsste er seine letzten Kraftreserven dafür mobilisieren.

»Gibt es einen Weg zum Boot, der nicht am Hafen vorbeiführt? Ich glaube, es wäre nicht gut, wenn man uns zusammen sieht.«

»Ich kenne einen Weg, aber der ist schwierig. Es ist besser, wenn nur ich ihn nehme. Wir treffen uns am Boot. Wenn du am Wasser entlanggehst und nicht in die Nähe der Cafés kommst, werden dich deine Freunde nicht sehen. Es werden immer noch viele Leute unterwegs sein.«

Phil sah den zusammengesunkenen traurigen Mann vor sich an und suchte nach Anzeichen der früheren elektrisierenden Vitalität, in die er sich verliebt hatte. Er verspürte den Drang, ihn in die Arme zu nehmen um ihn wiederzubeleben, doch er blieb stehen, gefangen in seiner Schuld. Er wagte nicht, ihn von den Gefahren abzulenken, die auf ihn lauerten. Er hatte ihm das Geld gegeben – zu spät. Wenn er diese einfache Geste schon gestern gemacht hatte, wäre alles anders gekommen. Manoli hätte seinen Instinkten gehorcht und wäre verschwunden. Er hatte sich an seine nüchternen Prinzipien geklammert und Manoli die Mittel zur Flucht verweigert, auch wenn er gespürt hatte, was auf dem Spiel stand. Wieder einmal war er gefangen in seiner lieblosen Selbstgerechtigkeit.

Es war seltsam, bei ihm zu sein und sich trotzdem so allein zu fühlen. Manoli hatte sich automatisch an ihn gewandt und Phil war auch bereit, ihm alles zu geben, was er konnte, aber dennoch bestand keine richtige Verbindung mehr zwischen ihnen. Er fragte sich, ob es etwas gab, das die Mauer, die die schrecklichen Ereignisse zwischen ihnen errichtet hatten, durchbrechen konnte. Im Augenblick war das Einzige, was er tun konnte, Manoli in Sicherheit zu bringen, wenn es überhaupt noch einen Ort auf der Welt gab, an dem er sicher sein konnte. Er sah zu, wie der Grieche das Geld in seine Tasche steckte. Es reichte aus, um kurzfristig über die Runden zu kommen. Phil hoffte, dass er an alles gedacht hatte. Er steckte noch drei der Pullover ein, die er mithatte. »Okay?«, fragte er.

»Ich werde auf die übliche Art verschwinden. Niemand wird wissen, dass ich hier gewesen bin.«

Sie nickten sich zu. Manolis Schritt war sicher, strotzte aber nicht mehr so vor Kraft wie zuvor. Phil nahm seine Aktenmappe und die drei Pullover, klemmte sich alles unter den Arm und ging zu den Stufen.

Der Hafen war nicht sonderlich überfüllt, es waren aber immer noch viele Leute unterwegs. Phil hielt sich am Rand des Hafenbeckens und rechnete nicht damit entdeckt zu werden, da ihn die Menschenmassen von den Cafés abschirmten. Manoli war bereits an Bord und nahm die Schutzhüllen von den Segeln ab. Phil schloss die Kabine auf, warf seine Sachen hinein und schloss sich Manoli wortlos an. Vom Ufer schien ausreichend Licht herüber, sodass sie die Arbeiten problemlos erledigen konnten. Nachdem alles getan war, kam Manoli zu ihm zum Steuerrad.

»Soll ich die Leinen losmachen?«, fragte er leise.

»Klar.« Er machte den Motor und die Positionslichter an und wünschte sich, es wäre nicht nötig. Er musste es tun, aber es war gefährlich, da so Leute auf ihre Abfahrt aufmerksam werden konnten. Noch schlimmer war es, als Manoli nach vorne lief, um den Anker einzuholen. Das Quietschen der Ankerkette zerrte an seinen Nerven. Sicherlich kam gleich der ganze Hafen angelaufen um nachzusehen, was da vor sich ging. Es schien ewig zu dauern. Ließen sie immer so viel Ankerkette fallen? Endlich kehrte wieder Ruhe ein und wenig später signalisierte Manoli, dass alles bereit war. Phil legte den Gang ein und sie setzten sich in Bewegung. Das Tuckern des Motors wirkte beruhigend. Die Gefahr lag hinter ihnen.

Erst nachdem sie den Hafen verlassen hatten, wurde Phil bewusst, welche Freiheiten er sich herausgenommen hatte, einfach so das Boot zu nehmen, das noch nicht einmal Johnny gehörte. Die Tatsache, dass

Johnny wusste, dass er morgen damit hatte ausfahren wollen, machte die Tat kaum entschuldbarer. Er würde es in weniger als 24 Stunden wieder zurückbringen, es bestand also kaum Gefahr, Johnnys Mission zu gefährden. Wenn er Glück hatte. Sein Gewissen wurde dadurch etwas erleichtert, dass er wusste, dass Johnny seine Tat befürworten würde. Es gab kein Wenn und Aber. Er *musste* Glück haben. Manoli stand neben ihm, als sie den Eingang der Bucht verließen und aufs offene Meer vorstießen. »Der Wind ist günstig«, sagte er verhalten. »Wir segeln nach Nordwesten. Der Wind kommt aus dem Westen. Ich glaube, so wird es die ganze Nacht über bleiben. Wir werden die Segel setzen und unseren Kurs nicht ändern müssen.«

Der Wind war kräftig, aber gleichmäßig. Phil drehte das Boot in den Wind und reduzierte die Geschwindigkeit, während Manoli zum Mast vorlief. Es folgten wieder die chaotischen Minuten, während die Segel gesetzt wurden. Wenn es irgendwelche Probleme geben sollte, würden sie diese erst beheben können, wenn es hell war. Phil war froh darüber, dass die Handgriffe inzwischen Routine waren. Nachdem Hauptsegel und Klüver gesetzt waren, zog er das Schiff wieder herum, sodass der Wind sie füllte und das Boot gerade durch die Wellen pflügte. Manoli lief zu ihm zurück, und er machte den Motor aus und trat beiseite um ihn hinter das Steuer zu lassen. Er korrigierte ihren Kurs leicht, sodass sie hart am Wind segelten.

»So. Wenn es so bleibt, werden wir am späten Morgen, vielleicht gegen zehn, dort sein.«

»Kennst du die genaue Kompassrichtung, die wir nehmen müssen?«, fragte Phil.

»Nein. Ich segle nach den Sternen. Siehst du den hellen Stern dort über dem Mast? Wenn wir leicht westlich davon segeln, werden wir an unser Ziel gelangen.«

Phil prägte sich die Anzeige am Kompass ein, für seine einsame Rückfahrt. Er hatte bisher noch keine Zeit gehabt, daran zu denken und er wollte sich jetzt noch nicht deswegen verrückt machen. Er würde es schaffen, weil er es schaffen *musste.* »Du musst schlafen«, sagte er, dankbar dafür, dass er sich selbst ein Nachmittagsschläfchen gegönnt hatte. Er war hellwach, konzentriert und völlig nüchtern.

»Ich glaube, du hast Recht«, stimmte Manoli ihm zu. »Wenn ich mich so fühle, wenn ich dort bin, werde ich vielleicht etwas Dummes tun. Ich bin sehr müde.«

»Ich hole mir einen Pullover und eine Decke. Es ist ziemlich kalt.« Phil ließ sich in die wohlige Wärme der Kabine hinunter und machte ein einziges Licht an, um Batterie zu sparen. Dann schob er seine Mappe auf das Regal mit den Karten und zog einen Pullover an. Er nahm sich eine Decke aus einer der Kisten und nahm einen ordentlichen Schluck von dem Whiskey, von dem Johnny gesagt hatte, dass er die medizinischen Vorräte des Bootes ausmachte. Er legte sich die Decke wie einen Mantel um und ging wieder nach oben zu Manoli. »Jetzt kann ich segeln«, sagte er. »Du gehst schlafen. Lass das Licht an, für den Fall, dass ich Sachen aus der Kabine brauchen sollte.« Es war angenehm, in die gemütliche Kabine hinuntersehen zu können; nach den schrecklichen Ereignissen des Abends hatte er Angst davor, allein im Dunkel zu sein.

»Danke.« Manoli berührte zögerlich Phils Arm, als er das Steuer losließ. »Ich denke ich werde schlafen. Ruf mich, wenn du mich brauchst, aber es sollte eigentlich keine Probleme geben.«

Phil machte es sich hinter dem Steuer gemütlich, äußerlich wurde er von der Decke, innerlich vom Whiskey gewärmt. Es war wenige Minuten nach eins. Er verglich die Kompasseinstellung mit der Position des Sterns, den Manoli ihm gezeigt hatte. Bei diesem Kurs würde das Boot ganz von selbst segeln; er musste das Steuer nur von Zeit zu Zeit etwas korrigieren, um den Kurs beizubehalten. Es war ein berauschendes Gefühl, unter dem unendlichen Himmelszelt mit seinen Millionen von blinkenden Sternen zu segeln, aber wann immer sich ein Gefühl des Einklangs mit den Elementen einstellen wollte, wurde er von dem Gedanken an den Grund ihrer Fahrt wieder herausgerissen. Vielleicht würde er sich eines Tages an diese Nacht, in der er einem Mörder dabei half, dem Arm der Gerechtigkeit zu entkommen, zurückerinnern und alles für ein großes Abendteuer halten. Im Augenblick waren ihm die schrecklichen Erlebnisse aber noch zu nah, um die Dinge so verklärt zu sehen. Er konnte die Augen, die ihn aus dem fast völlig abgetrennten Kopf angestarrt hatten, nicht aus seiner Erinnerung verbannen.

Er fragte sich wie die Chancen für Manoli standen. Aus ihrer kurzen Unterhaltung schloss er, dass sich die Polizeimaschinerie gegen sieben in Bewegung setzen würde. Er schätzte, dass es eine Stunde dauern würde, bis sie Manoli als Hauptverdächtigen identifiziert hätten und bei seiner Mutter und an anderen Orten nachgesehen hätten, an denen er häufig zu finden war. Wahrscheinlich hatte die Polizei also zwei bis drei Stunden Zeit, ihr Netz auszuwerfen, bevor Manoli einen

Fuß auf Andikythera setzen konnte. Wenn alles mit der Kommunikation gut klappte, würden sie schon nach ihm Ausschau halten, aber vielleicht war es nicht so einfach, eine so abgelegene Insel zu kontaktieren. Zweifellos baute auch Manoli darauf.

Zum ersten Mal fragte sich Phil, ob seine Verstrickung in diese Geschichte auch ihm Probleme machen konnte. Wenn es nur um ihn ging, war es nicht so wichtig, ob sie ihn zur Befragung festhalten würden, aber er musste das Boot zurückbringen. Sein Plan, so lange bei Manoli zu bleiben, bis er seine Hilfe nicht länger brauchte, war nicht durchführbar. Er durfte keine Minute verschwenden. Die hübsche kleine Jacht würde in einem so kleinen Hafen, wo selten Boote vorbeikamen, zu viel Aufmerksamkeit auf sich ziehen.

Offensichtlich gab es genügend Dinge, über die er nachdenken musste, nun, da er die Zeit dazu hatte. Wenn es ganz schlimm kam und die Polizei die Verbindung zwischen dem nächtlichen Ablegen der Jacht und dem Verschwinden Manolis herstellen würde, konzentrierte sich ihre Suche aller Voraussicht nach auf die nahe bei Kreta gelegenen Inseln. Es konnte sein, dass sie ein uniformiertes Begrüßungskomitee in Andikythera willkommen heißen würde.

Er musste darauf vorbereitet sein. Er konnte sagen, dass er einem Freund einen Gefallen hatte tun wollen. Manoli hatte ihn gebeten, ihn nach Andikythera mitzunehmen, und er hatte sich darauf eingelassen, da er gerne segelte. Hatte er sich nicht darüber gewundert, dass Manoli so spät nachts noch ausfahren wollte? Es war Fastnacht gewesen, er hatte zu viel getrunken; so eine Ausfahrt war ihm sehr lustig vorgekommen. So etwas wollte er sagen. Er durfte sich nicht darauf festnageln lassen, Manolis Komplize zu sein, sonst würden sie ihn und das Boot ewig festhalten. Wenn Manoli sich etwas ausgeruht hatte, konnten sie gemeinsam eine Geschichte austüfteln. Er konnte sich die Qualen, die Manoli durchlitt, kaum vorstellen, aber er war hart im Nehmen. Manoli würde ihn nicht im Stich lassen.

Phil hatte das Boot lang genug beobachtet um sicher zu sein, dass er es eine Weile allein lassen konnte. Er schlüpfte nach unten, um nach seinem Passagier zu sehen. Manoli schlief tief und fest und atmete gleichmäßig. Die Schrecken der Nacht waren aus seinen Gesichtszügen verschwunden. Seine Männlichkeit stand in voller Blüte.

Phil wurde kurz von der Illusion übermannt, dass es für sie doch noch Hoffnung gäbe. Alles war noch da, seine seltsame, unbeholfene Liebe, sein brennendes Verlangen. Manoli würde verschwinden. Sie würden sich später wiederfinden, um das Leben zu führen, das Manoli sich vorgestellt hatte, als alles noch ganz einfach gewesen war.

Noch während er das dachte, wusste er, dass sämtliche Hoffnungen, die sie sich auf ein gemeinsames Leben gemacht hatten, zum Scheitern verurteilt waren. Der Schmerz schnürte ihm die Kehle zu. Selbst wenn er entkam, war Manolis Leben zu Ende. Dem armen Jungen würden nur die Ruinen seiner harmlosen Fantasievorstellungen bleiben. Das Verlangen war tot. Es war stark gewesen und hatte ein festes Fundament von Kameradschaft zwischen ihnen aufgebaut. Phil wusste, dass er Manoli immer helfen würde, wenn sich ihre Wege irgendwann wieder kreuzten.

Er nahm noch einen schnellen Schluck von dem Whiskey, dann kletterte er auf Deck zurück und führte die kleine Kurskorrektur durch, die notwendig geworden war. Die Aufregung, zum ersten Mal in seinem Leben allein auf offener See zu segeln, hielt ihn wach und beschäftigte ihn. Er sah sich nach allen Seiten um; sie könnten gut die letzten beiden Menschen sein, die es auf der Erde gab. Die See zischte am Bug, das Schiff hob und senkte sich rhythmisch, die Mastspitze zog einen Pfad durch die Sterne, das alles vereinigte sich zu einem intensiven Naturempfinden, wie Phil es noch nie zuvor erfahren hatte.

Langsam klarte der Himmel im Osten auf und färbte sich zartrosa. Plötzlich durchbrach der goldene Rand der Sonne das Wasser und Phil wollte am liebsten einen Jubelgesang an den Sonnengott anstimmen. Die Nacht hatten sie überstanden. Als die ersten Sonnenstrahlen ihn trafen, warf er die Decke ab und sah, wie die glühende Scheibe sich aus der See erhob und ihre Wanderung über den Himmel begann. Manoli tauchte von unten auf. Sie sahen sich vorsichtig, fast scheu an.

»Ist alles in Ordnung?«, fragte Manoli.

»Ich habe Hunger. Und du?«

»Vielleicht.« Er kam aus der Kabine heraus und stellte sich neben Phil ans Steuer. Er bewegte sich wieder mit seiner gewohnten Kraft. Phil atmete erleichtert aus. Er hatte seine Kraft wiedergefunden und war bereit, sich dem Tag zu stellen. Er blickte nach vorne über die leere See und rückwärts zur aufgehenden Sonne. »Bald werden wir die Insel sehen. Wir werden um zehn dort sein.«

Eine Stunde weniger für die Polizei, um alles zu organisieren, dachte Phil. Er trat zur Seite. »Hier. Ich schau mal nach, was es zu essen gibt.«

Manoli übernahm das Steuer und Phil ging nach unten. Er fand eine Dose Corned Beef und einige Flaschen Bier. An Bord gab es kein

Eis, das Bier war also nicht sehr kalt, aber das schien im Moment nicht so wichtig. Er öffnete die Dose und trug ihr Frühstück nach oben. Sie aßen das Fleisch direkt aus der Dose und verschlangen es gierig bis auf den letzten Bissen. Das Bier füllte ihre Mägen.

»Der Hafen, zu dem wir segeln, heißt Potamos«, sagte Manoli. »Es gibt dort nicht viel. Das Telefon funktioniert nur stundenweise. Ich glaube es wird klappen, aber wenn ich geschnappt werde, sage ich, dass du keine Ahnung hattest, warum ich weg wollte. Warum, werde ich mir später überlegen. Wenn sie dich das in Chania fragen, musst du das Gleiche sagen. Du hast mich hergebracht, weil ich dich darum gebeten habe. Wenn wir ihnen sagen, dass wir ein Paar sind, werden sie es uns glauben.«

»Alles klar. Ist es in Ordnung, wenn ich sage, dass wir nach Potamos gesegelt sind?«

»Wenn sie mich noch nicht geschnappt haben, bis du zurück in Chania bist, ist es nicht mehr wichtig. Du darfst in Potamos nicht anlegen. Ich werde an Land springen und du fährst gleich weiter. Kehr nicht um, was auch passiert. Du wirst weg sein, bevor jemand darüber nachdenken kann.«

»Was wirst du dann tun?«

Manoli sah ihn mit einem schwachen Lächeln an. »Nach New York kommen natürlich.« Phil senkte seine Augen; Manolis galanter Versuch, sich über sich selbst lustig zu machen, zerriss ihm das Herz. Der Grieche klopfte Phil auf die Schulter. »Willst du jetzt etwas schlafen?«

Phil schüttelte den Kopf und sah wieder hoch. »Nein. Wenn ich jetzt schlafen gehe, wache ich so schnell nicht wieder auf. Ich warte lieber, bis das Boot zurückgebracht ist. Es geht mir gut. Du solltest noch etwas schlafen. Du siehst besser aus.«

»Ich war sehr müde. Vielleicht noch etwas Schlaf. Ich habe keine Angst mehr. Was geschehen ist, ist geschehen. Er hat es verdient.«

»Ich weiß.«

»Es tut mir Leid, dass er getan hat, wovon ich wusste, dass er es tun würde. Jetzt werden wir nicht zusammen sein.«

»Nein.« Sie standen schweigend nebeneinander und suchten den Horizont vor sich nach ihrem Ziel ab. Phils Blick verschwamm. Er ging zur Kabine. »Einen Augenblick«, sagte er. »Ich hole die Karte.« Er ging nach unten, fand die Karte, die Johnny ihm gezeigt hatte und kehrte mit ihr nach oben zurück. »Okay. Jetzt kannst du schlafen. Ich sag Bescheid, wenn wir in der Nähe sind.«

Ihre Körper regten sich und rückten kaum merklich näher aneinander heran. Ihre Blicke trafen sich. Phil erkannte in Manolis Augen wieder dieses herzbewegende Erstaunen, das er schon bei ihrer ersten Begegnung gesehen hatte. Dahinter erkannte er tiefen Schmerz. Manoli hob seine Hand und berührte Phils Wange mit unendlicher Zärtlichkeit. Keiner von ihnen wagte, mehr zu tun. Alle Welt bedrohte sie. Manoli ließ die Hand wieder sinken, nickte und stieg die Leiter in die Kabine hinunter.

Phil holte tief Atem und schüttelte den Kopf. Er breitete die Karte vor dem Steuer aus und zwang sich, einen Fleck zu suchen, der nördlich von Kythera sein musste. Er würde bei dieser Fahrt noch zum Experten werden. Er las den Kompass ab, übertrug die Richtung auf die Karte und stellte fest, dass mit ihrem Kurs korrespondierte. Die Sterne funktionierten wirklich. Potamos befand sich am nördlichen Ende von Andikythera und es sah so aus, als könnten sie es ohne Probleme erreichen. Es gefiel ihm, alles auf dem Papier bestätigt zu finden.

Als die Sonne höher gestiegen war, erkannte er die Umrisse einer Insel weit vor ihnen. Sie hielten genau darauf zu; der Bug verdeckte die Sicht darauf. Es kam ihm ganz unglaublich vor, so ein kleines Fleckchen Land in der unendlichen Weite des Meeres zu finden. Er wollte die Entdeckung freudig Manoli mitteilen, aber er wusste, dass der nur dann erstaunt wäre, wenn sie es *nicht* gefunden hätten. Sich auf dem Meer zurechtzufinden war für ihn ebenso leicht wie für Phil die Orientierung auf einem Highway.

Er änderte ihren Kurs leicht, sodass sie genau auf die Nordspitze dieser Insel zuhielten, die wie ein Felsen aussah. Während er hinsah, verschwamm die Insel immer mehr im Dunst, bis sie nur noch wie ein kleiner Fleck aussah. Wenn Manoli Recht behielt, waren es nur noch drei Stunden bis dort. Der Wind hatte in der Dämmerung etwas nachgelassen, frischte nun aber wieder etwas auf. Er hoffte, dass er im Laufe des Tages nicht noch stärker werden würde.

Er eilte nochmals hinunter, um den Pullover loszuwerden und sich noch ein Bier zu holen. Manoli schlief. Er fragte sich, wie lange er noch tun konnte, was er wollte. Er kehrte an Deck zurück und wünschte sich fast, dass der Fleck am Horizont wieder verschwinden würde. Hatten sie die richtige Entscheidung getroffen? Wäre er besser beraten, wenn er sich auf Kreta verstecken würde, wie er es während des Militärregimes getan hatte? Er überlegte, ob es besser war umzukehren und ihn mit zurückzunehmen, aber Manoli wusste offensichtlich, was er tat. Er musste wissen, wo er die besten Chancen hatte. Letzte Nacht hätte er in seiner Panik alles Mögliche tun können, aber heute Morgen schien er wieder klar und vernünftig denken zu können. Phils Nerven spannten sich an.

Der Fleck vor ihnen blieb hartnäckig ein Fleck. Es schien ewig zu dauern, bis wieder Konturen zu erkennen waren, aber als die Insel schließlich wieder aus dem Dunst auftauchte, sah sie viel größer aus als zuvor. Unterhalb der felsigen Berge tauchten bewirtschaftete Gebiete auf. Sie würden an ihr Ziel gelangen, ob es nun das Richtige war oder nicht. Er hasste die Vorstellung, gleich wieder abzulegen, ohne zu wissen, was mit Manoli geschah, aber es stand außer Frage, dass Manoli damit Recht hatte. Sobald Manoli an Land war, galt Phils Verantwortung nur noch dem Boot. Er sah zu, wie die Insel immer deutlichere Formen annahm. Langsam wurde das Bild vor ihm dreidimensional. Die Hügel waren im Hintergrund, davor befand sich das bebaute Land. Einen Ort konnte er nicht erkennen. Alles sah karg und unwirtlich aus.

Manoli kam aus der Kabine heraus und sah sich um, wie weit sie gekommen waren. »Gut«, sagte er nach kurzer Zeit. »Halt etwas weiter nördlich auf den Punkt da zu.«

»Übernimm du.«

Sie tauschten die Plätze und Manoli zeigte nach vorne. »Der Hafeneingang ist dort. Wir werden beidrehen, wenn wir weit genug sind um hineinzufahren. Wir werden die Segel herunterholen müssen, um mit dem Motor bis zum Kai zu fahren. Mach dir keine Sorgen, es ist leicht, sie zu setzen. Ich habe es auch schon alleine gemacht, wenn Johnny in der Kabine war.«

Phil hatte panische Angst davor. Er würde es tun, weil er es tun musste, aber je weniger er darüber nachdachte, umso besser. »Ich schaff das schon, glaube ich«, sagte er.

»Ganz bestimmt. Konzentrier dich nur auf das Hauptsegel. Wenn du das geschafft hast, ist das kleine ein Kinderspiel. Keine Angst. Die Rückfahrt wird kein Problem sein. Lange bevor es dunkel ist, wirst du Kreta schon sehen. Du wirst einen hohen Berg sehen. Er ist hinter Soudha Bay. Wenn du dich etwas westlich davon hältst, kommst du genau nach Chania. Der Hafeneingang ist mit Leuchten markiert. Sie gehen an und aus. Du wirst sie sehen.«

»Danke. Ich glaube ich schaff es. Ich muss Johnny das Boot zurückgeben.«

»Du bist ein guter Mann, mein Philip. Ich bin froh, dass du mein Freund warst.«

»Ich bin dein Freund.«

»Ja, das bist du. Wir werden immer Freunde bleiben.«

Sie beobachteten gemeinsam, wie immer mehr Details vor ihnen sichtbar wurden. Phil erkannte auf dem unteren Landstrich einige Häuser. Eine Stunde später waren sie um das nördliche Ende herumgesegelt und schon bald sah er, dass sich dahinter eine große tiefe Bucht öffnete. Sie sah unbewohnt aus. Manoli segelte weiter, bis Phil dachte, dass er ihn falsch verstanden haben musste. Sein Körper war angespannt. Er sehnte sich danach, etwas tun zu können nach der langen Nacht am Steuer. An Land zu gehen, auch wenn es nur für einen Augenblick war, wäre eine willkommene Abwechslung.

Manoli beobachtete den Eingang zur Bucht, als er langsam an ihnen vorbeiglitt. Nach einer unendlich langen Zeit nickte er und Phil wurde schlagartig aktiv. Der Bug schwang herum, während er das Stag löste, Leinen losmachte und die umgekehrte Prozedur auf der anderen Seite durchführte. Die Wendung verlief glatt und sie schlugen den neuen Kurs ein, fast ohne an Fahrt verloren zu haben.

»Sehr gut«, kommentierte Manoli, der auf den Eingang der Bucht zusteuerte.

Sie fuhren ein und Phil konnte am anderen Ende die ersten Gebäude erkennen. Er wusste nun, wieso sie den Motor benutzen mussten. Zum Kai hin wurde die Bucht immer enger; Felsen säumten sie rechts und links. Zum Manövrieren unter Segeln war nicht genug Platz vorhanden. Hinter dem Kai tauchte eine Reihe niedriger verwahrloster Gebäude auf, mehrere Barken lagen im Hafen. Linker Hand auf einem kleinen Hügel stand ein weißes Gebäude , das wie ein Fort aussah. Mehrere Menschen hielten sich in der Nähe vor einem Gebäude auf, das wie ein Café aussah. Das alles machte einen traurigen Anblick. Noch nicht einmal die strahlende Sonne konnte es etwas beleben. Der einzige Vorteil dieser Insel war, dass das Telefon hoffentlich nicht funktionierte. Es war sicherlich kein Ort, an dem man einen Neuling nicht bemerken würde. Wenn Manoli schon häufiger hierher gekommen war, hatte er hier vielleicht Freunde. Sein Herz wurde von einer Vorahnung erfasst.

Der Wind ließ etwas nach, als sie tiefer in die geschützte Bucht vordrangen. Manoli drehte den Bug auf ihr Ziel zu. »Du kannst die Segel herunterholen«, sagte er, »damit du sicher sein kannst, dass sie bereit sind, um wieder gesetzt zu werden.« Er warf den Motor an.

Phil rannte nach vorne und tat, wie geheißen. Er versicherte sich, dass das Klüver frei lag und ging entlang des Baums nach hinten und rollte das Segel auf, damit es nicht im Weg war. Als er wieder ins Cockpit sprang, starrte Manoli zum Ufer.

»Ich habe hier noch nie Polizisten gesehen«, sagte er nachdenklich.

Phil Herz setzte einen Schlag aus. »Siehst du denn jetzt einen?«, fragte er und folgte Manolis Blick.

»Einen, er ging in die Richtung. Jetzt ist er weg.«

Sie waren immer noch weit draußen; Phil wusste nicht, wie Manoli auf diese Distanz eine Uniform von einer anderen unterscheiden konnte. »Bist du sicher, dass du hierher willst?«

»Ja. Es ist die beste Möglichkeit. Keine Sorge. Seit der Militärdiktatur sind überall mehr Polizisten.« Er drehte am Steuerrad, sodass der Bug zum Kai hinschwang. »Bring uns langsam in der Nähe dieser Barken hinein. Wenn wir nahe genug sind, werde ich springen. Warte nicht. Fahr.« Er hielt inne und sah Phil in die Augen. »Sei vorsichtig.«

»Ja. Du auch.«

Ihre Arme hoben sich gleichzeitig. Sie nahmen sich in die Arme und drückten sich fest aneinander. Phil spürte, wie Manolis Körper erbebte, und drückte ihn fester an sich. Seine Augen füllten sich wieder mit Tränen, als sich ihre Lippen trafen. Manoli riss sich los.

»Ich schaffs schon. Bring uns hinein. Vorsichtig, vorsichtig.« Er sprang aufs Deck, ging nach vorne und hockte sich am Bug hin, damit Phil freie Sicht hatte zum Manövrieren. Der legte einen Gang ein und beschleunigte, um so schnell wie möglich sehen zu können, was an Land vor sich ging. Als sie nur noch wenige hundert Meter vom Kai trennten, reduzierte er die Geschwindigkeit wieder, bis sie nur noch langsam vorwärts glitten. Er sah, dass mehrere Jungs sich am Ufer sammelten und auf die Stelle zugelaufen kamen, auf die Phil zuhielt. Erneut setzte sein Herz einen Schlag aus, als er zwei Polizisten am anderen Ende der Gebäude erkannte, die lethargisch in die gleiche Richtung schlenderten. Das war noch kein Grund zur Sorge, beruhigte er sich. Er hatte erwartet, dass das Boot deutlich mehr Interesse erregen würde.

Als weniger als hundert Meter blieben, reduzierte er die Geschwindigkeit weiter. Die Jungs hatten sich am Ufer versammelt und warteten. Die Polizisten hatten ziemlich weit entfernt angehalten und unterhielten sich mit einem alten Mann. Mehrere andere Personen spazierten auf und ab und schenkten ihnen keine Beachtung. Phil umklammerte das Steuer so fest, dass sich seine Knöchel weiß färbten. Sein Herz hämmerte, teils, weil er so ein kompliziertes Manöver ausführen musste, teils aus Angst um Manoli. Er dankte Gott dafür, dass das Meer im geschützten Hafen so ruhig war, denn er hätte dieses Manöver nicht bei rauer See ausführen wollen. Der Kai war etwa ebenso hoch wie das Deck des Bootes, es war also nicht schwer für Manoli hinüberzuspringen.

Bis auf die Barken würde das alles kaum problematisch werden. Wenn er mit der Breitseite heranfuhr und sich etwa zwei, drei Meter vom Kai entfernt hielt, würde sie die Dünung unter Umständen nahe genug herantreiben, damit Manoli an Land springen konnte. Wenn es so nicht klappte, würde er es eben anders versuchen.

Wenige Minuten später trieben sie zwischen den Barken auf den Kai zu. Er stellte den Motor auf Leerlauf und drehte das Steuer herum, sodass sie mit der Breitseite auf das Ufer zutrieben. Seine Hände schmerzten, so stark klammerte er sich ans Steuer. Er erkannte, dass er sie nicht so nahe an den Kai gebracht hatte, wie er es eigentlich gewollt hatte. Er hielt den Atem an und beobachtete, welche Rolle die Dünung in seinem Plan spielen würde. Sie war stärker, als er gedacht hatte und trieb sie kräftig dem Ufer zu, sodass der Wasserstreifen zwischen Boot und Land immer schmaler wurde. Er würde hier nur wenige Sekunden verweilen können. Er legte die Hand auf den Ganghebel, um sofort reagieren zu können, wenn es soweit war. Manoli sprang vor ihm auf die Beine, flog durch die Luft und landete sicher auf dem Kai. Phil legte den Gang ein und beschleunigte vorsichtig, um sich vom Kai entfernen zu können, ohne dass der Bug daran stieß. Er beobachtete, wie sich der Spalt vergrößerte, sodass er nun den Bug so ausrichten konnte, dass er genau auf den Ausgang der Bucht zeigte. Im Moment war das Boot sicher. Er nahm den Gang heraus und drehte sich um. Manoli ging den Kai hinunter, die Jungs folgten ihm neugierig. Die Polizisten kamen vom anderen Ende lethargisch näher. Manoli machte nicht den Versuch, ihnen aus dem Weg zu gehen. Er ging einfach weiter, ohne auf sie zu achten. Phil dachte schon, sie würden aneinander vorbeigehen, doch auf Manolis Höhe hielten die Polizisten an und wandten sich ihm zu. Die Jungs scharten sich um sie. Phil konnte erkennen, dass sie sich unterhielten. Die Polizisten zeigten auf das Boot. Phil legte schnell wieder einen Gang ein. Die Polizisten kamen drohend näher. Manoli brach frei und sprang vor. Die Jungs stoben auseinander. Manoli rannte einige Schritte. Rufe erschollen und ein großer Mann trat Manoli in den Weg. Manoli holte mit der Faust aus und der Mann fiel zurück, doch diese kleine Verzögerung war alles, was die Polizisten gebraucht hatten. Ihre Lethargie war verflogen, als sie sich auf ihn stürzten. Es gab einen kurzen Kampf, dann war Manoli zwischen den beiden Männern eingeklemmt und sie führten ihn den Kai entlang zurück in die Richtung, aus der sie gekommen waren. Eine immer länger werdende Prozession von Jungen und Männern folgte ihnen.

Phil zwang sich wieder dazu, nach vorne zu sehen und weiterzufahren. Er musste das Boot zurück zu Johnny bringen. Diese kleine Szene musste nicht unbedingt das bedeuten, was er befürchtete. Vielleicht führten die Polizisten nur eine Routineuntersuchung durch. Warum hatte Manoli sie provoziert? Es sah wie ein Akt unnötiger Tapferkeit aus. Hatte er es getan, um die Aufmerksamkeit vom Boot zu lenken?

Das Gefühl der Einheit mit Manoli, das er in besonderen Augenblicken verspürt hatte, war jetzt so stark wie nie zuvor. Er konnte die Hände der Polizisten auf ihm spüren und wie sein Stolz durch diese Behandlung und die Einschränkung seiner Freiheit verletzt wurde. Es gab nicht viel, womit man seine brutale Tat entschuldigen konnte, aber Manoli war nicht böse. Wenn man die Kontrolle verlor, konnte ein Verbrechen die Folge sein, das konnte aber auch geschehen, wenn man völlig kontrolliert blieb. Phils Freiheit war nicht bedroht, aber Schuld empfand er auch. Er hätte das Unglück verhindern können, wenn er nicht so verzweifelt bemüht gewesen wäre, keine weicheren Gefühle zuzulassen. Jetzt konnte er nichts mehr tun, außer beten. Er war froh, dass das Boot seine gesamte Aufmerksamkeit forderte.

Die Bucht war breiter geworden. Er spürte den Wind wieder, die gleiche westliche Brise, die schon die ganze Nacht geweht hatte. Es war das Beste, wenn er die Segel so schnell wie möglich setzte, noch bevor er von der ganzen Kraft des Windes und der Wellen erfasst wurde. Blinde Angst stieg in ihm auf. Wie sollte er allein mit den schlagenden Segeln und dem hin und her schwingenden Baum fertig werden? Der geringste Fehler konnte aus dem Boot ein Wrack machen. Es war ein entscheidender Unterschied, jemanden am Steuer zu haben.

Er wartete, bis die Bucht noch breiter geworden war, seine Muskeln waren angespannt und sein Körper begann zu zittern. Als ihm kein Grund zu zögern mehr einfiel, brachte er das Boot in den Wind und nahm das Gas zurück. Jetzt oder nie, sagte er sich. Er achtete darauf, dass das Steuer ruhig blieb, holte dann tief Luft und warf sich nach vorne zum Mast. Jetzt zählte nur noch die Geschwindigkeit. Seine Hände zitterten zu stark, um präzise arbeiten zu können, aber seine Aufgabe erforderte keine Geschicklichkeit. Er warf die Schultern in die Winsche und das Segeltuch ging hoch ohne zu stocken. Das Segel begann, den Wind einzufangen, während er das Fall sicherte. Dann stürzte er zurück zum Steuer, um den Kurs zu korrigieren. Nachdem er alles wieder unter Kontrolle hatte, segelte er einige Minuten weiter auf den Ausgang der Bucht zu, während sein Herz wieder ruhiger schlug und das Zittern nachließ. So weit, so gut. Er war versucht, den Klüver einfach wegzulassen, aber er wusste, dass die Rückfahrt dann viel länger dauern würde.

Er riss sich erneut zusammen, traute es sich aber nicht ohne Motor zu. Also ließ er ihn laufen und wiederholte die Prozedur, auch wenn es ihm wahnsinnig erschien, das Schicksal zweimal herauszufordern. Es gab einen gefährlichen Augenblick, in dem der Klüver beinahe über Bord gegangen wäre. Es gab immer neue Gefahren, die er kennen lernen konnte.

Er konnte es kaum glauben, als er schließlich mit vollen Segeln lief; alles war glatt gegangen, den Motor hatte er ausgeschaltet und er fuhr auf den Hafenausgang zu. Er wagte einen raschen Blick zurück, konnte aber vom Hafen kaum noch etwas erkennen und die wenigen Gebäude, die er sah, waren weit entfernt. Hatte er Manoli wirklich dort zurückgelassen? Er holte tief und angestrengt Luft und betete darum, dass das kleine Handgemenge, das er im Hafen gesehen hatte, falscher Alarm gewesen war.

Er sah zum Ufer, um sein Vorankommen abschätzen zu können. In etwa fünf Minuten würde er aus der Bucht heraus sein. Er stürmte nach unten und nahm noch ein paar eilige Schluck Whiskey, um seinen Mut aufrecht zu erhalten. Als er wieder oben war, konnte er den Wellenschlag am Schiffsrumpf spüren, der Wind wehte mit unverminderter Stärke. Es gab noch etwas, worum er beten konnte: Hoffentlich kam er in keinen Sturm. Es war absoluter Wahnsinn für eine unerfahrenen Segler wie ihn, alleine 50 Meilen über offenes Meer zu segeln, aber er konnte nichts dagegen tun. Er verstand nicht, wieso ihm das zuvor keine Sorgen gemacht hatte, aber da hatte er natürlich nicht an die Rückfahrt gedacht, sondern nur daran, Manoli in Sicherheit zu bringen.

Als er aus der Bucht herausfuhr, schien es ihm, als ob er alles, was er je über das Segeln gewusst hatte, vergessen hätte. Was musste er jetzt tun? Sein Kopf war völlig leer. Er segelte Richtung Norden, wollte aber in südlicher Richtung segeln. Warum drehte er nicht einfach um und fuhr in die Richtung, in die er wollte? Er lehnte sich gegen das Steuer, hielt sich aber gerade noch rechtzeitig zurück, als er erkannte, dass er nicht weiter wenden konnte, ohne dass der Baum umschlug. Die Gefahren eines plötzlichen Umschlagens waren ihm schon in Frankreich eingehämmert worden. Er nahm das Steuer wieder etwas zurück und versuchte, um die Blockade in seinem Kopf herumzudenken. Panik stieg in ihm auf. Alles war ganz einfach, versicherte er sich. Er musste es nur Schritt für Schritt planen, um zu wissen, was zu tun war.

Wenn er jetzt wendete, würde er in die Bucht zurückgedrängt werden, doch wenn er weit genug hinausfuhr und die Nordspitze der Insel hinter sich ließ, wäre es kein Problem zu wenden und er könnte vor dem Wind segeln, bis Andikythera westlich von ihm lag. Dann musste er nur noch den Kurs ändern und geradewegs bis nach Hause fahren. Kein Grund, in Schweiß auszubrechen. Das war nun wirklich kein großes Problem. Er ging alles im Kopf noch einmal durch. Nach dem Wenden wäre der Baum auf der anderen Seite, wo er auch die ganze Zeit bis Kreta bleiben würde, vorausgesetzt der Wind drehte nicht. Er entspannte sich und war sehr zufrieden, seinen Verstand wiedergefunden zu haben.

Nachdem er alles erledigt hatte, was er sich überlegt hatte und die Segel für die Heimfahrt gesetzt waren, zog er sich bis auf die Shorts aus, um aus diesem strahlenden Sonnentag das Beste zu machen. Er beobachtete die Insel, wie sie achtern zurückfiel. Dann wandte er den Blick wieder nach vorne auf die unendlich große Wasserfläche vor sich und dachte an die vielen Stunden, die er brauchen würde, um sie zu überqueren. Allein. Er sagte sich, dass er nichts anderes tun konnte, als dazusitzen und in die richtige Richtung zu steuern, aber er war völlig außer sich vor Angst. Selbst wenn er gut Fahrt machte, würde er eine Stunde oder zwei durch die Dunkelheit fahren. Er war sich sicher, dass er sich nie wieder beschwatzen lassen würde, ein Boot auch nur zu betreten.

Er wurde langsam hungrig und schätzte, dass es inzwischen etwa Mittag sein musste. Unter den Vorräten hatte er eine Dose Frankfurter Würstchen gesehen und schätzte, dass sie jetzt genau das Richtige für ihn waren – sie wären leicht zu essen und da die Dose relativ groß war, reichte sie sicher für den ganzen Tag. Je mehr er daran dachte, umso hungriger wurde er, aber es war nicht mehr so gefahrlos möglich, das Steuer allein zu lassen, wie zuvor. Da der Wind nun stärker von der Seite kam, hatte das Boot die Tendenz, sich seine Richtung selbst zu suchen. Also brachte er es in den Wind und wartete, bis es an Fahrt verloren hatte. Bis auf das entnervende Flattern der Segel und das Schlagen des Baumes schien sich das Boot ganz gut zu benehmen. Er machte den Motor an, um ganz sicher zu gehen, dass er sofort etwas unternehmen konnte, wenn er zurückkam und etwas nicht stimmte. Dann rannte er nach unten. Er schnappte sich die Dose, den Öffner und eine Flasche Bier und stürzte wieder nach oben. Das Boot wollte sich gerade in die falsche Richtung bewegen. Also legte er einen Gang ein und brachte es wieder auf den richtigen Kurs. Er war ganz atemlos und zitterte wieder, aber nur leicht. Er wusste jetzt, wie er es machen musste, aber er wollte lieber sehr hungrig und durstig werden, bevor er das wieder ausprobierte. Das lauwarme Bier stellte keine sonderliche Belohnung dar.

Er nahm sich der Würstchen an und ließ die Hälfte für später, dazu trank er das Bier. Er konnte ins Meer pinkeln, ohne das Steuer loszulassen, aber wenn er etwas Größeres machen musste, wäre er in Schwierigkeiten. Wahrscheinlich war er einfach noch zu angespannt dafür. Er segelte und schätzte die Uhrzeit anhand des Sonnenstandes. Nachdem Andikythera schließlich hinter ihm verschwunden war, umgab ihn nur noch eine Wüste der Einsamkeit. Er erinnerte sich daran, dass er sie kurz nach Sonnenaufgang gesichtet hatte, also nach mindestens der Hälfte der Fahrt von Chania. Mit etwas Glück wäre es nur eine Stunde, die er durch die Dunkelheit segeln würde. Seine Zuversicht stieg, dass er heil nach Hause gelangen würde. Er betete für Manoli. Vielleicht hatte sein Zusammenstoß mit der Polizei nichts bedeutet und er war inzwischen in einer Barke nach Athen unterwegs.

Er war etwas erstaunt darüber, dass er der Möglichkeit, Manoli nie wiederzusehen, mit solchem Gleichmut begegnete. Natürlich vermisste er ihn, vor allem die Gesellschaft, die er für ihn selbst schlafend während der Hinfahrt bedeutet hatte. Er spürte den Verlust der Wärme und Leidenschaft, die ihn wenige Tage ausgefüllt hatten, aber seltsamerweise empfand er keinen Schmerz. Er vermutete, dass seine grausige Entdeckung in der Villa letzte Nacht alle Bande zwischen ihnen auf einen Schlag durchtrennt hatte.

Nachdem er im Augenblick keiner Gefahr ausgesetzt war und das Boot weniger Konzentration erforderte, konnte er seine Gedanken treiben lassen und dachte darüber nach, was die letzten Tage der Leidenschaft und was davon übrig war, wohl für ihn bedeuten mochten. Sicherlich würde es noch eine Weile brauchen, bevor er das gesamte Ausmaß der Veränderung, die dadurch in ihm vorgegangen war, begriffen hätte, aber er wusste, dass sie sehr wichtig war. Er hatte gelernt, welchen Schaden seine Selbstkontrolle anrichten konnte. Aber die Balance zwischen einem vernunft- und einem gefühlgesteuerten Leben hatte er noch nicht gefunden. So leicht würde das wohl auch nicht sein. Nach dem, was ihm Johnny gesagt hatte, war dieses Gleichgewicht gar nicht möglich. Ganz oder gar nicht, war sein Ratschlag gewesen. Johnny hatte sich für die Vernunft entschieden, plädierte aber für das Gefühl. Phil hatte versucht, beides auf einmal zu bekommen. Je mehr er darüber nachdachte, umso entsetzter war er über das, was er Manoli angetan hatte. Er hatte mit ihm ebenso schamlos gespielt wie Don.

Ob es nun Liebe oder einfach nur körperliches Verlangen gewesen war – durch Manoli hatte er zum Leben zurückgefunden, aber er hatte sich geweigert, den geforderten Preis dafür zu zahlen. Er hatte erwartet, dass ein ungebildeter Grieche über Nacht den Verhaltenskodex eines Mittelklasse-Amerikaners annehmen würde. Er war ein selbstgerechtes Schwein. Manoli hätte ihn so ficken sollen, wie es einem *pousti* zustand, ihn niederschlagen und liegen lassen sollen, wenn er Ärger machte. Er hatte aus Manoli George machen wollen.

Mit Hilfe seines Verstandes konnte er die Dinge jetzt endlich klar sehen. Er erkannte, dass seine Kraft ausreichen würde, um die Fahrt zu überstehen, aber das war auch die einzige Tugend, die er in sich im Augenblick entdecken konnte. Früher einmal hatte er einem Jungen gehört, der ihm das Gefühl gegeben hatte, dass sich das Leben lohnte. Er hatte damals nicht riskieren wollen, verletzt zu werden, aber er hatte immer nach einem Ersatz gesucht. Die Suche war sinnlos und hatte ihn nur dazu gebracht, sich in einem gut bewachten Gefängnis einzuschließen, wo Johnny ihn gefunden hatte. Er würde so etwas nie wieder zulassen. Manoli hatte ihn daran erinnert, wie herrlich das Leben sein konnte.

Plötzlich wusste er, dass er das Unglaubliche tun würde. Alles war ganz klar in seinem Kopf, so als habe er es schon seit Monaten geplant. Es war eine Dummheit, aber eine, auf die er sich mit Haut und Haaren einlassen konnte, ohne Sicherheitsleine. Vielleicht entstand aus Dummheit auch Vernunft, wenn man sich völlig gehen ließ. Bei Alex hatte sie zu nichts geführt, aber sogar Dummheit benötigte einige substanziellere Zutaten. Wenn er sich für die Dummheit entscheiden sollte, dann so schnell wie möglich. Er würde zu Johnny gehen, sobald er angekommen war, egal wie spät es war. Eigentlich musste er viel zu erschöpft sein, um vernünftige Entscheidungen treffen zu können, aber es kam ihm gar nicht so vor. Er fühlte sich gut – er war wach, sein Verstand klar. Er wollte sich auch weiterhin so lebendig fühlen, was es auch kostete.

Er riskierte, sich ein weiteres Bier von unten zu holen, ohne den Kurs zu ändern; lediglich den Motor schaltete er an. Noch bevor das Chaos richtig losbrechen konnte, war er wieder zurück am Steuer. Inzwischen kannte er das Boot so gut, dass er nicht ständig um die Kontrolle kämpfen musste.

Es war später Nachmittag, als er feststellte, dass die Wolkenbank vor ihm allmählich die Form von Festland anzunehmen schien. Schon bald erkannte er die Silhouette einer Bergkette, die sich am Horizont entlangzog. Es wäre nicht einfach gewesen, daran vorbeizufahren. Tatsächlich hielt er auf einen hohen Berg am westlichen Ende zu, wie Manoli es vorausgesagt hatte. Er war ein Steuermann. Wahrscheinlich lagen noch etwa drei Stunden vor ihm. Noch vor zehn müsste er also dort sein. Er konnte also ausschlafen, bevor er sich morgen früh gleich nach Athen aufmachen würde. In einem Flugzeug. Von Booten hatte er erst einmal genug. Er hasste es, Johnny im Stich lassen zu müssen, aber nach dem, was er gesagt hatte, würde ihn das nicht von seinen Plänen abhalten. Die Sorge um Manoli nagte die ganze Zeit an ihm. Johnny konnte sicherlich etwas herausfinden, ohne dass die Aufmerksamkeit auf ihn gelenkt wurde.

Als die Sonne unterzugehen begann, fühlte er sich immer einsamer. Er sah zu, wie der Tag zu einem strahlenden Ende kam, während er selbst bis in alle Ewigkeit weiter durch die See zu pflügen schien. Er sehnte sich nach einer menschlichen Stimme. Es war gegen die Natur, sich so allein zu fühlen; es gab ihm das paranoide Gefühl, dass die ganze Welt gegen ihn war. Sogar die Sonne ließ ihn allein auf der unendlichen feindlichen See. Er hatte genug davon, auf sein schlecht definiertes Ideal einer perfekten Beziehung zu bestehen. Es war an der Zeit das Beste aus dem zu machen, was er hatte.

Das Land war schon erstaunlich nahe gekommen, als die Dunkelheit immer mehr zunahm. Er konnte schon hohe Berge und Täler, bebaute Felder und bewohnte Gebiete erkennen. Die etwas dunklere Wasserfläche leicht östlich seines Kurses war wahrscheinlich Soudha Bay, wo er einen der bemerkenswertesten Tage seines Lebens verbracht hatte. Das alles sah unwiderstehlich einladend aus; er sehnte sich danach. Er konnte es nicht ertragen, dass die Dunkelheit es ihm bald rauben würde. Es kam ihm vor, als sei er Wochen weg gewesen.

Als er schließlich nicht mehr darauf hoffen konnte, dass die Dunkelheit sich seinetwegen noch länger Zeit ließ, schalltete er die Positionslichter an und griff nach unten, um in der Kabine ein Licht anzumachen. Er brauchte alle Hilfe, die er bekommen konnte. Nie zuvor war sein Mut auf eine so harte Probe gestellt worden. Als ihn wieder völlige Dunkelheit umgaben, kam es ihm so vor, als sei er in einem nicht enden wollenden Albtraum gefangen. So würde es für immer weitergehen, Nacht folgte auf Tag, während er immer weiter über die See irrte. Wenn das noch lange so weiterging, würde er noch den Verstand verlieren.

Er strengte seine Augen an, um in der Dunkelheit vor sich Lichter erkennen zu können. Ein paar konnte er erkennen, aber sie waren zu hoch, eine Straße vielleicht oder Häuser. Er begann, sich zu fragen, was er tun würde, wenn er vom Kurs abgekommen war. Er konnte es nicht wagen, irgendwo anzulegen, ohne sehr viel Licht um sich herum zu haben. Wenn er so nahe kommen würde, dass er das Brechen der Wellen am Ufer erkennen konnte, würde er wissen, dass er aufpassen musste. Dann wäre es am besten, weiter zu östlich segeln, Gott weiß wie weit, bis zum nächsten größeren Hafen, wahrscheinlich Heraklion, wo er keine größeren Probleme bekommen würde. Er schluckte Schluchzer panischer Angst hinunter. Er fühlte sich wie ein verirrtes Kind, das nach seiner Mutter rief. Am liebsten hätte er geschrien.

Gleich neben dem Bug entdeckte er ein blinkendes Licht. Kurz dachte er schon, seine angestrengten Augen würden ihn täuschen, doch dann tauchte es wieder auf. Er sah ein weiteres etwas weiter rechts – oder war es das gleiche? Ein Blinken. Noch eines. Inzwischen konnte er erkennen, dass es sich um zwei unterschiedliche Lichter handelte und konzentrierte sich auf sie. Erneut geschah es. Links. Rechts. Es war zu schön, um wahr zu sein, also wollte er wirklich auf Nummer sicher gehen. Erneut leuchteten die Signalleuchten auf. Sein Herz machte einen Freudensprung.

»Gott im Himmel. Ich bin da!«, rief er in den Wind.

Den Rest erledigte er mit der gewohnten Routine, unterbrach sich nur immer wieder, um Gott für seine Rettung zu danken. Langsam löste sich die Anspannung seiner Nerven und Muskeln. In den Hafen von Chania zu segeln, war wie nach Hause zu kommen, als hätte er hier sein ganzes Leben verbracht. Es erstaunte ihn, dass die Cafés so hell erleuchtet und belebt waren. Eigentlich hatte er damit gerechnet, dass nach den Geschehnissen der letzten Nacht (war es wirklich erst letzte Nacht gewesen?) alle den Abend lieber ruhig verbringen würden. Er holte die Segel ein und war so erstaunt darüber, es geschafft zu haben, dass alles völlig reibungslos klappte. Langsam lief er in den Hafen ein. Er hätte Wetten darauf abgeschlossen, dass es völlig unmöglich war, ein Boot allein anzulegen. Doch es war unvermeidlich und notwendig, schließlich hatte er mit sich selbst vereinbart, das Boot sicher zurückzubringen.

Er brachte den Bug in Position und ließ den Anker fallen. Er rannte zwischen Bug und Steuer immer auf und ab und brachte das Heck mit größter Vorsicht herein, wobei er die Kaimauer genau im Auge behielt. Es war genug Licht da, um zu manövrieren. Als er nahe genug war, schnappte er sich die Bugleinen, sprang an Land und rappelte sich wieder hoch. Fast wäre er sofort wieder hingefallen. Unter seinen Füßen schwankte der Boden gefährlich. Also kniete er sich hin, um die Leinen zu befestigen. Er konnte sich gar nicht daran erinnern, seine Kleidung angelegt zu haben, aber er war warm angezogen. Mit der anderen Leine taumelte er zu einem weiteren Poller und machte sie fest. Dann setzte er sich so auf den Kai, dass seine Füße hinunterbaumelten und zog mit all seiner Kraft an der Leine. Der Anker sorgte dafür, dass der Bug einige Meter draußen blieb. Bei schlechtem Wetter wäre das vielleicht zu wenig, aber er wollte Johnny Bescheid sagen, damit er es morgen noch einmal überprüfte.

Er riss sich noch einmal zusammen und sprang an Bord. Auf dem Boot konnte er seinen Beinen mehr vertrauen als an Land. Er taumelte hinunter ins Cockpit und nahm sich die Whiskeyflasche und ein Glas dazu. Dann goss er sich großzügig ein und fügte noch etwas Wasser hinzu. Er spürte den Whiskey im gleichen Augenblick, in dem ihn seine Müdigkeit übermannte, also ließ er sich in der Kabine auf eine der Bänke gleiten. Er hatte noch eine gute Stunde Arbeit vor sich, in der er die Segel zusammenlegen, festmachen und das Boot aufräumen musste, aber er wollte sich wenigstens diesen erholsamen Augenblick gönnen, in dem er es genießen konnte, dass das Boot ruhig im sicheren Hafen lag.

Er trank und versuchte, sich über die Zeit im Klaren zu werden. Nur ein Tag. Sein letzter Schlaf war über 24 Stunden her, mehr als 20 davon war er ununterbrochen auf See gewesen. Das war keine große Heldentat, aber er spürte es in den Knochen. Irgendwo auf dem Weg war er zu einem wichtigen Entschluss gekommen, aber das bedeutete ihm im Augenblick nicht so viel. Das Einzige, worauf er sich im Moment konzentrieren konnte, war, in ein Bett zu kommen und morgen zu verschwinden. Er goss sich einen weiteren Drink ein. Mehr nicht. Arbeit wartete auf ihn.

Das Boot schaukelte etwas. Er setzte sich auf und fragte sich, ob der Anker vielleicht schleifte. »Ahoi«, ertönte Johnnys Stimme von oben. Johnny tauchte durch die Kabinentür auf und lächelte ihn fragend an. »Hallo Kumpel«, begrüßte er ihn auf seine gewohnte Art. »War das Segeln nett?«

Phil wollte gerade aufstehen, aber Johnny legte ihm eine Hand auf die Schulter, drückte ihn wieder hinunter und setzte sich neben ihn. »Mein Gott, Johnny. Es war Manoli. Er …«

»Hat er es getan?«

»Ja.«

Johnny verzog das Gesicht. »Tja, das war's. Ein weiteres Kapitel im Buch der Inselabenteuer. Hast du ihn in Sicherheit gebracht?«

»Ich weiß es nicht. Ich zweifle daran.« Er erzählte ihm, wohin sie gesegelt waren und von der kurzen Szene am Kai.

Johnny nickte. »Wahrscheinlich haben sie schon auf ihn gewartet. Die Polizei war heute Morgen um acht bei mir. Sie wollten wissen, wohin das Boot gesegelt war. Ich hatte keine Ahnung, habe ihnen aber erzählt, dass ich bezweifle, dass es gestohlen wurde. Ich habe ihnen erzählt, dass ich dir erlaubt habe, jederzeit damit auszufahren. Schließlich haben sie mir erzählt, dass sie nach Manoli suchten und warum. Du meintest, ihr seid um zehn dort gewesen?«

»So in etwa.«

»Armer Kerl! Wenn ihr eine Stunde eher dort gewesen wärt, hätte er es wahrscheinlich geschafft.«

»Er hatte gehofft, das Telefon würde nicht funktionieren.«

»Hat er noch nichts von Funkverbindungen und Mobiltelefonen gehört? Na ja, es war den Versuch wert.«

»Trink auch etwas. Ich schulde dir eine Flasche Whiskey.«

»Darum brauchst du dich nicht zu kümmern. Das ist Teil der normalen Betriebskosten.« Er nahm ein Glas, goss sich etwas ein und kippte es auf einmal hinunter. »Keine schlechte Leistung, mein Freund. Den ganzen Weg nach Andikythera und zurück ohne Pause zu segeln … Alle Achtung, du bist ein Seemann, mein Freund.«

»Im Ruhestand, jetzt. Ich habe eine Menge über das Boot nachgedacht. Ich hatte mir selbst geschworen, dass ich es heil zurückbringen würde, auch wenn es mich umbrächte – das hat es beinahe auch. Nicht dass ich Probleme gehabt hätte, ich hatte nur schreckliche Angst. Ich muss weg, Johnny.«

»Das denke ich auch. Keine Sorge. Unser Projekt ist sowieso verschoben worden.« Phil sah ihn fragend an. Johnny zuckte mit den Achseln. »Meine Freunde haben uns im Auge behalten, wie du ja weißt. Der Mann mit dem Schnurrbart und so. Jetzt wollen sie erst mal sichergehen, dass das Boot durch diesen Vorfall nicht verdächtig geworden ist. Ich glaube das nicht, aber auf jeden Fall werden sie dich nun nicht mehr dabei haben wollen. Du hast dich für ihren Geschmack zu verdächtig gemacht.«

»Daran habe ich nicht gedacht. Tut mir Leid.«

»Es ist nichts passiert. Schließlich wurde ich dafür angestellt, diesen Job auszuführen. Wir haben nichts getan, was unseren Kunden gefährden könnte. Sie wollen sicher, dass ich weitermache, sobald sie sich vergewissert haben, dass ich clean bin. Ich werde dich vermissen, aber es täte mir Leid, wenn du das nicht getan hättest, was du getan hast. Wir können Mörder nicht frei herumlaufen lassen, aber trotzdem. Das Opfer war ein Fremder mit unangenehmen Angewohnheiten. Ich rechne nicht damit, dass sie sehr hart mit Manoli umgehen werden, wenn er seine Verteidigung richtig anpackt. Ein Freund von mir ist Anwalt in Athen. Ich werde ihn auf die Sache ansetzen.«

»Ich habe mir schon Sorgen wegen eines Prozesses gemacht. Du bist ein guter Freund, Johnny.«

»Meiner Meinung nach sind wir alle irgendwie mitverantwortlich. Ist alles in Ordnung mit dir?«

»Ich glaube schon. Na ja, nicht wirklich in Ordnung. Vielleicht ist mit mir nie wieder alles in Ordnung, aber vielleicht ist das ja auch ganz gut so. Es kommt mir vor, als wäre ich in Stücke gerissen worden, aber ich bin mir nicht sicher, wie viel davon körperliche Erschöpfung und wie viel emotionale Verausgabung ist. Ich war zu sehr mit Segeln beschäftigt, um viel darüber nachzudenken. Es war keine normale Trennung von Liebenden, es war ein Schock, der auf einen Schlag alles beendete. Ich habe Don gefunden.«

»O mein Gott.« Johnny sah ihn an und die Bestürzung wuchs in seinen Augen. »Alles klar. Wahrscheinlich willst du nicht darüber reden.«

»Nein. Ich habe es nur erwähnt, damit du weißt, dass ich es nicht als großen Spaß empfand, mal eben so mit dem Boot abzuhauen.«

»Ich würde sagen, du hast auf deinem Kretaurlaub alles mitgenommen, was die Insel zu bieten hat. Hoffentlich verzeihst du mir, dass ich dich hierher mitgenommen habe.«

»Ganz im Gegenteil. Ich will dir dafür danken, Johnny. Es ist nicht so, dass ich alles noch mal genau so machen würde, aber ich brauchte das. Ich glaube, es hat mein Leben verändert.«

»Du musst endlich ins Bett. Ich werde schnell die Segel einpacken, dann können wir los.«

Phil leerte sein Glas und stand auf. »Ich helfe dir. Ich will das Boot ordentlich zurücklassen.«

»Ich weiß zwar nicht, wie du dich immer noch auf den Beinen halten kannst, aber wenn du darauf bestehst ... Komm mit.«

Sie kümmerten sich um die Segel und räumten die Kabine und die Koje auf, in der Manoli geschlafen hatte. Phil erinnerte sich an seine Aktenmappe und die Pullover. Er schloss die Kabine ab, gab Johnny die Schlüssel und sie sprangen an Land.

Der Kai schwankte unter Phils Füßen. Er hielt sich an Johnnys Arm fest. »Wie lange wird es wohl so gehen?«

»Nach einer Segeltour wie der gestrigen wirst du dich vielleicht noch morgen früh so fühlen. Es geht vorbei. Es ist eher keine gute Idee, jetzt am Hafen vorbeizugehen. Du kannst dir sicher vorstellen, was für ein Aufsehen das alles erregt hat. Wenn sie dich erst mal in die Finger bekommen, lassen sie dich nicht wieder los. Richte du deine Augen auf das Meer, ich steuere.«

Sie erreichten Johnnys Tür ohne jemandem zu begegnen. »Bist du sicher, dass ich nicht noch kurz mitkommen soll?«, fragte Johnny.

»Danke, Johnny. Das Einzige, woran ich noch denken kann, ist ein Bett und etwas Schlaf.« Sie drehten sich zu einander um und nahmen sich in die Arme.

»Du willst sicher morgen in aller Frühe aufbrechen«, sagte Johnny, während sie sich immer noch fest in den Armen hielten.

»Ja. Ich will niemanden sehen. Ich könnte niemals darüber plaudern.«

»Solltest du auch nicht. Du tust das Richtige. Es muss nicht sein, dass du noch von der Polizei aufgehalten wirst. Sie haben Manoli und das sollte ihnen reichen.«

»Ich will wissen, wie sich alles entwickelt und zähle dabei auf dich. Wahrscheinlich werde ich nicht in New York bleiben, aber ich schicke dir meine Adresse. Sag allen schöne Grüße, vor allem Hilda und den Hollywood-Kids. Und den Shackletons auch. Na ja, allen eben. Ach Johnny ...« Sie drückten sich noch fester.

»Mein Wort darauf: Du bist mir wirklich ans Herz gewachsen. Pass auf dich auf.« Sie drückten sich ein letztes Mal, dann ließen sie einander los. Phil taumelte zu seiner Wohnung, während sich die Straße unter seinen Füßen hob und senkte.

Er packte eilig, während er sein Frühstück zu sich nahm. Dann zahlte er bei Kyria Vassiliki und gab ihr noch das Geld für eine zusätzliche Woche, da er ihr nicht vorher Bescheid gesagt hatte. Mit Hilfe eines Kellners des Cafés fand er jemanden, der ihn im Auto nach Heraklion fuhr und um acht Uhr hatte er sich schon auf den Weg gemacht. Er blickte nicht zurück. Es war keine Erfahrung, an die er wehmütig zurückdenken konnte.

Am Flughafen sah er die Schlagzeilen. Auf der Titelseite der Zeitungen war ein Foto von Manoli, auf dem er hinterhältig aussah, und ein unscharfes Bild von Don, der darauf fast gar nicht zu erkennen war. Er konnte nicht Griechisch lesen, aber er kannte die Buchstaben und versuchte, zumindest ein paar Brocken zu entziffern. Also kaufte er die Zeitung. In der Überschrift entzifferte er ein Wort, das wahrscheinlich »Mord» bedeutete. Lange musste er auf sein Flugzeug nicht warten. Einen Großteil des Fluges verbrachte er damit, den Artikel, der selbst sehr vage formuliert zu sein schien, zu entziffern.

Ein reicher Amerikaner war Opfer eines gemeinen Verbrechens in Chania geworden. Der Verdächtige Manoli Skangos war in Andikythera verhaftet worden. Phil entdeckte keine Erklärung dafür, warum der Verdächtige so weit vom Schauplatz des Verbrechens entfernt aufgegriffen worden war, aber vielleicht stand darüber auch etwas in den Passagen, die er nicht entziffern konnte. Fingerabdrücke waren gefunden worden, aber er war sich nicht sicher, ob sie als die des Verdächtigen identifiziert worden waren. Da sich in dem Haus große

Mengen Geld befunden hatten, schloss die Polizei Diebstahl als Motiv aus. Die Sprache wurde nun viel zu kompliziert für Phil, um noch viel zu verstehen, aber er konnte zumindest aus einzelnen Wörtern schließen, dass es irgendwelche sexuellen Implikationen gab. Skangos hatte erst alles bestritten, im Verhör dann aber zugegeben, dass er – unsittlich? – angegriffen worden war und sich lediglich verteidigt habe. Die Fingerabdrücke mussten also gegen ihn sprechen, schloss Phil. Wie ihm schien, hatte Manoli sich für eine ganz brauchbare Verteidigungsstrategie entschieden. Mit einem guten Anwalt und einigen Zeugen, die Dons Verworfenheit bestätigten, konnte er vielleicht mit einer geringen Strafe davonkommen. Zumindest wäre das in den USA so, wie Manolis Chancen hier in Griechenland standen, konnte er nicht wissen. Das war's also. Er brauchte nicht ganz ahnungslos von hier wegzugehen. Er stopfte die Zeitung neben seinen Sitz. Gerne hätte er Manoli irgendwie geholfen, aber es wäre kaum förderlich für seine Verteidigung, wenn sich ein männlicher Liebhaber um ihn kümmerte.

Er erreichte Athen um die Mittagszeit und ging in das Hotel, in dem er die Tasche mit seinen anderen Sachen lassen hatte. So gut kannte er sich mit dem Zeitunterschied nicht aus, aber er nahm an, dass es in den Vereinigten Staaten etwa fünf bis sechs, vielleicht sieben Stunden früher war als in Griechenland. Er meldete sich im Hotel an und bestellte ein Gespräch in die USA für 14 Uhr. An der Rezeption wurden ihm ein Brief von seiner Mutter und einer von seinem Büro ausgehändigt. Das konnte warten. Er ging in ein Reisebüro, wo er seinen Rückflug buchte, mit dem er morgen früh in New York wäre, wenn er dann noch lebte. Er war schrecklich müde. Wann würde er endlich wieder richtig ausschlafen können?

Es war kalt in Athen. Er ließ sich in einem Café am Platz der Verfassung nieder und bestellte ein Bier, um sich Mut zu machen. Auf den Titelseiten zahlreicher Zeitungen um ihn herum erkannte er Manolis Bild. Er dachte daran, dass sich jetzt gerade wieder der Klub in Chania traf und seine Post empfing und fragte sich, ob er und Manoli wohl für den wichtigsten Gesprächsstoff sorgten. Er leerte sein Bier, bestellte ein weiteres und behielt die Zeit im Auge.

Etwas fehlte. Es erschien ihm irgendwie nicht richtig, dass er das Meer nicht sehen konnte. Ohne es hatte er den Eindruck, als könne er gar nicht abschätzen, welche Uhrzeit es war. Auf Kreta hatte er ein ganz neues Verhältnis zur Natur gewonnen. Das war ein weiterer Grund, aus New York herauszukommen, wo man noch nicht einmal den Himmel sehen konnte. Nun, da der Moment immer näher kam, stellte er fest, dass er versuchte, sich eine Traumwelt zu erschaffen, wie es Manoli auch getan hatte. Aber er war nicht Manoli. Sein Verstand zählte ihm ein Problem nach dem anderen auf. Für die meisten davon hatte er eine Antwort parat, aber selbst wenn er keine hatte, er war nicht mehr aufzuhalten. Praktische Probleme hatten in einer Traumwelt keinen Platz. Er bestellte ein Sandwich und ein weiteres Bier und war um halb vier zurück im Hotel. Er vergewisserte sich, dass seine Verbindung pünktlich durchgestellt wurde und ging nach oben in sein kleines muffiges Zimmer. Es war ein schrecklicher Ort, an dem sich sein Schicksal entscheiden sollte, aber vielleicht käme er ihm in einer halben Stunde wie das Paradies vor.

Er zog seine Jacke und den Pullover aus und legte sie auf einen Stuhl in die Nähe des Telefons. Er versuchte, seine Gedanken zu sammeln und sich zu überlegen, was er sagen würde, aber er konnte die richtigen Worte nicht finden. Sollte er nur Andeutungen machen oder gleich mit allem herausplatzen? Ein Zittern überkam ihn wieder, fast so schlimm wie auf dem Boot. Er fragte sich, ob er vielleicht einen Arzt aufsuchen sollte. Hatte er Probleme mit seinem Herzen? Vielleicht hatte er die wirklich, auf die eine oder andere Art. Er atmete durch und versuchte, sich zu beruhigen. Sollte er den Anruf lieber absagen? Es konnte auch warten bis er wieder zurück war, aber er hielt es einfach nicht länger aus. Er musste es jetzt erfahren, um bei seiner Ankunft zu wissen, was er nun tun würde. Das Telefon würde in 10 bis 15 Minuten klingeln. Alles was er tun musste, war den Hörer abzuheben und zu sagen, was los war. Er konnte einfach genau das sagen, was er dachte.

Langsam beruhigte er sich. Das Telefon klingelte. Fast wäre er aus dem Stuhl gefallen. Er riss den Hörer hoch und meldete sich.

»Wir haben ihre Verbindung in die Vereinigten Staaten, mein Herr«, sagte eine Stimme mit starkem Akzent. Phil hörte es klicken und knacken, dann antwortete die Stimme, auf die er gewartet hatte. Er umklammerte den Hörer fester.

»Hallo. Ich bin's«, sagte er und räusperte sich.

»Phil? Um Himmels willen. Wo bist du?«

»Habe ich dich aufgeweckt?«

»Nein. Ich bin wach. Du kennst mich ja. Bauern sind Frühaufsteher. Was ist los?«

»Ich bin in Athen. Im richtigen, meine ich. In Griechenland.«

»Griechenland? Ist Alex bei dir?« Er merkte, wie Georges Stimme kälter geworden war.

»Aber nein. Das ist schon seit Monaten vorbei. Das weißt du doch.«

»Ich dachte, ihr macht vielleicht eure zweite Hochzeitsreise. Was tust du denn in Griechenland?«

»Eine Menge Dinge. Ich erzähl's dir später. Was ich dir jetzt sagen will, fällt mir nicht so leicht. Sprich mit mir, die Rechnung geht auf mich. Frag mich, wie das Wetter ist.«

»Wie ist es?«

»Super. Ich bin so braun wie ein Honigkuchen.«

»Du klingst seltsam.«

»Vielleicht, weil ich jetzt ein großer Junge bin. Wie steht's mit dir? Gibt es da jemanden?«

»Nein, wie könnte es? Ich hoffe immer noch.«

»Meinst du das ernst?«

»Ich weiß, dass es dumm ist. Hör mal, hast du Ärger?«

»Ja, aber nicht wegen irgendetwas, das hier passiert wäre. Mein bisheriges Leben macht mir Probleme. Wenn es dir auch so geht, können wir vielleicht gemeinsam nach einer Lösung suchen.«

»Wovon sprichst du?«

Phil schlug das Herz bis zum Hals. Wenn er die nächste Minute überstand, konnte ein neues Leben anfangen. Er hatte in Georges Stimme einen glücklichen, ungläubigen Unterton bemerkt. Er schluckte und hoffte, dass seine Stimme noch funktionierte. »Glaubst du nicht, dass zehn Jahre lang genug sind für eine Probe-Trennung?«, fragte er.

»Mein Gott. Was habe ich dir denn schon so viele Jahre immer wieder gesagt? Bist du sicher, dass du weißt, was du da sagst?«

»Vielleicht bin ich verrückt – aber ich weiß, was ich will. Wenn du das auch willst, können wir es dieses Mal verdammt noch mal schaffen. Ich verschwinde heute von hier. Wir haben gerade Nachmittag. Können wir uns morgen in New York treffen?«

»Darauf kannst du deinen wunderschönen Arsch verwetten. Ich werde gleich heute Nachmittag losfahren und treffe dich dann morgen im Fairleigh.«

»Perfekt. Ich kann dir den Schlüssel zu meiner Wohnung nicht geben. Ich komme zu dir und bleibe da so lange, bis sie uns rausschmeißen. Wahrscheinlich bin ich am Nachmittag bei dir. Warte einfach im Hotel auf mich.«

»O Mann, Liebling. Wenn ich gleich aufgelegt habe, werde ich heulen wie ein Baby. Es ist so verdammt lang her.«

Er hörte, wie Georges Stimme brach und spürte, wie sich seine eigene Kehle zusammenschnürte. »Hör zu… meinst du… ach nein, egal. Ich will mit dir zusammen sein.«

»Was wolltest du sagen?«

»Nichts. Es gibt nichts zu sagen, bis wir wieder zusammen sind. Es ist nur so verdammt wichtig für uns. Glaubst du, dass ich zu viel erwarte?«

»Glücklich zusammen zu leben bis an unser Ende ist nicht zu viel erwartet, oder?«

»Bei uns beiden nicht, nein. Es ist nur…«

»Hör zu. Wir sind keine Schwachköpfe. Wir können nicht wissen, wie es ist, bis wir uns nicht gesehen haben.«

»Stimmt. Du hast Recht. Lass uns auflegen. Ich liebe dich. Bis morgen.«

Phil legte hastig den Telefonhörer auf, lehnte sich zurück und atmete ein paar Mal tief durch. Es kam ihm vor, als habe er ein Rennen hinter sich. George würde auf ihn warten. Er setzte sich auf, sah das Telefon an und lachte laut auf. Vielleicht war es verrückt, aber es fühlte sich wunderbar an. Er spielte ihr Gespräch im Kopf noch einmal nach und achtete auf jede Gefühlsregung, die er in Georges Stimme ausgemacht hatte. Beinahe hatte es so geklungen, als habe er auf ihn gewartet. Kein Zögern. Er hatte ohne Wenn und Aber zugegriffen. Können wir uns in New York treffen? Darauf kannst du deinen wunderschönen Arsch verwetten. Er hatte keine Zeit damit verschwendet, nach dem Warum zu fragen, so als hätte es die letzten zehn Jahre gar nicht gegeben. Jetzt konnte er sich ausruhen, richtig ausruhen. Sein Kampf war vorbei.

Oder vielleicht begann er auch erst. Wo der Film mit einem Happy End abbrach, begann das richtige Leben ja erst. Nun mussten sie all den praktischen Problemen ins Auge sehen. Zu allererst der sehr praktische Frage nach ihrem Sexleben. Würden sie noch zusammen schlafen wollen? Er konnte nicht wissen, was die Zeit mit George gemacht hatte. Manche Menschen wurden fett oder verloren ihr Haar. Athleten gingen in den Mittdreißigern oft auseinander, auch wenn er selbst sich seine hervorragende Figur bewahrt hatte. Vielleicht hatte George auch immer mehr Lust auf jüngere Männer bekommen. Damit konnte Phil nicht dienen. Andere Probleme machte er sich nicht. Seit George die Möglichkeit mit dem Buchladen in Newcorners erwähnt hatte, war ihm die Idee nicht aus dem Kopf gegangen. Wenn er alles ein bisschen umstrukturierte, konnte er seinen Job auch erledigen, wenn er nur ein paar Tage im Monat im Büro in New York wäre. Er war erfolgreich genug gewesen, um sich ziemlich sicher zu sein, dass sein Chef sich darauf einlassen würde, wenn er ihm dadurch erhalten bliebe. Er konnte also für sich selbst aufkommen. George würde immer mehr Geld als er haben, aber er glaubte nicht, dass er sich wegen seiner Erfahrungen mit Helen Sorgen machen musste. Damals hatte er nur einen Bruchteil dessen verdient; auch wenn er mit einem Buchladen kein Vermögen machen könnte, wäre er zumindest in der Lage, ab und zu nach Griechenland zu fahren. Alles hing davon ab, ob George und er immer noch aufeinander abfuhren. Vielleicht war es zu viel, darauf zu hoffen. Nach zehn Jahren war bei den meisten Paaren die Luft raus. Er und George hatten den seltenen Vorteil, sich zehn Jahre lang nicht gesehen zu haben. Zumindest würde er es als einen Vorteil ansehen, bis ihm das Gegenteil bewiesen wurde.

Er zog sich aus und streckte sich mit einem ununterdrückbaren Lächeln auf den Lippen im Bett aus. Hoffentlich war er ab jetzt nicht mehr oft allein im Bett. Durch den Anruf hatte er ganz vergessen, wie müde er eigentlich war; er war sich nicht mal sicher, ob er vor Müdigkeit überhaupt schlafen konnte. Er wollte viel lieber in New York sein als schlafen. Durch seine Gedanken an George hatte er wieder einen Steifen bekommen, wie in alten Zeiten. Natürlich konnte er nicht verhindern, dass er für ihn immer noch 25 war. Er versuchte, Falten und ein Bäuchlein ins Bild einzufügen, aber das sah nicht überzeugend aus. Er lachte laut auf. Er war wieder 23 und sein ganzes Leben lag in klaren Bahnen vor ihm. Schließlich wurde er doch schläfrig.

Das Telefon klingelte, er schnappte es sofort und fragte sich gleichzeitig, ob George es irgendwie geschafft hatte, seinen Anruf zurückzuverfolgen. Es war der Mann von der Rezeption, der ihn fragte, ob er heute noch abreisen wolle. Phil versicherte ihm, dass er das vorhabe.

»Das Hotel ist voll und hier steht jemand, der unbedingt ein Zimmer braucht. Aber wir können Ihres nicht weitervermieten ohne Ihre Zustimmung.«

»Nur zu«, sagte Phil. »Ich werde das Hotel etwa um sieben Uhr verlassen.«

»Es stellt sich noch die Frage der Bezahlung und wie sie unter Ihnen beiden aufgeteilt werden soll. Könnten Sie das mit dem Herren ausmachen?«

»Natürlich«, sagte Phil und wartete darauf, dass nun eine andere Stimme am Telefon ertönte.

»Ich schicke ihn sofort hoch.«

»Nein. Warten Sie«, protestierte Phil, aber die Verbindung war bereits unterbrochen. Er legte seufzend auf, kroch aus dem Bett und zog seine Hosen an, um den Anstand zu wahren. Das Management des Hotels war sehr ehrlich und er wollte sie auch weiterhin darin bestärken. Es klopfte an der Tür und er ging in den kleinen Vorraum, um die Eingangstür zu öffnen. Vor ihm stand ein Junge mit einem Koffer in der Hand.

»Hallo, ich bin Jimmy«, begrüßte er Phil und ließ keinen Zweifel daran, aus welchem Land er stammte. »Tut mir Leid, wenn ich störe. Ich bin nicht sicher, ob ich das richtig verstanden habe, aber die wollen glaube ich, dass wir uns wegen der Rechnung irgendwie einigen.«

»Mach dir deswegen keine Sorgen. Ich hätte sowieso für diese Nacht zahlen müssen. Ich gehe um sieben.«

»Aber das geht doch nicht.« Er stand unsicher da und sah auf seinen Koffer hinunter. Phil erkannte, dass er noch sehr jung war, wahrscheinlich kaum älter als 20. Er sah nett und gesund aus, hatte breite, flache Wangenknochen, die ihm einen leicht slawischen Einschlag gaben. Sein dunkelblondes Haar fiel lang herab, sah aber zu sauber aus, um dem Hippie-Stereotyp zu entsprechen. Er sah Phil mit seinen weit auseinanderliegenden aufrichtigen Augen bittend an. »Sie haben mir gesagt, ich solle meinen Koffer gleich mitnehmen. Wäre es zu viel verlangt, wenn ich …«

»Aber nein. Komm herein.« Phil trat zurück und öffnete die Tür weiter. Jimmy glitt um ihn herum in den kleinen Vorraum hinein und legte dabei eine Hand auf Phils Arm.

»Dein Teint ist fantastisch. Wo warst du denn?«

»Kreta.« Phils Interesse war geweckt. Die Hand war eindeutig freundlich gewesen, wenn nicht noch mehr. Sein Gast war zwar nicht gerade gut aussehend, hatte aber eine jugendliche natürliche Art, die entwaffnend wirkte.

»Ich wollte auch dorthin, hatte aber eine Pauschalreise nach Mykonos gebucht, wo es nicht so heiß war«, erklärte Jimmy.

»Schade. Ich heiße Phil.« Sei lächelten und schüttelten sich die Hände. Sie waren etwa gleich groß. »Ich habe gerade ein Nickerchen gemacht«, fügte er hinzu, um zu erklären, wieso das Bett so zerwühlt war und er nur halb angezogen.

»Ich hatte gehofft, auch ein Nickerchen machen zu können. Bei der Herfahrt mit dem Boot habe ich kein Auge zugemacht.«

»Das Bett sieht nicht so aus, als wäre da Platz für uns beide.«

»Oh, das habe ich nicht gemeint. Ich verschwinde gleich und lasse dich in Ruhe. Wie mir gesagt wurde, kostet das Zimmer zehn Dollar. Wie wäre es, wenn wir uns die teilen? Ist das genug?« Er zog einen Fünf-Dollar-Schein aus seinem Portemonnaie und hielt ihn Phil hin. Phil betrachtete die wohlgeformte langfingrige Hand, die ihm das Geld hinhielt – sie sah aus, als sei sie kräftig. Unter den Jeans und der Windjacke konnte er nicht viel erkennen.

»Also ehrlich. Kümmere dich nicht darum«, sagte er. »Ich bin älter als du. Da kann ich mir fünf Dollar ganz gut leisten.«

Jimmy legte den Schein auf ein Nachtschränkchen. »Das Alter bedeutet bei einem Mann wie dir nicht so viel, nicht bei einem solchen Körper. Du siehst sehr gut aus.«

»Danke. Mein Nickerchen ist schon so gut wie vergessen.« Er setzte sich auf das Bett.

Jimmy stellte den Koffer ihm gegenüber zwischen seine Beine und setzte sich darauf, sodass sich ihre Knie beinahe berührten. »Sag mir, wenn ich gehen soll.«

»Das eilt nicht.« Phil ließe seine Augen über seinen unerwarteten Gast gleiten. Jimmys Augen waren eher grün als blau und er sah willig aus. Phils Schwanz regte sich und wurde auch immer williger. Da er sich nie zuvor etwas aus Zufallsbekanntschaften gemacht hatte, wunderte es ihn, dass *er* es war, der den Kontakt herstellte und sein Knie an das von Jimmy lehnte. So eine Eigeninitiative hätte er sich noch vor einem Monat nicht erlaubt und einen Moment lang war er etwas angespannt, bis er die Zustimmung in Jimmys Augen sah. Wollte er einen letzten Fick in Griechenland? Es war sicherlich keine schlechte Idee, etwas Dampf abzulassen; er wollte nicht riskieren, dass sich alles in ihm aufstaute, bis es über George hereinbrechen konnte. Ruhig und gelassen, so als wären sie nie auseinander gewesen – genau so wollte er es. Es gab so viele Gefahren, vor denen er sich hüten musste, damit dieses lebenswichtige Treffen gut ablief. Vor allem hatte er Angst davor, von Erinnerungen an Manoli gequält zu werden. Vielleicht würden ein bis zwei Stunden mit diesem ansprechenden Jungen ihm dabei helfen, die Schatten der jüngsten Vergangenheit hinter sich zu lassen. »Wie hat dir Mykonos abgesehen vom Wetter denn gefallen?«, fragte er, um sich noch etwas Zeit zu verschaffen.

»Es ist sehr aufregend dort. Es gibt einen Strand an den alle Schwulen gehen. Ich bin auch schwul, falls du dich das gerade gefragt hast. Wie ist es mit dir?«

Phil war etwas überrascht, wie offen die Jugendlichen das heutzutage zugaben. »Ich auch«, sagte er und versuchte so zu klingen, als sei er es gewöhnt sich so beiläufig zu outen.

»Das dachte ich mir, aber ich wollte lieber sichergehen. Wie sieht die Schwulen-Szene hier denn so aus?«

Phil sah in diese großen grünen Augen und lächelte. »Sie sieht im Moment sehr gut aus.«

Jimmy lächelte zurück und zeigte dabei seine starken, weißen Zähne. »Das Gleiche habe ich eben auch gedacht. Wie wäre es?«

»Bist du schon 21?«

»Du meinst, ob ich schon mündig bin?« Er lachte. »Ich bin 22 und habe gerade mein Medizinstudium begonnen. Heißt das, ja?« Er hob eine Hand und streichelte Phils Nippel mit Zeigefinger und Daumen, umkreiste sie spielerisch. Phil bekam davon einen Steifen.

»Dann haben wir das Bettproblem wohl gelöst. Das Management wollte uns sowieso zusammenbringen. Warum also dagegen ankämpfen?«

Jimmy ließ sich von seinem Koffer auf die Knie fallen. Er schob Phils Beine auseinander, öffnete seine Hose und holte seinen Schwanz so heraus, dass er an Phils Bauch hochragte. »Ganz nett«, sagte er. Er nahm Phils Hose in die Hand und zog daran. Phil hob seine Hüften und ließ zu, dass er ausgezogen wurde. »Wunderschön. Du hast überall die gleiche Hautfarbe. Wäre es nicht besser, wenn du bei der Rezeption anrufst und Bescheid sagst, dass wir uns geeinigt haben, damit sie das Zimmer nicht noch weiter vermieten?«

Phil lachte. »Drei wären für das Bett eindeutig zu viele.«

»Sag ihnen, dass ich deinen Schwanz lutsche, wenn du glaubst, dass sie das glücklich macht.« Er rückte näher an ihn heran und ließ seine Zunge über seine gesamte Länge gleiten. Er nahm ihn in den Mund, während Phil den Hörer abhob und erklärte, dass sie sich geeinigt hätten. Er legte auf und strich mit den Fingern durch Jimmys dichtes Haar. Als er sich dem Orgasmus näherte, zog er Jimmys Kopf zurück. Jimmy ließ los und stand auf.

»Du kannst Griechisch?«

»Etwas.«

»Für mich klang es sehr gut.« Er zog seine Sachen aus und präsentierte Phil einen guten amerikanischen Körper, gut geformt und gesund aussehend. Seine Jugendlichkeit war überall sichtbar und erfreute Phil – die wunderbare Wölbung seiner Brust und sein gesamter Oberkörper, der noch nicht ganz der eines Erwachsenen war. Der Schwanz, der heiter vorragte, war etwas größer als sein eigener, was ihm immer gefiel. Er streckte seine Hände danach aus, als er in Reichweite war und auch Jimmy hielt ihn und spielte damit, während Phil ihn in den Mund nahm. »Ich muss gestehen, dass ich meinen albernen Schwanz wirklich gerne mag. Dir gefällt er anscheinend auch. Wir sind uns also einig.«

Phil lehnte sich zurück und lachte laut auf. »Zu was für einer wunderbaren Überraschung hat sich das alles hier entwickelt!. Ich kann das Management nur wärmstens weiterempfehlen.« Er zog ihn zu sich aufs Bett und sie nahmen sich in die Arme.

»Ich wusste doch, dass dieses Bett für uns beide groß genug sein würde, wenn wir nur nahe genug aneinander rücken«, sagte Johnny. »Dein Körper ist wirklich perfekt. Weißt du eigentlich, wie sehr ich dich will? Ich meine … Ich will, dass du mich fickst. Ist dir das recht?«

»Sehr recht. Eine Sekunde. Ich hol etwas.« Er sprang eifrig auf, um ihm so schnell wie möglich seinen Wunsch zu erfüllen. Es wurde ihm noch zur Gewohnheit. Es musste etwas mit seinem Teint zu tun haben. Jahrelang war nie jemand darauf gekommen, ihn darum zu bitten. Er zweifelte daran, jemals wieder seine alten passiven Angewohnheiten annehmen zu können. Wenn er einen Jungen nahm, gewann er so viel an Selbstvertrauen hinzu und war so viel zufriedener mit sich, dass er nicht mehr darauf verzichten wollte.

Er wusste, wo sein Kulturbeutel war. Er zog die Tube mit dem Gleitmittel heraus, holte aus dem kleinen Badezimmer noch ein Handtuch und kehrte zum Bett zurück. Jimmy wartete auf dem Rücken liegend auf ihn. Er streckte die Arme nach ihm aus, zog seinen Kopf zurück und küsste ihn. Der Kuss wurde immer länger und ihre Hände nahmen vom Körper des anderen Besitz. Jimmy fühlte sich so süß und jung an, wie er aussah. Phil spürte, wie dieser Körper sich ihm hingab und war ganz fasziniert davon, dass er diese Reaktion hervorrufen konnte. Ohne den Kuss zu beenden, rutschte Jimmy zur Seite und drehte seinen Rücken ihm zu. Phil bereitete sie beide vor und sie lösten ihren Kuss, als Phil in ihn eindrang. Es war immer natürlicher für ihn. Er fragte sich, was George wohl davon halten würde. Das Gefühl der Macht, das dabei in ihm wuchs, war betörend. Jimmy schrie in Ekstase auf, als er sein Eindringen vollendete.

»Das fühlt sich so verdammt gut an«, rief er aus, während Phil seine jugendliche Hingabe genoss. »Beweg dich mal eine Minute nicht. Ist das nicht erstaunlich? Noch vor 15 Minuten kannten wir uns gar nicht und nun das. Du bist in mir drin. Unsere Körper sind eins. Wir werden uns vielleicht nie wieder sehen, aber jetzt gehören wir einander. Mach weiter. Nimm mich. Ich gehöre dir mit Haut und Haaren.«

Als Phil in New York ankam, fühlte er sich mehr tot als lebendig, aber er war zu aufgeregt, um sich sonderlich um diese Gefühle zu kümmern. Er nahm ein Taxi in die Innenstadt. Es regnete und war kalt – eigentlich genau das richtige Wetter, wenn man die Stadt verlassen wollte. Er wollte die Stadt verlassen. Mit George. Das Fairleigh war gleich neben der Park Avenue, also nur wenige Straßen von seinem Apartment entfernt; es war klein und teuer, für Leute, die nur mit dem Besten zufrieden waren. So wie George. Ihr neues Leben begann stilgerecht. Es spielte keine Rolle, dass er selber sich so etwas niemals würde leisten können. Wenn George so etwas wollte, konnte er auch dafür zahlen, ohne dass es deswegen zu Problemen zwischen ihnen kommen musste. Das war einer der Vorteile, wenn man mit jemandem zusammen war, mit dem man praktisch aufgewachsen war. Sie waren es beide gewohnt, dass George für den Luxus zuständig war.

Zitternd vor Aufregung fragte er an der Rezeption nach George. Irgendetwas konnte ja im letzten Augenblick noch schiefgegangen sein. Aber Phil wurde erwartet. Er wurde mit Namen begrüßt und man reichte ihm das Anmeldeformular. George hatte eine Suite gebucht. Ein Hotelportier kümmerte sich um sein Gepäck und geleitete ihn zum Fahrstuhl. Es sah alles sehr gediegen und teuer aus. Nicht nur das Wetter hatte sich im Vergleich zu gestern stark geändert. In wenigen Augenblicken würde er mit George zusammen sein. Er konnte es kaum fassen. Unglaublich, dass er gerade im Fahrstuhl eines Grand Hotels auf dem Weg zu George war, auf dem Weg zur wichtigsten Wiedervereinigung in der Geschichte der Menschheit.

Die Aufzugtüren öffneten sich und er folgte dem Portier einen Gang hinunter. Er hielt vor einer Türe an und drückte einen Knopf. Die Türe öffnete sich. Phil hatte den Atem angehalten und seine Augen verweigerten ihm den Dienst. Er befand sich in einem kleinen Flur, dessen Wände voller Spiegel waren. Eine Gestalt, bei der es sich um George handeln musste, gab dem Portier ein großzügiges Trinkgeld. Die Türe wurde geschlossen. Plötzlich hielten Phil und George sich umklammert und lachten atemlos. Ja, es war eindeutig George. Phil trommelte mit seinen Fäusten auf seinem Rücken. Sie traten zurück, hielten sich an den Händen fest und betrachteten sich ausgiebig. Von den Spiegeln um sie herum wurde ihr Bild von allen Seiten zurückgeworfen. George gab ihm einen Schubs.

»Komm herein, wo wir uns richtig ansehen können.«

Die Stimme von George. Intelligenter Humor leuchtete in Georges Augen auf. Er war wie üblich sehr elegant und gleichzeitig leger gekleidet. Zwar sah er etwas älter aus, aber nur auf angemessene Weise. Er hatte weder Haare verloren, noch war er dick geworden. Sein Körper sah aus, als wäre er etwas breiter geworden. Im Gesicht waren die Spuren der Zeit zu erkennen – er sah etwas erledigt aus. Nachdem Phil sich etwas an den Anblick gewöhnt hatte, stellte fest, dass George besser denn je aussah, er hatte etwas von der Welt gesehen und Erfahrungen gesammelt. Schließlich war er doch erst 35. Wieso hatte er sich darauf eingestellt, einem alten Mann zu begegnen?

Sie traten in einen luxuriös ausgestatteten Raum ein, der eher nach einer Privatwohnung als nach einem Hotel aussah. »Du bist pünktlich«, sagte George. »Ich habe mich nach den Flügen aus Athen erkundigt. Du siehst noch fantastischer aus, als ich erwartet hätte. Ich habe ja schon immer gewusst, dass du der attraktivste Mann der Welt bist, aber darauf war ich nicht eingestellt. Bist du nicht völlig erledigt?«

»Eigentlich sollte ich es sein, aber im Moment merke ich noch nichts davon. Wie könnte ich auch, wenn ich hier mit dir zusammen bin? Da sind wir also wieder. Ist es nicht verrückt?«

»Ich weiß noch nicht so genau, was eigentlich los ist, aber wenn ich das richtig verstanden habe, was du gestern gesagt hast, finde ich es überhaupt nicht verrückt.« Sie setzten sich in zwei bequeme Sessel an ein Kaffeetischchen und sahen sich an. Sie waren sich so nahe, dass sie sich berühren konnten, aber zu mehr Intimitäten konnte es nicht kommen. Phil vermutete, dass George die gleichen Vorbehalte wegen Sex hatte wie er auch. Auch er fragte sich vielleicht, ob die körperliche Anziehung zwischen ihnen noch unverändert da war. Phil war sich eigentlich schon sicher, dass alles in Ordnung war, aber er war bereit, ihnen Zeit zu geben. Jedes unangenehme Gefühl zwischen ihnen beiden musste unbedingt von Anfang an vermieden werden. Er war sich der

Kluft zwischen ihnen wohl bewusst, die überbrückt werden musste, bevor sie wieder richtig zusammen sein konnten. »Wollen wir etwas trinken und uns das Essen aufs Zimmer bringen lassen?«, schlug George vor, nachdem sie sich eine Weile angesehen hatten. »Danach werde ich dich ins Bett stecken, damit du endlich etwas schläfst.«

»Dahin gehöre ich wohl auch. Wie lange kannst du denn bleiben?«

»In New York? Ein paar Tage. Vielleicht kann ich es auch noch auf das Wochenende ausweiten.« Er blickte Phil schelmisch an. »Wir haben einen sehr guten Farmmanager. Er ist fast so alt wie mein Vater, hat eine Frau und fünf Kinder. Nur die Arbeit zählt, kein Herumspielen mehr.«

»Ich habe mich damals wie ein Idiot benommen, aber wenn es um Liebe ging, kannte ich ja nur dich. Ich dachte damals, wenn du jemand anderen willst, dann hatte alles, was wir uns aufgebaut hatten, keine Bedeutung. Meine ganze Welt stürzte um mich herum ein.«

»Armer Schatz. Mir ging es genauso. Ich konnte es nicht fassen, dass ich dich wegen dieses dummen Jungen verloren habe. Wenn du mir nur die Chance dazu gegeben hättest, wäre er sofort herausgeflogen, aber bevor ich richtig merkte was los war, warst du schon in der Armee. Wir haben über das alles ja schon geredet und uns geschrieben. Du weißt, wie sehr ich dich immer zurückwollte. Kommst du mit mir nach Hause?«

»Ja.«

George ließ seinen Kopf zurückfallen und schloss die Augen. Als er sie wieder öffnete und sich aufsetzte, waren die Ermüdungserscheinungen und die Spuren der Zeit daraus verschwunden. Er strahle vor Jugendlichkeit und Glück. »Es ist ganz schön überwältigend, endlich das zu bekommen, was man sich so lange gewünscht hat. Ich kenne einen Menge Leute, die sich erst mit 35 verliebt haben, also glaube ich nicht, dass es uns so vorkommen muss, als hätten wir die besten Jahre unseres Lebens verschwendet. Wir sind alles einfach verkehrt herum angegangen – zuerst war die Liebe da, danach kam erst die Erfahrung. Nachdem wir das alles hinter uns haben, kann es jetzt richtig losgehen. Du wirst mich doch nicht gleich wieder verlassen, wenn ich einen Fehler mache, oder?«

»Niemals. Auch ich habe eine ganze Menge schlimmer Fehler gemacht. Wenn man richtig leben will, muss man glaube ich auch eigene Fehler in Kauf nehmen. Wir werden zusammen sein und uns gegenseitig über sie hinweghelfen.«

»Du musst mir das alles ganz genau erzählen. Wie wäre es erst mal mit einem Drink?«

»Irgendetwas Leichtes. Ein kleiner Whiskey mit Wasser und viel Eis. Ich will nicht gleich umkippen und auf meinen wunderschönen Arsch fallen.«

»Nein, der muss ganz bleiben.« George stand auf und ging zu einer Tür. Als er sie öffnete, blitzte Licht auf und enthüllte ein Regal mit zahlreichen Kristallkaraffen, Flaschen und Gläsern. Darunter befand sich ein eingebauter kleiner Kühlschrank. George brachte die Getränke zum Tisch und griff zum Telefon. Er sprach kurz mit dem Zimmerservice, legte auf und sah Phil strahlend und erwartungsvoll an. Mit jeder Minute kamen sie sich wieder näher. Die Kluft zwischen ihnen hatte sich beinahe wieder geschlossen. »So, wie ist der Plan?«, fragte er.

Phil stellte ihm seine Pläne vor, soweit er sie sich überlegt hatte. Sie unterhielten sich auch über Geld. Phil erzählte ihm, dass er ein paar tausend Dollar zurückgelegt hatte und wie viel ihm der Verlag wahrscheinlich zahlen würde, wenn er als eine Art beratender Manager weiter arbeiten würde. George hatte ein Gehalt von etwa 30.000 Dollar im Jahr, in etwa so viel, wie Phil sich gedacht hatte. Schön langsam überschrieb sein Vater ihm auch sein weiteres Vermögen, wie Aktien und andere Anlagen, sodass er auch über immer mehr Kapital verfügen würde. Soweit Phil es beurteilen konnte, war George reich. Das Gespräch über Geld stellte eine ganz neue Nähe zwischen ihnen her. Sie waren Erwachsene, die sich über Familienangelegenheiten unterhielten.

»Ein Buchladen wird nicht so viel kosten«, sagte George, der jetzt so eifrig und geschäftig war, wie Phil ihn noch nie gesehen hatte. »Ich habe mich schon erkundigt, als ich hoffte, dass du heim kommen würdest. Wir können uns entscheiden, wie es steuerlich am geschicktesten ist, entweder wir finanzieren es über die Banken, oder ich selber leihe es dir. Am wichtigsten ist mir aber, dass wir gar nicht erst damit anfangen, von meinem oder deinem Geld zu reden. Es gehört alles dir. Wir können entweder ein gemeinsames Konto haben oder du übernimmst gleich die ganzen Bücher. Du kannst damit wahrscheinlich besser umgehen als ich. Außer etwas Taschengeld will ich nichts für mich – wir kaufen alles zusammen. Ist das in Ordnung?«

»Sieht aus, als habe ich mein Nest endlich gefunden.« Es klingelte und George stand auf. Phil legte ihm eine Hand aufs Knie und sah zu ihm hoch. Er fühlte eine tiefe Zufriedenheit, die schon fester Bestandteil ihres Lebens zu sein schien. »Ich brauche keine Karte. Wenn sie so etwas haben, will ich nur Eier Benedikt. Das reicht mir.«

»Mir auch.« George strich ihm über das Haar und ging nach draußen.

Phil hörte, wie er bestellte. Es klang wie ein freundlicher Austausch, bei dem immer wieder gelacht wurde. George schien sich hier wie zu Hause zu fühlen. Irgendwie liefen ihre Leben immer noch parallel zueinander ab. Wenn sie sich aber auf den neuesten Stand gebracht hatten, würden sich ihre Wege endlich wieder vereinen. Es geschah tatsächlich.

»Ich habe eine Flasche Burgunder bestellt«, sagte George, als er zurückkehrte. »Ist das in Ordnung?«

»Perfekt.«

»Erinnerst du dich noch daran, dass wir bei unserem ersten gemeinsamen Essen Milch getrunken haben? Wir werden dekadent auf unsere alten Tage. Wollen wir vor dem Essen noch etwas trinken?«

»Warum nicht? Ich fühle mich, als hätte ich Opium geraucht. Alles sieht schön und etwas verwischt aus. Vielleicht erwarte ich ziemlich viel von dem Verlag, aber ich glaube sie werden sich darauf einlassen. Man kann sagen, dass ich so etwas wie der Meister des Sachbuchs bin. Als ich mit Alex mal wieder Probleme hatte und mir überlegte, nach Hause zu dir zu kommen, habe ich schon ein paar Andeutungen gemacht. Erst in frühestens einer Woche muss ich wieder arbeiten, aber ich werde versuchen, morgen mit dem Chef zu reden. Je eher wir Bescheid wissen, umso besser. Anfangs werde ich wahrscheinlich eine Menge Zeit hier in New York verbringen müssen, um alles in die Wege zu leiten. Wenn du einen guten Assistenten hast, kannst du ja bei mir wohnen. Aber wir müssen nicht in einem Nobelschuppen wie diesem bleiben.«

»Das war nur Angeberei. Ich habe gehofft, dass du mich zumindest wegen meines Geldes liebst, wenn alles andere nichts ist. Aber ich muss auch ein paar geschäftliche Dinge hier für meinen Vater erledigen, es ist also steuerlich absetzbar. Wenn du willst, können wir morgen zu dir umziehen. Ich würde mir sowieso gerne ansehen, wie du die letzten Jahre gelebt hast.«

»Ja. Das ist wichtig. Wir müssen die Lücken füllen. Ich muss dir von Griechenland erzählen. Das war wirklich unglaublich.« Er nahm einen Schluck von dem zweiten Drink und stellte ihn wieder ab. »Ich werde vor dem Essen schnell duschen. Es kommt mir vor, als habe ich diese Sachen seit einem Jahr an.« Sie standen beide auf.

»Kümmere dich noch nicht um deine Koffer. Ich habe noch einen Morgenmantel für dich mitgebracht. Das reicht zum Essen. Ich werde auch in etwas Bequemeres schlüpfen.« George legte ihm eine Hand auf die Schulter und führte ihn zurück in den Flur, wo Phil beinahe in einen Spiegel hineingelaufen wäre, wenn George ihm nicht die Tür zum Schlafzimmer gezeigt hätte. Sie betraten einen weiteren luxuriös ausgestatteten Raum, in dem zwei große einladende Betten nebeneinander standen. Rund um diese Betten waren noch mehrere mannshohe Spiegel an den Wänden befestigt. Es sah aus wie ein Paradies für Exhibitionisten.

»Ich komme den Betten besser nicht zu nahe, sonst stehe ich nie wieder auf«, sagte Phil. Sie sahen sich in die Augen und lächelten sich an, wobei ihre Liebe die Entfremdung der letzten Jahre immer mehr verdrängte.

»Sobald wir dir etwas zu essen gegeben haben, wirst du da hinein gesteckt«, sagte George. Er zog seine Jacke aus und setzte sich hin, um sich die Schuhe auszuziehen.

Phil bemerkte, dass er immer noch etwas Zurückhaltung verspürte. Sie arbeiteten sich langsam heran, so wie ein Paar in den Flitterwochen. Wenn es schließlich geschah, würde es besser als je zuvor sein. Für immer. Er zog sich das Hemd aus, während George seine Sachen zu einem Umkleideraum trug und darin verschwand. Als er zurückkam, trug er einen Morgenmantel und einen zweiten hatte er sich über den Arm geworfen. Phil erkannte sofort, dass er die silberne Kette trug. Ein freudiger Schauer lief ihm den Rücken hinunter.

»Mein Gott, was für ein Teint«, rief George aus. »Siehst du überall so aus?«

»Jeder fantastische Zentimeter von mir. Ich kann es kaum erwarten, damit anzugeben.«

»Ich werde mir das später noch genauer ansehen.« Er brachte Phils Morgenmantel. »Hier. Geh nur duschen. Ich werde mich um das Essen kümmern.« Er berührte die Kette. »Ich habe sie die ganzen zehn Jahre nie abgenommen, denn ich wusste, dass sie dich mir zurückbringen würde.«

»Ich habe meine auch immer bei mir. Sie ist dort im Koffer.« Ihre Körper spannten sich kaum wahrnehmbar an und der Abstand zwischen ihnen wurde immer kleiner. Phil wusste, dass die geringste Bewegung ihn in die Arme von George bringen würde, damit sie ihre Vereinigung feiern konnten. Nachdem er so lange darauf gewartet hatte, wollte er zuvor noch den Reisestaub abwaschen, der an ihm hing. Er zog sich zurück und strich mit den Fingerspitzen über Georges Wange. »Ich bin gleich wieder da.«

Als er in das Wohnzimmer zurückkehrte, wurde der Mittagstisch gerade unter Georges Anleitung angerichtet. Der Hotelpage war ein süßer Junge, der in einem weißen Frack steckte. Er hatte ein lustiges, liebenswertes Gesicht, das zu einem Clown gepasst hätte.

»Phil, das ist Simon«, stellte George vor. »Er hält das Hotel in Gang.«

»Hallo.« Simon streckte ihm die Hand entgegen, als er vorbeiging. Phil schüttelte sie. Der junge Page sah Phil noch einmal genauer an. »Mein Gott, so ein schöner Teint! Wie ich gehört habe, warst du in Griechenland? Ich wette, ich kenne da jemanden, der sich über deine Rückkehr freut. Ich würde es auf jeden Fall tun.«

»Danke«, sagte Phil und lachte über Simons unverhohlenes Flirten. Es war eine aufregende Neuerung, dass ihre Beziehung so offen akzeptiert wurde. Er und George setzten sich einander gegenüber, während Simon George den Wein zeigte und ihn entkorkte. Er goss einen Schluck ein und wartete, bis George gekostet hatte und nickte. Dann nahm er das Essen aus einem tragbaren kleine Ofen und richtete es auf dem Tisch an, nahm die Deckel ab und trat zurück.

»So, das war's«, sagte Simon. »Lasst es euch schmecken. Ich komme später, um die Sachen abzuholen, ihr könnt mich aber auch rufen.«

»Warte lieber, bis ich dich rufe«, sagte George. »Wir wollen nicht gestört werden.«

»Das kann ich mir denken. Einen schönen Tag noch.« Er warf beim Umdrehen seine Frackschöße herum und verschwand.

Sie sahen einander an und lachten. »Er ist irgendwie süß«, sagte Phil.

»Das ist aber erstaunlich. Es ist das erste Mal, dass du von jemand gesagt hast, er sei attraktiv. Bis auf mich natürlich.«

»Ich war immer so verdammt zugeknöpft. Weißt du ja. Als es bei uns beiden passiert ist, dachte ich, ich müsse nun in der Hölle schmoren. Ich konnte nie so offen und geradeheraus sein, wie die Jugendlichen das heutzutage sind.«

»Zum Glück hat sich das geändert. Wir müssen uns nicht mehr verstecken. Sogar mein Vater hat sich daran gewöhnt. Wusstest du schon, dass es in Newcorners jetzt eine Schwulenbar gibt? Alle werden über uns Bescheid wissen.«

»Meinst du auch meine Eltern?«

»Wie könnten sie es verhindern? Die Leute reden ja über alles. Heutzutage ist es kein großes Geheimnis mehr. Wir werden zusammen wohnen. Alle werden uns wie ein altes Ehepaar behandeln.«

»Gut. Ich will, dass wir über alles reden können. Das haben wir nie getan. Wir haben noch nicht einmal über Untreue gesprochen. Ich dachte einfach, dass anständigen Leuten so etwas nicht passiert, auch wenn es mir passiert ist. Ich glaube, ich werde nie wieder so zugeknöpft sein. Nicht nach Griechenland. Ich muss dir von Manoli erzählen.«

Sie aßen und tranken den ausgezeichneten Wein, während Phil versuchte, sein Verhältnis zu dem griechischen Jungen zu erklären und welche Rolle er dabei gespielt hatte, dass Phil sich endlich darüber klar wurde, dass er zu seiner großen Liebe zurückkehren musste. »Nur die Gedanken an dich haben mich bei dieser schrecklichen Segelfahrt am Leben gehalten. Wann war das? Vorgestern? Ja. Erstaunlich.« Sie sahen einander an und ihre Hände fanden sich in der Mitte des Tisches. Phil wusste, dass die Kluft zwischen ihnen nun geschlossen war. Sie waren wieder Menschen aus Fleisch und Blut, deren Körper einander begehrten. Phil bekam durch Georges kräftigen Griff einen Steifen.

»Alles, was du erzählst, klingt so sexy«, sagte George nach einer kurzen Pause. »Wie der Junge immer durch das Fenster geklettert ist, um dich zu nehmen. Das gemeinsame Segeln. Der Tag, den ihr in der verlassenen Bucht verbracht habt. Ich will, dass wir solche Erlebnisse zusammen haben. Ich will dich, mein Kleiner. Ich will dich ganz für mich allein. Es ist schrecklich, dass ich dich gehen lassen musste, damit andere Jungs dich haben konnten. Ich will versuchen, dafür zu sorgen, dass das nie wieder vorkommt.«

»Als ich gestern angerufen habe … hast du da befürchtet, dass wir einander vielleicht nicht mehr begehren könnten?«

»Eigentlich nicht. Ich hatte befürchtet, dass es durch den Wiedersehensschock vielleicht schwierig werden würde, die Nähe zwischen uns wieder herzustellen. War es aber nicht.«

»Nein. Zwischen uns ist wahrscheinlich nie eine große Entfernung gewesen. Alles war sofort wieder da.«

George leerte die Flasche in ihre Gläser. »Lass uns das austrinken und dann dahin gehen, wohin wir beide am liebsten wollen.«

»Das wird nicht lange dauern.« Phil stürzte den Wein hinunter. George lachte und folgte seinem Beispiel. Sie standen auf und brachen in Lachen aus. Ihre Erektionen zeigten sich als stattliche Beulen unter ihren Morgenmänteln. »Ich erinnere mich an unser erstes Essen. Damals hatten die Morgenmäntel auch kaum einen Zweck erfüllt. Es ist schön einen solchen Schwanz wiederzuhaben.« Phil ging um den Tisch herum, um ihn sich genauer anzusehen. Er hatte nicht damit gerechnet, dass er gewachsen war, aber er war ganz bestimmt auch nicht geschrumpft. Er war ein Meisterstück der Natur. Er schob die Seide davor zur Seite und ließ seine Hände darüber gleiten. George musste ihm nicht mehr sagen, dass er ihn wollte, es war deutlich sichtbar.

George zog ihm den Morgenmantel aus und hielt ihn mit dem Arm auf Abstand, um Phil genauer ansehen zu können. »Fantastisch. Es ist einfach nicht fair, dass du zu mir zurückkommst und aussiehst wie ein Model aus einem Hochglanzmagazin. Noch nie was davon gehört, dass wir auch mal altern müssen? Sieh mich an.« Er ließ Phil los, warf seinen Morgenmantel ab und stellte sich so hin, als erwarte er nun seine Verurteilung.

Phil schaffte es, seine Augen von dem Schwanz abzuwenden und sich George von oben bis unten anzusehen. Sein Körper sah ungewohnt kräftig aus. Seine schlanke Figur und Geschmeidigkeit war durch männliche Kraft ersetzt worden. Zusammen mit seinem Schwanz war das ein Körper, der die männliche Überlegenheit zu bestätigen schien. Phil wurde von seiner Aufregung beinahe überwältigt, als er daran dachte, mit ihm zu schlafen.

»Ich muss fünf Kilo wieder loswerden, ich weiß«, sagte George. »Ich habe mich etwas gehen lassen. Das wird aber nicht wieder vorkommen, nachdem ich die Konkurrenz gesehen habe.«

»Wie du siehst, schrumpft mein Schwanz schon ganz in sich zusammen, weil er sich einem solchen körperlichen Wrack gegenübersieht.«

George stieß einen Schrei aus und stürzte sich auf ihn. »Komm her, du blinder Dummkopf. Ich werde dir schon zeigen, wo's langgeht.« Sie lachten beide laut auf, bis sich ihre Münder fanden. Dann sanken sie auf den Boden und erfreuten sich aneinander. Sie schrien und stöhnten und brachen wieder in Lachen aus, während sie voller Wiedersehensfreude im Zimmer hin und her rollten. Irgendwie gelang es ihnen aufzustehen, ohne sich von einander zu lösen und sie taumelten ins Schlafzimmer. George riss die Decken vom Bett und sie fielen hinein. Phil schluchzte, als er sich seinem großen Geliebten unterwarf. Er war wieder da, wo er hingehörte. Er war wieder ganz und stellte fest, dass es überhaupt nicht darum ging, wie gut die Körper zusammenpassten.

In jeder Berührung war ihre Liebe zu spüren, in der Art, wie sich Georges Haar über dem Ohr kräuselte, wie sich seine Stimme anhörte. Er entdeckte all die geheimen Stellen an dem geliebten Körper von George, die nur auf ihn warteten, darauf, sich mit ihm zu vereinen. Er musste sich keine Sorgen machen, dass sie einander nicht mehr begehrten; ihr Verlangen nach dem anderen war in den langen Jahren eher gestiegen. Die Befriedigung, die aus ihrer Vereinigung entstand, ließ alle anderen körperlichen Befriedigungen minderwertig erscheinen.

Er bemerkte, dass George kurz von ihm abließ und ihn zärtlich abwischte. Dann nahm er ihn wieder in den Arm, doch Phil musste ins Koma gefallen sein. Als er wieder aufwachte und voller Panik nach ihm griff, hatte er das Gefühl, als würde das Boot unter ihm schaukeln. George saß am anderen Ende des Bettes und lächelte ihn an. Er trug wieder seinen Morgenmantel.

»Du lieber Himmel«, seufzte Phil. Er streckte sich, gähnte und kroch näher zu ihm hin. »Damit haben wir zwar nicht die ganzen zehn Jahre wieder aufgeholt, aber es war kein schlechter Anfang. Was machst du denn da draußen?«

»Ich habe ein paar Sachen für die Bar nachbestellt. Wir hatten kaum noch Whiskey. Beweg dich nicht. Ich bringe die Getränke in einer Minute, dann sehen wir weiter. Ich hatte ganz vergessen, dass es möglich ist, jemanden so sehr zu begehren. Haben wir es früher oft auf dem Boden gemacht?«

Phil kicherte und war sofort wieder eingeschlafen. »Wir waren jung und nicht so einfallsreich«, murmelte er noch, wusste aber schon gar nicht mehr, was er damit meinte. Es läutete. Er öffnete die Augen. »Manchmal auf dem Boden, aber wir waren verwöhnte Gören. Normalerweise hatten wir ein Bett.«

George lachte, lehnte sich zu ihm und rüttelte an Phils Fuß. »Ich bin gleich zurück. Schlaf noch etwas.«

Phil dämmerte mit geschlossenen Augen dahin. Er hörte, wie eine Tür zuschlug, hob seine müden Lider und fragte sich, wo er war. Seine Blicke wanderten durch den Raum und machten bei einem Spiegel halt. George war darin zu erkennen, wie er sich an einen Jungen im weißen Frack presste. Es war Simon, der Page. Georges Hände wanderten an ihm nach unten und hielten bei seinem Hosenbund an. Er öffnete ihn und brachte einen ganz anständigen Schwanz zum Vorschein, der steif war und um den sich Georges Hände schlossen. Simon drängte sich näher an ihn heran und legte seinen Kopf auf Georges Schulter. George küsste seinen Hals. Phil war jetzt hellwach und sein Schwanz stand aufrecht. Simon drehte sich in Georges Armen um und teilte seinen Morgenmantel. Phil konnte sehen, dass sie sich unterhielten. Es war als sähe er fern, aber ohne Ton. Die Selbstverständlichkeit, mit der sie einander berührten ließ darauf schließen, dass sie bereits miteinander geschlafen hatten. Es war nur fair. George und er hatten beide Gesellschaft gefunden, während sie aufeinander warteten. Das passierte, aber es sollte nicht passieren, wenn man zusammen war. Phil hatte das vor langer Zeit gelernt, ohne geschnappt zu werden. Wenn er jetzt hinausging und ihn damit konfrontierte, würde er Georges Schwäche zur Schau stellen und sein Selbstbewusstsein zerstören. Er brauchte George. Es gab andere Wege, ihm beizubringen, wie er sich zu benehmen hatte.

George hatte seinen Morgenmantel abgeschüttelt und Simon war an ihm nach unten geglitten um seinen Schwanz in den Mund zu nehmen. Noch vor kurzem war er in Phils Mund gewesen. Phil musste George nehmen. Dadurch würde er Autorität und Einfluss gewinnen um für sie beide Regeln aufzustellen. Niemand hatte bislang für George Regeln aufgestellt. Es war kein Wunder, dass er der Ansicht war, sich alles erlauben zu können.

Simon stand auf, und George zog den Morgenmantel wieder an, während der kleine Page etwas von dem Kaffeetischchen abräumte. George ging zum Rand des Spiegels, öffnete die Tür und schloss sie wieder. Die Show war zu Ende.

Eigentlich war das alles wirklich harmlos, dachte Phil. Vielleicht würde er es sogar aufregend finden, George dabei zuzusehen, wie er es einem Jungen besorgte. Es war die Vorstellung, die alles zerstören konnte, es zu sehen, war weniger schlimm. Nichts war perfekt, aber sie kamen der Perfektion zusammen ganz schön nahe. Alles wäre in Ordnung, solange er es nicht zuließ, dass solche kleinen Zwischenspiele wie Simon dazu führten, dass er sich wieder von George entfernte und sich einredete, dass sein Leben gar nicht von ihm abhing. Er durfte seine Gefühle nicht noch einmal einzwängen. Er würde um ihn kämpfen, so weh es auch tat. Man konnte sich nicht nur teilweise fallen lassen. Das hatte er einmal versucht und es hatte fatal geendet.

Lass dich völlig fallen, hatte Johnny ihm geraten. Traue niemals einem Jungen, dessen Verstand über seine Gefühle bestimmt. Phils Gefühle hatten ihn gelenkt, als er zugelassen hatte, dass George ihn vor dem offenen Kamin am Boden nahm. Man musste sich Hals über Kopf hineinstürzen, selbst wenn man darin ertrank. Er würde für die Liebe leben. Er konnte sich ebenso gehen lassen, wie jeder andere auch. Danke Johnny.